中国语言文学文库·荣休文库

吴承学 彭玉平 主编

西方文论生成的学理研究

王坤 著

中山大学出版社
·广州·

版权所有　翻印必究

图书在版编目（CIP）数据

西方文论生成的学理研究/王坤著. —广州：中山大学出版社，2022.4
（中国语言文学文库·荣休文库/吴承学，彭玉平主编）
ISBN 978-7-306-07582-6

Ⅰ.①西… Ⅱ.①王… Ⅲ.①文学理论—研究—西方国家 Ⅳ.①I0

中国版本图书馆 CIP 数据核字（2022）第 118317 号

出 版 人：	王天琪
策划编辑：	嵇春霞
责任编辑：	孔颖琪
封面设计：	曾　斌
版式设计：	曾　斌
责任校对：	陈　莹
责任技编：	靳晓虹
出版发行：	中山大学出版社
电　　话：	编辑部 020 - 84110283，84113349，84111997，84110779，84110776
	发行部 020 - 84111998，84111981，84111160
地　　址：	广州市新港西路 135 号
邮　　编：	510275　传　真：020 - 84036565
网　　址：	http://www.zsup.com.cn　E - mail：zdcbs@ mail. sysu. edu. cn
印 刷 者：	佛山市浩文彩色印刷有限公司
规　　格：	787mm×1092mm　1/16　24 印张　457 千字
版次印次：	2022 年 4 月第 1 版　2022 年 4 月第 1 次印刷
定　　价：	88.00 元

如发现本书因印装质量影响阅读，请与出版社发行部联系调换。

中国语言文学文库

主　编　吴承学　彭玉平

编　委（按姓氏笔画排序）

　　　　王　坤　王霄冰　何诗海

　　　　陈伟武　陈斯鹏　林　岗

　　　　郭丽娜　黄仕忠　谢有顺

总　序

吴承学　彭玉平

中山大学建校将近百年了。1924 年，孙中山先生在万方多难之际，手创国立广东大学。先生逝世后，学校于 1926 年定名为国立中山大学。虽然中山大学并不是国内建校历史最长的大学，且僻于岭南一地，但是，她的建立与中国现代政治、文化、教育关系之密切，却罕有其匹。缘于此，也成就了独具一格的中山大学人文学科。

人文学科传承着人类的精神与文化，其重要性已超越学术本身。在中国大学的人文学科中，中国语言文学学科的设置更具普遍性。一所没有中文系的综合性大学是不完整的，也几乎是不可想象的。在文、理、医、工诸多学科中，中文学科特色显著，它集中表现了中国本土语言文化、文学艺术之精神。著名学者饶宗颐先生曾认为，语言、文学是所有学术研究的重要基础，"一切之学必以文学植基，否则难以致弘深而通要眇"。文学当然强调思维的逻辑性，但更强调感受力、想象力、创造力和语言表达能力。有了文学基础，才可能做好其他学问，并达到"致弘深而通要眇"之境界。而中文学科更是中国人治学的基础，它既是中国文化根基的重要组成部分，也是中国文明与世界文明的一个关键交集点。

中文系与中山大学同时诞生，是中山大学历史最悠久的学科之一。近百年中，中文系随中山大学走过艰辛困顿、辗转迁徙之途。始驻广州文明路，不久即迁广州石牌地区；抗日战争中历经三迁，初迁云南澄江，再迁粤北坪石，又迁粤东梅州等地；1952 年全国高校院系调整，始定址于珠江之畔的康乐园。古人说："艰难困苦，玉汝于成。"对于中山大学中文系来说，亦是如此。百年来，中文系多番流播迁徙。其间，历经学科的离合、人物的散聚，中文系之发展跌宕起伏、曲折逶迤，终如珠江之水，浩浩荡荡，奔流入海。

康乐园与康乐村相邻。南朝大诗人谢灵运，世称"康乐公"，曾流寓广州，并终于此。有人认为，康乐园、康乐村或与谢灵运（康乐）有关。这也许只是一个美丽的传说。不过，康乐园的确洋溢着浓郁的人文气息与诗情画意。但对于人文学科而言，光有诗情是远远不够的，更重要的是必须具有严谨的学术研究精神与深厚的学术积淀。一个好的学科当然应该有优秀的学术传统。那么，中山大学中文系的学术传统是什么？一两句话显然难以概括。若勉强要一言以蔽之，则非中山大学校训莫属。1924年，孙中山先生在国立广东大学成立典礼上亲笔题写"博学、审问、慎思、明辨、笃行"十字校训。该校训至今不但巍然矗立在中山大学校园，而且深深镌刻于中山大学师生的心中。"博学、审问、慎思、明辨、笃行"是孙中山先生对中山大学师生的期许，也是中文系百年来孜孜以求、代代传承的学术传统。

一个传承百年的中文学科，必有其深厚的学术积淀，有学殖深厚、个性突出的著名教授令人仰望，有数不清的名人逸事口耳相传。百年来，中山大学中文学科名师荟萃，他们的优秀品格和学术造诣熏陶了无数学者与学子。先后在此任教的杰出学者，早年有傅斯年、鲁迅、郭沫若、郁达夫、顾颉刚、钟敬文、赵元任、罗常培、黄际遇、俞平伯、陆侃如、冯沅君、王力、岑麒祥等，晚近有容庚、商承祚、詹安泰、方孝岳、董每戡、王季思、冼玉清、黄海章、楼栖、高华年、叶启芳、潘允中、黄家教、卢叔度、邱世友、陈则光、吴宏聪、陆一帆、李新魁等。此外，还有一批仍然健在的著名学者。每当我们提到中山大学中文学科，首先想到的就是这些著名学者的精神风采及其学术成就。他们既给我们带来光荣，也是一座座令人仰止的高山。

学者的精神风采与生命价值，主要是通过其著述来体现的。正如司马迁在《史记·孔子世家》中谈到孔子时所说的："余读孔氏书，想见其为人。"真正的学者都有名山事业的追求。曹丕《典论·论文》说："盖文章，经国之大业，不朽之盛事。年寿有时而尽，荣乐止乎其身，二者必至之常期，未若文章之无穷。是以古之作者，寄身于翰墨，见意于篇籍，不假良史之辞，不托飞驰之势，而声名自传于后。"真正的学者所追求的是不朽之事业，而非一时之功名利禄。一个优秀学者的学术生命远远超越其自然生命，而一个优秀学科学术传统的积聚传承更具有"声名自传于后"的强大生命力。

为了传承和弘扬本学科的优秀学术传统，从2017年开始，中文系便组织编纂中山大学"中国语言文学文库"。本文库共分三个系列，即"中国语言文学文库·典藏文库""中国语言文学文库·学人文库"和"中国语言文学文库·荣休文库"。其中，"典藏文库"主要重版或者重新选编整理出版有较高学术水平并已产生较大影响的著作，"学人文库"主要出版有较高学术水平的原创性著作，"荣休文库"则出版近年退休教师的自选集。在这三个系列中，"学人文库""荣休文库"的撰述，均遵现行的学术规范与出版规范；而"典藏文库"以尊重历史和作者为原则，对已故作者的著作，除了改正错误之外，尽量保持原貌。

　　一年四季满目苍翠的康乐园，芳草迷离，群木竞秀。其中，尤以百年樟树最为引人注目。放眼望去，巨大树干褐黑纵裂，长满绿茸茸的附生植物。树冠蔽日，浓荫满地。冬去春来，墨绿色的叶子飘落了，又代之以郁葱青翠的新叶。铁黑树干衬托着嫩绿枝叶，古老沧桑与蓬勃生机兼容一体。在我们的心目中，这似乎也是中山大学这所百年老校和中文这个百年学科的象征。

　　我们希望以这套文库致敬前辈。

　　我们希望以这套文库激励当下。

　　我们希望以这套文库寄望未来。

2018 年 10 月 18 日

吴承学：中山大学中文系学术委员会主任、教授，长江学者特聘教授
彭玉平：中山大学中文系系主任、教授，长江学者特聘教授

目　　录

序　言 …………………………………………………………………… 1
　　"美是人类提高自己和超过自己的社会机能"
　　　　——蒋孔阳美学本体论学理初探 …………………………… 1

第一章　文论价值的学理基础 ………………………………………… 1
　　第一节　同一性之殇与差异性之痒 ………………………………… 1
　　第二节　学理及其文论价值述要 …………………………………… 3
　　第三节　文明共同体视野与文论话语的学理建构 ……………… 11
　　第四节　西方古典美学的转折
　　　　——克罗齐美学思想的历史地位与作用 …………………… 21

第二章　西方古典美学转折的学理基础 …………………………… 29
　　第一节　克罗齐美学思想与表现主义三大理论系统 …………… 29
　　第二节　克罗齐美学理论的目标与古典美学转折的方向 ……… 47
　　第三节　克罗齐美学体系的逻辑结构与学理修正 ……………… 70

第三章　西方现代美学转折的学理研究 …………………………… 94
　　第一节　西方现代美学的终结
　　　　——塔尔图学派与洛特曼美学思想的价值与意义 ………… 94
　　第二节　西方现代美学与艺术独立理论 ………………………… 102
　　第三节　洛特曼与"去黑格尔化" ………………………………… 111

第四章　文艺理论学科基点的学理研究 …………………………… 128
　　第一节　现代中西方文艺理论学科基点研究 …………………… 128
　　第二节　文艺学学科基点的深化和创新 ………………………… 136

第三节　经典文艺学与反本质主义 …………………………… 144

第五章　中国当代文论学理建构反思 …………………………… 150
第一节　告而不别黑格尔
　　　　——中国当代文论学理建构轨迹的反思 …………… 150
第二节　"再现说"反思 ………………………………………… 161
第三节　经典与文艺学学科生机的反思 ………………………… 175

第六章　文学本体的学理建构 …………………………………… 183
第一节　走向文学的美学
　　　　——从审美带有令人解放的性质说起 ……………… 183
第二节　反本质主义和本体论学理问题 ………………………… 193
第三节　文学实践与反本质主义和本体论学理问题 …………… 207
第四节　蒋孔阳美学思想的理论特点 …………………………… 221

第七章　文学批评的学理建构 …………………………………… 230
第一节　批评标准哲学基础的置换
　　　　——文学的价值层面与批评尺度 …………………… 230
第二节　回归典型环境的理论原点 ……………………………… 239
第三节　审美福利与文化产业时代的文学建构 ………………… 249
第四节　农耕社会梦想与工业时代现实的艰难衔接
　　　　——长篇小说《桃源梦》的原点解读 ……………… 253

第八章　文学教育的学理建构 …………………………………… 260
第一节　文学建构民族精神的传统与使命 ……………………… 260
第二节　西方思维与文学教育的理论基点批判 ………………… 265
第三节　西方文论的接受方式
　　　　——以文艺学研究生的读书与学位论文为例 ……… 283
第四节　"述"与文科学位论文质量的学理基础 ……………… 298

附　录 ……………………………………………………………… 309
论符号圈（洛特曼） ……………………………………………… 309

我走进了电影里
  ——毕业30周年拾忆 ································· 330
书里书外两夫妇
  ——《为爱而活——一个"女汉子"的抗癌日志》读后乱谭 ··· 342
经历未名湖 ··· 348
精神高地吹来徐徐清风
  ——漫话80年代的读研生活 ························· 352

后 记 ·· 358

序　言

"美是人类提高自己和超过自己的社会机能"
——蒋孔阳美学本体论学理初探

　　美学与文论领域的学理研究，指的是探究理论观点得以生成的立论基础，以及对由该基础所产生的成果的反省检验。当研究成果与研究对象相悖时，西方文论的反应大致有三种：另辟蹊径、修改对象，以及更正观点。另辟蹊径的居多，修改对象的次之，更正观点的偏少。西方文论的生成及其格局，从学理层面看大略如此。

　　在学理上堪称翻天覆地的另辟蹊径，就是以福柯为代表的建构性，整体上取代了以黑格尔为代表的先在性；而这个建构性，落实到美学与文论领域，与马克思在《1844年经济学哲学手稿》中所开启的实践美学，多有异曲同工之处。

　　中国当代美学与文论领域的研究，由实践学理指引，以人与社会关系为基点，凸显出由此基点衍生并时常隐伏着的两大学理维度：美与异化。在美是人类提高自己和超过自己的社会机能这个意义上，显然，相当一段时间内的研究格局是：对异化维度的关注往往多于美的维度。

　　对于把握美学与文论领域的研究前沿、更新学理来说，现在看来，的确存在"跟着走"与"自己走"两种方式。两者之间，差异值得深究，高低无须分辨。

　　20世纪90年代初期开始，随着西方后现代思潮的涌入，美学与文论界掀起了一场名为反本质主义的颠覆性思想风暴。传统的本质论在堪称排山倒海的巨浪冲击面前，几乎难以组织像样的正规反击，"本质主义的毒汁"[①]一时销声匿迹。在大潮逐渐消退的过程中，学界也开始认清问题的所在：反本质主义

[①] 张志林、陈少明：《反本质主义与知识问题——维特根斯坦后期哲学扩展研究》，广东人民出版社1995年版，第5页。

不过是具体的理论观点，背后还蕴含着深层的学理，即建构性，其力图清除的本质主义，所蕴含的学理为先在性。纳尔逊·古德曼以及理查德·罗蒂等人所言"世界是被构造而不是被发现的"①，"真理是被制造出来的，而不是被发现到的"②，指的就是建构性学理与先在性学理的根本区别。两种学理的不同，还体现为后现代以差异性抗衡传统形而上学的同一性。

美学与文论研究，无论多么前沿的问题，最终都绕不开认识论和本体论；从学理角度看，认识论与本体论的当代研究前沿之一，就是从注重先在性与同一性，走向聚焦建构性与差异性。我国当代学者抵达该前沿的方式有两种："跟着走"与"自己走"。蒋孔阳先生属于后者。需要特别说明的是，笔者认为，两种抵达学术前沿的方式，有特色之别，无高下之分。

一、新时期美学与文论史的学理反省：反本质主义的切中与不实

后现代思潮对中国学界产生了积极影响，是显而易见、没法否认的客观事实。2014年，朱立元教授在反省这一段学术史时，对此有过非常精辟的总括：

> 在文艺理论界，本质主义长期以来成为多数学者（笔者本人亦不例外）习惯性的思维方式，其突出标志是，认为文学理论的主要任务是寻求文学固定不变的一元本质和定义，在此基础上展开其他一系列文学基本问题的论述。③

这种把自己的心路历程也摆进去的学术反思，堪称学界典范：学术研究贵在探求不同看法产生、发展的来龙去脉，各种观点变化、兴衰的前因后果；忠于事实，客观记述，名为最基本的要求，实为最可贵的境界。

西方后现代思潮的积极意义，在于以建构性学理取代先在性学理，其在我国学界产生的巨大且具体的影响，就是使反本质主义思潮盛行并占据主导地位，而本质主义则基本退出学界主场位置。深究起来，这个被一些学人当作思

---

① ［美］纳尔逊·古德曼：《构造世界的多种方式》，姬志闯译、伯泉校，上海译文出版社2008年版，"译者序言"第2页。
② ［美］理查德·罗蒂：《偶然、反讽与团结》，徐文瑞译，商务印书馆2003年版，第11页。
③ 朱立元：《试论后现代主义文论思潮在当代中国的积极影响》，载《上海大学学报》（社会科学版）2014年第1期，第80页。

想"毒汁"①看待的本质主义，与它的终结者同出西方，只是其产生时间远远早于后现代，属于古希腊时期，也即传统形而上学的源头处。在美学与文论研究领域，本质主义的开创者之一柏拉图区别了"美和美的东西"②，经过对无数个案的推敲、诘难，终究未能找出"美是什么"的答案，只能以"美是难的"③这一千年之叹结束探讨。"柏拉图虽然并没有找到什么是美的最后答案，但是，他在美学史上却做了一件大好事：他要我们透过美的现象去探讨美的本质。"④

古希腊哲人注重对宇宙万物本原的探索，认为那个东西是"水""火""气"或者"数"等等之类。柏拉图将这种思路用于对美的研究，区分"美和美的东西"，也即在美学研究领域区分美的本质与美的现象，影响后世达两千多年之久。当然，限于历史条件，古希腊哲人还没能意识到把本质当作先于人类而存在的对象的做法存在着明显不足；"美的本质不是某种固定的物质或精神实体"⑤这一认识，在当时的社会历史背景下还不会产生。近代以来，随着西学东渐的势头与规模日益增长，本质主义也逐渐在我国学界落地生根，影响甚或支配了不止一代学人的思维方式，直到后现代思潮所带来的反本质主义在我国学界产生重大影响，本质主义才成为被连根拔起的对象。

本质主义退场的最典型的标志之一，就是本体论取代了本质论，后者如今已极少有人提及。但追根溯源，本质是相对现象而言的，本质论的要点在"是"；本体是讲存在的，本体论的中心是"在"。两者虽多有交叉之处，但又的确不是一回事。但是，约定俗成为语言运用的基本规则，当大家都习惯于某种用法的时候，是难以用科学方式去纠正的。朱立元教授于1996年特地仔细研究了这个问题，认为由于误译、误读和误用等原因使得哲学领域里本质论与本体论这两个基本范畴被混淆的局面，已成为"普遍化和约定俗成的现实"，故而只能承认现实，放弃本质论，让本体论"继续保留和使用，如在本原论、

---

① 张志林、陈少明：《反本质主义与知识问题——维特根斯坦后期哲学扩展研究》，广东人民出版社1995年版，第5页。
② 参见［古希腊］柏拉图《柏拉图文艺对话集》，朱光潜译，商务印书馆2013年版，第165－194页。
③ ［古希腊］柏拉图：《柏拉图文艺对话集》，朱光潜译，商务印书馆2013年版，第194页。
④ 蒋孔阳：《美学新论》，人民文学出版社1993年版，第57页。
⑤ 蒋孔阳：《美学新论》，人民文学出版社1993年版，第136页。

本质论、本根论等意义上继续使用"①。

从学理上讲，本质主义的背后，除了先在性学理，还有同一性；也正是这个同一性，不仅与先在性学理如影随形，也与建构性学理须臾不离。因此，反本质主义说到底，只能成功一半：反得了先在性，反不了同一性。本质论一直未能被完全清除，反倒不断发出重新归来的声音，就是因为其学理性基础非常扎实。在此，不妨听听列奥·施特劳斯的意见：

> 历史远没有证明历史主义的推论的合法性，毋宁说它倒是证明了，一切的人类思想，而且当然地，一切的哲学思想所关切的都是相同的根本主题或者说是相同的根本问题，因此，在人类知识就其事实与原则两方面所发生的一切变化中，都潜藏着某种不变的结构。②

从发展角度看，建构性学理毫无疑问是对先在性学理的超越和突破，代表着美学与文论研究领域的前沿水平。虽然本体论取代本质论、建构论取代先在论的格局已经形成并不可逆转，但是在学理反省面前，反本质主义忽略同一性的硬伤无法掩饰，本质主义因同一性而具有的生存理据亦无法抹去。

就抵达建构性学理而言，当代学人展现出两条路径：一是接受后现代思潮影响而转向反本质主义；一是依据自己认定的方式，自觉地对本质主义弊病予以纠偏。后者所达到的学理高度，与建构论相比，没有丝毫逊色。如胡经之的文艺美学、童庆炳的文学原理、蒋孔阳的美学本体论，等等。

1980年春季，全国首届美学会议在昆明召开，胡经之先生在会上提出，应当开拓和发展文艺美学，并于1981年在北京大学中文系招收全国首届文艺美学研究生，其专著《文艺美学》③也于1989年出版。在当时全国思想解放运动的大背景下，文艺美学的创建具有双重意义：既从理论上解除了工具论对文学的束缚，也为突破文学研究的本体论关隘立下首功。随之而来的20世纪80年代中期的方法论热，包括老三论和新三论④，其主要目的也是解放思想，

---

① 朱立元：《当代文学、美学研究中对"本体论"的误释》，载《文学评论》1996年第6期，第23页。
② [美]列奥·施特劳斯：《自然权利与历史》，彭刚译，生活·读书·新知三联书店2006年版，第25页。
③ 胡经之：《文艺美学》，北京大学出版社1989年版。
④ 老三论是指系统论、控制论、信息论，新三论是指耗散理论、协同论、突变论。

拓展思路，以便从不同学科、不同视角确认文学不同层面的本体特质。随着研究的深入，文学与政治完全脱钩、只有审美功能的设想，被证明是不符合实际的。于是，作为学科，文艺美学的重心转向了文化研究①；作为文艺美学的首创者，胡经之先生也将研究重点转向了文化美学，其后还转向了自然美学。

童庆炳先生在其主编的《文学概论》系列教材中，一方面将文学理论的五大块内容②予以系统化，另一方面又将本质论改为观念论③乃至活动论④，避免理论上对活生生的文学的僵硬限制，并采用立体复式的方式来界定文学：文学是人类的一种文化形态、文学是一种审美的意识形态、文学是作家体验的凝结、文学是语言组织。⑤

反思这些可以看出：我国当代美学与文论界并非离开西方文论就会"失语"；从建构性学理与反本质主义的盛行来看，除了西学思路在发挥巨大导向作用，产生于本土的学理思路及其影响亦不可小觑。

"美是对人而言的，我们不能离开人来谈美。"⑥ 意思是说，先有了人，而后才出现美：美产生于人的实践活动，具体来说是产生于在实践活动中与现实形成的审美关系。这句话里面所蕴含的建构性学理，在表达与意蕴上都充满了中国特色，与西方的建构性学理有异曲同工之妙。20 世纪 90 年代，蒋孔阳先生在潜心研究康德、席勒、费尔巴哈、黑格尔等古典哲学大师所秉持的学理的基础上，从马克思《1844 年经济学哲学手稿》中汲取全新的实践论学理运用于美学探讨，其《美学新论》对本质主义先在性学理的纠偏，与建构论学理相比，毫不逊色。这说明当代学者抵达美学与文论研究前沿、更新学理的方式有两种——"跟着走"与"自己走"，而蒋孔阳先生属于后者。特别需要说明的是，笔者认为，两种方式有特色之别，无高下之分；对前者当仔细分辨，对后者则大可略过。

---

① 参见王一川《回到语言艺术原点——文艺美学的三次转向与当前文学的间性特征》，载《文学评论》2019 年第 2 期，第 15 - 16 页。
② 指的是本质论、作家论、作品论、读者论、源流论。
③ 这些教材包括武汉大学出版社 1989 年版、2000 年版；北京大学出版社 2007 年版；高等教育出版社 1992 年版及以后的修订版；等等。
④ 参见童庆炳主编《文学理论教程》（第五版），高等教育出版社 2015 年版。
⑤ 参见童庆炳主编《文学概论》，武汉大学出版社 2000 年版，第 43 - 176 页。
⑥ 蒋孔阳：《美学新论》，人民出版社 1993 年版，第 148 页。

二、蒋孔阳美学本体论的学理基础：美是提升人类的社会机能

人与美何者在先？这是美学本体论必须回答的问题。蒋孔阳美学本体论的学理基础，正在于对此做出的明确回答："在人类社会以前，没有美。"① 就基本学理而言，如果说这里面体现了与先在性相反的建构性的话，那它就属于典型的中国式建构性学理。

人与美何者在先，不仅是美学本体论问题，还牵涉到哲学本体论或世界本体论问题：人与世界何者在先？先在性学理与建构性学理的真正交锋，正在于此。

以先在性学理为基础的世界本体论，可称之为自然本体论；以建构性学理为基础的世界本体论，可称之为社会本体论。自然本体论认为世界在人之前，这是仅凭基本常识就能理解的，无须赘言。但社会本体论认为世界在人之后，其内蕴就需要稍加解释了：简而言之，在没有人之前，别的都不说，"人与世界何者在先"这句话根本就不可能存在。社会本体论并不是说在人类出现之前，世界根本不存在，而是说，在人之前就存在的世界是什么样的，人类并不知道，或许可称之为康德所说的"物自体"（尽管在人类出现之前也不可能存在"物自体"这个词或符号）。人类现在所知道的世界，是随着文明进程的发展，通过多种符号系统一点一点地建构起来的；世界远远不止于人类现在建构起来的样子，人类建构世界的过程永无终点。

人类在建构世界的过程中形成了一种社会机能，能令人类不断提高自己和超过自己，这就是美："美是人类提高自己和超过自己的一种社会机能。"② 这种对人类文明前行方向发挥着先导作用的社会机能，根源于人类爱美的天性，沉淀于社会的运行轨迹，是人类本能与社会需要潜在而完美的融合，隐隐约约又不绝如缕地对社会前行的方向发挥着引力的作用。当然，这种引力对社会的影响，一直远远弱于源自生存和发展的动力，观察其产生作用的周期也至少以世纪为单位；但它又必定是与生存和发展的动力交织在一起的。

蒋孔阳美学本体论的展开处，是人与世界的关系。在《美学新论》中，蒋孔阳先生不断地强调这一点："从古到今，人类的一切学问，都是探讨人对周围现实世界的关系""人与世界或人与自然的关系，成了人类一切学问的出

---

① 蒋孔阳：《美学新论》，人民出版社 1993 年版，第 149 页。
② 蒋孔阳：《美学新论》，人民出版社 1993 年版，第 156 页。

发点"①。人与世界的关系是极为复杂又千变万化的,所以,蒋孔阳先生在具体谈论美、把握美的本质所在的时候,没有采用传统的单一线性方式,而是采用立体复式的方式。

笔者在蒋先生门下受教时,常在先生的书房聆听教诲。《美学新论》出版不久,先生在书房题签送书,接过书后,我向先生请教该如何把握美的本质,先生说他是用四句话来界定美的:美在创造中,人是"世界的美",美是人的本质力量的对象化,美是自由的形象。后来,由蒋孔阳先生和朱立元教授主编的《美学原理》,正是用这四句话来给美做出界定的,②为打通美学研究的本体论瓶颈提供了具有典范价值的学理基础。读完《美学新论》之后,我向先生谈及自己的读书体会,申明自己特别在意"美是人类提高自己和超过自己的一种社会机能"。先生听后笑着点点头:你的想法有道理。

从那时起,将此想法写成文章的念头就一直萦绕在我的心间,但总是只有片段的局部,没有系统的整体,难以形成符合现代文章要求的格局和篇幅,无法将萌动的念头满意地表达出来,就像电脑开机时出现的小圆圈那样,一直在转来转去,但就是不能打开电脑。从《美学新论》出版至今,那个小圆圈转了近30年,现在,总算能够成功开机,可以在电脑上敲击键盘、输入文字、形成文章了。

蒋孔阳美学思想本体论,以没有人就没有美为学理基点和立论前提,围绕着人与世界的关系而展开。在这个过程中,蒋孔阳先生将人、社会和美这三者紧密联系在一起,根据三者之间的相互关系,指出"美是人类提高自己和超过自己的一种社会机能"③。蒋孔阳先生的这一思想,并非产生于20世纪《美学新论》出版时的90年代,而是产生于之前的80年代:

> 人不同于动物,在于他能够进行有目的的生产。当他按照自己的目的,改造自然,使自然取得了符合他的目的的形态,他就感到满意和愉快,从而产生了美感。正因为这样,所以原始人的生活虽然极其简单,但他们已经有了爱美的需要,产生了爱美的天性。是这种爱美的天性,使人不满足于自然,而要有所创造。人类的创造性是和人对于美的爱好和追求分不开的。因为人能够爱美,所以他要求超过动物,超过自己,不断地把

---

① 蒋孔阳:《美学新论》,人民出版社1993年版,第4页。
② 参见蒋孔阳、朱立元主编《美学原理》,华东师范大学出版社1999年版,第96—109页。
③ 蒋孔阳:《美学新论》,人民出版社1993年版,第156页。

自己提高。①

到了《美学新论》这里，蒋孔阳先生将早前的想法予以提炼，把问题从审美教育层面，上升到美学本体论高度，为认识美与人类和社会的关系，拓展了视野，甚或是打开了一扇新的窗口。

在人类出现之前，大千世界混沌一片。在人类进化过程中，思维能力的发展具有特别的意义。从认识外在事物，到形成相关概念，再到运用特定的声音、图形、文字等符号来表达认识成果，这个过程循环往复，混沌一片的世界便渐渐清晰起来。人类文明的前行过程，第一动力是生存需要；所谓人类社会，就是为了尽可能满足所有人的生存需要而形成的。这世界上的所有生物，不仅都有生存需要，还有发展需要。人类的发展需要，其方向如何，取决于人类社会自觉形成的先导机制，它以人类创造的语言符号，记录过往历史、研究现实对策、表达未来追求，牵引着人类从野蛮走向文明，从单纯的自然存在走向自觉的有意识的精神存在。这种先导机制，就是美，就"是人类提高自己和超过自己的一种社会机能"。

人类文明的发展方向，一定是越来越美（尽管越来越富也相伴其中）。人类在前行过程中，对美的追求与创造体现在所有方面，艺术是最集中地体现这种追求和创造的领域。而在整个艺术领域，语言艺术即文学，对艺术的其他类别发挥着先导作用，所以，研究美学，一定要注重"语言艺术在整个艺术门类乃至文化中的引导作用"②。这种作用，是美作为提高人类的社会机能的缩影：正如文学在所有艺术门类中发挥着引导作用那样，美这种社会机能对人类社会中其他所有机制都发挥着引导作用。

蒋孔阳美学本体论思想的学理，正是从人类前行的先导这个角度，来看待美和艺术、研究美和艺术的。人类社会所创造和欣赏的美，从发生顺序上讲，是先有工艺美、艺术美和社会美，最后才出现自然美的。③ 到了现代社会，艺术美对先导性的体现最为典型，社会美和自然美对先导性的体现最为普遍。

一部美学史和艺术史，其实就是一部人类文明发展的先导史。人类的实践

---

① 蒋孔阳：《谈谈审美教育》，载《红旗》1984 年第 22 期；见《蒋孔阳全集》第 3 卷，上海人民出版社 2014 年版，第 600－601 页。
② 王一川：《回到语言艺术原点：文艺美学的三次转向与当前文学的间性特征》，载《文学评论》2019 年第 2 期，第 20 页。
③ 参见蒋孔阳《美学新论》，人民出版社 1993 年版，第 150 页。

活动乃至文明前行的脚步,都是朝着美学与艺术指出的方向发展的,"人也按照美的规律来塑造"①的意蕴,应该也在于此。由此,也就不难理解世界各国古代神话中的幻想,何以在后来大都成为现实:神话中的幻想,就是远古人类所表达出来的对美的追求;经过若干历史时期的发展,这种追求一定会得到实现的。也就是说,美的追求或艺术理想,总会走在现实世界前面。

从作为人类前行先导的社会机能这个层面来研究美、把握美,与形而上的思辨研究和形而下的实证研究,是不同的路径,具有更为切近美与人类、美与社会关系实际的特色,体现出一种鸟瞰人类文明进程的大视野。从美学史上看,这种角度的研究,之前不仅有,而且还很多,只是,大多都停留在审美教育的层面,蒋孔阳先生自己也在审美教育问题上发表了许多精彩见解。但蒋先生没有就此打住,而是继续深究美在人类前进的过程中,到底发挥了什么样的作用,扮演着什么样的角色,从而在审美教育的基础上,将美上升到社会机能的高度,不仅拓展了美学研究视野,而且展现出美学本体论学理的新风貌。

美作为人类提高自己和超过自己的社会机能,其对人类前行的先导作用,主要是一种引力而不是动力。这两种力量从本源上讲,是有着根本的不同的。动力多半为物质性的、功利性的推动力,引力多半为精神性、非功利性的牵引力。比如人类对吃饭穿衣的需求,是生存的基本需求、本能需求,也就是追求丰衣足食的直接动力。当丰衣足食的目标基本达到之后,吃饭的需求就会逐步上升为各种层次的食不厌精、脍不厌细,穿衣的需求就会逐步上升为千姿百态的服装设计、人体展示,且这种上升是无止境的。人类的日常衣食住行如此,由此延伸开来的各行各业也无不如此,都是从直接动力的推动,发展到精神先导的牵引,即由实用起步,发展到在美的牵引下前行。

循此学理,就能看出蒋孔阳美学本体论思想一直是围绕着人本身展开、十分亲切近人的:美在创造中,人是"世界的美",美是人的本质力量的对象化,美是自由的形象。

三、美与异化:人类社会机能的两极

蒋孔阳美学本体论的学理基础,包含两大要点:一是明确回答人与美何者在先的问题;二是从人与社会的关系出发,指出美是人类提高自己和超过自己的社会机能。以此学理为基础的美学本体论思想,符合社会历史发展实际,也

---

① [德]马克思:《1844年经济学—哲学手稿》,刘丕坤译,人民出版社1979年版,第51页。

即经得起检验:从人类文明历史进程来看,尽管前行的路上已经遇到并将继续遇到各种各样的艰难险阻,但人类是朝着越来越美的方向前行的。

从人与社会的关系出发探讨问题的人文著作及艺术作品,一直都有。从数量上看,可谓汗牛充栋;从质量上看,亦多传世之作。近世以来,这类著作或作品都有一个特别突出、震动社会、惊醒世人的主旨:异化!

整个西方现代派文学艺术,如果只挑选一个主题来归纳的话,那无疑就是异化。异化主题通过种种方式,深刻地揭示了现代社会对人类心灵的无限挤压及其种种后果,令人类对自身的生存状况及未来前路深感悲凉、悲戚、悲怆!像《美学新论》中提及的《二十二条军规》① 一书,作品中的一众小人物,凡是自己想做的事,无论是什么,都被"第22条军规"驳回;而最绝妙的是,除了掌握"第22条军规"文本的上司,任何人不得查阅第22条军规!那具有十足象征意义的"军规",就像一堵无处不在、无时不有的高墙铁幕,密不透风地围住你,让你在生存的绝境中无法挪动半步。

钱中文教授曾谈及后现代戏剧所揭示的"异化"给他带来的震撼:

> 1985年春,我去法国进行学术访问,除了访问一些学者,法方安排我们空闲时间看些法国、俄国话剧,我们则要求专门观赏十分陌生的荒诞派戏剧。最先看到的是热奈的《女仆》,随后是尤奈斯库的《秃头歌女》《椅子》,贝克特的《初恋》,根据卡夫卡日记改编的《梦幻》等……自此以后,我对现代主义文学、艺术的看法有了一个根本性的转变,我把其中的优秀之作,视为表现人的生存艰辛的悲怆交响曲,令人回味无穷,把它们与现实主义优秀之作一视同仁了!②

艺术作品传达艺术家对社会生活面貌与人类精神状态的认识和揭示。现代派文学艺术所描写的异化现象,从社会生活的实际状态来看,已经足以这样表述了:人类前行的路上,无论过去、现在和将来,都会有异化相伴。

对于异化,西方学界较为普遍的看法是:启蒙现代性之过。凭借理性,人在上帝面前终于站立起来;不过,旋即又在理性的制宰下相当程度地失去了自我,即工具理性导致了异化现象的产生。从而,需要价值理性,即审美现代性

---

① 参见蒋孔阳《美学新论》,人民文学出版社1993年版,第383页。
② 钱中文、李世涛:《我的文学研究之路——钱中文先生访谈录》,载《文艺理论研究》2006年第6期,第55页。

来纠正、消除异化现象。从现有文献来看，审美现代性对现代社会弊病的发见，阐述深刻，令人折服，但难免时有偏颇乃至夸饰之语；其纠偏之策，集中体现为审美救赎（或审美解放）理论。从席勒的《审美教育书简》开始，中经阿多诺、马尔库塞、伊格尔顿等，审美救赎（或审美解放）俨然一条红线贯穿其间。

如果审美解放的理论是对被束缚、被压抑、被扭曲的人性而言，那么它是站得住脚、经得起时间检验的。如果审美救赎的理论是指回到被束缚、被压抑、被扭曲之前，那么，它实际上就暗含着先在性学理，难免先天不足了。因为，从社会历史发展的实际来看，处于被救赎状态的现代工业社会或者"单面人"社会中的人，真的还不如生活在被异化之前的田园社会吗？答案是否定的。那么，审美救赎理论所追求的，实际就是一个先于被救赎者而存在的抽象理念。

随着西方现代派引入中国的，还有各种各样的美学思潮与文论学派，其面貌庞杂，影响广泛。它们的共同特点之一，就是在涉及人与社会关系时，重点关注的多为异化现象，把社会当作人的对立面来看待。时下美学与文论界的著述，但凡涉及人与社会关系的，所依据学理多出于此。

异化的存在及其持久性，早已是不争的事实。美是人类提升自己和超过自己的社会机能，同样如此。在美学与文论领域，对此不必争论。但有一点需要确认，从人类社会历史的发展进程来看，越来越美与越来越异化这两个维度，哪一个才是人类前行的方向呢？答案无疑是越来越美，而不是越来越异化。美与异化，是人类社会机能的两极；在某种程度上，这两极又是经常交织在一起的。

从学理来讲，美与异化这两极，都是从人与社会关系出发而得到的研究成果，但其间的差异却有如天壤之别。就关注度而言，对异化这一极的关注远远超过对美这一极的关注。就符合对象实际而言，异化是客观存在，但不是人类前进的方向，恰恰相反，人类在前行过程中竭力避免的正是异化。从人类社会发展进程来看，美正是人类前行的方向。如果说，社会机能中的美这一极是人的本能与社会需要潜在而完美的融合，那么，异化这一极就是人的本能与社会运行机制结合的副产品。对此副产品，审美救赎（甚或解放）理论，是解决不了问题的。因为该理论只是极少人站在"上面"，弯腰把"下面"的众人往上拉，基本于事无补。作为社会机能的副产品，只有依附正产品才能克制它的弊病；美就是社会机能的正产品，令人类不断地提高自己和超过自己，对人类的前行方向发挥着引力的作用。

由蒋孔阳美学本体论学理研究可以看出，学理的重要内涵，除了理论背后的基点，还有产生于这基点的研究成果，须经得起研究对象实际状况的检验，尤其是当与社会历史有关时，必须经得起历史发展实际状况的检验。蒋孔阳先生关于"美是人类提高自己和超过自己的一种社会机能"①的思想，是经得起人类文明进程检验的。

在美学与文论研究领域，重视学理的文章近两年突然暴增：2019年及之前，知网上涉及学理问题的文章并不多；从2020年到现在，不到两年间，突然出现了几千篇涉及学理的文章。如果分类的话，它们主要涉及艺术（各门类）、教育、历史等，纯粹从美学或文论角度言及学理的文章倒还不多。这么多文章所提及的学理，主要内涵还是指理论背后更深层次的基点或起点等等之类；其实，学理内涵还应包括对从相应基点出发得到的研究成果的反省，检验其是否符合研究对象的实际状况，包括符合社会历史发展的实际状况。

由此可知，在学理的内涵中，反省、检验对象是否符合事实，为极其重要的元素。因此，应当赋予学理范畴以两大要素，通俗的说法就是：何以立足？是否契合？正式的表述可以这么说：美学与文论研究领域的学理，指的是理论观点得以生成的立论基础以及对该基础所衍生成果的审视检验。前者是指"刨根意识"，它向两个极端延伸：覆盖面尽可能广泛、聚焦点尽可能具体；极大者极小，极小者极大，两者相通相连。总体而言，学理的小调整，定会导致理论观点的大变化。后者指"反省意识"，对研究成果的检验，同样应视为学理内涵的精髓所在。阅读美学与文论研究领域的历史文献，其中如果有什么问题的话，很大一部分都是由经不起检验而引起的。

对那些问题进行仔细辨析就会发现，有的是学理不足，有的是学理不顺。学理不足，是指对理论背后基点或起点之类的关键处，把握得不准，深挖不到位，因而缺乏说服力。学理不顺是指反省检验的不足或缺位，因而在研究对象的实际状态前，常常被"卡"住，面临修改对象或者修改成果的窘境。

在美学与文论研究领域，学理不足的情况少于学理不顺的案例。有条件的当事人，能够自我纠正，实现"前修未密，后出转精"；没条件的只能留待后人评说了。美学与文论的发展过程，某种意义上就是不断纠正前人的学理、生成新的学理的过程。当然，也不排除有人用更加不顺的学理，去评价稍有不顺

---

① 蒋孔阳：《美学新论》，人民文学出版社1993年版，第156页。

的学理。近几年来学界高度重视的西方文论中"强制阐释"的现象,实质上就是学理不顺的问题。

其实,在对我国美学与文论界产生巨大影响的西方学者的著述中,发现学理不顺的情况很正常。比如,在中西方文化交流日益频繁且该势头不可逆转的情况下,分属不同文化的语言,能否言说同一对象?按照海德格尔的意思,虽不是绝对不能,但至少,两种语言之间的交流不大可能真正实现:"早些时候我曾经十分笨拙地把语言称为存在之家。如若人是通过他的语言才栖居在存在之要求中,那么,我们欧洲人也许就栖居在与东亚人完全不同的一个家中。""一种从家到家的对话就几乎还是不可能的。"① 海德格尔作为举世闻名的大思想家,其学说在世界思想史上无疑占有重要位置,他对我国学界影响之深、之广,亦少有能与其匹敌者!但他认为中西方不可能凭借不同的语言来进行交流的看法,明显经不起检验,属于学理不顺的典型个案:中西方的语言不同,实为不同民族文明进化的必然结果;从符号学角度来讲,一物多名(符号)是基本常识;中西方文化对同一对象的命名不同,是语言现象,这绝不意味着中西方不能思考同一问题,否则,翻译就不会出现了!尽管西方人所思考的问题,有可能东方人理解不了,反过来也一样;但是那个问题,西方人自己就个个都能理解吗?同一种语言的使用者,因文化等差异,在思维层次上不一样,彼此不能理解、不能交流是普遍现象、正常现象。比如就海德格尔本人而言,其国内的知音能有多少?能够平等地与他实现真正对话交流的又有多少?海德格尔所说的"不可能实现的对话",不仅存在于不同语言的使用者之间,还存在于同一语言的使用者之间,那是思维能力强弱、思考层次高低的问题,并非语言差异的问题。

蒋孔阳美学本体论思想所蕴含的学理,为当代美学与文论开拓了弥足珍贵的新空间,后来学人当永远铭记、珍惜。

(原载《汉语言文学研究》2021 年第 4 期)

---

① [德]海德格尔:《在通向语言的途中》,孙周兴译,商务印书馆 2015 年版,第 90 页。

第一章　文论价值的学理基础

开展西方文论生成的学理研究，目的其实很简单：在进行观点研究的同时，探究观点生成的学理所在，也即力求知其然，更知其所以然，从而促成观点研究与学理研究并重的局面。西方文论从古典到现代的变化，以翻天覆地来形容是毫不为过的。表面上看，这种变化是本质主义让位给反本质主义，是从重视同一性转为聚焦差异性。其实，在这变化的背后，还是先在性学理与建构性学理在发挥着最终的支配作用。自然本体论与社会本体论的差异，皆根源于此。

西方古典美学的转折，体现为三大方向：美作为"心灵之花"、美作为实践之果、艺术作为独立之物。在接受西方美学与文论的过程中，历史性地形成了"西方中心论"；随着时世的推移，该中心论也将学理性地演变为西方特色论。

第一节　同一性之殇与差异性之痒

20世纪60年代以来，西方思想界发生的最大变化，恐怕莫过于中心的转移：向来以浪漫著称的法国人，竟然在不经意之间，端坐在以不食人间烟火著称的哲学殿堂顶层。德里达、巴尔特、福柯、德勒兹、鲍德里亚、利奥塔、拉康、巴塔耶……如果绕开这些在苍穹间闪耀的群星，当代思想史还能写下去吗？不知牛气冲天的欧美列国，如何看待这一不同寻常的变化；尤其是不知产生了康德、黑格尔等大师的日耳曼民族，如何看待人类思想中心的转移。但无论如何，绝不能把这看作德国衰退的标志，理由太简单：东德、西德的和平统一，该是国力多么强盛、国运多么昌隆的标志呀！

现在看来，西方思想中心的转移，尽管离不开美国学界对法国理论别有用心的青睐，但法国思想界所掀起的、搅动了整个西方思想界的后现代思潮，不就是以追求差异性而名动天下吗？差异性所针对的，不就是以黑格尔为集大成者的同一性吗？除了追求浪漫的国度，还有哪个国家会最先吹响针对同一性的冲锋号呢？难怪有那么多人对"后现代"这个词持贬抑态度、持保留态度、持不站边态度，或是持积极响应态度、持欢呼雀跃态度……

呵呵，见仁见智吧，这个看法绝不会放之四海而皆准。比如，西方思想界很可能就有人认为法国成为思想界中心，并非有什么值得重视的事情，也根本不值得对此产生什么看法。

但是在中国，情况就有所不同了。自19世纪鸦片战争被西方列强的舰队用重炮轰开国门以来，我国思想界就一直在欧风美雨的推动下发展，大波巨澜，绵绵不绝。到了20世纪90年代，看上去热闹非凡，实则循规蹈矩的一湖春水，又遭到来自思维方式的冲击：反本质主义以黑马的姿态，突然闯入思想界。由此造成的轩然大波是：我们发现自己的思维方式，在深层次出了问题；长期以来我们在运思时所遵循的，其实是一种同一性思维模式。而该模式的关键定型者，非黑格尔莫属。

同一性的核心，是黑格尔的"绝对理念"，它与中国传统文化中的"道"，有着天然联系，因而一旦进入中国，就自然而然地落地发芽，生根开花。在同一性模式的规约之下，我们对西方近代以来主流思想的渊源及其所指，难免会产生与其本意相悖的理解，直到现在有了后现代思潮作为参照，才能在大众层面上看得比较清楚。

比如克尔凯郭尔的存在主义，针对的就是以黑格尔为代表的德国理性主义，他上承包括谢林在内的德国浪漫主义，下启张扬意志的现代思潮，生发了注重差异性、个体性的后现代思潮源头。其后的叔本华、尼采、柏格森等，皆可作如是观。昔日我们将其视为"非理性"来归类，今天看来，不妥之处在于将它与理性相对：理性的背后是同一性，意志的背后是差异性；所以，真正与理性相对的，不应称作非理性，而应称作意志，因为意志远比理性更具个体色彩和存在特征。

黑格尔围绕着"绝对理念"所建立起来的理论体系，包罗万象，可以说是传统形而上学认识论的高峰。后现代锋芒所指的本质主义、同一性等，虽然其来有自，但其最终定型还是在黑格尔手里。因此，将席卷当下西方思想界的后现代思潮称为"去黑格尔化"思潮，并不为过，其合理性也一望而知：黑格尔学说唯一的遗漏，可以说就是对活生生的个人的忽略。一向浪漫的法国人，对此已经忍受许久了，再也忍受不下去了；更何况，深受同一性之苦者众，万民所盼的，就是能够率先站在高处抡胳膊的，哪里会计较那个人是健硕还是羸弱、高大还是矮小……

西方传统形而上学认识论对万物基始的追求，一如我们的老祖宗对"道"的追求。到了黑格尔这里，他不讲认识论，只围绕着对本体的认识，讲"绝对理念"是如何展开的；到了当代，符号学出来了，对认识论的发展轨道做了一次"扳道岔":人类的认识是从形成概念、范畴并运用符号予以表达开始的,世界由此得以建构起来,包括那万物基始、绝对理念等。按照黑格尔的思路,一切都是既定的,必然走向同一性;按照符号学的思路,一切都在生成之中,同一性必然被打破。所以,后现代的差异性对同一性的拆解到了一定程度之后,就必须与符号学同行,否则难以为继。这就能够解释为什么那些后现代大师们,一个个都是语言高手,都从语言入手进行拆解同一性的工作。

从古希腊到后现代,形而上学认识论绕了多大的一个圈子呀!可见人类前进的轨迹要想呈直线状,是多么的不易。

后现代"去同一性""去黑格尔化"的原因和正当性,是毋庸置疑的。值得注意的是,学术史的发展,是由"被去"与成功之"去"交替构成的,无论作为何者,在学术史上的地位都有着无上荣光。强调这一点,为的是让参与"去黑格尔化"的当今学人,避免重犯将孩子连同洗澡水一同泼掉的错误:黑格尔是将绝对理念作为理想来追求、建构的,毫无疑问,在追求理想之路上,他大获成功,堪为后世楷模。人类不能没有对理想的追求,对同一性的拆解,不能将其中追求理想的元素也予以排斥,否则,恶劣的后果只会甚于同一性的泛滥。

从同一性之殇到差异性之痒,其间的距离,也许还不到一步之隔。学界中人,戒之慎之!

（原载《河南师范大学学报》2013年第3期）

第二节 学理及其文论价值述要

近年来,人文社科领域各专业正隐隐约约地形成一个共识:把学理作为衡量研究成果质量的重要标准。而且,学理意识还在渗入实用类文本的创作过程,如行政文书、文宣产品等在形成过程中亦相当注重学理的信息屡屡可闻。只是,在十分难得的认可学理、追求学理的共识之中,对学理具体内涵的解释却并不常见,对学理在具体学科的运用,亦所言不多。

一、学理研究与观点研究并重是文论发展的方向之一

提出学理及其文论价值这一问题的目的,在于促成文论领域观点研究与学理研究并重的局面。

我国当代文论研究,在视野、视角等方面,可以说已经与西方文论交织在

一起了。长期以来，西方文论一直以观点独特且新见迭出吸引学界目光，其中所蕴含的学理更是值得深究。文论领域的学理，是指蕴含于文论观点深处的内核意识和自省意识；学理确定文论研究过程中探索的原初点、思路的起始点、视角的切入点，支配其展开方向；学理还检验最终成果是否整体符合而不是背离研究对象的实际状况和发展趋势。观点研究与学理研究并重，对于整体把握西方文论知识生产的内在机制、助力我国文论在基础理论研究方面取得原创性成果，多有助益。

进入20世纪之后，西方学界盛行对先在性、体系性、同一性等的叛离，直至后现代思潮举起差异性的学理大旗，一时风头无两。由此，西方文论自20世纪60年代以来，在几乎令人目不暇接的各种新观点背后，发生了颠覆性的学理变化：以福柯学说为代表的形成性和断裂性，取代了以黑格尔学说为代表的先在性和连续性。同时，不同观点甚至截然对立的观点之间的较量一直存在，反对理论与重构理论之声不绝如缕，甚至以索卡尔"诈文"事件①的方式呈现出来。在我国当代文论的建设过程中，西方文论无疑发挥了重要理论资源的作用。无论是欧陆文论、英美文论还是斯拉夫文论，其不断推出的各种新观点，对我国文论均产生了深刻且持久的影响：自20世纪50年代初期开始，文学理论的学科创立、文学批评的话语实践以及文学史的模式建构，都无不或深或浅地被打上西方文论各种观点的烙印。20世纪90年代以来，在引进和借鉴日渐同步的基础上，文论界对西方文论的观点研究，学术水平日益提升，远超翻译介绍、机械套用的层次，比如对"大理论""后理论"的研究，乃至对后马克思主义代表人物齐泽克、阿甘本、巴丢、朗西埃等人的研究。尤其值得称道的是，文论界与西方文论大家的对话，正在基础理论领域展开。

只是，在概念范畴的运用方面，除了黑格尔的"学理才是基础"②，乔纳森·卡勒的"思维的思维"③，西方文论中明确提及学理一词的，尚不多见。

中国当代文论最突出的学理特色，是学习西方与独立思考两者兼备。其具体表现有四。首先，文论研究要加强学理性的呼声颇多，但正面阐释学理意

---

① 索卡尔"诈文"事件：1996年5月18日，美国《纽约时报》头版刊登了一条新闻，称纽约大学的量子物理学家艾伦·索卡尔向著名的文化研究杂志《社会文本》投递了一篇文章，标题是《超越界限：走向量子引力的超形式的解释学》。在这篇文章中，作者故意制造了一些常识性科学错误，目的是检验《社会文本》的编辑在学术上的诚实性。结果，信奉后现代主义的5位主编都没有发现这些错误，也没能够识别索卡尔有意捏造的后现代主义与当代科学之间的"联系"，大家一致同意发表该文（但事实上这篇文章最终并没有得到发表），这引起了知识界的一场轰动。
② [德]黑格尔：《小逻辑》，贺麟译，商务印书馆1980年第2版，第26页。
③ [美]乔纳森·卡勒：《当代学术入门：文学理论》，李平译，辽宁教育出版社/牛津大学出版社1998年版，第16页。

蕴、总结学理范例、研究学理变化的局面，还在形成之中；时下较常见的个案，有"路径依赖"（道格拉斯·诺斯）和"范式"（托马斯·库恩），虽借用于西方社会科学（经济学）、自然科学（科学哲学），却已融入当代文论并成为常见用语，发挥着近乎学理的作用。其次，对西方文论学理内涵的具体所指，已形成一些共识：大致认可韦勒克的内部研究与外部研究的划分；基本确定西方文论所发生的作者中心、作品中心、读者中心、理论中心的演变轨迹；等等。再次，指出西方文论对文学的强制阐释性质，并引出文学理论与文学实践"脱钩轮""没有文学的文学理论"等讨论。最后，已经能够在国际学界发声：西方文艺理论领域的权威选集《诺顿理论与批评选》（*Norton Anthology of Theory and Criticism*），已收入中国学者成果（2010 年第二版）；西方权威学术杂志《现代语言季刊》（*Modern Language Quarterly*）于 2018 年第 3 期（Vol. 79, No. 3）开设专栏"中国与西方理论的相遇"（Chinese Encounters with Western Theories），刊发三位中国当代文艺理论家的文章；另据华东师范大学 2020 年年底发布的《中国哲学社会科学国际化研究前沿报告》，中国学者在国际刊物上发表的文论成果已经小有可观了。

从当代文论进展的实际状况来看，当观点研究达到相当成熟的地步之后，将关注深层次的学理研究提到议事日程上来，就是必然的了。因此，学理研究与观点研究并重，是文论今后的发展方向之一。

二、文论学理研究的价值范围

相较于观点研究，对文论的学理研究具有独特的价值。

拓展文论研究的学理方向，可促进基础理论研究取得原创性成果。我国当代文论基础理论的研究现状并不理想。在本体论以及阐释原则等重大问题上，追随各种新观点、"跟着走"的局面尚未彻底改变，原创性成果亦不多见。从"思维的思维"或"研究的研究"角度看，我国当代文论领域的反思研究已推动了三次大讨论：文论失语症论、理论过剩论、强制阐释论。由于无论什么样的新旧观点，均会深受学理支配，此时开展文论学理研究，使之与观点研究并重，可以比反思研究更能从根本上改变基础理论研究不尽如人意的状态。

学理研究与观点研究并重，有利于创造本体阐释与他体阐释的大致均衡局面。就文学与人类的关系而言，文学是人类心灵的共同体：人类所有的经验、超验、潜验等，都可进入这个共同体。于中，包容一切的文学，与文学中所包容的一切，这两者的性质是完全不同的。围绕包容一切的文学，探讨其本身独特的意义与构成，大致属于本体阐释；面对文学中所包容的一切，将其分门别类、归为不同学科的材料，发掘其所属学科的价值与意义，大致属于他体阐释。时下得到持续关注的"强制阐释",即他体阐释的典型体现。西方现代文论的突出特色之一,就是他体阐释的规模远远大于本体阐释。中国当代文论的发展趋势,当为两种阐释的规模走向大致均衡。

"学理"有望成为可跨界使用的核心概念范畴。拥有这种核心概念范畴,是一门学科产生国际影响的重要标志。"学理"具备鲜明中国特色且蕴含丰厚,应确认其在人文科学领域可跨界使用的核心概念范畴的价值与地位。中国当代文论的话语,多有从其他学科借用的,其中一些也属于跨界使用的概念范畴,但它们大多为西方的学术话语。现在,到了建构中国特色可跨界使用的核心概念范畴的时候了,重视"学理研究"正是标志性的开端。

注重学理研究,亦能有力促进"热点"与"冷门"之间的大致平衡。文论领域的范围十分广阔,研究对象本无轻重厚薄之分。但由于一些非学术因素的干扰,作为基础研究的"冷门"与一些"短平快"式的"热点"之间,存在着较明显的失衡。学理研究的难度无疑大于"热点"研究,但其成果则具有更加持久的价值和意义,既可带动观点研究走向深化,亦能缓解"热点"与"冷门"之间的失衡状态。在某种意义上,学理研究甚至比反思研究更能促成基础理论研究的"升温"。

与观点研究的无远弗届相比,对文论的学理研究,范围集中在三大对象上。

从学理角度看,文论所研究的,无非文学、文学观念、文学阐释三者而已。只是在具体的研究展开、深入之后,文论所面对的问题才演变得越来越复杂:文学的古今差异不亚于天壤之别;在文学观念领域,搅得天翻地覆的反本质主义,其实不过是表面现象;文学阐释中的本体阐释与他体阐释,正是时下令人兴奋不已或困惑不已、极具挑战性的根本性问题。这三大部分,就是学理研究的主要对象。

(1) 古今文学天壤之别的学理研究。

文学的古今变化,从常识讲,是必然的;从学理讲,是认识论的发展所致。"求知是人类的本性。"① 这是亚里士多德《形而上学》开篇的第一句话。验证所求之知的真伪,辨别所见事物的真伪,评判文学的真伪,亦属于人的本性。普通读者很难抛开自己的本性而从另外的角度来看待文学作品。认识论在文学领域的发展路径是:真实—典型—抽象概念。② 从认识论转到审美论的关键,在于从学理上解决对真实的审美阐释:那是对人的欣赏,就人性本身而言

---

① [古希腊] 亚里士多德:《形而上学》,吴寿彭译,商务印书馆1959年版,第1页。
② 参见张世英《哲学导论》,北京大学出版社2002年版,第146–147、156页。

的；只需在情理上符合人性，不必是人性在现实世界的具体实践。认识论在哲学上受到罗蒂无镜认识论的挑战，在文学上受到印象派对真实观的挑战，目前学理上的认识尚不到位。

（2）反本质主义与同一性及本体论的学理研究。

支配反本质主义思潮的学理，包括但远不止于同一性；与同一性密切相关的，还有差异性、先在性、建构性等学理问题，尤其是本体论的学理问题，这也是自然本体论与社会本体论的区别所在。先在性是自然本体论的学理基础，建构性是社会本体论的学理基础。在反先在性的问题上，反本质主义是成功的，但在反同一性的问题上，反本质主义是不可能成功的，因为同一性是反不掉的：它不仅源于先在性，亦源于建构性。反本质主义面对社会本体论，所能提供的学理养分是：可以反掉唯一性，但反不掉同一性。

（3）本体阐释与他体阐释的学理研究。

本体阐释，即把文学当作人类审美创造的结晶，通过挖掘、把握文学文本的"言内之意"达于"言外之意"，从中领悟天地万物与宇宙人生的精妙意蕴并予以理性提炼和表达。他体阐释，则把文学当作知识生产的材料仓库，生产者从中各取所需，加工为自己属意的知识产品。"强制阐释"正是典型的他体阐释。

他体阐释的发展早已声势赫然，2007 年版的《布莱克威尔文学理论引论》(*The Blackwell Guide to Literary Theory*) 中所列举的，除了文论家，还有哲学家、历史学家、社会（运动）理论家、精神分析学家、文化研究倡导者等。正如乔纳森·卡勒所言，文学理论已成为"一系列没有界限的、评说天下万物的各种著作"[①]。受此影响，国内既有人提倡"没有文学的文学理论"，即绕过文学直接作用于社会的文学理论社会学[②]，亦有人探讨将文学与文论的脱钩趋势视为常态的问题[③]。

三、文论学理研究的三大领域

自然本体论转向社会本体论，其奠基石在语言符号，尤以联想轴与组合轴为最。索绪尔是奠基人，雅各布逊发现语言、符号两者之间的等值功能，洛特

---

① ［美］乔纳森·卡勒：《当代学术入门：文学理论》，李平译，辽宁大学出版社/牛津大学出版社 1998 年版，第 4 页。

② 参见金惠敏《没有文学的文学理论——种元文学或者文论"帝国化"的前景》，载《文艺理论与批评》2004 年第 3 期，第 90 页。

③ 参见朱国华《渐行渐远？——论文学理论与文学实践的离合》，载《浙江社会科学》2020 年第 12 期，第 143 页。

曼将两根轴理论与人脑左右半球的分工机能相联系。没有这块奠基石，西方文论中的社会本体论就失去了立足之地。也就是说，西方文论转向社会本体论的学理，始于现代符号学的联想轴与组合轴。对文论的学理研究，可以越过，但不可忽略这个起点。由此向前，进入文论学理研究的三大领域。

（1）文学变化的学理研究：从认识论前提的确定到历史哲学。

文学之变的认识论根源："求知是人的本能"；文学的认识本性是与生俱来的。认识论前提的确认：笛卡尔的"我思故我在"，解决了古希腊以来确定认识论前提时所面临的"无穷后退"难题；康德的"哥白尼革命"，解决了认识的普遍性依据难题。认识论走向历史哲学、走向抽象的必然性及其影响，从整体上说明古今文学的面貌差异，与认识论发展状态是相符的。

文学之变的历史观根源：经典作家以对历史发展整体的客观把握为己任，巴尔扎克的目标就是要像拿破仑用剑创造历史那样，用手中的笔来创造历史；新历史主义则认为，历史不只是发生了什么事件，还包括对这事件的叙述，而叙述本身就是一种建构。这种变化的学理在于：假如历史是一条长河，前者认为作家就是岸上的观察者，后者认为作家也是长河中的浪花，不可能站在岸边观风景。

文学之变与典型理论影响的消长：由认识论延伸而来，真实是文学的内在追求。真实论在文学演变过程中的发展状况：追求真实—追求典型—追求抽象。在印象派、无镜认识论、宏大叙事等标志性理论的冲击下，真实论理论谱系的影响日渐消退，但并不意味着它会消失；而在消化了诸多重磅冲击，与审美论、价值论等较好融合之后，尤其是在处理好抽象概念与生动形象之间的关系之后，其影响力会逐渐回升。

（2）文学本体论的学理研究：从先在性到建构性。

反本质主义与文学本体论学理研究：新时期以来，对我国文论界影响巨大的西方文论学理，首推反本质主义。迄今反本质主义的成功，在于以建构论消解本质论僵化对象、固化对象的弊病，但其并未深挖本质论背后的先在性及自然本体论。支配本质论的同一性，由认识论中的镜喻传统和树喻传统所支撑。从某种意义上说，本质论只是同一性的表现，正如反本质主义只是差异性的表现。

文学实践与反本质主义学理研究：在文学实践领域，本质论的表现有独白、宏大叙事、同一美学等，反本质主义的表现有复调、私人叙事、对立美学等。独白与复调之间，是可以相容、共存的。同一性既是先在性，也是建构性的产物，反本质主义只对自然本体论有效；在社会本体论中，本质论是反不掉的。文论研究从自然本体转向社会本体，将形成认识论、价值论、审美论与符号论等诸本体并行的新格局。

文学本体论背后的自然本体论与社会本体论："文学是什么"受制于"世界是什么"。自然本体论强调世界的先在性，一切有待人类去发现；社会本体论强调世界的建构性，大千世界是人类建构的。基于自然本体论的文学，最高追求是把握唯一。认识论中的真实论，在文学实践中遇到了瓶颈，根源就在这里。基于社会本体论的文学，既追求差异性，也建构同一性和整体性，但不追求唯一。古今文学的面貌迥异，学理依据即在于此。

（3）文学本体阐释与他体阐释的学理研究：从围绕文学到脱离文学。

文学的本体阐释与他体阐释：文学的本体阐释，必定围绕着文学进行阐释。然而，脱离文学的他体阐释，或者说不是文论的文论，不仅大量存在，风头甚至有时盖过本体阐释。作者创造作品，赋予其意蕴，这原本是再简单不过的常识。但是，阐释实践证明，要想完全抓住作者原意是不可能的。西方近代的法朗士宣称，批评就是灵魂在杰作中的探险；① 狄尔泰发现阐释过程中存在"阐释的循环"之后，阐释的重心便逐渐转到由接受者赋予作品意义上来了。② 随着本体阐释的学理研究更加丰富、成熟，两者之间的失衡状态会慢慢趋向平衡。

文学本体阐释的三大范式：形式与内容、符号与意义、文体与心灵。它们分别基于自然本体论、社会本体论和中国古代审美论的当代建构。在"形式与内容"那里，文学建构的要旨在于通过特定形式传达特定内容，如"美是理念的感性显现"③。在"符号与意义"那里，文学建构的要旨在于通过符号形成意义，但这"意义"常常只是符号的能指本身。在"文体与心灵"那里，文学建构的要旨在于究中外离合甘苦，通古今渔樵江渚，成此生冰心玉壶。三大阐释范式之间可以通约，尤其可以兼容、交叉。

文学他体阐释中的强制阐释：西方文论是我国当代文论建设过程中的重要理论资源。值得注意的是，那些深深影响我国学界的西方文论，多半属于对文学的他体阐释。"强制阐释"特指现代西方文论在阐释文学作品时生搬硬套的现象。希利斯·米勒教授认为，"强制阐释"这样的概括，"差不多全盘否定

---

① 参见［法］法朗士《〈生活与文学〉第1卷序言》，见伍蠡甫主编《西方文论选》下卷，上海译文出版社1979年版，第267页。
② 参见张隆溪《二十世纪西方文论述评》，生活·读书·新知三联书店1986年版，第180、177页。
③ ［德］黑格尔：《美学》第1卷，朱光潜译，商务印书馆1979年版，第142页。

自20世纪初以来的西方文学批评理论"①;从学理来讲,日后还是称之为他体阐释中的典型形态为宜。

西方文论的学理转向研究:从西方中心论到西方特色论。西方中心论的学理,创自黑格尔的《历史哲学》。时下,建构中国特色文论话语体系与扭转"西方中心论",已经成为文论界的共识。这两项工作之间,呈现一种互为因果的前提循环:只有真正摆脱了"西方中心论",才能真正建立中国特色文论话语体系;反之亦然。走出这个"前提循环"的唯一正途,就是以"西方特色论"取而代之。

四、文论学理研究的焦点所在

从目前情况来看,文论领域出现的学理问题,多为两类:学理性不足和学理性不顺。

前者是指学理中核心意识的提炼和贯彻没有到位,因而研究成果缺乏一以贯之的红线,以致见识模糊,逻辑不严,说服乏力;后者是指学理中自省意识的不足或缺位,因而在检验研究成果是否大致符合研究对象实际状况时,经常被"卡"住,除非修改对象或修改结论才能顺下来。

从文论研究现状看,学理性不顺的情况往往多于学理性不足的案例。也就是说,学理在文论研究中的体现经常是不均衡的:核心意识较少离场,自省意识较多缺位。因此,文论领域学理研究的焦点所在,就是核心意识与自省意识缺一不可,并努力避免此强彼弱。

学理性不顺的情况,大量存在于各种文论著作与论文里。当事人中,有的能够自我纠正,所谓"前修未密,后出转精";有的则只能任由后人评说了。当然,也不排除后人用更加不顺的学理,去纠正前人稍有不顺的学理的情况发生。文论发展史的潜在主线,其实就是不断生成学理、纠正学理的过程。

现实中,也不乏亲身体会学理不顺的机会:在笔者参与的一次学位论文答辩会上,有篇论文研究现代文学中的饥饿描写,这个选题其实非常好;但是,论文作者选取了比较新潮的一种理论来进行阐释论证,认为饥饿是人的某一器官即胃部在饿,不关人的事。这样的理论,显然缺乏自省意识,甚至直接无视常识了。

时下,正得到学界较高关注的西方文论中的"强制阐释"现象,其实也就是自省意识缺位,学理性不顺:对研究结果违背研究对象实际状况之处,视

---

① [美]希利斯·米勒:《西方文学理论在中国》,李松译、卢絮校,载《长江学术》2019年第2期(总第62期),第25页。

而不见或不管不顾。

就学理研究中自省意识的落实而言,首先,务必妥帖把握学理研究与观点研究的关系、本体阐释与他体阐释的关系。观点是学理的运用和发挥,学理是观点的依据与根源。学理的小变化,能导致观点的大变动。本体阐释始终都在围绕着文学,他体阐释虽脱离文学,但能为本体阐释提供学理启发;两者有主客之分,无轻重之别,在文论领域具有同等重要的地位。

其次,务必妥帖把握自然本体论和社会本体论的关系、基于其上的两种文学之间的关系。文学古今面貌的差异,就是两种本体论的不同所致。两种本体论和基于其上的两种文学,既彼此区分又相互渗透。传统认识论与当代审美论的融合,可化解一个矛盾:一方面文学实践与真实论、典型论密切相关,另一方面文学理论却对它们避而不谈。

再次,务必注重对现象学学理的把握。西方文论发展史上,印象派的真实观首先发起对传统认识论真实观的颠覆性冲击。如何从学理上把握这种颠覆的合理性与局限性,掌握现象学是不二之选。

最后,务必注重对"强制阐释"的评价。在西方现代文论中,"强制阐释"现象的确存在;但是,"强制阐释"一词的否定色彩是否过重?如果将"强制阐释"改称为"他体阐释"的典型形态,是否更加符合文学阐释活动的实际?

(原载《粤港澳大湾区文学评论》2021 年第 4 期)

第三节 文明共同体视野与文论话语的学理建构

当代文论话语是中国特色哲学社会科学话语体系的重要组成部分,其建构涉及诸多方面,尤以学理建构为要。文明共同体视野对文论话语的学理建构,具有理论创新意义和实践指导意义。

一、文明共同体视野为超越西方中心论提供学理自信

新时期以来,在几代学人的共同努力下,中国当代文论研究所取得的成绩有目共睹,定将彪炳史册。随着改革开放进程的日渐深入,我国综合国力不断增强,文化软实力与经济硬指标暂时不能完好匹配的问题也渐渐凸显,国人的目光开始注意到经济指标之外的国际话语权的重要性。在此大背景之下,近年来人文社会科学各个领域都非常重视话语体系的建构。作为以对社会影响最具

普遍性的文学为研究对象的文论界,更是一马当先。文论话语体系的建构,离不开已经硕果累累的关键词的支撑,离不开正在经历更新换代的核心概念范畴的奠定,同时,也离不开方兴未艾的学理建构。

文论话语建构中的学理,通俗地说,就是对研究过程具有思维导向作用的思想"导航仪":在文论研究过程中,研究者的思想与思维,总会或显或隐地遵循特定的原理、法则,总会或明或暗地围绕特定的起点、中轴,也总会有意或无意地学习特定的榜样、惯例。文论话语的建构,固然与诸多关键词以及核心概念范畴直接相关,但归根到底,还是要受制于学理。

一段时间以来,"失语症""强制阐释"等话题成为文论界的大热点。导致这些现象的原因固然很多,但其中或明或暗、或隐或显包蕴着的"西方中心论",恐怕才是问题的关键所在。如果仅仅就事论事式地对文论研究中的"西方中心论"倾向进行批评,容易陷入"批而不作"、站在原地高喊口号的局面。时下文论界所追求的,是针锋相对地提出足以取而代之的相应关键词、概念范畴之类,从而做到以我们自己建构的文论话语为中心。尽管做到这一点很难很难,但这一目的迟早总会实现的。问题在于,当今之世,要想做好任何事情,都不能无视经济全球化、信息同步化这个大背景:在追求或保持文化民族化的过程中,已经不可能存在独孤一味的"纯净的"民族文化空间了;也就是说,已经不可能将外来元素从我们自己的文论话语中干净、彻底、全部地剔除出去了。因此,真正切合实际的追求目标,是建立一种学理自信:学习西方文论,但不盲从西方文论,更不排斥西方文论,坦然淡定地进入中西文论彼此交流互鉴、共同发展的境界。

人类文明共同体视野,提供了这种学理自信。

众所周知,长期以来主导国际关系格局的,都是西方人提出的理念,比如自我中心论,比如零和博弈论,比如丛林法则,等等。当中国以不可逆转之势呈现大国崛起的雄姿时,西方世界一方面以"修昔底德陷阱"为理论依据,以各种借口、各种方式来遏制中国;另一方面则以普世价值观为由,贬损中国的崛起。如曾有西方政要这么说过:三流国家输出劳动力、二流国家输出产品、一流国家输出价值观。

的确,以往在全球流行并在学界得到普遍认可的比如"地球村""全球化"等理念,都是由西方学者提出来的。而现在,已经得到联合国认可并予以推行的"人类命运共同体"理念,却是第一次由习近平代表中国政府提出并向全世界宣示的;十九大报告中,第十二部分更是集中阐释了"坚持和平发展道路，推动构建人类命运共同体"思想。① 与现有主导国际关系格局的价值观相比，中国人建构的具有全球意义的价值观，摒弃了那种一家独尊、非此即彼的二元对立思路，着眼于人类只有一个地球，各国共处一个世界，倡导利益兼顾，共同发展，化解彼此猜忌、对抗、杀戮的局面。

人类命运共同体理念内涵丰富，其中既体现出建立新型国际关系的现实针对性，亦包含着从理论维度思考人类社会历史与现实的文明共同体理念，后者的学理蕴含，可从根本上抗衡并超越人类社会学中的"丛林法则"以及宇宙社会学中的"黑暗森林"。

从理论角度看，无论是国际关系还是价值观念，"西方中心论"其实都源自弱肉强食的"丛林法则"；在某种意义上甚至可以说，该法则一直伴随着人类文明进程并且已经内化为文明构成元素了。认识不到这一点，尤其是避免不了这一点，国际社会中的利害关系博弈和价值观念博弈，就会在以新的中心来代替现有中心的"丛林法则"轨道上无限循环下去。也正是在这一点上，可以说人类文明并未真正进入与"技术爆炸"所产生的飞速发展相匹配的新阶段。刘慈欣在《地球往事》三部曲里所描绘的宇宙社会学中的"黑暗森林"状态，其实质就是将人类社会中的"丛林法则"放大到极限，从而让人类自己能够清晰地看到，在宇宙社会的"黑暗森林"中，极高等级的文明出于戒备，是如何轻松地"清理"地球文明的：

在宇宙社会学中，基于"猜疑链"和"技术爆炸"，各种文明要想生存长久，必须"藏好自己，做好清理"②。清理的方法极为简单，像打台球那样，将一颗小石子似的质量点，击向被发现的星球，质量点的能量之大，足以轻松洞穿星体，造成整个星球熔化般的大爆炸。在这种灭顶之灾面前，人类连羔羊般的挣扎都做不出，而更大的悲哀还在于，高等级文明星球上负责这种清理工作的，竟然都只是基层人员！一位名叫"歌者"的清理员发现地球文明之后，觉得使用传统的清理方法可能会存有残留物，便申请使用"二向箔"——一张类似A4纸大小的纸片，将其扔向地球后，三维文明被整体"二维化"了，即地球连同整个太阳系都被平面化、无任何死角地被毁灭了。

文学作品中的"黑暗森林"意象，尽管不能被当作地球文明的真实写照，但它对于人类反省自身的文明状态而言，是极具启示意义的。

不管在地球文明之外，是否真的还有太阳系文明、银河系文明、宇宙文

---

① 参见习近平《习近平谈治国理政》，外文出版社2014年版，第261页；中国共产党十九大政治报告第十二部分"坚持和平发展道路，推动构建人类命运共同体"。

② 刘慈欣：《地球往事·死神永生》，重庆出版集团/重庆出版社2012年版，第396页。

明,在现实里,科学家们早已启动寻找外星文明的计划。而且,就在《地球往事·黑暗森林》里,人类也明确表明:"黑暗森林"状态是可以通过交流、协商来消除的。①

能够抗衡并超越人类文明中"黑暗森林"式"丛林法则"的,就是人类文明共同体视野,这是文明发展进化新阶段的标志。地球文明的长久生存之道,在于消除杀戮,平衡利益,协商发展。历史早已证明,任何依靠武力或强权建立起来的中心,都不可能长久维持。在人类文明进程中,任何物质力量和精神力量,其影响力再大,也不可能通过"清除"其他力量的方式来保持自己的地位。

人类文明共同体视野为中国当代文论提供学理自信的关键在于能够抗衡并超越"丛林法则"支配下的西方中心论。在人类文明进化过程中,不同民族、不同国家文明的影响力总是处于变动之中,而不同民族、不同国家文明的特色却能够长久不变。这就说明,对人类文明共同体各组成部分来说,高下的区别只是暂时的,特色的价值则是永恒的。所以,在人类文明共同体内,任何民族和国家,都有足够的理由按照自己的思路来独立发展,都大可充满自信地建构自己的特色文明;向当下影响力更大一些的文明学习,理所应当,以与之"靠齐"为目标则大可不必。

有了人类文明共同体视野提供的学理自信,中国当代文论话语体系的建构,就可以省去很多纠结和犹豫了。不同体系的文论话语,其价值在于特色而不在于高下。在当今全球信息同步化的时代,我们的文论建构,不可能视其他话语体系为无物,也没必要以向别的话语体系靠拢为目标。因此,不必抱怨在学习西方文论时,没有同步、没有学好,而是"拧着来",② 更不必自责甚至指责为什么老是跟在西方后面、老是用西方理论来阐释中国文学的现象。建立起专业的学理自信,扎扎实实地做研究,中国当代文论定会越做越好、越来越具有民族特色。

二、文明共同体视野为深化对世界文学的认识提供学理启示

众所周知,无论在国内还是国外,文论界(包括比较文学界)早就接受了歌德、马克思提出的"世界文学"观念。同时,围绕着如何理解世界文学的内涵,以及如何理解世界文学与民族文学的关系,也产生了诸多正常的

---

① 参见刘慈欣《地球往事·黑暗森林》,重庆出版集团/重庆出版社 2012 年版,第 432 页。
② 参见李春青、程正民、赵勇等《中国"文化诗学"研究的来路与去向》,载《河北学刊》2017 年第 2 期。

分歧。

根据原始文献，歌德与马克思先后提出的"世界文学"概念，内涵差异极大；而两者的共同之处则在于，都由此引出了关于世界文学与民族文学的关系问题。

在中外文学理论史上，歌德是第一个提出"世界文学"这一概念的。1827年1月31日，歌德在与爱克曼谈话时，不经意间说了一大段后来成为里程碑的话语，意味着人类对文学的认识，开始进入一个新的阶段："我愈来愈深信，诗是人类的共同财产。诗随时随地由成百上千的人创作出来。……每个人都应该对自己说，诗的才能并不那样稀罕，任何人都不应该因为自己写过一首好诗就觉得自己了不起。不过说句实在话，我们德国人如果不跳开周围环境的小圈子朝外面看一看，我们就会陷入上面说的那种学究气的昏头昏脑。所以我喜欢环视四周的外国民族情况，我也劝每个人都这么办。民族文学在现代算不了很大的一回事，世界文学的时代已快来临了。现在每个人都应该出力促使它早日来临。"①

歌德的这番话，是由阅读中国传奇小说所受到的启发，表达了三层意思：首先，他觉得中国传奇作品所表达的，都是跟德国民族一样的"同类人"的想法，这说明不同的民族在思想、行动以及情感等方面，都是大致相同的；当然，中国人的情感在某些方面，比如道德，特点十分鲜明。歌德因此指出，各民族都拥有自己的文学艺术且其均具独特价值，诗并非某个民族的专利，而是人类的共同财产。其次，歌德是非常注重创作才能的，但是在这里，他接下来所说的，是一再强调不要把诗的才能太当回事，还劝告那些成名诗人不要太自恋、自大，任何诗人包括歌德自己，都不要把自己当作唯一的诗人，如果那样做的话，只会把自己围于一个小圈子内，成为井底之蛙。再次，就一个民族而言，某人具备诗的才能，不是什么稀罕的事；就全人类而言，某个民族拥有自己的文学，也不是什么稀罕的事。正如单个诗人在民族文学范围内不能自称唯一那样，单一的民族文学，在世界文学范围内也没有资格自称唯一，而世界文学的时代就要到来了。至于世界文学的内涵，虽然歌德在这种有感而发中不可能予以具体解释，但一定包含着他在这段话中所提及的三要素：人类共同拥有、超越了个人局限、超越了民族局限。

后人在阐释世界文学的内涵时，主要依据的也是这三要素。比较典型的有韦勒克、沃伦，他们讨论问题的出发点，是将比较文学与"世界文学"或"总体文学"相等同，在"人类的共同财产"的意义上，指出世界文学与经典

---

① ［德］爱克曼辑录：《歌德谈话录》，朱光潜译，人民文学出版社1985年版，第113页。

作品的密切联系:"'世界文学'就变成了'杰作'的同义词,变成了一种文学作品选。"① 韦勒克和沃伦对"世界文学"内涵的看法,在我国文论界得到较多的认可。②

在歌德提出"世界文学"20年之后,马克思在著名的《共产党宣言》中也提到了"世界文学":"资产阶级,由于开拓了世界市场,使一切国家的生产和消费都成为世界性的了……过去那种地方的和民族的自给自足和闭关自守状态,被各民族的各方面的互相往来和各方面的互相依赖所代替了。物质的生产是如此,精神的生产也是如此。各民族的精神产品成了公共的财产。民族的片面性和局限性日益成为不可能,于是由许多民族的和地方的文学形成了一种世界的文学。"③ 值得注意的是,编者对这里的"文学"一词加了一个注释:"这句话中的'文学'(Literature)一词是指科学、艺术、哲学等等方面的书面著作。"

在这里,就像歌德说"诗是人类的共同财产"那样,马克思也提到"各民族的精神产品成了公共的财产"。但马克思与歌德的着眼点却大不一样。首先,歌德是受到域外文学的启发,发出呼吁、提出告诫:诗人不能甘当井底之蛙,要跳出小圈子的局限,迎接世界文学的到来。而马克思所论及的,则是科学社会主义理论的时代背景:资产阶级的生产方式和生产效率,形成了世界性的工厂和世界性的市场,一切都世界化了,包括物质产品的生产和精神产品的生产;与歌德呼吁诗人要超越个人局限、民族局限相反,马克思认为,在物质生产与精神生产都已世界化的时代,无论主动与否,安于"民族的片面性和局限性日益成为不可能"了。这一点,不仅歌德没有机会想到,就连现在,恐怕也还有人没有真正意识到。在这个意义上,莫应丰的长篇小说《桃源梦》④ 当是对此的一个绝好注脚。其次,马克思所说的世界"文学",并非专指文学艺术,而是指人类有关自然科学和人文科学方面的精神产品;而精神产品的生产过程,交织着各民族的互相往来和互相依赖,恰如物质产品的生产那样。由此,世界文学的特质也就得到清晰的说明:在各民族互相往来、互相依

---

① [美]韦勒克、沃伦:《文学理论》(修订版),刘象愚、邢培明、陈圣生、李哲明译,江苏教育出版社2005年版,第44页。

② 参见冯文坤《理想与信念——论歌德的"世界文学"》,载《上海师范大学学报》(社会科学版)2001年第1期。

③ [德]马克思、恩格斯:《共产党宣言》,见《马克思恩格斯选集》第1卷,人民出版社1972年版,第254-255页。

④ 莫应丰的长篇小说《桃源梦》,首次刊登于人民文学出版社1986年建社三十五周年纪念专刊《当代长篇小说》;1987年人民文学出版社出版了单行本。

赖的基础上创造出来的文学经典,既具有鲜明民族特色,又为全世界所共享。

资料显示,近年来西方,主要是美国的"反世界文学"理论家们,指责马克思的"世界文学"概念,并将其与资本主义联系起来,这就另当别论了。①

根据歌德和马克思关于"世界文学"理论的原始文献,可知"民族文学"的存在,是"世界文学"问世的前提。两者之间的关系,自然成为后世绕不过去的话题,相关的讨论一直绵延不绝。从原始文献的角度来看,有必要弄清"民族的就是世界的"或"世界的就是民族的"这两句话的出处:直至2017年,仍有文章认为这两句话是歌德说的,但没有注明出处。② 在《歌德谈话录》里,也找不到这两句话。

有关这两句话的众多未注明出处的转引中,鲁迅先生的一段话常常被拿来当作有力的佐证,以说明"民族的就是世界的":"木刻还未大发展,所以我的意见,现在首先是在引起一般读书界的注意,看重,于是得到赏鉴,采用,就是将那条路开拓起来,路开拓了,那活动力也就增大……现在的文学也一样,有地方色彩的,倒容易成为世界的,即为别国所注意。打出世界上去,即于中国之活动有利。"③

以歌德之名传遍天下的这两句话,是否能找到准确的出处,现在看来也许并不重要。笔者认可钱中文先生的观点:它们不过是在理解民族文学与世界文学之间的关系时,所产生的两种不同的观点——或者偏向本土化,或者偏向全球化。④

任何文献,都具有明确的原始语境和原始意义。随着时间的推移,解读文献的语境及解读结果都会发生变化。文献的原始意义与当下意义之间,逻辑关系紧密,递进层次分明,这是解读文献的朴实而理想的追求。在这个意义上,人类文明共同体视野,为歌德和马克思"世界文学"概念内涵的解释,以及"世界文学"与"民族文学"之间关系的解释,提供了学理启示:无论从人类共同财富的角度出发,还是从着眼于开拓诗人眼界、着眼于工业化带来的世界化角度出发,"人类文明共同体"的涵盖面和涵盖力度,都是对前者的推进;

---

① 参见张荣兴、方汉文《马克思"世界文学"观念的新阐释》,载《苏州大学学报》(哲学社会科学版) 2017 年第 4 期。
② 参见张荣兴、方汉文《马克思"世界文学"观念的新阐释》,载《苏州大学学报》(哲学社会科学版) 2017 年第 4 期。
③ 鲁迅:《致陈烟桥》(1934 年 4 月 19 日),见《鲁迅全集》第 13 卷,人民文学出版社 2005 年版,第 81 页。
④ 参见钱中文《论民族文学与世界文学》,载《中国文化研究》(2003 年春之卷),第 20 页。

"世界文学"时代的到来，是人类文明发展进入工业化时代的必然产物，是工业化所带来的全球化的必然产物。当今之世，全球范围内的信息传递已进入同步化时代，人类文明共同体的绚丽多姿、丰富多彩由不同民族文明创造的特色构成，文学艺术在其中尤其发挥主力军作用；人类文明共同体拒绝同质化的发展导向。

三、文明共同体视野为"和而不同"、交流互鉴进入自觉时代提供学理依据

从世界历史来看，人类文明的进程，始终伴随着各国、各民族不同文明间的交流互鉴，任何闭关锁国都只会自绝于世界。"文明因交流而多彩，文明因互鉴而丰富"①，正是对人类文明发展基本规律的精彩总结。

中华文明始终以包容开放的心态吸收外来文明的优秀成果，同时将自己的优秀成果展示给世界。

在世界四大古文明中，中华文明之所以能历经劫难仍长盛不衰，奥秘之一就在于中华文明始终对其他国家、其他民族文明持开放包容、学习借鉴的态度。纵观历史，中华文明至少有三次大规模吸收和借鉴其他文明优秀成果的高潮，每一次都改变了我国思想文化的整体格局，促进中华文明得到更好的发展。这三次对其他文明优秀成果的大规模吸收，一是两汉到唐宋时期中华文明对印度佛教的吸收、借鉴及中国化；二是鸦片战争至中华人民共和国成立期间，中华文明对西方文明的广泛吸收和对传统文化的改造；三是改革开放以来，我国对西学的广泛吸收和精深研究。每一次大规模对外开放学习，都伴随着其他文明元典的大量翻译，都给中国人的思维方式和话语方式带来重大转变，对中华文明的繁荣兴盛起到了巨大促进作用。

需要特别说明的是，第二次大规模学习借鉴其他文明优秀成果期间，主动与被动是交织在一起的。其间一个现象尤其值得关注：在辛亥革命前后出国学习其他文明的一大批前辈学人中，前往"东洋"日本的，更多注重现代化工业文明的先进性；而前往"西洋"欧美的，则还注意到现代化工业文明已经产生的负面社会影响。

中华文明源远流长，丰富多彩，在与其他文明的交流过程中，贡献巨大。西方文明对中华文明的学习借鉴，首先是具体的物质工艺品。比如，丝绸及其所承载的服饰文化，瓷器及其所承载的制造工艺、绘画技巧、色彩搭配艺术，茶叶及其所承载的茶文化，等等。中国古代四大发明对西方文艺复兴所具有的

---

① 习近平：《习近平谈治国理政》，外文出版社2014年版，第258页。

重要推动作用,更是举世公认。

至公元1500年后,西方文明也开始了对中华文化的学习接受。

我国儒家文化很早就影响到周边国家,如朝鲜、韩国、日本和东南亚诸国,这些都属于典型的儒教国家。16—18世纪,经由传教士,特别是经过以利玛窦等为代表的开明博学传教士的译介,儒学成为西方了解中国的重要思想资源,并成为当时西方启蒙运动的主要思想背景之一。这一时期欧洲的重要思想家都广泛受到儒家思想的影响:法国启蒙思想家伏尔泰被誉为"欧洲的孔夫子";德国哲学家莱布尼茨通过传教士了解中国,出版《中国近事》等书,形成其文化互补理论;黑格尔从欧洲中心论出发,对孔子思想的评述带有某些偏见,但对中国文化缺陷的批判则足以引起我们的注意;存在主义哲学家雅斯贝尔斯把中国作为其思想的第二故乡,他在《大哲学家》中把孔子列为思想范式的创造者,与苏格拉底、佛陀、耶稣并列。

现代以来,新儒学在美国、欧洲以及我国台湾、香港等地得到普遍关注和研究,儒家所倡导的"和而不同""己所不欲,勿施于人"等思想和行为准则,在世界范围内得到越来越普遍的认可。21世纪以来,我国的孔子学院在世界各国均有开设,已经成为中外文明交流的重要平台和渠道。

与其他文明交流互鉴,是本民族文明发展过程中不可或缺的重要动力。中华文明既从外来文明中汲取了大量养分,又对人类文明做出了不朽贡献,比如四大发明,以及当今的人类文明共同体理念。时下,中华优秀传统文化中所倡导的"和而不同"思想,追求和谐与多样性的统一,堪称人类文明共同体理念的核心原则。

中国古人早在《左传》《论语》等典籍中,就反复提及"和而不同"的思想并加以论述。和谐可以分为不同层面:以和为贵的人际关系和谐;以政通人和为标志的社会和谐;讲究天人合一的人与自然和谐;协和万邦、天下大同的民族国家和谐。和谐的最终目的是协和万邦,建立世界大同的人类文明共同体。

对"世界大同"理想的追寻,一直以来都是中华优秀传统文化的重要建构内容。在我国第一部诗歌总集《诗经》中,就有关于对"乐土"的期盼——"乐土乐土,爰得我所"[①],反映了我国先民对没有剥削、没有压迫的理想家园的向往。在东晋诗人陶渊明笔下的"桃花源"中,民居是"阡陌交

[①] 《诗经·魏风·硕鼠》,见林庚、冯沅君主编《中国历代诗歌选》上编(一),人民出版社1980年版,第23页。

通，鸡犬相闻"，居民则"黄发垂髫，并怡然自乐"①，一派无忧无虑的美好田园景象。这些都是文学家对理想中"大同世界"的描绘。从康有为的《大同书》，到孙文的"天下为公"，再到毛泽东笔下的"环球同此凉热"，这些则是政治家对理想中"大同世界"的展望。

中华民族的历史也是各民族融合的过程，中华文明就是以汉文化为基础的56个民族和谐共处的文明共同体。在中华文化范围内，多民族和谐共处的文化大同世界早已形成，时至今日，56个民族各自保存自己的生活方式和文化特色，13亿人口和谐凝聚成为一个现代强国，不同民族的人民在生活方式和文化传统上相互尊重、取长补短，彼此尊重各自的文化特色和信仰。这种多民族文化的包容统一，显示出中华文化多样和开放的深厚底蕴，更是打下人类文明共同体理念的坚实基础。

在各民族文明进程中，"和而不同"、文明交流互鉴，既是自然发生的，也是必然会发生的。人类文明共同体理念，是对这种自然和必然会发生的结果的精到概括和总结。历史早已证明，凡是刻意自我封闭、拒绝与其他文明交流沟通、拒绝学习借鉴外来文明的民族国家，迟早都会落伍、遭受奴役甚至消亡。同时更要看到，任何文明在历史发展的大趋势面前，其实是很难拒绝外来文明影响的，正如马克思指出的那样：在生产和消费已经世界化的时代，"各民族的精神产品成了公共的财产。民族的片面性和局限性日益成为不可能"②。

从文明共同体视野来看，以往论及中华优秀文化传统中"和而不同"思想时、在强调文明发展过程中交流互鉴的重要性和必要性时，总是蕴含着阐释、辩解、呼吁、提倡之意。人类文明共同体视野的创立，带来了学理上的根本变化，使这种外在要求转化为各民族文明发展过程中的内在自觉。也就是说，人类文明共同体视野为"和而不同"、交流互鉴进入全新的自觉时代，提供了学理依据。

（原载《暨南学报》2018年第2期，人大复印资料《文艺理论》2018年第6期全文转载。原文发表时加上了课题组一位成员的名字，因没有参与实际写作过程，此处便隐去其姓名）

---

① 〔东晋〕陶渊明：《桃花源记》，见《古代散文选》上册，人民教育出版社1963年版，第315页。
② 〔德〕马克思、恩格斯：《共产党宣言》，见《马克思恩格斯选集》第1卷，人民出版社1976年版，第255页。

第四节　西方古典美学的转折

——克罗齐美学思想的历史地位与作用

西方古典美学的转折体现为三大方向：美作为"心灵之花"①——心理学美学；美作为实践活动之果②——马克思主义美学；艺术作为独立之物——克罗齐美学。克罗齐美学思想的基点，是针对以黑格尔为代表的古典美学中的艺术消亡论，从逻辑的角度，论证了艺术是可以不依赖于理智而独立存在的。古典美学的三大转折方向，从拓宽美学研究领域的角度看，心理学美学思潮的影响更大；从美学史上的实质性突破的角度看，马克思主义实践论美学的意义与价值更大；从对现代美学发展的影响的角度看，克罗齐艺术独立理论的作用更大。

一、古典美学的三大转折方向

如果把美学思想的发展比作人类心智的一场无终点的接力赛的话，那么，在克罗齐美学思想的研究中，转换一下视角应该是很有必要的：克罗齐从哪一条跑道起步？他的终点在哪里？他跑的又是哪一棒？答案是很明确的：他的起步处是古典美学③，他的终点则是现代美学，他所完成的任务，是从理论上确立艺术的独立地位。

古典美学的转折，是历史发展的必然结果；古典美学的三大转折方向，则是由它自身所孕育出来的。

以康德为奠基人、以黑格尔为集大成者的古典美学，不仅是文艺复兴以来欧洲美学思想发展的一个高峰，也是对古希腊以来欧洲美学思想的全面而系统的总结。当黑格尔那无所不包的庞大体系，随着"绝对理念"的最终显现而宣告封顶完工的时候，古典哲学的发展也就因为达到巅峰而无以为继了。古典哲学的终结，同时也宣告了古典美学发展过程的完毕与转换方向的开始。由于古典美学既取得了巨大的历史功绩，又存在着深刻的内在矛盾，这便使得古典美学的转折呈现出三大方向。

（一）美作为"心灵之花"——心理学美学

古典美学的巨大历史功绩之一，就是确立了主体性原则，改变了美学研究

---

① ［英］李斯托威尔：《近代美学史述评》，蒋孔阳译，上海译文出版社1980年版，第142页。
② ［德］马克思：《1844年经济学—哲学手稿》，刘丕坤译，人民出版社1979年版。
③ 主要指以康德为奠基人、以黑格尔为集大成者的德国古典美学。

的方向。在西方美学史上，康德第一次"把美学研究从客观世界转移到主观世界，转移到主观的鉴赏能力和主观的审美心态"①。在康德之前，西方人大多从外部世界去寻求美的存在。结果，不是经不起柏拉图式的检验，听任"美是难的"② 成为千年叹息，就是把美与理念、与上帝挂起钩来。到了康德确立主体性原则后，美学研究的方向才从根本上得到改变，人们才开始意识到：美，既与客观外在事物的某种属性相关，也与人的内心活动相关。离开了人，离开了主客体的交流，美是无从谈起的。克罗齐虽然是以低调去评价康德的，但也称赞他是"发现、解决或接近带来解决美学科学问题的人"③。主体性原则确立的直接结果，就是开启了心理学美学研究的大门。黑格尔对自然美的解释，则具体地"启示了以后的移情说。他是用'移情说'的观点来解释自然风景的美的"④。需要指出的是，说心理学美学是古典美学转折的方向之一，只是指古典美学的转折中包含了这一方向，并不是说所有具体的心理学美学研究都是古典美学内部自身孕育的结果。

（二）美作为实践之果——马克思主义美学

古典美学虽然创立了主体性原则，改变了单纯从外部客观世界寻求美的美学研究方向，却因缺乏实践原则，不能将主体性原则本身所具有的巨大价值充分显示出来，不能实现主体性原则所可能连续产生的巨大变化，也就未能找到从根本上彻底解决美学难题的必由之路：美产生于主体的实践活动之中，因而，"美学研究的逻辑起点，既不是客观的物质世界或精神世界，更不是主观的心意状态，而是社会化的人的审美实践活动"⑤。马克思主义美学正是在古典美学主体性原则的夭折处起步的。它接过了这个使美学史发生第一次伟大转折的原则，把古典美学"重主观的方向重新转移到重客观的方向"⑥。马克思主义美学在美学史上所实现的第二次转折，其意义比第一次转折更为重大。它为主体性原则注入了实践的内容，把美学研究的重心，从作为主体的人转到作为实践的人身上，使美与人类的实践活动紧密联系起来。这一次转折，开辟了美学史上的新纪元。只是由于欧美各国近、现代政治、经济形势发展的客观作

---

① 蒋孔阳：《美学新论》，人民出版社1993年版，第489页。
② ［古希腊］柏拉图：《文艺对话集》，朱光潜译，人民文学出版社1983年版，第210页。
③ ［意］克罗齐：《作为表现的科学和一般语言学的美学的历史》，王天清译，中国社会科学出版社1984年版，第115页。
④ 蒋孔阳：《德国古典美学》，商务印书馆1980年版，第253页。
⑤ 蒋孔阳：《美学新论》，人民文学出版社1993年版，第490页。
⑥ 蒋孔阳：《美学新论》，人民文学出版社1993年版，第490页。

用的巨大存在，马克思主义美学对古典美学这一内在矛盾的解决，才没能在西方现代美学的发展中占据主导地位，它的巨大影响，也仅限于苏联、"二战"以后的东欧国家及新中国成立后的我国美学界。不过，西方现代美学中一个极为重要的美学流派——西方马克思主义美学，倒是与马克思主义美学有着十分密切的联系；当然，两者之间的差异同样也是巨大的。

（三）艺术作为独立之物——克罗齐美学思想

艺术与哲学、宗教等的关系如何，它是否具有独立的地位，这是美学研究的一个核心问题，任何一个美学体系最终都会对之做出明确的回答。克罗齐因此幽默地评说道："艺术、宗教、哲学以这种方式或那种方式来摆是一件很辛苦的事。"① 在这个问题上，同前两个转折方向相比，克罗齐所实现的转折方向与古典美学的关系最为紧密，其针对性也最为明确、最为直接。古典美学虽然缺乏实践原则，却暗含着一个贯彻始终的理性至上的原则。在划定知、情、意的范围、给美学规定特定的研究对象的时候，在研究美的特征、艺术的特征的时候，尤其是研究主体在创造艺术品的过程中思维状态的特征的时候，古典美学对艺术的特殊性以及独立性的强调，比此前任何一个时期的美学研究都要多，克罗齐因此不仅称赞康德是"发现、解决或接近带来解决美学科学问题的人"②，更称赞黑格尔"对新学说作出了自己的贡献"③。但是，在理性至上原则的支配下，尤其是在黑格尔以"绝对理念"为核心的哲学、美学体系中，艺术独立的程度始终被控制在以受理性支配为前提的范围内。克罗齐对此最为不满，认为康德的美学理论，"没有从理性主义的禁锢中脱离出来，也根本不可能脱离出来"④。而在黑格尔那里，理性对艺术的支配，表现得更为直接："美是理念的感性显现。"⑤ 艺术则是"绝对理念"自我发展过程中的第一个阶段。由于它只是以直接的感性形式表现"绝对理念"，因而总是有限的、片面的，但"绝对理念"却是无限的、绝对的，因此在这一阶段，艺术还不能完全体现出"绝对理念"的本质，只有宗教——但最终还是哲学——才能完

---

① ［意］克罗齐：《作为表现的科学和一般语言学的美学的历史》，王天清译，中国社会科学出版社1984年版，第177页。
② ［意］克罗齐：《作为表现的科学和一般语言学的美学的历史》，王天清译，中国社会科学出版社1984年版，第115页。
③ ［意］克罗齐：《美学原理》，朱光潜译；《美学纲要》，韩邦凯等译，外国文学出版社1983年版，合成本，第219页。
④ ［意］克罗齐：《作为表现的科学和一般语言学的美学的历史》，王天清译，中国社会科学出版社1984年版，第119页。
⑤ ［德］黑格尔：《美学》第1卷，朱光潜译，商务印书馆1979年版，第142页。

成这一任务。黑格尔最后的结论,就是艺术终将为宗教,尤其是为哲学所取代。克罗齐也正是据此对黑格尔美学的性质做出判断的:"黑格尔美学是艺术死亡的悼词,它考察了艺术相继发生的形式并表明了这些艺术形式的发展阶段的全部完成,它把它们埋葬起来,而哲学为它们写下碑文。"① 克罗齐"直觉—表现"理论的核心,就是要从理论上确立艺术的独立地位,是直接针对古典美学的理性至上原则及艺术消亡论而来的。对于古典美学关于艺术受理性支配的观点,克罗齐运用他自己创立的"度的理论"的逻辑方法,去处理像艺术与哲学这种不是"相反"而是"相异"的概念,提出了全新的艺术独立原理:直觉的知识(艺术)作为低的度,是可以脱离比它高的度——理性的知识——而独立存在的;相反,理性知识作为高的度,却不能脱离比它低的度——直觉的知识——而独立存在,必须以对低的度的内含为存在基础。因此,理性的知识与直觉的知识之间,并不存在矛盾斗争的关系,只存在前者对后者的"蕴涵"关系。针对古典美学中的艺术消亡论,克罗齐通过强调直觉的知识(艺术)是人类心灵活动中必不可少的一个阶段,也就使之不攻自破:"问艺术是否能消灭,犹如问感受或理智能否消灭,是一样无稽。"② 相当长一段时间以来,在克罗齐美学思想研究中,许多人一直认为克罗齐是针对从古希腊至近代始终都占据文坛统治地位的"再现论",而提出"直觉—表现"理论的;弄清了古典美学的转折及其三大方向之后,这一误解也就可以消除了。

二、艺术独立转折方向与古典美学的关系

克罗齐所实现的艺术独立这一转折方向,与古典美学的理性至上原则、艺术消亡论,是最为直接、最为尖锐地相对立的;但是,从内在精神方面来看,克罗齐对古典美学的转折,又并非局部的、突变式的或断裂式的转折,而是系统的、具有历史继承性的转折。这主要体现在两个方面。

(一)历史的、辩证的思想方法

克罗齐是一位卓有成就的历史学大师,他非常注重思想发展的历史延续性。因此,他的美学思想首先在思想方法上就充分体现了对古典美学的继承。对于中断了与历史的联系的哲学与美学研究,克罗齐始终持否定态度。比如,

---

① [意]克罗齐:《作为表现的科学和一般语言学的美学的历史》,王天清译,中国社会科学出版社1984年版,第144页。

② [意]克罗齐:《美学原理》,朱光潜译;《美学纲要》,韩邦凯等译,外国文学出版社1983年版,合成本,第76页。

他对 19 世纪下半叶出现的实证主义、自然主义哲学和美学极为不满,理由就是:"这个方向典型的态度是蔑视历史,特别是哲学史;因此,它与几世纪以来的思想家的努力所形成的一系列东西缺乏联系,而这个联系正是任何卓有成效的工作和任何真正进步的条件。"① 克罗齐的历史观点,尤其体现在他对学科建设中不断出现的各种错误的精辟见解上:

  一门科学的诞生犹如一个有生命物的诞生一样,它的进一步发展,像任何有生命物一样,都在对困难和对从各方面包围着它的一般和特殊错误的斗争中进行。错误的形式,错误形式之间的混杂及它们和真理的混杂是多种多样的;除掉一个错误又冒出另一个错误;那些被除掉的错误也还会不断地冒出来,尽管外貌从不相同。所以,科学批判的必要性是永存的,一门科学建立在作为已完成的、最终的和不再被探讨的一些东西之上是不可能的。②

  历史的观点与辩证的观点之间,往往存在着内在的联系。这在克罗齐身上体现得尤为明显:古典美学中的辩证精神,是一直贯穿在他的体系建构之中的。仍以对错误的看法为例,克罗齐曾着力强调:"彻底而绝对的错误是不可思议的,唯其不可思议,所以是不存在的。"克罗齐不仅否认有绝对的错误的存在,他还认为,从错误的理论中可以找到正确的理论:"真理的道路与错误的道路并无区别,正是在那些错误的道路上含有顺利通过迷宫的指示。"③ 从而,克罗齐进一步提出:"在美学的这个劳苦的过程中,有着这样的错误:它们既是对真理的偏离,又是自身的提高和对美学提高的努力。"④ 更难能可贵的是,克罗齐还用这个观点来进行自我评价,认为他自己的"直觉—表现"理论,也只不过是在美学史上"提出了一个进一步的"而不是"最终的问题"⑤。为此,他还使用了一个非常形象而又十分贴切、精妙的比喻:

---

 ① [意] 克罗齐:《作为表现的科学和一般语言学的美学的历史》,王天清译,中国社会科学出版社 1984 年版,第 226 页。
 ② [意] 克罗齐:《作为表现的科学和一般语言学的美学的历史》,王天清译,中国社会科学出版社 1984 年版,第 258 页。
 ③ [意] 克罗齐:《美学原理》,朱光潜译;《美学纲要》,韩邦凯等译,外国文学出版社 1983 年版,合成本,第 206 页。
 ④ [意] 克罗齐:《作为表现的科学和一般语言学的美学的历史》,王天清译,中国社会科学出版社 1984 年版,第 257-258 页。
 ⑤ [意] 克罗齐:《美学原理》,朱光潜译;《美学纲要》,韩邦凯等译,外国文学出版社 1983 年版,合成本,第 221 页。

> 体系就是一所房子。房子一旦盖成，粉饰完毕，为保持它处于完好状态，多少需要再下点功夫（因为房子是要受其材料的腐蚀作用的支配的）；到某一时刻，修复、维持这一体系已经无用，我们必须将它推倒，彻底重建。但在思维的作品中，主要的区别在于：这所永远崭新的房子永远要靠旧房子的支持，旧房子几乎像凭借魔法似地永远包含在新房子里面。①

克罗齐在修补他自己新建的房子——艺术独立理论——的时候，对艺术的独立性问题也进行了加工，从"独立性是个关系的概念"② 入手，说明了艺术的绝对独立是不可能的③；在批判艺术分类的理论时，他也承认"这在美学研究之初几乎是不可避免的"④。

（二）以核心概念为基点的体系建设

和古典美学一样，克罗齐也是以一个核心概念为基点去建构他的美学体系的。当然，他不是像黑格尔那样，以理念为核心的概念，而是以"直觉—表现"为核心概念，在此基础上，艺术遂得以完全摆脱理性的支配而获得真正的独立地位。尽管如此，在这方面克罗齐与古典美学还是有着共同之处的：把艺术当作人类心灵活动的初级阶段。其区别只是在于，古典美学因此认为这低级阶段必定要服从高级阶段，受其支配，并终将让位于高级阶段；克罗齐则认为，对于人类的心灵活动来说，这低级阶段是永存的，因而艺术消亡论根本不成立，而且这低级阶段是可以脱离高级阶段而独立存在的。根据他的美学体系，克罗齐还对到他那个时代为止的、一切不符合他的美学思想的理论进行了系统的批判。受到他批判的美学理论清单，大致包括感觉主义、道德主义、禁欲主义、快感主义、概念主义、神秘主义，等等。他尤其着力批判了美学史上长期存在的几个研究课题：区分内容与形式；区分直觉与表现；区分表现与

---

① ［意］克罗齐：《美学原理》，朱光潜译；《美学纲要》，韩邦凯等译，外国文学出版社1983年版，合成本，第205页。
② ［意］克罗齐：《美学原理》，朱光潜译；《美学纲要》，韩邦凯等译，外国文学出版社1983年版，合成本，第253页。
③ 参见［意］克罗齐《美学原理》，朱光潜译；《美学纲要》，韩邦凯等译，外国文学出版社1983年版，合成本，第253－267页。
④ ［意］克罗齐：《作为表现的科学和一般语言学的美学的历史》，王天清译，中国社会科学出版社1984年版，第273页。

美；区分文学体裁与文学种类；等等。贯穿这些批判的主线，就是"直觉—表现"理论；批判的目的，也就是要确保艺术的独立地位不受侵犯，清除任何形式的理性主义原则。

正是因为克罗齐美学理论在基本精神方面与古典美学如出一辙，所以，尽管艺术独立理论与古典美学理性至上原则、艺术消亡论是尖锐对立的，托马斯·门罗却对此不予理会，反而认定克罗齐的《美学》一书不过是黑格尔同名著作的改写本。①

三、古典美学三大转折方向的发展

古典美学的三大转折，从拓宽美学研究领域的角度看，心理学美学思潮的影响更大些；从美学史上的实质性突破的角度看，马克思主义实践论美学的意义与价值更大些；从对现代美学发展的影响的角度看，克罗齐艺术独立理论的作用更大些。在现代美学与古典美学的诸多整体差异中，艺术地位不断提高直至将艺术作为美学研究的中心，以及对美学与语言学关系的日益重视，是其中的两大重要差异，这正是现代美学直接受到克罗齐美学思想影响的结果。古典美学是以美为核心的，在对"美是什么"的研究中，生发出美感研究、艺术研究。因而，在古典美学中，美的理论与艺术理论是分开的：美的理论研究纯粹美及其转化形式（悲剧、喜剧、崇高、滑稽等）；艺术理论则研究艺术创造即艺术品的构成。而在现代美学那里，因受克罗齐的影响，美的理论与艺术理论合二为一，对纯粹美及其各种转化形式的研究，因理念论遭到否定，也被取消了。美国"新批评"派创始人斯平加恩②深受克罗齐的影响，他还对所受到的影响做过一次很精练的概括：由于克罗齐清除了文艺批评中的各种朽木和杂草，我们就已和既往的一切规则决裂。与之决裂的对象具体包括——文艺作品的型与类；喜剧、悲剧、崇高美及种种暧昧的抽象；艺术风格理论及修辞学理论；对真正的艺术所做的一切道德判断；戏剧与剧场之间的混淆；技巧与艺术的分离；对待艺术主题的历史态度；把艺术当作社会和文化的记录的论述；天才和审美趣味的绝交；等等。③ 克罗齐关于美学与语言学统一的观点，对现代

---

① 参见［美］托马斯·门罗《走向科学的美学》，石天曙等译，中国文联出版公司1985年版，第178页。

② ［美］斯平加恩（J. E. Spingarn，1875—1939年），美育家、文学批评家，著有《文艺复兴时期的文艺批评史》《新批评》等。

③ 参见［美］凯·埃·吉尔伯特、［联邦德国］赫·库恩《美学史》下卷，夏乾丰译，上海译文出版社1989年版，第725－726页；［美］卫姆塞特、布鲁克斯《西洋文学批评史》，颜元叔译，中国人民大学出版社1987年版，第481页。

美学发展的影响,也是非常明显的。就影响的范围而言,它甚至已超出了美学界,波及语言学界。萨丕尔就曾经说道:"当代作家中对自由思想很有影响的,很少几个能了解语言的基本意义,克罗齐是这少数人中的一个。他指出了语言和艺术的密切关系。我从他的看法受惠不浅。"①

在古典美学的转折过程中,克罗齐美学思想不是唯一的转折方向,也不是序幕或尾声;但它是这个转折中不可或缺的重要一环,是一出重头戏。自它以后,古典美学就彻底失去了对美学思想演变进程的支配力,现代美学则以其多姿的风采,沿着以艺术为研究中心,而不是古典美学以美为研究中心的道路,活跃了半个世纪之久。时至今日,克罗齐的美学思想早已成为历史,但它对当代文艺创作及美学、文艺学的影响——更多的是以被误解的方式产生的影响——仍然没有完全消失。面对当代艺术中混淆艺术品与非艺术品的界限的现象,如将家居用品置于美术馆作为艺术品展览②,以及近年兴起的"行为艺术"(裸体表演、当众撒尿等)、"方案艺术"(开列一个菜谱,注明烹饪方法及吃菜肴的人数等)③之类,克罗齐为维护艺术的纯洁性而进行的一系列切中肯綮的批判,如申明审美表现与实践表现是性质完全不同的两回事,反对把直接感情引入艺术,④甚至直截了当地反对浪漫主义,强调艺术不是直接情感,表现不是发泄,⑤等等,对我们今天的美学、文艺学建设,也是颇具启发意义与借鉴价值的。

(原载《思想战线》2001 年第 2 期)

---

① [美]爱德华·萨丕尔:《语言论——言语研究导论》,陆卓元译,商务印书馆 1964 年版,第 1 页。
② 参见蒋孔阳主编《美学与艺术评论》第二集,复旦大学出版社 1985 年版,第 385 - 386 页。
③ 参见严吉男《"方案艺术家"的崛起》,载《读书》1995 年第 4 期,第 149 - 151 页。
④ 参见[意]克罗齐《美学原理》,朱光潜译;《美学纲要》,韩邦凯等译,外国文学出版社 1983 年版,合成本,第 105、319 - 320 页。
⑤ 参见[意]克罗齐《美学或艺术和语言哲学》,黄文捷译,中国社会科学出版社 1992 年版,第 6 - 7、25 - 27 页。

第二章　西方古典美学转折的学理基础

作为西方古典美学的集大成者，黑格尔的美学理论是围绕着"绝对理念"展开的。艺术只是显现绝对理念的第一阶段，其后还有宗教阶段，但直到哲学阶段，绝对理念才能得到完满显现。克罗齐认为，某种意义上，黑格尔美学就是"艺术的悼词"。他所承担的重任，就是确立艺术的独立地位，这也是古典美学转折的重要方向之一。依据"度的理论"，克罗齐提出，作为心灵活动的最初阶段，直觉可以不依靠高级阶段的理智而存在，但理智却一定包含着直觉。艺术是独立存在的，因为直觉即艺术。

长期以来，克罗齐美学思想被理解为表现主义，是"为艺术而艺术"主张的理论基础。其实，克罗齐对他自己的美学理论，是不断反省并依据艺术存在的实际状况而进行重大修正的。比如，他强烈反对直接情感的宣泄以及"为艺术而艺术"，强调人的意识里有什么，艺术里就有什么。

从克罗齐这里可以看到，强调学理研究，并非只是追求把问题从根本上说清楚，而是还有或许更为重要的内涵：在面临自己的理论与研究对象不符的情况时，是更改理论还是修正对象？克罗齐选择了修正自己的理论以符合对象。这也是开展学理研究的意义与价值所在。

第一节　克罗齐美学思想与表现主义三大理论系统

克罗齐美学思想的理论目的，是建立起艺术的逻辑学，从而确立艺术的独立地位。其理论的巨大影响，一方面表现为"在十九世纪和二十世纪的交替时期，及以后至少二十五年间"，它"在美学界居统治地位"[1]；另一方面又表

---

[1]　［美］凯·埃·吉尔伯特、［联邦德国］赫·库恩：《美学史》下卷，夏乾丰译，上海译文出版社1989年版，第722页。

现为该理论在世界范围内受到曲解①，尤其是在中国，长时期遭到贬抑与批判②。

长期以来，克罗齐美学思想一直被称为表现主义美学思想。在实事求是地揭示出克罗齐美学思想的本来面貌及其理论渊源与流变之前，对"表现主义"（expressionism）这一含义极为笼统、所指相当泛化的学术概念，进行一番理论上的梳理，尤其是探明它在我国当代美学、文艺学领域中的内涵，是整个研究过程的必然序曲，就像在进入一座名闻遐迩的公园之前，我们总要在其大门前流连片刻那样。

表现主义这一概念之所以笼统、泛化，不仅因为在日常生活中，表现（expression）一词的使用频率相当高，更因为它的内涵常常涉及美学、文学、哲学三大领域，因此，在表现主义这一总名称之下，实际上蕴含着三大理论系统：属于美学系统的，就是人们常说的克罗齐的表现主义美学思想；属于文学系统的，是欧洲18世纪末、19世纪初兴起的浪漫主义文学运动的创作主张，其流变则为20世纪现代主义中著名的表现主义流派；属于哲学系统的，则是由反映论派生出来并在我国现当代美学、文艺学领域中长期居主导地位的再现论的对立面——表现论。这三者之间，虽然存在着密切的联系，但更主要的，还是实质性的区别。比如，从理论体系上来看，克罗齐"直觉—表现"理论的一个重要任务，就是批判浪漫主义对直接情感的发泄，反对将直接情感引入艺术。③ 而这遭到克罗齐批判的东西，恰恰就是我们长期以来一直据以贬抑、批判克罗齐的主要理由！显然，如果不把分属三个系统的表现主义相互区别开来，不要说结束克罗齐在我国被曲解的历史，就连对属于另两个系统的表现主义的研究，也难以真正深入下去。

本节的主旨，正在于对表现主义名下的三大系统进行一番认真的清理、批判，以求准确地把握其理论内涵的来龙去脉。

一、反映论与表现论——哲学系统的表现主义

哲学系统的表现主义，主要是我国美学、文艺学界根据辩证唯物主义哲学原理去观察、研究文艺现象，分析、界定文艺的性质时，所确立的一个批判对

---

① 参见［意］西蒙尼（F. S. Simoni）《贝·克罗齐：全球性误解之一例》，载美国《美学与艺术批评杂志》（*American Journal of Aesthetics and Art Criticism*）1952年第11期，第7－14页。

② 参见徐平《艺术：认识的曙光——克罗齐〈美学原理〉导引》，江苏教育出版社1990年版，第1、26、40页。

③ 参见［意］克罗齐《美学的核心》，见《美学或艺术和语言哲学》，黄文捷译，中国社会科学出版社1992年版，第6－7、9页。

象，通常称为文学的表现论，与之相对的，则是我们肯定的再现论。

辩证唯物主义的基本原理，就是存在决定意识，意识是存在的反映。因此，主张文艺作为一种特殊的社会意识形态，是对社会存在的反映或再现，社会生活是文艺创作的唯一源泉，就是唯物主义文艺观；反之，否认文艺是对社会存在的反映或再现，认为文学作品只是作家内心情感的自我表现的产物，就是唯心主义文艺观。再现论与表现论的对立，实际上是哲学领域里唯物主义与唯心主义的对立在美学、文艺学领域中的延伸与体现。从这个角度来看，我国现当代美学与文艺学理论，主要还是一种哲学意义上的美学与文艺学理论。

由于唯物主义与唯心主义的对立一度在我国越来越具有强烈的政治色彩，唯物主义被当作革命的无产阶级的世界观，唯心主义被认作反动的资产阶级的世界观，再现论与表现论这两种文艺本质观的命运，除了一个受褒扬、被坚持，另一个遭批判、被抛弃，就再无其他可能了。在新中国成立后50年代的那场美学大讨论中，受到批判的朱光潜先生《表现主义与反映论的基本分歧》一文，是最能说明表现主义在我国的命运的。朱先生在文中提出，"反映论和表现主义可以说是马克思主义者和资产阶级学者在美学和文艺理论中的一个基本的分界线"，因为这两种艺术观有着"不同的历史根源和阶级根源以及不同的哲学思想基础"①。由此出发，朱先生将反映论文艺观与表现主义文艺观的基本分歧，总结、归纳为五个方面。

（1）哲学基础的分歧。反映论的哲学基础是马克思主义的辩证唯物主义与历史唯物主义；表现主义的哲学基础是德国唯心主义，尤其是主观唯心主义。

（2）主观与客观关系的分歧。表现主义把个人主观情感看作艺术源泉，因而脱离社会，蔑视现实；反映论则把客观社会生活看作艺术源泉，强调深入生活，参与实践。

（3）情与理关系的分歧。表现主义唯情独尊，摒弃理性的作用，因而排除了艺术的思想性、倾向性、认识作用和教育作用；反映论则肯定艺术的目的性和自觉性、思想性和倾向性，强调情与理的统一。

（4）阶级观点的分歧。表现主义排除阶级观点，否定艺术的阶级性；反映论则强调艺术的阶级性，认为在阶级社会里，文艺作品的创造与欣赏，作品的意义和价值，都要受阶级观点的支配。

（5）美学思想方法的分歧。表现主义单从情感的角度去看文艺，只是用意识去解释意识形态，把社会基础这个根一刀砍掉；反映论则从社会生活的历

---

① 朱光潜：《朱光潜美学文集》第3卷，上海文艺出版社1983年版，第425页。

史发展来看文艺,既照顾到上层建筑或意识形态的交互影响,更重要的是显示出社会存在的决定作用。

与当时其他同类文章相比,朱先生对表现主义的评价,属于政治原则坚定,但口气平缓而又极具专业性的那一类。也正是因为连朱先生那样的学术大师都对表现主义宣判了死刑,可见在当时哲学化了的美学、文艺学领域中,表现主义是绝无立足之地了。在这种情况下,再现论与表现论的对立,就极具政治色彩,从而使美学、文艺学的理论问题,直接与政治问题挂钩,甚至等同起来。同时,这种对立还具有极大的包容性,它不仅可以将美学史与文艺理论史上的某一个时期,还可以将整个美学史与文艺理论史都囊括进来,根据既定的分界,对美学、文艺学领域中的主要理论问题及其分歧与争论,进行逐层归纳、简化,直至最后定位为唯物主义与唯心主义、再现论与表现论之间的对立与斗争。

从历史发展的角度看,首先我们要认识到,用历史唯物主义和辩证唯物主义的观点去分析美学与文艺学问题,这在美学史、文艺理论史上,确实具有划时代的伟大意义:它把人类在这一特殊领域内对真理的认识,极大地向前推进了一步;它所确立的认识论原则,是人类智慧与文明的高度结晶,至今还具有指导意义。但是,这个原理一旦被当作公式与标签,为人们所滥用,尤其是在与现实生活中的政治斗争紧密联系起来的时候,在与该原理应用者的切身利益结合起来的时候,它就非但不能促进对美学、文艺学领域里的真理的认识,反而会妨碍对真理的认识。这种妨碍突出地表现在以下两个方面。

(1)以对哲学基本问题的研究,即对存在与思维何者为第一性的研究,代替对美学、文艺学自身问题的研究。在美学、文艺学领域中,最基本的问题固然是与哲学基本问题紧密联系在一起的,但更多、更需要进行专门研究的,还是属于它们自身领域之内的问题,否则,它们就没有存在的必要了。以哲学基本问题代替美学、文艺学自身问题的结果,就它所肯定的一面,即再现论来说,就是除了在最初取得突破性进展的地方原地踏步外,很难取得新的成就。因为一旦深入下去,总会出现新的结论与观点,而背弃再现论的指责也就自然会随之而来。当是安全地原地踏步,还是冒险地深入研究,成为现实生活中的唯一选择时,生活在现实生活中的研究者们的反应,也就可想而知了。就它所否定的一面,即表现论来说,这种哲学基本问题对美学、文艺学自身问题的代替,无异于为之划出了一大块禁区,令人不得涉足。而这块禁区,可以说恰恰就是美学、文艺学领域中最能体现出学科自身性质的地方。

(2)曲解对象的程度大幅度上升,研究成果的客观性也就相应下降。从肯定再现论、否定表现论这个既定前提出发,方枘圆凿地对待研究对象的情况便屡屡发生了。以再现论来说，常见人们把古希腊的"摹仿说"当作再现论的前身加以肯定，以此来证明再现论的源远流长。其实，"摹仿说"就其原初意义而论，是指文艺作品的制造方法。其哲学上的反映论含义，美学、文艺学上的再现论含义，是研究者根据既定原理，通过研究、分析而赋予它的。对表现论的批判亦是如此，据以批判的许多理由都是通过分析、研究才确立，而不是原初就存在的。这种削足适履的批判，势必导致大幅度地曲解研究对象（绝无曲解也是不可能的）的结果发生，使得研究的客观性大为下降。在研究克罗齐美学思想的过程中，尤其是朱光潜先生在这个过程中对克罗齐美学思想的评价所发生的巨大变化，最能反映出任意剪裁研究对象，使之适应既定原理的做法，会对研究成果的客观性产生多大的干扰。这也正是我国美学、文艺学界长期曲解克罗齐的直接原因所在。朱先生对克罗齐的研究，最早见于1936年的《克罗齐派美学的批评——传达与价值问题》，为《文艺心理学》中的第十一章；接下来有1942年的《我们的表现说与克罗齐的表现说的差别》，见《诗论》第四章；以及1947年的《克罗齐哲学述评》；新中国成立后，有1958年的《克罗齐美学批判》；1964年的《克罗齐》，见《西方美学史》第十九章。相应的重要论文则有1956年的《我的文艺思想的反动性》；1963年的《表现主义与反映论的基本分歧》。[①] 在朱先生的这些著述中，新中国成立后的研究成果不但没有超过或达到新中国成立前的水平，在一些最基本问题上，反而极大地曲解了克罗齐。这主要体现在对"直觉即表现"的分析研究上。"直觉即表现"的理论，在克罗齐美学中最为重要，但由于它与传统的美学理论有着如此明显的相悖之处，而且在表述上，与克罗齐整个美学体系的其他部分相比，又显得薄弱一些，因而一直是引起非议的内容。在《克罗齐哲学述评》中，朱先生以对克罗齐全部学说的整体把握为前提，对"直觉即表现"理论进行了明晰、生动、犀利、透彻的分析，令人得以真正窥见克罗齐学说的精华所在。同时，朱先生还对早年《文艺心理学》中第十一章里的某些批评内容进行了反省，认为那是未能掌握克罗齐学说的全貌造成的缺憾。[②] 朱先生在新中国成立后对克罗齐的态度之所以产生实质性的变化，主要原因就在于，一方面朱先生迫于客观形势，已无法实事求是地面对克罗齐，另一方面他也自觉或不自觉地将本是正确的原理当作固定的模式，以之强行框套克罗齐，结果就必然是大幅度地曲解克罗齐。尽管20世纪80年代以来，我国美学、文艺学界就

---

① 以上资料，均见朱光潜《朱光潜美学文集》，上海文艺出版社1982年版，第一卷、第二卷；1983年版，第三卷、第四卷。

② 参见朱光潜《朱光潜美学文集》第2卷，上海文艺出版社1982年版，第407–408页。

开始重新评价克罗齐，以恢复其本来面貌，为此发表了不少论文，还有大量在硕士论文和博士论文基础上成书的专著，都试图在系统、准确地把握克罗齐美学思想的基础上，对之进行彻底的"平反"；但谈到真正地理解、掌握克罗齐的全部学说，尤其是克罗齐的美学理论，上述文章著作，除因材料的扩充而带来的新意外，较少能与朱光潜先生的《克罗齐哲学述评》相比，超越也就更谈不上了。这里的原因，则主要在于论者的学术功力，离朱先生有着一段距离，因此显得心有余而力不足。笔者于此亦有自知之明，只求尽最大努力，以尽可能缩短这段距离（绝不敢妄言消除这段距离）；同时，为避免重复，便选择古典美学的转折这个少有人论及的视角，来进入对克罗齐的研究。

总之，在我国美学、文艺学界，对于哲学系统的表现主义研究，在取得了最初的突破性成就之后，就未能继续深入下去，而是一方面划出了研究禁区，另一方面故步自封，将研究工作集中在选择对象进行批判，以及根据需要重塑批判对象这两个方面，因而不仅未取得新的成果，反而极大地抵消了已有成果的本来价值。

二、表现自我——文学系统的表现主义

文学系统的表现主义，也即原初意义上的表现主义，是欧洲文学史上 18 世纪末、19 世纪初兴起的浪漫主义文学运动的创作主张，以及 20 世纪现代主义文学中的一个著名流派。

浪漫主义文学运动的兴起，有其特定的针对性。自 17 世纪以来，在欧洲文学中占统治地位的就一直是古典主义。这是欧洲文学史上第一个以系统的纲领作为标榜的文学运动，其最大特点就是崇尚理性。布瓦洛是古典主义最重要的理论家，他在《诗的艺术》中写道："首先须爱理性：愿你的一切文章永远只凭着理性获得价值和光芒。"① 古典主义的另一重要特征就是遵从古代传统，尤其是将源于亚里士多德的"三一律"，予以发展和完善。对理性的过分强调，势必导致人物性格的概念化、类型化；而对"三一律"的拘泥，也使得形式变为一种沉重的枷锁。浪漫主义的兴起，就是要打破古典主义的各种清规戒律，使文学的形式和内容都获得一次大解放。因此，浪漫主义特别强调作家要自由奔放地表现自己的内心世界。英国浪漫主义代表、湖畔派诗人华兹华斯，在《〈抒情歌谣集〉一八〇〇年版序言》中，两次说到"诗是强烈感情的自然流露"②。该序言连同一八一五年版序言一起，实际上构成了英国浪漫主

---

① 伍蠡甫主编：《西方文论选》上卷，上海译文出版社 1979 年版，第 290 页。
② 伍蠡甫主编：《西方文论选》下卷，上海译文出版社 1979 年版，第 6、17 页。

义乃至整个欧洲浪漫主义文学运动的理论内核。它的矛头所向，已经远远超过了古典主义的理性至上及其各种清规戒律，而是在以"表现论"的身份，直指有着两千多年历史的"摹仿论"。因此，美国当代学者艾布拉姆斯教授，在研究浪漫主义文论及其与传统文论的关系时，就是以华兹华斯的这两个序言作为表现论的基础的。① 艾布拉姆斯还据此对表现主义的主要倾向进行了概括：

> 一件艺术品本质上是内心世界的外化，是激情支配下的创造，是诗人的感受、情感的共同体现。因此，一首诗的本原和主题，是诗人心灵的属性和活动；如果以外部世界的某些方面作为诗的本质和主题，也必须先经诗人心灵的情感和心理活动由事实而变为诗。②

"表现论"与"摹仿论"，在其原初意义上，都是指文艺作品的制造方法。经过漫长的历史演变，后人越来越将其看作是前人对文艺性质的界定，因此，它的衍生意义倒渐渐占据了主要地位，而原初意义却日益被人们所忽视了。就文艺作品的制造方法这一原初意义而言，"摹仿论"与"表现论"的区别在于，前者的着眼点在艺术品及其模仿对象，后者的着眼点则在艺术家，用我们今天的话来说，即"摹仿论"的着眼点在客体，"表现论"的着眼点在主体。柏拉图不是"摹仿论"的首创者，在他之前，赫拉克利特及德谟克利特都就"艺术摹仿自然"这一命题进行过阐释，但柏拉图是第一个最有系统地论述了作为文艺作品制造方法的"摹仿论"的人。他在回答"摹仿的一般性质怎样"③ 这个问题时，提到"一种常用的而且容易办到的制造方法"：

> 你马上可以试一试，拿一面镜子四面八方地旋转，你就会马上造出太阳，星辰，你自己，其他动物，器具，草木，以及我们刚才所提及的一切东西。④

这是一种外形制造法，因此，"画家也是这样一个制造外形者"⑤，最好把画家叫作"摹仿者，摹仿神和木匠所制造的"⑥。据此类推，"从荷马起，一切

---

① 参见 [美] M. H. 艾布拉姆斯《镜与灯》，郦稚牛等译，北京大学出版社1989年版，第25页。
② [美] M. H. 艾布拉姆斯：《镜与灯》，郦稚牛等译，北京大学出版社1989年版，第25页。
③ [古希腊] 柏拉图：《文艺对话集》，朱光潜译，人民文学出版社1983年版，第67页。
④ [古希腊] 柏拉图：《文艺对话集》，朱光潜译，人民文学出版社1983年版，第67页。
⑤ [古希腊] 柏拉图：《文艺对话集》，朱光潜译，人民文学出版社1983年版，第69页。
⑥ [古希腊] 柏拉图：《文艺对话集》，朱光潜译，人民文学出版社1983年版，第71页。

诗人都只是摹仿者"①，而作为一种制造方法，"摹仿只是一种玩艺，并不是什么正经事"②。从艺术史的角度看，情况也是如此。在古希腊和古罗马时期，艺术只是各种专门技能中的一种，并非我们今天所理解的艺术。古拉丁语中的"Ars"，与希腊语中的"技艺"相似。艺术一词具有今天的美学意义，还是从17世纪开始的，直到19世纪，这个演变过程才从理论上宣告结束。③ 作为一种专门的技艺、制造方法，"摹仿论"所强调的，是在制造时须以选定的客观对象为蓝本，而"表现论"所看重的，则是在制造时完全听凭心灵的调遣。这两种制造方法，在古希腊时期，就已经有了明显的分野。亚里士多德在其《诗学》中，曾记下了当时两位有名的剧作家在如何制造上的区别："正像索福克勒斯所说，他按人应当有的样子来描写，欧里庇得斯则按照人本来的样子来描写。"④ 从此，按照"应当有"的样子写与按照"本来有"的样子写，就成为浪漫主义与现实主义两大创作原则的根本区别所在，也即"表现论"与"摹仿论"在理论源头处的本质差别所在。从文论史上看，尽管这二者都源远流长，但在浪漫主义文学运动兴起之前，占据文坛主导地位的，一直是"摹仿论"及其衍变的再现论、镜子说、反映论等；而"表现论"在此之前，则一直是存而不显，直到浪漫主义文学运动兴起之后，法国美学家欧盖尼·弗尔龙才第一次在其于1878年出版的《美学》英译本中，对"表现论"做出完整的理论阐释：

　　如果要为艺术下一个一般的定义，我们不妨这样说：所谓艺术，就是感情的表现，表现即意味着使感情在外部事物中获得解释，有时通过具有表现力的线条、形式或色彩排列，有时通过具有特殊节拍或节奏的姿势、声音或语言文字。

　　艺术品的价值……最终要通过它的表现力来衡量……它所表现的感情对其价值起着决定的作用……一件作品之所以是美的，是因为作者的个性特征在它身上留下了深刻的印痕……一句话，作品的价值是来自于作者本身的价值。⑤

---

① ［古希腊］柏拉图：《文艺对话集》，朱光潜译，人民文学出版社1983年版，第76页。
② ［古希腊］柏拉图：《文艺对话集》，朱光潜译，人民文学出版社1983年版，第79页。
③ 参见［英］罗宾·乔治·科林伍德《艺术原理》，王至元等译，中国社会科学出版社1985年版，第6—7页。
④ ［古希腊］亚里士多德：《诗学》，罗念生译；［古罗马］贺拉斯：《诗艺》，杨周翰译，人民文学出版社1982年版，合成本，第94页。
⑤ ［美］H. G. 布洛克：《美学新解》，滕守尧译，辽宁人民出版社1987年版，第139—130页。

"表现论"虽然随着浪漫主义文学运动的兴起而一度取代了"摹仿论"的化身再现论,但随着浪漫主义文学运动的消歇以及批判现实主义运动的崛起,再现论及其变种自然主义文论观又再次抬头,与"表现论"平分天下。正式宣告"摹仿论"及其一系列衍生物的历史使命已经结束的,还是20世纪初才登台的现代主义文学。

在我国,浪漫主义与现实主义,表现论与再现论等概念,是"五四"前后从日本、苏俄、欧洲等处引进来的。在现代文学的发展过程中,浪漫主义文学与现实主义文学经历了一个由二者并重到独尊现实主义的演变历程。在"五四"时期,无论在创作方面,还是在理论方面,二者都是并重的。因而,不仅出现了以像郭沫若与鲁迅这样的文坛巨匠为旗手的两大阵营尽展风姿的文学繁荣盛况,文学理论建设也在古老的传统与现代的西方文化第一次全方位撞击与融汇之中,于短时间内完成了由古代文艺理论体系走向现代文艺理论体系这一历史转折。在"五四"之后,随着客观形势的变化,尤其是当文学大师将强烈的政治色彩赋予"写实主义"(现实主义)及浪漫主义[①]之后,现实主义作为"革命文学",便逐渐具有独尊的地位,而浪漫主义作为"反革命的文学",则渐渐失去其原有的光彩。[②]

新中国成立以后,我国的文学史研究,多以高尔基的文学史观为准:"在文学上,主要的'潮流'或流派共有两个:这就是浪漫主义和现实主义。"[③]因而,学术界普遍把一部文学史看作现实主义与浪漫主义的发展史。同时,对浪漫主义划分了消极与积极之区别。如划分了德国的施莱格尔兄弟、诺瓦利斯等耶拿派,与海涅之间的区别;法国的夏多勃里昂与雨果之间的区别;英国的湖畔派诗人与雪莱、拜伦之间的区别;等等。这种切中肯綮的区分,不啻我们理解浪漫主义的一把钥匙或一支路标。消极浪漫主义在表达内心世界时,与积极浪漫主义大不相同。像德国的浪漫派,如诺瓦利斯,"把外部世界消解为内心世界,丝毫不使外部世界为之所动。……他只是从内部出发而在一个内心世界里消解它"[④]。他这种在内心世界消解外部世界的结果,只能是一无所获,从而导致心态的变异、畸形。因此,勃兰兑斯对诺瓦利斯、施莱格尔、霍夫曼

---

① 参见郭沫若《革命与文学》,蒋光慈《关于革命文学》,载北京大学、北京师范大学、北京师范学院中文系中国现代文学教研室主编《文学运动史料选》,上海教育出版社1979年版,第一册,第436-446页;第二册,第23-29页。
② 参见程金城《论中国现代文学的客观再现与主观表现》,载《文学评论》1987年第3期。
③ [苏联]高尔基:《论文学》,孟昌等译,人民文学出版社1978年版,第162-163页。
④ [丹麦]勃兰兑斯:《德国的浪漫派》,见《十九世纪文学主流》第二分册,刘半九译,人民文学出版社1988年版,第201页。

等人大为感慨:"德国的浪漫主义病院里又收容了一些多么古怪的人物啊!"①对于现实主义,恩格斯比较巴尔扎克与左拉的那段话亦成为我国区别现实主义与其流弊自然主义的理论标尺:"巴尔扎克,我认为他是比过去、现在和未来的一切左拉都要伟大得多的现实主义大师。"②

在毛泽东同志的倡导及其诗词的影响下,我国当代文学一度以"两结合"——革命的现实主义与革命的浪漫主义相结合——作为理论建设的内容和文艺创作的目标,并以之作为浪漫主义与现实主义这两大文学传统在中国文学发展中的新阶段。进入20世纪80年代以来,由于比较风气的盛行,学术界一度流行西方文艺传统重再现,中国文艺传统重表现,而从近代开始,各自重心又发生翻转的说法。从中西文论的源头及其流向来看,这种说法确有成立的依据:中国自《尚书·尧典》中的"诗言志"③起,"言志""缘情""性灵"等及其各种变体就一直绵绵不断,主导着文坛;西方则从古希腊的"摹仿说"起,一直是再现论、镜子说、反映论等居统治地位。但这种说法亦存在片面性:在中国文论传统中,很早就有了主张"再现"的说法,在西方文论传统中,亦很早就有了强调"表现"的观念。④

从综合的角度来看现实主义的再现与浪漫主义的表现,并非中国的独创。在欧洲文论史上,早就有了将表现当作摹仿(再现)的同义词的先例。如16世纪意大利的批评家们,总是把表现当作摹仿、反映、复制等的同义词;⑤新古典主义也常以表现来解释摹仿;⑥锡德尼则在《为诗一辩》中,把"memisis"(摹仿)理解为一种仿造、表现。⑦在克罗齐那个时代,古典主义是现实主义的一个别称。克罗齐通过考察"两个学派最优秀大师的作品"⑧,得出的结论是:再现与表现是互相渗透、互相包含的,浪漫主义与古典主义的对立在具体的文艺作品中不存在。他说:

---

① [丹麦]勃兰兑斯:《德国的浪漫派》,见《十九世纪文学主流》第二分册,刘半九译,人民文学出版社1988年版,第8页。
② [德]恩格斯:《致玛·哈克奈斯》,见《马克思恩格斯选集》第4卷,人民出版社1972年版,第462页。
③ 《尚书·尧典》,见郭绍虞主编、王文生副主编《中国历代文论选》第一册,上海古籍出版社1979年版,第1页。
④ 参见叶朗《中国美学史大纲》,上海人民出版社1985年版,第11—13页;蒋孔阳《美学新论》,人民文学出版社1993年版,第420—423页。
⑤ 参见[美]M. H. 艾布拉姆斯《镜与灯》,郦稚牛等译,北京大学出版社1989年版,第12页。
⑥ 参见[美]M. H. 艾布拉姆斯《镜与灯》,郦稚牛等译,北京大学出版社1989年版,第135页。
⑦ 参见伍蠡甫主编《西方文论选》上卷,上海译文出版社1979年版,第231页。
⑧ [意]克罗齐:《美学原理》,朱光潜译;《美学纲要》,韩邦凯等译,外国文学出版社1983年版,合成本,第226页。

我们发现斗争不复存在。绝大部分作品是不能称为浪漫的，也不能称为古典的或再现的，因为既是古典的又是浪漫的，既是情感，又是再现。①

在对浪漫主义的评价上，克罗齐深受歌德的影响。歌德在浪漫主义勃然兴起的时候，就洞见到了它的病态："我把'古典的'叫作'健康的'，把'浪漫的'叫作'病态的'。"②克罗齐也深深地醉心于古典主义所代表的古典性，即激情的净化，"其特征就是沉思、平衡、清澈"③，而否定浪漫主义"那些洋溢或发泄直接性情感的艺术作品"④。由于他看到了歌德无法看到的文艺现象，因此他不像歌德那样，认为病态的浪漫主义已成为过去，而是认为它依然存在于现代主义文艺之中：

已成为过去的是浪漫主义的某些内容和形式，而不是它的灵魂，这灵魂依然全部存在于艺术对激情和印象的直接表现这一倾向当中。因此，浪漫主义所改变的是名字，它还继续存在和活动下去：它先后起名曰"现实主义""真实主义""象征主义""艺术风格""印象主义""性感主义""颓废主义"；在我们今天，它则又从形式上发展到极端，称作"表现主义"和"未来主义"。⑤

克罗齐认为，在整个现代主义艺术中，各种学说的目的，就是要以非艺术概念来代替艺术概念；在工具主义的鼓励和推动下，艺术日益被当作实际生活的一部分，从而导致"精神或美学表现同自然或实际混为一谈"⑥。因此，"美

---

① ［意］克罗齐：《美学原理》，朱光潜译；《美学纲要》，韩邦凯等译，外国文学出版社1983年版，合成本，第226页。
② ［德］爱克曼辑录：《歌德谈话录》，朱光潜译，人民文学出版社1985年版，第188页。
③ ［意］克罗齐：《美学原理》，朱光潜译；《美学纲要》，韩邦凯等译，外国文学出版社1983年版，合成本，第225–226页。
④ ［意］克罗齐：《美学或艺术和语言哲学》，黄文捷译，中国社会科学出版社1992年版，第7页。
⑤ ［意］克罗齐：《美学或艺术和语言哲学》，黄文捷译，中国社会科学出版社1992年版，第26页。
⑥ ［意］克罗齐：《美学或艺术和语言哲学》，黄文捷译，中国社会科学出版社1992年版，第27页。

学的现实问题是复原或保卫古典性，反对浪漫主义"①。

　　在把20世纪整个现代主义艺术当作浪漫主义文学运动的继续与衍变这一点上，克罗齐是有一定道理的，因为他抓住了整个现代主义艺术"对激情和印象的直接表现这一倾向"。作为现代主义艺术中的一个流派，"表现主义一词涵盖了在不同领域——诗歌，戏剧，绘画，电影，建筑——工作的一大批人"②。它主张创作"一定要纯粹确切地反映世界的形象，而这一形象只存在于我们自身"③。在整个表现主义流派中，影响最大的是绘画艺术。就表现主义这一用语来说，它在现代主义系统里，最初并没有文学的含义，指的只是绘画。在德国，它大约首次出现在1911年4月，被用以表示一群年轻的法国画家的特点，其中就包括毕加索。同年8月，德国艺术史家威廉·沃林格再次使用"综合主义者和表现主义者"来称呼法国画家，如塞尚、凡·高、马蒂斯等。④ 表现主义绘画的最大特点，是"表现出那种新表现和反摹仿倾向，并首先走向抽象"⑤。传统绘画中以酷似原物为追求目标的标准，被表现主义画家彻底废除，取而代之的是表达艺术家的心灵对原物的感受的抽象与变形。沃林格的《抽象与移情》和康定斯基的《论艺术的精神》，实际上就是表现主义乃至整个现代主义艺术的理论纲领。赫伯特·里德将其称为20世纪现代艺术运动中的两个决定性文件。⑥ 到了20世纪30年代，在德国文艺界还发生过一场关于表现主义的大争论。争论是由阿尔佛雷德·库莱拉以贝恩哈德·齐格勒为笔名的文章发起的。他在"现在这份遗产终结了……"一文中提出：表现主义作为一种思想的产物，必然会发展成为法西斯主义。⑦ 此论一出，争论随之而起。后来齐格尔（库莱拉）在总结这场争论时，也承认当初的文章有些不

---

　　① ［意］克罗齐：《美学或艺术和语言哲学》，黄文捷译，中国社会科学出版社1992年版，第27页。
　　② ［英］马·布雷德伯里、詹·麦克法兰编：《现代主义》，胡家峦等译，上海外语教育出版社1992年版，第250页。
　　③ ［德］埃德施米特：《创作中的表现主义》，见伍蠡甫主编《现代西方文论选》，上海译文出版社1983年版，第152页。
　　④ 参见［苏联］基霍米洛夫等《现代主义诸流派与批评》，王庆璠译，中国文联出版公司1989年版，第3页。
　　⑤ ［英］R. S. 弗内斯：《表现主义》，樊高月译，花山文艺出版社1989年版，第19页。
　　⑥ 参见［英］赫伯特·里德《现代绘画简史》，刘萍君译，上海人民美术出版社1979年版，第106页。
　　⑦ 参见［德］格奥尔格·卢卡契、贝托特·布莱希特等《表现主义论争》，张黎编选，华东师范大学出版社1992年版，第12页。

妥之处，某些话说过了头。① 争论发展到卢卡契发表《问题在于现实主义》一文时，焦点就已转向现实主义的理论问题了。世人常把这场争论称为"布莱希特与卢卡契之争"，这种概括实际上是不全面的。

通过以上简略的梳理，不难看出，文学系统的表现主义，与克罗齐的美学思想之间，并非如以前人们通常认为的那样是一回事，而是存在着明显的实质性区别。

三、艺术的逻辑学——美学系统的表现主义

与哲学系统及文学系统的表现主义不同，人们通常所说的克罗齐的表现主义是属于美学系统的。这种系统的表现主义，其理论目的既不在于研究思维与存在关系意义上的艺术的本质（如哲学系统的表现主义那样），也不在于宣扬某种创作主张（如文学系统的表现主义那样），而在于建立起关于直觉（艺术）的知识的逻辑学，或者方法论。这正是克罗齐美学思想的基本出发点。而以前对克罗齐的研究，无论中外学者，大多对此忽略不计。当然，这种忽略是有着相当悠久的历史传统的，否则，克罗齐就不会在《黑格尔哲学中的活东西和死东西》那部哲学著作中对之予以抱怨了。这种传统的核心，在于对哲学逻辑的厌恶与轻视，而只注重材料与观点。克罗齐是非常重视哲学逻辑的学者，为此他对黑格尔充满了敬重——他的全部学说的逻辑方法，就是建立在修正黑格尔哲学逻辑的偏颇的基础之上的。克罗齐认为，如果忽视哲学逻辑，就必然会忽视其他学科的逻辑；相反，如果重视哲学逻辑，也就必然会重视其他学科的逻辑。克罗齐强调：

> 没有人会怀疑数学有它们自己的方法，是数理逻辑所研究的；没有人会怀疑自然科学也有它们自己的方法，由此产生了观察、实验和抽象作用的逻辑；也没有人会怀疑历史学也有它的方法，因此便有一种历史方法的逻辑；一般的诗歌和艺术亦然，有一种诗歌和艺术的逻辑，即美学；……②

克罗齐重视逻辑的思路，是一直贯穿于他全部学说的始终的。在他的奠基

---

① 参见[德]格奥尔格·卢卡契、贝托特·布莱希特等《表现主义论争》，张黎编选，华东师范大学出版社1992年版，第182页。

② [意]克罗齐：《黑格尔哲学中的活东西和死东西》，王衍孔译，商务印书馆1959年版，第1页。

之作《美学》中，他开宗明义地宣称：

> 知识有两种形式：不是直觉的，就是逻辑的；不是从想象得来的，就是从理智得来的；……
>
> Knowledge has two forms: it is either intuitive knowledge or logical knowledge; knowledge obtained through the imagination or knowledge obtained through the intellect; …①

以往的研究者，为了便于概括，一开始就对克罗齐的学说进行简化，认为克罗齐主张"直觉即艺术"。其实，克罗齐首先是把直觉当作一种知识，并认为直觉的知识与理性的知识是两种"认识的心灵活动"②，除此之外，再无第三种认识形式；因此，"认历史为第三种认识的形式，是不正确的"③。而长期以来，直觉的知识只是在日常生活中得到广泛承认，在理论与哲学里却未得到应有的承认。克罗齐美学理论的任务，就是要像研究理性的知识的逻辑学那样去研究直觉的知识。而这种直觉的知识的逻辑学，就是美学，也即艺术的逻辑学或逻辑的姊妹科学。用克罗齐的话来说，即：

> 美学只有一种，就是直觉（或表现的知识）的科学。这种知识就是审美的或艺术的事实。这种美学才真是逻辑的姊妹科学。
>
> There is but one AESTHETIC, the science of intuitive or expressive knowledge, which is the aesthetic or artistic fact. And this Aesthetic is the true analogue of Logic. ④

最后一句的直译是"这种美学是逻辑的真正类似物"，朱先生将之译为"这种美学才真是逻辑的姊妹科学"，实在是大家手笔，信、达、雅三者皆备。在为

---

① ［意］克罗齐：《美学原理》，朱光潜译；《美学纲要》，韩邦凯等译，外国文学出版社 1983 年版，合成本，第 1 页。Benedetto Croce, *AESTHETIC as science of expression and general linguistic*, translated from the Italian by Douglas Ainslie, Peter Owen-Vision Press London, New edition 1967, p. 1.

② ［意］克罗齐：《美学原理》，朱光潜译；《美学纲要》，韩邦凯等译，外国文学出版社 1983 年版，合成本，第 34 页。

③ ［意］克罗齐：《美学原理》，朱光潜译；《美学纲要》，韩邦凯等译，外国文学出版社 1983 年版，合成本，第 34 页。

④ ［意］克罗齐：《美学原理》，朱光潜译；《美学纲要》，韩邦凯等译，外国文学出版社 1983 年版，合成本，第 1 页。Benedetto Croce, *AESTHETIC as science of expression and general linguistic*, translated from the Italian by Douglas Ainslie, Peter Owen-Vision Press London, New edition 1967, p. 14.

《大英百科全书》第 14 版所写的"美学"——中译为"美学的核心"——词条中,针对有人对克罗齐的指责——认为他在宣扬非理性的艺术观,克罗齐特别强调了艺术自身的理性与逻辑的特点:

> 艺术本来既不是非理性的,也不是非逻辑性的,不过,艺术自身的理性和逻辑性是同辩证观点和逻辑性有别的,而正是为了突出艺术的特征和独特性,才找到"感觉逻辑"和"美学"这类名词。①

从这里可以看出,克罗齐虽然主张艺术脱离理性而独立,可同时又在将艺术纳入特殊的理性与逻辑之中,这也正是他的美学的任务。

在克罗齐之前,直觉的知识一直被置于理性的知识之下,被当作"主子的奴仆"②。克罗齐认为,那种观点是错误的。直觉的知识并非只有借助理性的知识才能成立,而是完全可以脱离理性的知识而独立存在的。在直觉品中,概念可能混合于其中,但这时的概念已不复是概念,而是成为直觉品的组成因素了。直觉与知觉也不同,知觉是指说某某事物是实在的那种知识,而直觉则是"对实在事物所起的知觉和对可能事物所起的单纯的形象"③ 这二者浑然交融的统一。时间和空间对直觉的知识来说,也如概念一样,是直觉的组成因素。直觉的知识除与在它之上的理智主义无关,是独立于理性知识的以外,它还不同于直觉界限以下的诸如印象、感受、冲动、情绪之类的东西。因为这些东西"只是心灵所领受的,还不是心灵所创造的东西"④。它们都是机械的、被动的东西,还没有"达到心灵境界,还没有被人吸收融会"⑤。真正的直觉,是一种心灵活动,它纯朴而静穆,经过了心灵的统辖,充满了人性,而绝非兽性的冲动。克罗齐认为,区分直觉与直觉界限以下的东西,有一个办法,即每一个真正的直觉同时也是表现。没有得到表现的东西,就只是感受,只是自然事实。表现对于直觉,是绝不可少的,它是直觉的一部分,二者是浑然一体的,而非分开的两物。

---

① [意]克罗齐:《美学或艺术和语言哲学》,黄文捷译,中国社会科学出版社 1992 年版,第 5 页。
② [意]克罗齐:《美学原理》,朱光潜译;《美学纲要》,韩邦凯等译,外国文学出版社 1983 年版,合成本,第 8 页。
③ [意]克罗齐:《美学原理》,朱光潜译;《美学纲要》,韩邦凯等译,外国文学出版社 1983 年版,合成本,第 10 页。
④ [意]克罗齐:《美学原理》,朱光潜译;《美学纲要》,韩邦凯等译,外国文学出版社 1983 年版,合成本,第 12 页。
⑤ [意]克罗齐:《美学原理》,朱光潜译;《美学纲要》,韩邦凯等译,外国文学出版社 1983 年版,合成本,第 18 页。

> 我们如何真正能对一个几何图形有直觉，除非我们对它有一个形象，明确到能使我们马上把它画在纸上或黑板上？我们如何真正能对一个区域——比如说西西里岛——的轮廓有直觉，如果我们不能把它所有的曲曲折折都画出来？①

从这里可以看出，克罗齐的意思是，直觉的知识并非约略一瞥就可得到，而是要经过凝神观照，将所见所得在心灵面前化成对象，由心灵赋予形式，才算是直觉，因而也就是表现。在这里，克罗齐一方面显示出了严密的逻辑性，即严格划定直觉知识的界限，确定美学——艺术的逻辑学——的研究对象；另一方面，也表现出在古典主义与浪漫主义的争论中，他所采取的倾向古典主义的立场。在此，回溯一下德国艺术史家温克尔曼在当时的巨大影响，是绝对有必要的。温克尔曼在《关于在绘画和雕刻中摹仿希腊作品的一些意见》（1775）一文中，指出古希腊艺术杰作的一般优点在于"高贵的单纯，静穆的伟大"②。根据希腊神话，艺术之神阿波罗雄居奥林匹克山之巅峰，傲视人寰，一切事物经过他的巨眼的光辉才得到形象。他对于悲欢美丑，一律观照，无动于衷。这种"单纯""静穆"，就是古希腊艺术杰作的优点，也是古典派的文艺理想。此文与《古代艺术史》（1764）一起，作为温克尔曼对古希腊造型艺术的研究成果，在德国乃至欧洲掀起了一股古希腊艺术热，尤其是"高贵的单纯，静穆的伟大"这一观点风靡一时，征服了整整一代艺术家与美学家，对文艺创作以及美学思想都产生了深远的影响。不仅歌德、席勒等艺术大师因此一直视完美、和谐、静穆为古希腊艺术的特征，并以之为理想境界，刻意在自己的创作中追求这一目标；就连黑格尔也以静穆为古典艺术风格的最高表现。克罗齐与古典美学的大师们一样，深受古典艺术的影响，醉心于古典艺术，他的直觉知识的理论，与古典艺术的最高境界有着内在的密切联系。因此，他才特别强调，在直觉这种认识的心灵活动中，要把感觉等直觉界限以下的的东西，"从心灵的浑暗地带提升到凝神观照界的明朗"③。也正是在这个意义上，直觉与表现无法分开。如果未能从"浑暗地带""提升到凝神观照界的明朗"，就不能称之为直觉，因为未能得到表现，那就还只是直觉界限以下的东西，是自然

---

① ［意］克罗齐：《美学原理》，朱光潜译；《美学纲要》，韩邦凯等译，外国文学出版社1983年版，合成本，第15页。
② 朱光潜：《西方美学史》上卷，人民文学出版社1979年版，第302页。
③ ［意］克罗齐：《美学原理》，朱光潜译；《美学纲要》，韩邦凯等译，外国文学出版社1983年版，合成本，第15页。

的事实，是机械的、被动的、动物本能般的反应。用克罗齐的话来说，即还未经过"心灵的统辖"，还是"近于禽兽的冲动"①。也正是从这里出发，克罗齐才反对浪漫主义的"表现自我"。因为那种"表现自我"，实际上是对"激情和印象的直接表现"，只能属于动物本能的反应，或者"近于禽兽的冲动"，而不属于直觉，因而也不是艺术。

　　克罗齐作为一个大哲学家的独特之处，在于他不像其他大师那样，只是把美学当作自己哲学体系中的一个环节，或是体现自己哲学思想的一个领域，而是把美学当作自己哲学体系的基地与出发点。他把美学当作艺术的逻辑学，是以它与艺术和哲学一样，也是一种知识，具有"重要的认识作用"②为前提的。在他的哲学、美学体系中，不存在关于诗与哲学的争论问题："我们不想再提这个老辩论，我们认为它已告终结了。"③虽然克罗齐可以不提，但我们作为研究者，为了能从历史发展的角度认清克罗齐的美学理论及其价值，却不能不提。这场争论发生在古希腊时期。古希腊人热爱知识，以追求真理为人的天职。亚里士多德曾经宣称："求知是人的本性。"④通过争论来辩明真理，在当时尤其是一大风气，所以柏拉图才说："哲学与诗歌的争论是古已有之的。"⑤争吵的实质在于，古希腊人认为，哲学是最高的智慧，而通过摹仿现实来制造出现实事物外形的文艺作品，是否也能达到对真理的认识？柏拉图认为，文艺只是对事物外形的摹仿，而现实事物本身，又不过是"理式"的影子，所以，作为摹仿的文艺作品，和"自然隔着三层"，因而"和真理也隔着三层"⑥。柏拉图的观点是很明确的：既然与真理"隔着三层"⑦，文艺作品就不可能达到对真理的认识，无法反映真理。亚里士多德则不同意柏拉图的观点，他认为文艺作品也是一种对真理的认识，能够反映真理。他不仅把求知当作人的本性，还把摹仿当作人的天性，还以之为艺术的起源：

---

　　① ［意］克罗齐：《美学原理》，朱光潜译；《美学纲要》，韩邦凯等译，外国文学出版社1983年版，合成本，第15页。
　　② ［意］克罗齐：《美学原理》，朱光潜译；《美学纲要》，韩邦凯等译，外国文学出版社1983年版，合成本，第34页。
　　③ ［意］克罗齐：《美学原理》，朱光潜译；《美学纲要》，韩邦凯等译，外国文学出版社1983年版，合成本，第34页。
　　④ ［古希腊］亚里士多德：《形而上学》，吴寿彭译，商务印书馆1991年版，第1页。
　　⑤ ［古希腊］柏拉图：《理想国》，张竹明译，商务印书馆1986年版，第407页。
　　⑥ ［古希腊］柏拉图：《文艺对话集》，朱光潜译，人民文学出版社1983年版，第71页。
　　⑦ 或者说隔着两层，这里存在着计算起点的问题，无实质性区别。

> 诗的起源仿佛有两个原因,都是出于人的天性。人从孩提的时候起就有摹仿的本能(人和禽兽的分别之一,就在人最能摹仿,他们最初的知识就是从摹仿得来的)。①

很显然,亚里士多德认为摹仿本身就是求知,艺术具有求知的特点。而且,他还进一步指出,与历史相比,"诗所描述的事带有普遍性",因而"比历史更富于哲学意味"②。自那以后,哲学对艺术的排斥、艺术为争取与哲学平等的地位这两种倾向(包括各种变体形式)及相互间的争论,就一直贯穿在西方美学思想史之中。克罗齐在 19 世纪、20 世纪交替之际,以哲学家、美学家的身份,站在亚里士多德这一边,肯定艺术是一种知识,具有"重要的认识作用",其意义不仅在于为艺术辩护,确定艺术为人们获取知识、认识真理的重要领域,更在于通过论证艺术的独立性,使艺术结束了受理性的知识以及各种学说支配的历史。自古希腊发生诗人与哲学家的争论以来,一方面,越来越多的人不是没有看到艺术的认识作用,而是一直以各种各样的形式利用艺术的这种作用,使之为自己的理论体系或实践要求服务;另一方面,以黑格尔为集大成者的德国古典美学,将以理性的知识支配艺术的传统发展到极端——要以哲学取代艺术。这两种倾向在使艺术处于受支配地位这一点上,都是毫无二致的。克罗齐通过继承并改造德国古典美学的逻辑方法与范畴,不仅使艺术获得了真正的独立地位,更从内部促成了德国古典美学的转折,对 20 世纪西方现代美学的发展,起到了催生甚至有几分奠基的作用。克罗齐的美学思想,在西方古典美学向现代美学的发展过程中,既是一座必不可少的桥梁,同时,在相当的范围内,也是发挥了规范方向的作用的一处路标。

(原载《汉语言文学研究》2022 年第 3 期)

---

① [古希腊]亚里士多德:《诗学》,罗念生译;[古罗马]贺拉斯:《诗艺》,杨周翰译,人民文学出版社 1980 年版,合成本,第 11 页。
② [古希腊]亚里士多德:《诗学》,罗念生译;[古罗马]贺拉斯:《诗艺》,杨周翰译,人民文学出版社 1980 年版,合成本,第 29 页。

第二节　克罗齐美学理论的目标与古典美学转折的方向

通过上一节的梳理、剖析，克罗齐美学思想的本来面貌也就基本凸显出来了。它与哲学系统、文学系统的表现主义无关，我国美学、文艺学界以前对它的批判，主要是以误解甚至歪曲为前提的：在克罗齐美学思想中，受到我们批判的东西本来就不存在。更确切地说，被我们批判的东西，恰恰就是克罗齐竭力否定的东西。也就是说，它们是以克罗齐的批判对象的身份出现在克罗齐美学著作之中的。在上一节中，之所以把克罗齐美学思想列入美学系统的表现主义，是因为我国美学、文艺学界对表现主义一词的用法太含混，并且相当程度地误解了克罗齐的美学思想，将其混同于哲学、文学意义上的表现主义，为了澄清这种混同，便做出了如此安排；但严格说来，把表现主义名称加在克罗齐头上是不合适的。如果硬要遵从给研究对象安上一个"学名"的"习俗"的话，最合适克罗齐美学思想的名称，应该是"艺术独立理论"。

克罗齐美学理论遭到如此误解及歪曲的根本原因，就在于论者未能从克罗齐美学理论本身出发，而是从既定的模式出发，把再现与表现当作美学、文艺学领域中的基本问题，并且只思考这个基本问题，尤其以为其他研究者也只思考这个基本问题（区别只在于表述的形式上）；而在既定模式当中，表现与唯心主义是画等号的，克罗齐又正好主张直觉的知识与表现不可分，并以艺术为例来说明直觉的知识，将艺术与表现紧密联系在一起；这样，即便不是望文生义，而是经过一番研究，克罗齐在表现与再现这个基本问题上的态度，也就不难判定了（即使有人注意到克罗齐关于审美表现与实际表现的区别，与基本问题相比，那也只会被认作枝节问题，而无法影响、改变论者对克罗齐的态度）。

根据马克思主义的基本观点，一个时代的思想观念，产生于该时代的现实土壤，但又不能将二者的关系简单化、教条化，在思想的发展与时代的发展之间画等号。从实际发生的情况来看，这二者并非齐头并进，它们之间的关系，在发展过程中错综复杂，尤其是在思想观念的发展过程中，从历史继承性的意义上说，的确存在着曾被批判过的"纯思想线索"[1]，因为思想观念的发展必须以对现有条件的继承为首要前提，马克思对此有过十分精辟的论述：

> 人们创造自己的历史，但是他们并不是随心所欲地创造，并不是在他

---

[1] ［德］爱克曼辑录：《歌德谈话录》，朱光潜译，人民文学出版社1985年版，第274页。

们自己选定的条件下创造,而是在直接碰到的、既定的、从过去继承下来的条件下创造。一切已死的先辈们的传统,像梦魇一样纠缠着活人的头脑。①

恩格斯也对此做过同样精辟而更为具体的论述:

> 每一个时代的哲学作为分工的一个特定的领域,都具有由它的先驱者传给它而它便由以出发的特定的思想资料作为前提。因此,经济上落后的国家在哲学上仍然能够演奏第一提琴:……经济发展对这些领域的最终的支配作用,在我看来是无疑的,但是这种支配作用是发生在各该领域本身所限定的那些条件的范围内:例如在哲学中,它是发生在这样一种作用所限定的条件的范围内,这种作用就是各种经济影响(这些经济影响多半又只是在它的政治等等的外衣下起作用)对先驱者所提供的现有哲学资料发生作用。②

根据马克思主义这一基本原理,研究克罗齐美学思想的一个必不可少的环节,就是把它放到美学思想的历史发展过程之中去进行分析,从而实事求是地确定它在美学史上所发挥的作用和应有的地位。

一、克罗齐美学理论的思想背景

在美学史上,任何一种理论体系的产生都有着特定的思想背景及针对性。它与当时的现实状况(尤其是经济发展状况)并不简单地对应,有时反而会显得毫无关系;但它必定与当时的美学界所关注的主要理论问题密切相关。它与美学史上有关基本问题——如再现与表现(这样的基本问题绝不只是一个,此为正确地提出问题的前提)——的关系,则要视该问题与当时美学界的关注中心的关系而定。除非认定人类的心灵是日益萎缩的,否则,美学家们不可能在任何时期都只关心一个永恒不变的问题。这新产生的美学理论体系,与当时美学界所关注的主要理论问题的关系,则主要有三种:反对、赞成、综合(反对其中的一部分而赞成其中的另一部分)。克罗齐的美学理论体系,产生

---

① 陆梅林辑注:《马克思恩格斯〈论文学与艺术〉》(一),人民文学出版社 1982 年版,第 110 页。
② 陆梅林辑注:《马克思恩格斯〈论文学与艺术〉》(一),人民文学出版社 1982 年版,第 115 页。

于 19 世纪末 20 世纪初。在当时的美学领域中,再现与表现的问题远不如艺术的地位问题那么引人注目。克罗齐美学理论的要义,就在于确立艺术的独立地位,其针对性明确而又集中:直指古典美学关于艺术受理性支配,尤其是艺术将为哲学所取代的理论观点,从而将扭转古典美学发展方向的意图,实现于对古典美学的继承与改造之中。

从美学史上看,最先赋予艺术自主地位的,是古典美学的奠基人康德。他从质、量、关系、方式四个方面对审美判断进行分析,指出美的特点是:无利害感、没有概念的普遍性、没有目的的合目的性、没有概念的必然性。① 这四个基本命题,尤其是其中的美无利害感,对后世美学产生了巨大影响。它们一经问世,就一直被主张艺术独立的人们当作旗帜与纲领。康德关于"先验综合"的理论,更是被克罗齐当作其直觉理论的基石。康德的三大批判,主要为了解决三大问题:

(一) 我能知道的是什么?
(二) 我应该做的是什么?
(三) 我可以期望的是什么?②

这里,第一个问题实际上就是人的认识能力问题,康德在《纯粹理性批判》里解决它时,将其转化为如何可能的问题,以"先验综合"来解释知识的形成。"先验综合"的要义,在于人的先天理性赋予后天的感性材料以形式,知识由此才得以形成。克罗齐关于心灵的直觉活动赋予直觉以下的无形式物质以形式的理论,就是直接从康德的"先验综合"理论中脱胎而来的。克罗齐直觉理论的内核,就是指纯粹的物质是外在的,形式是人自身所先天具备的,两者的结合,就形成了具体形象:

> 物质与形式并不是我们的两种作为,互相对立;它们一个是在我们外面的,来侵袭我们,撼动我们;另一个是在我们里面的,常要吸收那在外面的,把自身和它合为一体。物质,经过形式打扮和征服,就产生具体形象。这物质,这内容,就是使这直觉品有别于那直觉品:这形式是常住不

---

① 参见 [德] 康德《判断力批判》上卷,宗白华译,商务印书馆 1964 年版,第 47、57、74、79 页。
② [德] 康德:《纯粹理性批判》,韦卓民译,华中师范大学出版社 1991 年版,第 666 页。

变的，它就是心灵的活动；至于物质则为可变的。①

显而易见，在方向与方法的意义上，克罗齐美学理论是直接建立在康德美学理论的基础之上的。从继承的方面讲，没有康德，就没有克罗齐。从发展的方面讲，尽管克罗齐对康德充满了敬佩之情，认为他是"发现、解决或接近带来解决美学科学问题的人"②，但克罗齐对康德"不知不觉地回到了理性主义"③却大为不满（这使得康德这位古典美学的奠基人，在克罗齐的美学史中被予以低调处理）。克罗齐的意图，就是要从康德的止步处开始，使艺术真正脱离理性的支配，获得彻底的独立。克罗齐最为不满的，还是古典美学的集大成者黑格尔。在他那无所不包的庞大体系中，美学不仅具有重要的地位，而且也自成一体，其内容之丰富多彩，其见解之精辟透彻，至今都令人惊叹不已。克罗齐对黑格尔的敬佩和肯定，要远远超过康德；但他对黑格尔的否定和批判，也同样远远超过康德。黑格尔的致命错误，就在于他的方法与体系的矛盾。他没有根据辩证法原理去突破体系，反而让辩证法去迁就体系，结果，不仅得出"美是理念的感性显现"④的结论，更断言艺术将为宗教和哲学所代替。克罗齐对黑格尔美学的批判，不是从对某个命题的分析、清理入手，而是从黑格尔的哲学逻辑入手，从而指出，黑格尔错在滥用了"对立面的综合"的方法，这种滥用必然导致艺术消亡的结论；要想真正确立艺术的独立地位，彻底推翻黑格尔的结论，就必须从根本上入手，即从方法上入手。克罗齐于是提出"度的理论"，⑤遂得以从哲学理论上确立艺术的独立地位。

从探索艺术的独特性，到完全确立艺术的独立地位，这其间的过程是极为漫长的。对人类来说，认识外在世界与"认识你自己"（古希腊德尔菲神庙门楣上的镌刻）是同样艰巨而无穷尽的过程，在认识人类心灵的产品——艺术——这个方面，探索过程尤为曲折、复杂、艰难。从古希腊时发生的诗人与哲学家之争，到克罗齐对古典美学的继承与批判，足足有两千多年，多么漫长而又艰难的历程！如果把艺术独立的理论比作一座位于哲学大厦之旁的殿堂的

---

① ［意］克罗齐：《美学原理》，朱光潜译；《美学纲要》，韩邦凯等译，外国文学出版社 1983 年版，合成本，第 12 页。

② ［意］克罗齐：《作为表现的科学和一般语言学的美学的历史》，王天清译，中国社会科学出版社 1984 年版，第 115 页。

③ ［意］克罗齐：《美学原理》，朱光潜译；《美学纲要》，韩邦凯等译，外国文学出版社 1983 年版，合成本，第 302 页。

④ ［德］黑格尔：《美学》第 1 卷，朱光潜译，商务印书馆 1979 年版，第 142 页。

⑤ 参见 ［意］克罗齐《黑格尔哲学中的活东西和死东西》，王衍孔译，商务印书馆 1959 年版，第 49 - 55 页。

话，那么，这座金碧辉煌的殿堂主要还是由康德与黑格尔在前人铺就的台基上建造起来的；但他们同时又修建起一道围墙，将这殿堂圈入哲学大厦的院落。克罗齐所做的工作，实际上就是将这道围墙推倒，使这座殿堂不再属于哲学大厦而独立于世。到了现代艺术那里，不少艺术家干脆对这座殿堂动手，试图将它也拆毁，从而完全泯灭艺术品与日常生活用品的界限，如将盥洗池放在美术馆里作为艺术品陈列，将破布、石膏粉、木头等乱七八糟的东西捆绑在一起，就算是艺术品，等等。① 克罗齐对此严加驳斥，并反复强调审美冲动与实践冲动、审美表现与实践表现是性质不同的两回事而绝不是一回事。②

古典美学所取得的巨大成就和它自身所包含的深刻的内在矛盾，决定了克罗齐在对它进行继承与改造的时候，必然会引出艺术独立的发展方向，并完成从理论上确定艺术的独立地位这一任务。同时我们还要看到，在意大利本国已经进行了100多年的思想运动以及19世纪上半叶流行的"为艺术而艺术"的文艺思潮，对克罗齐完成这个任务，也起到了相当大的启发与促进作用。

克罗齐在他的《美学纲要》法文版序言中曾提道："我的美学观是从十七世纪与十八世纪交替年间我国开始的思想运动的终结形式。"③这场运动的核心，在于"维柯的历史意识与笛卡尔理性主义的论战"④。笛卡尔的理性主义美学，片面强调理性，忽视感性的重要性，进而既忽视实践在物质世界中的重要性，更忽视想象在文艺中的重要性。用克罗齐的话来说，"这位法国哲学家厌恶想象，他认为这源于动物性精神的骚动"⑤。在笛卡尔的理性主义精神弥漫全欧之际，维柯则以其对历史哲学的研究，竖起了反笛卡尔的旗帜。克罗齐称他是一位"以一种新的方法理解幻想，洞察诗和艺术的真正本性，并在这种意义上讲发现了美学的革命者"⑥。维柯通过研究原始人的智慧，发现原始人的智慧是一种"诗性的智慧"，即"感觉到的想象的玄学"，"原始人没有推

---

① 参见蒋孔阳主编《美学与艺术评论》第二集，复旦大学出版社1985年版，第386页。
② 参见［意］克罗齐《美学或艺术和语言哲学》，黄文捷译，中国社会科学出版社1992年版，第7、27页。
③ ［意］克罗齐：《美学原理》，朱光潜译；《美学纲要》，韩邦凯等译，外国文学出版社1983年版，合成本，第331页。
④ ［意］克罗齐：《美学原理》，朱光潜译；《美学纲要》，韩邦凯等译，外国文学出版社1983年版，合成本，第340页。
⑤ ［意］克罗齐：《作为表现的科学和一般语言学的美学的历史》，王天清译，中国社会科学出版社1984年版，第48页。
⑥ ［意］克罗齐：《作为表现的科学和一般语言学的美学的历史》，王天清译，中国社会科学出版社1984年版，第64页。

理的能力，却浑身是强旺的感觉力和生动的想象力"①。维柯认为，原始人还不具备抽象思维能力，就像儿童一样。他们的思维活动，是一种想象活动，即诗的活动，因此，"在世界的童年时期，人们按本性就是些崇高的诗人"②。维柯从历史发展的角度，肯定了想象活动是人类历史发展最初阶段的思维活动，诗是这个阶段的必然产品，它出现在人类理性之前，因而，它是人类成长道路中必然的过程，而不是如柏拉图所说的那样，是人类精神中的腐败部分。与笛卡尔贬低想象活动相反，维柯深入地研究了想象的特点及其与理性的关系，确认了想象在美学中的重要地位。为此，克罗齐赞赏不已："维柯的真正的新科学就是美学，至少是给予了美学精神的哲学以特殊发展的精神哲学。"③

对于发生在意大利的这场思想运动，克罗齐还称赞了法国的贡献，尤其是法国哲学家、文艺批评家杜博斯④的贡献。⑤ 杜博斯反对引入到艺术和情感事物中的数学精神，主张艺术同情感紧密相连；他提出，除了视、听、味、嗅、触这五种生理感官外，人类还具有专门用于感应美的形式的"第六感官"。⑥克罗齐从这场思想运动中受益不浅，因为它不仅把艺术同逻辑的、哲学的和科学的著作区分开来，还把艺术同说教形式，或貌似想象却不免含着逻辑思维的形式区分开来，尤其是它还努力建立并确定艺术的自主地位，建立并确定艺术创作和艺术判断的条件。这场思想运动经历了上百年的时间，到了克罗齐这里才算有了最后的结果：艺术被确定为一种知觉方式，它不同于逻辑思维方式，其存在也无须依靠逻辑思维方式；它出现于逻辑思维之前，是精神意识到自身，即意识到实在的最简单、最质朴的形式。⑦

关于"为艺术而艺术"的文艺思潮，我国美学界、文艺学界也曾一度对之进行过严厉的批判，理由就是它主张文艺脱离现实、逃避现实，取消艺术的内容而专注于形式，等等。这些批判都是正确的，在克罗齐那个时代，上述现象就已经在"为艺术而艺术"的旗帜下存在了，克罗齐也对之进行过批评：

---

① ［意］维柯：《新科学》，朱光潜译，人民文学出版社 1986 年版，第 161 – 162 页。
② ［意］维柯：《新科学》，朱光潜译，人民文学出版社 1986 年版，第 98 页。
③ ［意］克罗齐：《作为表现的科学和一般语言学的美学的历史》，王天清译，中国社会科学出版社 1984 年版，第 75 页。
④ ［法］杜博斯（Du Bos，或译为杜波，1670—1742 年），著有《关于诗和绘画的批判性思考》。
⑤ 参见 ［意］克罗齐《美学原理》，朱光潜译；《美学纲要》，韩邦凯等译，外国文学出版社 1983 年版，合成本，第 331 页。
⑥ 参见 ［美］凯·埃·吉尔伯特、［德］赫·库恩《美学史》上卷，夏乾丰译，上海译文出版社 1989 年版，第 362 页。
⑦ 参见 ［意］克罗齐《美学原理》，朱光潜译；《美学纲要》，韩邦凯等译，外国文学出版社 1983 年版，合成本，第 331 页。

> 诗不是空洞的心灵和愚钝的头脑所造出的东西；也正因如此，凡是侈谈纯艺术和为艺术而艺术的艺术家，也就必然把自己封闭起来，置生活的激动和思想的起伏于不顾，从而表明他们根本不能产生作品，充其量，也不过只能模仿别人或追求支离破碎的印象主义。①

与我们对"为艺术而艺术"所做的政治性批判相比较，克罗齐的批判，恐怕还要更有力、更深刻、更能说服人些。问题在于，"为艺术而艺术"在其产生之际，是有着明确的针对性和强调艺术的独立地位这个理论目的的。"为艺术而艺术"出现在19世纪初至1830年，② 法国大学派文论大师居斯塔夫·朗松③曾对"为艺术而艺术"的原意做过专门研究，认为这个口号的基本观点，"并不是什么排斥伦理道德，排斥政治、排斥科学、排斥个人感情，而是让它们从属于艺术"④。因此，它的出现，本来意味着美学理论发展到了一个新阶段，只有具备以下四个条件，"为艺术而艺术"才有可能问世。

（1）文学的最高裁判是大众而不是任何别的东西。
（2）作家不再必须是精神贵族或上流社会成员。
（3）艺术不再是技巧问题与对各种规则的严格遵守问题，艺术就是艺术本身的目标。
（4）要建立一套美学，它提出的是美的理想与美感标准，而不是"正规"观念与"行家的鉴赏趣味"；它要把美学评价跟伦理评价和感伤情调分开。

而这些在18世纪末都已经通过温克尔曼、莱辛、康德、席勒等人而获得实现。⑤ 朗松认为，必须严格区分"艺术自由"与"为艺术而艺术"，它们是两个完全不同的概念，艺术自由是指艺术对古典的规则与分寸的独立性，"为艺术而艺术"则是指艺术对伦理道德、政治与科学的独立性。艺术自由是形

---

① ［意］克罗齐：《美学或艺术和语言哲学》，黄文捷译，中国社会科学出版社1992年版，第7、9页。
② 参见［美］卫姆塞特、布鲁克斯《西洋文学批评史》，颜元叔译，中国人民大学出版社1987年版，第438页；［美］昂利·拜尔编《方法、批评即文学史——朗松文论选》，徐继曾译，中国社会科学出版社1992年版，第530－532页。
③ 居斯塔夫·朗松（Gustave Longson，1857—1934年），19世纪末20世纪初法国大学派文学批评家中与布吕纳介、勒梅特尔、法盖齐名的一位大师，其最重要的著作首推《法国文学史》。
④ ［美］昂利·拜尔编：《方法、批评即文学史——朗松文论选》，徐继曾译，中国社会科学出版社1992年版，第536页。
⑤ 参见［美］昂利·拜尔编《方法、批评即文学史——朗松文论选》，徐继曾译，中国社会科学出版社1992年版，第531－532页。

式的解放,"为艺术而艺术"是内容的解放。前者可以为后者开路,后者是前者的进一步发展,这两个阶段的性质必须分清,不得混淆。而且,"为艺术而艺术"既授予作家自主权,又使这自主权受制于艺术良心的内在规律。① 因此,朗松指出:"对美的崇拜、艺术家的自主权、艺术良心的绝对必要性——我看这就是'为艺术而艺术'的主要内容。"② 显然,"为艺术而艺术"本是艺术独立理论发展过程中的一个重要阶段,其理论的正面意义本来是非常重大的,只是由于它毕竟还没有到成熟阶段,其不完备处衍生出来的负面意义大大地抵消了它的正面意义。克罗齐作为一代美学大师,既批评了它的负面意义,又接受了它的正面意义,并予以肯定与发扬:"为艺术而艺术"的正确意义,在于它揭示出艺术独立的原理,"艺术对于科学、实践和道德都是独立的。我们不用怕轻浮的或干枯的艺术因此有所借口,因为真正轻浮或干枯的艺术之所以轻浮或干枯,是由于没有达到表现"③。

二、"对立面的综合"与"度的理论"——黑格尔美学体系的逻辑理论与克罗齐美学体系的逻辑理论

克罗齐美学理论的要义,在于确立艺术的独立地位,因此,黑格尔的艺术消亡论,即艺术终将为宗教、哲学所替代的理论,作为主张一切艺术应当受理性支配、必须服从理性的美学理论之集大成者,必然成为克罗齐的主要批驳对象。由于黑格尔的理论特点是以历史迁就体系,因此仅用艺术史的发展事实来驳斥黑格尔的艺术消亡论是远远不够的,必须从批驳他的整个体系入手才行。黑格尔的整个体系,是"绝对理念"按他独有的哲学逻辑——对立面的综合——方式所显现出来的各个发展过程及其终点的展示。作为他整个体系中的一个完整部分,黑格尔的美学理论也是根据这个哲学逻辑来构成的,其艺术消亡论,就是他根据这种哲学逻辑推导出的必然结论。显然,要想真正批倒黑格尔的艺术消亡论,同时又给予其哲学体系及美学理论以应有的评价、肯定,绝非易事。如果未能批倒黑格尔的整个体系,尤其是构造该体系的哲学逻辑,那么克罗齐的艺术独立理论就谈不上真正的完成。这项任务的艰巨,正在于此;而克罗齐的杰出之处,首先也就体现在这里:如果不同时具备深厚的哲学功

---

① 参见[美]昂利·拜尔编《方法、批评即文学史——朗松文论选》,徐继曾译,中国社会科学出版社1992年版,第533、537页。

② [美]昂利·拜尔编:《方法、批评即文学史——朗松文论选》,徐继曾译,中国社会科学出版社1992年版,第538页。

③ [意]克罗齐:《美学原理》,朱光潜译;《美学纲要》,韩邦凯等译,外国文学出版社1983年版,合成本,第62页。

底、美学功底、艺术功底以及历史功底的话，完成批驳艺术消亡论、确立艺术的独立地位这一具有历史转折意义的标志性任务，就只能是一种宏大的设想与迷人的前景。在这个意义上，克罗齐《美学》一书的问世，还只算是大致确立了艺术的独立地位，直到他的《黑格尔哲学中的活东西和死东西》发表，这一任务才真正获得全面彻底的完成。在后面这部著作中，克罗齐首先分析了黑格尔哲学中的"活东西"及其产生的过程和源泉。他认为，对黑格尔来说：

> 一种哲学逻辑——以及为了解决特殊问题和人生观所引申出来的一切结论——曾是他的精神的主要努力所趋向的目标。他在哲学逻辑中找到了那些异常重要的原理，使它们臻于完善，并指出它们的全部价值。以前的哲学者对于这些原理一无所知，或几乎没有谈到，或没有加以充分注意，因此，它们可以说是黑格尔个人的创见了。①

显然，对黑格尔思想的完整的把握与批判的陈述，是不能依靠按部就班与逐章逐节地对其著作内容做单纯的概括复述那种方法的，而应着重研究它的逻辑，力图揭示出它固有的方法。克罗齐于是把注意力主要集中于黑格尔思想最具特征的部分，以及由黑格尔所揭示出来的关于真理的新形态那部分，进而注意到黑格尔自己所不能克服的错误。在这种思路的指导之下，克罗齐在《黑格尔哲学中的活东西和死东西》中，一开始就进入问题的实质：

> 直截了当地说到燃起一切争论之火和引起反对者的反驳底学说，即黑格尔对于解决对立面问题的方式底学说。②

黑格尔的哲学，不仅把直接的实在当作思维对象，而且把哲学本身当作思维对象。按黑格尔的观点，哲学思维是用概念思维，哲学概念既是普遍的，又是具体的，即具体的共相。作为具有上述特质的哲学概念，"它对于相异不仅不排斥而且包藏它。这是一个自身相异的普遍，从相异结成的"③。

克罗齐以想象和理智作为相异（distincts）概念的例子，说明作为精神或

---

① [意] 克罗齐：《黑格尔哲学中的活东西和死东西》，王衍孔译，商务印书馆1959年版，第1页。
② [意] 克罗齐：《黑格尔哲学中的活东西和死东西》，王衍孔译，商务印书馆1959年版，第5页。
③ [意] 克罗齐：《黑格尔哲学中的活东西和死东西》，王衍孔译，商务印书馆1959年版，第5页。

精神活动的概念，它们是特殊的哲学概念，但不是在精神之外或居于精神之下，而是精神活动的两种形式。这两种形式不是互相分离的，而是互相渗入的，即想象虽与理智有别，却是理智的基础，对于理智是不可缺少的。①

在研究实在的时候，哲学思维不仅要碰到相异的概念，还会碰到对立（opposites）的概念。这两种概念是截然不同的，切不可将它们等同起来，或把对立的概念认作相异概念的一种。两个相异的概念，如想象和理智，会在它们的相异中自动联合起来，而两个对立的概念则不同，它们彼此互相排斥，一个存在时，另一个便被消灭。这两种概念的实质性区别在于：

> 一个相异的概念，依照观念的序列，在随着而来的概念中，以预先设定的状态存在着，至于一个对立的概念，便被个别相反的概念所杀死。对于对立的概念，可以应用"你死我活"这句格言。②

也就是说，一个相异的概念，面对按照既定顺序而出现的概念，它将仍然以原来的面貌继续存在，如想象的概念在理智的概念面前，法权的概念在道德性的概念面前，便是如此。至于对立的概念则完全不同，一个对立的概念，总会被与它相反的概念所杀死，它们不可能同时并存。像真与伪、善与恶、美与丑、价值与无价值、乐与苦、自动性与被动性、积极与消极、生与死、有与无，等等，就是那样。

在哲学概念的具体的统一这个问题上，相异概念与相反概念的区别同样明显：相异概念不妨碍这种统一，反而有利于统一；而相反概念则不同，"相反能令在哲学的普遍中发生深刻的裂痕和令它的每个特殊形式发生不可调和的二元现象"③。如不能解决这统一的问题，哲学就不能有任何成就，面临着垮台的危险。这就使得人类的精神必定要致力于对立面的问题。在哲学史上，解决问题的办法总不外乎两个：牺牲相反（从哲学概念中排除相反）迁就统一；牺牲统一迁就相反。但对于思维来说，这两种牺牲都是不可能的。克罗齐认为，统一的思维与对立的思维并非不可调和，"我们可以而且应该用一个概念

---

① 参见［意］克罗齐《黑格尔哲学中的活东西和死东西》，王衍孔译，商务印书馆1959年版，第6页。
② ［意］克罗齐：《黑格尔哲学中的活东西和死东西》，王衍孔译，商务印书馆1959年版，第6页。
③ ［意］克罗齐：《黑格尔哲学中的活东西和死东西》，王衍孔译，商务印书馆1959年版，第6页。

的形式来思维这对立。这个概念的形式便是最高的统一"①。具体地说，素朴的思维——概括或胚胎中的思维——能解决这一难题，它思维统一，同时又思维对立。"它的格言不复是'你死我活'，却是'虚伪的友谊'。"②

克罗齐指出，这种素朴的思维，只是提出了调和统一的可能性，而艺术——人类精神创造的另一种形式——则提供了解决问题的模型。诗人与哲学家一样，也研究实在、把握实在，尤其是他早就在哲学家之前运用了素朴的思维，并在艺术中包含了统一与对立。黑格尔经过苦苦求索，最终也是从艺术那里得到启发的：

> 为什么哲学的普遍性不可以像美的表达一样，同时是多与一、不调和与调和、可分与不可分、固定与流动呢？为什么当人类的精神从个别的冥思上升到全体的冥思时，那实在会失掉它固有的性质呢？在我们的思维中，全体不也是像个别一样，是生动的吗？③

就这样，黑格尔从艺术提供的把握实在的模型中，发现了解决对立面问题的原理，即对立面的统一或综合。克罗齐对之称赞不已，认为这是"唯一可能的解决"④，因为"对立面的综合"的理论，"是实在本身的理想形式"⑤。也就是说，哲学家是从诗与艺术的世界中找到理解世界（实在）的原则的。在维柯，这原则为"诗性智慧"；在黑格尔，这原则则为"对立面的综合"。因此，克罗齐指出，他们两人都"是用美学方法来思维的"⑥。诗歌与哲学的关系也正是在这里显示出了本来面貌：

---

① ［意］克罗齐：《黑格尔哲学中的活东西和死东西》，王衍孔译，商务印书馆1959年版，第9页。
② ［意］克罗齐：《黑格尔哲学中的活东西和死东西》，王衍孔译，商务印书馆1959年版，第9页。
③ ［意］克罗齐：《黑格尔哲学中的活东西和死东西》，王衍孔译，商务印书馆1959年版，第11页。
④ ［意］克罗齐：《黑格尔哲学中的活东西和死东西》，王衍孔译，商务印书馆1959年版，第12页。
⑤ ［意］克罗齐：《黑格尔哲学中的活东西和死东西》，王衍孔译，商务印书馆1959年版，第16页。
⑥ ［意］克罗齐：《黑格尔哲学中的活东西和死东西》，王衍孔译，商务印书馆1959年版，第41页。

哲学应该从神圣的诗歌中产生出来,"因母亲美,女儿更美"。①

黑格尔把关于对立面的学说,叫作辩证法,克罗齐则称之为"三合体或三位一体性"。最初的三合体,是由有、无、生成这三个端构成的,前两个端,彼此对立,又互为存在的前提,第三端则为综合,而真理,仅存在于第三个端,即生成那个端里。通常所说的正题、反题、合题,就是这个意思。这种"对立面的综合",即辩证法的"三合体",就是黑格尔哲学中的"活东西",克罗齐对之给予了极高的评价:

这种用极深刻的逻辑建立起来的哲学思想,充满了无可反驳的真理。②

在分析了黑格尔哲学中的"活东西"之后,克罗齐便进入对其"死东西"的剖判。

在克罗齐之前,反对黑格尔的人,都把批判的矛头对准"对立面的综合"原则,但在克罗齐看来,"这些反驳没有一种是有根据的"③。要想从根本上找到黑格尔的错误,就必须把注意力集中到他的精神活动的真正场所——哲学逻辑方面,因为"对立面的综合"本身是无可指责的,它对于一切反驳和修正,不仅在现在,就是在将来,也都能予以胜利的反击;我们只能从黑格尔的逻辑里去寻找他所犯的错误,具体地说,只能从他的逻辑的另一部分——相异概念的关系学说——去寻找他所犯的错误。

克罗齐认为,相异的概念不同于对立的概念,相异的概念同时是统一与区别,它们构成一种联结,或者一种通常的分类学说所不能加以解释的节奏。分类的理论,类似于切蛋糕,切完蛋糕,作为整体的蛋糕便不复存在,只剩下互相分离的小块。克罗齐与黑格尔一样,都反对这种分类。因为精神活动作为一个整体,尽管必然会有各种各样的形式,也是一个统一的整体;一旦分类,实

---

① [意]克罗齐:《黑格尔哲学中的活东西和死东西》,王衍孔译,商务印书馆1959年版,第16页。
② [意]克罗齐:《黑格尔哲学中的活东西和死东西》,王衍孔译,商务印书馆1959年版,第45页。
③ [意]克罗齐:《黑格尔哲学中的活东西和死东西》,王衍孔译,商务印书馆1959年版,第47页。

在便遭到分解，作为统一的思维的哲学便成为不可能了。① 由反对分类的理论，克罗齐提出，相异概念的逻辑理论，不会是分类的理论，而是"蕴涵"的理论：

> 相异概念里的一个概念跟另外一个概念，并不是某种漠不相关的东西，而是低的度和高的度的关系。反之亦然，实在的分类应该由精神的度的概念所代替，或者，一般来说，由实在的度的概念所代替。分类的理论被度的理论所代替。②

度的理论，是用来处理相异概念的逻辑理论。在度的理论里，概念 a 跟在度上比它高的概念 b 有区别，同时又联结在一起。由此推出的结论是："如果 a 之提出是没有 b 的，b 之提出便不能没有 a。"③ 以艺术与哲学为例，艺术没有哲学可以存在，但艺术并不排斥哲学；哲学则直接包容艺术，并不是只有"吃掉"艺术才能存在。"在被超越了的度的本身里，并不产生对立。"④ 也就是说，超越了艺术精神界限的，就不再是艺术精神，而是哲学精神，但这二者之间并不产生对立。

正如对立的概念不同于相异的概念那样，用以处理对立概念的哲学逻辑——"对立面的综合"，与用以处理相异概念的哲学逻辑——"度的理论"，也是截然不同的。以生与死和真与善为例，生与死是对立，有生无死和有死无生都是两种相反的谬论；其真理便是生命；生命是生和死的联结，是自己和自己的对立面的联结。真与善是相异，在度的联结中，它们既有区别又是统一的：有善无真是不可能的，有真无善则是可能的。⑤

在弄清了对立与相异、"对立面的综合"与"度的联结"之间的实质性区别后，克罗齐指出，黑格尔的错误，就在于他看不到两种概念、两种逻辑理论的不同，用处理对立概念的"对立面的综合"的原理，来处理本该用"度的

---

① 参见［意］克罗齐《黑格尔哲学中的活东西和死东西》，王衍孔译，商务印书馆1959年版，第48页。
② ［意］克罗齐：《黑格尔哲学中的活东西和死东西》，王衍孔译，商务印书馆1959年版，第49页。
③ ［意］克罗齐：《黑格尔哲学中的活东西和死东西》，王衍孔译，商务印书馆1959年版，第51页。
④ ［意］克罗齐：《黑格尔哲学中的活东西和死东西》，王衍孔译，商务印书馆1959年版，第54页。
⑤ 参见［意］克罗齐《黑格尔哲学中的活东西和死东西》，王衍孔译，商务印书馆1959年版，第53页。

理论"去处理的相异概念。因此，在黑格尔的体系中，相异概念的关系，都被当作对立概念的关系，即正题、反题、合题的关系。比如，在人类学上：正题，自然灵魂；反题，感性灵魂；合题，实在灵魂。在绝对精神的范围里：正题，艺术；反题，宗教；合题，哲学。在理念的逻辑里：正题，生命；反题，认识；合题，绝对理念。诸如此类。简而言之，克罗齐认为黑格尔的错误，在于他对"对立面的综合"的滥用，以上便是第一种滥用。① 这种滥用产生两种结果：其一是决定了黑格尔逻辑学的结构，即黑格尔的《精神现象学》与《逻辑学》的结构，均是正、反、合的模式；其二就是决定了黑格尔美学的性质，并产生了他的历史哲学和自然哲学。从这里不难看到，克罗齐为了找出黑格尔艺术消亡论的由来，花了多大的功夫！其结论的正确与否，我们暂且不论，他的这种刨根究底的精神，真是令人肃然起敬！

虽然第一种滥用对黑格尔哲学的名声产生了不好的影响，但真正败坏他的哲学的名声的，还是第二种滥用，即黑格尔用"对立面的综合"原理去处理个体事实（历史哲学）和经验概念（自然哲学）。歌德就曾对此表示过极大不满，他认为黑格尔的辩证法有"许多毛病"，如"硬要把基督教扯进哲学里"。② 黑格尔的历史哲学，为了迁就正、反、合的模式，的确充满了各种错误。比如，为了在历史哲学中建立起"对立面的综合"，即克罗齐指的"三合体"，"黑格尔不得不把大部分在时空里的历史删掉了"③。而在自然哲学中，这种错误更是到了令人发笑的地步：把人的五官硬是凝结成三官；在地理方面，黑格尔也将地球划分为三区——非洲、亚洲、欧洲，并认为欧洲才是地球上的合理部分，德国则是欧洲的中心。④ 对于黑格尔的哲学，克罗齐最后得出的结论是："错误是在应用原理的地方，而不是原理本身。"⑤ 在处理对立的概念时，黑格尔发现了"对立面的综合"原理，这是极为伟大的功绩，克罗齐对之予以了充分的肯定；但克罗齐同时指出，黑格尔的错误就在于滥用了这个发现，以之去处理相异概念，结果必然导致艺术消亡论。所谓黑格尔哲学中的死东西，指的也就是这种滥用及其后果。克罗齐用"度的理论"去处理相异

---

① 参见［意］克罗齐《黑格尔哲学中的活东西和死东西》，王衍孔译，商务印书馆1959年版，第55页。
② ［德］爱克曼辑录：《歌德谈话录》，朱光潜译，人民文学出版社1985年版，第162、179页。
③ ［意］克罗齐：《黑格尔哲学中的活东西和死东西》，王衍孔译，商务印书馆1959年版，第102页。
④ 参见［意］克罗齐《黑格尔哲学中的活东西和死东西》，王衍孔译，商务印书馆1959年版，第103－106页。
⑤ ［意］克罗齐：《黑格尔哲学中的活东西和死东西》，王衍孔译，商务印书馆1959年版，第108页。

概念，也就从根本上驳倒了黑格尔美学体系的错误，使得艺术获得了真正的独立地位。

三、直觉与表现——克罗齐艺术独立理论的基石

从逻辑理论的角度讲，克罗齐与黑格尔的本质区别，就在于克罗齐是用"度的理论"去处理相异概念，而黑格尔则不仅用"对立面的综合"去处理对立概念，还以之去处理相异概念。因而，俩人美学体系的根本差异，不仅在于对待艺术与哲学的关系上，更在于逻辑理论上。对克罗齐来说，他的艺术独立理论与"度的理论"之间是相辅相成的关系：推翻艺术消亡论，确立艺术的独立地位，这一动力促使他去寻找黑格尔的根本错误所在，从而找到了"度的理论"；"度的理论"的发现，又反过来为他确立艺术的独立地位提供了最有力的工具。正是因为有了这一工具，克罗齐才能够以直觉的知识为基础，确立艺术的独立地位，扭转了古典美学宣判艺术消亡的发展方向。在《美学》中，虽然克罗齐没有专门论述"度的理论"的由来，以及黑格尔滥用"对立面的综合"的错误，但他已经是在应用"度的理论"这一逻辑工具，来建立其艺术独立理论的美学体系了。

克罗齐对《美学》一书的主旨，有过明确的申明，即"本书所要解决的问题"，"是一个真正的哲学或科学的问题"，它就是"艺术的本质或性格"。① 受维柯关于原始人的智慧是"诗性智慧"这一思路的影响，克罗齐美学思考的出发点是：艺术是人类心灵活动的最初形式，而不是心理活动的形式。这里的区别在于，心灵活动是人类的主要活动，具有创造性，因而具有哲学意义；心理活动则是人的被动活动、机械的活动，不具有哲学意义。为什么克罗齐这么强调美学与哲学的关系呢？因为在他看来，哲学研究心灵（精神）与世界的各种关系的精神形式，尤其是与世界关系最密切的形式；从而哲学研究必然会提出"开列人类心灵活动的清单"② 的要求，美学就正是这清单中的一个重要部分。否则的话，哲学的建立就不可能完全，康德就不得不补上美学批判。克罗齐一贯反对心理学美学的理由，也正在这里：心理学不是引人走向哲学，而是令人迷离哲学正轨。③

---

① ［意］克罗齐：《美学原理》，朱光潜译；《美学纲要》，韩邦凯等译，外国文学出版社 1983 年版，合成本，第 143 页。
② ［意］克罗齐：《美学原理》，朱光潜译；《美学纲要》，韩邦凯等译，外国文学出版社 1983 年版，合成本，第 300 页。
③ 参见［意］克罗齐《美学原理》，朱光潜译；《美学纲要》，韩邦凯等译，外国文学出版社 1983 年版，合成本，第 198、200 页及第 350 页注释⑧。

在廓清了主要的背景及前提之后，我们从以下几个方面进入克罗齐美学体系的理论内核：直觉与表现。

（一）直觉在心灵活动中的地位及特点

心灵的活动是认识的活动，直觉的知识就是这认识活动的第一阶段的形式。不论是从人类认识活动的第一阶段这方面来看，还是从心灵活动的第一阶段这方面来看，这第一阶段的认识活动，都只是艺术活动：

> 艺术是认识的破晓时的形式，没有这个形式就无法理解以后更复杂的诸形式。①

吉尔伯特与库恩对克罗齐的艺术观有过极精辟的概括："艺术的真正作用就在于，它是人类从婴儿牙牙学语、开始有反应而走向言语明晰的必由之路。"② 在维柯那里，原始人的思维是"诗性智慧"，即以想象力的方式思维，也就是我们今天所谓的形象思维，随着人类文明进化程度的提高，人类才逐渐具备理性思维能力；在克罗齐这里，直觉的知识则是人的心灵活动的最初所得、最初的形式。在直觉的知识之上，有理性的知识；在直觉的知识之下，则是心理活动，即被动的感受，动物本能般的反应。在这里，有一点需要特别注意：在克罗齐那里，心理就是物质，或者物质即指心理。克罗齐的物质，绝不是我们今天所说的那种不以人的意志为转移的客观存在。不弄清这个区别，在理解克罗齐的美学理论时，就必定要犯错误。西方现代学者当中，对此则不乏清醒者，乔治·H.道格拉斯就正确地指出：

> 心理，作为克罗齐本来的术语，是可以被叫作物质的或人类存在的兽性的物质方面的东西的，它是人和动物一样具有的自然的方面。③

我国的朱光潜先生早就在《克罗齐哲学述评》中对此做过详尽的辨析：克罗齐把"印象""情感""欲念"那一类未被心灵综合的东西，叫作"物

---

① ［意］克罗齐：《美学原理》，朱光潜译；《美学纲要》，韩邦凯等译，外国文学出版社1983年版，合成本，第316页。

② ［美］凯·埃·吉尔伯特、［德］赫·库恩：《美学史》下卷，夏乾丰译，上海译文出版社1989年版，第722页。

③ 王鲁湘等编译：《西方学者眼中的西方现代美学》，北京大学出版社1987年版，第358页。

质"(matter)①。弄清了克罗齐"物质"概念的含义之后，对下面这段关键的话，我们就能正确理解了：

> 在直觉界限以下的是感受，或无形式的物质。这物质就其为单纯的物质而言，心灵永远不能认识。心灵要认识它，只有赋予它以形式才行。单纯的物质对心灵为不存在，不过心灵须假定有这么一种东西，作为直觉以下的一个界限。物质，在脱去形式而只是抽象概念时，就只是机械的和被动的东西，只是心灵所领受的，而不是心灵所创造的东西。没有物质就不能有人的知识和活动；但是仅有物质也就只产生兽性，只产生人的一切近于禽兽的冲动的东西；它不能产生心灵的统辖，心灵的统辖才是人性。
>
> On the hither side of the lower limit is sensation, formless matter, which the spirit can never apprehend in itself as simple matter. This it can only possess with form and in form, but postulates the notion of it as a mere limit. Matter, in its abstraction, is mechanism, passivity; it is what the spirit of man suffers, but does not produce. Without it no human knowledge or activity is possible; but mere matter produces animality, whatever is brutal and impulsive in man, not the spiritual dominion, which is humanity.②

这一段话，在克罗齐的直觉理论中具有非常重要的意义。首先，它将心灵活动与心理活动区分开来，从而明确指出了直觉在心灵活动中的地位。心理活动是感受，是无形式的物质，是机械的和被动的东西；直觉则是心灵活动的第一阶段，直觉处在上下两层的中间：上层是理性，下层则为心灵的晦暗区域。③ 处于心灵晦暗区域里的东西，就是卡里特所提出的问题——"我们所表现的（或直觉的）东西被表现（或被直觉）前是什么样的？"——的答案，它们就是感受、印象、动物性的冲动等心理活动。④ 至于直觉的知识与在它之上逻辑的知识（即理性的知识），则是很容易区分的了：直觉的知识是从想象得

---

① 朱光潜：《朱光潜美学文集》第二卷，上海文艺出版社1982年版，第393页。
② ［意］克罗齐：《美学原理》，朱光潜译；《美学纲要》，韩邦凯等译，外国文学出版社1983年版，合成本，第11-12页。Benedetto Croce, *AESTHETIC as science of expression and general linguistic*, translated from the Italian by Douglas Ainslie, Peter Owen-Vision Press London, New edition 1967, pp.5-6.
③ 参见［美］卫姆塞特·布鲁克斯《西洋文学批评史》，颜元叔译，中国人民大学出版社1987年版，第463页。
④ 参见［英］埃德加·卡里特《走向表现主义的美学》，苏晓离等译，光明日报出版社1990年版，第151、153页。

来的,是关于个体的,关于诸个别事物的,其所产生的是意象;逻辑的知识是从理智得来的,是关于共相的,关于诸事物间的关系的,其所产生的是概念。① 其次,上述那段话的意义还在于它指明了直觉的特点。理解克罗齐的直觉理论,关键不在于区分直觉的知识与理智的知识,那种区分是简单明了的,关键在于区分直觉的知识与直觉界限以下的东西。克罗齐是从认识的阶段来谈直觉的,直觉为认识的第一阶段,或最初阶段,是心灵的创造;在直觉阶段以前的,是由外界对心灵的"侵袭""撼动"② 所引起的心理活动,即印象、感受、冲动、情绪之类的东西。这些东西,都不是心灵的创造,都只是人的"近于禽兽的冲动",即克罗齐所说的"物质"。心灵的创造,就在于运用"先验综合"能力,赋予这些物质以形式,使之具有形象,这样,心灵就可以认识它们了,这就是直觉。直觉的特点,简而言之,就是赋予认识的第一阶段(直觉的知识)以前的"物质"——各种印象、感受、冲动等——以形式,从而获得有关意象。克罗齐的认识论,与我们今天的认识论,是不大相同的。我们的认识论,可以说是一种直接反映论,比如看到一棵树,就获得那棵树的形象;克罗齐却不这么看。他认为,人们在看到一棵树时,并没有获得这棵树的形象,这棵树只是从外面引起人的心理活动,令人被动地产生有关该树的印象、感受;而这棵树到底是什么样子的,在印象、感受阶段(即认识的前阶段),人们并不知道。只是到了运用"先验综合"能力,赋予有关树的印象、感受以树的形式时,人们才获得关于树的形象,这个赋形工作,就是直觉的活动,即人的认识活动的第一阶段的工作。总之,按照克罗齐的观点,树的形象,并不是直接获得的,或直接进入大脑的,而是转了一个弯才进入大脑的。

直觉的特点是赋形,同时,由于它是认识活动的第一阶段,认识也就是直觉的当然特性。直觉阶段的认识,不同于理智阶段的认识,它所认识的,只是"事物的具体方面与个性方面",只是"性格、个别的相貌"。③ 韦勒克(或译威莱克)对此看得非常清楚,他明确指出,克罗齐的直觉与神秘无关,是一种知识,但不是理论知识,而是"关于事物的知识"④。

---

① 参见[意]克罗齐《美学原理》,朱光潜译;《美学纲要》,韩邦凯等译,外国文学出版社1983年版,合成本,第1页。
② [意]克罗齐:《美学原理》,朱光潜译;《美学纲要》,韩邦凯等译,外国文学出版社1983年版,合成本,第12页。
③ [意]克罗齐:《美学原理》,朱光潜译;《美学纲要》,韩邦凯等译,外国文学出版社1983年版,合成本,第11页。
④ [美]雷纳·威莱克:《西方四大批评家》,林骧华译,复旦大学出版社1983年版,第12、13页。

（二）直觉与表现

朱光潜先生对直觉的把握颇为精到：直觉介于感受（sensation）和知觉（perception）之间；直觉活动把形式给予"感受"，使它转变为意象，即使之获得形式，被表现出来。① 直觉是赋形活动，获得形式，也即获得表现，在这个意义上，克罗齐便提出直觉即表现，两者不可分。仍以前面说过的树为例，按克罗齐的观点，人们见到树，并不能一下获得树的形象，只有当有关树的印象、感受等心理活动的"物质"被直觉赋予了关于树的形式的时候，人们才获得树的形象，这时候，即是人们在心灵活动中直觉到了树，也是人们在心灵活动中表现了树。因此，直觉即表现，在认识活动的第一阶段，直觉与表现密不可分：

> 心灵只有借助造作、赋形、表现才能直觉。若把直觉与表现分开，就永远没有办法把它们再联合起来。②
> 直觉必须以某一种形式的表现出现，表现其实就是直觉的一个不可缺少的部分。③

既然直觉与直觉界限以下的东西是截然不同的，而直觉又是表现，那么表现与直觉界限以下的东西就同样有着实质性区别。从这里，就可得出"直觉—表现"的特点：

1. 表现需以印象为基础

尽管印象等只是"物质"，不是心灵活动，而是心理活动，在直觉界限以下，但一经直觉赋予形式，就被表现出来，因而就成为"直觉—表现"的材料、内容。没有这个基础，就不能有"直觉—表现"；仅有这个基础，若没有经过心灵的"先验综合"，则只能产生兽性，经过心灵的"先验综合"后才是人性：

> 没有物质就不能有人的知识或活动；但是仅有物质也就只产生兽性，

---

① 参见［意］克罗齐《美学原理》，朱光潜译；《美学纲要》，韩邦凯等译，外国文学出版社1983年版，合成本，第351页。
② ［意］克罗齐：《美学原理》，朱光潜译；《美学纲要》，韩邦凯等译，外国文学出版社1983年版，合成本，第14—15页。
③ ［意］克罗齐：《美学原理》，朱光潜译；《美学纲要》，韩邦凯等译，外国文学出版社1983年版，合成本，第15页。

只产生人的一切近于禽兽的冲动的东西；它不能产生心灵的统辖，心灵的统辖才是人性。①

正因为如此，克罗齐才一再强调：直觉不能没有印象作为材料；表现须假定先有印象，特种的表现须假定先有特种的印象；印象不仅受器官限定，也受在器官上起作用的刺激物限定。一个人从来没有海的印象，就不能表现海；艺术是诸印象的表现，不是表现的表现。②

2. 人人都具备几分艺术家的能力

维柯从"诗性智慧"出发，认为原始人个个都是诗人；克罗齐则从人人都有直觉出发，提出人人都具备几分艺术家的能力。因此，他反对"天才"或"艺术的天才"之说，认为这种天才是人人都有的，是"人性本身"。"诗人是天生的"，应该为"人是天生的诗人"。艺术家和普通人是一样的，区别只在于拥有的"天才"的数量上，而不在质量上。③ 在克罗齐的美学思想中，没有给"灵感"之类的东西留有地盘，他对浪漫主义的"天才"与"所谓超人"是持否定态度的。

3. 直觉与表现的真与假

一个人是否对某物真正起了直觉，凭什么去判断呢？判断的标准，就在于能否将直觉到的对象表现出来。这是克罗齐"直觉—表现"理论中一个非常关键的问题。对于这里的表现，克罗齐同样提出了一个判断真假的标准：能否写出来或画出来。也就是说，如果一个人对某物起了直觉，那他就同时表现了某物，就能够拿起笔来将这直觉到的对象写出来或画出来。如果一个人自称对某物起了直觉，但拿起笔来却不能将直觉到的对象写出来或画下来，那么，这个人所自称的直觉就是假直觉、假表现，他这时真正所拥有的，还只是直觉界限以下的东西，如印象、感受等心理活动，但却被他错误地认作直觉。这也正是克罗齐所讲的直觉与表现不可分的真正含义。由此出发，得出的结论就是：一般人"所直觉到的世界通常是微乎其微的"④，因为一般人拿起笔来能够写

---

① ［意］克罗齐：《美学原理》，朱光潜译；《美学纲要》，韩邦凯等译，外国文学出版社 1983 年版，合成本，第 12 页。

② 参见［意］克罗齐《美学原理》，朱光潜译；《美学纲要》，韩邦凯等译，外国文学出版社 1983 年版，合成本，第 20 页。

③ 参见［意］克罗齐《美学原理》，朱光潜译；《美学纲要》，韩邦凯等译，外国文学出版社 1983 年版，合成本，第 22 页。

④ ［意］克罗齐：《美学原理》，朱光潜译；《美学纲要》，韩邦凯等译，外国文学出版社 1983 年版，合成本，第 16 页。

出来或画下来的世界是微乎其微的。艺术家与普通人的区别，就在于他的直觉能力——人性中最平常的能力——达到了"极高的程度"①！

4. 直觉与表现的静穆特征

克罗齐对浪漫主义的否定，是从"直觉—表现"理论出发的必然结果，因为浪漫主义强调感情直接流露，这在克罗齐看来，只是表达了一个人的心理活动，如印象、感受等，而没有表达他的心灵活动，即直觉活动。心理活动，还只是处于"心灵的浑暗地带"，而直觉活动，则是将心理活动"从心灵的浑暗地带提升到凝神观照界的明朗"②。这种"凝神观照界的明朗"，就是一种静穆的境界，即艺术的真正境界。克罗齐非常强调这种境界：

> 幻觉和错觉与艺术直觉品的静穆境界是毫不相干的。③
>
> 艺术家们一方面有着最高度的敏感或热情，一方面又有最高度的冷静，或奥林匹亚神的静穆。……敏感或热情是指艺术家融会到他心灵机构里去的丰富的素材，冷静或静穆是指艺术家控制和征服感觉与热情的骚动所用的形式。④

从这里也可以看出，克罗齐"直觉—表现"理论所代表的艺术观，并非常常遭到批判的非理性主义艺术观，而是欧洲文艺传统中的古典艺术观。

（三）直觉与艺术独立的获得

克罗齐"直觉—表现"理论的重点，在于区分直觉与直觉界限以下的东西；直觉的知识与理智的知识之间，则是很容易区分的。但是，克罗齐的艺术独立理论，正是建立在以"度的理论"来处理后二者之间的关系这个基础之上的。尽管"度的理论"是在《黑格尔哲学中的活东西和死东西》那部著作中才得到全面、系统的阐述的，但在那之前，克罗齐已经在《美学》中运用了这个逻辑理论了。

---

① ［意］克罗齐：《美学原理》，朱光潜译；《美学纲要》，韩邦凯等译，外国文学出版社 1983 年版，合成本，第 18 页。
② ［意］克罗齐：《美学原理》，朱光潜译；《美学纲要》，韩邦凯等译，外国文学出版社 1983 年版，合成本，第 15 页。
③ ［意］克罗齐：《美学原理》，朱光潜译；《美学纲要》，韩邦凯等译，外国文学出版社 1983 年版，合成本，第 24 页。
④ ［意］克罗齐：《美学原理》，朱光潜译；《美学纲要》，韩邦凯等译，外国文学出版社 1983 年版，合成本，第 28 页。

克罗齐认为，直觉的知识与理智的知识之间，是第一度和第二度的关系。依据"度的理论"，第一度的出现不必依赖第二度，它是独立的，但第二度的出现则必包含第一度，以第一度作为它的基础；不过，第二度与第一度不是对立的，它与第一度的关系，是蕴含的关系，是联结的关系。而在黑格尔的"对立面的综合"那里，第二端与第一端是相对立的，它必定要吃掉第一端，然后再由第三端来加以综合。由"度的理论"推之，直觉的知识与理智的知识之间，直觉的知识作为第一度，是不依赖于第二度理智的知识的，它独立于理智的知识；而理智的知识，则必定要以直觉的知识为基础，包含着直觉的知识，但又不与直觉的知识对立。按照直觉的知识即是艺术的观点，艺术由是获得理论上的完全独立，不必受理性的支配；而理性则要以艺术为基础。艺术与科学的关系如此，诗与散文的关系也是这样：诗可以离开散文，散文却不能离开诗。克罗齐是这样说的：

> 直觉的知识（表现品）与理性的知识（概念），艺术与科学，诗与散文诸项的关系，最好说是双度的关系。第一度是表现，第二度是概念。第一度可离第二度而独立，第二度却不能离第一度而独立。诗可以离散文，散文却不能离诗。
>
> The relation between intuitive knowledge or expression and intellectual knowledge or concept, between art and science, poetry and prose, cannot be otherwise defined than by saying that it is one of double degree. The first degree is the expression, the second the concept: the first can stand without the second, but the second cannot stand without the first. There is poetry without prose, but not prose without poetry. ①

需要指出的是，克罗齐没有简单、直接地将直觉等同于艺术，而是先将直觉的知识与审美的事实等同起来，再以艺术为例，来说明直觉的知识：

> 我们已经坦白地把直觉的（即表现的）知识和审美的（即艺术的）事实看成统一，用艺术作品做直觉的知识的实例，把直觉的特性都付与艺

---

① [意]克罗齐：《美学原理》，朱光潜译；《美学纲要》，韩邦凯等译，外国文学出版社1983年版，合成本，第33页。Benedetto Croce, *AESTHETIC as science of expression and general linguistic*, translated from the Italian by Douglas Ainslie, Peter Owen-Vision Press London, New edition 1967, p. 26.

术作品，也把艺术作品的特性都付与直觉。①

克罗齐的艺术独立理论，并不是仅凭直觉是第一度、概念是第二度的理论就获得完成的。直觉与概念，本身都属于心灵的认识活动，它们与实践的活动（意志），又构成另一重"双度的关系"：

> 认识离意志而独立，这是可思议的；意志离认识而独立，这是不可思议的。②

由这第二重"双度的关系"，克罗齐就得出结论：寻求艺术的目的及选择艺术的内容是错误的。因为，表现是认识活动，寻求目的与选择内容则是意志，属于实践活动。表现在先，选择在后；在后的选择不可能发生于在先的表现之前。

> 因此，题材或内容不能从实践的或道德的观点加以毁誉。……批评家们最好注意去改变四周的自然与社会，使他们所认为可谴责的那些印象和心境不发生。……只要丑恶和混浊有一天还在自然中存在，不招自来地临到艺术家们的头上，我们就无法制止这些东西的表现；表现已成就了，要取消已成事实也是无用的。③

克罗齐从他的美学体系出发，对寻求艺术的目的以及艺术的内容须经过选择的观点予以完全否定；他的艺术独立理论，这才得到最后完成：

> 内容选择是不可能的，这就完成了艺术独立的原理，也是"为艺术而艺术"一语的正确意义。④

---

① ［意］克罗齐：《美学原理》，朱光潜译；《美学纲要》，韩邦凯等译，外国文学出版社1983年版，合成本，第19页。
② ［意］克罗齐：《美学原理》，朱光潜译；《美学纲要》，韩邦凯等译，外国文学出版社1983年版，合成本，第57页。
③ ［意］克罗齐：《美学原理》，朱光潜译；《美学纲要》，韩邦凯等译，外国文学出版社1983年版，合成本，第61页。
④ ［意］克罗齐：《美学原理》，朱光潜译；《美学纲要》，韩邦凯等译，外国文学出版社1983年版，合成本，第62页。

艺术独立理论的完成，不仅意味着古典美学所代表的一种发展方向发生并实现了重大转折，更标志着人类对自身所创造的精神产品的一种重要形式——艺术——的认识，达到一个新的阶段。正因为如此，《美学》一书的英译者道格拉斯·昂斯勒才把克罗齐美学理论的建立比作天文学上对海王星的发现：克罗齐证明了美学的独立性。①

（原载《美学与艺术评论》2022 年第 2 期）

第三节　克罗齐美学体系的逻辑结构与学理修正

克罗齐的整个美学体系，甚至他的整个哲学体系，在《美学》一书中已全部成形。除了用"度的理论"逻辑理论去处理直觉与理智、认识与实践这样的"相异概念的联结"之外，《美学》一书的特点还体现在全书逻辑结构的严密完整上。在《美学》之后，克罗齐的美学思想又有重大发展，主要表现为对"直觉—表现"理论的重要补充和完善。

一、克罗齐美学体系的逻辑结构

克罗齐以"直觉—表现"作为其美学思想的核心范畴，在此基点上，构造了一个逻辑严密、结构完整的美学体系。现在，我们就来撮其大要地把握这座美学大厦的逻辑结构的主要面貌与特征。

（一）克罗齐美学体系的逻辑结构的基本框架

克罗齐美学体系主要体现在《美学》一书中，《美学》的逻辑结构是非常清晰明了的。全书共十八章，第一、第二两章，研究直觉或表现的知识的性质，即审美的或艺术的事实。第三章研究知识的另一种形式，即理性的知识，同时分析这两种形式的知识间的关系。第四章以前三章的结论为根据，批评了所有他认为错误的美学理论，那些错误都起源于混淆了直觉的知识与理智的知识。第五章则一并批评了理智的知识和史学理论中的一些错误。第六、第七、第八这三章，阐述了两度四阶段的原理：直觉与理智，属于认识活动这一度中的两阶段；经济与伦理，属于实践活动这一度中的两阶段；认识与实践则为两

---

① 参见［意］克罗齐《美学原理》，朱光潜译；《美学纲要》，韩邦凯等译，外国文学出版社 1983 年版，合成本，第 199 页。

度。它们之间的关系，是相异概念的联结关系，只能用"度的理论"的逻辑去处理；由此，批评了实践的概念对美学理论的侵越。第九章，进一步批评了各种神秘的或幻想的美学理论，尤为批评了分类理论及修辞学。第十章引出了关于价值的问题，提出美就是表现的价值。第十一、第十二两章，批评了审美的各种快感主义的理论，并把从前侵越美学的许多心理学概念从美学系统中清除出去。第十三章开始从审美的创造进入再造的事实，于是研究审美的表现品的外射。这是为再造而设的，又称之为"物理的美"。第十四章便批评了混淆物理事实与审美事实的错误。第十五章由再造而分析技巧的性质，并批评了各种艺术的区别、界限和分类，确定了艺术、经济、道德三者的关系。第十六章阐述了批评的原则，提出天才与鉴赏力的统一，研究了历史的解释的功能。第十七章探讨了文学艺术的历史方法。第十八章提出了语言学与美学统一的问题，认为语言的性质与审美是同一的。

（二）艺术不能分类

艺术不可分类，是克罗齐由"直觉—表现"这一基本范畴而推导出的第一个重要观点。从具体的艺术作品来看，"每个表现品都是一个整一的表现品"。如果硬要将一部艺术作品分为各个部分，将一首诗分为景、事、喻、句等，将一幅画分为单独的形体与实物、背景、前景等，那就是在毁坏作品，"犹如分有机体为心、脑、神经、筋肉等等，就把有生命的东西弄成死尸"①。从整个文学艺术来看，克罗齐认为，"理智主义者的最大错误在艺术的和文学的种类说"②。因为，一个人对文艺作品进行分类，如区分"家庭生活""骑士风""田园"等等之类，就意味着这个人离开直觉阶段而开始进入理性的思考，从而，分类的错误，就在于"想从概念中抽绎表现品出来"，在于"没有认清第一阶段和第二阶段的分别，因而实已站在第二阶段而以为仍在第一阶段"③。或者说，分类的错误在于想把"审美的性质勉强加诸理智的抽象品"④。"直觉—表现"属于认识活动的第一度，它自身不可再分成各种度，这

---

① ［意］克罗齐：《美学原理》，朱光潜译；《美学纲要》，韩邦凯等译，外国文学出版社1983年版，合成本，第27页。
② ［意］克罗齐：《美学原理》，朱光潜译；《美学纲要》，韩邦凯等译，外国文学出版社1983年版，合成本，第43页。
③ ［意］克罗齐：《美学原理》，朱光潜译；《美学纲要》，韩邦凯等译，外国文学出版社1983年版，合成本，第44页。
④ ［意］克罗齐：《美学原理》，朱光潜译；《美学纲要》，韩邦凯等译，外国文学出版社1983年版，合成本，第115页。

是克罗齐一再强调过的,① 分类的理论,则与此格格不入。克罗齐不仅在美学上反对分类,在哲学上也同样反对分类。他认为,尽管精神活动有各种形式,但它们又是一个统一的整体;分类的理论,就是将这个统一的整体分裂开来的理论,其结果,就是"那'普遍'的统一便完蛋了!实在被粉碎为互相外在和彼此不关痛痒的一堆元素;作为统一的思维的哲学便成为不可能了"②。

克罗齐不只是一般地坚持艺术不可分类,他还把反分类的观点,一直贯彻到艺术史理论之中。他认为,在艺术史上,不同的艺术世界不能在价值上做比较,因此,他不同意把艺术史上的某一时期划为幼稚期,而把另一时期认作成熟期的做法。理由是:就艺术而言,野蛮人的艺术并不比文明人的艺术逊色,"只要它能真正表现野蛮人的印象"。对于每一个人来说,情况也是如此:"每个人,乃至每个人的心灵生活中每一顷刻,都各有它的艺术的世界;这些世界彼此不能在价值上做比较。"③ 出于同样的理由,克罗齐对黑格尔的艺术史分期,也予以了否定。④

正是出于对分类理论的彻底否定的态度,克罗齐才不无幽默地说道:"讨论艺术分类系统的书籍若是完全付之一炬,并不是什么损失(尽管在说这话时,我们对于在这上面花过功夫的那些作者怀着极大的敬意)。"⑤ 不过,作为一位大师,克罗齐还是能够尽可能地避免偏激,从而肯定了分类理论的实用价值,比如承认分类理论使得艺术知识与艺术教育变得容易。⑥

(三) 两度四阶段理论

两度四阶段理论,完全是克罗齐的独创,其艺术独立的理论目标,也正是依赖这个理论才得以实现的。这个理论的第一部分,直觉与概念的关系,是在克罗齐阐述了"直觉—表现"理论的具体内涵之后,为了处理直觉的知识与

---

① 参见〔意〕克罗齐《美学原理》,朱光潜译;《美学纲要》,韩邦凯等译,外国文学出版社1983年版,合成本,第77页。

② 〔意〕克罗齐:《黑格尔哲学中的活东西和死东西》,王衍孔译,商务印书馆1959年版,第48页。

③ 〔意〕克罗齐:《美学原理》,朱光潜译;《美学纲要》,韩邦凯等译,外国文学出版社1983年版,合成本,第148页。

④ 参见〔意〕克罗齐《美学原理》,朱光潜译;《美学纲要》,韩邦凯等译,外国文学出版社1983年版,合成本,第149页。

⑤ 〔意〕克罗齐:《美学原理》,朱光潜译;《美学纲要》,韩邦凯等译,外国文学出版社1983年版,合成本,第125页。

⑥ 参见〔意〕克罗齐《美学原理》,朱光潜译;《美学纲要》,韩邦凯等译,外国文学出版社1983年版,合成本,第249页。

理智的知识之间的关系而提出来的。直觉的知识属于第一度，可离理智的知识而独立，而理智的知识属于第二度，不可离直觉的知识而独立。① 心灵的全部认识范围，都包括在直觉的与理智的这两种形式中。两度四阶段理论的第二部分，是讲心灵的认识活动的双度——直觉的与理智的——在心灵的实践活动中有着重要的对称。实践活动也分为第一度与第二度，第一度可离第二度而独立，但第二度却不能离第一度而独立。实践活动的第一度是有用的或经济的活动，第二度是道德的活动。② 总起来说，认识活动与实践活动，也是双度的关系，认识活动可离实践活动而独立，实践活动却不能离认识活动而独立。

克罗齐认为，心灵活动的基本形式就是这四种，不存在第五种。他还对四阶段理论进行了一次精炼的概括：

> 关于心灵的基本阶段的全部哲学，我们已经给了一个概要，认为心灵含有四阶段或四度，依照下式安排：认识活动对实践的活动，犹如认识的第一度对认识的第二度，实践的第一度对实践的第二度。在它们的具体形式中，这四个阶段都是后者内含前者：概念不能离开表现而独立，效用不能离开概念与表现而独立，道德不能离开概念、表现与效用而独立。如果审美的事实在某一种意义上是唯一可独立的，其余三者都多少有所依傍；逻辑的活动依傍最少，道德的意志依傍最多。
>
> In this summary sketch that we have given of the entire philosophy of the spirit in its fundamental moments, the spirit is thus conceived as consisting of four moments or degrees, disposed in such a way that the theoretical activity is to the practical as the first theoretical degree is to the second theoretical, and the first practical degree to the second practical. The four moments imply one another regressively by their concreteness. The concept cannot exist without expression, the useful without both and morality without the three preceding degrees. If the aesthetic fact is in a certain sense alone independent while the other are more or less dependent, then the logical is the least dependent and the

---

① 参见［意］克罗齐《美学原理》，朱光潜译；《美学纲要》，韩邦凯等译，外国文学出版社1983年版，合成本，第33页。
② 参见［意］克罗齐《美学原理》，朱光潜译；《美学纲要》，韩邦凯等译，外国文学出版社1983年版，合成本，第64页。

moral will the most. ①

由强调艺术是心灵的一个必有的阶段，克罗齐也就使得黑格尔的艺术消亡论不攻自破："问艺术是否能消灭，犹如问感受或理智是否能消灭，是一样无稽。"②

（四）四阶段理论三个重要延伸

四阶段理论，使克罗齐以"直觉—表现"为核心范畴的艺术独立理论获得坚实的基地，并得以最终完成。而且，克罗齐美学体系中的几个最具特色的重要观点，都是四阶段理论的延伸物。

1. 传达不是艺术活动

由认识与实践这两阶段的分别出发，克罗齐从审美的活动中排除了实践的活动。他认为，艺术成就于内心，而把成就于内心的表现写下来、画出来的传达工作，则属于实践活动。"审美的事实在对诸印象作表现的加工之中就已完成了。"③ 在这之后的传达工作，则"是一种实践的事实，意志的事实"④。

在这里，克罗齐的艺术观与我们的艺术观显出了巨大的区别：如何看待具体的写作（不是构思）过程的重要性。我们的传统，一向是强调"写"、强调"文章不厌百回改"的；而克罗齐则偏偏把这个过程看得很轻。他的观点是，在心中起了直觉，有了表现，这艺术活动就算完成了。如要让别人也能享受到这艺术品，或以后再来回顾这艺术品，那就把它传达出来好了，不过，这传达即使不是艺术活动，也是件轻而易举的事。而我们的观点则认为，这传达不仅是艺术活动的一部分，而且是最重要的一部分！有了"腹稿"，有了构思，都不算数，只有写下来了，才称得上真正完成了艺术活动。"写"的过程，是比构思的过程更重要的活动。没有这"写"，也就无所谓艺术活动。克罗齐看轻"写"的过程，理由是：想好了就能写好，想得不好，就写得不好。如果自认为想好了，临到写时，却写不来，那就是假想好了，或者说，那个直觉就是假

---

① ［意］克罗齐：《美学原理》，朱光潜译；《美学纲要》，韩邦凯等译，外国文学出版社 1983 年版，合成本，第 71 页。Benedetto Croce, *AESTHETIC as science of expression and general linguistic*, translated from the Italian by Douglas Ainslie, Peter Owen-Vision Press London, New edition 1967, p. 60.

② ［意］克罗齐：《美学原理》，朱光潜译；《美学纲要》，韩邦凯等译，外国文学出版社 1983 年版，合成本，第 76 页。

③ ［意］克罗齐：《美学原理》，朱光潜译；《美学纲要》，韩邦凯等译，外国文学出版社 1983 年版，合成本，第 59 页。

④ ［意］克罗齐：《美学原理》，朱光潜译；《美学纲要》，韩邦凯等译，外国文学出版社 1983 年版，合成本，第 60 页。

的，就是错把印象、感受等心理活动当作了直觉。也正是在这个意义上，克罗齐说："直觉是表现，而且只是表现（没有多于表现的，却也没有少于表现的）。"① 他还对那些所谓"想得好而写得坏"的著作进行了分析，指出：

> 我们说某些书想得好而写得坏，只能指在这些书里有某些部分、某页、某段或某句想得好而写得也好，其它部分（也许是最不重要的）却想得坏而写得也坏，没有真正想好，所以也就没有真正表现出来。……一个单句如何能想得清楚而写得含糊呢？②

从这里来看，克罗齐重"想"而轻"写"又并非毫无道理，起码是能自圆其说的一家之言吧，绝不是违背常识的谬论。为此，有必要重视他的另一段话：

> 艺术家在实际上从来不着一笔，如果先没有在想象中把所要着的一笔看清楚；如果他先没有看清楚而就着笔，那就不是使他的心里表现品（还不存在）外射，而是当作一种尝试，要找向前再思索再凝神的出发点。③

这一段话，对我们重新理解克罗齐的传达理论，应该是有所帮助的。

从克罗齐的整个体系来看，他的本意，是要研究具有哲学意义的艺术性质。传达在他的体系中，属于实践活动，不具有哲学意义，只具有物理意义，因而被排除出艺术的范围。他所否定的，只是传达的艺术性质，而不是传达本身。在《美学》中的另一个地方，他还是将传达置入了审美创造过程之中的：

> 审美创作的全程可以分为四个阶段：一、诸印象；二、表现，即心灵的审美的综合作用；三、快感的陪伴，即美的快感，或审美的快感；四、由审美事实到物理现象的翻译（声音、音调、运动、线条与颜色的组合

---

① ［意］克罗齐：《美学原理》，朱光潜译；《美学纲要》，韩邦凯等译，外国文学出版社1983年版，合成本，第18页。
② ［意］克罗齐：《美学原理》，朱光潜译；《美学纲要》，韩邦凯等译，外国文学出版社1983年版，合成本，第31页。
③ ［意］克罗齐：《美学原理》，朱光潜译；《美学纲要》，韩邦凯等译，外国文学出版社1983年版，合成本，第113页。

之类)。……真正实在的,最重要的东西是在第二阶段。①

克罗齐的传达理论,还有一个重要的特点,以前一直没有受到应有的重视:传达活动不受艺术的独立性原则支配。前面说过,艺术的独立理论,最后完成于艺术内容的不可选择。因为选择即起意志,属于实践活动;艺术是认识活动,实践只能在认识活动之后,而不在它之前。传达就不同了,它属于实践活动,不具有独立性,可以选择。也就是说,克罗齐的艺术独立理论有两句话:艺术品(直觉品)的内容不可选择;艺术品的传达可以选择。而这选择,是由艺术家来做出的,因此,"全要受效用与伦理的原则约制"②。由此得出的结论是:

> 任何情形下,艺术独立那一个最高的原则,那一个美学的基础,总不能援引来为虎作伥。一个艺术家在外射他的想象时,如果像不道德的投机者,逢迎读者的不健康的趣味,或是像小贩子在公共场所出卖淫画淫像,都不能援引这最高原则来洗刷罪状,维护自由。……对某艺术作品所下的审美判断,与作者作为实践者的道德是毫不相干的,它和预防艺术被用去做坏事(这也就违反艺术纯为认识观照的本质)的措施也是毫不相干的。③

显然,克罗齐作为一位美学大师,他一方面致力于艺术独立理论的建立,以扭转古典美学用哲学取代艺术的错误方向;另一方面又密切关注着现实生活中的文艺现状,对"艺术被用去做坏事"的现象保持着高度警惕,并予以严厉的批判。

2. 价值与美、丑

克罗齐认为,在心灵活动的四个阶段上,每个阶段都有自己的正负价值:直觉的正负价值为美、丑;概念的正负价值为真、伪;经济的正负价值为利、害;道德的正负价值为善、恶。由此得出的结论是:美是表现的价值,或者

---

① [意]克罗齐:《美学原理》,朱光潜译;《美学纲要》,韩邦凯等译,外国文学出版社1983年版,合成本,第105-106页。
② [意]克罗齐:《美学原理》,朱光潜译;《美学纲要》,韩邦凯等译,外国文学出版社1983年版,合成本,第127页。
③ [意]克罗齐:《美学原理》,朱光潜译;《美学纲要》,韩邦凯等译,外国文学出版社1983年版,合成本,第128页。

"把美干脆当作表现"①。美是成功的表现,"丑是不成功的表现"。因此,美没有程度上的差别,丑却有程度上的差别。较美的美,较富于表现性的表现,较恰当的恰当,是不可思议的;丑则不同,它有程度上的差别,如"从颇丑(或几乎是美的)到极丑"②。丑还有另外一个特点:空虚。这是"物理的美"——审美的再造所用的刺激物——参加进来了的缘故。比如,有人本没有什么确定的东西要表现,却能够设法借滔滔不绝的文辞、声调铿锵的诗句等来加以掩盖。③

克罗齐还对"物理的美"进行了一番梳理与批判。美不是物理的事实,它不属于事物。"物理的美",本身是一种转义,原来只是指帮助人再造美或回想美的刺激物,经过联想和转变,就被简称为"美的事物"或"物理的美"。由于"不了解审美的事实(艺术的见界)与物理的事实(帮助艺术再造的工具)之间的关系纯是外在的,这就产生了一系列错误的学说":审美的联想主义;美学的物理学;人体美;几何图形美;模仿自然说;美的基本形式说;美的客观条件说;等等。④ 所谓自然美,克罗齐也认为它只是审美的再造所用的一种刺激物,属于"物理的美"。

3. 批判美学的感觉主义

感觉作为活动,属于心灵活动中的经济活动,不过,心灵的每一种活动都有感觉伴随。克罗齐认为,审美的快感主义之所以错,就在于它把审美的活动看成一种感觉,即把审美的活动混同于实践的活动。快感主义包括同情说、性欲说、游戏说,等等。"直觉—表现"理论,本是主张艺术对事物取纯粹的观照态度,无功利意识;快感主义则属于功利主义。艺术当然伴随快感,但快感不是艺术的功能与性质。快感主义实际上是把"产生快感的表现品(这就是美的东西)和只是产生快感的(美感以外产生快感的)东西相混"⑤。

---

① [意]克罗齐:《美学原理》,朱光潜译;《美学纲要》,韩邦凯等译,外国文学出版社1983年版,合成本,第89页。
② [意]克罗齐:《美学原理》,朱光潜译;《美学纲要》,韩邦凯等译,外国文学出版社1983年版,合成本,第89页。
③ 参见[意]克罗齐《美学原理》,朱光潜译;《美学纲要》,韩邦凯等译,外国文学出版社1983年版,合成本,第108页。
④ 参见[意]克罗齐《美学原理》,朱光潜译;《美学纲要》,韩邦凯等译,外国文学出版社1983年版,合成本,第114-120页。
⑤ [意]克罗齐:《美学原理》,朱光潜译;《美学纲要》,韩邦凯等译,外国文学出版社1983年版,合成本,第92页。

（五）语言学与美学的统一

克罗齐美学思想对西方当代美学的影响，主要体现在两个方面：艺术独立以及美学与语言学的统一。而后者的影响，甚至渗入了语言学界，萨丕尔就是以克罗齐的"心灵哲学"体系的方式来建立自己的语言学体系的："当代作家中对自由思想有影响的，很少几个能了解语言的基本意义，克罗齐是这少数人中的一个。他指出了语言和艺术的密切关系。我从他的看法受惠不浅。"① 克罗齐提出美学与语言学统一的根据，仍是建立在"直觉—表现"基础之上的：

> 如果语言学真是一种与美学不同的科学，它的研究对象就不会是表现。表现在本质上是审美的事实；说语言学不同美学，就无异于否认语言为表现。但是发音如果不表现什么，那就不是语言。②

从这里出发，克罗齐特别强调：普通语言学，就其内容可化为哲学而言，其实就是美学。研究语言学，就是研究美学，反之亦然。语言的性质，在"诸意象的整一体"，而不是诸意象的复合体，因为复合体不能解释表现，而须先假定尚待解释的表现。③ 从语言的起源来看，它是心灵的创造，因而它与美学的基本原则是对应的：就美学而言，"已成就的表现品必须降到印象的地位，才能产生新的表现品"；就语言学来说，"我们开口说新字时，往往改变旧字，变化或增加旧字的意义；但这过程并非联想的而是创造的"。④

由于语言的特性与美学的特性相同，克罗齐便用研究美学的方式来研究语言。比如，他认为语言学中文法与逻辑的区别，相当于审美的事实与理智的事实的区别。虽然以前有人认为逻辑与文法不可分，也有人认为可分，但那都是片面正确的解决方式。克罗齐认为，完善的解决方式应该是，逻辑形式离不开文法（审美的）形式，而文法形式却可以离开逻辑形式。还有关于文法中词的分类问题，克罗齐指出，正如艺术不可分类一样，文法中的词类说也是错误

---

① ［美］爱德华·萨丕尔：《语言论——言语研究导论》，陆卓元译，商务印书馆1964年版，第1页。
② ［意］克罗齐：《美学原理》，朱光潜译；《美学纲要》，韩邦凯等译，外国文学出版社1983年版，合成本，第153－154页。
③ 参见［意］克罗齐《美学原理》，朱光潜译；《美学纲要》，韩邦凯等译，外国文学出版社1983年版，合成本，第155页。
④ ［意］克罗齐：《美学原理》，朱光潜译；《美学纲要》，韩邦凯等译，外国文学出版社1983年版，合成本，第155页。

的。因为句子是"表现一个完整意义的有机体","是一个不可分的整体"。"名词或动词并不存在于这整体里,而是我们毁坏唯一的语言实在体——句——以后所得的抽象品。"① 总之,克罗齐通过研究发现:

> 语言学的一切科学问题和美学的问题都相同;两方面的真理与错误也相同。②

因此,"在科学进展的某一阶段,语言学就其为哲学而言,必须全部没入美学里去,不留一点剩余"③。

二、克罗齐美学思想的学理修正

克罗齐美学体系中的主要思想、基本内容,都体现在 1902 年问世的《美学》(该书的内容由两大部分组成:美学原理与美学史。中译时该书被分为两本:朱光潜先生译《美学原理》、王天清译《美学的历史》)之中。但克罗齐并没有就此不前,在那之后的几十年中,他又对自己的美学思想进行了若干重要的扩充、修正与完善。克罗齐美学思想的发展,主要体现在以下几个方面。

(一)对错误学说的辩证态度

在《美学原理》中,克罗齐就提出了错误里包含着真理的思想。之后,在 1906 年的《黑格尔哲学中的活东西和死东西》、1912 年的《美学纲要》以及 1928 年的《美学的核心》等著作中,克罗齐又对这个思想进行了集中的阐释,使之明确化、系统化。首先,无论是思维还是行动,都不可避免地会犯错误。从思维来讲,"跟错误毫无接触的,便不是思维,不是真理";从行动来讲,"无过不是行动的一种性格,却是不动的性格。谁行动,谁犯错误;行动的人是跟罪恶交结在一起的"。④ 其次,错误具有真理的价值,因而否定"最终的"答案。因为任何答案都会受到提出答案时的现实条件的限制,所以,

---

① [意]克罗齐:《美学原理》,朱光潜译;《美学纲要》,韩邦凯等译,外国文学出版社 1983 年版,合成本,第 157 页。
② [意]克罗齐:《美学原理》,朱光潜译;《美学纲要》,韩邦凯等译,外国文学出版社 1983 年版,合成本,第 162 页。
③ [意]克罗齐:《美学原理》,朱光潜译;《美学纲要》,韩邦凯等译,外国文学出版社 1983 年版,合成本,第 163 页。
④ [意]克罗齐:《黑格尔哲学中的活东西和死东西》,王衍孔译,商务印书馆 1959 年版,第 33 页。

任何答案都会犯错误，不可能是终极答案，而"任何错误都有一种符合真理的理由"①。从而，错误都是正确的生长土壤。打败错误的，往往不是别的，正是错误本身。比如，"主张把艺术降为性欲本能的人，为说明他们的论点，借助辩论与思索，而这些辩论与思索非但没有把艺术和性欲联在一起，反而把艺术和性欲本能分开来了"②。黑格尔的艺术理论也是这样。作为概念主义的艺术观，黑格尔把艺术等同于哲学，但他的学说中所包含的对自身的瓦解因素最多，"不仅由于它们认清了艺术的认识特性，而且由于它们要求确定幻想（或想象）同逻辑之间，艺术同思维之间的关系（这些关系，既是有区别的，也是有统一的），而对新学说作出了自己的贡献"③。也就是说，假如没有黑格尔学说自身的因素在起作用，克罗齐是不可能扭转古典美学的发展方向的。正是因为黑格尔事先修筑好了艺术大厦，克罗齐推倒那道围墙——黑格尔为了将艺术大厦圈入哲学大厦的院落而修建的——的行为才有意义。对于美学理论中受到克罗齐反复批判的各种具体的错误学说，如快感论、寓教于乐、借模仿而劝善，等等，克罗齐也一一指出了其中所包含的正确内容。

实际上，诗的快感按照自己的方式强调了艺术非逻辑、非道德的特点，反对艺术具有逻辑和道德的特征。诗寓教于乐的理论强调了艺术的认识特点，反对艺术的纯粹快感论。诗借模仿而劝善论强调艺术在人格化方面可以同自然的创造相媲美，具有具体和个性的特征，反对一般的抽象理念。④

（二）抒情原则以及独立性与依存性的关系

《美学纲要》是克罗齐美学思想发展的一个重要的里程碑，它对《美学原理》中的基本思想进行了扩充与完善，主要是提出了统一直觉的原则——抒情，以及强调了艺术的独立性与依存性的关系。《美学纲要》共有四章，在第

---

① ［意］克罗齐：《美学或艺术和语言哲学》，黄文捷译，中国社会科学出版社1992年版，第23页。
② ［意］克罗齐：《美学原理》，朱光潜译；《美学纲要》，韩邦凯等译，外国文学出版社1983年版，合成本，第207页。
③ ［意］克罗齐：《美学原理》，朱光潜译；《美学纲要》，韩邦凯等译，外国文学出版社1983年版，合成本，第219页。
④ ［意］克罗齐：《美学原理》，朱光潜译；《美学纲要》，韩邦凯等译，外国文学出版社1983年版，合成本，第294-295页。

一章，克罗齐首先提出了回答"艺术是什么"的原则："从它绝对否定的一切及从与艺术有区别的一切中汲取力量和含义。"① 根据这个原则，克罗齐依照他在《美学原理》中阐述的"直觉即艺术"的观点，针对他以前及与他同时的一些美学理论，提出了关于艺术的著名的五个否定：

艺术不是物理的事实；艺术不是功利的活动；艺术不是道德活动；艺术不具有概念知识的特性，这是最重要的否定；艺术不包括类、型、种、属的生产这类概念。

随后，通过对直觉的深入研究，通过回顾、批判区分艺术直觉和支离破碎的想象的那些理论，克罗齐对直觉即艺术的理论做出了重要的补充与修正：

> 直觉确实是艺术的，但只有当直觉具有能使它生气蓬勃的一个有力原则，靠这种原则把直觉变为一个整体时，它才确实是直觉，而不是一大堆杂乱无章的意象。②

为了找到并确定这个原则，克罗齐从检验"艺术领域里发生的最伟大的思想斗争"——浪漫主义与古典主义的斗争——入手，首先区别了各自的特点：浪漫主义要求艺术自发而强烈地迸发出爱憎及喜怒哀乐的激情；更喜欢或满足于富于幻想的、不确定的激情；其风格不连贯并带有暗喻，其联想含糊，词语不大精确，笔触有力而混淆。古典主义则喜欢宁静的灵魂，明智的计划和沉思、平衡、清澈。双方斗争的焦点，在于古典主义倾向再现，浪漫主义倾向情感。每一方都有足够的理由坚持自己的观点，反对对方的观点。如浪漫主义认为，富于美的意象的艺术如果不能打动人心，那还有什么价值呢？而假如它能打动人心，那么即使意象不美，又有什么关系呢？而古典主义则提出，如果心灵不寄托在一个美的意象上，那么激情的震撼又有什么用呢？如果意象是美的，能满足人们的情趣，即使缺乏那些感情又有什么关系呢？③ 克罗齐通过对浪漫主义与古典主义的争论的研究，发现在最优秀的浪漫主义大师与古典主义大师的作品中，这种斗争不再存在：

---

① [意]克罗齐：《美学原理》，朱光潜译；《美学纲要》，韩邦凯等译，外国文学出版社1983年版，合成本，第209页。
② [意]克罗齐：《美学原理》，朱光潜译；《美学纲要》，韩邦凯等译，外国文学出版社1983年版，合成本，第225页。
③ 参见[意]克罗齐《美学原理》，朱光潜译；《美学纲要》，韩邦凯等译，外国文学出版社1983年版，合成本，第225－226页。

绝大部分作品是不能称为浪漫的，也不能称为古典的或再现的，因为它们既是古典的，又是浪漫的，既是情感，又是再现，都是已经完全变成鲜明的再现的一种活泼感情。①

于是，在对古典主义与浪漫主义的综合中，克罗齐找到了支配直觉的原则，为他的直觉即艺术的理论注入了极为重要的新内容。这个支配直觉的原则，就是抒情原则：

是情感给了直觉以连贯性和完整性：直觉之所以真是连贯的和完整的，就因为它表达了情感，而且直觉只能来自情感，基于情感。……艺术永远是抒情的。……在真正的艺术作品中，我们所赞美的就是灵魂的某种状态所采取的那种完善的幻现形式；而我们把这个称为艺术作品的生命、完整性、严密性和丰富性。②

在《美学纲要》里，克罗齐除了对直觉即艺术的理论进行重要补充、修正，加入了直觉是抒情的内容之外，还对艺术独立理论予以了重要补充、修正。在第三章，他提出了独立性与依存性之间的辩证关系问题，尤其是提出了心灵活动的四阶段的循环过程问题，从而消弭了四阶段理论在《美学原理》中的不足——四个阶段之间，被机械地分离开来，内在的有机联系没有得到强调。

克罗齐提出心灵活动四阶段的循环过程问题，是为了说明艺术活动的独立性与依存性的关系。独立性是个"关系的概念"，在考虑独立性的时候，"必须把各种心灵活动中同时存在的独立性与依存性置于制约与被制约的关系中去考虑"。③ 在制约与被制约的关系中，被制约者超过制约者，并以制约者为先决条件；然后自己又成为制约者，还产生出新的制约者。这样，便形成了一个圆周式循环的发展过程。在心灵活动的第一阶段，艺术家被驱向意象。在意象构成之后，艺术家就不再幻想了，而只是领悟和叙述，将抒情的意象变成了自传的节录或知觉，于是艺术家被驱向了第二阶段。意象的满足，促使心灵升向

---

① ［意］克罗齐：《美学原理》，朱光潜译；《美学纲要》，韩邦凯等译，外国文学出版社1983年版，合成本，第226页。
② ［意］克罗齐：《美学原理》，朱光潜译；《美学纲要》，韩邦凯等译，外国文学出版社1983年版，合成本，第227页。
③ ［意］克罗齐：《美学原理》，朱光潜译；《美学纲要》，韩邦凯等译，外国文学出版社1983年版，合成本，第254页。

知觉，直觉的满足，又促使心灵产生行动的渴望。在行动中，作为经济生活与道德生活的新现实，把理智的人变成了实践的人，并且这新现实在人们的心灵中造成新的印象、激情，心灵把它们当作新的物质，又诱发新的直觉、新的抒情、新的艺术。这样，心灵活动发展系列的最后一项，又开始同第一项联结在一起，整个圆周便形成了，如此往复循环、生生不已。

克罗齐对这个循环过程的看法，有三点特别值得注意。

（1）在心灵活动的四阶段的循环过程中，一切都在不断地更新、上升，没有原地踏步式的重复，除了循环这种运动形式是重复的。这种循环过程，"是在来中之来，去中之去当中不断丰富的过程。最后一项再次成为第一项，但不是原来的第一项，而是它自身带上了概念的多样性和精确性，带上了体验过的生活经验，甚至带着被思索过的作品的经验，而这正是原来的第一项所缺乏的；这种经验为更崇高、更完美、更复杂、更成熟的艺术提供了素材。因而，循环的看法并不是一种永远平滑的旋转，而是真正在哲学意义上关于进展的看法"①。

（2）克罗齐认为，心灵是统一体，在循环过程中，它活动的各种形式是不可能截然分开的。心灵活动的几种形式，不会同时并列均等地出现，但在出现的占主导地位的那种心灵活动形式中，则同时包含着居于次要地位的另几种形式。如直觉中会包含着一定成分的知觉、经济、道德等因素；知觉中则包含着一定成分的直觉、经济、道德等因素；经济、道德中又包含着一定成分的直觉、知觉。"循环的不同阶段的业已确立的秩序使人们不仅有可能理解心灵的各种形式的独立性和依存性，而且有可能理解有条理地保存于另一种心灵形式中的每一种心灵形式。"② 于是，克罗齐得出了一个在我们今天看来都仍然有效的结论——心灵里有什么，艺术里就有什么：

> 看见过或正看见艺术中有概念、历史、数学、典型、道德、快感和任何其它东西的人，是有道理的，因为，在艺术中，借助心灵的统一，这些东西及其它的一切东西都是存在的；……然而，同样是这些人，当他们把那一切（概念、历史、数学等）看成是抽象地平等的或混淆的时，他们

---

① ［意］克罗齐：《美学原理》，朱光潜译；《美学纲要》，韩邦凯等译，外国文学出版社1983年版，合成本，第267页。

② ［意］克罗齐：《美学原理》，朱光潜译；《美学纲要》，韩邦凯等译，外国文学出版社1983年版，合成本，第264页。

又是错误的（因为那些东西是统一体的不可分割的阶段）。①

（3）心灵的所有活动形式都是必不可少的，这不仅是说，心灵活动的四阶段不可任缺其一，一旦缺少一环，人类的心灵就不健全，人类的发展就会受阻；更是在说，心灵活动的任何一种形式，对于其他几种形式来说，都是绝对必需的，缺少其中的一种，其他几种也就失去了依存对象，就不会完整，无法真正存在。比如，没有艺术，哲学本身就是不完整的，因为失去了制约其问题的条件；实践若不是处于运动状态并被灵感或艺术赋予生命，就不是实践；而没有道德的艺术便要解体，并且变成空想、奢侈和骗术。由此就可以看出："以另一种形式的名义否定这一种形式的做法是多么愚蠢：反对艺术和诗的哲学家（柏拉图）、道德家……所犯的正是这样的错误；另一方面艺术家所犯的错误是反对思想、科学、实践及道德。"②

（三）艺术表现的普遍性与广泛性

《艺术表现的整一性》一文，写于1917年。其主旨在于阐释"艺术的无限性或曰普遍性这个内在特性"③。克罗齐认为，他的《美学》一书，"如今看来十分幼稚"④，虽然他没有具体讲明那幼稚之处，但他在《美学》之后所提出的新东西，肯定就是针对那幼稚而言的。对于直觉的抒情原则以及艺术的独立性与依存性的关系问题来说，艺术表现的普遍性与广泛性问题的提出，应该是一种必然，因为两者从逻辑上来讲，是前后相续的。

克罗齐是从普遍与特殊、局部与整体、个人与世界、有限与无限等关系的角度来谈艺术表现的普遍性与广泛性的。首先，他认为这个问题已是一个常识问题，早已得到大家的承认，并被作为通行的标准，用以鉴别、衡量艺术的各种价值：深刻的艺术和肤浅的艺术，刚健的艺术和软弱的艺术，完美的艺术和各种不完美的艺术，等等。⑤ 其次，克罗齐提出，特殊不可能游离于普遍之外

---

① ［意］克罗齐：《美学原理》，朱光潜译；《美学纲要》，韩邦凯等译，外国文学出版社1983年版，合成本，第262页。
② ［意］克罗齐：《美学原理》，朱光潜译；《美学纲要》，韩邦凯等译，外国文学出版社1983年版，合成本，第266页。
③ ［意］克罗齐：《美学原理》，朱光潜译；《美学纲要》，韩邦凯等译，外国文学出版社1983年版，合成本，第331页。
④ ［意］克罗齐：《美学原理》，朱光潜译；《美学纲要》，韩邦凯等译，外国文学出版社1983年版，合成本，第319页。
⑤ 参见［意］克罗齐《美学原理》，朱光潜译；《美学纲要》，韩邦凯等译，外国文学出版社1983年版，合成本，第315-316页。

而获得发展；局部与整体、个人与世界、有限与无限一旦分离，其真实性就马上丧失。他强调，在上述关系中，双方任何形式的分离与隔绝都只会产生片面，如片面的个性、片面的有限、片面的统一、片面的无限之类。而艺术表现（纯粹直觉）作为认识的"破晓形式"，是与片面无关的，因为它对世界的把握，是以整体性、普遍性为特征的。只有到了"破晓形式"之后的认识阶段，即知性认识阶段，才有对世界的分门别类的把握。因此，艺术表现，就其本性而言，是最讨厌片面的。再次，在直觉里，个体生命因整体生命而存在，整体生命又寓于个体生命之中。一切纯粹的艺术表现，都同时既是自己又是普遍性。这普遍性是个人形式下的普遍性，这个人形式是和普遍性相似的个人形式，"普遍性和艺术形式不是两回事而是一回事"①。克罗齐还对艺术表现的普遍性与判断的普遍性进行了区别：艺术表现的普遍性，是"一种完全的直觉的普遍性，这种普遍性就形式而言，与被当作判断范畴加以思考和运用的普遍性是迥然不同的"②。最后，克罗齐的结论是：

  艺术表现，即便在形式上完全是个人的，其中也有宇宙的底蕴，世界的反映。③

  诗人的每一句话，他的幻想的每一个创造都有整个人类的命运、希望、幻想、痛苦、欢乐、荣华和悲哀，都有现实生活的全部场景。④

为了避免由艺术表现的普遍性与广泛性问题的提出而可能造成的对艺术独立理论的冲击，克罗齐又专门对艺术与功利、道德的关系进行了十分精辟的阐释。所谓艺术无实际功利，正确的阐释应该是——反对把直接情感引入艺术或允许直接情感在艺术中存在的倾向，因为直接情感是无法摄取的食物，到头来反而会变成毒药；如果解释为对忽视艺术内容的肯定，解释为试图把艺术贬低为一种简单浅薄的游戏，那就完全错了。

---

① ［意］克罗齐：《美学原理》，朱光潜译；《美学纲要》，韩邦凯等译，外国文学出版社1983年版，合成本，第320页。
② ［意］克罗齐：《美学原理》，朱光潜译；《美学纲要》，韩邦凯等译，外国文学出版社1983年版，合成本，第322页。
③ ［意］克罗齐：《美学原理》，朱光潜译；《美学纲要》，韩邦凯等译，外国文学出版社1983年版，合成本，第315页。
④ ［意］克罗齐：《美学原理》，朱光潜译；《美学纲要》，韩邦凯等译，外国文学出版社1983年版，合成本，第318页。

与其认为艺术是要抹煞一切功利，毋宁认为是要在表现中把所有的功利一起反映出来，唯其如此，个人的表现在脱离了特殊性，获得了整一性的价值之后，才能化为具体的个人的东西。①

至于艺术与道德的关系，克罗齐指出，有些人认为道德需要人为地从世间万事万物的潮流中加以扶植，同时也认为道德需要人为地把它浸透到艺术中去，这些人其实是非常虚情假意的。艺术作为世界主宰的自由王国，凭借自己的品格就能支配一切，审美意识中包含着"审美的廉耻，审美的忌讳和审美的贞操"。道德固然是一种普遍的精神力量，但它不是审美意识。艺术家的职责就在于坚守审美的岗位，如果把与审美目的无关的东西混杂到艺术中来，就是对道德的违背。与"把肉感和下流的东西引入艺术"中相比，更要不得的"是傻里傻气地鼓吹道德，结果倒使得道德显得傻里傻气了"。克罗齐的结论是：

艺术再现和表现现实运动越纯粹，就越完美；而艺术越纯粹，就越能反映出事物本身的道德观念。②

从以上内容不难看出，克罗齐在对他的美学思想进行重大扩展时，主要运用的还是黑格尔的辩证思想。

在那以后，克罗齐的美学思想虽然再无如上述内容那样的重大发展，但值得注意的新东西仍旧不少。如在为《大英百科全书》第 14 版所写的"美学"——中译时为"美学的核心"——词条中，他把关于艺术的否定增加到七条，其第五条"艺术不是直接情感"③ 尤为重要。在《纯表现和其他所谓表现》中，克罗齐区分出了四种表现。在《诗，真理作品；文学，文明作品》中，他又对诗与文学进行了明确的区分。④ ……

---

① ［意］克罗齐：《美学原理》，朱光潜译；《美学纲要》，韩邦凯等译，外国文学出版社 1983 年版，合成本，第 321 页。
② ［意］克罗齐：《美学原理》，朱光潜译；《美学纲要》，韩邦凯等译，外国文学出版社 1983 年版，合成本，第 323 – 324 页。
③ ［意］克罗齐：《美学或艺术和语言哲学》，黄文捷译，中国社会科学出版社 1992 年版，第 6 页。
④ 参见［意］克罗齐《美学或艺术和语言哲学》，黄文捷译，中国社会科学出版社 1992 年版，第 71 – 91 页；第 98 – 113 页。

三、克罗齐对浪漫主义的批判——为维护艺术的纯洁性而否定情感的直接表现

克罗齐美学思想的要义，在于以"直觉—表现"为核心范畴及基本出发点，建立起确立艺术独立地位的美学体系。根据目前有限的资料来看，国内外对克罗齐的研究，无论褒贬，都是在这个范围内展开、进行的。而对于克罗齐为维护艺术的纯洁性而批判浪漫主义的表现直接情感的思想，则几乎无人论及。美国的卫姆塞特与布鲁克斯也只是泛泛提到克罗齐的理论"富有节制作用"①。显然，如果对克罗齐的研究，从一开始就注意到这一内容，那么，他的学说的命运，肯定会比实际遭遇的要通达得多；起码在我国，克罗齐的理论就可以避免一度被等同于浪漫主义的创作主张。

（一）克罗齐批判浪漫主义的原因

以"直觉—表现"为其美学思想内核的克罗齐，为什么要批判以"强烈情感的自然流露"和"表现自我"为理论旗帜及创作特征的浪漫主义②呢？这既是他深受古典美学影响的必然结果，更是他的美学思想自身发展的必然结果。

古典美学的大师们有一个共同的特点：密切关注文艺现状，关注文艺斗争，对浪漫主义③与古典主义的斗争发表自己的看法。与其他几位大师相比，古典美学的奠基人康德与文艺现状的关系要疏松一些。他主要还是"徘徊于经验派美学与理性派美学之间，徘徊于浪漫主义与古典主义之间"④。在古典美学集大成者黑格尔那里，情况就不一样了。尽管他由于体系的唯心主义性质，"不得不在某些方面与浪漫主义者一同走向错误的泥坑"，但总的来说，"黑格尔是反对当时的浪漫主义者的，而且与之作了不懈的斗争，他的美学中有不少部分是针对当时的浪漫主义的"。⑤ 如他对许莱格尔兄弟宣扬的"自我集中于自我本身"的"滑稽"说的批判，⑥ 以及他认为"人物性格的不坚定

---

① [美]卫姆塞特、布鲁克斯：《西洋文学批评史》，颜元叔译，中国人民大学出版社1987年版，第480页。
② 克罗齐所批判的浪漫主义，主要是我国当代美学、文艺学界所指称的"消极浪漫主义"，如德国的"浪漫派"等。以下皆同。
③ 凡古典美学大师们所反对的浪漫主义，均与克罗齐所反对的浪漫主义同义，即为消极浪漫主义。
④ 蒋孔阳：《德国古典美学》，商务印书馆1980年版，第119页。
⑤ 蒋孔阳：《德国古典美学》，商务印书馆1980年版，第261页。
⑥ 参见[德]黑格尔《美学》第1卷，朱光潜译，商务印书馆1979年版，第79-85页。

性还有一种方式……这就是长久在德国统治的那种感伤主义的内在的软弱"①，等等。歌德是几位大师中最明确地反对浪漫主义、提倡古典主义的一位。他认为浪漫主义是主观的，古典主义是客观的；浪漫主义是病态的，古典主义是健康的。他在《说不完的莎士比亚》中，还对浪漫主义与古典主义进行了比较：

   古代的：自然的，异教的，古典的，现实的，必然，职责；近代的：感伤的，基督教的，浪漫的，理想的，自由，愿望。②

  克罗齐的美学思想，是在古典美学的土壤上生长起来的；而浪漫主义与古典主义的斗争，在他那个时代并未结束，并且仍为最重大的文艺斗争之一。克罗齐在必然要对之予以关注的同时，在褒贬取舍上也必然要受到古典美学大师们的态度的影响。更何况，克罗齐"直觉—表现"理论本身，就包含了反对情感的直接表现这一内容，也即反对浪漫主义的内容。

  克罗齐的美学理论，虽然是以确立艺术的独立地位为目标的，但从他的艺术观出发，则必然会得出反对浪漫主义的结论。因为"直觉—表现"理论的内涵之一，就是强调感情的节制。按克罗齐的观点，外在事物对心灵造成的印象、感受、情绪等，都只是被动的、机械的心理活动，是直觉界限以下的东西，对它们的直接表现，不是艺术，而是实践冲动、实践表现：

   一个人因盛怒而流露的怒的表现，和一个人依审美原则把怒表现出来，中间有天渊之别。③

真正的艺术表现、审美表现，是直觉活动，即心灵根据"先验综合"的原则，赋予印象、感受、情绪等直觉界限以下的心理活动以形式，使之获得形象，被表现出来，被"从心灵的浑暗地带提升到凝神观照界的明朗"④。因此，克罗齐的美学理论，一开始就与浪漫主义创作主张大相径庭：浪漫主义所宣扬的"强烈情感的自然流露"的艺术观，恰恰相当于克罗齐所说的实践冲动、实践表现，即直接表现"直觉界限以下"的心理活动。克罗齐的艺术观，则强调"艺术家一方面有最高度的敏感或热情，一方面又有最高度的冷静，或奥林匹

---

  ① ［德］黑格尔：《美学》第1卷，朱光潜译，商务印书馆1979年版，第308页。
  ② 参见朱光潜《西方美学史》下卷，人民文学出版社1979年版，第413－415页；蒋孔阳《德国古典美学》，商务印书馆1980年版，第171－178页。
  ③ ［意］克罗齐：《美学原理》，朱光潜译；《美学纲要》，韩邦凯等译，外国文学出版社1983年版，合成本，第105页。
  ④ ［意］克罗齐：《美学原理》，朱光潜译；《美学纲要》，韩邦凯等译，外国文学出版社1983年版，合成本，第15页。

亚神的静穆",既要有热情与敏感,更要对其进行"控制和征服",这就是克罗齐的艺术观。① 以此为标准来衡量浪漫主义单纯强调"强烈情感的自然流露"的艺术观,其结论就是不言自明的了:至少可以说,浪漫主义的艺术观,没能严格区分艺术表现与实践表现的界限,因而是不完全或不纯洁的艺术观。

在《美学》中,由于其主旨在于把艺术从理性的束缚下解脱出来,确立艺术的独立地位,扭转古典美学的方向,艺术界限的明确性问题就还不是首要问题;而且,在反对理性的束缚这一点上,浪漫主义与克罗齐还是有着共同目标的。因而,克罗齐只是将反对浪漫主义艺术观这一潜在的逻辑结论,包含在自己的美学思想之中,并未将之推向前台。即便在《美学纲要》中,克罗齐仍然将重点放在对其"直觉—表现"理论的修正、扩充上,提出了支配直觉的抒情原则,以及艺术的独立性与依存性的关系等问题。从《艺术表现的整一性》开始,克罗齐就非常重视他与浪漫主义的区别,并对浪漫主义进行明确的批判了。因为这时,一方面他的艺术独立理论经过补充、修正,已臻于完善;另一方面,他的"直觉—表现"理论也越来越显示出容易被误解、混同于浪漫主义创作主张的特点,尤其是在增加了抒情原则之后。于是,为了维护按他的美学理论所理解的艺术的纯洁性,他就开始了对浪漫主义的正式批判。如果说这种批判也是克罗齐美学思想的发展的话,那么,这应是最重要的发展!因为,其他的重要发展,毕竟都是直接围绕着如何扩充、修正"直觉—表现"理论而进行的。

(二)克罗齐对浪漫主义的批判

克罗齐在《美学》中提出了他的艺术观:直觉的知识即表现的知识;表现的知识与审美的事实是统一的,艺术作品的特性与直觉的特性是统一的;因此,直觉与艺术是统一的。② 通常,被人们简化为"直觉即表现,表现即艺术"的公式,即来源于此。但是,克罗齐并没有说所有的表现都是艺术,他只是强调了,在心灵活动的最初形式中,与直觉不可分离的表现才是艺术。因此,他在《美学》中区分了审美意义上的表现与自然科学意义上的表现,特别提出,在日常语言中,在文字的习惯用法上,存在着混同这两种表现的可能和事实:诗人的文字,音乐家的乐曲,画家的图形,被称作"表现";因羞愧

---

① [意]克罗齐:《美学原理》,朱光潜译;《美学纲要》,韩邦凯等译,外国文学出版社1983年版,合成本,第28页。

② 参见[意]克罗齐《美学原理》,朱光潜译;《美学纲要》,韩邦凯等译,外国文学出版社1983年版,合成本,第19页。

而脸红，因恐惧而脸发白，因愤怒而咬牙切齿，等等，也被称作"表现"；还有什么汇兑率高"表现"国家纸币的贬值，社会不安"表现"革命的来临，等等。很显然，自然科学意义上的表现，绝不是艺术：

> 自然科学意义的表现之中简直就没有心灵意义的表现，这就是说，它没有活动性与心灵性，因此就没有美丑两极。它只是抽象的理智所定的一种因果关系。①

从这里可以看到，克罗齐在《美学》中，就已经明确地将自然科学意义上的表现排除出艺术表现范围了。在《艺术表现的整一性》中，他则直截了当地宣布"发泄"不是"表现"，也即不是艺术。因为，情感的发泄，"属于不再是简单的情感的情感，属于算不上直觉的表现"。那些"不但把艺术当作观照和表现激情的手段，而且当作激情本身，当作发泄的手段"的艺术家，只不过是些"末流艺术家"，与真正的艺术大师相比，末流艺术家提供的"多是个人生活和当时当地社会的材料，而艺术大师则是超越时代，超越社会，也超越作为现实生活的人的他们自己的"。② 这些批判，都是针对浪漫主义作家的。克罗齐认为，从美学史上看，到了他所处的时代，浪漫主义作为对古典主义的反动，已经持续一个半世纪了，美学研究的重心早已不再是把各种清规戒律打翻在地，而是"应该更加重视艺术真实的一般或整体的性质"，"应该更加重视艺术真实提出的摈弃个体的倾向和感情与激情的直接形式的要求"。③ 在浪漫主义的作品中，"大量的是本能的、动人的表现（爱情的、反抗的、爱国的、人道的或者用其他方式渲染的）"，这只能引起青年人的兴趣；根据审美趣味的规律——"可以自我控制和自我调节"，人们会逐渐对这种"廉价的热情感到厌足"，"越来越喜爱达到了形式的纯净，达到了美的艺术品，喜爱这些作品的章节片断，从不产生倦意和厌烦"。④

根据克罗齐的理论，浪漫主义的根本错误，就在于分不清艺术冲动和实际

---

① ［意］克罗齐：《美学原理》，朱光潜译；《美学纲要》，韩邦凯等译，外国文学出版社1983年版，合成本，第105页。
② ［意］克罗齐：《美学原理》，朱光潜译；《美学纲要》，韩邦凯等译，外国文学出版社1983年版，合成本，第319页。
③ ［意］克罗齐：《美学原理》，朱光潜译；《美学纲要》，韩邦凯等译，外国文学出版社1983年版，合成本，第325页。
④ ［意］克罗齐：《美学原理》，朱光潜译；《美学纲要》，韩邦凯等译，外国文学出版社1983年版，合成本，第324页。

冲动，分不清审美表现与实践表现，一言以蔽之，分不清艺术与生活。在浪漫主义那里，艺术的纯洁性荡然无存。而实际上，"艺术冲动与实际冲动是完全不同的两码事"①。审美表现与实践表现绝不能混为一谈，实践表现"实际上不过是自发性的欲念、期求、意愿以至于行动，随后就变成自然主义的逻辑概念，就是说成了特定现实的心理状态的表征"②。正因为如此，克罗齐认为"写实主义和真实主义"就其"性质和根源来说，本就是浪漫主义的"③。不仅如此，克罗齐对卢梭的《忏悔录》也进行了批判，认为这种特殊的、实践的、自传的题材，不是表现，而是一种"发泄"。近代文学亦即150年来的文学，"在其全貌上就好比巨大的忏悔录"，正是这种忏悔性质，削弱了近代文学"整体的真实性，从而加剧了常说的风格的虚弱或者匮乏"④。

在《美学的核心》中，克罗齐对艺术的界定，提出了七个否定，其中最重要的否定，是第五个：艺术不是直接情感。其余六个为：①艺术不是哲学；②艺术不是历史；③艺术不是自然科学；④艺术不是想象的游戏；⑥艺术不是解说或宣讲；⑦艺术不能同其他活动形式混为一谈。⑤ 在那里，克罗齐明确宣布：

> 美学就是要否定那些洋溢或发泄直接情感的艺术作品，或否定艺术作品中有此类情况的那些部分。⑥

克罗齐在反对浪漫主义这一点上，是深受歌德的影响的，并且他还大段地引用歌德有关的论述⑦。但他却不同意歌德关于浪漫主义已成为过去的判断，认为浪漫主义仍以各种形式存在于艺术之中：

---

① ［意］克罗齐：《美学原理》，朱光潜译；《美学纲要》，韩邦凯等译，外国文学出版社1983年版，合成本，第320页。
② ［意］克罗齐：《美学原理》，朱光潜译；《美学纲要》，韩邦凯等译，外国文学出版社1983年版，合成本，第319页。
③ ［意］克罗齐：《美学原理》，朱光潜译；《美学纲要》，韩邦凯等译，外国文学出版社1983年版，合成本，第326-327页。
④ ［意］克罗齐：《美学原理》，朱光潜译；《美学纲要》，韩邦凯等译，外国文学出版社1983年版，合成本，第325页。
⑤ 参见［意］克罗齐《美学或艺术和语言哲学》，黄文捷译，中国社会科学出版社1992年版，第4-8页。
⑥ ［意］克罗齐：《美学或艺术和语言哲学》，黄文捷译，中国社会科学出版社1992年版，第7页。
⑦ 参见［意］克罗齐《美学原理》，朱光潜译；《美学纲要》，韩邦凯等译，外国文学出版社1983年版，合成本，第327-328页。

已成为过去的是浪漫主义的某些内容和形式，而不是它的灵魂，这灵魂依然全部存在于艺术对激情和印象的直接表现这一倾向当中。因此，浪漫主义所改变的是名字，它还继续存在和活动下去：它先后起名曰"现实主义""真实主义""象征主义""艺术风格""印象主义""性感主义""形象主义""颓废主义"；在我们今天，它则又从形式上发展到极端，称作"表现主义"和"未来主义"。在上述这些学说当中，艺术的概念本身受到动摇，因为这些学说的目的是要以这种或那种非艺术的概念来取代艺术的概念。……因此，美学的现实问题是复原和保卫古典性，反对浪漫主义，是复原和保卫综合、形式和理论要素，而这要素正是艺术所固有的东西，用以反对情感要素；情感要素从道理上说是艺术应从本身当中加以解决的，但在我们今天，这个要素却反过来反对艺术，力图篡夺艺术所占有的地位。①

克罗齐反对浪漫主义而提出保卫和复原古典性，也是一种必然的结果，因为他的"直觉—表现"理论中，同时还包含着推崇古典风格与古典作家的因素。在倾心古典作家这方面，古典美学的大师中，对克罗齐影响最大的还是歌德。歌德所追求的古典风格，其境界就是"暴风雨后的晴空万里和惊涛骇浪后的清明澄彻"②。而克罗齐的"直觉—表现"理论的内蕴，则是艺术家既要有最高度的敏感或热情，作为融会到心灵里去的丰富的素材，又要有最高度的冷静或静穆，作为"控制和征服感觉与热情的骚动所用的形式"③。这两者的基本形式，有着惊人的相似！难怪克罗齐对古典性那么倾心：真正的艺术家都追求完全的真理和古典的形式；伟大的诗人和伟大的艺术家都是古典的作家。④ 歌德，由于他"是一位充满激情，同时又能保持冷静的诗人"⑤，因此被克罗齐当作古典派诗人的代表来尊崇。

---

① ［意］克罗齐：《美学或艺术和语言哲学》，黄文捷译，中国社会科学出版社1992年版，第26—27页。
② 蒋孔阳：《德国古典美学》，商务印书馆1980年版，第173页。
③ ［意］克罗齐：《美学原理》，朱光潜译；《美学纲要》，韩邦凯等译，外国文学出版社1983年版，合成本，第28页。
④ 参见［意］克罗齐：《美学原理》，朱光潜译；《美学纲要》，韩邦凯等译，外国文学出版社1983年版，合成本，第330、328页。
⑤ ［意］克罗齐：《美学或艺术和语言哲学》，黄文捷译，中国社会科学出版社1992年版，第26页。

（三）莎士比亚化与席勒式和古典性与浪漫主义

由于都是从古典美学这块土壤中生长出来的——区别只在于各自的发展方向，克罗齐的某些美学观点，与马克思、恩格斯的某些美学观点有着相似之处，应该说也是自然的。思想体系的不同，并不排除具体观点的一致，这才是大师的品格：严肃地、真诚地追求真理的人们，都会对某些具体的问题发表相似的看法。

克罗齐反对浪漫主义，关键在于反对情感的直接表现，为的是维护艺术的纯洁性；他推崇古典性，希望"回到古典主义"[1]，认为那才是真正的审美表现——"成功地结合了灵感和格律、表现和意象"[2]。马克思、恩格斯在批评拉萨尔的《济金根》时，提醒拉萨尔应当"更加莎士比亚化"，而不要"席勒式地把个人变成时代精神的单纯的传声筒"，不要"为了观念的东西而忘掉现实主义的东西，为了席勒而忘掉莎士比亚"。[3] 克罗齐的上述思想相当接近马克思、恩格斯在这里表达的观点；当然，如果说影响的话，只能是马克思、恩格斯影响了克罗齐，因为克罗齐生活在他们之后。席勒式的错误，最根本的，就在于对思想倾向的直接表现。除去情感与思想倾向的区别之外，在反对"直接表现"这一点上，克罗齐与马克思、恩格斯是完全一致的。克罗齐主张征服和控制情感，马克思、恩格斯则主张倾向应当"自然而然地流露出来"[4]。在解决问题的措施上，两者也不无相同之处。至于提倡莎士比亚化，这应该是马克思、恩格斯推崇古典作家、提倡现实主义、反对消极浪漫主义的必然结论之一。

提出这个话题，无非想说明，在克罗齐研究中，如果能够去掉一些预先定下的框框，努力接近克罗齐美学思想本身，就会发现一些新东西，尤其是发现那些框框有许多不实之处。

---

[1] ［意］克罗齐：《美学原理》，朱光潜译；《美学纲要》，韩邦凯等译，外国文学出版社 1983 年版，合成本，第 325 页。

[2] ［美］雷纳·威莱克：《西方四大批评家》，林骧华译，复旦大学出版社 1983 年版，第 31 - 32 页。

[3] 陆梅林辑注：《马克思恩格斯〈论文学与艺术〉》（一），人民文学出版社 1982 年版，第 174、180 页。

[4] 陆梅林辑注：《马克思恩格斯〈论文学与艺术〉》（一），人民文学出版社 1982 年版，第 186 页。

第三章　西方现代美学转折的学理研究

如果说西方古典美学的终结,是以克罗齐的"艺术独立"理论为重大标志的话,那么西方现代美学的终结,就是以"符号—意义"取代"内容—形式"为重大标志的。在这个划时代的大变化过程中,洛特曼①所做出的贡献,尤其在文化符号学领域,是无可替代的。

第一节　西方现代美学的终结
——塔尔图学派与洛特曼美学思想的价值与意义

艺术从属论与艺术独立论,是西方古典美学与现代美学各自的主要标记之一,现代美学中的外部研究与内部研究之间的鸿沟即由此而来。塔尔图学派与洛特曼美学思想的主要价值和意义,就在于借用生物学理论,把艺术当作独立的生命,通过"外文本"和"文化链"的形式,将艺术与外部世界紧密地连在一起,从而既真正地解决了艺术独立问题,又成功地填平了外部研究与内部研究之间的鸿沟。西方美学史上自古希腊以来就一直存在的艺术与哲学之间的争论,从此告一段落。这也正是西方后现代美学文化转向的内在原因。

一、西方现代美学的历史使命及其终结

西方现代美学的历史使命,首先就是破除艺术从属论,确立艺术的独立地位。如果说艺术从属论与艺术独立论是西方古典美学与现代美学各自最主要的标记的话,那么,面对艺术与面对文化,则是西方现代美学与后现代美学各自最鲜明的特色。古典美学转向现代美学,以克罗齐对黑格尔的艺术从属论的批驳为主要标志;而后现代美学的文化转向,其基点则是塔尔图学派与洛特曼以全新的思路,真正解决艺术独立问题,并且成功地填平外部研究与内部研究之

---

① ［苏联］尤里·米哈伊洛维奇·洛特曼（Юрий Михайпович Лотман,英文名为 Juri M Lotman,1922年2月28日—1993年10月28日）:犹太人,生于列宁格勒,1950年毕业于列宁格勒大学,1954年前往塔尔图大学工作,直至在那里逝世。

间的鸿沟。

艺术是否具有独立的地位，它与哲学、宗教等的关系如何，这是美学研究的一个核心问题，任何美学理论最终都必须对此做出明确的回答。克罗齐曾幽默地评说道："艺术、宗教、哲学以这种方式或那种方式来摆是一件很辛苦的事。"①

这个问题由来已久。古希腊时期诗人与哲学家之间的一场争论，实际上就是西方美学史上艺术从属论与艺术独立论之间的第一次大交锋。柏拉图首先挑起争论②，他用哲学来反对诗，认为诗与艺术只是对现实的摹仿，离真实的理念还隔了两层，不能反映真理；③ 亚里士多德则予以反驳，他认为摹仿本身就是求知，具有认识的特点，文学艺术摹仿的虽是个别事物，却能反映一般的规律，具有普遍性，"比历史更富哲学性"④。从那以后，哲学对艺术的贬斥、艺术争取与哲学平等的地位这两种倾向以及相互间的争论，就一直贯穿在西方美学思想发展史中。总的来说，在从柏拉图到黑格尔这一漫长的历史时期里，争论双方中持续占上风的一边，主要还是艺术从属论，尤其是黑格尔，把艺术从属论发展到了顶峰。

克罗齐运用"度的理论"的逻辑理论，弥补了黑格尔"对立面的综合"的逻辑理论的不足，从理论上驳倒了黑格尔的以艺术从属论为内核的艺术消亡论，确立起艺术的独立地位。自此以后，现代美学对艺术的研究明显地演化出两大思路：一个比较注重文艺与社会生活的关系，强调大千世界中各种因素对作家创作的影响和制约；一个比较注重文艺自身的独立性，强调作品客观存在的特性才是文艺自身的价值所在。英美"新批评"的代表人物韦勒克则干脆把它们概括为外部研究和内部研究。⑤ 这两者都有充分的理由来证明自己的正确以及对方的缺陷，但又都无法完全否认对方的合理性。如不转换思路的话，外部研究与内部研究之间的对垒就会持续僵持下去；由克罗齐在理论上所确立的艺术独立地位，就难以在实践的意义上得到普遍认可。

---

① ［意］克罗齐：《作为表现的科学和一般语言学的美学的历史》，王天清译，中国社会科学出版社 1984 年版，第 177 页。
② 参见 ［英］苏珊·莱文《诗人与哲学家之间的争论——柏拉图与古希腊文学传统》，英国牛津大学出版社 2001 年版，第 129 页。Susan B. Levin, *The Ancient Quarrel between Philosophy and Poetry Revisited*, Oxford University Press, 2001, p. 129.
③ 参见 ［古希腊］柏拉图《理想国》，郭斌和、张竹明译，商务印书馆 1995 年版，第 387—401 页。
④ ［古希腊］亚里士多德：《诗学》，陈中梅译，商务印书馆 1996 年版，第 81 页。
⑤ 参见 ［美］韦勒克、沃伦《文学理论》，刘象愚等译，生活·读书·新知三联书店 1984 年版，第 65、145 页。

洛特曼对此有着非常清醒的认识，并创造性地实现了在西方美学史上具有重大意义的思路转换：他借鉴生物学理论，把作为人类创造性精神劳动结晶的艺术文本当作有生命的活生物体来看待。

生命是活生物体最独特的功能，而艺术文本的生命是什么呢？艺术文本的生命就体现在"艺术语言能以极小的篇幅集中惊人的信息量"①。正是这种生命，使得艺术文本成为一个无尽的信息源，其他任何类型的文本都无法与之相比，而这也正是艺术文本的魅力所在。一本教科书，无论是什么专业的，一般都有一二十万字，它所传达的信息量大都限定在特定的范围和时间之内，再经典的教科书也有被取代的时候。而一篇优秀的短篇小说，如契诃夫的、果戈理的……它的篇幅大概就一两千字，但它可以向读者提供的信息却是无穷尽的。信息也即意义，一部作品所包含的信息量越大，意义就越丰富，它的审美价值就越高；相反，它包含的信息量越少，意义就越小，它的审美价值就越低。因此，"美就是信息"②。

"美就是信息"的提出，在现代西方美学史上，具有非同一般的意义。在这之前，外部研究与内部研究之间的分歧，已然成为一道无法跨越的鸿沟。但从思路上来讲，它们都把文艺当作人类的创造物来看待。而洛特曼则从生物学理论受到启发，认为文艺尽管是人类创造的产品，但"她"又是一个独立的活生物体，且具有勃发旺盛的生命力。这一思路，是当代科学技术迅猛发展的产物。以电脑为例，一方面，许多人以毕生的精力来研究它、创造它；另一方面，更多的人却要终生与之为伴，不断地了解、学习人类自己创造的这个奥妙无穷的"活生物体"。洛特曼既不是以社会为中心来看文艺，也没有将文艺隔离于社会之外，而是把艺术当作大千世界中独立存在的生命之一，以艺术为中心来看社会，认为文艺这个活生物体的生命，就体现在它能为人类社会提供源源不断的、必不可少的审美信息。文艺研究的任务，就是研究文艺的生命机制：文艺储存、传送信息的机制。这么一种思路转换，"跳跃性"地解决了美学史上的一些"死结"。比如，西方美学史上艺术到底能否独立的问题，哲学与艺术孰高孰低的问题；中国美学史上文艺与政治的关系问题；中西方美学史上都存在的内容与形式的关系问题；等等。一旦把文艺当作大千世界中独立存在的生命之一，上述问题就再也用不着像以前那样去谈了。

---

① ［苏联］洛特曼：《艺术文本的结构》，美国密歇根大学 1977 年版，第 23 页。Juri Lotman, *The Structure of the Artistic Text*, the University of Michigan, 1977, p. 23.

② ［苏联］洛特曼：《艺术文本的结构》，美国密歇根大学 1977 年版，第 144 页。Juri Lotman, *The Structure of the Artistic Text*, the University of Michigan, 1977, p. 144.

二、塔尔图学派与洛特曼

作为"第一批闻名海外的苏维埃学者"①，洛特曼在中国的知名度远不如巴赫金、普罗普等人；但洛特曼在西方的声誉，却丝毫不亚于他们。1968年1月21日，国际符号学会在巴黎成立，因当时的条件所限，洛特曼未能出席大会，却当选为副主席——另三位副主席中，就有美国的雅各布逊；甚至有人把洛特曼的成就誉为文学研究中的哥白尼革命②，其地位与影响由此可见一斑。

塔尔图学派得名于诞生地塔尔图大学，该校的学术传统和特色，在塔尔图学派的理论中打下了深深的烙印。塔尔图大学位于苏联爱沙尼亚（Estonia）的塔尔图（Tartu）市，历史悠久，作为瑞典帝国的第二所大学，是古斯塔夫斯二世③于1632年创建的。因战火频仍，学校常常不能正常教学，在整个18世纪一直关闭，到1802年才恢复教学。在俄罗斯帝国时期，塔尔图大学采用德语教学，这使得它成为当时东、西方之间唯一的文化交流桥梁。它的全盛时期是在19世纪，有一批世界著名的学者在这里学习、工作，如胚胎学的奠基人K. E. V. 倍尔（Baer）、物理化学的奠基人W. 奥斯特瓦尔德（Ostwald）、物理学家H. F. E. 伦茨（Lenz），等等。

到了19世纪末，由于俄罗斯政局的复杂化，塔尔图大学几近瘫痪。随着爱沙尼亚共和国的建立，它也重新恢复活力，许多著名科学家都在这里工作，一批学科也因此进入世界先进行列，如神经学、天文学、地理—植物学和考古学等。在整个苏联时期，塔尔图大学的学术研究一直没有停顿，还产生了世界著名的塔尔图学派。

现在，塔尔图大学共有十一个学院，其中的社会科学学院下设五个系，符号学系为其中之一。到目前为止，符号学研究已经开拓出五大领域：文化符号学、生物符号学、计算机符号学、社会符号学以及视觉符号学。洛特曼作为塔尔图大学符号学系的奠基人，被公认为文化符号学最主要的代表人物，而塔尔图学派则是指以洛特曼为代表的苏联符号学研究。

塔尔图学派的理论渊源包括现代语言学理论、俄国形式主义、英美新批评派以及法国结构主义等，由于这些理论先于洛特曼而为我国学界所知，加之资料的缺乏或限制等原因，少有人知道生物学理论也是塔尔图学派的主要理论渊

---

① ［美］T. A. 塞贝克：《爱沙尼亚往事》，载《符号系统研究》1998年总第26期，第21页。T. A. Sebeok, The Estonian Connection, *Sign Systems Studies*, 1998 (26), p. 21.

② 参见［荷兰］佛克马、易布思《二十世纪文学理论》，林书武、陈圣生、施燕、王筱芸译，生活·读书·新知三联书店1988年版，第45、50页。

③ 古斯塔夫斯二世：Gustavus II, 1594—1632年。瑞典国王（1611—1632年）。

源，致使洛特曼在我国仅被当作俄国形式主义这一学派的余脉，没有得到应有的重视。实际上，洛特曼美学理论的最重要特征，就是借鉴生物学理论，把艺术文本当作有生命的活生物体来看待。正是这一特色，使他在一些关键问题上取得了创造性的突破，成为塔尔图学派的主要奠基人。

洛特曼一生勤于治学，著述颇丰。据朱丽娅·克莉丝蒂娃统计，他的文章与著作的总数量超过了550种（篇）！译成英文的著作（含再版）有11种，论文达50篇。① 他去世后，莫斯科出版社特地出版了《洛特曼文集》一、二卷（1995、1997），以表达学界同仁对他的纪念。国际洛特曼学术研讨会于1999年3月召开；国际文化符号学研讨会也于2002年召开；《符号系统研究》《塔尔图符号学论丛》等学术刊物，现在正由塔尔图大学符号学系所主办。

在中国，洛特曼的理论译成中文的并不多，只有胡经之先生主编的《二十世纪西方文论选》（四卷本）收入了约4万字的篇幅②，以及《文艺理论研究》上发表的一篇译文③，远不能反映其理论全貌。

洛特曼理论体系的发展脉络和整体面貌，主要体现在《结构主义诗学讲义》（1964）、《艺术文本的结构》（1970）、《诗歌文本分析：诗歌结构》（1972）和《洛特曼自选集》（1992）中，尤以《艺术文本的结构》为其最高学术成就的代表。

《结构主义诗学讲义》④ 是洛特曼第一部全面阐述其整体理论的专著，由他1958—1962年在塔尔图大学的讲稿汇集而成，美国布朗大学（Brown University）于1968年重印了该书的俄文本。洛特曼在书中主要阐明了作为符号系统的艺术理论，并进行了模式分析和结构分析。该书的中心内容是分析诗歌文本各个层次上的结构成分，研究范围包括通过诗行和诗节这样的抽象层次来分析节奏、韵律、音位、语法和词汇等微观问题，以及诗歌文本的写作和情节等宏观问题；该书的最后部分研究诗歌文本与其外文本（文本以外）结构的关系。

---

① 参见［法］朱丽娅·克莉丝蒂娃《洛特曼记事》，载《现代语言学会会刊》1994年第3期，第375－376页。Julia Kristeva, On Yury Lotman, *Publications of the Modern Language Association*（*PMLA*），1994（3），pp. 375－376.

② 参见［苏联］尤里·劳特曼《艺术文本的结构》，王坤译，载胡经之、张首映主编《二十世纪西方文论选》第二卷，中国社会科学出版社1989年版。劳特曼即洛特曼，为当时译法。

③ 参见［苏联］洛特曼《艺术文本的意义及其产生与确定》，王坤译，载《文艺理论研究》1995年第4期。

④ ［苏联］洛特曼：《结构主义诗学讲义》，塔尔图1964年版。Juri Lotman, *Lectures on Structural Poetics: Introduction, the Theory of Poetry*, Tartu, 1964.

其后问世的《艺术文本的结构》① 一书，尽管仍以纯文学为重心，但涉及几乎所有的艺术种类，并将结构主义融入符号学和信息论之中，显现出一种极为广阔的文化视野。洛特曼把艺术当作第二模式系统，它源自并覆盖了由自然语言构成的模式系统。该书比《结构主义诗学讲义》更具有理论性，详尽地探讨了诸多问题，如作为语言的艺术，文本的概念与它所显示出来的系统的关系，等等。在用不同的章节处理数量众多的不同层次和各种组织实体时，洛特曼主要是围绕着聚合体与结构段这两个轴心来研究文本的建构原则。他也用这种方式去研究那些非常抽象的基本问题，如作品的整体构架、艺术空间、人物、情节和视角等。

这两本书是阐释高难度理论问题的学术专著。但它们都只是对那些特地用来说明理论观点的艺术文本做出了详尽的分析，而那些理论又太抽象；同时，洛特曼还假定读者非常熟悉俄罗斯文学，尤其是诗歌，所以非俄语读者在阅读这两本书时，常常会觉得洛特曼的理论与他的批评实践之间有些不大连贯——因为他们并不熟悉俄罗斯文学，特别是诗歌，以至于往往看不出洛特曼所引用的诗句与他要说明的理论观点之间的必然联系。

在《诗歌文本分析：诗歌结构》② 中，洛特曼试图弥补这一缺陷，以便让读者充分理解他的理论与诗歌批评实践之间的连贯关系。该书的第一部分复述了他的基本理论建构，如分析原则、分析层次，以及实施步骤等，所运用的材料，主要都是重复前面两本书中的。相对而言，该书对理论问题的阐述略显生硬。此书的第二部分是洛特曼结构主义—符号学批评理论的运用，在这里，他详尽地分析了从巴图什科夫（Batyushkov）到扎博洛斯基（Zabolotsky）在内的数十位俄罗斯诗人，每一个例子都集中说明一个结构原则或层次。总体而言，其最有特色的分析在于试图阐明结构主义—符号学分析方法的各种特征。这种做法为读者提供了将高度抽象的理论概念与具体批评实践联系起来的方便途径。

洛特曼的这三本书，最大的特点就是借鉴了生物学理论，认为文学艺术作为"文化链"中的一个环节，既是独立的生命存在，又不可能离开其他环节单独发挥作用。

---

① [苏联] 洛特曼：《艺术文本的结构》，美国密歇根大学1977年版。Juri Lotman, *The Structure of the Artistic Text*, the University of Michigan, 1977.

② [苏联] 洛特曼：《诗歌文本分析：诗歌结构》，美国密歇根大学1976年版。Juri Lotman, *Analysis of the Poetic Text*, Ardis/Ann Arbor, 1976.

1992年，洛特曼自己选编的《自选集》①（两卷本）问世，他将《符号链》一文作为文集的开篇。这篇兼具序言功能的长文，不仅涉及洛特曼所研究的一切范围，精当地概括了他几十年来在文艺理论和文化理论、符号学以及俄罗斯文学与文化等方面的研究成果，还多次颇有创意地将"生物链"概念"移植"到人类文化的概念之中。同时被引入的，还有大脑结构的概念和分子结构左右对称的概念。② 洛特曼的用意在于进一步扩展他的理论，力图建立人类文化功能的整体模式。

三、洛特曼美学思想的价值与意义

在西方美学史上，洛特曼第一次借鉴生物学理论，提出"美就是信息"，将美学研究推向了一个全新的阶段。围绕着"美就是信息"，洛特曼着重分析了黑格尔美学思想对文艺观念的负面影响，以及外部研究与内部研究的缺陷，并以新颖的思路令人信服地解决了这一长期困扰现代美学界的"老大难"问题。

黑格尔的"美是理念的感性显现"③ 必然导致这种文艺观：艺术作品的本质是理念，即内容；而感性形式，则是用来表现理念的。

洛特曼认为，一部作品无法分成内容和形式两个部分；作品中的任何因素都负载着信息（内容），作品中的任何信息都出自信息载体。他把思想内容与作品结构的关系，比作生命与活体组织复杂的生物机制之间的关系。生命是活生物体的主要特征，不可想象会存在于其物质结构之外。他甚至直截了当地断言：思想不会包含在引语中，哪怕是精心选择的引语，而是由整个艺术结构表达出来。不理解这一点并且在孤立的引语中搜寻思想的研究者，极像这么一种人：他见到一幢按照设计图纸修建起来的房子，就开始动手拆墙，想找到埋藏设计图纸的地方。其实，这设计图纸并没有砌进砖墙里去，而是实现在建筑物的各部分之中。那设计图纸就是建筑师的思想，房子的结构便是其思想的实现。④

"美是理念的感性显现"还极易导致作家创作的概念化、公式化、千篇一

---

① ［苏联］洛特曼:《自选集》，塔林1992年版。Juri Lotman, *Избранные Статьи*, Таллин Александра, 1992.

② 参见［苏联］洛特曼《心灵的宇宙：文化符号学理论》，纽约1990年版。Juri Lotman, *Universe of the Mind: A Semiotic Theory of Culture*, London & New York: I. B. Tauris & Co Ltd, 1990.

③ ［德］黑格尔:《美学》第1卷，朱光潜译，商务印书馆1982年版，第142页。

④ 参见［苏联］洛特曼《艺术文本的结构》，美国密歇根大学1977年版，第12页。Juri Lotman, *The Structure of the Artistic Text*, the University of Michigan, 1977, p. 12.

律，即洛特曼所说的属于"同一美学"范围内的作品："从认识论的角度来看，同一美学的本质在于：把丰富多彩的生活现象理解为某一逻辑模式的具体体现。对于那些赋予各种现象以独特性的成分，艺术家以'非本质'为由将其忽略。这就是在同一美学支配下的'同一艺术'。而面对千姿百态的生活现象，如 A^1，A^2，A^3，A^4，……A^n，它总是不厌其烦地重复一句话：A^1 是 A；A^2 是 A；A^3 是 A；A^4 是 A；A^n 是 A。"①

为此，洛特曼对浪漫主义多有批评。尽管浪漫主义大都具有精心雕琢的复杂结构，但那种结构无论多么复杂，都超不出读者可以事先预知的固定模式。他更倾心于现实主义，即他所说的属于"对立美学"范围内的作品。因为在接受作品之前，读者是无法预知其艺术信息的。洛特曼尤其赞赏现实主义作品中对冲突各方的包容性："就艺术文本而言，对立各方任何一方的完全胜利，就意味着艺术的灭亡。"②

对外部研究与内部研究各自的缺陷，洛特曼也看得非常透彻，批评极为尖锐；他解决问题的办法，尤其令人赞叹。

洛特曼认为，如同自然界存在着"生物链"一样，在人类社会生活中，也存在着"文化链"③，链条中的任何一环，都时时处在与其他环节的各种复杂联系之中。因此，外文本（文本以外）这一类概念在他对艺术文本的研究中几乎俯拾即是，如外系统（系统以外）、外结构（结构以外）、外语法（语法以外）等。他虽然把杜勃罗留波夫当作外部研究的代表人物，认为其对作品的理解是功利主义的，但又坚决反对内部研究学派将艺术文本隔离于社会生活的做法，而将外文本所具有的意义提到这种高度："那些凭借由自己主观选择的代码去译解作品的读者，无疑会极大地歪曲作品的原意；但如果完全脱离文本与其外文本的联系去译解作品，那作品则不会有任何意义。"④

因此，深谙个中三昧的艺术家，在创作中不是努力追求艺术文本的复杂性，使之"艺术化"，而是竭力构思非艺术的艺术文本，以便创造看似简单无奇，但没有大量复杂的外文本联系就不能正确译解的艺术作品。

---

① [苏联] 洛特曼：《艺术文本的结构》，美国密歇根大学 1977 年版，第 290 页。Juri Lotman, *The Structure of the Artistic Text*, the University of Michigan, 1977, p. 290.

② [苏联] 洛特曼：《艺术文本的结构》，美国密歇根大学 1977 年版，第 248 页。Juri Lotman, *The Structure of the Artistic Text*, the University of Michigan, 1977, p. 248.

③ 在洛特曼《自选集》（两卷本）[爱沙尼亚，塔林（Tallinn）1992 年版] 中，洛特曼以《符号链》一文作为文集的开篇，用符号学理论分析"文化链"问题，由此被视为文化符号学的先锋人物。备注：请参见本书"附录"《论符号圈》（译文）。

④ [苏联] 洛特曼：《艺术文本的结构》，美国密歇根大学 1977 年版，第 50 页。Juri Lotman, *The Structure of the Artistic Text*, the University of Michigan, 1977, p. 50.

生物学理论的引入与"外文本"概念的创立，为洛特曼的"美就是信息"奠定了牢固的基础，从而在实践的意义上彻底解决了艺术独立问题：既然把文艺当作大千世界中独立存在的生命之一，文艺的独立性问题就再也不必像以前那样去证明了；由"生物链"自然地引申出来的"文化链"，确凿无疑地揭示了"外文本"的存在及其重要价值，高度肯定了文艺与社会生活的密切关系，成功地填平了外部研究与内部研究之间的巨大鸿沟；同时，"为人生而艺术"与"为艺术而艺术"——上述鸿沟的前身——这两大对立之间的死结，也一并得到化解。就此而言，把他的成就誉为文艺研究中的哥白尼革命①是并不过分的。

[原载《北京科技大学学报》（社会科学版）2003年第1期]

第二节 西方现代美学与艺术独立理论

在西方现代美学中，艺术独立理论是发展主线之一。俄国形式主义、英美"新批评"派、法国结构主义等，都从不同的角度探讨了艺术的独立品性。这一理论始于古希腊；在黑格尔提出艺术终将由哲学所取代之后，克罗齐与洛特曼②是确立和发展艺术独立理论进程中最重要的两位学者。20世纪六七十年代以来，西方现代美学日益显现出"泛艺术"的倾向，日益偏重于把艺术作为文化来研究，这种转变的内部原因，就在于洛特曼将艺术独立理论发展到一个全新的高度，从而结束了一个漫长的过程，并为新阶段提供了良好的开端。我国美学界、文艺学界从1979年开始重新讨论文艺与政治的关系，进而探讨文艺的独立品格。研究艺术独立理论从黑格尔到克罗齐、洛特曼的发展过程，对于我们的工作应是大有裨益的。

一、艺术独立论：古典美学转折的必然方向

艺术独立理论由来已久。古希腊时期诗人与哲学家之间的一场争论，实际上就是西方美学史上艺术从属论与艺术独立论之间的第一次大交锋。柏拉图首

---

① 参见［荷兰］佛克马、易布思《二十世纪文学理论》，林书武、陈圣生、施燕、王筱芸译，生活·读书·新知三联书店1988年版，第45、50页。
② 尤里·米哈伊洛维奇·洛特曼：苏联最重要的符号学—信息论美学家，塔尔图学派最主要的代表人物。1968年1月，国际符号学会在巴黎成立，洛特曼缺席当选为副主席。

先挑起争论①，他用哲学来反对诗，认为诗与艺术只是对现实的摹仿，离真实的理念还隔了两层，不能反映真理；② 亚里士多德则予以反驳，他认为摹仿本身就是求知，具有认识的特点，文学艺术摹仿的虽是个别事物，却能反映一般的规律，具有普遍性，"比历史更富哲学性"③。自那以后，哲学对艺术的贬斥、艺术争取与哲学平等的地位这两种倾向以及相互间的争论，就一直贯穿在西方美学思想发展史中。总的来说，在从柏拉图到黑格尔这一漫长的历史时期里，争论双方中持续占上风的一边，主要还是艺术从属论，尤其是黑格尔，把艺术从属论发展到了顶峰。

作为西方古典美学的集大成者，黑格尔的美学思想是其包罗万象的庞大体系的重要组成部分。这个体系虽以"绝对理念"为内核，但却全凭着"对立面的综合"的逻辑理论，才得以立足于世。这一逻辑理论至今仍在闪光，人们在观察、研究大千世界中各种各样对立的事物、现象时，都会有意无意地运用这一理论，确认"相反相成"的道理。

根据"对立面的综合"的逻辑理论，黑格尔认为，"绝对理念"是以"正、反、合"三阶段的方式发展的。"美是理念的感性显现"④，艺术只是"绝对理念"自我发展过程中的第一个阶段。在这一阶段中，"正、反、合"的发展过程具体表现为象征型艺术、古典型艺术和浪漫型艺术。由于艺术以直接的感性形式表现"绝对理念"，因而总是有限的、片面的，但"绝对理念"却是无限的、绝对的，所以在这一阶段，艺术还不能完全体现出"绝对理念"的本质。宗教是高于艺术的阶段，因为它在表现"绝对理念"的时候，对直接感性形式的依赖要远远低于艺术。不过，表现"绝对理念"的最高和最后阶段，还是哲学：它不需要借助任何感性形式就能完成这一任务。当艺术发展到浪漫型这个阶段时，由于不能更进一步地表现"绝对理念"，宗教便取而代之，将"绝对理念"的表现推向新阶段。同样的道理，哲学也要取代宗教，使"绝对理念"得到最高表现。也就是说，艺术最终是要由哲学来取代的。

作为哲学思想大师，黑格尔的"对立面的综合"的逻辑理论，影响了不止一代的思想家。马克思就坚称自己是黑格尔的学生，他的辩证法思想，即脱胎于黑格尔的"对立面的综合"的逻辑理论。他在《共产党宣言》里对资产

---

① 参见［英］苏珊·莱文《诗人与哲学家之间的争论——柏拉图与古希腊文学传统》，英国牛津大学出版社 2001 年版，第 129 页。Susan B. Levin, *The Ancient Quarrel between Philosophy and Poetry Revisited*, Oxford University Press, 2001, p.129.
② 参见［古希腊］柏拉图《理想国》，郭斌和、张竹明译，商务印书馆 1995 年版，第 387-401 页。
③ ［古希腊］亚里士多德：《诗学》，陈中梅译，商务印书馆 1996 年版，第 81 页。
④ ［德］黑格尔：《美学》第 1 卷，朱光潜译，商务印书馆 1979 年版，第 142 页。

阶级与无产阶级关系的分析——资产阶级的生产方式"首先生产的是它自己的掘墓人"①，即无产阶级，就是事物"正、反、合"发展过程的典型表述。

黑格尔的思想观点，同样对现实生活产生了直接影响，其中包括负面影响。如他在《自然哲学》里谈论亚洲、非洲和欧洲的地理特征时，认为欧洲是"正、反、合"过程的结果，即世界的中心；而德国又是欧洲的中心。② 在《精神现象学》里，他认为个人、家庭（集体）和国家的关系，也是"正、反、合"的发展过程；为了避免人们只关心个人、家庭（集体）的利益，国家就要经常发动战争，以使人忘家为国，牺牲自己。③ "二战"期间，苏军在德军士兵尸体口袋中搜到的书籍，就有《精神现象学》。道理很简单，希特勒允许他的士兵读那本书：个人最终是要归于国家的。这就难怪有人认为黑格尔是希特勒的思想先驱之一了："你从《我的奋斗》里是学不到什么东西的。那只是茶壶里冒的气泡，浅薄得很"；只有马丁·路德、康德、黑格尔、叔本华、尼采、费希特、史雷格尔等人才真正"是希特勒的一些德国先驱"。④

黑格尔的"绝对理念"得到完满展现之时，欧洲古典美学也就达到了顶峰。由于历史仍在继续向前发展，古典美学的转折便无可避免。转折的方向则必然与黑格尔所揭示的艺术真谛以及他对艺术发展的最终结论密切相关。

转折方向之一：美作为"心灵之花"⑤ ——心理学美学。

古典美学的巨大历史功绩之一，就是确立了主体性原则，其直接结果，则是开启了心理学美学研究的大门，改变了以往的美学研究方向——单纯从外部客观世界中去寻求美。黑格尔对自然美的解释，则具体地"启示了以后的移情说。他是用'移情说'的观点来解释自然风景的美的"⑥。当然，这里只是指出古典美学的转折中包含了这一方向，并不是说所有具体的心理学美学研究都是古典美学内部自身孕育的结果。

转折方向之二：美作为实践活动之果——马克思主义美学。

古典美学虽然创立了主体性原则，改变了单纯从外部客观世界寻求美的美学研究方向，却因缺乏实践原则，不能将主体性原则本身所具有的巨大价值充

---

① ［德］马克思、恩格斯：《共产党宣言》，见《马克思恩格斯选集》第1卷，人民出版社1972年版，第263页。
② 参见［德］黑格尔《自然哲学》，梁志学等译，商务印书馆1997年版，第392页。
③ 参见［德］黑格尔《精神现象学》下卷，贺麟、王玖兴译，商务印书馆1987年版，第6—13页。
④ ［美］赫尔曼·沃克：《战争风云》，施咸荣等译，人民文学出版社1979年版，第1卷，第314—317页；第2卷，第738—742页；第3卷，第1029页。
⑤ ［英］李斯托威尔：《近代美学史评述》，蒋孔阳译，上海译文出版社1980年版，第142页。
⑥ 蒋孔阳：《德国古典美学》，商务印书馆1980年版，第253页。

分显示出来,不能实现主体性原则所可能连续产生的巨大变化,也就未能找到从根本上彻底解决美学难题的必由之路:美产生于主体的实践活动之中,因而,"美学研究的逻辑起点,既不是客观的物质世界或精神世界,更不是主观的心意状态,而是社会化的人的审美实践活动"①。马克思主义美学正是在古典美学主体性原则的夭折处起步的。它接过了这个使美学史发生第一次伟大转折的原则,把古典美学"重主观的方向重新转移到重客观的方向"②。马克思主义美学在美学史上所实现的第二次转折,其意义比第一次转折更为重大。它为主体性原则注入了实践的内容,把美学研究的重心,从作为主体的人转到作为实践的人身上,使美与人类的实践活动紧密联系起来。这一次转折,开辟了美学史上的新纪元。

转折方向之三:艺术作为独立之物——克罗齐美学思想。

艺术与哲学、宗教等的关系如何,它是否具有独立的地位,这是美学研究的一个核心问题,任何一个美学体系最终都会对之做出明确的回答。黑格尔对艺术的研究,在深度和广度上超过了在他之前的任何美学家;同样,他对艺术与哲学等关系的最终结论,也是空前绝后的。同前两个转折方向相比,艺术独立这一转折方向与古典美学的关系最为紧密,其针对性也最为明确、最为直接。

二、克罗齐的逻辑理论与艺术独立

对于黑格尔的美学理论,克罗齐并没有忘记肯定其巨大的历史功绩,他称赞黑格尔"对新学说作出了自己的贡献"③。同时,克罗齐的目的也十分明确:"黑格尔美学是艺术死亡的悼词,它考察了艺术相继发生的形式并表明了这些艺术形式的发展阶段的全部完成,它把它们埋葬起来,而哲学为它们写下碑文。"④

初看起来,批驳黑格尔的艺术消亡论只需甚至无须举手之劳:艺术不仅存在,而且发展得越来越繁荣,怎么会由哲学所取代呢?!

如果只是这样来批驳黑格尔的话,那黑格尔的理论将永远都毫发无损。对于黑格尔的学说来讲,重要的不是结论,结论不过是一个"气泡"而已,关

---

① 蒋孔阳:《美学新论》,人民文学出版社 1993 年版,第 490 页。
② 蒋孔阳:《美学新论》,人民文学出版社 1993 年版,第 490 页。
③ [意]克罗齐:《美学原理》,朱光潜译;《美学纲要》,韩邦凯等译,外国文学出版社 1983 年版,合成本,第 219 页。
④ [意]克罗齐:《作为表现的科学和一般语言学的美学的历史》,王天清译,中国社会科学出版社 1984 年版,第 144 页。

键在于这个"气泡"是如何产生的。仅用"艺术仍然存在"来批驳黑格尔的"艺术消亡论",相当于只是去戳破一个"气泡";但产生"气泡"的机制却未受到丝毫损伤,还会有"气泡"不断地冒出来。这就是虽然遭到那么多的指责甚至谩骂(如"死狗"①),黑格尔却仍然不倒的原因。

克罗齐很清醒地认识到这一点,所以他在批驳黑格尔的时候,不是去戳那个"气泡",而是从分析产生"气泡"的机制入手,即从分析"艺术消亡论"产生的过程入手。

黑格尔的整个体系,全是凭借"对立面的综合"这种逻辑理论的支撑才得以建立起来的。根据这个理论,黑格尔认为,世界上的所有事物,都是通过"正、反、合"的过程不断向前循环发展的:任一事物(正),在发展中都会产生它的对立面(反),经过斗争,正反双方合二为一,形成新的事物(合),并开始新一轮的"正、反、合"过程。克罗齐指出,黑格尔的这个逻辑理论本身没有问题,是正确的;问题在于黑格尔对大千世界中所有事物的性质做出了简单化判断,即黑格尔认为,所有事物在性质上都是一样的——与另一事物相反、对立,于是黑格尔便用"对立面的综合"这种逻辑理论来解释世界上一切事物的发生、发展过程。克罗齐认为,假如世界上果真只存在性质"相反"的事物,那黑格尔就不会犯错误;但是,世界上除了存在性质"相反"的事物外,还存在另一类事物——性质"相异"的事物。相反与相异,虽然只有一字之差,性质上却有天壤之别。用最通俗的例子来说,香花与毒草,这是性质相反的事物;但香花与青草就不是性质相反的事物了,它们之间有差异、有区别,但不对立,只是相异而已。用"对立面的综合"这种逻辑理论来处理香花与毒草的关系,非常正确,这是黑格尔对人类文明的贡献;但如用它来处理香花与青草的关系,就必然会出错。克罗齐的哲学专著《黑格尔哲学中的活东西和死东西》,其要义就在于指出:黑格尔的错误是滥用了本来十分正确的逻辑理论;"活东西"就是指黑格尔的"对立面的综合"这个逻辑理论本身;"死东西"就是指对这个逻辑理论的滥用。这种滥用必然导致一系列错误结论,艺术消亡论只是其中之一。

该怎样处理性质相异的事物呢,难道要放弃逻辑理论吗?克罗齐认为,不是放弃,而是要用另一种逻辑理论去处理性质相异的事物。这就是克罗齐的"度的理论":相异的事物之间,只有程度的高低,没有性质的对立;程度低

---

① [德]马克思:《资本论·第二版跋》,见《资本论》第1卷,人民出版社1975年版,第24页。

的事物，不依赖程度高的事物而存在；程度高的事物，则一定包含程度低的事物。① 青草可以不依赖香花而存在，香花则必定要经过青草这一阶段。

艺术与哲学之间，不是相反，而是相异的关系；它们只有程度的区别，没有性质的对立。作为人类心灵活动的第一阶段，直觉的知识（艺术）属于低的度，可以脱离比它高的度——理性的知识（哲学）——而独立存在；相反，理性知识作为高的度，却不能脱离比它低的度——直觉的知识——而独立存在，必须以对低的度的内含为存在基础。理性的知识（哲学）与直觉的知识（艺术）之间，并不存在矛盾斗争的关系，只存在高的度对低的度的"蕴涵"关系。

到了这一步，"艺术消亡论"的"气泡"也就不戳自破了："问艺术是否能消灭，犹如问感受或理智能否消灭，是一样无稽。"② 通过哲学思路的辨析与逻辑方法的创新，克罗齐终于从理论上批驳了黑格尔的错误，确立了艺术的独立地位，实现了古典美学向现代美学的一次重要转折。

显然，要想全面、系统地理解克罗齐的美学思想，必须先读他的哲学著作《黑格尔哲学中的活东西和死东西》，他创立的"度的理论"，同黑格尔的"对立面的综合"理论一样，是迄今为止人类把握大千世界的两种非常有效的逻辑理论。正是这个"度的理论"，才使艺术摆脱了哲学附庸的身份，获得了独立的地位。如果只读《美学原理》和《美学纲要》，那很难把握克罗齐的美学思想的全貌与要义，误解就必不可免了。

为了完成确立艺术的独立地位这一任务，克罗齐必须始终强调艺术可以不依赖于哲学而独立存在，所以在具体的论述过程中，他一再坚持"直觉即表现即艺术"，以至把艺术传达当作"物理活动"，认为它不属于艺术活动。这就留下了令人误解他的美学理论的一个大漏洞，使得许多人长期以来一直把克罗齐当作表现主义美学思想的理论代表，觉得他是针对从古希腊至近代始终都占据文坛统治地位的"再现论"，而提出"直觉—表现"理论的。

克罗齐其实也意识到了他的"直觉即表现即艺术"的论述很容易被当作浪漫主义的文学理论，因此曾明确地表达了他的文学观念：反对浪漫主义。他反复强调，"直觉""表现"并非有什么感情就产生什么反应，那是动物才具有的一种本能；审美表现与实践表现是性质完全不同的两回事，不能把直接情

---

① 参见［意］克罗齐《黑格尔哲学中的活东西和死东西》，王衍孔译，商务印书馆1959年版，第50-51页。
② ［意］克罗齐：《美学原理》，朱光潜译；《美学纲要》，韩邦凯等译，外国文学出版社1983年版，合成本，第76页。

感引入艺术;① 他反对浪漫主义的理由,就是因为浪漫主义强调艺术表达直接情感,把表现等同于发泄。② 在他心目中,古典主义才是真正的理想文学,他的"直觉""表现"指的就是古典主义文学所展现出来的境界。如古希腊艺术的"高贵的单纯,静穆的伟大";如歌德所追求的那种风格——"暴风雨后的晴空万里和惊涛骇浪后的清明澄彻"③;如华兹华斯所认为的诗歌"起源于在平静中回忆起来的情感"④。

克罗齐的"直觉""表现"实际上强调的是:艺术家一方面应具有高度的敏感或热情,作为融会到心灵里去的丰富素材,另一方面又要具有高度的冷静和静穆,作为控制、征服感觉与热情的激动所使用的形式。朱光潜先生可以说是我国第一位体会到克罗齐"直觉""表现"之真谛的美学家,他就是用这个理论去评价陶渊明的:"他和我们一般人一样,有许多矛盾和冲突;和一切伟大诗人一样,他终于达到调和静穆。"⑤

克罗齐从理论上确立了艺术的独立地位,这是他对西方美学思想的发展所做出的巨大贡献。他的美学理论并非没有缺陷,而真正的缺陷在于:黑格尔把自古希腊以来的"艺术从属论"发展到"艺术消亡论"的极端,克罗齐虽然驳倒了"艺术消亡论",确立了艺术独立理论,但在一定程度上,他又变相地退回到该问题的原点处——认为艺术是人类心灵活动的低级阶段,哲学是人类心灵活动的高级阶段。

三、洛特曼的"美就是信息"与艺术独立

在克罗齐之前与以后,西方美学界对文艺的研究较明显地体现出两大思路:一个比较注重文艺与社会生活的关系,强调大千世界中各种因素对作家创作的影响和制约;一个比较注重文艺自身的独立性,强调作品客观存在的特性才是文艺自身的价值所在。英美"新批评"的代表人物韦勒克则干脆把它们概括为外部研究和内部研究。⑥ 这两者都有充分的理由来证明自己的正确及对方的缺陷,但又都无法完全否认对方的合理性。如不转换思路的话,外部研究

---

① 参见 [意] 克罗齐《美学原理》,朱光潜译;《美学纲要》,韩邦凯等译,外国文学出版社1983年版,合成本,第105、319-320页。
② 参见 [意] 克罗齐《美学或艺术和语言哲学》,黄文捷译,中国社会科学出版社1992年版,第6-7、25-27页。
③ 蒋孔阳:《德国古典美学》,商务印书馆1980年版,第173页。
④ 伍蠡甫主编:《西方文论选》下卷,上海译文出版社1979年版,第17页。
⑤ 朱光潜:《诗论》,载《朱光潜全集》第3卷,安徽教育出版社1987出版,第256页。
⑥ 参见 [美] 韦勒克、沃伦《文学理论》,刘象愚等译,生活·读书·新知三联书店1984年版。

与内部研究之间的对垒就会持续僵持下去；由克罗齐在理论上所确立的艺术独立地位，就难以在实践的意义上得到普遍认可。

洛特曼对此有着非常清醒的认识，并创造性地实现了在西方美学史上具有重大意义的思路转换：他借鉴生物学理论，把作为人类创造性精神劳动结晶的艺术文本当作有生命的活生物体来看待。

生命是活生物体最独特的功能，而艺术文本的生命是什么呢？艺术文本的生命就体现在"艺术语言能以极小的篇幅集中惊人的信息量"[①]。正是这种生命，使得艺术文本成为一个无尽的信息源，其他任何类型的文本都无法与之相比，而这也正是艺术文本的魅力所在。一本教科书，无论是什么专业的，一般都有一二十万字，它所传达的信息量大都限定在特定的范围和时间之内，再经典的教科书也有被取代的时候。而一篇优秀的短篇小说，如契诃夫的、果戈理的……它的篇幅大概就一两千字，但它可以向读者提供的信息却是无穷尽的。信息也即意义，一部作品所包含的信息量越大，意义就越丰富，它的审美价值就越高；相反，它包含的信息量越少，意义就越小，它的审美价值就越低。因此，"美就是信息"[②]。

围绕着"美就是信息"，洛特曼着重分析了黑格尔美学思想对文艺观念的负面影响，以及外部研究与内部研究的缺陷，并提出了纠正的办法。

黑格尔的"美是理念的感性显现"[③] 必然导致这种文艺观：艺术作品的本质是理念，即内容；而感性形式，则是用来表现理念的。

洛特曼认为，一部作品无法分成内容和形式两个部分；作品中的任何因素都负载着信息（内容），作品中的任何信息都出自信息载体。他把思想内容与作品结构的关系，比作生命与活体组织复杂的生物机制之间的关系。生命是活生物体的主要特征，不可想象会存在于其物质结构之外。他甚至直截了当地断言：思想不会包含在引语中，哪怕是精心选择的引语，而是由整个艺术结构表达出来。不理解这一点并且在孤立的引语中搜寻思想的研究者，极像这么一种人：他见到一幢按照设计图纸修建起来的房子，就开始动手拆墙，想找到埋藏设计图纸的地方。其实，这设计图纸并没有砌进砖墙里去，而是实现在建筑物

---

① [苏联] 洛特曼：《艺术文本的结构》，美国密歇根大学 1977 年版，第 23 页。Juri Lotman, *The Structure of the Artistic Text*, the University of Michigan, 1977, p.23.

② [苏联] 洛特曼：《艺术文本的结构》，美国密歇根大学 1977 年版，第 144 页。Juri Lotman, *The Structure of the Artistic Text*, the University of Michigan, 1977, p.144.

③ [德] 黑格尔：《美学》第 1 卷，朱光潜译，商务印书馆 1982 年版，第 142 页。

的各部分之中。那设计图纸就是建筑师的思想，房子的结构便是其思想的实现。①

"美是理念的感性显现"还极易导致作家创作的概念化、公式化、千篇一律，即洛特曼所说的属于"同一美学"范围内的作品："从认识论的角度来看，同一美学的本质在于：把丰富多彩的生活现象理解为某一逻辑模式的具体体现。对于那些赋予各种现象以独特性的成分，艺术家以'非本质'为由将其忽略。这就是在同一美学支配下的'同一艺术'。而面对千姿百态的生活现象，如 A^1，A^2，A^3，A^4，……A^n，它总是不厌其烦地重复一句话：A^1 是 A；A^2 是 A；A^3 是 A；A^4 是 A；A^n 是 A。"②

同克罗齐一样，洛特曼对浪漫主义多有批评。尽管浪漫主义大都具有精心雕琢的复杂结构，但那种结构无论多么复杂，都超不出读者可以事先预知的固定模式。他更倾心于现实主义，即他所说的属于"对立美学"范围内的作品。因为在接受作品之前，读者是无法预知其艺术信息的。洛特曼尤其赞赏现实主义作品中对冲突各方的包容性："就艺术文本而言，对立各方任何一方的完全胜利，就意味着艺术的灭亡。"③

对外部研究与内部研究各自的缺陷，洛特曼也看得非常透彻，批评极为尖锐；他解决问题的办法，尤其令人赞叹。

洛特曼认为，如同自然界存在着"生物链"一样，在人类社会生活中，也存在着"文化链"④，链条中的任何一环，都时时处在与其他环节的各种复杂联系之中。因此，外文本（文本以外）这一类概念在他对艺术文本的研究中几乎俯拾即是，如外系统（系统以外）、外结构（结构以外）、外语法（语法以外）等。他虽然把杜勃罗留波夫当作外部研究的代表人物，认为其对作品的理解是功利主义的，但又坚决反对内部研究学派将艺术文本隔离于社会生活的做法，而将外文本所具有的意义提到这种高度："那些凭借由自己主观选择的代码去译解作品的读者，无疑会极大地歪曲作品的原意；但如果完全脱离

---

① 参见［苏联］洛特曼《艺术文本的结构》，美国密歇根大学1977年版，第12页。Juri Lotman, *The Structure of the Artistic Text*, the University of Michigan, 1977, p. 12.

② ［苏联］洛特曼：《艺术文本的结构》，美国密歇根大学1977年版，第290页。Juri Lotman, *The Structure of the Artistic Text*, the University of Michigan, 1977, p. 290.

③ ［苏联］洛特曼：《艺术文本的结构》，美国密歇根大学1977年版，第248页。Juri Lotman, *The Structure of the Artistic Text*, the University of Michigan, 1977, p. 248.

④ 在洛特曼《自选集》（两卷本）［爱沙尼亚，塔林（Tallinn）1992年版］中，洛特曼以"符号链"一文作为文集的开篇，用符号学理论分析"文化链"问题，由此被视为文化符号学的先锋人物。备注：请参见本书"附录"《论符号圈》（译文）。

文本与其外文本的联系去译解作品，那作品则不会有任何意义。"① 因此，深谙个中三昧的艺术家，在创作中不是努力追求艺术文本的复杂性，使之"艺术化"，而是竭力构思非艺术的艺术文本，以便创造看似简单无奇，但没有大量复杂的外文本联系就不能正确译解的艺术作品。

生物学理论的引入与"外文本"概念的创立，为洛特曼的"美就是信息"奠定了牢固的基础，从而在实践的意义上彻底解决了艺术独立问题：既然把文艺当作大千世界中独立存在的生命之一，文艺的独立性问题就再也不必像以前那样去证明了；"外文本"通过"文化链"的方式，高度肯定了文艺与社会生活的密切关系，成功地填平了外部研究与内部研究之间的巨大鸿沟，难怪有人把他誉为文艺研究中的哥白尼②。

了解西方现代美学发展过程中这一主线的始终，对于我们的研究是有重要借鉴价值的：对基本学理的重视，对吸收现代科技成果、适当转换基本学术思路的重视，是学科基础研究中的重头戏。西方现代美学的"文化"转向，是以对艺术独立问题的彻底解决为前提的。我国当代美学、文艺学界对艺术独立问题的解决，始于1979年"文艺与政治关系"的大讨论。这一问题现在是否得到真正的解决，当代美学的学科基础研究是否已经非常成熟，现在恐怕还不是回答这些问题的时候。我们在研究中"跟上"西方的潮流非但不是坏事，而且是必需；但要清醒地认识到，自己的学科基础研究，距离人家尚有一定差距，在"跟上"的同时，还须尽力于"补上"。只有在学科基础研究方面不断取得扎实的进展，我们才能真正走向与西方学界的平等交流和对话。否则，跳过基本理论的研究阶段、直接达到世界先进水平的想法与做法，只会导致永远都跟在别人后面的结果。

（原载《中山大学学报》2002年第6期，人大复印资料《美学》2003年第1期全文转载）

第三节 洛特曼与"去黑格尔化"

在当代中国文论界，提起苏俄文论家，人们一般都会首先想到雅各布逊、

---

① ［苏联］洛特曼：《艺术文本的结构》，美国密歇根大学1977年版，第50页。Juri Lotman, *The Structure of the Artistic Text*, the University of Michigan, 1977, p. 50.

② 参见［荷兰］佛克马、易布思《二十世纪文学理论》，林书武、陈圣生、施燕、王筱芸译，生活·读书·新知三联书店1988年版，第45、50页。

施克洛夫斯基、巴赫金、普罗普等人；最为人熟知的苏俄文论，则莫过于形式主义、叙事学和复调理论等。洛特曼的理论虽然在20世纪80年代初就开始传入中国，但长期以来往往被当作俄国形式主义的余脉，其名气远不如其他人。洛特曼在西方学界所受到的重视，国内学界是难以想象的：塔尔图大学之所以能够与莫斯科大学、彼得堡大学比肩而立，成为得到西方认可的著名大学，全拜洛特曼所创立的符号学学科所赐。① 单是这一条，就足以说明他的学术贡献之大了。很显然，洛特曼的国际学术地位与他在中国的知名度是存在较大落差的。

一、"实不符名"的接受格局与"去黑格尔化"的学术演进

洛特曼在中国"实不符名"的接受格局，其形成原因有三。

首先，洛特曼进入中国的时间稍晚几年。如果在平常年份，区区几年时间不至于会成为遮蔽洛特曼光芒的因素。但这早出的几年，恰恰正是中国结束"文革"内乱、开始全面拨乱反正、进入新时期的辉煌年代。美学、文论界对外开放迎来的第一波冲击，就包括施克洛夫斯基、巴赫金等人的理论。在关键时刻占领制高点的理论，无论如何都会比后来者具有更大的影响；后来者的学术水平即便超过了前者，短时间内也无法改变人们对前者的深刻印象。如果后来者只是与前者比肩的话，要想获得如前者那般的重视，就得经历更大的时间跨度了。因此，在接受的意义上，尽管他们的本来面貌无此区别，但对中国的读者来说，施克洛夫斯基、巴赫金等人属于"说得早"的学者，而洛特曼则属于"说得透"的学者。"说得早"的，往往开风气之先，影响深远；"说得透"的，理解起来常常要多费时日，影响往往要逊于前者，尽管人们最终还是会认清其珍贵价值的。

其次，洛特曼的著作极少译为中文，对他论著的翻译在中国相当滞后。非但洛特曼的著作集乃至全集在中国没有被翻译出版，就是他的代表作《艺术文本的结构》，虽然根据英文版翻译的中译本早就定稿，但其出版也历经周折，迟至2003年才得以问世。② 在目前的学术界，完全抛开中文、直接阅读外文来从事西学研究，毕竟还只是一种理想境界，绝大多数人难以做到。因此，洛特曼的影响不如其他人，是情理之中的事。

再次，洛特曼的理论，其复杂之处相当特殊，影响读者对其理论的接受。

---

① 华东师范大学外语学院的杨明明教授是彼得堡大学文学博士、洛特曼再传弟子，据她介绍，俄罗斯（包括苏联）的大学，得到西方学术界高度认可的就是这三所著名学府。
② 参见［苏联］洛特曼《艺术文本的结构》，王坤译，中山大学出版社2003年版，"后记"。

他的代表作《艺术文本的结构》中时而会表现出一些明显的矛盾，类似于理论上的"断头路"，不解决就难以继续往前走。比如，书中一方面竭力回避甚至否定艺术对社会生活的反映，另一方面又十分强调艺术的双重模拟性质。笔者在翻译和其后的理解过程中，对此就一直感到困惑，其他读者产生同感想来也是正常的。

2012年5月，"斯拉夫文论与比较诗学：新空间、新课题、新路径——全国外国文论与比较诗学研究会第4届国际学术研讨会"在北京召开，与会的国外学者中，塔吉雅娜·库佐夫基娜（Татьяна Кузовкина）博士来自爱沙尼亚的塔林大学（爱沙尼亚的另一所大学就是洛特曼所在的塔尔图大学），笔者在分组讨论会上通过翻译请她释疑，她的回答是："洛特曼的学术生涯，有着明显的分期，比如苏联传统时期，形式主义、结构主义等；排斥苏联时期；关注外文本问题的时期；80年代开始进入新时期——文本与其他相结合；最后是自我演变时期——社会学、形式主义、结构主义等的结合。"① 有了这个提示，长期萦绕在心头的困惑就迎刃而解了：洛特曼是一个从不停止前进步伐的探索者，但不同时期的理论并非泾渭分明，而是多有纠结；尤其是他还在不断地否定自己，到了后期甚至几乎完全否定了之前的东西——"洛特曼一直致力于推动符号学对其自身自我实现界线的跨越，其早期与后期思想所表现出的分歧无疑是巨大的，后期思想似乎在某些方面又否定了最初的观点，甚至也否定了符号、意义、代码、所指、能指、信息等一切基本概念，称得上是一种根本的'转换'（抑或'爆发'）"②。

21世纪以来，洛特曼在中国"实不符名"的接受状况正在逐步改变，学界开始认识到洛特曼作为现代斯拉夫文论三大学派奠基人及七位大师之一的重要地位。③ 但迄今为止，相关研究多集中在对洛特曼理论的流派归属及研究类型的描述上，对他的代表作《艺术文本的结构》核心思想及其与"去黑格尔化"的关系，所涉不多。而这个问题直接关系到我们对西方现代文论演变根源的把握，其意义不可小觑。

洛特曼的学术研究，与我们习以为常的黑格尔式的整体性、系统化已经完

---

① 借此机会，谨向塔吉雅娜·库佐夫基娜博士表示真诚的谢意；亦向会议组织方安排的那位不知名的翻译致谢。
② 杨明明：《洛特曼符号学理论研究》，黑龙江人民出版社2011年版，第215页。
③ 现代斯拉夫文论三大学派为：俄罗斯形式主义学派、布拉格结构主义学派、塔尔图符号论学派。七位大师为：扬·穆卡诺夫斯基、罗曼·英加登、维克多·什克洛夫斯基、弗拉基米尔·普罗普、米哈伊尔·巴赫金、罗曼·雅各布森、尤里·洛特曼。参见周启超《现代斯拉夫文论导引》，河南大学出版社2011年版，"简介"第1页。

全不同了。他不再追求以终身的精力，从某个核心概念、范畴出发，对研究对象乃至大千世界做出一以贯之的解释，而是不停地调整思路，以不断更新的理论视野，切实把握当下的社会生活与现实世界。所以，即便他结束入门阶段、进入自立门户的成熟阶段，"去黑格尔化"作为初始目标之一，也并非贯穿他学术生涯全过程的主线，而只是主要体现在其代表作《艺术文本的结构》中；到了晚期，他已经放下或超越这个问题了。

西方现代文论，自克尔凯郭尔到尼采、从俄国形式主义至后现代思潮，其间尽管差异万千，但有一点是共同的，就是各以不同的方式，对抗、解构黑格尔的绝对理念及其衍生物，比如同一性。洛特曼以其在符号学领域的卓越开拓和辛勤耕耘，在破除绝对理念对文论界的影响方面居功至伟。施克洛夫斯基、巴赫金等人的"说得早"，如果是指对"形式与内容"二元论的黑格尔式思想①进行强有力的挑战，如果是指以"复调"理论对抗"独白"理论②，那么，洛特曼的"说得透"，无疑就是指他以"思想与结构"对"形式与内容"二元论的破解、去除和替代。相比之下，我国当代文论界，对黑格尔的绝对理念论及其衍生物，在思维方式乃至基本范畴上，更多的还是以接受、运用为主。这应该是洛特曼在中西方评价体系中存在巨大落差的学术史根源。

洛特曼的学术研究，在起步时尚处于黑格尔化的状态："主要以黑格尔的哲学思想为指导。"这是由俄罗斯思想界的传统所决定的："除了德国以外，再没有任何一个国家像俄罗斯那样偏爱黑格尔。"③ 十月革命前如此，苏联时期亦如此：黑格尔哲学作为马克思主义的来源，成为官方意识形态的组成部分。整个俄罗斯文化，重黑格尔轻康德。俄罗斯人在阐释康德时，总会将"认识论问题转移到本体论领域"。洛特曼的去黑格尔化，则与他是一名康德主义者密切相关："虽然洛特曼很少引用康德的思想与著作，但在讲课时却经常提到"；康德不仅是他"多年以来的固定对话者"，更是他建构"塔尔图学派的基石"。④ 从时间上来看，洛特曼去黑格尔化的思考，是从 20 世纪 50 年代末开始的。他当时的出发点，是想探索一种新的方法论，用于"冲破庸俗社会学、教条主义的机械僵化模式"⑤。兴起于 20 世纪初、消歇于 20 世纪 30 年代的俄国形式主义，彼时以其缭绕的余音，自然成为洛特曼手边可资借鉴的

---

① 黑格尔的"美是理念的感性显现"必然导致"形式与内容"二元论乃至形式为内容服务的结论。
② "独白"理论的实质，就是同一性在小说创作领域的体现。
③ 杨明明：《洛特曼符号学理论研究》，黑龙江人民出版社 2011 年版，第 71、72 - 73 页。
④ 杨明明：《洛特曼符号学理论研究》，黑龙江人民出版社 2011 年版，第 73 页。
⑤ 杨明明：《洛特曼符号学理论研究》，黑龙江人民出版社 2011 年版，第 54 页。

现成理论指引。他在我国长期被看作形式主义的余脉，即由此而来。

二、洛特曼"去黑格尔化"的目的

洛特曼"去黑格尔化"的目的，是破除黑格尔的"绝对理念"及其衍生物在文论领域的影响，并以自己的理论代替黑格尔所占据的位置。

如果以百年为时间单位来考察西方文论演进轨迹的话，就会看到黑格尔生前死后所享受的尊崇和产生的影响虽然罕有匹敌者，但质疑、批驳之声也一直不绝于耳。近两百年来的西方文论，特别是从克尔凯郭尔到后现代主义，其批判的矛头直指"绝对理念"所导致的同一性（尽管同一性的根源甚至可以上溯至古希腊），而且，批判主要还是在思想领域和政治领域进行的。阿多诺甚至以奥斯威辛集中营为例，从社会层面对同一性的弊病展开大规模的正面批判，他认为同一性是一种"普遍的强制机制"，问题的严重性已经到了这种程度："纯粹同一性的哲学原理就是死亡。"①

重视个体的生存状况、提升个人意志的价值、凸显个体的差异性等，这些曾经令人眼花缭乱的后现代思潮及其理论渊源，经过以百年为单位的沉淀和梳理，现在都看得很清楚了，无非就是针对同一性而来的，"去黑格尔化"是其中的主色调之一。也正是在这个意义上，可以说洛特曼与后现代思潮有着异曲同工之妙。只是他的"去黑格尔化"，并非简单地顺应潮流，而是具体落实到文论领域，落实到对"形式与内容"二元论的破解与替代。

在以差异性对抗同一性的"更新换代"过程中，艺术并非主要针对领域，只是顺带着受到影响而已。黑格尔"绝对理念"的衍生物是一对兄弟，同一性为长，覆盖全社会，影响更大；"形式与内容"二元论为幼，集中在艺术领域。洛特曼的"去黑格尔化"，就是从反省"形式与内容"二元论开始的，他的目的，就是去除这种占据统治地位的文学观，建立一种新的文学观。

具体来说，黑格尔的"美是理念的感性显现"②在应用于文学艺术的研究时，必定会体现为"形式与内容"二元论：理念是内容，感性显现是形式；而且，形式最终还是为表现内容服务的。在黑格尔这里，经过缜密的阐述，二者已经结合得完美无瑕了。仔细审视的话，能看出这种二元论文学观迄今仍在我国文论界流行，恐怕还占据着重要地位：由于它刚好暗合中国古代文论乃至传统文化中"文以载道"的观念，其影响之深远、广大，至今无出其右者。

如何破解并替代"形式与内容"二元论？洛特曼选择语言作为切入点。

---

① [德] 阿多诺：《否定的辩证法》，张峰译，重庆出版社1993年版，第144、362页。
② [德] 黑格尔：《美学》第1卷，朱光潜译，商务印书馆1979年版，第142页。

语言和信息的关系是人们习以为常、熟视无睹的现象，他偏偏从这里出发，并且最终完成任务，达到目的。西方学术史上，以这种研究路数见长的学者，多半是开辟新时代的标志性大师。

无论是文学常识还是普通读者的第一反应，都会自然而然地认可艺术对真实的追求。但是，"语言的真实"与"信息的真实"是性质不同的两个概念。人们可以就语言所传达的信息提出疑问：这是真实的还是虚假的？但对于任何作为整体的语言来说，这种怀疑就毫无意义了。历史表明，艺术在发展过程中抛弃过时的信息是必然的，对语言却不这样。文艺复兴、古文运动等中西方艺术史上的大繁荣时期，其实就是复活过往时代富于活力的艺术语言的结果。

在实际交流过程中，经常存在着两种语言、两套代码：作者的与读者的。接受者不仅要借助他自己所掌握的语言去译解信息，还要确定发送者将文本编码的"语言"。当作者和读者使用同一套代码时，情况自然正常，信息被顺利接受；当收发双方使用的代码不一样时，作者所传达的信息就不能被接受，而会遭到歪曲，或者接受者只接受他所熟识的语言中的信息。这样，作者呕心沥血创造出来的艺术文本，就会被当作非艺术文本看待。

由于作者的语言和读者的语言是一种极为复杂的等级结构，这就使得文本的信息量具有相当大的弹性系数。面对同一艺术文本，随着读者所掌握语言的不同，或对作者语言的不同把握，他们从中所获取的信息量以及信息给人的感受，是大不一样的。总的说来，围绕着艺术文本的信息这个中心，读者与作者之间可形成四种主要关系：作者审美地对待艺术文本的信息，读者功利性地对待艺术文本的信息；作者和读者都审美地对待艺术文本的信息；作者和读者都实用性地对待艺术文本的信息；读者审美地对待艺术文本的信息，作者功利性地对待艺术文本的信息。洛特曼认为杜勃罗留波夫属于第一种。

语言是信息的载体，不仅艺术文本，所有类型的文本都如此。研究艺术文本的特殊性，其实就是探寻艺术语言的奥秘：它何以能够在篇幅极小的文本中容纳大量的信息？为什么任何其他类型的文本都做不到这一点？洛特曼通过研究自然语言与艺术语言的区别，得出原因之一：自然语言的结构是一种有序组织，这种结构是完全自动化的，说话者的注意力只集中在信息上，对语言的知觉完全是自动进行的；而在艺术中，尤其是在现代艺术中，正是艺术语言的结构向交流活动的参加者提供信息——"自然本身的混乱，有序法则的无序；这是作者建构他所希望传送的信息的方法"①。也就是说，在艺术文本中，信息的载体，除了语言外，还有结构。而在任何其他类型的文本中，结构都不是

---

① [苏联]洛特曼：《艺术文本的结构》，王坤译，中山大学出版社2003年版，第127页。

信息的载体:"要是仅仅只在语言交流层次上看待艺术文本的内容,那我们就忽略了由艺术结构自身所形成的复杂意义系统。"① 这不啻我们重新认识西方后现代艺术的一把钥匙:它与传统艺术的最大区别,不就在于结构(特别是形象结构)吗?

由黑格尔的"绝对理念"所衍生出来的传统文学观认为:艺术作品的本质是理念,即内容;而形式,即"艺术特征"则是次要的。洛特曼则提出,当今社会已进入信息时代,人与其周围环境的相互作用,可以看作对信息的接受、译解。信息对于生存和发展的重要性已是毋庸赘言的了。某些类型的信息只有依靠具有特殊结构的语言的帮助,才能储存和传送。艺术就是特殊类型语言的巨大而有机的创造者,它为人类提供必不可少的服务。传统文学观的错误就在于:在尚未确切弄清艺术文本储存、传送信息的机制的情况下,抽象地将文学作品划分为形式和内容。这种文学观的直接表现之一,就是批评家、学者以及其他具有逻辑推理能力的人,都有权指导和告诫作家应当做什么和不能做什么。学生们也在课堂上接收这种文学观:艺术作品的本质,在于它表达的"思想内容",而表达的方式,则属于"艺术特征",是用来为"思想内容"服务的。

洛特曼指出,将"思想内容"与"艺术特征"区分开来,是出于对艺术性质的误解。要知道,任何一种用作交流手段的符号系统,都具有一个明显的特征:其结构的复杂性与信息的复杂性恰好成正比。信息的性质越复杂,用于传递信息的符号系统也就越复杂。艺术语言是一种极为复杂的结构,假如艺术语言中所包含的信息量与普通语言中的信息量相等,那么艺术语言也就不复存在了。艺术语言是以自然语言为基础的,但它又能使艺术文本能够传送自然语言文本难以传送的巨大信息量,其根本原因就在于二者的结构大不一样。由此得知,特定的艺术信息(内容、意义)既不能脱离艺术结构而存在,也不能脱离它而得到传送。如果用普通语言去复述一首诗,该诗的结构必定会遭到破坏,向接受者传送的便是与原诗完全不同的信息量。洛特曼非常欣赏托尔斯泰的观点:不能用另外的语言去复述一部作品,如《战争与和平》;如果必须如此的话,只有将《战争与和平》重写一遍才行。②

洛特曼认为,一部作品是无法分成内容和形式两个部分的,作品中的任何因素都负载着信息(内容),作品中的任何信息都出自信息载体。因此,洛特曼非常赞赏 A. 勃洛克的看法:"无形式的内容,自身既不存在,也没有任何

---

① [苏联]洛特曼:《艺术文本的结构》,王坤译,中山大学出版社2003年版,第68页。
② 参见[苏联]洛特曼《艺术文本的结构》,王坤译,中山大学出版社2003年版,第15页。

分量。"①

洛特曼把思想内容与作品结构的关系，比作复杂生物机制中生命与活组织之间的关系。生命是活生物体的主要特征，无法想象会存在于其物质结构之外。研究者如果打算去把握不依赖作品结构的思想，那无异于试图把生命从具体的活生物体结构中分离出来。他甚至直截了当地断言：思想不会包含在引语中，哪怕是精心选择的引语，而是由整个艺术结构表达出来。不理解这一点并且在孤立的引语中搜寻思想的研究者，极像这么一种人：他见到一幢按照设计图纸修建起来的房子，就开始动手拆墙，想找到埋藏设计图纸的地方。其实，设计图纸并没有被砌进砖墙里去，而是实现在建筑物的各部分之中。设计图纸就是建筑师的思想，房子的结构便是其思想的实现。②

洛特曼的结论是：结构是艺术文本信息的主要载体之一。艺术作品的思想不可能存在于具体结构之外，"形式与内容"二元论可以由"思想与结构"这一对范畴来代替。思想实现在相应的结构之中，变动了的结构会把不同的思想传送给读者，因此可以说：艺术文本没有普通词义上的"形式因素"，它是精妙地建构起来的思想，其中所有的因素都充满了意义。

由于文化传统和民族心理的差异，洛特曼以"思想与结构"替代"形式与内容"二元论的创建，究竟在多大的程度上和多广的范围内，能够在我国文论界得到认同，目前尚无法给出明确的结论。但它一针见血地指出了"形式与内容"二元论的弊病，这是毫无疑义的。

三、洛特曼"去黑格尔化"的切入点

洛特曼对"形式与内容"二元论的破解和替代，其意义绝不止于文学观的更新换代，更在于研究视野的更新换代：他所选择的切入点，不再是"绝对理念"之类的观念、范畴，而是语言。洛特曼与俄国形式主义有着明显的差异，因为后者的形式论是直接针对"形式与内容"二元论的，只不过将意思颠倒了过来：形式不是为内容服务的，而是自身就具有独立意义。在形式主义身上，可以清晰地看到二元论的烙印。当然，更不能将洛特曼的切入点与高尔基相提并论，大作家所说的"文学是语言的艺术"，只是创作经验的总结，强调的是作家应当具备驾驭语言的高超能力。

按照我国文论界的传统说法，洛特曼是从艺术起源入手，将问题引向语言的。而洛特曼的具体表达方式，则是从追问人类为什么需要艺术开始，最终将

---

① [苏联] 洛特曼：《艺术文本的结构》，王坤译，中山大学出版社2003年版，第13页。
② 参见 [苏联] 洛特曼《艺术文本的结构》，王坤译，中山大学出版社2003年版，第16页。

答案指向语言。

洛特曼的"艺术需要"理论，是指对艺术存在的必然性所给出的解释。显然，这是一个古老而又常新的美学命题，对这个命题的任何解答，最终一定涉及艺术观，或者说，解答思路是一定会受到艺术观支配的。

人类具有审美需要，这无疑是关于艺术存在的最充足的理由和最通行的说法。只是，这样一来就不能离开对人性的阐释，必然会涉及一些先验性的观念、范畴，迟早要回归到黑格尔的绝对理念上去。而洛特曼不仅用"思想与结构"替代了"内容与形式"，更用"美就是信息"[①] 替代了"美是理念的感性显现"[②]。他的艺术需要理论，与我们已经习惯的思路大不一样，值得高度重视。

"自有文字以来，迄今为止的全部历史记载中，艺术始终伴随着人类。"[③] 这是洛特曼在其代表作《艺术文本的结构》"导论"中的第一句话，也是该书的开篇首语。洛特曼认为，艺术的存在和发展，与人类的物质生产方式无关。从历史发展的角度来看，即使在社会物质生产力水平极为低下的情况下，人类为了维持生存而难以他顾，仍然会腾出时间从事艺术活动。

同时，值得深思的是，尽管人类早已意识到艺术是不可或缺的，但在不同的历史时期，贬低、压制甚至铲除艺术的事情时有发生。比如中世纪的基督教时期，就反对一切非基督教民歌以及古代艺术的传统。还有历史上不同时期的反对圣像崇拜运动，像杰姆逊所提及的，天主教的符码化就是制造各种形象，新教是解符码化的，其极点就是对这种形象的禁忌；其所依据的是摩西十诫中的一条：汝不能制造圣像。[④]

在与艺术的斗争中，胜利者都是具有极大权势的一方，有时甚至就是国家政权本身。然而胜利持续的时间却总是有限的，艺术在经过了短暂的低潮之后，总会重新展现自身蓬勃旺盛的生命力。由此可以看出，艺术的存在与强力意志也无关系。

洛特曼于是从社会组织的角度来考察艺术存在的理由，试图找出艺术与社会组织的同质特征。结果照样令人失望：一个社会，没有内部组织就无法存在，这是很好理解的；但是，没有艺术的社会为什么就不存在呢？也就是说，有文字记载以来，任何一个社会里都存在艺术，其原因是什么，却总是没有令

---

① ［苏联］洛特曼：《艺术文本的结构》，王坤译，中山大学出版社2003年版，第204页。
② ［德］黑格尔：《美学》第1卷，朱光潜译，商务印书馆1979年版，第142页。
③ ［苏联］洛特曼：《艺术文本的结构》，王坤译，中山大学出版社2003年版，第1页。
④ 参见［美］弗·杰姆逊《后现代主义与文化理论——弗·杰姆逊教授讲演录》，唐小兵译，陕西师范大学出版社1986年版，第51页。

人信服的解释。

洛特曼的学术活动从积累时期到进入创造时期之际，正是苏联进入"解冻"的年代。他对"艺术需要"的问题的解答，自然会针对已经流行的机械唯物主义艺术观进行批驳。具体来说，就是一定会包括对如何看待具有"永久的魅力"[①]的古希腊艺术问题的解答。这是马克思在《〈政治经济学批判〉导言》中所提及的问题，已经被当作通行的艺术观中的经典共识，后人来到此处，都是一定要表态的。由于马克思的那段话被从机械唯物主义角度加以理解，对古希腊艺术的认识，就延伸为一种固定的认识论模式：一个社会要想为人所知，就得有艺术；如果没有艺术，或者没有像古希腊那样的"正常儿童"般的艺术，就不会为后人所知，或只是作为畸形发展的社会为后人所知。

荷兰学者佛克马认为，对于马克思关于古希腊艺术的论述，我们不能从认识论的角度去理解，因为，当马克思"把对古希腊艺术的企慕同对人类童年时期的怀恋联系起来时，他的解释是心理学的，而不是唯物主义的"[②]。

洛特曼认为，艺术是充满活力的，在探讨艺术需要的时候，一定要看到，"它既不受命于生命的直接需要，也不受命于强制性的社会关系"[③]。以往的解释已经过时，"到了该替换的时候了"。从社会存在角度来看，人们不可能将艺术同意识形态分离开来，甚至不可能将艺术同社会组织完全剥离开来；但是，艺术自有其特殊之处：参与艺术活动无须强迫。就这一点而言，其他意识形态比如说宗教、道德等，都是具有内在的以及外在的强迫性的。而任何社会组织，也都会对人们的言行做出一些规定，并要求人们遵守，这些要求均具有强度不等的约束力；但我们却很难发现有哪个社会就人们对待艺术的态度问题，制定了必须遵守的准则。也就是说，尽管有文字记载以来的任何社会都存在艺术，但是社会强迫它的成员参与艺术活动的事情却是少见的：艺术的存在，与外在的强制性要求无关。

洛特曼对人类艺术需要根源的探讨，是受其艺术观支配的，最终的目标是走向语言论，因而对当时占据主流地位的艺术观尤为反对，并将矛头直接指向课堂教学，指斥其给学生灌输的不过是黑格尔式的艺术观："试图使学生相信：几条逻辑推论（假定它们都是经过慎重思考后产生的）构成了艺术作品

---

① [德] 马克思：《〈政治经济学批判〉导言》，见《马克思恩格斯选集》第 2 卷，人民出版社 1972 年版，第 114 页。

② [荷兰] 佛克马、易布思：《二十世纪文学理论》，林书武、陈圣生、施燕、王筱芸译，生活·读书·新知三联书店 1988 年版，第 96 页。

③ [苏联] 洛特曼：《艺术文本的结构》，王坤译，中山大学出版社 2003 年版，第 2 页。

的本质，其余的则不过是次要的'艺术特征'。"①

的确，在人们对艺术的需要与对知识的需要之间，存在着一定的联系，但是这种联系并不意味着可以将两者等同起来。用我们熟悉的文论术语来表达，就是艺术的确具有认识功能，但又不能止于认识功能。而且，艺术认识功能本身所提供的知识，也是无法与其他类型的知识相提并论的。硬要做比较的话，也只能说艺术提供的是一种"劣等类型的知识"。因为，艺术提供的哲学知识，远不如哲学；艺术提供的历史知识，远不如历史；尤为重要的是，艺术所提供的知识，不会比现有的哲学知识、历史知识更多、更深刻、更前沿……德勒兹恐怕也只是在这个意义上，才敢于惊世骇俗地宣称："最糟的文学生产蠢话，而最好的文学（福楼拜，波德莱尔，布罗伊）则纠缠愚蠢的问题。"②

洛特曼认为，当时盛行于课堂的艺术观，毫无疑问源自黑格尔。在黑格尔无所不包的庞大知识体系中，"绝对理念"处于核心地位，艺术不过是展示该理念的初级阶段，也即有关"绝对理念"的初级知识，其后还要经过宗教，直至最高阶段的哲学。"美是理念的感性显现"，其实就是知识论艺术观的经典表述：艺术就是运用某些修饰方式去表达思想。这种艺术观对学生的直接影响，就是令他们相信：任何具备逻辑推理能力或抽象思维能力的人都可以当艺术家的老师。

在否定了从知识角度解释艺术需要的原因之后，洛特曼转向了文化概念，然而还是失望而归：文化概念虽然能够解释很多问题，比如生产以及生产的组织形式为什么必须存在，科学研究为什么必须存在，却依然不能解释"为什么一个社会不可能没有艺术？"

于是，洛特曼将眼光转向艺术家，希望在大师那里找到答案。③ 他发现，普希金在其著作里专门摘录了莎士比亚戏剧《皆大欢喜》中的一段人物对白，乡村姑娘奥德蕾问道："我不懂得什么叫做'诗意一点'。那是一句好话，一件好事情吗？那是诚实的吗？"④ 这段话之所以仍旧让洛特曼感到失望，是因为在"诚实"面前，"诗意"难以让人信服：不能靠感性来回答关于艺术的性质、特征等基本问题，感性不能成为真理性的依据。

艺术本身是感性的，但要想解释一个社会为什么不可能没有艺术，则必须

---

① [苏联]洛特曼：《艺术文本的结构》，王坤译，中山大学出版社2003年版，第3-4页。
② [法]吉尔·德勒兹：《哲学的客体——德勒兹读本》"思想的形象"，陈永国、尹晶主编，北京大学出版社2010年版，第50页。
③ 参见[苏联]洛特曼《艺术文本的结构》，王坤译，中山大学出版社2003年版，第4页。
④ 《皆大欢喜》第三幕第三场，载《莎士比亚全集》第3卷，朱生豪译，方平校，人民出版社1984年版，第159页。

依靠理性，文论的难点与要诀均在于此。洛特曼为了找出确切的解释，最终将眼光投向了语言。

人类在曲折而又艰难的发展过程中，个人在其漫长而又短暂的一生中，都需要信息。所谓把握重大发展机遇，就是及时发现、接受、理解重要信息；所谓正常发展，就是能够正常接受、理解来自周边的各种信息。信息的传播与接受，就是语言的交流功能。洛特曼的基本观点是：无论是人类还是个人，都需要信息，需要语言，"艺术是生命的语言"①。只有这样理解，才能最终解释为什么一个社会不可能没有艺术。

当然，"艺术需要"问题，艺术存在的必然性问题，不是洛特曼研究的主要对象，他只是从这个角度切入，引出艺术与语言的关系来。

每个生物体（包括人自己）的一生，就是与各种信息打交道的过程。来自各方的信息，尤其是来自各种生命的信息，如果得不到正常的解释，该生物体就会在生存斗争中失去许多重要机遇。长此以往，该生物体就会面临灭绝的结局。就人类而言，之所以能够在宇宙万物的生存竞争中胜出，是因为他能够不断增加自己已经掌握的语言中的信息量，尤其能够不断增加可以译解各种信息的语言。

洛特曼认为，艺术就是人类创造出来的这么一种特殊的语言，其特殊机制甚至连它的创造者自己也没有完全弄清楚。艺术语言所提供给人类的信息，不是关于如何进行物质产品的生产与创造的，而是有关宇宙万物之中各种生命的。这里所说的生命，不仅仅是指生物界，现实世界与自然世界中的一切，都是有生命的，也都拥有各自独特的语言。大艺术家的特点，就是善于发现宇宙万物的语言，能够理解、掌握其中所传达的信息。洛特曼还以巴拉丁斯基②的诗歌为例，说明诗人如何理解大自然的语言并与之进行交流沟通：

独与自然为伴他呼吸着生命：
他理解小溪的潺潺声，
懂得树叶的低语声；
感受到树叶的发芽声；
他熟悉群星这本书，

---

① ［苏联］洛特曼：《艺术文本的结构》，王坤译，中山大学出版社2003年版，第7页。
② 巴拉丁斯基：Е. А. Баратынскийй，1800—1844年，俄国诗人。有诗集《埃达》（1826），长诗《舞会》（1828）和《茨冈女人》（1831），后期有诗集《黄昏》（收入1835—1842年间的作品）。

海浪与他低声细语。①

通过对比《普希金选集》和普希金的手稿，洛特曼得出结论：对于那些艺术大师而言："理解生命就是学会其隐晦的语言。"因此，对于古典主义来说，艺术是上帝的语言；对于浪漫主义来说，艺术是心灵的语言；对于现实主义来说，艺术是生命的语言。这才是一个社会不可能没有艺术的真正原因：任何一个社会，都会通过艺术讲述自己的故事，就像任何人都会使用语言进行交流那样。

洛特曼认为，虽然从文化角度不能完全解释艺术需要的问题，但从语言与信息的关系却可解释文化——他不仅"将文化视为'信息的总合'，还将其视为'人类社会活动的派生物'与'现实的独立代用品'"②。由此，我们可以"将当代有关信息传递的理论应用于艺术研究"③。洛特曼从此出发，也确实开辟了文学研究的崭新领域。

洛特曼对自己提出的问题，做出了十分严谨的解答。但他同时宣称：自己的目的不是研究艺术的必然性，即艺术需要的问题，而是研究作为特殊交流手段的艺术本身；如果说艺术语言中的信息是文本的话，那么洛特曼研究的就是艺术文本的结构。研究的价值在于：这种结构在信息的储存和传输方面所具有的特质及奥秘一旦被揭示无遗，完全可能引起一场技术革命，因而"值得控制论者，也许最终还有设计工程师予以高度重视"④。

洛特曼不同意从"诗意"的角度去研究艺术，因为将感性作为真理的证据是不妥当的；但是，"艺术是生命的语言"，它本身又是感性的。如何将两种思路结合起来，这是文论界面临的一大难题。洛特曼在这方面做出的努力，已经得到国际学术界的高度肯定，同样也值得我们今天予以借鉴。特别是对于目前文论领域流行的"知识生产"是具有警醒作用的：不能抛开艺术与生命的关系，套用"知识生产"的思路去研究艺术。

洛特曼所认定的"艺术是有关宇宙万物的语言"，与海德格尔的思想有相似之处。但他们之间的区别也是要分清的：海德格尔主要针对传统形而上学的弊病，倡导主客相融思维模式，否定主客相分思维模式。这里存在一个潜在的前提：深受传统形而上学思维方式制约的人们，无论如何，总是认为有一个外

---

① [苏联] 洛特曼：《艺术文本的结构》，王坤译，中山大学出版社2003年版，第6页。
② 杨明明：《洛特曼符号学理论研究》，黑龙江人民出版社2011年版，第86页。
③ 杨明明：《洛特曼符号学理论研究》，黑龙江人民出版社2011年版，第97页。
④ [苏联] 洛特曼：《艺术文本的结构》，王坤译，中山大学出版社2003年版，第33页。

在于人的客观世界，现在要转向主客相融思维方式，针对的乃至批判的是人类中心主义；但实际上还是以人为中心来转向主客相融，还是把人当作高于，甚至远远高于大自然的主体，而不是其中的一员。洛特曼不同于海德格尔之处，在于他已经具有颇为浓厚的后现代色彩：他不认为存在一个客观世界，而是强调，这个被人们认为的客观世界，其实是人类自己建构起来的，是被人类通过语言符号建构起来的。所以，洛特曼的关注对象自始至终都是语言。

四、洛特曼"去黑格尔化"的平台

洛特曼的文论观，有一个潜在的前提：肯定其教育属性。所以在他的文论中，针对课堂上的学生提出、展开并回答问题之处，可谓比比皆是。他在"去黑格尔化"时，无一不是针对学生在课堂上所接受的"黑格尔化"。的确，从文论的存在形态看，如果着眼于原点，那么无论是"黑格尔化"还是"去黑格尔化"，平台都是共同的：主要是大学课堂与讲台。因为只有这个层级的文学教育，才会正规配置相应的文论课程。

我国当代文论在新中国成立之初，是由高等院校文科院系借鉴苏联模式，作为学科和课程直接引进的。随着时势变化，文论观与文学观一起，几经更迭，时下得到最大程度认可的文论观，莫过于将其看作"研究一切文学现象的理论"①。洛特曼则不一样，他从课堂这个存在平台出发，认为文论首先是"应用于文学研究的教学法（The pedagogical methods applied to the study of literature）"②。

乍一听，肯定有人大不以为然，甚或会有人大吃一惊：搞了半个多世纪，文论居然就只是"教学法"这个层次？是否有点太不靠谱？是否有点太作践文学理论？

洛特曼在西方是享有崇高学术声誉的，甚至被赞为带来了文学研究中的"哥白尼革命"。③ 他居然会将文论定位为"教学法"，岂不是自毁清誉吗？其实不然，这才是大师的实在而又高明之处：文论的现实对象，或者第一对象，不就是课堂上的学生吗？这恰如中国古代文论，其现实目的或直接目的，就是指导学生创作、鉴赏，也就是教人如何写诗填词、品评鉴赏。本来，登堂授

---

① 现行文学理论教材大多都持此观点。
② ［苏联］洛特曼：《艺术文本的结构》，王坤译，中山大学出版社 2003 年版，第 3 页。原译文为"现行文学理论"，不确。英文原文见 Juri Lotman, *The Structure of The Artistic Text*, translated from Russian by Gail Lenhoff and Rronald Vroon, the University of Michigan, 1977, p. 2.
③ 参见［荷兰］佛克马、易布思《二十世纪文学理论》，林书武、陈圣生、施燕、王筱芸译，生活·读书·新知三联书店 1988 年版，第 45、50 页。

徒，择天下英才而教之，无论古今，皆为人生大幸之事。但如今大学里潜在的风气，则是对"教学"避之唯恐不及，实为大谬！借用一句流行语来表达：都是"GDP"①惹的祸。

洛特曼从课堂出发，无非就是让人想起文论原来是要用于教学的。仔细思量也就明白：许多大学问家的声誉，首先就是来自课堂教学。比如黑格尔，是耶拿大学的课堂，纽伦堡文科中学校长的讲台，海德堡大学、柏林大学的课堂；比如巴尔特，是巴黎雷恩街 44 号符号研究班的课堂。就洛特曼本人来说，他学术生涯的直接渊源、俄国形式主义的两大组织"莫斯科语言小组"与"诗歌语言研究会"，都产生于莫斯科大学和彼得堡大学；他所奠基的塔尔图学派，光是"暑期研讨班"就举办了四期：1964 年、1966 年、1968 年、1970 年。1974 年 2 月，"全苏第二模拟系统大会讨论会"在洛特曼的主持下，于塔尔图召开。会议论文集《全苏第二模拟系统大会讨论会材料Ⅰ（5）》中的"5"，表明洛特曼实际上将此次会议视为第 5 届"暑期研讨班"。②

洛特曼的文论观虽然包含了"学术含量"较低的教学法元素，但是，其教学法本身的"档次"十分之高。用我们今天的话来说，具有世界一流大学的水平：其目的是教会学生从事文学研究。为实现这个目的，首先就得让学生形成自己的文学观，或者告别严重扭曲文学事实的文学观，这也正是洛特曼文论观的现实出发点或针对性。在洛特曼时代，根据传统的、以黑格尔美学思想为典型代表的文学观，学生总是在课堂上被告知：文学最关键或最主要的，是由逻辑推论构成的"本质内容"，而"艺术特征"则属于次要的东西。在能够独立自主地研究、形成文学观之前，也即在苏联思想界、理论界"解冻"之前，这种文学观的具体本质内容总是离不开"把现实主义的典型化与人的思想由他的社会环境决定这一点联系起来"③。今天坐在大学课堂里的学生，可能难以想象当时这种在课堂上被广为传授的文学观对苏维埃文学研究的影响到底有多大。如果不是洛特曼亲口承认"包括我自己的著作"④也在受影响之列，恐怕无论由谁说出来都会被认为是戏言。经过反思，走出影响之后，洛特曼倒是十分轻松甚至略带调侃：这种文学观只是重复了在 18 世纪就已经通过哲学表达出来的思想，因此并没有增添比哲学更多的东西。

洛特曼将教学法元素融入文论之中，其实就是重视文论的教育属性，把大

---

① GDP：一般指国内生产总值。中国大学现行考核标准是注重可以量化的科研成果，故坊间多以"GDP"戏称之。
② 参见杨明明《洛特曼符号学理论研究》，黑龙江人民出版社 2011 年版，第 56 页。
③ ［苏联］洛特曼：《艺术文本的结构》，王坤译，中山大学出版社 2003 年版，第 351—352 页。
④ ［苏联］洛特曼：《艺术文本的结构》，王坤译，中山大学出版社 2003 年版，第 352 页。

学课堂当作文论生成与发展的主要平台，现实出发点鲜明而又突出，具有纠偏性质，而且秉承从源头处解决问题的原则：在哪里出的问题就从哪里开始纠正。这并非洛特曼的独创，而是一种传统。一般来说，西方理论家都以现实为出发点来提出自己的研究对象，并且一定会将该出发点转化或上升为特定的逻辑起点，为的是给起点和结论披上光彩夺目的理论外衣，使其在发挥影响现实的理论力量时，毫无障碍或将障碍减少到最小。比如黑格尔，他以绝对理念为核心建构起无所不包、极其精妙、无比复杂的庞大理论体系，堪称迄今独一无二的人类精神王国，然而其现实出发点却十分简洁而明确：为普鲁士王国提供理论依据，从本体论角度说明德国统一的深层原因；一言以蔽之，他的哲学是为国家服务的。

黑格尔因为他的体系而成为"同一性"的集大成者，洛特曼对黑格尔的清除则不遗余力：两人的观点是明确对立的。但在研究思路上，洛特曼表现出与黑格尔惊人的一致：两人都具有明确的现实出发点。当然，洛特曼的目的是颠覆在课堂上占统治地位的黑格尔文学观并取而代之。洛特曼从语言出发，通过语言与信息关系的阐发，破解了"形式与内容"二元论，以"思想与结构"的关系，更新了对文学的传统认识。这一点，洛特曼与1968年受到巴黎"红卫兵"冲击的巴尔特等人殊途同归：他们改变现存秩序的目的，也是通过创造新的解读语言意义的方式来实现的。

正是课堂教学的现实背景，令洛特曼提出存在着读者与学者两种文本的问题：课堂上的学生，其实就是文学作品的读者，也是潜在的作者，他们眼里的文本，与学者眼里的文本，肯定有着天壤之别。当然，学者、教授有选择的自由：作为读者或作为学者，也可以兼而有之。相对而言，学生的选择，因身份和知识积累等因素的制约，一般都限于作为读者。两种文本之间的最大差异，在于读者把文本当作艺术整体看待，而学者往往从抽象的角度看待文本。用今天的语言表达，就是读者把文学当作文学看待，学者则往往不把文学当作文学。

两种文本理论的启示，是教学法层次上的：教授在课堂上，首先应当把文学当作文学看待，其次则绝不应该拘泥于这个层次。课堂上的教授，应该能够根据"应用于文学研究的教学法"将两者结合得恰到好处。

两种文本理论的启示，也不能止于教学法，完全可以延伸为两种文论，并适用于当下：强调知识生产的文论是属于学者的；强调养护人心的文论是属于读者的。也不排除读者（或作者）在本体意识的支配下，会以学者的视角或动机进行评论和创作。学者的文论，注重文学作品如何构成（主要指读者或作者意识不到的那些因素、方式、效果等）；读者的文论，注重文学的整体功能。双方共同的出发点是"交流"。

"去黑格尔化"是思想史上吐故纳新的表现，更是事物发展规律的体现。在学术史上，有两种人会一直受到后人尊崇：被"去"者与成功的"去"者。黑格尔与洛特曼，他们的思想光辉是永不磨灭的。这两种人的更替轮换，构成了学术史的发展主线，记录人类思维所能达到的高度和深度，也是文明进程中源源不绝的强大动力之一。

（原载《中山大学学报》2013 年第 2 期，人大复印资料《文艺理论》2013 年第 6 期全文转载）

第四章 文艺理论学科基点的学理研究

现代西方文艺理论学科基点的研究，经历了由依傍型到偏激独立型，再到成熟独立型的过程。中国当代文艺理论学科基点的研究，正处在由依傍型到独立型，由确立、偏离再到复位的转化时期。

第一节 现代中西方文艺理论学科基点研究

文艺理论的学科基点，特指构架文艺理论体系的逻辑起点和理论基石。对它的研究，是围绕着对文艺根本问题的看法，融逻辑理论和思想观点于一体来展开的。较长时间以来，我国当代文艺理论界更注重关于文艺的某个观念；其实，就学理而言，隐伏于观念背后的、支撑其成立的逻辑理论更为重要。大凡影响持久的文艺观点，都以特定的逻辑理论为基础。因此，对中西方文艺理论学科基点的比较与反思，既要重视观念，也要重视这观念是用什么样的逻辑理论组织起来的。

一、"依傍型"学科基点及其逻辑理论

西方现代文艺理论学科基点的确立，始于对黑格尔"美是理念的感性显现"[①]的批驳。"绝对理念"是黑格尔为文艺理论所确立的学科基点，即他认为文艺的目的是用来表达哲学观念的。这是一种"依傍型"的学科基点，其实质在于认定文艺最终不能独立、必须依傍于哲学；黑格尔甚至做出艺术终将由哲学所取代的结论。

作为西方古典美学的集大成者，黑格尔的美学思想是其包罗万象的庞大哲学体系的重要组成部分。这个体系以"绝对理念"为内核，组织、结构这个体系的逻辑理论，是"对立面的综合"。这一逻辑理论至今仍在闪光，人们在观察、研究大千世界中各种各样对立的事物、现象时，都会有意无意运用这一理论，确认"相反相成"的道理。

---

① ［德］黑格尔：《美学》第 1 卷，朱光潜译，商务印书馆 1979 年版，第 142 页。

根据"对立面的综合"的逻辑理论，黑格尔认为，世界上所有的事物，都是通过"正、反、合"的过程不断向前循环发展的：任一事物（正），在发展过程中都会产生自己的对立面（反），经过斗争，正反双方合二为一，形成新的事物（合），并开始新一轮的"正、反、合"过程。"绝对理念"就是以"正、反、合"三阶段的方式发展、显现的。艺术是"绝对理念"自我发展过程中的第一个阶段。在这一阶段中，"正、反、合"的发展过程具体表现为象征型艺术、古典型艺术和浪漫型艺术。由于艺术以直接的感性形式表现"绝对理念"，因而总是有限的、片面的，但"绝对理念"却是无限的，所以在这一阶段，艺术还不能完满表现出"绝对理念"的本质。宗教是高于艺术的阶段，因为它在表现"绝对理念"的时候，对直接感性形式的依赖要远远低于艺术。不过，表现"绝对理念"的最高和最后阶段，还是哲学：它不需要借助任何感性形式就能完成这一任务。当艺术发展到浪漫型这个阶段时，由于不能更进一步地表现"绝对理念"，宗教便取而代之，将"绝对理念"的表现推向新阶段。同样的道理，宗教在经过"正、反、合"的三个发展阶段之后，也因不能继续表现"绝对理念"而让位于哲学，只有哲学才能不依赖于任何感性形式，使"绝对理念"得到最完满的表现。也就是说，艺术最终是要由哲学来取代的。

作为哲学思想大师，黑格尔的"对立面的综合"的逻辑理论，影响了不止一代的思想家。马克思就坚称自己是黑格尔的学生，他的辩证法思想，即脱胎于黑格尔的"对立面的综合"的逻辑理论。他在《共产党宣言》里对资产阶级与无产阶级关系的分析（资产阶级的生产方式"首先生产的是它自己的掘墓人"[①]——无产阶级），就是事物"正、反、合"发展过程的典型表述。

中国现代文艺理论学科基点的确立，始于对"文以载道"传统文艺观的继承。"文以载道"强调文学是载道的工具，是为传播"道"[②]服务的。从思维逻辑的角度来看，它寓含着中国古人整体把握世界的思维方式，与西方人条分缕析地把握世界的思维逻辑完全不同；从文艺观念的角度看，它与"美是理念的感性显现"几无二致，也是一种"依傍型"的学科基点，将文艺的地位定于对"道"的传达上。

在继承传统文艺观的基础上，现代中国文艺学理论逐步确立起马克思主义

[①] [德]马克思、恩格斯：《共产党宣言》，见《马克思恩格斯选集》第1卷，人民出版社1972年版，第263页。

[②] "文以载道"作为中国传统文艺观，是不需要进行详细论证的；但对"道"的理解，却见仁见智，因非本节的重点所在，故不予辨析。

文艺观的主导地位。它以哲学原理为基础，从存在与意识的关系以及经济基础与上层建筑的关系出发，将"意识形态"定为文艺理论的学科基点；用于组织、支撑马克思主义文艺观的逻辑理论，是马克思主义唯物辩证法。自新中国成立以来至新时期之初，这一学科基点经历了建立、偏离与复位的曲折过程。20世纪50年代初期，在苏联专家毕达科夫、季莫菲耶夫等人的直接指导下，马克思主义文艺理论的学科基点得以确立。之后，随着极左政治路线的日益膨胀，文艺理论的学科基点便日益偏离：由定位于意识形态转为定位于政治，使文艺成为不折不扣的为政治服务的工具。"文革"结束后，朱光潜先生《上层建筑和意识形态之间关系的质疑》[①]，以及《上海文学》评论员《为文艺正名——驳"文艺是阶级斗争的工具"说》[②] 这两篇文章，首先拉开了文艺理论学科基点复位的序幕。尽管它们的问世引起了非学术色彩极为浓厚的学术争论，但是，随着党中央对文艺"二为"方向的重新定位[③]，具有重大历史意义的学科基点复位的工作终于宣告完成。

二、"独立型" 学科基点及其逻辑理论

西方现代文艺理论建设的主要任务之一，就是破除"依傍型"、确立"独立型"的学科基点，赋予艺术以独立的地位。为此，首先必须批驳黑格尔的艺术消亡论。初看起来，这项工作只需甚至无须举手之劳：艺术不仅存在，而且发展得越来越繁荣，怎么会由哲学所取代呢？然而，这样的批驳是无济于事的：对于黑格尔的学说来讲，重要的不是结论，结论不过是一个"气泡"而已，关键在于这个"气泡"是如何产生的。

克罗齐很清醒地认识到这一点，所以他在批驳黑格尔的时候，不是去戳破那个"气泡"，而是从分析黑格尔的逻辑理论入手，找出黑格尔艺术消亡论产生的根源与错误的症结之所在。

克罗齐指出，"对立面的综合"这个逻辑理论本身没有问题，是正确的；问题在于黑格尔对大千世界中所有事物的性质做出了简单化判断，因而没能正确认识这个逻辑理论的适用范围。所谓简单化判断，即黑格尔相信，大千世界中的所有事物在性质上都是一样的：与另一事物相反、对立。于是，黑格尔便

---

① 朱光潜：《上层建筑和意识形态之间关系的质疑》，载《华中师范学院学报》（哲学社会科学版）［现为《华中师范大学学报》（社会科学版）］1979年第1期。
② 《上海文学》评论员：《为文艺正名——驳"文艺是阶级斗争的工具"说》，载《上海文学》1979年第4期。
③ 参见《人民日报》社论《文艺为人民服务，文艺为社会主义服务》，载《人民日报》1980年7月26日。

用"对立面的综合"这种逻辑理论来解释世界上一切事物的发生发展过程。克罗齐认为，假如世界上果真只存在性质"相反"的事物，那黑格尔就不会犯错误；但是，世界上除了存在性质"相反"的事物外，还存在性质"相异"的事物。黑格尔的错误根源，就在于没有看到这一点，从而滥用了本来十分正确的逻辑理论：他不仅用"对立面的综合"这种逻辑理论去处理性质相反的事物，还用它去处理性质相异的事物，使得本来正确的逻辑理论大大超出其适用范围，这就必然导致一系列错误结论，艺术消亡论只是其中之一。在克罗齐的哲学专著《黑格尔哲学中的活东西和死东西》中，"活东西"就是指黑格尔的"对立面的综合"这个逻辑理论本身；"死东西"就是指对这个逻辑理论的滥用。①

克罗齐提出，应该用另一种逻辑理论，即"度的理论"，去处理性质相异的事物：相异的事物之间，只有程度的高低，没有性质的对立；程度低的事物，不依赖程度高的事物而存在；程度高的事物，则一定包含程度低的事物。艺术与哲学之间，不是相反，而是相异的关系；它们只有程度的区别，没有性质的对立。作为人类心灵活动的第一阶段，直觉的知识（艺术）属于低的度，可以脱离比它高的度——理性的知识（哲学）——而独立存在；相反，理性的知识作为高的度，却不能脱离比它低的度——直觉的知识——而独立存在。理性的知识（哲学）与直觉的知识（艺术）之间，并不存在矛盾斗争的关系，只存在高级对低级的"蕴涵"关系。

克罗齐从逻辑理论入手，指出了黑格尔的"艺术消亡论"产生的根源，论证了艺术可以不依傍于哲学而独立存在，为西方现代文艺理论确立了"艺术即直觉"的"独立型"的学科基点。它的不足在于，变相地退回到古希腊时期柏拉图的立场：艺术不像哲学那样能够反映真理，它只是对现实的摹仿，离真实的理念还隔了两层；② 艺术的地位低于哲学。

新时期以来，中国当代文艺理论研究的重点，首先就是恢复"意识形态"学科基点的本来面貌。从复位到现在，尽管出现了不少有影响、有价值的提法，但真正用较系统的逻辑理论或明确的学理思路支撑的学科基点，主要有三种：审美意识形态论、悬置论和文化论。审美意识形态论，是复位以后马克思主义文艺理论学科基点的延续，并直接吸收了文艺美学等新兴学科的有关成果。它在意识形态范围之内，以审美为文艺的根本特性，为艺术具有独立存在

---

① 参见 [意] 克罗齐《黑格尔哲学中的活东西和死东西》，王衍孔译，商务印书馆1959年版。
② 参见 [古希腊] 柏拉图《理想国》，郭斌和、张竹明译，商务印书馆1995年版，第387 – 401页。

的功能提供了扎实的理论根基，摆正了文艺与政治的关系，将以前的意识形态论向前推进了一大步。只是从宏观来看，其立足之处，依然是马克思主义哲学原理；切实做到立足于文艺自身的根本特征，是它努力的方向和目标。

悬置论的提出，仅从观点本身来看，是有悖于我们习惯的研究方式的，它与受西方学术思潮的影响有较直接的联系。19世纪下半叶，孔德提出，只有物理科学才能研究、把握实实在在的对象，才是真正的科学；神学、形而上学（哲学）所研究的，都是一些虚无缥缈的、看不见摸不着的对象，没有科学价值。他的结论是：我们只能研究事物的现象而无法研究事物的本质。到了20世纪初期，胡塞尔的现象学则更加理论化、系统化地提出了"悬置"本质的学说。20世纪80年代以来，他们的理论观点对我国学术界产生了一定影响，文艺理论界的"悬置论"就是在这种背景下提出来的，即主张将文艺理论学科基点这一类问题悬置起来，放弃对文艺根本问题的追问。很显然，悬置它，只意味着该问题确有难度，绝不意味着它从此不再存在。

但是，如果追根溯源的话，悬置论的背后，其实包容着一种极为严肃的学理思路：执着地追问我们对艺术特性的认识是否具有可靠的基础。在确立独立型文艺理论学科基点的过程中，这正是我们应当持有的的学术精神。古希腊的哲人们为西方的认识史奠定了一个绝好的基础——刨根究底地追问事物的本质，这就是西方哲学史上的本体论时期。以康德为奠基人的德国古典哲学，将追究的目光转向了人的认识能力本身：人的认识能力如何可能？这个问题不解决，一切知识都无法真正成立。由此，西方哲学史进入了认识论时期。尽管西方现代哲学已处于语言论时期，但抛开认识来谈语言显然是不可能的，就像抛开语言来谈认识那样。于是，自康德以来，就有了费希特的关于全部知识学的基础，就有了孔德的实证主义，乃至胡塞尔现象学的"悬置论"。胡塞尔的理论，出于一种"深刻的伦理动机"[①]：人对自己和文化所负的责任，只能通过对人类一切主张和信仰的基础进行彻底的检讨来完成。为此，首先要批判"自然的态度"——相信意识中的对象是独立于意识的客观存在，并且我们关于对象的知识是可靠的；其次要批判"历史的态度"——相信历史给予的观念与思想是可靠的、正确的。只有将这两种态度都"悬置"起来，我们才有可能面对事实本身，也才有可能获得实在的知识。这种学理精神，多么令人敬佩！可惜的是，因未能掌握西方认识史上学理发展的这条脉络，在我们的文艺理论研究领域，现象学并没有得到真正的理解和应用。

---

① 蒋孔阳、朱立元主编，朱立元、张德兴等著：《西方美学通史》第六卷《二十世纪美学》（上），上海文艺出版社1999年版，第391页。

三、"成熟独立型" 学科基点及其新思路

继克罗齐之后,俄国形式主义、英美"新批评派"等在文艺理论学科基点的研究中,则向"偏激独立型"方向发展:在确立、巩固艺术的独立地位方面,他们取得了巨大成就;但又以"意图谬误""感受谬误"和"内部研究""外部研究"等理由割裂艺术与社会生活的关系,将艺术独立推向了艺术孤立。

洛特曼在学术渊源上虽然师承俄国形式主义一脉,但他非常清醒地意识到,按照惯常的思维轨道进行研究,外部研究与内部研究之间的对垒会持续僵持下去,艺术独立问题难以得到真正解决。得益于塔尔图大学久负盛名的生物学学科的启发,洛特曼创造性地实现了在西方文艺理论发展史上具有重大意义的思路转换:借鉴生物学理论,把作为人类创造性精神劳动结晶的艺术文本,当作有生命的活生物体来看待。

洛特曼所有的理论阐述,都是围绕这个中心来展开的。生命是活生物体最独特的功能,而艺术文本的生命是什么呢?艺术文本的生命就体现在"艺术语言能以极小的篇幅集中惊人的信息量"①。正是这种生命,使得艺术文本成为一个无尽的信息源,其他任何类型的文本都无法与之相比,而这也正是艺术文本的魅力所在。信息即意义,一部作品所包含的信息量越大,意义就越丰富,它的审美价值就越高;相反,它包含的信息量越少,意义就越小,它的审美价值就越低。因此,"美就是信息"②。

同时,恰如自然界存在着"生物链"一样,在人类社会生活中,也存在着"文化链"③,链条中的任何一环,都时时处在与其他环节的各种复杂联系之中,艺术就是"文化链"中的环节之一,不可能脱离其他环节单独发挥作用;所以,艺术文本必须与外文本(文本以外)相联系才能发挥作用。洛特曼虽然把杜勃罗留波夫当作外部研究的代表人物,认为其对作品的理解是功利主义的,但又坚决反对内部研究学派将艺术文本隔离于社会生活的做法,他把外文本所具有的意义提到这种高度:"那些凭借由自己主观选择的代码去译解

---

① [苏联]洛特曼:《艺术文本的结构》,美国密歇根大学1977年版,第23页。Juri Lotman, The Structure of the Artistic Text, the University of Michigan, 1977, p. 23.

② [苏联]洛特曼:《艺术文本的结构》,美国密歇根大学1977年版,第144页。Juri Lotman, The Structure of the Artistic Text, the University of Michigan, 1977, p. 144.

③ 在洛特曼《自选集》(两卷本)[爱沙尼亚,塔林(Tallinn)1992年版]中,洛特曼以《符号链》一文作为文集的开篇,用符号学理论分析"文化链"问题,由此被视为文化符号学的先锋人物。备注:请参见本书"附录"《论符号圈》(译文)。

作品的读者,无疑会极大地歪曲作品的原意;但如果完全脱离文本与其外文本的联系去译解作品,那作品则不会有任何意义。"①

生物学理论与"外文本"概念的引入,这两大基石为洛特曼的"美就是信息"奠定了牢固的基础,从而创立了"成熟独立型"的文艺理论学科基点,彻底解决了艺术独立问题:既然把文艺当作大千世界中独立存在的生命之一,艺术独立的问题就再也用不着像以前那样去证明了;有了"外文本"的概念,一方面不再以社会为中心来看文艺,而是以文艺为中心来看社会,另一方面又通过"文化链"的方式,高度肯定了文艺与社会生活的密切关系,成功地填平了外部研究与内部研究之间的巨大鸿沟。难怪有人把他誉为文艺研究中的哥白尼。②

洛特曼的建树结束了一个漫长过程,并为新阶段提供了良好开端。自20世纪六七十年代开始,西方现代文艺理论的发展日益偏向"文化论",内在原因即与此有着直接联系。

20世纪80年代中后期以来,我国文艺理论界开始着手将文化论作为学科基点。经过10多年的探索,已经取得重大的标志性成果:新近问世的一些《文学概论》教材直接将文化作为学科基点。文化论的提出,既是力图跟上西方文艺理论研究发展趋势的结果,也与吸取"文革"的惨痛教训有着直接联系。

从纠正极左思想对文艺理论的巨大扭曲这个角度来看,将学科基点定位为文化,确实能在更高层次上把握、摆正文艺与人类其他活动的关系,尤其是与政治活动的关系。但是,文化的内涵太广,几乎可以涵盖人类的所有活动;如果说意识形态论的最大不足,是对文艺的把握太笼统的话,那么文化论对文艺的把握则比意识形态论更为宽泛。

西方将文艺理论的学科基点转向文化,有着内外两方面的原因。1960年,卡列欧·奥伯格提出了"文化震惊(Cultural Shock)"③的问题;1964年,马歇尔·麦克卢汉又提出了"地球村(Global Village)"④的概念;由于人们日

---

① [苏联]洛特曼:《艺术文本的结构》,美国密歇根大学1977年版,第50页。Juri Lotman, *The Structure of the Artistic Text*, the University of Michigan, 1977, p. 50.
② 参见[荷兰]佛克马、易布思《二十世纪文学理论》,林书武、陈圣生、施燕、王筱芸译,生活·读书·新知三联书店1988年版,第45、50页。
③ [美]卡列欧·奥伯格:《文化震惊:对新的文化环境的适应》,载《实践人类学》1960年第7卷,第177-182页,美国康州,新伽南。Kalervo Oberg, Cultural Shock: Adjustment to New Cultural Environments, *Practical Anthropology*, New Canaan, Conn, pp. 177-182.
④ [加拿大]马歇尔·麦克卢汉:《大众传媒的实质——人的延伸》,纽约1964年版,第5页。Marshall McLuhan, *Understanding Media: The Extensions of Man*, New York: McGraw-Hill, 1964, p. 5.

益意识到不应被动地适应而要主动地面对"文化震惊",① 文化问题便逐渐占据"交流时代（Communication Age）"② 的中心地位，文艺理论界自然会顺应潮流。从内部原因看，西方现代艺术中，大量的作品展示、思考不同文化背景下的人际间交流所产生的"文化震惊"现象，洛特曼又创立了"成熟独立型"的学科基点，一时无人能出其右；所以，学科基点问题远没有文化问题那么吸引学者们的注意力。对当代中国文艺理论界来说，是否可以忽略内部条件，仅凭具备外部条件就能与西方齐头并进？按照学理，缺乏扎实理论基础的"跟踪"研究，终究是不会取得实质性成果的，只能导致长久保持"跟踪"身份与地位的结果。

文艺的存在，是一种不争的事实。作为研究文艺的科学，文艺理论应当具有独立的学科基点。而理论之所以能成为理论，离不开逻辑的支撑。我国当代文艺理论在学科基点这个问题上，以学习、接受西方的影响为主，自己的创见不多。如仔细剖析，还可看出，从20世纪70年代末以来，实际影响我们的，主要还是西方文艺理论的各种观点，至于隐伏于各种观点背后的逻辑理论、学理精神，应该说没有得到应有的重视。正因为如此，我们在学习、接受西方文艺理论的时候，常常没能准确地理解它们。例如，关于"意识形态"，现在中性的评语是它已"过时了"，就学术观点而言，的确如此。但隐伏于其后的逻辑理论，以及它对各种文艺现象的系统阐释的能力，恐怕还是不能忽略的。现在的很多专著、教材，在学术观点上，与20世纪70年代末、80年代初的那些相比，确实不可同日而语；但在逻辑理论、系统阐释作品的能力上，就不能轻言高下了。

与西方相比，中国当代文艺理论看起来缺的是新颖的学术观点，占据主流地位的观点、话题，往往都是从西方接过来的；但实际上，缺的是对逻辑理论的重视。这正是我们最大的不足：只注重学术观点的提出，而忽略隐伏于其后的逻辑理论。如果继续置逻辑理论于不顾，要想从根本上改变文艺理论研究"跟着西方走"的局面，是不大可能的。

同时，我们也要注意到，在反思西方现代文艺理论的时候，就连他们自己

---

① 参见［英］科林·伍德、史蒂芬·巴克勒、阿德理安·弗恩汉姆《文化震惊与心理学》，罗特利奇2001年第2版，第270－275页。Colleen Ward, Stephen Bochner, Adrian Furnham, *The Psychology of Culture Shock*, Routledge 2001 Second Edition, pp. 270－275.

② ［英］詹姆斯·拉尔编辑：《交流时代的文化》，伦敦2001年版，第1－5页。Edited by James Lull, *Culture in the Communication Age*, London, 2001, pp. 1－5.

也直截了当地指出：现代西方文艺理论最缺乏的，是"道德观念与美学观念"①。而当代中国文艺理论学科基点的研究，目前主要仍处在"依傍型"阶段，不是依傍于哲学，就是依傍于文化。因此，以马克思主义哲学基本原理为前提，高度注重逻辑理论与学理，将文艺理论的学科基点，由"依傍型"推向"成熟独立型"，并且避免"偏激独立型"的出现，是建立有中国特色的马克思主义文艺理论体系的基础工作，也可以说是目前中国文艺理论界的当务之急。

（原载《学术研究》2003年第5期，《文艺理论研究》2003年第5期以《文艺理论的学科基点》为题收录）

第二节　文艺学学科基点的深化和创新

文艺学的学科基点，经历了确立、偏离与复位的发展过程。现在的关键任务是深化和创新，即以坚持存在与意识关系的原理、社会存在与意识形态关系的原理为前提，将文学语言与审美意识作为文艺学的学科基点。

一、学科基点深化和创新的历史背景与必要性

这里所说的学科基点，是指文艺学理论体系的立足点或出发点，也即文艺学学科建设的逻辑起点与理论基石。这是文艺学理论的深层内核，它直接、持久地影响、制约着人们的文学观念与文学行为。新中国成立以来，我国文坛之所以不断出现大的反复，除众所周知的政治因素外，就在于学科基点的错位与失落。具体说来，从新中国成立到新时期，文艺学的学科基点经历了确立、偏离与复位的过程；新时期以来的这20年间，文艺学的学科基点，一直面临着固化与深化的选择。

文艺学学科基点的确立，是20世纪50年代在苏联文艺学专家（毕达科夫等人）的直接指导、帮助下完成的。这个基点，就是马克思在《〈政治经济学批判〉序言》中所概括的历史唯物主义总纲：

---

① ［英］理查德·弗里德曼、苏玛斯·米勒：《理论反思——当代文学批评理论的别样叙述》，剑桥大学出版社1992年版，第4页。Richard Freadman, Seumas Miller, Re-thinking Theory—A Critique of Contemporary Literary Theory and an Alternative Account, Cambridge University Press, 1992, p.4.

人们在自己生活的社会生产中发生一定的、必然的、不以他们的意志为转移的关系，即同他们的物质生产力的一定发展阶段相适合的生产关系。这些生产关系的总和构成社会的经济结构，即有法律的和政治的上层建筑竖立其上并有一定的社会意识形式与之相适应的现实基础。物质生活的生产方式制约着整个社会生活、政治生活和精神生活的过程。不是人们的意识决定人们的存在，相反，是人们的社会存在决定人们的意识。①

根据这个总纲，文艺的性质在最普遍的意义上得到揭示：依照意识与存在的关系，来认清文艺的源泉；依照上层建筑与经济基础的关系，来认清文艺在社会生活中的地位、作用和意义。自确立这个学科基点以来，所有的文艺学教科书尽管各有差异，但都无一例外地从意识与存在的关系、上层建筑与经济基础的关系来认识文学现象，阐释文学本质。只是，由于极"左"路线在社会生活中日益占据主导地位，文艺学的学科基点便日益偏离原来的轨道，直至消融于政治之中，使得"文艺是阶级斗争的工具""文艺为政治服务"成为实际上的学科基点。

于是在新时期之初，文艺学界尽管面临着诸多亟须"拨乱反正"的理论问题，但人们还是不约而同地首先将注意力集中在学科基点的复位上。朱光潜先生在《上层建筑和意识形态之间关系的质疑》一文中指出，上层建筑和意识形态之间不能画等号；两者与经济基础的关系，是有着巨大区别的；按原文（非译文）来理解的话，马克思认为上层建筑包括两部分：政治、法律等国家机器，以及政治、哲学、宗教、文艺等意识形态。也就是说，不能简单地讲文艺属于上层建筑，而应当说文艺属于上层建筑中的意识形态。②《上海文学》评论员的文章《为文艺正名——驳"文艺是阶级斗争的工具"说》则认为："阶级斗争工具说"是片面地、狭隘地理解文艺与政治关系的产物，它把文艺与政治的关系当作唯一的、全部的关系，也就是将文艺消融于政治、等同于政治，这种文艺观必须得到纠正。③ 这两篇文章，为文艺学学科基点的复位，拉开了序幕、立下了头功。尽管在当时特殊的情况下，它们引起了激烈的争论，

---

① ［德］马克思：《〈政治经济学批判〉序言》，见《马克思恩格斯选集》第2卷，人民出版社1972年版，第82页。

② 参见朱光潜《上层建筑和意识形态之间关系的质疑》，载《华中师范学院学报》（哲学社会科学版）［现为《华中师范大学学报》（社会科学版）］1979年第1期。该文为人民文学出版社1979年版《西方美学史》序论的内容之一。

③ 《上海文学》评论员：《为文艺正名——驳"文艺是阶级斗争的工具"说》，载《上海文学》1979年第4期。

甚至受到批评，但随着党中央对文艺"二为"方向的重新定位，即用文艺"为人民服务，为社会主义服务"代替"为工农兵服务，为政治服务"，学科基点的复位这一具有伟大历史意义的工作也就基本完成了。

接下来的问题就是，是满足于取得了学科基点复位的巨大成绩而原地踏步，还是在现有的基础上继续前进。问题的潜台词其实在于：往前走很可能招致"违背马克思主义基本原则"的指责。

所以，在学科基点复位以后，新时期以来的文艺学研究就呈现一种特殊的局面：在许多方面都取得了丰硕成果；但就整体的学科建设而言，文艺学的学科基点仍然是马克思主义哲学基本原理，即存在与意识（以及经济基础与意识形态）的关系。近20年来，新的文艺学教材出得不少，但主要的变化，却只在于"创作论""作品论""发展论""接受论"这几大块内容的搭配方式上（当然也包括各块内容的延伸与拓展），作为学科基点的"本质论"，却一直没有太大的变化。虽然人们对此早有清醒的认识，提出过不少的意见、建议，甚至多有抱怨，但是，实实在在的成果却并不多见。其实，对马克思主义基本原则的真正坚持，应该是将它的基本原理作为前提、指南和出发点，不断地将研究向前推进。基于这种认识，本节提出要确立更贴近文艺特征的学科基点，这就是文学语言与审美意识。

二、文学语言与学科基点的深化和创新

在将文学语言定为文艺学学科基点的时候，我们首先要做的工作，就是同时从创作层面和交往层面把握它的本质及其对文学活动的意义。

（一）从创作层面研究文学语言

从创作层面看，文学语言与包括作家在内的全社会成员通用的自然语言有着巨大的区别，但并不是与自然语言相平行的语言系统。也就是说，作家并不拥有文学语言，只拥有使自然语言富于"文学味""诗意化"的手段、方法。因为不仅作为独立的符号系统的文学语言是不存在的，作为专业语汇系统的文学语言也是不存在的。在任何一个社会中，自然科学与社会科学的各门类，以至于各行各业，都拥有从自然语言中锤炼出来的整套专业语言，从业者经过专业训练掌握这些语言后，就可以成为该行业的专家、权威。但在任何社会里，从来不存在现成的文学语言。即使从用语范围最具稳定性的古典诗词的创作来看，那些所谓的文学专用语言，也不过是因其比较易于赋予文学味、诗意化而被屡屡挪动借用以至成为定规而已。总之，文学语言是作家对自然语言以及各行各业的专用语言进行选择、创造的产物。

什么是语言的"文学味""诗意化"呢？怎样才能使语言获得这种特征呢？从最基本而又最重要的角度看，形象化与意境化是衡量语言可否获得这种特征的第一标志。作家对自然语言和其他各行业语言的选择与创造，就是以此为中心来进行的。形象化是就语言所指的外在特征而言的，即语言的所指不是抽象、无形的对象，而是具象、有形的事物。意境化是就语言所指的内在蕴涵而言的，即语言的所指对象不仅包括现形的，也包括潜在的，不仅包括点明了的，也包括暗含着的。挑出直接指向形象本身以及最具形象特征的语言，便是作家对语言的选择。相比之下，作家对语言的创造显得更为重要。因为，在现成的语言中，直接指向形象本身以及最具形象特征的部分毕竟是有限的，远不能满足作家创作的需要。而且，作家所描绘的形象总带着某种创新性，在现成的语言中，能与之恰好对应的部分是绝少的。尤为重要的是，具有意境化特征的语言，是无法通过对现成语言的挑选来获得的。所以，作家所使用的文学语言，主要是创造出来的：通过运用各种表现手法与变换多种组合方式，使本来指向抽象、无形的对象的语言指向具象、有形的对象，使本来平实、寡淡的语言具有丰厚的蕴涵。阿城的《遍地风流》与刘震云的《一地鸡毛》等，在体现作家对语言的选择与创造方面，是很有代表性的。

　　从世界范围的文学发展趋势看，文学现代性的特征之一，就是作家对语言的选择与创造的中心，除了形象化与意境化之外，还增添了反常化与错位化。反常化是指作家在选择、创造语言时，有意违反常规，将语言扭曲、变形，从而产生新奇的美感，令读者体味到独特的感受。错位化是指作家在选择、创造语言时，有意用指称彼对象的语言来指称与之相去甚远以至毫不相关的此对象，造成两者之间颇为滑稽的联系，从而产生幽默的美感。当代作家中，王蒙、王朔、王小波等，在语言运用的反常化与错位化方面，是很有特色的。显然，作家在反常化、错位化地运用语言时，所采取的方式主要是创造而不是选择。由于这种创造的效果极为特殊，独具价值，它已越来越成为衡量语言的"文学味"程度及"诗意化"程度的重要标准了。

　　由此观之，目下众多文艺学教科书仅只把语言与结构、体裁、表现手法等并列，归之于文学形式范畴，这显然是不够的。语言在文学中所占的位置及所起的作用，要远远超出形式的范畴。它是决定文学作品能否成立、文学内容能否实现的最根本要素。值得欣慰的是，最近出版的一本《文学概论》教材，已经将语言当作"文学观念"的基本内核之一了。[①]

---

① 参见童庆炳主编《文学概论》，武汉大学出版社 2000 年版。

（二）从交往层面研究文学语言

从交往层面进行研究，文学语言的重要性尤其醒目：作家要想随心所欲地运用语言来摹情状物，就必须克服两大困难——跨越一般人在进行交流时所面临的思维与语言之间的间距，跨越创作时所面临的思维与对象之间以及文字与思维之间的间距。

思维与语言之间的间距是任何人都无法否认的存在，区别只在于它的大小因人而异。从整体上讲，这种间距是由思维与语言之间的关系决定的。思维过程离不开语言，但并非时时都伴随着语言。人们的日常思维如此，理论家的抽象思维与文学家的形象思维亦是如此。伴随着语言的思维过程与语言自然相契无间，而不伴随着语言（仅伴随着感情）的思维过程与语言则必定相隔一定的距离。日常交流中常见的想与说相分离的现象，主要根源于此。就个体而言，这种间距是由思维的个别性与语言的普遍性之间的矛盾造成的。作为单个社会成员的思维，必定有其个别性与特殊性，而作为全社会成员约定俗成的表达符号体系的语言，当然具有全社会的规范性与普遍性。以具规范性与普遍性的语言来表达具有个别性与特殊性的思维，削足适履之处定不在少，足以形成思维与语言之间颇为可观的间距。但就作家来说，缩短以至消除令常人束手无策的思维与语言之间的距离，仅只是迈出了第一步。要想完成创作任务，他还需消除思维过程与所要把握的对象之间的距离以及文字表达与思维过程之间的距离。我们完全可以说，只有"意"是否"称物"、"文"是否"逮意"，① 以及是否既能"了然于心"又能"了然于口""了然于手"，② 才是作家与常人之间最后而又真正的楚河汉界。由此，仅仅说作家是运用语言的专家还不够，应该说作家是缩短、消除思维与对象、思维与语言、思维与文字等之间的距离的专家。只有成为这方面的专家，一个人才能随心所欲地摹情写物："状难写之景如在目前，含不尽之意见于言外。"③ 对研究者来说，指出作家克服的困难与完成的任务，只是走出了第一步。更重要的问题是，作家之所以能够做到这些，除去不可否认的天资禀赋外，是否也存在着不可否认的科学的物质基础？回答是肯定的，这就是作家对自然语言"剩余信息"特征的利用和对文

---

① 参见〔西晋〕陆机《文赋》，见郭绍虞主编、王文生副主编《中国历代文论选》第一册，上海古籍出版社1979年版，第170页。

② 参见〔北宋〕苏轼《答谢民师书》，见郭绍虞主编、王文生副主编《中国历代文论选》第二册，上海古籍出版社1979年版，第307页。

③ 〔北宋〕欧阳修：《六一诗话》，见郭绍虞主编、王文生副主编《中国历代文论选》第二册，上海古籍出版社1979年版，第244页。

学语言"信息饱和"特征的利用。

"剩余信息"是自然语言的主要特征之一,即"语句虽缺,句意已明"的那种功能。一个人在用语言进行交流时,他所使用的句子中所包含的信息总是会远远超出实际需要的信息量,"总是多于他本人要了解这同一信息而必须接受到的最低量"①。对自然语言这种特征的充分利用,就是作家克服上述诸距离的科学的物质基础。从客观方面讲,"剩余信息"是溢出交流通道的部分。在日常交流中,它只发挥"保险系数"的作用;但在文学交流中则不同,它不是被当作替补队员而是被当作正式队员看待。因为,当它向信息交流通道的四周扩散时,出于多多益善的考虑,作者是不会去制止的,这就在相当程度上缩短了思维与语言等之间的距离——而这些距离一般来说就位于信息交流通道的周遭区域。从主观方面讲,读者往往会把"剩余信息"当作作者的本意,从而以读者的眼光在相当程度上填补了作者的思维与语言等之间的空白地带,而且这种填补往往还具有开创性。

"信息饱和"是文学语言的主要特征之一,即"语句虽短,句意绵延"的那种功能。它是由文学语言的信息自生特征与接受活动的分层次、重复性进行特征结合产生的。构成文学作品文本的语言,是一个由各种层次组成的等级结构体系,如词汇层次、语法层次、韵律层次……每个大层次还可以细分为许多小层次。任一层次都包含着信息,层次间的依次结合导致信息的递增,而它们之间各种交错结合的无穷性则能导致作品信息的无穷性自生。在其他类型的文本中,虽然其语言的层次与文学文本相差无几,但因其所传达的信息不是审美的而是实用的,故信息量被严格限定在作者给定的范围之内;而各种语言层次的功能,也就在于保证精确、简捷、明了地传送既定的信息,杜绝信息自生的任何可能性。从接受活动的角度看,不同层次的接受者从同一作品中接收的信息是不同的;同一接受者还会因时间、地点的变化,对同一作品进行不同层次的接受。因此,一部作品的信息无法保持某个恒定量。由此可见,"信息饱和"作为超出作家给定的信息量的特征,不仅能有效地克服作家的思维与语言等之间的距离,随着时间的推移,它甚至还能延伸至作家的思维与语言都未涉及的区域。显然,作为科学的物质基础,它所发挥的作用,要远远超出自然语言"剩余信息"特征的作用。看来,"诗无达诂"也并非只是一个阐释的主观性问题,而是一道科学的命题。

弄清了自然语言的"剩余信息"特征与文学语言的"信息饱和"特征以

---

① [美]霍凯特:《现代语言学教程》下册,索振羽、叶蜚声译,北京大学出版社1986年版,第35-36页。

及它们的作用后,对于文学作品"用最小的面积惊人地集中了最大量的思想"①这一主要特点,我们也就可以给予科学的解释了:所谓最小的面积,就是指作家尽可能地抑制"剩余信息",对其大力予以压缩,使得作品文本的简洁、精练得以成立;所谓最大量的思想,就是指作家尽可能地利用"信息饱和",对其大力予以突出,使得作品文本成为"说不尽"的信息场。它们二者在文学作品中的结合,必定表现为文本篇幅的单位信息量是最丰富的,任何其他类型的文本都望尘莫及。

三、审美意识与学科基点的深化和创新

在新的学科基点中,除了文学语言外,还必须包括审美意识,因为文学语言的运用是受审美意识支配的。在不同作家的笔下,同样的语言为什么会产生迥然不同的效果?其所传达的审美信息的性质为什么会有天壤之别?最终根源就在于作家审美意识的差异。如果本着打通美学、文艺学与文学批评三者之间的隔阂的精神,去实事求是地考察古典文学和现代文学的本来面貌的话,我们就会发现,无论从美学理论还是从文学实践来看,审美意识都可以分为古典和现代两个大系统。

大致说来,古典美学与现代美学这两大审美意识系统的基本区别,表现在三个方面。

就审美活动的性质而言,两者的区别在于超越与进入。古典美学以超越现实为旨归,即人们在审美活动中超越有限而达于无限,现实本身乃至于艺术作品本身,都不过是将审美主体的心境引渡到遗世脱俗、物我两忘之境地的中介。一旦审美主体的领悟性、感受力达到"心有灵犀一点通"的地步,这种中介能否在进入审美境界的过程中发挥作用就不再是至关重要的了。现代美学则与之相反,它以进入现实为标的,即人们在审美活动中进入个人有限的生活经历之外的现实,艺术创造就是对现实的凝定、延伸与拓展。人们在艺术世界中能够接触、参与自己在现实生活中不可能接触、参与的现实生活,在审观自己的生活状态的同时,更重要的是能够感受、品味到在自己极其有限的生活经历中所无法获得的体验,从而既体会到接触、参与了自身经历以外的崭新生活的满足,又不必付出身体力行的代价;既动情于喜怒哀乐之中,又置身于是非利害之外。这种进入现实的美学精神具有巨大的统摄力与普遍性,是古典美学无法比拟的。因此,它不仅把小说、戏剧等推上了文坛,更使之日益成为文坛

---

① 巴尔扎克:《论艺术家》,见伍蠡甫、胡经之主编《西方文学理论名著选编》中卷,北京大学出版社1986年版,第100页。

正宗。当今言情、武侠、侦破、警匪等各种类型的通俗小说之所以长盛不衰，就是因为它们体现了进入并创化、演绎现实的美学精神。

就审美观照的对象而言，两者的区别在于雅意与俗趣。雅意是在对世俗的鄙视与抛弃中升华出的心态与境界。审美意识属于古典美学系统的艺术家们，正是通过对雅意的追求、创造、品味而达到与自然关系、与社会关系、与他人关系的最理想境界的。俗趣是在对现实的拥抱与投入中所激荡出的回声与快感。审美意识属于现代美学系统的艺术家们，正是通过对俗趣的观照、定格、理解而达到与自然关系、与社会关系、与他人关系的最理想境界的。由此，我们也就可以准确而具体地把握住雅与俗在艺术创造中的质的规定性。审雅是对现实的升华与超越，它多体现在对境物的创造之中（如中国的古典诗文）。境物美的主要特征之一，就是无目的的合目的性，即境物之美是一种善美。由于人类对善的需求是无止境的，故以善美为主旨的审雅也是不受限制的。审俗是对现实的拥抱与进入，它多体现在对人物的创造之中（如叙事文学）。人物美的主要特征之一，就是性格的塑造不受善恶、美丑、真假的限制，即人物之美是一种真美。俗趣的主要审美价值也就在于：现实生活中的一切，只要以人物性格的样式得以凝定，就能成为美的观照对象。车尔尼雪夫斯基曾说过："在整个感性世界里，人是最高级的存在物，所以人的性格是我们所能感觉到的世界上最高的美。"① 在俗趣这块美的园地中，人们得以返身观照自己所经历过的有限的现实生活及其延伸与拓展，会获得一种像在观赏自己的童年照片或年幼的子女时那样的自由自在的舒畅。这也正是人类审美活动的真谛之一。正如黑格尔所说的那样："事实上一切民族都要求艺术中使他们喜悦的东西能够表现出他们自己，因为他们愿在艺术里感受到一切都是亲近的、生动的、属于目前生活的。"② 但是，人们对真美的需要，毕竟不可能像对善美的需要那样不受限制，这是由人的历史发展阶段性所决定的：人类不可能在一天之内就成熟得能够直面一切。因此，到目前为止，我们还要对真美加以限制，还只能够有选择地推举真美。

就审美信息的特点而言，两者的区别在于精纯与通俗。古典美学与现代美学这两大审美体系的差异，最终必将要落实到不同的审美信息上来。由于不同审美体系的信息必然要求不同体系的信息载体（语言）来传达，因而，审美信息精纯与通俗的区别，首先就体现在文言与白话这两种不同的语言上。在文

---

① ［俄］车尔尼雪夫斯基：《当代美学批判》，见朱光潜《西方美学史》下卷，人民文学出版社1979年版，第576页。

② ［德］黑格尔：《美学》第1卷，朱光潜译，商务印书馆1979年版，第348页。

学领域内，组织、结构属于古典美学体系的审美信息的物质样式主要是古典诗歌、散文，文言文就是最适宜于它们用作信息载体的语言；组织、结构属于现代美学体系的审美信息的物质样式则主要是小说、戏剧，白话文就是最适宜它们用作信息载体的语言。两种语言所能完成的美学任务是大不一样的：文言文长于描绘蕴藉丰厚、空灵悠远的艺术境界，白话文则擅于刻画生动如照、活脱似跳的人间百态。由此两种语言所含信息的特点也大相径庭：前者似涓涓细流，绵延不绝，需要接受者慢慢品尝，细细体味；后者如大潮汹涌，呼啸奔腾，能涌卷着接受者随这大潮一道前行。当然，问题不能绝对化。文言文也可以用来写小说，最先的唐传奇自不必说，清代的《聊斋志异》，可谓典型的文言文小说。另外，用文言文写就的粗鄙之作也不在少数。而用白话文写就的精品却可以跻身传世经典之列，像《红楼梦》那样的杰作，甚至迄今仍令人只可望其项背。

　　回顾文艺学研究的历史，我们应该能够看到：新中国成立以来的文艺学学科建设具有开创意义，在开创阶段的主要任务，就是把马克思主义哲学基本原理作为文艺学的学科基点，从而抓住文艺与一切意识形态共有的基本特性；而现在，文艺学学科建设正进入成熟阶段，在这个阶段的主要任务，就是以马克思主义哲学基本原理为前提，继续深化和创新，深入探索文艺自身最根本、最独特的性质，从而确立文艺学所独具的学科基点——文学语言与审美意识。这样的话，我们的文艺学建设，就既抓住了文艺的普遍规律与一般特征，又不断地切近文艺自身的特殊规律与独具特征。这应该是坚持、发展马克思主义文艺学的必经之路。

（原载《学术研究》2001年第1期）

第三节　经典文艺学与反本质主义

　　由日常生活审美化或审美泛化所产生的扩容趋势，使得经典文艺学正日益被边缘化，而持续有年的文化研究、文化诗学大潮，更显示出取而代之的趋势。要想避免学科失落的结局，尤其是要想能够承受反本质主义的致命一击而继续正常发展，经典文艺学应当采取的学理思路，我认为必须包括接纳作为方法论的反本质主义。

一、经典文艺学与本质主义

经典文艺学是以本质主义为方法论的：提出"文学是什么"这一最为根本的问题，孜孜以求地追寻答案，并以该答案为基础，构架几乎囊括古今中外文学现象的文艺学理论体系。

在西方文论史上，本质主义的源头可追溯至柏拉图。他将当时流行的追问"什么是美"的问题，转为追问"美是什么"的问题，从而一举确立影响后世长达两千多年之久的思想方法：不要为事物纷繁复杂的表象所迷惑，要善于透过表象，抓住隐藏在表象背后或深处的本质特征。

显然，人文社会科学所有学科几乎都受到这种本质主义思想方法的支配，美学、文艺学尤其无法例外。在西方美学史、文论史上，最典型的代表人物，莫过于黑格尔。在他眼里，不仅文学的本质、美的本质是"理念"，就连大千世界也是"理念"的体现。他的整个思想体系，就是"绝对理念"与现实世界精妙的辩证关系和复杂的体现过程。

文论家重视文学本质，当然有构建理论体系的动机和需要，但更重要的原因，还在于文学本质观念对文学运动、文学思潮的兴起和更替的直接推动作用，对作家创作面貌、创作取向的直接支配作用。远的不说，西方 19 世纪下半叶以来的现代主义文学之所以迥异于古典文学，最直接的原因不就是作家们对文学本质的看法产生了根本性改变吗？

中国古典文艺学主要是以"诗文评"的方式存在、发展的，而现代意义的文艺学，则发端于"五四"时期的西学东渐，定型于 20 世纪 50 年代的"苏联模式"。最典型的形态，就是普及于全国高校文科院系的文学理论教材。以文学概论、文学原理、文艺学理论等名称出版的教材，迄今已逾百种，然而体系构架却惊人地一致：无一例外地分为本质论、作家论、作品论、读者论及源流论等五大块。除后四块的搭配顺序因人而异外，本质论都被放在最前面的位置上。① 诸多知名美学、文艺学专家，也绝少未将文学本质问题作为重点关注对象的。

然而，对"文学是什么"这一问题的回答，历经两千多年的积淀，无论中外，至今竟然不过寥寥几种：再现说、表现说、实用说、客观说、体验说

---

① 就体系完整、逻辑严密、细节精确乃至绝少错别字等方面而言，蔡仪主编的《文学概论》（人民文学出版社 1979 年版）和以群主编的《文学基本原理》（上海文艺出版社 1964 年版）堪称典范，尽管他们的文学本质论具有浓厚的时代政治色彩。

等。① 即使到了新时期，文艺学研究领域发生了翻天覆地的变化，本质论方面的进展依然只是体现为深化而非另立新说，比如，将由再现说而来的意识形态说深化为审美意识形态说。

本质论领域里持续的僵持局面，不得不促使人们产生疑问：经典文艺学的前路何在？随着西方学术思潮的全面引进，这种思考自然而然地发展为接受反本质主义理论，运用分析哲学的思路、方法，尤其是维特根斯坦后期的理论，来反思、批判甚至否定经典文艺学对"本质"的追问。

今天，我们在接纳反本质主义方法论时，一定要注意不应以维特根斯坦为标杆，而应当回到波普尔反本质主义方法论的理论原点。在波普尔那里，他是将本质主义与唯名论相对照的。② 本质主义方法论（其前身还有历史主义、理性主义）以揭示事物本质并用定义加以描述为目的，而唯名论方法论则以描述事物在各种情况下的状态为目的。至于如何描述，如何科学、有效地描述，则与语言规则有关了。按这个思路来理解维特根斯坦后期的反本质主义思想，对于他那些类似于测试人类智力极限的逻辑语义推论，也许会看得更清楚些。

按照唯名论也即反本质主义方法论，既然科学研究的目的在于描述，语言、语言规则、语义逻辑之类就必然被推向前台。严格按照那一套规则来运思，难免会出现把语言当作一个如同人类那样的客观存在，甚或与人类对等的客观存在的情况。其合理性自不待言，然而，演化出"不是人在说语言，而是语言在说人"之类从根本上有悖人类创造语言这一常识的见解，也在情理之中。其实，维特根斯坦反本质主义最直截了当的理论利器，还是"家族相似"理论："世上各种现象之间不存在绝对的普遍本质，而是像一个家族的成员之间那样显示出各种不同的相似性。"③

二、本质主义与反本质主义的根本区别

本质主义与反本质主义的根本区别，就在于前者追求共性，后者追求个性。用波普尔的话来说，就是本质主义所达到的是"含糊"，反本质主义所追求的是"精确"。④ 弄清了两者对立的关键所在，就没有必要恶意贬低本质主

---

① 参见童庆炳主编《文学概论》，武汉大学出版社2000年版。
② 参见［英］波普尔《开放的社会及其敌人》第1卷，陆衡等译，中国社会科学出版社1999年版，第67页。
③ 张志林、陈少明：《反本质主义与知识问题》，广东人民出版社1995年版，第2页。
④ 参见［英］波普尔《开放的社会及其敌人》第1卷，陆衡等译，中国社会科学出版社1999年版，第68页。

义方法论，例如用"毒汁"①来形容，更无必要列举大量事实来指责反本质主义方法论的不实之处。那样的话，就只会又一次陷于以往常见的那种争论：双方总有充足的理由指责对方的致命缺陷，又都无法否定对方具有充分的合理性。

冯友兰先生与张荫麟先生就抽象与具体问题所演绎出来的"笑话"，其实质就是用日常生活中的生动事例，说明本质主义与反本质主义作为方法论，各自存在的合理性与局限性。

冯友兰先生的笑话是：老师给学生讲《论语》，解释"吾日三省吾身"，说"吾"就是我。学生回到家里，父亲问"吾"是什么意思，学生说"吾"是老师。父亲大怒，说"吾"是我！第二天上学，老师让学生回答"吾"是什么意思，学生说"吾"是我爸爸。②

张荫麟先生的笑话是：柏拉图有一次派人上街买面包，那人空手回来，说没有"面包"，只有方面包、圆面包、长面包，没有光是"面包"的面包。柏拉图说，你就买一个长面包吧。那人还是没买到，说没有"长面包"，只有黄的长面包、白的长面包，没有光是"长面包"的长面包。柏拉图说，你就买一个白的长面包吧。那人仍然没买到，说没有"白的长面包"，只有冷的长白面包、热的长白面包。如此，那人跑来跑去，始终买不到面包，柏拉图于是饥饿而死。③

其实，在经典文艺学研究领域，我国学者自20世纪80年代初就开始了应对反本质主义方法论挑战的实质性工作。其中最具有代表性的，当推胡经之先生的《文艺美学》和蒋孔阳先生的《美学新论》。

文艺美学学科的创立，与当时要求文艺摆脱极左政治附庸的地位、回归自身的时代潮流密切相关，同时，也扎扎实实地深化了对文学本质的研究，实际上是迈出了不满足于共性、一般、含糊，追求个性、特殊、精确的一步的。更为可贵的是，胡经之先生明确提出，在追问文学本质特征这个问题上，除了从文艺学的"一般"深化到文艺美学的"特殊"之外，还有更为艰巨、更有价值的任务：研究不同种类、样式、体裁的"个别"，即根据文学种类，开展"部门美学"研究，如小说美学、散文美学……④蒋孔阳先生则以标志性的研究成果，化解本质主义方法论在美学研究中的弊病，用立体、动态方式而非惯

---

① 张志林、陈少明：《反本质主义与知识问题》，广东人民出版社1995年版，第5页。
② 参见冯友兰《三松堂自序》，人民出版社1998年版，第270页。
③ 参见徐岱《反本质主义与美学的现代形态》，载《文艺研究》2000年第3期。
④ 参见胡经之《文艺美学》，北京大学出版社1989年版；胡经之《文艺美学及其他》，见《美学向导》，北京大学出版社1982年版。

常的线性、静态方式来解释美的本质：美在创造中，人是"世界的美"，美是人的本质力量的对象化，美是自由的形象。① 在这里，具有里程碑意义的创新，是把"美在创造中"放在第一位置，非但避免了将美作为固定不变的对象来对待的本质主义嫌疑（反本质主义认为本质主义是这样的，而实际存在的本质主义并非全然如此），还强调了美所具有的"恒新恒异"的特点。从这里也可以看出，只要沉下心来走自己的路，不向西方"看齐"，照样能够进入学术前沿，取得优异成绩。

对于我们来说，现在要做的，应该是在继承前人成果的基础上，确立接纳反本质主义方法论的立场，将经典文艺学研究推向一个重视精确、尽量避免过度含糊的新阶段。就文学的本质而言，文学这个概念的内涵，是由诗歌、散文、戏剧、小说等具体文学体裁来承载的，而每一种文学体裁的内涵，又是由具体的文学样式来承载的。仅以中国小说为例，源头处就有远古神话传说、先秦诸子寓言，其后则有志怪小说、志人小说、传奇小说、话本小说、文言小说、长篇小说、中篇小说、短篇小说，等等之类。每一种小说既然存在，必定有其自身的独特之处。研究者在把握小说的本质特征时，对诸多样式的小说进行分析、抽象，肯定是必要的。问题在于要概括到什么地步，或者说对各种小说的独有特征要遗漏到什么地步。很显然，文艺学教材里面对文学的界定，当然包括对小说的解释，是以对精确性的过度放弃为代价的，遗漏得实在太多了，以至于我们的文艺学理论与文坛现状、与文学史的史实之间，总是存在过大的距离。即使就经典文艺学的其他四大块而论，过于含糊之处也比比皆是。以作家创作过程中的想象问题为例，中国古代作家创作诗词时的想象，与当代作家创作小说时的想象，其间的差异，岂可一言而尽？但是，对其做出了精确区分的，又有几何？更何况，古人写诗、填词，仍有不同时代、不同地域、不同个体等诸多差异，其中的精妙处，多为文学创作的真谛，最应得到文艺学的重视。

经典文艺学的扩容势在必行，但一定要有"逆向"的扩容——面对古代文论资源。近年来，有关学者在古代文体学和古代文学经典方面的研究成果，值得文艺学高度重视、认真借鉴。首先，任何文学作品，都必然要以具体的体裁、样式面世，因此，文体是文学"存在的基本要素"，对文体的研究，即文学首先是以什么面貌呈现在我们面前的，"是回归到文学自身的研究"，② 应该

---

① 参见蒋孔阳《美学新论》，人民文学出版社1993年版，第136－198页；蒋孔阳、朱立元主编《美学原理》，华东师范大学出版社1999年版，第96－109页。

② 参见吴承学《中国古代文体形态研究》，中山大学出版社2000年版，第2、388页。

是文学本质论中的重要内容。其次，文艺学理论对文学本质的分析、概括，确实不可能也无必要穷尽所有的文学作品，而应主要以经典作品为研究对象。然而，文学经典是如何形成的？在形成过程中又有哪些特点？对这些问题的解答，其实都是文学本质论的重要立论依据。比如，就个体而言，汉代贾谊的《过秦论》，作为文学经典，就经历了由史学经典到文学经典的演变过程。[①] 一篇文章，在分类上竟然经历了由史学到文学的巨变！就整体而言，古典文学经典的形成涉及四大层面：政治、经济制度层面，文教制度层面，读者的心理结构层面，以及作品内在质性与结构层面。因此，经典是处于变动之中的。[②] 这就从文学史的史实角度提醒我们：对文学本质的把握，一定要依据多个层面；文学概念的内涵并非一成不变；于是，对文学本质的追问，就切不可抱有一蹴而就的奢望，更不可将已有的结论作为铁定的规律来俯瞰、解释现在尤其是未来的文学。

柏拉图所确立的本质主义方法论，以追求共性为目的，历经两千多年之后，人们终于认识到：概括、抽象不能过多地忽略个性。由此，一个新时代开始了，相信这也是一个孕育飞跃的新的轮回的开始。文艺学幸逢其时。

（原载《中山大学学报》2006 年第 3 期）

[①] 参见吴承学《〈过秦论〉：一个文学经典的形成》，载《文学评论》2005 年第 3 期。
[②] 参见吴承学《中国古代文学的经典》，载《中山大学学报》2004 年第 6 期。

第五章　中国当代文论学理建构反思

中国当代文论的学理建构，一方面呈现出对西方文论"化"与"去"的演变轨迹，比如黑格尔影响力的变化；另一方面则体现为对经典理论的加深理解和消化，比如对"再现说"的反思与深化。对文学经典的推崇尤其是重新解读，当为文论学理建构的不二法门。

第一节　告而不别黑格尔
——中国当代文论学理建构轨迹的反思

中国当代文论的建构，内涵广泛而复杂，要想居高临下予以全面把握而无一遗漏，绝非易事。但是，如从最基本的学理建构入手，比如这门学科的研究起点、研究过程中遵循的基本原则、研究所要达到的目的等，还是能够看得比较清楚的：除去马克思主义的基本立场、观点和方法，在当代文论的学理建构中，能够发挥支配性影响的，还有诸多西方文论大家，黑格尔尤为首当其冲。在某种程度上甚至可以说，当代文论学理建构的演变轨迹，也就是黑格尔思想影响力的变化曲线。

站在21世纪文论发展前沿，回顾半个世纪以来西方文论中国化的历程，许多问题现在日益明朗了。比如，西方学界对黑格尔评价的变化：当他还在世时，西方学界不仅在"黑格尔化"，也萌动了"去黑格尔化"，比较典型的就有以谢林为代表的德国浪漫主义，以对意志的张扬抗衡具有忽略个体意味的理性。随着分析哲学、符号学等的兴起，西方学界的"叛离黑格尔"[①] 已经发展到系统研究马克思、恩格斯对黑格尔的"化"与"去"这一阶段，像2006年美国莱文教授的《不同的路径：马克思主义与恩格斯主义中的黑格尔》[②] 一

[①] 参见［英］艾耶尔《二十世纪哲学》第二章"叛离黑格尔"，李步楼、俞宣梦、苑利均等译，上海译文出版社1987年版，第25-79页。

[②] 参见［美］莱文《不同的路径：马克思主义与恩格斯主义中的黑格尔》，臧峰宇译，北京师范大学出版社2009年版。

书,就对该问题进行了相当深入的探讨。

对于当代中国文论界而言,提及黑格尔,首先就是仰慕他的学术成就,感念他在正规学术训练方面的榜样作用……随着中西方文化交流的通畅,西方文论的进展正在以近乎同步的频率进入中国当代文论。经历了后现代思潮的冲击之后,心平气和地思考问题时,学界也能慢慢地体味到,西方对黑格尔的"去",绝非一时心血来潮;而我们对黑格尔的"化",也能在此基础上"前修未密,后出转精"了。

一、作为"港湾"的黑格尔:把"船儿"拽过来

学术研究其实就是研究者不断靠近研究对象的探讨过程。通俗一点说,研究者是"船",研究对象是"岸";船靠岸理所当然,岸靠船则有违常情。

但是,如果研究者实在太伟大了,就会形成宏大无比且不断增长的气场,置身其中,岸与船的关系难免发生错位。比如黑格尔,他的理论就在无形之中成为"港湾",研究对象反倒变成向他靠拢的"船只"。黑格尔以"绝对理念"为核心所建构的庞大而又无所不包的体系,就是这么一个港湾;整个大千世界、宇宙万物,恰似一艘巨轮,径直朝着港湾行驶过来,或者说被拽过来,停靠在他这个码头。

万一码头停靠不下这艘巨轮怎么办呢?运起气场、挥动巨手给船儿整形:使劲捏巴、尽力规整,甚或抡大锤砸,合则存,悖则弃。总之得让船儿的形状吻合码头的地势,以便停靠得妥妥帖帖、严丝合缝。难怪罗素讽刺黑格尔:宇宙是看了他的哲学著作后才演化到现在这模样的。①

明白了这一点,就会理解20世纪西方哲学为什么会提出"构造哲学体系已经完全过时"②的说法。因为体系除了理论所具有的一切优点,还存在无法回避的缺陷:体系一旦形成,往往如同港湾,研究对象则成为向港湾靠拢的船只;结果就成了不是研究者向对象靠拢,而是让对象向研究者靠拢。也就是说,文论的体系建构,从学理上说,是首先确立一个基点,并且认定从这个基点出发,经过既定的程序推演,可以囊括文论研究的所有对象,直至囊括整个宇宙。

只是,尽管黑格尔的港湾在规模上空前绝后,但与整个宇宙相比,还是相形见绌。船儿虽然被强行塞进港湾,港湾却无法将其长久地"摁"在那里。

---

① 参见[英]罗素《西方哲学史》下卷,马元德译,商务印书馆1982年版,第282页。
② [英]艾耶尔:《二十世纪哲学》,李步楼、俞宣梦、苑利均等译,上海译文出版社1987年版,第20页。

如果说船儿"挤爆"了港湾可能有点不恭敬的话，那么说船儿不久就"弹出"了港湾应该是公允的。

黑格尔之所以被"去"，最直接的缘由，就是颠倒了船与岸的关系。

具体来说，"绝对理念"正是黑格尔思想的起点，以此为基础，他建构起了那囊括一切的港湾。

为了完满地表达他的体系，黑格尔美学理论的展开过程和唯一目的，自然而然地是这个先在绝对理念在人类感性领域的发挥和推演："美是理念的感性显现。"① 由此，艺术作品的构成，就是内容与形式的二分：理念是内容，感性显现是形式。对于艺术来说，内容是第一位的，形式是为表达内容服务的；或者说，最关键的是本质，也即理念，形式不过是现象而已。无论是现实生活还是作品本身，现象总是表层的，本质才是内核；而对艺术本质乃至世界本质的探究，经过执着的追求，一定会指向并通达万物的基始，也就是同一性。

"绝对理念"对当代文论学理建构的影响，主要体现为这三大部分：二分法、本质论、同一性。

站在新世纪的学术平台上，回顾西学"去黑格尔化"的历程，大致可以看出：对同一性的挑战，始自与黑格尔同时代、以谢林为代表的浪漫主义。在尼采之前的克尔凯郭尔，以注重个体生存的方式，从学理上正面抗衡黑格尔"绝对理念"的衍生物，即同一性：黑格尔的理论是无所不包的，要说有遗漏的话，唯一的遗漏就是对鲜活的个体生命的忽视。弄清了这一点，也就可以将尼采与克尔凯郭尔相提并论，他们是同一类型的思想家；同时，还可以由此纠正人们平时多用非理性与理性相对照的做法：与理性相对照的，应该是意志。因为意志所充盈的生命色彩和个体特征，恰恰是理性所缺乏的。到了20世纪60年代，后现代主义之所以能够撼动整个西方学界，就是因为它的矛头所向，直指忽略个体的同一性、整体性，而后现代主义与之抗衡的理论武器，就是对差异性、个体性的大力发掘和无限张扬。

就二分法的影响而论，西学在艺术理论领域里的"去黑格尔化"，可以追溯到索绪尔，他关于语言符号能指与所指的划分，从认识论角度看，把由来已久、被绝对理念系统化、定型化的二分法，又向前推进了一步：无论是内容还是形式，无论是本质还是现象，都只是人们面对现实世界，抽象、概括、提炼出来的概念、范畴，它们必须通过符号才能得到表达，更具体地说，要通过符号的所指来表达。在黑格尔以及之前的时代，人文学者还没有把实际存在的语言符号当作认识论的主要对象，所有的探讨，都是以越过或省略符号阶段的方

---

① ［德］黑格尔：《美学》第 1 卷，朱光潜译，商务印书馆 1982 年版，第 142 页。

式进行的。

自索绪尔开启符号学研究大门之后，西学也开始了一个全新的发展阶段。俄国形式主义对艺术的研究，为什么会集中于诗歌语言？最根本的原因就在于越过黑格尔的先在绝对理念，面对当下最直接的对象：诗歌得以表达的语言符号。所以，在他们的著作中，对内容与形式二分法的批评最为集中，代之以对艺术语言能指与所指内涵及其变化规律的研究。

我国当代文论的"去黑格尔化"，迄今主要体现为对本质论的抛弃或回避。

对文学本质的探讨，从新中国成立之初到20世纪新时期以来，历经曲折，从工具论到意识形态论，从观念论到活动论，经验弥足珍贵，教训堪称惨痛。到了20世纪90年代，与西方文论新见迭出的局面相比，我们确实处于相应的徘徊状态，以至于学界出现了文论界患有"失语症"的判断①。时逢后现代思潮进入我国，其中的反本质主义思路，对于本质论思路来说，不啻当头棒喝，令学界有如醍醐灌顶：一味地追究文学是什么，恰恰限制了文学的鲜活与多样，文论研究不能再沿着将文学"是什么"追究下去的思路前行了。

综合来看，黑格尔的绝对理念对当代文论的影响，因其对单个人的个体性限制最大，尤以同一性为最，所以处于被"去"名单上的榜首位置。而二分法与本质论直接关乎对艺术的看法：二分法简化文学；本质论僵化文学。它们既源自西学，也"去"自西学；它们虽自西学而来，却并未随西学之去而去；当代文论中被"去"之本质论，其实已是充满中国特色的本质论了。

二、作为靶子的黑格尔：被拽过来的"船儿"又弹出了"港湾"

西方20世纪哲学所接收的最珍贵的遗产之一，就是认识到哲学的关键问题还是在于客观性。② 所以，分析哲学的研究对象主要就是辨别语言指涉现实对象时，其命题的真伪；符号学则主要研究人类如何运用语言指称世界。它们与黑格尔的根本区别在于对现实世界的看法：前者认为现实世界包括人类自身，无论是有形的还是无形的，一切均是人类运用符号予以建构的结果，人类还在永不停息地探索、认识一切，通并抽象出新的概念范畴，运用符号予以表征，这条建构之路是无穷尽的；黑格尔则认为现实世界是先在的"绝对理念"

---

① 参见曹顺庆《文论失语症与文化病态》，载《文艺争鸣》1996年第2期。
② 参见［英］艾耶尔《二十世纪哲学》，李步楼、俞宣梦、苑利均等译，上海译文出版社1987年版，第7页。

的体现，这体现是可以达到完满境地的，因而他所追求的，就是把现世的一切都解释为先在的"绝对理念"存在的体现。杰姆逊教授将黑格尔学说与结构主义进行比较，指出前者致力于组织这个世界，后者则把世界当作符号系统来解读，学理依据即在于此。①

西方文论学理根源的新旧之别，涉及贯穿古今的三大问题：经验论与唯理论、实在论与唯名论、一元论与多元论。黑格尔是"唯理论与唯心论相结合"②的典型代表，二者虽非永远结合，但只要结合，"它们往往与一元论相合"③。而一元论同时又被当作忽略情感的同义词。④

有趣的是，以"叛离黑格尔"开始的20世纪新学说，并没有对黑格尔口诛笔伐、大动干戈，在其诸多皇皇巨著中，直接谈论黑格尔的篇幅甚至很少很少，因为，根据新学说，黑格尔的"港湾"完全停靠不了一度被拽进来的"船儿"，其反弹离港已是不争的事实，无须多谈。

"船儿"反弹出港的方式有自动的——比如被黑格尔压缩为三官的五官⑤，会自动回归常识、恢复正常；也有人为的——罗素这些人就是以绕过"马其诺防线"的方式，从根源上另起炉灶，让"船儿""乾坤大挪移"，轻飘飘地弹出黑氏的"港湾"，驶向别处。

后现代思潮可没那么文质彬彬，它以对现世差异性的无限张扬、对先在同一性的彻底解构，搅动了整个西方思想界，并极大地影响了我国当代文论界。追根溯源，先在同一性的集大成者并定型者，非黑格尔莫属，非"绝对理念"而不能。由此，长期以来理性与非理性这对二元概念终于等到了纠正其偏差的机会：人们常常用非理性来与理性相对，其实不然，与理性相对的，本应是意志。因为，理性的背后是先在同一性，意志的背后是现世差异性。意志所拥有的，正是理性所忽视的个体生命与存在特征。

与西方抛弃先在同一性有别，我国当代文论界对后现代思潮的接受，主要聚焦于解构本质主义；而本质主义的根源，恰与同一性、"绝对理念"一脉

---

① 参见［美］弗·杰姆逊《后现代主义与文化理论——弗·杰姆逊教授讲演录》，唐小兵译，陕西师范大学出版社1986年版，第2页。

② ［英］艾耶尔：《二十世纪哲学》，李步楼、俞宣梦、苑利均等译，上海译文出版社1987年版，第9页。

③ ［英］艾耶尔：《二十世纪哲学》，李步楼、俞宣梦、苑利均等译，上海译文出版社1987年版，第15页。

④ 参见［英］艾耶尔《二十世纪哲学》，李步楼、俞宣梦、苑利均等译，上海译文出版社1987年版，第83页。

⑤ 参见［德］黑格尔《自然哲学》，梁志学、薛华、钱广华、沈真译，商务印书馆1997年版，第533－536页。

相承。

比照西学的"黑格尔化"与"去黑格尔化",当代中国文论界学理建构的演变轨迹,如今也日渐显出"西学化"与"去西学化"的两大脉络。文论界当初借助西学之力,曾将不少"船儿"拽进指定的"港湾",经过一段时间的角力之后,一些"船只"现在正陆续"弹离"原来停靠的"码头":近年来一些较为引人注目的成果中,相当一部分其实是"去西学化"的产物。重新认识、重新发现古人立场与见解的价值,越来越成为文论界的共识。

比如,关于宏大叙事的问题,文学研究中这种历史哲学视野的建立,其功绩与贡献,无论如何都是抹杀不了的。但是,在同一性的导向下,其忽略个别性的弊病确实越来越突出。

在我国当代文学语境中,宏大叙事是指在历史哲学视野的指导下,文学作品反映社会生活时,力求从大千世界各种纷繁复杂的现象中,提炼出本质,包括社会历史发展的趋势和规律。从这个角度来看中国当代叙事文学,甚或整个当代文学,说它是一部宏大叙事史,的确是基本符合事实的。包括古典文学作品,比如《红楼梦》,它就是在这种文学观念的支配下,被解读为"中国封建社会末期的百科全书"。这种文学观念,自新中国成立之初到"文革"结束,在我国文坛一直居统治地位。直到20世纪80年代末西方后现代思潮引进之后,情况才开始发生改变:彼时对"文革"文学及"17年文学"的反思,已经走出"拨乱反正"的政治需求阶段,开始从价值观念本身思考问题。后现代注重差异性、个体性的特征,刚好提供了新视角:以前太过注重同一性、普遍性了,而表现在文学中,就必然是对个体的忽略,尽管我们对社会与个人之间的辩证关系从理论上掌握得十分纯熟,但落到实处的话,最终肯定是要让个人服从集体的。也就是说,我们的文学,原来一直注重宏大叙事,而忽略了个体。

利奥塔在《后现代状态:关于知识的报告》中使用"宏大叙事"一词,本是用来指那些具有现代性质的科学一直在利用历史哲学的元话语证明自己的合法性,而支撑元话语的就是宏大叙事,包括精神辩证法、意义阐释学、理性、劳动主体的解放、财富创造等。[①] 这种宏大叙事所起的作用,就是保护支配社会制约关系的机制的合法性。利奥塔的出发点,是质疑传统思辨哲学知识的合法性,这是典型的后现代立场。其观点自20世纪末引入我国后,关于知识合法性的问题固然引起学界高度重视;然而,没有想到的是,"宏大叙事"

---

① 参见[法]利奥塔《后现代状态:关于知识的报告》,见利奥塔等著《后现代主义》,赵一凡译,社会科学文献出版社1999年版,第2—3页。

一词因能够准确抓住我国当代文学的最大特点,所产生的影响竟然超过了对知识合法性的关注。时下的当代文学批评,如果没有对"宏大叙事"表明自己的不屑,几乎就不能入流了。即使偶有"重构宏大叙事"的声音出现,也不过倏忽而过罢了。

在无比庞杂的后现代理论中,"宏大叙事"不过是一个气泡而已,然而这个气泡竟能使我国当代文坛产生剧烈震动,就是因为它直接针对了深刻影响了当代文学的黑格尔学说。

黑格尔与中国当代文学的关系,真可谓成也萧何、败也萧何。宏大叙事的背后,其实正是对当代文学影响最大的典型理论及其实践。而典型理论的高峰,就在黑格尔。可以说在当下的文学语境中,"宏大叙事"的批评对象,主要就是"去黑格尔化"。因为黑格尔学说的核心,就是追求普遍,展现他认定的那个"绝对理念"。

西方思想界的更新换代是比较迅速的。在黑格尔学说达到顶峰之际,"去黑格尔化"就已经开始了,且带有人身污蔑的色彩,比如把黑格尔当作"死狗"看待。这个话题,首先是由斯宾诺莎引起的:莱辛在一次与雅科比的谈话中(1780年6月7日),对当时有些人误解斯宾诺莎并将其当作"死狗"表示不满。黑格尔在自己的《哲学科学全书纲要》中提及此事,所持态度与莱辛相同:只有那些误解了莱辛的本意、误解了思辨哲学本意的人们,才会把斯宾诺莎当作"死狗"。马克思在引述这一历史掌故时,也表达了同样的观点:只有那些自以为是,其实根本不懂黑格尔的学问家,比如毕希纳、朗格、杜林博士、费希纳等人,才会幼稚无知地把黑格尔当作"死狗"。后来马克思还专门在《资本论》第1卷"第2版跋"中,特地郑重申明自己就是这位大思想家的学生!①

黑格尔的中心思想,就是强调人的意义在于使个人的东西变成普遍的东西,国家就是普遍;因而个人的最大意义,就是属于国家,而不是停留在家庭成员的阶段上。所以,他在谈论精神的伦理阶段时,特别强调家庭与国家是同一个伦理实体的不同形态。家庭属于伦理的"直接存在的形态",国家则属于伦理的"自觉存在的形态"。真正有意义、有价值的人生,是摆脱了家庭,上升、参与国家生活。

黑格尔的学说,从根本上讲,是为普鲁士国家说话的:他一直在论证个人

---

① 参见[德]黑格尔《哲学科学全书纲要》1827年版"第二版前言",薛华译,北京大学出版社2010年版,第6页;《马克思恩格斯全集》第32卷,人民出版社1975年版,第672、18页;[德]马克思《资本论·第二版跋》,见《资本论》第1卷,人民出版社1975年版,第24页。

服从国家的自然性和必然性。为数不少的西方人,比如英国人和美国人,把黑格尔也当作法西斯的思想先驱,并非主观臆测。特别是黑格尔关于战争、国家的理论确实如此:为了聚集人心、让大家放弃家庭的小利益,需要经常发动战争,因为战争能够使人舍家为国。

黑格尔学说的精要之处,在于他从宇宙自然的运动中以及人类社会的发展中提炼出来的"绝对理念",其与辩证法一起,是一枚硬币的两面,须臾不可分离。马克思也正是在这个意义上才是这位大思想家的学生:《共产党宣言》就是根据"正、反、合"的事物辩证发展理论,来分析社会历史演进过程和特征的——资产阶级的生产方式"首先生产的是它自己的掘墓人",即无产阶级。① 也就是在这个意义上,后现代思想家德勒兹的"去黑格尔化"最为彻底:他连辩证法也要去掉。

黑格尔的"绝对理念"与辩证法,可以说是"从历史中来,到历史中去"。问题出在"去"的时候,他往往为了追求完满而削足适履。比如,为了证明"正、反、合"三大块的普遍性,将人的五官牵强地改为三官;为了证明德国统治世界的自然性、合理性,从世界地理的角度,将欧洲说成是"正、反、合"过程的结果,即世界的中心,而德国又是欧洲的中心。②

所以,西方"去黑格尔化"的声音中,随着时间的推移,切中肯綮之声越来越多。罗素以黑格尔为例,对哲学理论的价值判断所提出的建议尤其引人注目:不必追求完满,不完满的学说肯定不会全部正确,但完满的学说却可以"全盘错误。最富有结果的各派哲学向来包含着显眼的自相矛盾,但是正是为了这个缘故才部分正确"③。

三、作为导师的黑格尔:思维视野与思维方法泽被后学

黑格尔不是完人。假如他不那么在乎体系的完满,坦然地把缺陷当作题中应有之义,他的影响也许会呈现另一种轨迹。

体系是围绕着基点来建构的,基点一旦确立就固定不变;然而世界是变化的,要把变动不居的世界装进建构完整的体系,必定会削足适履。但问题的复杂性在于,黑格尔理论体系的建构,是通过严密的逻辑来完成的。基点会出问题,体系会出问题,用于建构体系的逻辑却不一定会出问题。比如黑格尔建构

---

① 参见[德]马克思、恩格斯《共产党宣言》,见《马克思恩格斯选集》第1卷,人民出版社1972年版,第263页。

② 参见[德]黑格尔《自然哲学》,梁志学、薛华、钱广华、沈真译,商务印书馆1997年版,第392页。

③ [英]罗素:《西方哲学史》下卷,马元德译,商务印书馆1982年版,第143页。

体系时所使用的辩证法，就可以继续有效。

对于当代中国文论界来说，黑格尔的意义，包含着最正规、最严格的学术思维训练。迄今在文论领域仍占据主流地位的思维视野与思维方法——历史哲学与辩证法——从纯正的学术意义上讲，可以说都是拜黑格尔所赐。时下文论界的诸多学人，要说没有仔细读过黑格尔著作的，估计不乏其人；但要说没有受到黑格尔影响的，实在难觅，除非决不认账。

在黑格尔那里，对历史哲学与辩证法的运用，有一个基本前提：始终围绕着先在的"绝对理念"而展开。其成果就是堪称体现人类思维水平的极致、无法正面攻克的"马其诺防线"。黑格尔的叛离者们，看起来是轻松自如地绕过了"马其诺防线"，其实，在做出这种睿智无比的选择之前，有多少天资超常的学者为之耗费了太多心血！

文论界此前主要是在"黑格尔化""西学化"的道路上行进，如今面前出现了另一条道路，是否会多少有点诧异？

令研究对象向自己靠拢的思路，应当从此摒弃；先在性的"绝对理念"，可以考虑搁置；无意识之中对同一性的追求和对差异性的忽视，需要认真沉思。然而，把握对象的宏观视野与分析对象的辩证法，定当秉持。文论研究水平的真正提高，借他山之石攻自家之玉的真正落实，离不开"化"与"去"的不断轮回。

当下尤须注意的是，后现代由对先在性的否定，继而质疑一切可追溯至先在性的历史规律、事物本质、深层特征等，并以人类建构世界的思路，高扬符号学研究；殊不知，人类自身的建构物中，难道就没有规律可寻，比如符号本身？去掉起点问题，黑格尔对过程的研究与成果堪称宝山一座，后人可从中汲取无尽滋养，切不可盲从后现代对黑格尔的完全"叛离"。

就西方学界而论，斯宾格勒的《西方的没落》① 不以民族而以文化作为历史的主体，将文化的发展视为有机体的生命运动和生命周期；汤因比的《历史研究》② 提出文明形态史研究，用"挑战与应战"理论解释文明的起源、生长与发展；雅斯贝斯的《历史的起源与目标》提出轴心期理论，将世界历史分为四个阶段——史前时代、古代文明、轴心期等，到了轴心期，人开始出现："这个时代产生了直至今天仍是我们思考范围的基本范畴，创立了人类仍赖以存活的世界宗教之源端。"③ 这些深刻影响20世纪的思想，无一不是黑格

---

① ［德］斯宾格勒：《西方的没落》（全译本，共两卷），吴琼译，上海三联书店2006年版。
② ［英］汤因比：《历史研究》（三卷本），曹未风等译，上海人民出版社1986年版。
③ ［德］雅斯贝斯：《历史的起源与目标》，魏楚雄、俞新天译，华夏出版社1989年版，第9页。

尔式学理的延续。

西方学界对黑格尔的"去",除像"死狗"那种带有污蔑色彩的刻薄言辞外,在误解的基础上,"去黑格尔化"的声音亦颇为常见,最典型的事例莫过于"格鲁格先生的鹅毛笔"。与黑格尔同时代的格鲁格,借批评谢林之名,讽刺黑格尔的绝对理念之类的纯粹概念:难道我手上的这支鹅毛笔可以从纯粹概念里推演出来吗?

其实,在黑格尔哲学里,有着三个"在先":从逻辑上讲,逻辑学先于自然;从时间上讲,自然哲学先于人类;就自然界的潜在发展目标而言,精神哲学先于自然哲学。黑格尔的《精神现象学》并非抽象地谈论绝对理念,而是始终结合具体历史事实谈论问题,并认为历史是朝着既定方向发展的。如果不懂这三个"在先",就一定会误解黑格尔。格鲁格误解的根源,在于理解绝对理念的体现时,认为黑格尔说的是自然界和人类是从纯粹概念里推演出来的,所以他才那么充满自信地讽刺黑格尔。自格鲁格开了这种误解的先河,一直到现在,对黑格尔的误解都没有停止。而实际上黑格尔所谓绝对理念的体现,指的是它在自然界和人类社会中的展开、表达。也就是说,自然现象中一定包含着绝对理念,绝对理念一定体现在自然现象中,没有一个脱离了主体的客体,也没有一个脱离了客体的主体;现实的东西和逻辑的东西是结合在一起的。现实世界里怎么会有像格鲁格所理解的那样傻的唯心主义者呢!在三个"在先"里,黑格尔的意思其实非常清楚:人是自然界发展的最高峰,自然界本身蕴含着一个潜在的发展目标——一定会发展到出现人的阶段。因而,就目标而言,人先于自然,但在时间上,实际发生的却是自然先于人。

如果抛开黑格尔绝对理念的先在性,着眼于当下的话,中国当代文论可从中吸取的东西,不仅很多,而且尤有事关重大者。以内容与形式的二分法而论,其简化艺术的弊病虽一目了然,但其现实生机仍有勃然不可阻挡之势:只要世界上的美与艺术还离不开内容与形式,艺术就必须是"具体可感的"。因此,必须认可一个基本规则:"艺术不是为一小撮有文化教养的关在一个小圈子里的学者,而是为全国的人民大众。"① 黑格尔本人说这话的目的,倒不是为了强调艺术应当为什么人服务,而是为了落实"美是理念的感性显现"②:美与艺术的表现形式必须是生动活泼、直观可感、任何人一看就明白的。

后现代艺术强调符号的能指功能,忽略符号的所指功能,其艺术观念的实践结果就让人不知所云。这在理论上是有意义的:未来的某个时候,人们的认

---

① [德] 黑格尔:《美学》第 1 卷,朱光潜译,商务印书馆 1979 年版,第 347 页。
② [德] 黑格尔:《美学》第 1 卷,朱光潜译,商务印书馆 1979 年版,第 142 页。

知能力发展了，美与艺术是由内容与形式构成的阶段迟早会被超越，符号的能指本身迟早会成为主要的审美对象。但在目前，这还不会成为主流。在并不精确的意义上，如俄国形式主义者所言，形式+内容=酒杯+酒。由此，只要喝酒，就用得上酒杯，那么，内容与形式的二分法就无法完全彻底地被"去"掉。

我国当代文学中"宏大叙事"的存在，其实践的根源肯定不在黑格尔，而是叙事文学自身发展的结果。在创作中，叙事对象由个人之事走向社会之事是自然而然的过程，古今中外无一例外。比如，孔尚任的《桃花扇》写于康熙三十九年，即1700年，早于黑格尔出生近百年，其创作宗旨就是"借离合之情，写兴亡之感"，这是典型的宏大叙事呀！而且，从效率来讲，宏大叙事的信息含量肯定比私人叙事更多，效率也更高。

但如从理论角度看问题，"宏大叙事"的源头最终是指向黑格尔的：主要是"绝对理念"所衍生出来的同一性及其化身——历史哲学。对黑格尔来说，他本人通过对浩繁的自然和历史资料的概括、总结，认定有那么一个东西存在，于是孜孜不倦地上下求索，竭尽其能地论证、建构、显现那个魂牵梦绕的"绝对理念"，他对理想的追求可以说是无比坚定、无比执着而又无比成功的。个人对理想的追求本是好事，但如果这理想被强权者当作普遍模式并以强力的方式予以推广，结果是否如创始者所预期的那般模样可就难说了。在现实中，黑格尔所追求的东西就曾被斥为万恶之源，比如阿多诺在《否定的辩证法》里，就把奥斯威辛集中营这种人间惨剧的发生，归罪于黑格尔的同一性："纯粹同一性的哲学原理就是死亡。"①

后现代主张差异性、私人叙事，其启示对我们来说，不应当仅仅停留在对宏大叙事以及同一性本身的解构、否定上，而是要像黑格尔对待同一性那样，将其作为一种理想去追求。如果"去黑格尔化"不只是祛除他的观点，而是整个否定对理想的追求，将这种追求本身也予以解构、消解，那么，比起将纯粹的个人追求作为普遍理想强加给民众，这产生的结果也许会更加令人震惊！当下的文学及理论，对此不能掉以轻心。宏大叙事，存在有痒，去除有殇。

中国当代文论的学理建构，完全去掉西学、去掉黑格尔是做不到的，完全回到古人的原初语境也是做不到的。在全球日趋同步的时代，"化"与"去"的持续循环，将成为文论界的常态。

[原载《杭州师范大学学报》（社会科学版）2016年第4期]

---

① [德]阿多诺：《否定的辩证法》，张峰译，重庆出版社1993年版，第144、362页。

第二节 "再现说"反思

世界上的万事万物皆处于流变之中，这只不过是人尽皆知的常识而已。然而，直到遭受后现代思潮的正面冲击，人们才仿佛恍然大悟似的意识到：我们的学术研究，竟然常常是将对象作为一个静态物来探讨。于是就有了各种修正偏差的办法，比如对关键词的研究。任何一门学科，一定包括一批举足轻重的概念、范畴。对它们的原初含义及其流变进行剔抉爬梳，有点相当于福柯所说的"知识考古学"，这样说并没有将西方学者的方法当作圭臬的意思，而只是指出，从学理来看，关键词研究确实不失为一种重要的学术方法：它可以非常实在、非常有效地帮助人们理清一门学科的内在演变轨迹。

在讨论新中国成立60年来文学理论关键词的时候，最不应该漏掉的，一定包括再现说。从西方引入的再现说，在中国当代文论里，是举足轻重、事关全局的核心概念范畴：从哲学层面看，它是反映论在文学理论领域的直接应用，负有本体论的使命，表现论也在其范围之中；从文学层面看，它指称现实主义创作原则与方法，与作为浪漫主义创作原则和方法的表现论对举。

在中国当代文论发展的过程中，再现说经历了文学层面和哲学层面的大规模扩容。

一、再现说在当代文论中的扩容

在中国当代文论里，肩负基石般使命的再现说，与反映论几乎是同义语。其中包含着既是逻辑必然，也是文学存在题中应有之义的真实观、典型论，尤其是典型环境中的典型人物理论。也就是说，从西方引入的再现说进入中国当代文论系统后，再现说经历了较大规模的扩容。

众所周知，再现说的西学源头，在于古希腊的摹仿论。柏拉图是从本体论意义上谈到摹仿论的：现实世界是对理念的摹仿，艺术则是对现实世界的摹仿。[1] 在艺术起源以及艺术与世界关系的层面上，亚里士多德肯定摹仿论，但是反对柏拉图的艺术低于现实的观点。[2] 由此引发了一场"诗歌和哲学的争吵"[3]，迄今尚未谢幕。进入当代中国文学理论的再现说，更多地承接了亚里

---

[1] 参见［古希腊］柏拉图《理想国》，郭斌和、张竹明译，商务印书馆1995年版，第十卷。
[2] 参见［古希腊］亚里士多德《诗学》，陈中梅译注，商务印书馆1996年版，第81页。
[3] ［古希腊］柏拉图：《理想国》，郭斌和、张竹明译，商务印书馆1995年版，第407页。

士多德的摹仿说，其基本内涵是指文学作品（诗）所展现的世界与现实生活的关系。与之相对的，还有表现说，其基本内涵是指文学作品（诗）所展现的世界与作者内心情感的关系。当然，在西方文论史上，表现说大行其道，直至取代再现说的位置，是西方近代才发生的事情。

摹仿说自问世之日起，论者见仁见智，其中最主要的分歧，还是柏拉图与亚里士多德的，这种分歧在后世不断以新的方式与特点重演。比如黑格尔与车尔尼雪夫斯基两人之间的尖锐对立中，黑氏认为艺术高于自然，绝不是对自然的模仿，而是对自然的"征服"，模仿说幼稚之极——"艺术……和自然竞争，那就像一只小虫爬着去追大象"①；车氏则认为艺术低于自然——"艺术作品任何时候都不及现实的美或伟大"②。

在当代中国文学理论界，摹仿说演变为再现说，是在苏联专家的具体指导下实现的。

新中国成立后我国文学理论体系构架的核心概念之一，就是直接由唯物主义反映论延伸而来的再现说。此前的20世纪三四十年代，苏联维诺格拉多夫《新文学教程》③等译著的印行，已为文学反映论哲学基础的确立奠定了牢固的基础。再现说与反映论的关系十分密切：谈到再现说的哲学基础时，指的就是反映论；谈到反映论在文学领域的体现及具体应用时，指的就是再现说。

文学既然是再现，那就一定存在再现是否符合对象以及符合程度是多少的问题，也即文学对社会历史、现实生活等的再现是否真实的问题。由此，再现说又先天地与作为创作方法的现实主义密不可分。也就是说，现实主义文学，是最讲究真实问题的。在古希腊时期，就产生了索福克勒斯与欧里庇得斯关于创作原则的分歧："按照事物应有的样子来描写"与"根据人的实际形象塑造角色"④。在中国当代文学理论、文学批评以及文学创作领域，有关真实性的争论，一直络绎不绝，而且常常与政治紧密挂钩。这种争论，迄今虽然曾形成大致的共识，但同时又出现了干脆否定真实性的观点。⑤

达到或实现真实，这一点不难做到，在理论上也能得到基本一致的解释或认同。难就难在如何实现最大程度的真实，并对此达成基本一致的解释或认同。于是，同样源自西学的典型理论，顺理成章地与再现说具有了逻辑上和时间上的紧密联系，因为理论上的探索与作家的创作实践都已经证明，典型能够

---

① ［德］黑格尔：《美学》第1卷，朱光潜译，商务印书馆1979年版，第210、54页。
② 伍蠡甫主编：《西方文论选》下卷，上海译文出版社1979年版，第412–413页。
③ 参见［苏联］维诺格拉多夫《新文学教程》，楼逸夫译，上海天马书店1937年版。
④ ［古希腊］亚里士多德：《诗学》，陈中梅译注，商务印书馆1996年版，第178页。
⑤ 参见童庆炳《谈真实性概念及其在文学演变中的发展》，载《语文建设》2009年第6期。

实现最大程度的真实。如果说这些内容基本上都还只是再现说进入中国当代文论之前就已经具有或与生俱来的，那么再现说的内涵在当代中国文学理论界具有实质性意义的扩容，就非典型环境理论莫属了。这种扩容的逻辑线索非常简单明了：真实是文学再现的必然产物；典型能够达到最大程度的真实；尽管典型本身应当包含了典型环境的内涵，但是，在追求最大真实的实现上，将典型环境单挑出来予以特别强调，是非常必要的。

有关典型环境理论的原始文献，自然首推恩格斯给女作家哈克耐斯的那封回信。在信中，恩格斯对她的作品既给予高度评价，又指出其对当时历史进程的忽视：

> 在《城市姑娘》里，工人阶级是以消极群众的形象出现的，他们不能自助，甚至没有表现出（作出）任何企图自助的努力。想使这样的工人阶级摆脱其贫困而麻木的处境的一切企图都来自外面，来自上面。如果这是对1800年或1810年，即圣西门和罗伯特·欧文的时代的正确描写，那末，在1887年，在一个有幸参加了战斗无产阶级的大部分斗争差不多五十年之久的人看来，这就不可能是正确的了。工人阶级对他们四周的压迫环境所进行的叛逆的反抗，他们为恢复自己做人的地位所作的剧烈的努力——半自觉的或自觉的，都属于历史，因而也应当在现实主义领域内占有自己的地位。①

由于忽视了正在发生的历史进程，作家在《城市姑娘》里面所塑造的主角耐丽姑娘，仅就人物本身而言，算是典型的，但是，结合当时的现实生活来看，作为人物生活中的重要构成部分的社会环境就不那么典型了。在文学创作中，人物刻画和环境描绘理论上应该是统一的、融洽的、不可分离的，但实际上并非每一个作家都能够做到，特别是那些创作水平尚未达到纯熟境界的作家，哈克耐斯就属于这一类。而在《城市姑娘》里，相对薄弱的恰好就是恩格斯时刻关注、特别在意的现实环境。因此，恩格斯便提醒女作家应该注意到自己的不足——没能把握住与笔下主人公密切相关的现实环境的主要特点，并从文学角度指出，真正的现实主义，应该能够做到"除细节的真实外，还要

---

① ［德］恩格斯：《致玛·哈克耐斯》（1888年4月初），见《马克思恩格斯选集》第4卷，人民出版社1972年版，第462页。

真实地再现典型环境中的典型人物"①。

显然,像《城市姑娘》这一类的作品,由于存在典型环境描写与刻画上的短板,其所能实现的真实受到影响,所追求的再现效果也因此受到削弱。

当然,对于典型环境的所指到底应当如何理解,这本身就曾引起众多争论。不必讳言的是,典型环境理论,对中国当代"17年文学"以及"文革"时期文学产生巨大正面影响的同时,也产生过负面影响。因为,在那个特殊年代里,典型环境理论是难以避免被误读的。抛开极左政治思潮的因素,其中最大的误读,就是把具体历史时期的现实特征,与人类社会发展的总趋势混为一谈,并用后者取代前者。于是,那个年代里,几乎所有类型的作品,最少要在结尾处表达出"典型环境"的特征来:马克思主义历史观中的人类历史进程的最高发展阶段正在日益来临。当代文学中所谓"光明的尾巴"现象,其主要根源之一,就是对典型环境理论的这种误读。

马克思、恩格斯提出的典型环境理论,首先应该属于对现实主义文学传统的继承。他们所强调的"作者的见解愈隐蔽,对艺术作品来说就愈好"②,主要是对以往优秀现实主义作家创作经验的总结。从文学角度来看,任何类型作品的创作,都不可能不表达作家自己的倾向。然而,作家在作品中如何表达自己的观点,一直是文学创作的核心问题之一。几乎贯串中西方文学理论发展史的言、象、意三者之间的关系,就与此密切相关。中国古代的意境理论,其精髓也就在于情景交融,"不著一字,尽得风流"③。西方现代派文学中的精品,如《变形记》《二十二条军规》等,与传统文学创作相比,虽然手法全新,形象迥异,但其妙处,仍然包括通过奇特的艺术形象传达作者的见解。

那么,马克思、恩格斯他们为什么要如此强调作者应当将自己的见解隐蔽起来呢?这关涉到他们所面对的正在发生的历史变化,并由此引发关于文学的思考:文学应当怎样表现正在发生的历史巨变,才能恰如其分地发挥最好的作用,而不是适得其反。

19世纪初期以来的欧洲,一方面,新兴的资产阶级早已正式登上历史舞台,相应地,没落的封建贵族也日益退出历史舞台(尽管其中不断出现反复,甚至是巨大的反复);另一方面,作为资本主义生产方式的产物,资产阶级的

---

① 〔德〕恩格斯:《致玛·哈克耐斯》(1888年4月初),见《马克思恩格斯选集》第4卷,人民出版社1972年版,第462页。
② 〔德〕恩格斯:《致玛·哈克耐斯》(1888年4月初),见《马克思恩格斯选集》第4卷,人民出版社1972年版,第462页。
③ 〔唐〕司空图:《诗品》,见郭绍虞主编、王文生副主编《中国历代文论选》第二册,上海古籍出版社1979年版,第205页。

对立面无产阶级也正在形成、成熟，并日益在历史舞台上展现自己的力量，发挥自己的作用。这既是当时社会的新主人没有料想到的，也是他们不愿意承认的。自文艺复兴开始，资产阶级就一直以全社会成员共同利益代表的身份，为登上历史舞台而努力奋斗，这个目标一旦实现，他们决不怀疑自己的身份将天长地久，决不相信会有一个新的对手来与自己争夺社会主人公的地位。马克思、恩格斯却对此充满信心，并竭力参与、推动、宣传这一历史进程。

在历史进程和社会变化面前，任何人，包括作家，都无法回避，也必然会以这样或那样的方式表明自己的看法。出于对历史进程的高度重视和坚信不疑，马克思、恩格斯认为，文学具有自己的表达方式，对于不相信或者不愿看到现实真相的人们来说，社会发展变化本身就足以说明一切，因此，如果作家在作品中真实地描写现实，那将远远胜于在作品中喋喋不休地宣讲、说教。于是，他们对敏·考茨基的"社会主义倾向"小说，也就自然会提出作家无须特地表明对现实生活的评价的建议，并提出作家的倾向退居幕后、让生活本身来说话的主张：

> 如果一部具有社会主义倾向的小说通过对现实关系的真实描写，来打破关于这些关系的流行的幻想，动摇资产阶级世界的乐观主义，不可避免地引起对于现存事物的永世长存的怀疑，那么，即使作者没有直接提出任何解决办法，甚至有时没有明确地表明自己的立场，但我认为这部小说也完全完成了自己的使命。①

很显然，对特定的读者群来说，比起告诫、教育他们应当怎样认识、看待生活，向他们展示现实生活是什么样子远为重要。两者的价值与意义更是有着天壤之别！也正是在这个意义上，马克思、恩格斯特别倾心于现实主义文学。他们十分尊崇的现实主义大师巴尔扎克的创作就是这样的："他用编年史的方式几乎逐年地把上升的资产阶级在 1816 年至 1848 年这一时期对贵族社会日甚一日的冲击描写出来。"② 如果敏·考茨基们能够像巴尔扎克那样，如实描写无产阶级由自为到自觉的逐年崛起的历程，而不是在作品中大量、直接地表达"社会主义倾向"，那么，这样的作品绝不会让读者产生反感，而是令其深受

---

① ［德］恩格斯：《致敏·考茨基》（1885 年 11 月 26 日），见《马克思恩格斯选集》第 4 卷，人民出版社 1972 年版，第 454 页。

② ［德］恩格斯：《致玛·哈克耐斯》（1888 年 4 月初），见《马克思恩格斯选集》第 4 卷，人民出版社 1972 年版，第 462 – 463 页。

震动。这种效果，正是对"社会主义倾向"的最好表达。

巴尔扎克更为令人佩服的是，他将现实主义推到一个新的阶段："现实主义甚至可以违背作者的见解而表露出来。"① 在内心深处，巴尔扎克是深深同情正急剧退出历史舞台的贵族阶级的。但在现实生活中，偏偏这个阶级又正在无可挽回地走向没落、灭亡。在历史发展事实和个人情感偏向的冲突面前，巴尔扎克决然地选择让后者服从前者："违反自己的阶级同情和政治偏见……把他们描写成不配有更好命运的人。"② 正是这种对历史本位的极度推崇，使得巴尔扎克成为"比过去、现在和未来的一切左拉都要伟大得多的现实主义大师"③。

新时期伊始，当代文坛上的众多争论，除去政治话题外，重点之一，就是围绕着再现说及其扩容展开的，进一步说，是围绕着怎样正确理解再现说及其扩容的理论原点展开的。理论上达成共识之后，在创作实践中如何回归并弘扬这个理论原点呢？巴尔扎克就是最好的榜样，敏·考茨基的失误即是最明显的教训。就哈克耐斯的创作不足而言，围绕典型环境问题展开的讨论虽然轰轰烈烈，但是客观地讲，由于涉及哲学层面的扩容，对这方面的认识当时尚有所欠缺，能够实实在在地回到原点、评价原点的看法，相对而言要略少一些。

二、再现说的认识论基础与当代扩容

深入思考的话，我们可以看到，由再现说生发的一系列重要概念范畴，如从真实论到典型环境中的典型人物理论，都包含着一条十分清晰且便于操作的判别真伪的思路：主体的认识与认识对象是否吻合。也就是说，再现说的背后实际上深藏着一条认识论主线，或者说，再现说是受认识论支配的。从西方形而上学认识论传统看，支配再现说的认识论的发展，经历了从追求知识的确定性到从历史哲学角度以社会进化的理想模式为判断认识的主要标准的过程。马克思、恩格斯正是在继承西方认识论传统的基础上，在文学批评领域提出了典型环境理论。

"求知是人的本能。"④ 这是亚里士多德《形而上学》开篇的第一句话。

---

① ［德］恩格斯：《致玛·哈克耐斯》（1888年4月初），见《马克思恩格斯选集》第4卷，人民出版社1972年版，第462页。

② ［德］恩格斯：《致玛·哈克耐斯》（1888年4月初），见《马克思恩格斯选集》第4卷，人民出版社1972年版，第463页。

③ ［德］恩格斯：《致玛·哈克耐斯》（1888年4月初），见《马克思恩格斯选集》第4卷，人民出版社1972年版，第462页。

④ ［古希腊］亚里士多德：《形而上学》，吴寿彭译，商务印书馆1959年版，第1页。

古希腊先哲奠定的西方文明中以求知为己任的认识论传统,几千年来一直发扬光大,造福于世人。

在绵延而漫长的发展过程中,认识论一直在质疑中前行。其所遭受的最主要的质疑,要而言之,首先是认识的前提何以可靠。古希腊的许多哲学家,在考察人的认识能力之前,就宣称人们能够获得关于事物本性的知识,另有一些被称作怀疑主义的哲学家,认为这是一种独断的态度,经不起检验。独断论者将知识建立在感觉经验的基础上,而怀疑主义者则提出,感觉经验具有相对性,在此基础上得出的知识,不具有普遍性和确定性。他们所提出的质疑,揭示了形而上学认识论无法回避的"无穷后退"窘境:"用来证明一个所研究的事物的证据其自身亦需要进一步的证明,而这个证明本身又需要进一步的证明,如此类推,以至无穷。"① 这种"无穷后退",实质上也就是后来的现代阐释学所指出的"阐释的循环"。如何破解"无穷后退"这一窘境,其实是一个如何确立认识前提的难题。直到笛卡尔提出"我思故我在"——我在思考,说明我存在,因而不必再用其他什么证据来证明我存在了——"无穷后退"的认识论前提问题才算告一段落。然而,由此而来的心物二元对立,又将笛卡尔置于无法将身心统一起来的更为难堪的窘境。黑格尔的辩证法,堪称人类认识史上的分水岭,他提出"实体即主体"② 的原理,用他独有的方式,解决本体论与认识论相纠结的共同难题:人类精神认识"绝对"的过程,也即"绝对"自己认识自己的过程。哲学是自己证明自己的,"真理就是它自己的完成过程,就是这样一个圆圈"③。

仅仅解决前提是不够的,如何保证知识的普遍有效性,更是认识论发展历程中的头等大事。康德在这个问题上的贡献,恰如他自己所言,是一次哥白尼革命,他颠倒了以往认识主体与认识对象相一致的符合论真理观,提出认识对象与认识主体先天知性范畴相一致的"知性为自然立法"的认识理论。康德的探索,受到休谟的直接启发。休谟对因果关系的质疑,令他如梦初醒:"我坦率地承认,就是休谟的提示在多年以前首先打破了我教条主义的迷梦"④,因为,根据个别事例或经验得出的知识,是不具有普遍性的。知识具有普遍性的依据,在于普遍存在于人心中的"先验综合判断"这一先天知性范畴。

海德格尔对西方形而上学认识论进行了深刻反思,发现这种思维方式的最

---

① 张志伟等:《西方哲学问题研究》,中国人民大学出版社1999年版,第23页。
② [德]黑格尔:《精神现象学》上卷序言,贺麟、王玖兴译,商务印书馆1987年版,第10页。
③ [德]黑格尔:《精神现象学》上卷序言,贺麟、王玖兴译,商务印书馆1987年版,第11页。
④ [德]康德:《未来形而上学导论》,庞景仁译,商务印书馆1978年版,第9页。

大弊病就是主客二分，由此必然导致人类中心主义，导致人类对大自然无穷尽的征服与索取，导致近代以来深刻的人文危机。他认为人与世界是不可分割的一体，所谓的"在之中"，是指人在世界之中，人不可以冷冰冰地站在世界的对面，将世界当作自己的对象、客体。他的思路，自然引发了人们对中国古代天人合一思想的反思，并直接导致了当今生态美学方兴未艾。

作为西方后现代大师的福柯，对知识的看法又别具一格，他认为知识的形成，是与权力的运作交结在一起的。真理是一场基于特定社会文化背景的游戏，知识只是社会权力关系的结果和产物，因而它的正当性和合理性理应受到质疑。福柯的看法冷峻尖刻，惊世骇俗，令世人震惊，引得一时间关于权力的话语，覆盖了几乎所有的人文社会科学领域。

在西方形而上学认识史上，与本节相关而必须提及的重要人物，可以列出一个长长的名单，远不止笛卡尔、康德、海德格尔以及福柯等人，只能从简。从思路演进的角度来看，认识论在自身的发展过程中，逐渐开始将认识对象扩大到社会历史领域，从而形成历史哲学，或者说，历史哲学本身就是对认识论的扩容。古希腊人对历史哲学不大感兴趣，因为他们更注重个人修养、德性，获取认识的目的，本来就是超越人生的有限性、求得心灵的安宁，他们担心对历史规律之类的东西的追求，会与个人的发展产生矛盾。因而在历史哲学的发展过程中，如何处理历史规律与个人意志之间的矛盾，始终是问题的主要焦点。

马克思、恩格斯在创造性地继承德国古典哲学认识论传统的同时，更创造性地拓展了以维科《新科学》为代表的历史哲学，他们的历史唯物主义和唯物辩证法，为认识论的发展开辟了一条新路，开拓了一片崭新的天地，无异于认识论发展史上又一次哥白尼革命。他们的重心所在，已经不是如何认识世界，而是如何改造世界。具体来说，就是世界发展的规律是什么样的，个人在其中所起的作用如何，在当下现实，按照这个规律，历史的发展趋势如何，应当怎样来引导、顺应并促进这个趋势。由此，在注视文学领域时，他们的眼光，当然首先包含文学角度，但更具决定性的视野，则是历史发展规律在当下的表现。于是，他们才会从经过黑格尔的发展已经相当成熟，甚至堪称完美的典型理论中，特地将典型环境问题单挑出来予以强调。也就是说，典型环境的理论原点，既包括文学层面典型理论这个源头，也包括哲学层面认识论传统这个源头，是指对历史发展的当下状况的认识与把握。

再现论在中国当代文学理论领域的扩容，主要标志就是典型环境理论受到高度重视，主要内容包括文学层面，但重点在哲学层面，是从认识论传统及其拓展历史哲学角度，以社会历史进化的理想模式为标准，来要求典型环境的内涵。在新中国成立后 17 年及"文革"那种极左的政治氛围下,理论界及创作界对典型及典型环境的理解充满极左色彩是难以避免的。

如此理解再现论的当代扩容,关键的依据还是有关典型环境理论的经典文献:恩格斯就小说《城市姑娘》的创作得失,给女作家哈克耐斯的回信,以及随信寄去的《社会主义从空想到科学的发展》那本小册子。

在常见的阐释中,结合小册子内容来谈典型环境的相对来说要少一些。正是在那本小册子里,恩格斯对 1800 年或 1810 年,即圣西门和罗伯特·欧文时代的耐丽姑娘所属的工人阶级进行了精辟的剖析:

> 在这个时候,资本主义生产方式以及资产阶级和无产阶级间的对立还很不发展。……在当时才作为新阶级的胚胎从这些无财产的群众中分离出来的无产阶级,还完全无力采取独立的政治行动,表现为一个被压迫的受苦的等级,无力帮助自己,最多只能从外面、从上面取得帮助。①

很显然,《城市姑娘》作为反映 19 世纪 80 年代英国伦敦东头工人生活的小说,对人物生活环境的描写,在主要方面还停留在 1800 年或 1810 年那时期。换句话说,《城市姑娘》如果以圣西门和罗伯特·欧文时代为背景,那就是一篇非常优秀的作品了:人物本身典型,人物活动的环境也典型。恩格斯的本意是指,在欧洲,19 世纪初的圣西门和罗伯特·欧文时代,与 19 世纪下半叶,是两个完全不同的时代,在这期间,社会现实发生了巨大变化。女作家的不足就在于没有看到或没有重视这一变化。至于这一变化始于何时,恩格斯在 1859 年致拉萨尔的信中就已经提道:"世界局势似乎要向一个十分令人喜悦的方向发展。"②

循此思路,我们也就能够理解马克思、恩格斯将"席勒式"与"莎士比亚化"③加以对举的真正动因了。如果仅限于文学层面,席勒在欧洲文学史上的实际地位,与马克思、恩格斯对他的评价,是存在着一定距离的。在中外文学史上,像席勒这样以直抒胸臆而见长的文学大师不在少数。就创作方法而言,"席勒式"主要也就不适用于现实主义而已。两位革命导师绝非看不到席

---

① [德]恩格斯:《社会主义从空想到科学的发展》(1880 年 1—3 月上半月),见《马克思恩格斯选集》第 3 卷,人民出版社 1972 年版,第 408-409 页。
② [德]恩格斯:《致斐·拉萨尔》(1859 年 5 月 18 日),见《马克思恩格斯全集》第 29 卷,人民出版社 1972 年版,第 586 页。
③ [德]马克思:《致斐·拉萨尔》(1859 年 4 月 19 日);恩格斯:《致斐·拉萨尔》(1859 年 5 月 18 日),见《马克思恩格斯选集》第 4 卷,人民出版社 1972 年版,第 340、345 页。

勒在文学上的巨大成就和非凡贡献，绝非故意贬低席勒、抬高莎士比亚，也绝非看不到诸种创作方法之间的巨大差异，而是指面对当时那种社会现实，一个真正的现实主义作家，一个真心投入工人运动的作家，一个具有"社会主义倾向"的作家，没有必要像席勒那样，将那么多的注意力都放在表达自己对现实的看法上，这样做远不如集中精力实实在在地把生活的本来面貌展现出来。

马克思、恩格斯在评价文学作品时，是秉承西方两大传统：文学传统与哲学认识论传统而为的。典型环境理论的提出，主要依据在于认识论传统。再现说的当代扩容，也相应地具有两方面的内涵：文学层面和哲学层面。

文学发展的历程表明：当社会演变呈现出与预想模式相吻合的发展特征时，再现论就得到特别关注；反之，再现论就会被忽略，甚或受到质疑。典型环境理论在目前趋于平淡，从现实角度看，是因为社会发展没有出现与预期模式的吻合，倒是在全球化的浪潮面前，不同民族、不同国家的文化差异得到凸显，于是文化问题便成为吸引文学理论关注的焦点。从理论层面看，不是典型环境理论本身出了问题，更不是再现说出了问题，而是在这背后的认识论显现出短板。后现代思潮确实抓住了在西方盛行几千年之久的形而上学认识论的软肋：它在骨子里是科学主义，当它达到一定高度之后，一定会暴露出无法解决人文问题的死穴。无论是再现说、真实观，还是它们的升华即典型理论与典型环境理论，正如张世英先生所指出的那样，它们最终还是属于"概念哲学"①的产物。逻辑经验主义、分析哲学等对语言的重新研究及其结论——"我的语言的界限就是我的世界的界限"② 等等之类，实际上不过是形而上学的现代翻版：追求科学的精确性。其结果却是大大地缩小了语言的应用范围，使得思想以及文学都不能为其所覆盖。这在理论上是一种遗憾甚或倒退，只不过倡导者未能发现而已。

三、再现说的审美阐释

文学作为人类的一种特殊精神存在，与人的生活状态、精神面貌密不可分，它给人一种真实感，令人觉得文学作品中所展现的世界和所表达的情感，是对现实的再现。真实感本是文学题中应有之义，是文学的自然效果。正如黑格尔所言："艺术中最重要的始终是它的可直接了解性。"③ 这种可直

---

① 张世英：《哲学导论》，北京大学出版社 2002 年版，第 147 页。
② ［德］维特根斯坦：《逻辑哲学论》，郭英译，商务印书馆 1985 年版，第 79 页。
③ ［德］黑格尔：《美学》第 1 卷，朱光潜译，商务印书馆 1979 版，第 348 页。

接了解性，对于一般读者而言，正是真实感。社会越发展，人们的艺术修养总体上就会越提高，因而，真正的杰作遭遇"看不懂"结局的可能性就越小。作为日常经验的"看得懂"，其内涵无法排除读者对文学作品的再现印象和真实感。

反思再现说，并非要抛开其背后的认识论，而是要在包容的基础上，引入审美论，用以解释文学存在的题中应有之义。也就是说，从审美的角度解释由反映论延伸出来的再现说，首先就需要从审美的角度解释文学真实。如果不能实现这个目标，引入审美论来包容认识论的设想就会落空。

真实问题，就文学而言，涉及的是人们的日常经验（包括先验、超验、潜验）。眼见为实、感受为实、体验为实，一旦文学与生活有意无意的比较出现吻合的结果，无论吻合的程度如何，文学作品也一定能给予读者真实感。就理论而言，真实涉及"物知相符""陈述与命题一致"，真实必须符合逻辑、符合命题。按照分析哲学（逻辑经验主义）的观点，文学真实很难说得通，作为命题能否成立确实值得质疑，因为人是会被亲眼所见之物欺骗的，有人以此否认文学真实，毫不奇怪。然而，文学既然涉及日常经验，就不应排除从文学与日常经验关系的角度看待真实问题的方法，更不必将分析哲学等的视角当作看待真实问题的唯一依据甚或取舍标准。

真实作为美学范畴，其依据在于文学是人学。人类对美的追求，其实是一种对自身解放的追求，也就是黑格尔所说的"审美带有令人解放的性质"①。按照实践论美学观，人的解放意味着人的本质力量的实现，不断地由自在状态升华到自为状态，由自然状态升华到自由状态。从人类文明的进程来看，美的作用和价值，在于它"是人类提高自己和超过自己的一种社会机能"②。正是这种机能，使得人类能够从野蛮走向文明，从单纯的自然存在走向自觉的、有意识的精神存在。人类的前进目标，尽管包含着越来越富，但却不是越来越富，而是越来越美。人类对美的追求和创造体现在各个方面，文学则最能体现这种追求和创造。一部文学发展史，其实就是一部人类文明发展的先导史。在很大程度上，人类的劳动以至人类前进的脚步，都是朝着文学所指出的方向发展的。抓住了这一点，也就不难理解世界各国古代神话中的幻想，比如人类具有上天入地之类的能力等，何以在后来大都变成了现实；尤其不难理解文学世界何以总是与现实世界有着一定距离。这就是"人也按照美的规律来塑造"③

---

① ［德］黑格尔：《美学》第 1 卷，朱光潜译，商务印书馆 1979 版，第 147 页。
② 蒋孔阳：《美学新论》，人民文学出版社 1993 年版，第 156 页。
③ ［德］马克思：《1844 年经济学—哲学手稿》，刘丕坤译，人民出版社 1979 年版，第 51 页。

的主要含义之一。

运用美学理论来看文学作品的再现与真实，首先要认识到，在文学作品中，人的解放是有前提的，即针对自身的被束缚状态以及与自身有关的一切。如果一部作品与人自身的一切完全无关，那么这样的作品是不会有什么生命力的，甚至难以立足于世。文学作品给人的再现印象也即真实感，其中的逼真只是表象，关键还是在于对人的心灵状态、精神面貌的揭示、展现和挖掘；现实世界的"外在方面在艺术表现里必须处于不重要的附庸地位，而主要的东西却是人类的一些普遍的旨趣"①。也就是说，从美学意义上讲，文学的基点与本性离不开对人及其理想的把握。只要承认这一点，就永远没法否认文学的再现与真实。

其次还要认识到，人的解放的实现，其实也就是理想的实现；人对解放的追求，其实也就是对理想的追求。那么，文学作品在描绘、表达与人自身有关的一切境况或情感时，一定要受到理想的支配，一定会对所涉及的一切进行选择和评判。其中最主要的选择与评判的对象，就是生活中的美与丑以及人性中的美与丑。文学作品给予读者的真实感，其根源之一就在于这种对美丑的选择与评判。

仔细思考的话，我们还会发现，在文学作品中弘扬美，相对于批判丑来说，要容易得多；而批判丑相对于以丑为审美对象来说，也要容易得多。文学作品给予读者的真实感，更多的则是来自审丑的成功。

能否以丑为审美对象，是美学史和文学史的重要分水岭；能否恰当地以丑为审美对象，是美学史和文学史的重要里程碑。《金瓶梅》与《红楼梦》，就是中国美学史和文学史的分水岭与里程碑。

在文学作品中，以丑为审美对象必须同时具备两个充分必要条件：对丑的审判以及对其感性形式的造型。只偏重后者，会流于以丑为美；而专注前者，则易于导致概念化的倾向。只有将两者有机融合起来，才能化丑为美。在将丑的感性形式引入审美领域的初始阶段，人们的注意力还只是集中于从审美到审丑的突破上，还没有特别意识到对丑的审判在审丑中的必要性与重要性，对以丑为美与化丑为美这两者之间的实质性区别，还没能做出十分明确的辨析。《金瓶梅》就是一个典型的例子。它在我国美学史和文学史上所具有的分水岭意义，就在于以前所未有的规模与程度，将丑作为文学世界里的主要审美对象，使得那些在现实世界里"未死之时便该死"的人物，"既死之后转不死"，

---

① ［德］黑格尔：《美学》第 1 卷，朱光潜译，商务印书馆 1979 版，第 348 页。

并因《金瓶梅》一书而"与日月同不朽"。① 但是,《金瓶梅》的作者虽然精于对丑的感性形式的描绘,却疏于对丑的审判,以致在多处沉湎于纯属生理感官的刺激而不能自拔,相当程度地混淆了以丑为美与化丑为美之间的界限,使得《金瓶梅》的审美价值受到极大的贬损。《红楼梦》的问世,在我国美学史和文学史上则具有里程碑的意义:它标志着在以丑为审美对象这个极为复杂的问题上,人类的审美实践已经进入非常成熟的阶段。在《红楼梦》的艺术世界里,不仅以丑为美被彻底摒弃,化丑为美也达到了"恨凤姐,骂凤姐,不见凤姐想凤姐"② 的完美境界。

当然,在以丑为审美对象这个问题上,从《金瓶梅》的多有缺憾到《红楼梦》的走向完美,这其间并非直线发展过程,而是长期摇摆于两个极端之间的曲线发展过程:或是偏执于对丑的审判,或是着力于对丑的感性形式的描绘。而且,在《红楼梦》之后,退化的现象仍时有发生。就我国当代文坛而言,在新中国成立后的17年乃至"文革"期间,这种退化偏向于前一极端;在新时期以来的文坛上,这种退化则一度偏向于后一个极端。

在文学这种典型的审美活动中,主要难题之一,是作家如何做好化丑为美;但与此相关而又更为隐秘的难题,还在于如何把握张扬人性美的分寸。从文学史来看,大量的作品,包括优秀的作品中,作者最倾心的人物形象,往往不如其力图否定的人物形象鲜活生动,如诸葛亮与曹操,结果事与愿违,曹操的审美价值反倒超过了诸葛亮。这是为什么呢?因为对自己深爱的人物,作者往往容易让其说话行事超出人的能力范围,摆脱人的本性制约,于是就突破了人性的"情"和"理",该形象的审美价值就会随着其身上"神性"成分的增加而减少。而作者在"鬼化"自己憎恶的人物时,常常会将人所能说出来的坏话、人所能做出来的坏事附在他身上,该形象的审美价值由此却会随着其性格中"人性"成分可信度的增加而增加。在这个问题上,曹雪芹的《红楼梦》把握得最好:贾宝玉与王熙凤,其审美价值可有些许高下之别?那么,我们从曹雪芹的"不敢稍加穿凿"③ 中,究竟应该得到什么样的启示呢?对人物及其社会生活环境的把握,应当重"情"、重"理"而"不敢稍加穿凿",即无论褒贬,人物的言行都要在人的本性范围之内,不要逾越这个"情"与"理";只要把准了这个"情"与"理"的度,则可尽情地洋洋洒洒,恣肆无

---

① 清末文龙的评语,由刘辉《〈金瓶梅〉研究十年》一文首次披露,载《中国社会科学》1990年第1期,第213页。
② 王昆仑:《王熙凤论》,载《光明日报》1963年4月25日。
③ 〔清〕曹雪芹:《红楼梦》,人民文学出版社1982年版,第5页。

涯。一部《红楼梦》给予读者的真实感，全都涵盖在这"情"与"理"之中。

因此，从美学角度来看再现与真实，我们可以说优秀的文学作品是人类的一种"精神化石"①。《红楼梦》就是这么一种"精神化石"，它因此被誉为"中国封建社会末期的百科全书"；托尔斯泰的作品也是这么一种"精神化石"，它使得"一个被农奴主压迫的国家的革命准备时期，竟成为全人类艺术发展中向前跨进的一步了"②。

文学是人学这个命题，意味着文学对人的内涵的挖掘与展现，是以现实为依据，浸透着人的理想和追求。文学活动包含认识因素，但从根本上讲，它不是认识活动，而是价值创造的审美活动。人类价值观念的培养与发展，人类的心灵养护，都离不开文学这种活生生的审美活动。审美活动的现实依据，必然产生文学的再现与真实效果，对文学真实的否认是不成立的。但是，如果以此认定文学就是一种认识活动，并从认识论角度来理解文学的再现与真实，那么，后现代思潮对传统形而上学认识论的致命一击，也一定会落到对文学认识论的阐释上。

后现代思潮肯定不是放之四海而皆准的真理，恰恰相反，它要破除的，正是这种真理观。它的偏颇之处，是一眼就可看出的。但是，它对传统形而上学致命病根的判断，不能不说是非常精到的。

传统形而上学认识论的特点，是从地面上升到天空。面对大千世界中的千姿百态，面对活生生的各种现象，它所做的，就是过滤、过滤，再过滤，以获得高度抽象的理性概念。这种理性主义思维方式，实质上就是科学主义思维方式，在探索自然规律并利用自然规律为人类服务方面，它发挥了关键作用，为人类物质财富的创造立下了汗马功劳。然而它的负面作用，在人类科学技术高速发展的同时，也日益暴露出来，这就是对人本身的忽略。人的心灵呼唤，人的情感需要，人的价值追求，等等，本来应该是随着物质财富的增加而不断得到相应高一级程度的满足的，但事实却恰恰相反。人类自身所感受到的精神危机，在科技高度发展、物质极度丰富的时代，正在日益加重。

这种认识论传统作用于文学理论，就产生了一种巨大的理论影响，使得人们自然而然地从认识论角度看待文学，看待再现论以及相应的真实论、典型与典型环境理论，自然而然地将对文学的认识引向抽象的理念，将对文学的追求

---

① 胡经之：《文艺美学》，北京大学出版社1989年版，第64页。
② ［苏联］列宁：《列·尼·托尔斯泰》，见《列宁全集》第16卷，人民出版社1962年版，第321页。

引向把感情提炼为思想。

再现论新的理论空间，在于不受认识论的支配，转到审美论的轨道上来，从而不再追求将感情提炼为思想，从有限的活生生的现象达到无限的高度抽象的概念，而是追求将思想转化为感情，以有限的活生生的现象展现无限的具体生动的人与世界。

（原载《中山大学学报》2009 年第 6 期，人大复印资料《文艺理论》2010 年第 3 期全文转载）

第三节　经典与文艺学学科生机的反思

文艺学目前正面临多重挑战：文化转向所带来的"无边化"、进入图像时代所带来的"文学终结论"、后现代思潮中的反本质主义思路。如果把这些挑战理解为危机，那么造成危机的根源之一，应该还是与经典的距离。西方文论史和中国文论史都表明：优秀的文论著作是以研读作品尤其是经典作品为基础的。在经历过印刷时代与电信时代的社会，研读经典作品还要考虑结合图像文本，重视表演语言文本。重视经典作品，是为文艺学的发展带来学科生机的重要因素之一。即便产生经典文艺学与非经典文艺学的分野，文艺学仍然不能脱离经典作品的支撑。

一、文艺学当下面临的多重挑战

近 20 多年来，文艺学可以说是疆域拓展得最快的学科，以至于成为最不稳定的学科。这种不稳定，主要体现在以下几个方面。

（一）无边化

假如要用一句最简单的话来概括目前文艺学的学科现状而又不引起大的争议，恐怕没有比"无边的文艺学"更合适的了。形象一点说就是：文艺学矫健的身影活跃在人文社会科学的任何一个学科领域里。这种局面的出现，与文艺学向文化研究转向有着直接的联系。如何看待这种转向及其后续效应呢？首先，这绝对是好事。一门学科如果缺乏走出"家门"的胆识，缺乏吸收、综合、融化其他学科知识的能力，其发展前景是难以乐观的。其次，这也有令人担忧之处。文化这个范畴，比意识形态要大多了，可以说无所不包。文艺学曾经几乎等同于意识形态，殷鉴不远，现在又几乎等同于文化，难免令人担忧。

一门学科一旦什么都是，也可能意味着什么都不是；一旦无边化了，甚至可能意味着自我消解。

（二）取消论

这个话题，是由文学终结论以及日常生活审美化而来的。现在的论者，一般都把文学终结论的"帽子"戴在 J. 希利斯·米勒教授的头上，其实多少有点冤枉他。2000 年 7 月 29 日至 31 日，"文学理论的未来：中国与世界"国际学术研讨会在北京召开。米勒教授在会上的发言，被视为一枚重磅炸弹，引起轩然大波。杜书瀛先生的专著《文学会消亡吗——学术前沿沉思录》对此有过详细的交代。① 自那以后，有关"终结"的话语就开始流行起来。美国阿瑟·丹托的一本论文集，本名应该是《哲学对艺术的剥夺》，托时尚之福，也被翻译为《艺术的终结》。② 如今市面上以"哲学或……的终结"为书名的译著还不少呢！

说多少有点冤枉米勒教授，是因为他在会上只不过转述了雅克·德里达的看法："在特定的电信王国中……整个的所谓文学的时代……将不复存在。"③ 当然，在具体阐释的过程中，米勒认为德里达确有"文学终结"的意思，也同意他的观点。只是很少有人注意到，这里的"文学"，是有特定历史含义的："'文学'只是最近的事情，开始于 17 世纪末、18 世纪初的西欧。"④ 而西方美学史上，有关现代意义上的"艺术"概念的定型时间，正好也是在 17 世纪与 18 世纪。⑤ 所以，笔者认为，德里达及米勒所说的将要终结的文学，并不是我们今天在谈论文学时内心里默认的文学，而是指进入电信时代之后，原先在印刷时代占据统治地位的文学。在他们看来，电信时代的文学与印刷时代的文学是两个完全不同的概念。这个问题，当由另文细说。需要强调的是，近年关于文学终结论的说法，确实由此而来。

由陶东风等一批青年学者所引发的关于日常生活审美化的争论，多少与此

---

① 参见杜书瀛《文学会消亡吗——学术前沿沉思录》，中山大学出版社 2006 版，第 3-29 页。

② The Philosophical Disenfranchisement of Art 不好译为《艺术的终结》，因为"disenfranchisement"一词意味着"对……的剥夺"。参见［美］阿瑟·丹托《艺术的终结》，欧阳英译，江苏人民出版社 2005 年版。

③ ［美］J. 希利斯·米勒：《全球化时代文学研究还会继续存在吗》，载《文学评论》2001 年第 1 期。

④ ［美］J. 希利斯·米勒：《全球化时代文学研究还会继续存在吗》，载《文学评论》2001 年第 1 期。

⑤ 参见［英］罗宾·乔治·科林伍德《艺术原理》，王至元、陈华中译，中国社会科学出版社 1985 年版，第 6-7 页。

有关，也与美国学者理查德·舒斯特曼的《实用主义美学》和德国学者沃尔夫冈·韦尔施的《重构美学》有关。① 陶东风本人其实并未明言生活审美化与审美生活化是否导致艺术终结，倒是指出应当重构文艺社会学。② 问题在于，文学终结了，生活与艺术的界限消失了，结果如何，自有别人来得出结论。而结论肯定不会是单一的，其中自然就会包括：以文学艺术为研究对象的文艺学，将随着文学的终结而被取消。这一潜在的结论，恐怕也是这场争论产生的潜在原因之一。

（三）后现代思潮的挑战

如果说20世纪80年代以来进入我国文论界的后现代思潮极大地开辟了学科空间的话，那么很明显，时至今日，随着后现代削平深度模式、反中心主义等观念的流行，文艺学已经面临严重的学科生存危机。对于后现代思潮的影响，汤一介先生有非常精当的见解："后现代主义思想在20世纪80年代已经进入中国，但是并没有广泛流行，但到90年代突然成为当时中国哲学界（不仅是哲学，而且是其他学科如文学、艺术等）注意的一个焦点。"原因何在？原因就在于不同于现代理论的明晰性、确定性、终极性、完整性和系统性等，后现代思潮追求不确定性、无层次性、反中心主义等。③

具体到文艺学，后现代思潮的挑战表现为反本质主义。其影响之大，已经足以颠覆现行文艺学教材体系：近年来出版的文艺学教科书，鲜有以"本质论"为全书基点的；而在此之前，"本质论"可是任何一本教材都须臾不可或缺的"通灵宝玉"呀！

二、文艺学的危机及其根源：与经典的距离

说以上三者造成了文艺学的学科危机，应当是不为过的。现在的关键是，如何看待这种危机并找出生机，或者指出生机的方向何在。

在我国高校文科课程体系里面，文艺学作为一门基础课，已经具有几十年的历史，用现今时髦的语言来表达，就是它早已被体制化了。因直接受苏联的影响，从20世纪50年代设置之日起，文艺学就被赋予"扛旗""打头"的使

---

① 参见杜书瀛《文学会消亡吗——学术前沿沉思录》，中山大学出版社2006年版，第244-247页。
② 参见陶东风《日常生活的审美化与文化研究的兴起——兼论文艺学的学科反思》，载《浙江社会科学》2002年第1期；《日常生活的审美化与文艺社会学的重建》，载《文艺研究》2004年第1期。
③ 参见汤一介《〈20世纪西方哲学东渐史〉总序》，见杨河、邓安庆《康德黑格尔哲学在中国》，首都师范大学出版社2002年版，第11-12页。

命。按说，文艺学应当紧密结合文学作品，但实际上，文艺学的"理论色彩"却日益浓厚，它也越来越拔高、抽象、稀薄，甚至于置具体的文学作品而不顾，可以在人文社会科学各个领域纵横驰骋。个中缘由，令人百思不得其解。私以为，是不是当初设置之日的"充足底气"所致？

总之，有体制化这块坚硬的基石垫底，文艺学的无边化还有可持续的空间。

对于取消论，只要能够要分清印刷时代的文学与电信时代的文学这两者之间的联系与区别，只要这两种文学还可以并存，取消论就难以大行其道，或者说没法彻底。更何况，日常生活审美化的争论尚在继续，一时也无法产生具有绝对权威性的结论。

真正从学理上挑战文艺学的，是反本质主义。对这个问题的探讨，恐怕还得追溯到欧洲中世纪以奥卡姆为典型代表的唯名论对实在论的批判，以及波普尔的反本质主义，接下来才是维特根斯坦、德里达等现代哲学大家。

学术史的经验告诉我们，仅仅以社会现实中的日常经验为依据，是无法应对学术论争的。否则，对待黑格尔的"艺术终结论"，仅用一句"艺术至今仍然存在"足矣，不需要克罗齐煞费苦心构建另外的逻辑理论，通过指出黑格尔逻辑理论的不足，来驳倒"艺术终结论"。附带说一句，杜书瀛先生对黑格尔的"艺术终结论"也有十分精辟的辨析，指出我们同样误解了黑格尔："终结"不是"消亡"。[①]

后现代思潮虽然没有运用像黑格尔那种一以贯之的逻辑理论，但其基本出发点是语言，这是不争的事实。且不说维特根斯坦，单说德里达的反中心主义，就是直接来源于他对语言能指与所指之间关系的独到辨析。相比之下，我们文艺学的理论色彩比较偏向于形而上的思辨那一块，即"软"的一块，而对于语言学"硬"的这一块，则忽略得比较多一些。

其实，中国古代的语言文字，不啻文艺学的资源宝库。比如，对于《诗经》中的"国风"，多年来无人提出任何疑问。而根据新近出土的文献《孔子诗论》，我们得知："国风"二字，是避刘邦之讳的结果，原为"邦风"。[②] 虽一字之别，然而个中含义大有深意焉。最起码来说，文艺学"无边化"过程中所包含的走向"田野"，如果指的是田野出土的资料，那真是太好了！密切关注最新出土资料，对比、对照古籍中关键字词的异同，对文艺学的基础工作来说，意义十分重大。

---

① 参见杜书瀛《文学会消亡吗——学术前沿沉思录》，中山大学出版社2006版，第18-21页。
② 参见马承源主编《上海博物馆藏战国楚竹书》（一），上海古籍出版社2001版。

再如，一直争论不休的"羊大为美"和"羊人为美"的问题，要是仅只停留在许慎的《说文解字》，分歧恐怕永远得不到解决。我国著名甲骨文研究专家陈炜湛先生，从甲骨文入手，指出许慎的误解，证实了"羊人为美"。在古代，人们狩猎时头上戴着兽角，装扮成野兽的样子，可以提高狩猎的效率，久而久之，这种兽角就逐渐演变为装饰品。"早期的甲骨文里美字就不少，也有好几种写法……美字也是一个象形字，本是一个人戴着两双羊角而正立的形象……人正立而戴羊角，所强调的正是美好的装饰，亦即装饰之美。"① 十分有趣的是，我国甲骨文里"美"字的来历，与普列汉诺夫考察的原始人关于美的概念的产生过程，具有惊人的一致："野蛮人在使用虎的皮、爪和牙齿或是野牛的皮和角来装饰自己的时候，他是在暗示自己的灵巧和有力，因为谁战胜了灵巧的东西，谁自己就是灵巧的人，谁战胜了力大的东西，谁自己就是有力的人。"② 时间一长，这些起初只是作为勇敢、灵巧和有力的标记而被佩戴的东西，渐渐引起审美的感觉，演变为装饰品了。

上例不正好说明人类艺术的起源和美感的起源具有一定的共同性吗？而到目前为止，本质主义思路存在的主要问题，不也就是执着于探讨文学艺术的共同性——本质——吗？如果世上确实存在着共同性、本质，或者说人们确实可以从现象中概括出共同性、本质，那么，大大方方地进行探讨，又有何妨？没有必要因为这种思路也确实存在问题就刻意回避甚或一概否定。所以，企图追求并运用放之四海而皆准的本质来规定人类文学艺术的特性及发展，肯定行不通，但是，如果企图运用反本质主义来反对本质主义，恐怕也行不通。

笔者非常赞同杜书瀛先生的意见：要本质、要普遍，但是不要主义，要规律，但不是放之四海而皆准。③

以上皆为文艺学的学科生机或者生机的重要因素。而此处所说的生机，主要是指文艺学产生的土壤：文学经典。

文艺学作为一门学科，在被体制化之初，直接承袭于苏联，随后就一直通过吸收西方经典文论的养分得到成长。综观我们自己编纂的或者直接翻译过来的任何一本西方文论史，像康德那样较少涉及艺术、主要只谈纯理论的大家，非常之少！大多数经典文论，都是以文学经典为基础的：亚里士多德的《诗学》与古希腊悲剧，黑格尔的《美学》与古希腊戏剧，狄德罗的《论戏剧艺

---

① 陈炜湛：《古文字趣谈》，上海古籍出版社 2005 年版，第 246 - 247 页。
② ［苏联］普列汉诺夫：《没有地址的信》，见《普列汉诺夫美学论文集》第 1 卷，曹葆华译，人民出版社 1983 年版，第 314 - 315 页。
③ 参见杜书瀛《文学会消亡吗——学术前沿沉思录》，中山大学出版社 2006 版，第 239 页。

术》,莱辛的《汉堡剧评》,尼采的《悲剧的诞生》,弗莱的《批评的解剖》,等等之类,不一而足。要想穷尽的话,那将是一份十分可观的目录清单。尤其是作为文论基础的马克思主义文论,几乎全是在对具体作品的批评中产生的。现在,我们自己的文论著作,也可以开列出一个长长的清单了,但其中的"理论色彩"显然要比西方的"浓厚"得多,而以分析作品为基础的,又比西方的少得多。

　　既然这门学科的现代形态是从学习西方开始的,那就应该从基础的东西学起:通过精细研读作品,尤其是经典作品,从中概括、提炼出一些虽不是也不能放之四海而皆准,但又确实具有一定程度普遍性的结论,为文学艺术的发展总结经验,提供具有重要价值的参考依据。康德的东西,可以说是极高层次,甚至是迄今最高层次的理论形态。没有长期而扎实深厚的积累,一上来就学康德的路数,只能是事倍功半,吃力不讨好。看看那些除了作品什么都包括、什么都涉及的文论著作或文章,再对比一下康德的东西,欲速则不达的结论应该是不言自明的。

　　也许有人会说,人家那是先有了理论框架,再回过头去用文学的材料予以填充而已。比如黑格尔,艺术史只不过是他用来证明"绝对理念"显现过程的材料。这又涉及学术研究的思维过程的问题,尤其是材料与观点之间的关系问题,或者往大处说,是先有鸡还是先有蛋的问题,当另文细谈。就文艺学而言,借鉴史学研究的思路,还是应当论从史出。

　　至于我们自己的传统,中国古代文艺学的典型形态就是"诗文评"。[①] 我们可以随手列出一个清单来:《毛诗序》《典论·论文》《文赋》《文心雕龙》《诗品》《诗式》《闲情偶寄》《原诗》,以及各种各样名目繁多的诗话、词话、点评,等等之类。这些经典文论著作或文章都是以研读作品为基础的。说起来,也许这些诗文评的"理论色彩"远不及今天的文论著作和文章,但是也从来没有听谁说过它们的价值远不及今天的文论著作和文章。通过从古代文论宝库里吸收珍贵营养来发展今天的文艺学,这种呼吁倒是不绝于耳。

三、经典范围的扩容及其与文艺学的学科生机

　　文艺学是研究文学艺术的,研读作品,尤其是经典作品,当为必备功课。古今中外的经典文论著作和文章,大多产生于对作品的精细分析。反躬自问,我们的文艺学对这一基本功课是不是有点忽略?

---

　　① 参见彭玉平、吴承学《中国文学批评史研究的回顾与展望》,载《中国社会科学》1997年第5期。

值得注意的是，后现代思潮的解构力量，同样已经作用于人们关于经典的认识。对经典的注重与讨论，从 20 世纪 90 年代末开始，就逐渐成为学术热点之一。张荣翼的文章指出，在当代，传统的经典机制已经式微，取而代之的是文学评奖制、文学演进中的潮流化趋势和视觉文化的崛起，张荣翼称之为"后文学经典机制"。① 黄浩的文章提出了"经典文学"或"文学经典主义"的概念，然而他对"经典文学"的界定则非常有个性："文学经典能不能产生……取决于人们是否把文学文本当作经典来阅读"；经典文学时代都发生在人类社会经济不发达的历史时期，那个时代的文学之所以被当作经典，不是由于当时的人们具有很高的鉴赏力，而是因为那时的文学资源匮乏，"人们除了把文学文本当作经典来阅读之外，别无其他可能"。②

由文学史常识可知：经典的形成过程非常漫长且情况千差万别。比如《西游记》，光是它的成书过程，就经过了历史故事、佛教文学和民间传说、平话、戏曲、长篇小说五个阶段，从"西游记"故事的产生、流传和演变，到吴承恩最后加工成书，其间长达 900 余年。又比如，据说《红与黑》出版之后几乎无人问津，直到司汤达去世之后，才逐渐得到世人的重视。总之，对经典的认定，常常是当代人难以完成的工作。

就对经典的认识而言，本文认同童庆炳和刘象愚两位先生的看法。童先生认为，文学经典是一个不断建构的过程，至少包括六大要素：作品的艺术价值、作品的可阐释空间、意识形态和文化权力的变动、文学理论和批评的价值取向、读者的期待视野，以及"发现人"。③ 刘先生的文章指出，经典具有内涵的丰富性、实质上的创造性、时空的跨越性和无限的可读性等内在特征；同时，在经典形成的过程中，大师的肯定、教育机构的传授以及读者的阅读与判断起着非常重要的作用。经典不可能消失，它是民族文化传统的重要构成因素。④

文艺学重视经典，其实是一项十分复杂的任务：不仅要仔细研读历代流传下来、已经得到公认的经典，更要在重读过程中重新组合经典名单。能够成功做翻案文章的，必定是大师或会成为大师。比如，新中国成立后郭沫若为曹操翻案成功，就是一个极好的范例。需要特别指出的是，绝不可因为经典的鉴定

---

① 参见张荣翼《文学经典机制的失落和后文学经典机制的崛起》，载《四川大学学报》（哲学社会科学版）1996 年第 3 期。

② 黄浩、张春城：《文学经典主义批判——兼答盖生先生》，载《吉林大学社会科学学报》2005 年第 3 期。

③ 参见童庆炳《文学经典建构诸因素及其关系》，载《北京大学学报》（哲学社会科学版）2005 年第 5 期。

④ 参见刘象愚《经典的解构与重建》，载《中国比较文学》2006 年第 2 期。

需要几代人的努力才可成功,就放弃对当代经典作品的挑选与推荐。即便出错的概率非常高,文学史上推荐同时代经典的这个传统也不能在当代中断。现在,学界对新中国成立后文学史上的"三红一创"(《红旗谱》《红日》《红岩》《创业史》)堪称当代文学经典,已达成一定共识。对新时期以来具有极高经典性作品的认定,比如《班主任》之类,也正在进行之中。这项工作的阅读量之大,是不可预知的:据统计,近几年每年出版的长篇小说就达上千部之多。

当代人挑选与推荐当代经典作品,视野还不能局限于文学领域,还必须意识到我们确实已经身处印刷时代与电信时代并存的社会。因此,除重视印刷文本之外,还一定要高度关注重视图像文本,高度重视承担图像展示重任的表演(身体)语言文本。像《亮剑》中李云龙的扮演者李幼斌、《暗算》中黄依依的扮演者陈澍,他们的身体语言文本,应该进入研究范围。尤其是陈澍,她对角色的演绎,的确达到了炉火纯青的地步。如果让她扮演林黛玉,能与她竞争的对手肯定很多;然而,如果让她扮演安娜·卡列尼娜,估计一时少有人能敌。对于像《狼图腾》(姜戎)和《悲悯大地》(范稳)这样一类的优秀长篇小说,以后结合图像文本进行综合研究,阐释空间可能会更大些,阐释效果可能会更好些,其中的蕴涵,对文艺学的支撑,也可能更有力些。

从目前情况来看,文艺学在应对诸多挑战时,已经隐隐约约显示出一种分野的趋势:以注重经典为基础的文艺学,大致被看作传统文艺学或经典文艺学;同时,顺应文化研究与反本质主义思路,将目光转向其他学科,转向历史上和现实中被忽视的非经典文学现象,转向日常生活中的诸多审美现象乃至民间习俗等等之类的文艺学,大致被视为非经典文艺学或非经典诗学。这种分野的发展状态和效果,现在难以预测。但是,有一点可以肯定:正如胡适先生当年的《白话文学史》如今已是规范的、评述经典文学的经典文学史,现在支撑非经典文艺学的非经典文学现象,以后未必不会成为经典文学现象。分野不会也没法造成两者的截然分离或分割。当代著名摇滚歌手崔健的歌曲《一无所有》等,已经进入学者圈定的经典名单[①],这就足以说明问题。古人云,一代有一代之文学,即包含一代有一代之经典的意蕴。在不同时代、不同类型的文学经典的支撑下,文艺学的发展将永葆生机。

(原载《学术研究》2008 年第 3 期,人大复印资料《文艺理论》2008 年第 6 期全文转载)

---

① 参见谢冕、钱理群主编《百年中国文学经典》第 7 卷,北京大学出版社 1996 年版,第 47－49 页;陈思和主编《中国当代文学史教程》,复旦大学出版社 1999 年版,第 326－328 页。

第六章　文学本体的学理建构

文学作为语言艺术，是人类美的创造的结晶。读者在文学世界里，置身于是非利害之外，动情于喜怒哀乐之中。美学对文学发展的导向作用，不是呼唤对经典作品的重现和国际大奖的获得，而是倡扬对我们民族当代精神面貌、心灵状态的独特挖掘、培育与提升。文学本体是扎扎实实的存在，反本质主义只能反掉自然本体论的先在性，反不掉它与社会本体论共同拥有的同一性。社会本体论的学理，与实践美学同声共气。蒋孔阳先生秉持实践美学，从美与人、美与艺术这个基点出发，落实人与社会关系的研究，提出美是人类提高自己和超过自己的社会机能的看法。

第一节　走向文学的美学
——从审美带有令人解放的性质说起

走向文学的美学，高度注重对文学的具体阐释。文学作品中的美，主要体现为读者能够从中获得最大程度的解放、实现和提升。在文学世界中，人的解放分两条路径：超越和进入。古典抒情作品更多体现超越精神；现代叙事作品更多体现进入品格。美学对文学发展的导向作用，不是呼唤经典作品的重现和国际大奖的获得，而是倡扬对我们民族当代精神面貌、心灵状态的独特挖掘与提升。

一、正面阐释美在文学世界中的体现

当代美学研究中的各种争论与新变之名目繁多，已是无须赘言的事实。但有一点可以说是毋庸置疑的：文学是美学的主要出发点之一。因此，同样毋庸置疑的是：文学也是美学的主要归宿之一。美学必须能够切近地解释文学，具体地解释文学。借用一句习语的句式：不切近地解释文学的，不是完整的美学理论。然而，只要仔细地体味，就不难发现众多美学理论对文学的解释，往往偏向于抽象，偏向于拔高，偏向于忽略具体文学作品对美学理论的支撑。常见的美学争论中，被批驳的一方，几乎绝少遭到没能用其理论体系对文学作品予

以贯穿始终的把握的指责。也许,美学研究到了该分头进行的时候了:在着重从理论角度构建美学体系的同时,高度重视对具体文学作品的解释。[①] 当代中国的美学理论,多半源自西方;殊不知,西方许多(并非全部)美学理论的主要特点之一,就是立足于对具体文学作品的分析。比如黑格尔的美学理论,如果离开希腊文学这块土壤,是难以生长出来的;英美"新批评"派、洛特曼等,无不如此。

要想做到用美学理论解释文学作品,首先就要面临一个如何处理深为反本质主义所诟病的"美是什么"即美的本质的问题。杜书瀛先生及徐岱先生对反本质主义和本质主义的剖析十分精当,[②] 现在我们既不必追求"放之四海而皆准"的本质,也决不可放弃对现象的抽象。走向文学的美学,既不必指望它能够同时涵盖所有的艺术门类,也不必设置勿越雷池一步的禁令。至于究竟如何具体地运用美学理论解释文学作品,笔者以为,从"审美带有令人解放的性质"[③] 入手,更能解释文学的美学品格。

人自出生之日起,注定要受到各种各样的限制,无法满足自己的各种要求,无法施展自己所有的聪明才智,无法得到解放,即无法全面实现自己的本质力量。人之所以为人,主要表现为他与其他人一起,在摆脱各种限制的过程中,创造了文明,创造了社会,并创造了对人自身的限制,同时还创造了人自身摆脱各种自然限制和社会限制的能力。人的一生,就是不断地突破限制,解放自己、实现自己,从而面临更高层次的限制,在更高层次上解放自己、实现自己的不断循环的过程。人类孜孜以求的美,就产生于人自身的解放,产生于人类实现自己的聪明才智、实现自己本质力量的过程和结果。从这个角度来说,黑格尔的美学理论其实是马克思主义实践论美学观的主要源头。

所谓走向文学的美学,关键就在于要能正面回答美在文学作品中的体现,这种体现就是:沉浸于虚拟的文学世界,读者能以超过其他任何方式的深度和广度,摆脱现实生活里的种种制约,最大限度地解放自己、实现自己、发展自己、提升自己——或者受文学世界的导引,完全逸出一切功利束缚,进入人与自然、人与社会、人与人以及人与自我关系的最理想境界;或者受文学世界的启发,返身观照现实生活,获得既置身是非利害之外,又动情喜怒哀乐之中的体验;更多的是两者兼而有之,偏向何方则取决于读者的教养及阅读

---

① 至于文艺美学这门新兴学科对文学的解释及其与文学的关系,当另文别论。
② 参见杜书瀛《文艺美学诞生在中国》,载《文学评论》2003年第4期;徐岱《反本质主义与美学的当代形态》,载《文艺研究》2000年第3期。
③ [德]黑格尔:《美学》第1卷,朱光潜译,商务印书馆1979年版,第147页。

环境。

  尤为重要的是，人的解放，人们在文学世界中所实现、所发展、所提升的本质力量，往往潜在而执着地转化为人类在改造客观物质世界和提升主观精神世界时所追求的最高目标。今天的现实，常常是人类昨天在文学世界中所表达的理想的实现。从某种意义上讲，文学就是人类文明进化的方向和先导。神话这种人类最早文学题材的产生与消亡的过程，正是对美的性质的经典阐释。

  具体来说，美在文学作品中的体现，有两个基本层次：解放自己，展现人的本质力量；发展、提升自己，张扬人的最优秀的本质力量。

  在西方美学史上，人的本质力量对象化的理论，渊源于德国古典美学。从康德为人的本质力量对象化问题"开辟了道路"① 起，席勒、黑格尔、费尔巴哈等相继对之进行了非常深刻、至今仍具有极高价值的研究。马克思主义美学的伟大历史贡献，在于将人的本质力量对象化问题与人类的劳动实践结合起来，从而在美学史上第一次引入实践的观点，奠定了实践论美学的理论基础。在我国，经过20世纪50年代与80年代的两次美学大讨论，实践论美学思想日益成为占据主流地位的美学理论。在《1844年经济学—哲学手稿》中论述美与美感的本质的时候，马克思提出了著名的"美是人的本质力量对象化"的观点，② 并指出人与动物的根本区别就在于："动物只是按照它所属的那个物种的尺度和需要来进行创造，而人则懂得按照任何物种的尺度来进行生产，并且随时随地都能用内在固有的尺度来衡量对象；所以，人也按照美的规律来塑造。"③ 就文学作品的创造和接受而言，"人的本质力量的对象化""内在固有的尺度"与"美的规律"这三者之间，是有着密切的内在联系的："本质力量"与"内在固有的尺度"都是指人的自由本性，指人全面解放自己、实现自己、发展自己的潜在欲求与潜在能力的永恒希望和追求；而"美的规律"，"正是人的本质力量对象化的规律"④，即全面、完满地将人的聪明才智、本质力量印刻在外在对象上的规律；"对象化"是指人认识自己、解放自己、实现自己，将自己的本质力量印刻在外在事物上，让自我复现在外在事物中。"例如一个小男孩把石头抛在河水里，以惊奇的神色去看水中圆圈，觉得这是一个作品，在这作品中他看出自己活动的结果"；解放自己、实现自己，将自己的本质力量对象化，是人类永恒的追求，"这种需要贯穿在各种各样的现象里，

---

  ① 蒋孔阳：《美学新论》，人民文学出版社1993年版，第162页。
  ② 参见［德］马克思《1844年经济学—哲学手稿》，刘丕坤译，人民出版社1979年版，第78-79页。
  ③ ［德］马克思：《1844年经济学—哲学手稿》，刘丕坤译，人民出版社1979年版，第50-51页。
  ④ 蒋孔阳：《美学新论》，人民文学出版社1993年版，第205页。

一直到艺术作品里的那种样式的在外在事物中进行自我创造（或创造自己）"。① 文学创作是审美创造的最主要、最基本的形式，因此，文学世界最能体现出人的解放、人的实现、人的本质力量的对象化。置身于文学世界里，人们能够看出"自己活动的结果"，并进行"自我创造"，解决在现实世界里无力解决的问题，从而得以在精神世界中全面地实现并发展自己的本质力量，全面解放自己、实现自己。如果人们在文学世界里看不到"自己活动的结果"，即看不到自己的解放、自己的实现，那么人的本质力量的对象化就失去了基点。这样的文学作品，就是失败的。为什么广大读者对那些"假、大、空"的文学作品深恶痛绝？为什么那些千人一面的"概念化""模式化""公式化"文学作品令人不屑一顾？就是因为在那些作品中，不仅看不到人的本质力量，还极大地简化和歪曲了人的本质力量，充其量只有一些关于人的表层特征的细枝末节，因此读者无法在其中实现自己的本质力量，这样的作品也就毫无审美价值可言。即便在优秀的文学作品中，公认杰出的文学形象之间，也存在审美价值上的区别。例如《三国演义》中的曹操，其审美价值要高于诸葛亮，原因就在于，诸葛亮身上有一些被神化的东西，人性的成分略少于曹操：面对某些关键问题，诸葛亮靠神的帮助来解决，曹操则靠自己的应变能力来解决。从美学意义上讲，文学的基点与特性离不开对人及其现实生活本质的把握。

文学作品对人的本质力量的把握，并非刻板地摹写人及其现实生活。这里的关键在于：现实世界的"外在方面在艺术表现里必须处于不重要的附庸地位，而主要的东西却是人类的一些普遍的旨趣"②。在文学作品里，人类的"普遍的旨趣"主要是指人类的心灵状态、精神面貌。凡是优秀的作品，其所创造出来的文学世界，无论在时空上距离我们多么遥远，也总能令人感到亲切、真实，原因就在于内中人物的精神面貌、心灵状态与现实世界中的情与理是相通相连的。尽管其中的人物及其生活，与现实中的人们及其生活对比，也许相去十万八千里，但内中所涉及的情与理，却与现实中的人们及其生活的本质大致相同，甚或丝丝入扣，从而具备令读者于中印证、实现自己聪明才智的基点。

美在文学作品中的体现，还表现为发展自己、提升自己，对人的本质力量中最优秀的部分予以张扬。

人的本质力量并非纯洁无瑕的，而是各种复杂成分的集合体。人们要在文

---

① ［德］黑格尔：《美学》第 1 卷，朱光潜译，商务印书馆 1979 年版，第 39 页。
② ［德］黑格尔：《美学》第 1 卷，朱光潜译，商务印书馆 1979 年版，第 348 页。

学世界里实现的本质力量，不是一般、普通的部分，而是其中最优秀的部分。因为只有将本质力量中最优秀的部分予以对象化，人的本质与潜能才算得到真正的发挥、实现。文学作品审美魅力的最终根源，就在于它能最大限度地实现、提升人的本质力量中的优秀部分，从而具有一种引力的功能，牵引着人类不断地走向文明的新高度。无论是现实主义、浪漫主义，还是新潮迭出的当代各种文艺流派，其各自间的差异尽管明显而深刻，但在表达理想这一点上，却又是异曲同工的。人的本质、美的本质以及文学的本质，这三者之间的根源是一致的。人类最大的本性，就是永不停息地在现实世界与精神世界中追求自身本质力量的对象化，美的最终根源即在于此。因此，从人类文明的进程来看，美的作用和价值就很清楚了，它"是人类提高自己和超过自己的一种社会机能"①。正是这种机能，使得人类能够从野蛮走向文明，从单纯的自然存在走向自觉的、有意识的精神存在。人类的前进目标，尽管包含着越来越富，但却不是越来越富，而是越来越美。人类对美的追求和创造体现在各个方面，文学则最能体现这种追求和创造。一部文学发展史，其实就是一部人类文明发展的先导史。在很大程度上，人类的劳动以至人类前进的脚步，都是朝着文学所指出的方向发展的。抓住了这一点，也就不难理解世界各国古代神话中的幻想，何以在后来大都变成了现实；尤其是不难理解文学世界何以总是与现实世界有着一定距离。这就是"人也按照美的规律来塑造"② 的真正含义。因此，从美学意义上讲，文学的基点与本性离不开对人及其理想的把握。

二、美学史与文学史上的里程碑：在文学世界中恰当地审丑

在解放自己、实现自己，张扬人的优秀本质力量的同时，文学还必须面对人的本质力量中的丑恶部分。能否以丑为审美对象，是美学史和文学史的重要分水岭；能否正确地以丑为审美对象，是美学史和文学史的重要里程碑。《金瓶梅》与《红楼梦》，就是中国美学史和文学史的分水岭与里程碑。

在文学作品中，以丑为审美对象必须同时具备两个充分必要条件：对丑的审判以及对其感性形式的造型。只偏重后者，会流于以丑为美；而专注前者，则易于导致概念化的倾向。只有将两者有机融合起来，才能化丑为美。在将丑的感性形式引入审美领域的初始阶段，人们的注意力还只是集中于从审美到审丑的突破上，还没有特别意识到对丑的审判在审丑中的必要性与重要性，对以丑为美与化丑为美这两者之间的实质性区别，还没能做出十分明确的辨析。

---

① 蒋孔阳：《美学新论》，人民文学出版社1993年版，第156页。
② ［德］马克思：《1844年经济学—哲学手稿》，刘丕坤译，人民出版社1979年版，第51页。

《金瓶梅》就是一个典型的例子。它在我国美学史和文学史上所具有的分水岭意义，就在于以前所未有的规模与程度，将丑作为文学世界里的主要审美对象，使得那些在现实世界里"未死之时便该死"的人物，"既死之后转不死"，并因《金瓶梅》一书而"与日月同不朽"。① 但是，《金瓶梅》的作者虽然精于对丑的感性形式的描绘，却疏于对丑的审判，以致在多处沉湎于纯属生理感官的刺激而不能自拔，相当程度地混淆了以丑为美与化丑为美之间的界限，使得《金瓶梅》的审美价值受到极大的贬损。《红楼梦》的问世，在我国美学史和文学史上则具有里程碑的意义：它标志着在以丑为审美对象这个极为复杂的问题上，人类的审美实践已经进入非常成熟的阶段。在《红楼梦》的艺术世界里，不仅以丑为美被彻底摒弃，化丑为美也达到了"恨凤姐，骂凤姐，不见凤姐想凤姐"② 的完美境界。

当然，在以丑为审美对象这个问题上，从《金瓶梅》的多有缺憾到《红楼梦》的走向完美，这其间并非直线发展的过程，而是长期摇摆于两个极端之间的曲线发展过程：或是偏执于对丑的审判，或是着力于对丑的感性形式的描绘。而且，在《红楼梦》之后，退化的现象仍时有发生。就我国当代文坛而言，在新中国成立后的17年乃至"文革"期间，这种退化偏向于前一极端；在新时期以来的文坛上，这种退化则一度偏向于后一个极端。

对作家来说，创作的主要难题之一，是如何做好化丑为美；但与此相关而又更为隐秘的难题，还在于如何把握张扬人的优秀本质的分寸。从文学史来看，大量的作品，包括优秀的作品中，作者最倾心的人物形象，往往不如其力图否定的人物形象鲜活生动，如诸葛亮与曹操，结果事与愿违，曹操的审美价值反倒超过了诸葛亮。这是为什么呢？因为对自己深爱的人物，作者往往容易让其说话行事超出人的能力范围，摆脱人的本性制约，于是就突破了人性的"情"和"理"，该形象的审美价值就会随着其身上"神性"成分的增加而减少。而作者在"鬼化"自己憎恶的人物时，常常会将人所能说出来的坏话、人所能做出来的坏事附在他身上，该形象的审美价值由此却会随着其性格中"人性"成分可信度的增加而增加。在这个问题上，曹雪芹的《红楼梦》把握得最好：贾宝玉与王熙凤，其审美价值可有些许高下之别？那么，我们从曹雪芹的"不敢稍加穿凿"③ 中，究竟应该得到什么样的启示呢？对人物及其社会

---

① 清末文龙的评语，由刘辉《〈金瓶梅〉研究十年》一文首次披露，载《中国社会科学》1990年第1期，第213页。

② 王昆仑：《王熙凤论》，载《光明日报》1963年4月25日。

③ 〔清〕曹雪芹：《红楼梦》，人民文学出版社1982年版，第5页。

生活环境的把握，应当重"情"、重"理"而"不敢稍加穿凿"，即无论褒贬，人物的言行都要在人的本性范围之内，不要逾越这个"情"与"理"；只要把准了这个"情"与"理"的度，则可尽情地洋洋洒洒，恣肆无涯。

三、在文学世界中获得审美解放的两条路径：超越和进入

在文学作品里，人的解放与实现有两条路径：超越与进入。通常的美学理论在解释文学作品时，多强调超越，因而多半只限于古典的抒情作品，较少涉及现代叙事作品。走向文学的美学尤其注意纠正这一偏向。

在古代社会，人类受到自然的限制远较现在为甚，改造自然的能力远比现在低下，在现实中解放自己、实现自己的程度十分有限，主要靠在幻想的世界中来实现自己的希冀和愿望；因此，世界上无论哪个民族，其最初的文学体裁都是神话。在古代文学作品中，人们所表达的，更多的是一种超越现实约束的愿望；文学世界提供给人们的，主要是一种在现实生活中无法体验到的境界。所以，中国古典抒情作品中所体现出来的美学品格，特别强调在对现实的超越中提升自己，特别强调对意境的追求。现代人解放自己、实现自己的程度以及改造自然的能力，与古人相比，已经有天壤之别了。在现实生活中，人们用聪明才智几乎完全改变了自然的本来面貌。于是人们开始越来越多地欣赏自己的现实生活，尤其欣赏自己的聪明才智在改造自然、改造社会、提升自己的过程中所产生的巨大作用，并且越来越多地要求体验自己生活圈子以外的生活（比如现代社会中人们对新闻的需求、对旅游的需求等），也越来越多地要求在文学作品中体验到各种各样的生活：通过文学世界，尽可能地实现乃至激发自己的各种潜能。所以，现代作品中体现出来的美学品格就大不一样了，很难继续用"超越"来解释，倒是可以用"进入"来说明。由此，当下现实对文艺美学这门新兴学科所提出的难题——"文艺的审美超越性和形而上意义是否在大众文化流行中逐渐丧失其精神价值和位置？在现代后现代时代审美超越性的可能性和前景如何？"[①] 也就不难解决了："进入"路径的开辟，能够切近地解释美在现代叙事作品中的体现，从而消解美学理论与文学现实的隔阂。

古典抒情作品所展现的文学世界，以超越现实为旨归，即令读者在其中超越现实的有限而达于精神的无限，从而摆脱社会现实、自然环境等外在因素对自身的束缚、压迫，进入人与社会、人与自然、人与人、人与自我之间关系的

[①] 王岳川：《当代中国文艺美学的学术拓展》，见深圳大学文学院编《美的追寻——胡经之学术生涯》，北京大学出版社2003年版，第71页。

最理想的境界。中国古典诗歌的这一特点尤为明显，它的主要功能，就在于能够不断提升读者的心灵状态、精神面貌，将其引导到遗世脱俗、物我两忘之境。就普遍意义而言，我们说审美是人类自身的解放、实现，美是人的本质力量的对象化；就抒情作品的创造与接受而言，我们要特别强调审美是人类最高程度聪明才智的最大限度实现，美是人的最优秀本质力量的对象化。抒情作品最能体现出人类美好的理想、高贵的品质、杰出的智慧、奇妙的想象……由于抒情作品最注重对人类精神层面的开掘，它本身的规模就退居次要位置了。古今中外优秀的抒情作品非常之多，但它们大多不是鸿篇巨制，尤其是中国古典诗歌中的优秀篇章，鸿篇巨制极少，原因就在这里。

现代叙事作品所展现的文学世界，以进入现实为标的，文学世界就是对现实世界的凝定、拓展与发挥。读者在文学世界中能够审观自己的生活状态，更能够接触、参与自己在现实生活中不可能接触、参与的生活情景，得以感受、体味到在自己极其有限的生活经历中所无法拥有的体验，从而既获得接触、参与自身经历以外的崭新生活的满足，又不必付出身体力行的代价。在现代文坛上，小说、戏剧等之所以成为文坛正宗，言情、武侠、侦破、警匪等各种类型的通俗小说之所以长盛不衰，就是因为它们非常典型地满足了读者体验各种虚拟生活、激发自己各种潜能的要求。人们酷爱金庸的作品，酷爱福尔摩斯、007（特工詹姆斯·邦德）等文学形象，就是因为它们所展现出来的文学世界，既远远超出了人们的日常想象，又那么符合生活情理，令读者从中深深体会到人的各种可能性的广度和深度。向为我国学界注目的西方现代派、后现代派作品，以及风靡全球的好莱坞电影，其最大的特点，或者说成功之处，也就在于擅长设计特定的情境：或是基于现实中极为特殊的人群的生活，如土著印第安人，或是纯属虚构的生活，如"大白鲨""狼""狗""外星人"以及"自然灾害"等等之类，从中展现、推衍人的各种可能性，在满足读者或观众体验、实现自身各种潜能的同时，引发他们对"人到底是什么""人能够是什么"之类问题的品味。只有作如是观，在分析、把握现当代作品时，才能够比较贴切，避免牵强附会的"深挖"。

中国古典抒情作品所展现的文学世界，其内核为"雅意"。雅意是在对世俗的鄙视与抛弃中升华出的心态与境界，是在超越现实中实现人的本质力量的典型体现，其结晶即"意境"理论。就古典诗歌来说，审美就是审雅，越美的对象就越雅，越雅的对象就越美。现代叙事作品所展现的文学世界，其内核为"俗趣"。俗趣是在对现实的拥抱与投入中所激荡出的回声与快感，是在进入现实中实现人的本质力量的典型体现，其结晶即"典型"理论。就叙事作品来说，审美就是审俗，在对世俗生活进行透彻淋漓的观照过程中，读者可以领悟到有关现实、历史、人生、世界的许多难以明言甚至无法明言的底蕴与真谛。同一生活场景，高明的作家能够将其变俗为雅，化俗为美；但如果作家的审美观出现失误，则往往会导致由俗至丑。比如，《金瓶梅》中写潘金莲和西门庆的故事，是非常淫秽的；但《西厢记》里写张生和崔莺莺的热烈相爱，用"春到人间花弄色"来形容，真是至美至雅。两相对照，天壤之别立刻可见。

四、呼唤经典重现并非美学对文学发展的导向作用

迄今为止，人们对文学繁荣发展的热切期望，与对当代"史诗般"杰作（以《红楼梦》《安娜·卡列尼娜》等为样板）的殷切呼唤，是成正比的。这里实际上暗含着一个逻辑悖论：文学的繁荣发展，应指不断出现面对人类现实生活和未来理想的优秀文学作品；但人们对文学作品优秀与否以及文学是否得到真正繁荣发展的判定，又常常以是否出现了像过去那样的优秀古典作品为标志，即要"重现过去"。殊不知，过去的东西是不能重现的，无论如何优秀，都属于过去的优秀，只能对今天具有参考、借鉴作用，而不能成为今天的优秀标志。

走向文学的美学对文学的导向则不然：文学的繁荣发展，要以能够独特、充分地体现当代人改造世界、改造自身的过程和结果，体现当代人的智慧和力量为标志。像《红楼梦》《安娜·卡列尼娜》那样的长篇巨著，重现当代文坛已不可能了，尽管它们巨大的榜样作用是永恒的；体现当代人最高智慧的科技成果和哲学思考，对文学的影响一定会越来越大；影视文学、网络文学以及诗性哲学，在当代文坛上所占据的地位也一定会越来越重要。过去时代的优秀作品对我们的参考、借鉴作用则主要体现为：如何以它们那样的深度、广度和独特性，来把握、挖掘、提升当代人的"普遍的旨趣"？

要做到这一点，首先就要求作品能够普遍为人们所接受："艺术中最重要的始终是它的可直接了解性。"① 社会越是发展，真正的杰作遭遇"看不懂"结局的可能性就越小。其次，要求作品对当代人的心灵状态、精神面貌要有准确、独特的把捉、挖掘与提升。

循此思路，对于真实性问题———一般读者最为关注，甚至直接将其视为衡量当代文学成就的标杆的问题———就可给予较好的解答了。

真实性是个美学范畴，逼真只是它的表层含义；它的实质在于对人的心灵状态、精神面貌的揭示、展现和挖掘。对人的外表描绘的逼真，有助于而不能

---

① ［德］黑格尔：《美学》第1卷，朱光潜译，商务印书馆1979年版，第348页。

决定对人的心灵状态、精神面貌的揭示、展现和挖掘。所以，在当代文坛上，有些作品，表面上明明荒诞不经，却因深刻、独特地揭示、挖掘了人的本性而具有高度的真实性，如金庸的作品；而有些作品虽然逼真地描绘了人的外表，却因简化人的心灵状态、精神面貌而失真，如曾经流行过的概念化、公式化作品。总的说来，新中国成立后当代文学的创作，"文革"前的17年，在揭示中华民族崭新的精神形态上，一方面取得了巨大的成就，另一方面也存在着相当的缺憾：所遗漏、所简化的太多了！这就为新时期文学挖掘"角落"留下了巨大的空间。可喜的是，这些挖掘"角落"的作品，大多相当独特且准确地把握了17年与"文革"时期我们民族精神形态的基调，纠正了"17年文学"中的失落与变形。如周克芹的《许茂和他的女儿们》、韶华的《过渡年代》、王安忆的《流逝》、古华的《芙蓉镇》、乔瑜的《少将》……

历史题材作品的创作，是当代文坛上的重头戏。因为读者永远都需要通过文学作品去体验过去时代的生活。其创作真谛，就在于准确、独特地捕捉、反映和挖掘过去时代人们的心灵状态与精神面貌，并对前人作品中在这方面的缺憾和遗漏予以弥补、充实直至重新发掘。文学史上出现的以历史时期命名的许多文学时代，如建安文学、"五四"文学等，它们之所以始终辉煌灿烂，就在于该时代的文学深刻而独特地展示了当时人们的心灵状态与精神面貌。大手笔的出众之处，也就在于他能够做到这一点。如托尔斯泰，由于他天才的描绘，俄国历史上极为黑暗的时期，竟成为世界文学史中非常辉煌的一页。相比之下，我国历史发展中规模最大、程度最深的变化时期——从辛亥革命到五四运动直至新中国的成立——就未能在世界文学发展史中，占有像以托尔斯泰为代表的俄罗斯文学那样的位置，其原因固然很多，但有一点是一望而知的：在这具有重大意义的历史转折时期，整个中华民族的精神面貌、心灵状态的发展变化，波澜起伏，千姿百态！而像李劼人那样的作家却又不多！他的《死水微澜》《暴风雨前》《大波》三部曲，在全面、独特地捕捉、展现和挖掘辛亥革命前后中华民族的精神形态方面，可以说至今尚无出其右者。如果没有这套作品的问世，我们恐怕就永远失去了感同身受地体味当时各色人等的心灵状态的机会：推涌历史大潮者，其动机中竟透出几分浮躁、轻狂以至傻气，如不分对象地宣传革命"排满"思想的留日学生尤铁民，就因故作鹤立鸡群之状而被误认作"东洋人"；顺应历史大潮者，内中亦多有扯起时尚这面虎皮大旗以唬人之徒，如田伯行向郝又三传授怎样考取四川全省第一所高等学堂的作文秘诀那一段，读来简直令人喷饭不已、拍案叫绝……①新中国成立后的现代革命历

---

① 参见李劼人《李劼人选集》第1卷，四川人民出版社1980年版，第455、342–343页。

史题材作品的创作，在一段时间里还明显地表现出一种对现代中华民族精神形态做简化、变形处理的倾向。直到 20 世纪 80 年代中期，情况才得到根本改变，出现了一批力图从本来面貌上揭示、挖掘现代中华民族精神形态的作品，令人刮目相看。如苗长水描写革命根据地普通群众的作品，权延赤刻画老一辈革命家的作品，邓贤记叙中国军队在缅甸战区抗日的作品，陈忠实反映渭北高原土地革命时期的作品……

从美学角度来看，我们说优秀的文学作品是人类的"精神化石"①。《红楼梦》就是这么一种"精神化石"，它因此被誉为"中国封建社会末期的百科全书"；托尔斯泰的作品也是这么一种"精神化石"，它使得"一个被农奴主压迫的国家的革命准备时期，竟成为全人类艺术发展中向前跨进的一步了"②。

至此，对于如何追求、判定当代文学的繁荣发展，也就有了明确的答案：不必期盼经典作品的重现，更不必迷信诺贝尔文学奖等国际奖项，应在尽可能大的范围内、尽可能深的程度上，以尽可能独特的方式，揭示、展现、挖掘并提升我们民族的精神面貌与心灵状态，使我们所处的时代能够"成为全人类艺术发展中向前跨进的一步"。这才是美学对文学发展的真正导向作用。

（原载《中山大学学报》2004 年第 6 期，《中国社会科学文摘》2005 年第 1 期转载）

第二节　反本质主义和本体论学理问题

小引

新时期以来当代文论的发展，伴随着许多震动一时、影响深远的大事件。20 世纪 90 年代进入我国并盛行的反本质主义思潮，使得学界至今都极少有人正面谈论文学的本质问题。其影响范围之广、影响程度之深，远胜时下引人瞩

---

① 胡经之：《文艺美学》，北京大学出版社 1989 年版，第 64 页。
② ［苏联］列宁：《列·尼·托尔斯泰》，见《列宁全集》第 16 卷，人民出版社 1962 年版，第 321 页。

目的"强制阐释"① 问题。由于本质论与反本质主义的学理均源自西方,从"事件化"② 的角度讲,"失语症"问题③的提出,是因为西方文论话语占据了十分强势的位置,作者对此深感不安,才有了振臂一呼之举。但是,从反本质主义到"强制阐释"这一过程,表明"失语症"现象并未消除。建构不再跟随西方的文论话语,需要以透彻掌握西方文论为前提,也许,是到了高度重视其背后学理的时候了。

近两年文论界的焦点事件,除了以强烈冲击波的方式发生的"强制阐释论"(包括"公共阐释论"④),还有以极为平静的方式发生的:童庆炳先生主编的《文学理论教程》第5版(2015年)面世,其中在第3版(2004年)与第4版(2008年)里都有的一段话被删去了——"这里需要申明的是,最近学术界提出的所谓反'本质主义'的看法。我们的理解是任何事物都是变化发展的,因此任何事物也就不可能有什么一成不变的固定的本质,事物的本质总是随着时代的发展变化而发展变化的。但是我们不能同意那种认为事物不存在本质的说法。事物本质随着时代和历史文化的变化而变化,但在变化中一个事物仍然有其自身的规定性,这就是一个事物区别于另一事物的本质"⑤。

删去为本质主义辩解的这一段话,明确表达了童先生的观点:文学本质的存在是无法否认的事实,大可堂堂正正地谈论而不必有任何遮遮掩掩,亦无须像之前那样,言及文学本质的时候还要特地说明谈论的理由。一度被反本质主义弄得声名狼藉的本质论,在童先生这里,平平静静地被"恢复名誉"了!而文论界对童先生此举的反应,至今也是平平静静的。就本质论问题所拥有的分量及所占据的地位而言,文论界本该出现热烈讨论或激烈争辩的局面,因为谁都知道,20世纪90年代反本质主义思潮在学界所掀起的,绝不只是一般的

---

① 参见张江《当代西方文论若干问题辨识——兼及中国文论重建》,载《中国社会科学》2014年第5期;《强制阐释论》,载《文学评论》2014年第6期;《关于"强制阐释"的概念解说——致朱立元、王宁、周宪先生》,载《文艺研究》2015年第1期;毛莉《当代文论重建路径:由"强制阐释"到"本体阐释"——访中国社会科学院副院长张江教授》,载《中国社会科学报》2014年6月16日A04版。

② 童庆炳:《反本质主义与当代文学理论建设》,载《文艺争鸣》2009年第7期,第7页。

③ 参见曹顺庆《文论失语症与文化病态》,载《文艺争鸣》1996年第2期;《再说"失语症"》,载《浙江大学学报》(人文社会科学版)2006年第1期;《论"失语症"》,载《文学评论》2007年第6期。

④ 张江:《公共阐释论纲》,载《学术研究》2017年第6期。

⑤ 童庆炳先生1990年受教育部委托主编的《文学理论教程》,由高等教育出版社于1992年出第1版,1998年出修订版,2004年出修订二版,2008年出第4版,2015年出第5版。在第3版与第4版中,这段话出现的位置,在"导论"第一章第一节之二"文学理论的对象和任务","本书的框架结构……第二编……揭示文学的本质"之后。

思想风暴，当时文论界的普遍反应，就是经历了一次恍然大悟：本质主义原来一直在喷射思维方式的"毒汁"①，对"文学是什么"的追问，不能再继续下去了！时间的流逝还不到20年，在目前全国影响最大、最权威的文学理论教材上，本质论重新归来，却未引起相应的反响，多少有点出人意料。笔者以为，个中缘由，既非失语，也无失忆，而是学界中人出于对文学理论基础问题的高度重视，在本质论这块"硬骨头"面前，不愿轻易发言而已。这就决定了当下乃至一段时间之内，对本质论和反本质主义的研究，将继续以谨慎、平静的方式进行。

可以毫不夸张地说，本质论是制约我国当代文论进展的"发动机瓶颈"，我们与西方文论在深层次方面的差距，最终都可归结于此。这种事关全局的深层次问题，是不可能通过反本质主义"一反了之"的。"失语症"局面的出现，就是因为在最根本的本质论方面，我们极少创新，很难掌握话语权，而西方文论却能够源源不断地推出新成果，在话语权方面始终占据主动地位。"强制阐释"现象的存在，固然与话语权的建构密切相关，但从学理上讲，还是因为"本体阐释"的理论建构没有跟上；如果本质论研究未能取得正面突破，"本体阐释"取代"强制阐释"仍属难以指望之事。本质论瓶颈是否得到突破，制约着这些重大问题的解决，尤其关涉文论界话语权的归属。

本质论与反本质主义，学理上均源自西方。长期以来，本质论在文论研究中属于第一要务：追求对"文学是什么"的回答。由此形成固定的研究思路：面对纷繁复杂的文学现象，首先力求抓住潜藏在各种文学现象背后的那个唯一本质，从而回答"文学是什么"的提问。新中国成立以来，全国统编文学理论教材中，作家论、作品论、读者论以及源流论这四大块内容的顺序，是因编者而异的，但本质论无一例外均被放在第一的位置上。本质论的至高地位，对于认清文学的根本特性，无疑起到极大的推动作用。同时，文学又难以避免地被固定在所"是"的范围之内，久而久之，原本活生生的文学，因"是"对其性质的固化、僵化，在理论上受到严重约束甚至禁锢。有鉴于此，反本质主义以动态的"建构论"，成功解除了禁锢文学性质的"本质论"，并以"本体论"取而代之。

从学理角度看，本质论既然能够在西方流行几千年，其基础一定十分深厚牢固，绝非说反就能反掉的，比如，以文学"在哪儿"的本体论，取代文学"是什么"的本质论，文学被"是"的空间就真的不存在了？不可能的，只不

---

① 张志林、陈少明：《反本质主义与知识问题——维特根斯坦后期哲学扩展研究》，广东人民出版社1995年版，第5页。

过换了一种表述,"是"其意而不"是"其辞罢了。席卷整个西方思想界的后现代思潮,为什么要将矛头指向本质论?绝不只是因为它固化、僵化了研究对象那么简单。

从学理层面反思的话,也许我们对本质论的理解未必到位,相应的反本质主义也不彻底。为避免浅尝辄止、盲目跟从或盲目转向,有必要对文学本质论这一在当代文论领域曾经——或许会继续——举足轻重的基础理论问题,持续地进行学理探讨。

一、本质论退场与本体论登台:反本质主义是否真的成功?

中国当代文论从新中国成立至20世纪90年代,几十年间基本上是遵循本质主义思路的。文论领域的专业工作者,无论是高校教师还是社科院研究人员,大多也都自觉接受这种思路。正如朱立元先生所反省的那样:"在文艺理论界,本质主义长期以来成为多数学者(笔者本人亦不例外)习惯性的思维方式,其突出标志是,认为文学理论的主要任务是寻求文学固定不变的一元本质和定义,在此基础上展开其他一系列文学基本问题的论述。"[1] 在占据支配地位期间,本质论启动了科学认识文学基本特征的过程,这是当代文学理论学科建设过程中不可否认的客观存在;同时,因始终难以出新,几十年一贯制,文学本质论又成为制约当代文论前行的"发动机瓶颈"。新时期以来至20世纪90年代,文论界从当代文学和文论的实际出发,对本质主义僵化弊病的认识愈见明确、深刻,并推出堪称经典的研究成果:不再采用单一定义来界定文学的性质,而是采取复式定义来概括文学的多种特质。如蒋孔阳先生在1993年出版的《美学新论》中,以及在随后与朱立元先生共同主编的《美学原理》中,就同时使用四个定义而不是一个定义来界定美:美在创造中,人是"世界的美",美是人的本质力量的对象化,美是自由的形象。[2] 童庆炳先生主编的系列《文学概论》教材亦是如此,以复式界定取代线性界定,对文学性质予以立体把握:文学是人类的一种文化形态,文学是一种审美的意识形态,文学是作家体验的凝结,文学是语言组织。[3]

就在当代文论界以自己的温和方式纠正本质论弊病之际,反本质主义随着西方后现代思潮进入学界,它所展示的巨大解构力量,在人文学科引起了尤其

---

[1] 朱立元:《试论后现代主义文论思潮在当代中国的积极影响》,载《上海大学学报》(社会科学版)2014年第1期,第80页。

[2] 参见蒋孔阳《美学新论》,人民文学出版社1993年版,第136-198页;蒋孔阳、朱立元主编《美学原理》,华东师范大学出版社1999年版,第96-109页。

[3] 参见童庆炳主编《文学概论》,武汉大学出版社2000年版,第43-176页。

强烈的反响，效果特别明显。而文论界最典型的反应，就是在极短的时间内，几乎所有的文学理论教科书都放弃了以往最为关键的第一章——文学本质论，或代之以观念论、活动论，或转向从不同角度、以不同方式探讨文学作为一个对象，是如何建构起来、怎么存在的。21世纪以后出版的教材中，得到学界首肯的，主要有南帆先生主编的《文艺理论》[1]、王一川先生的《文学理论》[2]、陶东风先生主编的《文学理论基本问题》[3]。张法先生等人的《世界语境中的中国文学理论》一书，在第三章"新世纪以来的文学理论"中，专门对三部教材进行了详尽而精当的评述。[4] 方克强教授指出：这三本教材的成功之处，在于以全新的"关系主义、本土主义、整合主义的理论路向"避开了以往的本质主义，为反本质主义之后的文艺学理论建构提供了极具启发意义的实践经验。[5] 该评价重点肯定了三本教材在理论根基方面的学理性创新。

反本质主义之所以能在文论领域一呼百应，与特定时代的日常生活经验记忆是有着密切关联的。本质论所具有的将对象予以僵化、固化的弊病，在当代社会中曾经实际存在并影响深远：任何人、任何事，一旦被定性，几乎就没有更改的可能，从而对活生生的个人及其家庭和亲友等带来巨大而又深刻的影响，由此产生的记忆是无法遗忘或抹去的。以往的研究，对此尚未予以足够关注。

从学理层面看，反本质主义在文论界的盛行，首先在于维特根斯坦的"家族相似"带来的理论启示，以及海德格尔对"存在"问题的思考，将研究思路从对"是"的追问转到对"在"的追问上来。

家族相似理论令人们大有醒悟：世界上各种事物、各种现象之间，没有绝对的普遍本质，只存在类似于家族成员之间的那种相似性。从此，大可放弃像以往那样对事物唯一本质的追求。而海德格尔从语源学角度入手，引出了"是"与"在"这两个既最简单又最复杂的问题。在英语中，系动词"to be"本无实际意义，但在西方思想史上，"is"这个最简单不过的单词，却具有极其重要的意义，占据极其重要的地位：把它当作"是"，它就成为一种哲学范畴，支配人们的思维方式长达十数个世纪。传统形而上学主客二分的弊病，全

---

[1] 南帆主编：《文艺理论（新读本）》，浙江文艺出版社2002年版。
[2] 王一川：《文学理论》，四川人民出版社2003年版。
[3] 陶东风主编：《文学理论基本问题》，北京大学出版社2004年版。
[4] 参见张法、张旭春、支宇、章辉《世界语境中的中国文学理论》，安徽教育出版社2010年版，第162-185页。
[5] 参见方克强《文艺学：反本质主义之后》，载《华东师范大学学报》（哲学社会科学版）2008年第3期。

由此而起，海德格尔为之长叹："一个'是'字，竟引起世界崩解！"① 他坚决反对这种思维方式：不能再提"是不是"了，这种说法本身就是错误的。② 也就是说，海德格尔认为"is"不能被当作"是"，而应被当作"在"。从简化、通俗的意义上讲，"在"就是"本体"，以"在"为研究对象的就是本体论，是"思想学术最高领域的学说"③。海德格尔指出：几千年来，原本表示某物"在"的系动词（is），被当作实词"是"（being），因而人们的眼光被从存在引向存在者，越来越远离存在。④ 他的任务，就是要把眼光重新转向这个被遗忘的"存在"，并将其追究到底，弄个清楚明白。

在海德格尔这里，追问"在"的本体论，与探索"是"的本质论，一为本来之源，一为变异之流。我国当代文论界面对涌到眼前的、兼具针对性与实用性的理论资源，弃本质论而取本体论，自在情理之中。只是，由于"在很多情况下'是'与'在'可以被看成是同一个词"⑤，因此造成的混淆与混乱，在西方思想史上延续了几千年之久。如今，仅探讨"本体论"这个术语本身的起源和流变，就俨然成为一门高深的学问。在 20 世纪 80 年代，随着海德尔格进入学界，"本体""本体论""存在""存在者"这类概念范畴也开始进入我国文论界，相应的概念术语使用上的混乱状况，自是难以避免。当代文论界的几位著名学者，于本体论取代本质论之时，特地撰文，力求澄清现存的混乱。朱立元先生对本体论在我国误译、误释的五种情况进行了系统深入的辨析；鉴于误译、误用的现实已经无法改变，朱先生提出切实可行的解决方案，即可以"在本原论、本质论、本根论等意义上继续使用"⑥ "本体论"这个范畴。随后，高建平先生回应朱立元先生的文章，认为在"本体论"的蕴含上，要注意避免将黑格尔主义当作全部，同时，不可忽略本体论内蕴中所具有的神学色彩：从构词上来看，"本体论"（Ontology）这个范畴就"具有本体—神

---

① 赵一凡：《从胡塞尔到德里达——西方文论讲稿》，生活·读书·新知三联书店 2007 年版，第 72 页。

② 参见赵一凡《从胡塞尔到德里达——西方文论讲稿》，生活·读书·新知三联书店 2007 年版，第 170 页。

③ 张志伟：《是与在——意义世界对逻辑世界的超越及一种反对 Aesthetics 的艺术哲学导论》，中国社会科学出版社 2001 年版，第 17 页。

④ 参见赵一凡《从卢卡奇到萨义德——西方文论讲稿续编》，生活·读书·新知三联书店 2009 年版，第 678–679 页。赵先生学风谨严且精通外语，特地标明：此处要义"参阅海德格尔《存在与时间》，陈嘉映中译本，北京：三联书店，4、245、359 诸页，以及 495 页译者对于存在一词的讨论"。

⑤ 张志伟：《是与在——意义世界对逻辑世界的超越及一种反对 Aesthetics 的艺术哲学导论》，中国社会科学出版社 2001 年版，第 16 页。

⑥ 朱立元：《当代文学、美学研究中对"本体论"的误释》，载《文学评论》1996 年第 6 期，第 23 页。

学—论（onto-theo-logy）的特点。而这两个特点之间实际上又是不可分的"①。王元骧先生的文章，指出古希腊人的"本体论""都带有鲜明的'目的论'的色彩"②；在谈及艺术本体时，王先生认为传统主客二分认识论的弊病，在于把艺术家当作"一个先在的、预设的主体"③，将本来交融在一起的人和世界强行割裂开来。本体论的神学色彩与目的论预设，决定了它本身就包蕴着先在性，这与本质论的先在性恰好异曲同工。在学理意义上，本体论对本质论的取代，只具有"是"与"在"的区别，就两者均已具备的先在性而言，几无变化。

在反本质主义问题上，波普尔开风气之先，他明确使用"本质主义这个名称来表示柏拉图和许多他的后继者所主张的观点"。而本质主义的"对立面，即方法论唯名论"。④ 波普尔的理论与日常经验相兼容，显得通俗、简单：本质主义追求共性，反本质主义张扬个性；前者达到的是"含糊"，后者达到的是"精确"。杜书瀛先生对此理解透彻，表达简明：要本质、要普遍，但是不要主义，要规律，但不是放之四海而皆准。⑤ 至于如何结合艺术现象来研究本体问题，高建平先生从"存在"的角度，为"精确"地把握艺术，提供了极具启发意义的思路和范例：不同门类的艺术，其存在方式是不一样的。比如小说、散文、诗歌等，可以存在于印刷文本之中；而以印刷方式存在的绘画，就只是复印件了；音乐可以存在于五线谱中，而迄今却还没有同样完整的、可视为舞蹈存在的舞谱。⑥

谈论本质论或本体论问题，终究要追踪到源头。而在源头处，"是"与"在"常常是同一个字，多有交集与重合，强行切割二者不符合实际，无法真正做到，非此即彼也没必要。从历史角度看，它们多有并存。巴门尼德最早提出"存在"的概念，他强调的是存在的运动性质；亚里士多德则认为，尽管存在有多种意义，但"存在的首要意义是实体，是'是什么'"⑦。如果坚持将两者绝对分离开来，争论的双方永远都会在浩如烟海的典籍中，尤其是在同

---

① 高建平：《关于"本体论"的本体性说明——兼与朱立元先生商榷》，载《文学评论》1998年第1期，第139页。
② 王元骧：《评我国新时期的"文艺本体论"研究》，载《文学评论》2003年第5期，第8页。
③ 王元骧：《评我国新时期的"文艺本体论"研究》，载《文学评论》2003年第5期，第8、10页。
④ [英]波普尔：《开放的社会及其敌人》第1卷，陆衡等译，中国社会科学出版社1999年版，第66、67、68页。
⑤ 参见杜书瀛《文学会消亡吗——学术前沿沉思录》，中山大学出版社2006年版，第239页。
⑥ 参见高建平《艺术作品的"本体"在哪里》，载《当代文坛》2016年第2期。
⑦ [古希腊]亚里士多德：《形而上学》，见苗力田主编《古希腊哲学》，中国人民大学出版社1989年版，第513页。

一典籍中，找到支持自己、驳倒对方的证据，那种争论，往往难以深化，只能是原地踏步。

在本体论全面取代本质论已经成为不可改变的现状之际，为了本体论的优长能够得到真正体现，文论界有必要思考两个问题：本质主义何以持续那么长的时间？现在有反本质主义，将来会不会有反本体主义？

第一个问题就是要弄清楚，反本质主义已经做了什么？应做而未做的是什么？

首先，文论界已经形成共识：不存在一个绝对普遍的本质并藏身于某个十分隐蔽的角落，静静地等待着有人去发现。所以，过去几十年的追问总难以出新是正常的，现在已经放弃对那个东西的寻找了。就思维方式而言，那种寻找，就是思维不断由具体上升到抽象的过程，即不断离开现实，由地面上升到天空的过程。反本质主义则相反，坚持面对当下，从天空回到地面。从追求具体和追求抽象的区别看，随着后现代思潮而来的反本质主义，在学理上其来有自：且不说古希腊时期就存在的怀疑派，德国古典时期从谢林的浪漫主义开始，经克尔凯郭尔的生存哲学，叔本华、尼采的意志哲学，直到胡塞尔的现象学、海德格尔的存在主义，等等，其实质就是面对当下，面对生命个体本身。这也是西方现代文学和理论的核心内容之一。在后现代思潮那里，"本质化"与"历史化""本体性"和"文化性"等都是对立的。① 前者意味着永恒，后者则意味着变动。文化的特性之一，就是它的历史变动性或流动性："所有意义都是在历史和文化之中生产出来的。它们永远不会最终确定。"② 而西方传统形而上学主客二分认识论的主要弊病之一，就是本质主义，以追问事物亘古不变的本质为第一要务和最高目标。本质主义在文论领域的表现，就是越来越远离文学，由丰富多彩的现象世界上升到抽象纯净的理论天空，连带的结果就是僵化、固化活生生的文学现象。反本质主义已经做了的，就是以动态的建构论，取代固化、僵化文学的本质论。

其次，反本质主义应做而未做的是什么？本质主义得以延续那么长的时间，其原因是需要认真思考研究的。即便真如海德格尔所认为的那样，"是不是"的提问本身就是错的，那么这个错误何以能够存在几千年？反本质主义应做而未做的，是对本质主义背后的同一性的合理成分进行认真分析，并予以

---

① 参见［美］道格拉斯·凯尔纳、斯蒂文·贝斯特《后现代理论：批判性质疑》，张志斌译，中央编译出版社2004年版，第137页。

② ［英］斯图尔特·霍尔编：《表征：文化表象与意指实践》，徐亮、陆兴华译，商务印书馆2005年版，第32页。

客观评价。

第二个问题就是要找出从本质论到反本质主义这一变化中，根本的学理变化在哪里？替代本质论之后的本体论研究，如何开展才能避免重蹈覆辙？简单地说，本质论背后的深厚根基，除了同一性，还有先在性，两者皆源于自然本体论。文学本质论所追求的唯一本质，根源于自然本体论的唯一本质。如果这个框架不变，那么，无论是文学本质论还是文学本体论，都无法冲破"唯一"的藩篱。也就是说，本质论是这个"唯一"的产物，反本质主义是冲出"唯一"藩篱的产物；如果本体论研究仍然局限于"唯一"之内，那么，正如现在有反本质主义，以后也会有反本体主义。文学本体论要想走向对文学的全方位把握，必须走出自然本体论，转向社会本体论。

二、本质论背后的同一性及其两大支撑点

当代文论可以放弃本质主义所追求的本质，但不等于能够放弃对现象背后原因的追求。后现代主义重视具体、个别，以差异性为旗帜对抗同一性，但是，同一性背后的日常经验基础是无法铲除的。更何况，"为思想而思想"①是人类最可贵、最伟大之处，丹纳对古希腊人追根究底的探索精神、思维方式以及成果，表达了由衷的赞叹："我们今天建立的科学没有一门不建立在他们所奠定的基础之上。"② 这个基础就是必然会产生同一性的传统形而上学认识论，亦即后现代思潮所要颠覆的主要对象。

反本质主义也不等于能够放弃对永恒性的追求，恰如列奥·施特劳斯所言："历史远没有证明历史主义的推论的合法性，毋宁说它倒是证明了，一切的人类思想，而且当然地，一切的哲学思想所关切的都是相同的根本主题或者说是相同的根本问题，因此，在人类知识就其事实与原则两方面所发生的一切变化中，都潜藏着某种不变的结构。"③ 施特劳斯认为，反本质主义涉及的学理是西方古今之争问题的延伸：新的与善的是否可以画等号？在现实当中肯定不能。但现代社会就是一味求新求变，一味抛弃过去的一切，现代性危机也正根源于此。本质主义不过是认为生活当中还是存在一些具有长久价值的东西，那些东西值得人们去追求而已。

这种追求发展到极致，就是探寻支配万事万物终极存在的同一性，这才是

---

① ［法］丹纳：《艺术哲学》，傅雷译，人民文学出版社1983年版，第252页。
② ［法］丹纳：《艺术哲学》，傅雷译，人民文学出版社1983年版，第252页。
③ ［美］列奥·施特劳斯：《自然权利与历史》，彭刚译，生活·读书·新知三联书店2006年版，第25页。

本质主义的核心所在；对抽象和共性的追求，只是本质主义的一种具体表现。这种思路之所以能够历经两千多年而不改变，实在要拜谢两大支撑点：认识论中的镜喻传统和树喻传统。它们聚合为一体，在文学领域体现为独白、宏大叙事，尤其是同一美学。

西方认识论的镜喻传统，由古希腊的柏拉图和亚里士多德等人所奠定。镜喻的本意是指，人心好比一面镜子，能够准确地映现外在事物。传统形而上学认识论就是以这一比喻作为潜在预设的，在其后漫长的发展过程中，认识论也一直受镜喻说的暗中支配。罗蒂将这种认识论称为有镜的哲学，它所追求的是知识的客观性；而罗蒂所主张的"无镜的哲学"，所追求的则是知识的社会协同性。以镜像预设为前提，传统认识论总在追求认识与客观对象的相符，寻找能够破解"无穷后退"①——质疑认识前提的客观性所导致的——窘境的良方，以确立具有普遍意义的客观认识前提，并探讨人的认识能力如何达到对客观对象普遍有效的把握。总之，传统认识论始终摆脱不了像"符合真理说"和"精确表象知识论"这样的哲学信念，尤其摆脱不了"那种将万事万物归结为第一原理……的诱惑"。传统认识论的发展，始终不离对这面镜子坚信不疑的既定轨道："如果没有类似于镜子的心的观念，作为准确再现的知识观念就不会出现。没有后一种观念，笛卡儿和康德共同采用的研究策略——即通过审视、修理和磨光这面镜子以获得更准确的表象——就不会讲得通了。"②

在文论领域，人们耳熟能详的模仿说、再现说等，即由镜喻说而来，至今已延续两千多年。从古希腊到文艺复兴，以肯定的声音为主流；近代黑格尔则对其予以正面否定，认为艺术绝不是对自然的模仿，而是对自然的"征服"，模仿说幼稚之极："艺术……和自然竞争，那就像一只小虫爬着去追大象。"③到了罗蒂这里，他则干脆主张摒弃"作为自然之镜的心的观念"④。认识论中的镜喻传统，到底在哪里出了问题呢？

在有意识地探索自己的心灵如何认识外在世界的初始过程中，人类能够以镜喻心，绝对是一个了不起的贡献！为此，后人永远都不能忘记，更无资格以今天的眼光去鄙视乃至否定以柏拉图为代表的一大批古希腊哲人。当然，随着

---

① 反本质意识的源头产生于古希腊时期的怀疑主义，他们针对形而上学哲学家在知识问题上的自信态度，指出用来证明某一知识成立的证据，其自身就需要进一步的证明，而这个证明本身又需要再次证明，如此类推，以至无穷。是以称之为认识论上的"无穷后退"。
② [美]理查德·罗蒂：《哲学与自然之镜》，李幼蒸译，商务印书馆2006年版，第336页、中译本作者序第10页、导论第9页。
③ [德]黑格尔：《美学》第1卷，朱光潜译，商务印书馆1979年版，第210、54页。
④ [美]理查德·罗蒂：《哲学与自然之镜》，李幼蒸译，商务印书馆2006年版，第158页。

对认识问题本身的探索日益深入，人们确实开始逐渐看到以前没有条件看到的东西。像黑格尔，他不仅发现了镜喻说忽略认识主体的不足之处，更敏锐地看到认识所具有的改变事物外在形状的特征：如果把认识当作一种工具，那么该工具是会使认识对象"发生形象上变化的"；如果把认识当作一种媒介物，那么我们所获得的认识对象就不会是"它自在存在着的那个样子而是它在媒介物里的样子"。①

黑格尔的这一思想，已经为后人指出了破题方向：人类"对世界的感知乃是以话语和社会地建构起来的主体性为中介的"②。而后现代思潮的精髓之一，恰恰就是反对直接再现说，因为认识是有中介的，如文化、语言、哲学等。而这个中介在镜像式再现说，即直接再现说中被忽略了。现在看来，新中国成立以后我们所接受的再现说，大半就是这种直接再现说。如果注意到认识的中介实际上发挥的重要作用，就不会直接谈论再现或直接性再现，而是谈论"表征"了。表征与再现的英文是同一个单词"representation"：在后现代语境中，翻译为"表征"；在现代及古典的语境中，翻译为"再现"。其原因就在于，从重视中介的层面来看，表征实际上涉及"两个过程"——从事物到概念、从概念到符号，三大概念范畴——事物、概念、符号。也就是说，人们认识世界，首先接触、感知事物本身，在此基础上形成关于事物的概念范畴，然后根据惯例，使用符号来表达这些概念范畴。"世界并非精确或不精确地反映在语言之镜中。语言并不像镜子那样运作。"③

罗蒂的社会协同知识论强调：传统认识论证明真理、知识客观性的那一套做法，既复杂又与社会协同实践之间存在隔膜。真理、知识就是"那种适合我们去相信的东西"④，只不过是人的一种信念，证明这种信念及其普遍性，不是验证有关表达该信念的词语同对象之间的关系问题，而是一个社会整体的协同问题，即得到人们认可的问题：能得到认可的信念，就是具有普遍性的真理、知识。不能离开人及其社会协同实践来谈真理、知识。因此，罗蒂反对自然之镜、社会之镜的说法，认为不存在离开人的肉体而能够映现世界的心灵，不存在离开人的活动而能够映现世界的语言，不存在与欲望、意志无关的理智或理性认识活动。总之，没有映现世界的心灵之镜、语言之镜。真理就是得到

---

① [德] 黑格尔：《精神现象学》上卷，贺麟、王久兴译，商务印书馆 1987 年版，第 51 页。
② [美] 道格拉斯·凯尔纳、斯蒂文·贝斯特：《后现代理论：批判性质疑》，张志斌译，中央编译出版社 2004 年版，第 107 页。
③ [英] 斯图尔特·霍尔编：《表征：文化表象与意指实践》，徐亮、陆兴华译，商务印书馆 2005 年版，第 17、28 页。
④ [美] 理查德·罗蒂：《哲学与自然之镜》，李幼蒸译，商务印书馆 2006 年版，第 439 页。

人们认可、赞同的意见。

　　罗蒂不再把真理、知识当作是对外在对象的符合，而是当作适宜于人们接受的信念，确实属于实用主义的思路。但从哲学史角度看，当年康德"哥白尼式的革命"，无非就是将认识程序颠倒过来：强调不是知识符合对象，而是对象通过主体先天的认识形式得到规定，即对象符合认识。罗蒂的这一思路，强调了真理、知识与人的社会协同实践的关系，其意义与价值远非一个"实用主义"就能定性的，它至少能够启发我们对再现这样的基本原理进行更深入、更周密的探讨。

　　如果说罗蒂集中否定的镜喻传统只是传统形而上学认识论的潜在预设的话，那么德勒兹猛力批判的树喻传统则是它的典型思路。德勒兹以对西方经典的独特解读著称，他认为几千年来支配传统西方哲学的是一种"教条思想形象"，该形象由柏拉图在《理想国》中第一次树立，[①] 其主要特征之一，就是树状思维，正是这种思维"一直统治着西方的现实和全部西方思想"[②]。德勒兹所称的树喻传统，其实就是对西方传统形而上学认识论本身的形象表述。这种树喻传统既直观又合乎逻辑地将天然合法的外衣，赋予对万事万物背后终极存在的追求、赋予理性中心主义、赋予……在西方哲学发展史上，柏拉图、笛卡儿和康德等，都属于树状思想家："他们试图从普遍化和本质化的图式中铲除所有的暂时性和多样性"[③]，用一种无所不包的同一性，将原本千姿百态的万事万物，整齐归一或者齐平化，纳入一个基点之内。

　　由于树状思维与大自然和人类社会中存在的秩序、等级天然吻合，几乎不用经过任何训练，人们便会自然而然地接受这种树状思维。也就是说，不能认为这种思维是被刻意地培养、训练出来的，它的存在有其天然合理性。同时也要承认，因符合占据社会主流位置者的利益，思维的树喻传统几千年来一直被有意无意地加以强化。作为传统形而上学的两大支撑点，树喻传统与镜喻传统之间具有不言而喻的密切联系，这就必然意味着它们都会成为后现代思潮批判、解构的对象。罗蒂用无镜的哲学来解构镜喻传统，德勒兹则用块茎学与树喻传统相抗衡。

　　德勒兹指出，所谓教条思想形象，就是同一性，就是树状认识图式。但

---

　　① 参见［法］吉尔·德勒兹《哲学的客体：德勒兹读本》"思想的形象"，陈永国、尹晶主编，北京大学出版社 2010 年版，第 42 页。

　　② 陈永国编译：《游牧思想：吉尔·德勒兹 费利克斯·瓜塔里读本》"块茎"，吉林人民出版社 2003 年版，第 150 页。

　　③ ［美］道格拉斯·凯尔纳、斯蒂文·贝斯特：《后现代理论：批判性质疑》，张志斌译，中央编译出版社 2004 年版，第 128 页。

"思想不是树状的",思维的"根—树原则"属于"专制原理",① 在这种树喻思维的规训下,形成的多是"那种渴望坚固的中心、权威、稳定性以及顺从(偏执狂)的人格类型","这种主体不能容忍别人的不同之处,而且很容易成为法西斯运动的一分子"②。树喻传统以植物为喻,生动、形象、贴切。从植物学的角度讲,"树状"结构是垂直生长的,无论树枝多么繁杂、树冠多么庞大,都得从地下的树根和地面的树干开始,舍此绝无其他生长、繁殖之术。"块茎状"结构则不一样,它不是垂直生长的,而是水平生长的。通常一棵树砍断了树干,树的生命就随之结束;而块茎的任一部分,随时都可以因切断或割裂而长出新的块茎。以块茎为喻,是为了突出被同一性压制的差异性。

就生命形态而言,无论是自然界还是人类社会,块茎体都属于非主流的存在,但其生命力十分顽强,往往超过主流生命体。比如自然界的老鼠、狐狸、兔子、麝鼠、蚂蚁等,马铃薯、偃麦草、野草、马唐、绊根草等;社会进化过程中的网状而非树状进化,也属于块茎状进化;③ 还有社会上的飞车党、精神分裂者,以及卡夫卡的块茎文本,尼采警句的块茎视角,等等,④ 都被德勒兹列入块茎体名单。

就思维状态而言,这种"块茎状"思维挣脱了同一性的束缚,从而远比"树状"思维要活跃得多。因为块茎状思维不必像树状思维那样,非得从根部开始不可,而是可以从中间开始,从任一部分开始。在事物之间,块茎可以无始无终,自由地游走于中间,作为一种联盟而不是像树那样作为亲缘关系而存在。"树强烈推行动词'to be',但块茎的构架是连接:'and…and…and…'这种连接携带着足够的力动摇和根除动词'to be'。"⑤

值得注意的是:根除动词"to be"的思想,与海德格尔有着异曲同工之妙!只是海德格尔的目的在于将人们引回存在本身,德勒兹的目的则是引导人们关注差异。而德勒兹的美国同道罗蒂,恰恰只注重三位哲学家,其中就包括海德格尔(另两位是杜威和维特根斯坦)。这也正好说明,随着时代的变化及

---

① 陈永国编译:《游牧思想:吉尔·德勒兹 费利克斯·瓜塔里读本》"块茎",吉林人民出版社2003年版,第146、148页。
② [美]道格拉斯·凯尔纳、斯蒂文·贝斯特:《后现代理论:批判性质疑》,张志斌译,中央编译出版社2004年版,第136页。
③ 参见陈永国编译《游牧思想:吉尔·德勒兹 费利克斯·瓜塔里读本》"块茎",吉林人民出版社2003年版,第132-133、137、142、138-139页。
④ 参见[美]道格拉斯·凯尔纳、斯蒂文·贝斯特《后现代理论:批判性质疑》,张志斌译,中央编译出版社2004年版,第129页。
⑤ 陈永国编译:《游牧思想:吉尔·德勒兹 费利克斯·瓜塔里读本》"块茎",吉林人民出版社2003年版,第160页。

条件的具备，人们对"to be（是）"这种本体论追问思路的反思也越来越深刻、多元。

从思维的角度看，德勒兹的代表作《千高原》本身就是一部典型的"向无数方向流动的块茎文本"。以此思路来观看作为整体的后现代文学，原来其文本的思维特征就是"千高原"："每一座高原都可以从任何地方读起，都可以与任何其他高原连接。"一言以蔽之，就是脱出树状思维、进入块茎状思维的产物。循此思路，就能够比较通透地理解后现代的写作口号和追求目标了："制造块茎，不要根，决不要植物！……从中间开始，通过中间，来来去去，而非开头和结尾。美国文学，还有英国文学，已经在很大程度上表明了这种块茎方向。它们懂得如何在事物之间运动，建立 AND 逻辑，推翻本体论，打破基础，废除结尾和开头。"①

传统形而上学、镜喻传统和树喻传统是三位一体的。它们集合为一个整体，将对同一性的追求延续了两千多年之久，将同一性的影响扩散到无处不在、无时不有的地步，将同一性的思维模式普及到影响社会乃至支配社会的程度。这里所说的同一性，不是指思维与存在关系的同一性，那是为解决认识论和存在论的矛盾而提出的：思维与存在是否同一或等同的问题；思维与存在之间相互蕴含、相互转化的问题；等等。② 简言之，凡是存在，都能被思维把握到。这里的同一性是指传统形而上学的绝对出发点，最终或最高的原始存在，作为整体世界的最大、最高的普遍性，构成"万物的源泉和始基的'一'"③。可以说，同一性是传统形而上学的出发点和追求目标，而传统形而上学则是同一性的发源地。

自 20 世纪 60 年代起，阿多诺从社会层面对同一性的弊病展开大规模的正面批判，他认为同一性是一种"普遍的强制机制"，他甚至把问题提到这样的高度："纯粹同一性的哲学原理就是死亡。"④ 由此引发现代性与后现代性关于走向同一和走向差异的两种思维方式之争。其实，从根源上讲，不能把同一性当作是"现代性思想家所试图构建的"⑤。同一性源远流长，与传统形而上学一体两面，无法剖分开来。这种理论看起来似乎不食人间烟火，但实际上，它发展到一定地步之后，肯定要产生一些直接影响世界进程的"思想观念"。同

---

① 陈永国编译：《游牧思想：吉尔·德勒兹 费利克斯·瓜塔里读本》"块茎"，吉林人民出版社 2003 年版，第 129、156、160 - 161 页。
② 参见朱德生《关于思维与存在同一性问题的思考》，载《哲学研究》1997 年第 3 期。
③ ［德］哈贝马斯：《后形而上学思想》，曹卫东、付德根译，译林出版社 2001 年版，第 137 页。
④ ［德］阿多诺：《否定的辩证法》，张峰译，重庆出版社 1993 年版，第 144、362 页。
⑤ 张志平：《西方哲学十二讲》，重庆出版社 2008 年版，第 218 页。

一性对现代社会的巨大负面影响，不止思想家对其进行反省，"二战"结束之后，西方社会的一些文学家也在作品中对其进行了深刻反省，比如赫尔曼·沃克在《战争风云》中就直言黑格尔等人是希特勒的思想先驱之一："你从《我的奋斗》里是学不到什么东西的。那只是茶壶里冒的气泡，浅薄得很"；只有康德、黑格尔等人才真正"是希特勒的一些德国先驱"。① 的确，从哲学史上看，黑格尔不仅是正宗的同一性思想家、树状思想家，更是集大成者。

（原载《学术研究》2017年第9期，人大复印资料《文艺理论》2017年12期全文转载）

第三节　文学实践与反本质主义和本体论学理问题

从文学中来，到文学中去；文论研究务必透彻阐发理论，亦须贴切解释文学，或者说，对文学作品的体验应真切、到位，对审美经验的提炼要实在、精辟。无论是本质论还是反本质主义，如果不能在文学当中得到验证，都难免有空中楼阁之嫌；无论本体论如何变更，终究需要经受文学的检验。

一、文学领域同一性及其面临的挑战：复调理论与对立美学

作为本质主义的学理支撑，同一性并非与文学实践毫无干系的纯粹抽象概念，它在文学领域的典型体现，就是洛特曼所概括的"同一美学"（the aesthetics of identity）②：在属于同一美学范畴的作品里，"尽管我们面前有着无数不同的现象：A^1、A^2、A^3、A^4……A^n；它们其实不过是一种不厌其烦的重复：A^1是A；A^2是A；A^3是A；A^n是A"③。

同一美学是以传统形而上学认识论为基础的美学理论，它所追求的，是像镜子那样再现潜藏于、遮蔽于各种表层现象背后的深层本质。在镜喻传统、树喻传统和同一性追求的潜在推动下，艺术家、批评家甚至读者都将抓住那个足以囊括大千世界、宇宙万物的唯一原点作为最高追求。以此视角来反观中国当代文学，我们对许多理论问题，比如典型，就会得出新的看法。前几年，学界

---

① ［美］赫尔曼·沃克：《战争风云》，施咸荣等译，人民文学出版社，1979年版，第1卷，第314-317页；第2卷，第738-742页；第3卷，第1029页。
② ［苏联］洛特曼：《艺术文本的结构》，王坤译，中山大学出版社2003年版，第34页。"同一美学"概念在全书中多次出现，而首次出现在此处。
③ ［苏联］洛特曼：《艺术文本的结构》，王坤译，中山大学出版社2003年版，第406页。

多引用利奥塔的"宏大叙事"理论,即他在《后现代状态:关于知识的报告》中所提到的"精神辩证法""劳动主体的解放""启蒙叙事"① 等,作为反省中国当代文学的新视角,随后兴起了私人写作、个人叙事的热潮。其实,"宏大叙事"对文学的概括范围、深度及力度远不及"同一美学"。因为,以"宏大叙事"视角来省视文学,其原初反思对象是文艺复兴以来占主流地位的"启蒙思想",其中国语境则多为当代文学的叙事模式;而"同一美学"的原初反思对象,是古希腊以来的传统形而上学认识论,其中国语境则涉及当代文学创作的思维模式以及文学研究的学理导向。

  在文学领域充分体现这种同一美学的,首先还是巴赫金总结出来的"独白":"独白型原则在现代能得到巩固,能渗入意识形态的所有领域,得力于欧洲的理想主义及其对统一的和唯一的理智的崇拜;又特别得力于启蒙时代,欧洲小说的基本体裁形式就是在这个时代形成的。整个欧洲的乌托邦空想主义,也同样是建立在这个独白原则之上的。"② 国内文论界也有学者注意到同一性问题,提出文学理论的同一性逻辑源自启蒙基本精神和自由人文主义。③

  针对独白原则,巴赫金通过对陀思妥耶夫斯基小说的研读,提出了著名的"复调"理论:"有着众多的各自独立而不相融合的声音和意识,由具有充分价值的不同声音组成真正的复调——这确实是陀思妥耶夫斯基长篇小说的基本特点。"④ 复调小说理论问世以来,影响极大,从某种意义上讲,说它是后现代艺术理论的序曲,是毫不过分的。

  与巴赫金不同,洛特曼针对同一美学提出了他的主张:"对立美学"(the aesthetics of contrast and opposition)⑤。如果结合整个后现代思潮来看,也许将"对立美学"翻译为"差异美学"更恰当些,更少直译的痕迹。⑥ 除去弥散于全书的基本精神,洛特曼在《艺术文本的结构》里关于"对立美学"最集中、

---

  ① [法]利奥塔等:《后现代主义》,赵一凡等译,社会科学文献出版社1999年版,第2-3页。
  ② [苏联]巴赫金:《陀思妥耶夫斯基诗学问题》,见《诗学与访谈》,白春仁、顾亚铃等译,河北教育出版社1998年版,第106页。
  ③ 参见周宪《从同一性逻辑到差异性逻辑——20世纪文学理论的范式转型》,载《清华大学学报》(哲学社会科学版)2010年第2期。
  ④ [苏联]巴赫金:《陀思妥耶夫斯基诗学问题》,见《诗学与访谈》,白春仁、顾亚铃等译,河北教育出版社1998年版,第4页。
  ⑤ [苏联]洛特曼:《艺术文本的结构》,王坤译,中山大学出版社2003年版。第112页:全书中具有原理标志意义的"对照和对立"首次出现之处;第351页:全书中"对立美学"首次出现之处。
  ⑥ "对立"一词的俄文原文"co-противопоставления"为洛特曼自创,是"сопоставления"(对照、比较)和"противопоставления"(对立)两个单词的组合。英译者为了清晰,将其翻译为"对照和对立"(contrast and opposition)。由于"对照和对立"贯穿艺术文本结构的始终,当该词组与"美学"连用时,中文便翻译为"对立美学"。

最精彩的表述在于:"就艺术文本而言,对立各方任何一方的完全胜利,就意味着艺术的灭亡。"①

对这个观点的理解,有两个层次。首先,从叙事角度来讲,文本中发生冲突的双方乃至各方,如果最后的结局,是其中的一方取得完全胜利或绝对胜利,即达到或实现同一美学,那么可以说这样的叙事作品是失败的。以此反观我国当代文学,在 17 年文学,尤其是 10 年"文革"文学中,这样的作品实在俯拾即是。如果结局是冲突的各方仍以各自的方式存在,这样的作品就属于对立美学或差异美学。

其次,从本体论角度看,属于同一美学的文本,意味着冲突各方最终难脱同一性轨道,是同一美学既定模式的必然体现;然而,在艺术文本中,冲突各方是否能够共存呢?黑格尔通过对美和艺术的冥思遐想,发现艺术原来正是冲突各方共存于一体的楷模和范本:"为什么哲学底普遍不可以像美的表达一样,同时是多与一、不调和与调和、可分与不可分、固定与流动呢?"② 所以,艺术其实还是哲学的老师:"哲学应该从神圣的诗歌中产生出来。'因母亲美,女儿更美。'"③ 这里的"母亲",指的正是艺术,而"女儿"则指的是哲学。按照黑格尔的观点,哲学是从艺术中领悟到"对立面的综合"的奥妙,从而青出于蓝而胜于蓝的。也就是说,艺术的本来面貌,是不存在"对立各方任何一方的完全胜利"的,一旦违背,即意味着"艺术的灭亡"。只是,作为"女儿"的哲学,长大成人之后,其先天的同一性特征,竟然具有反制"母亲"的力量,使得艺术于不自觉之中走上了同一性轨道。

但是,就黑格尔思想本身而言,他的"对立面的综合"方法,即辩证法,往往为同一性的批判者有意无意地忽略。只有德勒兹正面回答了这一问题:"我最憎恨的莫过于黑格尔主义和辩证法",因为"变易之外无物存在,多样性之外无物存在",而黑格尔等人总是将差异从属于同一性,"在这种观点中,差异总是从属于一个潜在的统一体,矛盾的各方总是在寻找一种更高级别的综合,运动最终将导致静止和死亡。辩证法迷失于科学抽象之中,深陷于同一逻辑的泥淖"。④ 德勒兹的看法是,"对立面的综合"的结果,是达到更高级别的

---

① [苏联]洛特曼:《艺术文本的结构》,王坤译,中山大学出版社 2003 年版,第 347 页。
② [意]克罗齐:《黑格尔哲学中的活东西和死东西》,王衍孔译,商务印书馆 1959 年版,第 11 页。
③ [意]克罗齐:《黑格尔哲学中的活东西和死东西》,王衍孔译,商务印书馆 1959 年版,第 16 页。
④ [美]道格拉斯·凯尔纳、斯蒂文·贝斯特:《后现代理论:批判性质疑》,张志斌译,中央编译出版社 2004 年版,第 103、105 – 106 页。

同一性！这就是德勒兹憎恨黑格尔主义的关键所在！

在本体论意义上，能够与同一性抗衡的，就是差异性。西方后现代思潮在某种程度上，就是在运用差异性对抗、取代传统形而上学同一性。根据差异性范畴，对于由结构主义思路引发的二元对立的一些重要对立项，也就可以重新理解了，比如常见的"理性与非理性"对立。仅从用词来看，"理性"得到的褒奖过于明显，"非理性"则直接遭到贬抑。理性的所指，明显属于同一性范畴的内容；非理性的所指，则属于差异性范畴的内容。在同一性占据主导地位的情况下，属于差异性的非理性肯定会遭到否定。后现代思潮用"差异性"抗衡"同一性"，也就是给予被同一性所压制的对象以合法的，尤其是对等的生存空间和地位，这样做显然更符合人性的本来面貌。

进一步深思还可看到，将"非理性"当作"理性"的对立方，并不妥帖，与"理性"相对的其实是"意志"，因为只有意志才远比理性具有个性色彩和存在特征。从思想史来看，发起反本质主义的后现代思潮，早在克尔凯郭尔那里就已经萌芽了。西方哲学史将克尔凯郭尔与尼采当作同类思想家看待，是理所当然的："这两位思想的世纪天才敦促思想从年逾千祀的泥潭中拔出脚来，回归纯然偶在的个体。凡此种种，都可谓思想的现代性事件：思想被引向个体的生存差异，成为偶在个体的我在呢喃。哲学言述不再围绕普遍性知识，而是围绕着'这一个人'。"[①] 如果继续追究，这种思想观念其实可以上溯到谢林与德国浪漫主义，也即与以黑格尔为代表的德国理性主义相对立的一方：黑格尔的"这个哲学引导人们俯首听命于主宰一切、不可改变然而对一切漠不关心的真理"[②]。黑格尔无所不包的理论体系，如果说有所遗漏的话，那么唯一遗漏的就是对活生生个人的忽略。

这样理解尼采以来的思想线索，就比较贴切、符合实际了。差异性的引入，给予二元对立各方同等的合法生存空间和地位，它们之间的辩证关系，就不至于被轻易误解了。即使黑格尔等人将辩证法当作一种工具，以达到不断升级的同一性，但德勒兹以反同一性为由，将辩证法也反掉，则是重走泼洗澡水连同孩子一起泼掉的老路，因为，如果辩证法确实是一种达到同一性的工具，不也可以将其作为达到差异性的工具吗？退一步讲，如果重视理性的辩证法难以产生差异性，重视意志则能达于差异性。

---

① ［丹麦］索伦·克尔凯郭尔：《致死的疾病》，张祥龙、王建军译，中国工人出版社1997年版，第1页。

② 刘慧姝：《考问与救赎：克尔凯郭尔美学思想导论》（复旦大学文艺学美学研究文丛），沈阳出版社2003年版，第11-12页。

从同一性与差异性入手，对于本质论与反本质主义之间的不同，也会看得比以前更清楚些。借用树喻思维方式来说，它们其实是很表层的，无非抽象与具体、僵化与流动之别而已。在反本质主义的背后，还潜藏着后现代思潮的三大利器：无镜认识论对有镜认识论的反思、块茎思维对树喻传统的抗衡、差异性对同一性的批判。正如本质主义只是同一性的具体表现，反本质主义也只是差异性的具体表现。这三大利器所显示出来的差别，正是本质论与反本质主义各自的学理所在。

反本质主义兴起以来，其与本质论的交锋一时大获全胜，并且多在理论领域进行。结合文坛实际，尤其是符合文学现状的理论探讨，并不常见。从学理角度讲，本质论与反本质主义这种事关文学基本性质的理论焦点，源自文学本身；在探讨过程中，可以超越文学，但如果完全抛开文学，势必将理论引向脱离原本根基的轨道，使得文学理论成为没有文学的自足体。文学理论的发展，是否必定要走上这条路？或者，这种自足体是否仍可称为文学理论？本节的主旨不在回答这类问题，而是要指出：本质论在文学领域的表现，有独白、宏大叙事、同一美学等；反本质主义在文学领域的表现，有复调、私人叙事、差异美学等。就学理而言，无须以前者过时为由而予以抛弃，更不可能以后者取消、替代前者，新旧是可以共存的。在这方面，巴赫金深得辩证法之精髓："没有一种新的艺术体裁能取消和替代原有的体裁。但同时，每一种意义重大的新体裁一旦出现，都会对整个旧体裁产生影响，因为新体裁不妨说能使旧体裁变得比较自觉，使旧体裁更好地意识到自己的潜力和自己的疆界，也就是说，克服自身的幼稚性。"① 作为"新体裁"的后现代差异美学，对作为"旧体裁"的传统同一美学的作用，正是如此。

二、本质论学理所在：自然本体论蕴涵的同一性及先在性

本质论的背后有同一性，同一性的背后是自然本体论；与同一性地位相当的先在性，亦由自然本体论而来。反本质主义迄今最有意义与价值之处，就在于以建构论对抗具有先在性的本质论，但对产生同一性和先在性的自然本体论，所涉不多。

古希腊哲人所确立的区别现象与本质的思路，将对本质的探求一直引向对宇宙万物"第一因"的追寻，由此形成传统形而上学认识论的"存在论"或"本体论"。这个"第一因"就是自然本体论的内核，它先于人类而存在，与

---

① ［苏联］巴赫金：《陀思妥耶夫斯基诗学问题》，见《诗学与访谈》，白春仁、顾亚铃等译，河北教育出版社1998年版，第361－362页。

上帝或神的意志直接相关。保罗·利科就指出：海德格尔把本体与神学两个词合在一起，创造了一个新词——"存在论神学"①，或者称之为"本体神学"②。先于人类存在的思路，加上神学色彩和目的论内蕴，决定了自然本体论的先在性。本质论与反本质主义的学理根源，均聚焦于此。本质论的最大弊病，就在于这个先在性——先有了关于文学的本质，然后才出现显示这个本质的文学。简而言之，文学的本质先于文学而存在。反本质主义最切合文学实际、最值得肯定之处，也就在于坚决否认有一个先于文学而存在的本质——今天人们所说的文学，在人类文明之始，并未产生；随文明进化慢慢萌芽、发生、发展的文学，绝非对那个先在性本质的表现。因此，在学理层面上，对于艺术起源的探讨，一定要避免找出"源头""第一个"之类的思路。如果未能从学理层面弄清本质论的根源，只是简单地、匆匆地以本体论替代本质论，那么，正如昨天的本质论必然发展出反本质主义，今天的本体论也必然会发展出反本体主义。要想避免这种循环，就必须把立足点由先于人类而存在的自然本体论，转向人类建构世界的社会本体论。

本质论背后的同一性与先在性，是交集在一起的。而同一性的合理性，恰恰在于它的人文建构性。从古希腊开始，对同一性的追求，由最初的哲人思考方式，渐渐演变为支配社会现实的思维模式。同一性的普及尤为启蒙以来现代性的主要内容，而以差异性批判、取代同一性，则是后现代的主要目的。本质论只是同一性的具体表现，不是同一性本身。

本质论其实是反不掉的，因为它的背后既有可以反掉的先在性，亦有反不掉的同一性。与先在性刚好相反的建构性，正是出自同一性。也正是在建构性的意义上，人类不能没有形而上学的追求。正如黑格尔所说的那样，在一个民族里，如果法学、情思、风习、道德等被认为无用，是"一件很可怪的事"，那么没有形而上学"同样是很可怪的"。前者之怪，在于一个民族不可能视文化为无用或过时；而后者之怪，则在于"一个有文化的民族竟没有形而上学——就像一座庙，其他各方面都装饰得富丽堂皇，却没有至圣的神那样"③。文学从来都会以自己的方式参与人类的形而上学沉思，整体的宏观事例有歌德的《浮士德》、曹雪芹的《红楼梦》……具体的个别事例有托尔斯泰《战争与和平》中安德列公爵在奥斯特利茨战场上受伤之后的遐想④……文学已如此，

---

① ［法］保罗·利科：《解释的冲突》，莫伟民译，商务印书馆2008年版，第544页。
② 参见刘小枫《走向十字架上的真》，三联书店上海分店1994年版，第16页。
③ ［德］黑格尔：《逻辑学》上卷，杨一之译，商务印书馆1991年版，第1、2页。
④ 参见［俄］托尔斯泰《战争与和平》第1卷，高植译，上海译文出版社1981年版，第398－417页。

文学理论对文学进行形而上学的沉思自在情理之中。

自然本体论的主要内涵,指的是有一个先于人类自身而存在的万物基始,这是宇宙自然的唯一本源和终极存在。人类形而上学之思的最高追求,就是寻找这个最根本的所在。自然本体论的先在性,指的是这个本体先于人类而存在,富有神学色彩和目的论意义。从传统认识论思路看,万事万物确实存在于人类之前;但如果换一个角度,问题就要重新思考:在没有人类之前,"万事万物确实存在于人类之前"这句话或这个思想是否存在?如果存在,存在于何处?以什么方式呈现?

"文学是什么"受制于"世界是什么"。文学本体论最终是由世界本体论支配的,撇开世界本体论,单独研究文学本质论,难以有大建树。本质论占据支配地位时,我国文论界在文学本质论上之所以难以出新,是因为没有明确意识到:我们对文学本质的研究,建基于自然本体论,而自然本体是唯一的,所以我们关于文学的本质论也是长期唯一的。但西方文论界怎么就能不断出新呢?那是因为他们关于世界的本体观发生了变化:在西方已经延续了几千年的先在性自然本体论,近代以来一直受到挑战,直到被后现代思潮彻底扬弃,并以建构性社会本体论取而代之。社会本体论没有先在性,反倒因人类建构的多元特征而呈现多元性,西方文论能够不断出新,是以社会本体论能够不断出新为基础的。

西方学界正式对自然本体论发起挑战的,非现象学莫属。在质疑中开始动摇的自然本体论,至符号学盛行而被彻底颠覆。在时间节点上,到20世纪60年代,自然本体论就全面让位给社会本体论了。从建构的意义上讲,文化论的兴起,正是社会本体论的主要表现。而福柯等人的后现代知识论,可谓社会本体论的典型代表。

针对自然本体论的宇宙万物"第一因",社会本体论有两大突破。首先,现象学启发人们,世界上不存在纯粹的客观和纯粹的主观:任何客观,都是经过了意识的客观;任何主观,都是对客观的意识。其次,符号学更加简明扼要地说明:世界上的一切,都是由人类运用符号建构起来的。没有人类之前,不可能存在"人类""世界""自然"等等之类的概念范畴。自然本体论所追寻的万物基始以及大自然本身等等,在人类诞生之前,究竟是什么,人类并不知道,恰如康德的"物自体"那样。说到底,"万物基始""存在""物自体"等这些概念范畴,都是人类符号建构的产物。在人类之前,一切鸿蒙未开,全是混沌一片。依据这个思路,"真理是被制造出来的,而不是被发现到的"①

---

① [美] 理查德·罗蒂:《偶然、反讽与团结》,商务印书馆2005年版,第11页。

就好理解了,因为"世界是被构造的而不是被发现的"①。这也正是建构性社会本体论的精义所在,与先在性自然本体论形成了鲜明的对比。

至此,问题就十分清楚了,自然本体论衍生出先在性和同一性,它们在文论领域体现为本质论。社会本体论以人类自身的文化建构为基础,可以真正破解自然本体对文学本体的束缚。在当下,文论界大可不必执着于唯一本体并一以贯之的思路,而应将文学本体的基础,由自然本体论转向社会本体论,以经验论(认识论与真实问题)、观念论(价值论与道德问题)、审美论(超越论与主客问题)、符号论(表征论与指涉问题)等诸本体并行的新格局,把握文学的多元本体特征,展现文论的多学科性质。

三、社会本体论与文学本体并行化新格局

就认识论而言,真实是该框架之内自然产生的命题。目前国内文论界与文坛现状的最大隔膜,就是一方面大量引用西方文学理论,却对文学的真实问题不屑一顾,谁谈谁就过时、落伍了;另一方面,当代西方艺术的典型代表如好莱坞电影,占领了中国市场,征服了中国观众,赚足了中国票房,其通行证不是别的,正是通过种种高科技手段制造出来的、基于真实的、比身临其境更为真切的、令人极度震撼的宏大场面!而让人诧异的是,现有的文学理论,对这种极为普遍的现实却熟视无睹,罕有做出正面解答的。

"求知是人的本能。"② 这是亚里士多德《形而上学》开篇的第一句话,也是西方哲学认识论的主要起点。如果深究,这句话还可引申出另一层含义:验证所求之知或所得之知的真伪,也在人的本能之中。人的活动,很少能够脱离求知与验证所知真伪的,文学亦不例外。在认识论漫长的发展历程中,大师们的验证,主要围绕认识前提何以可靠、认识何以具备普遍性的问题展开。在这之后,认识论的前进方向就必然地指向历史哲学,近代哲学的发展就是沿着这一路线前行的。由此反思中国当代文论,就可对曾经引起热烈讨论的典型环境的内涵问题,予以重新解读:从典型环境角度对文学蕴含所提出的要求,其实也是从历史哲学角度对文学蕴含所提出的要求。

认识论框架内的文学理论,其发展必然指向两个方向:其一,在认识论轨道上前行,艺术的追求目标也越来越抽象,由真实到典型再到抽象概念。在自然本体论的潜在制约下,真实问题到了最后,也只有通过唯一本源来检验,从

---

① 参见[美]纳尔逊·古德曼《构造世界的多种方式》,姬志闯译,伯泉校,上海译文出版社2009年版,第97页。

② [古希腊]亚里士多德:《形而上学》,吴寿彭译,商务印书馆1959年版,第1页。

而将活生生的文学演变为干巴巴的抽象概念,所以相关研究才难以为继。这并不是说艺术在实践中和理论上从此不重视个别性、丰富性、具体性了,而是说它们的意义与价值都决定于、从属于其所指向的抽象概念的内涵。其二,同一美学的影响日益扩大。时下,后现代思潮正以差异美学对其进行批判、解构,客观上也确实起到了补救同一美学偏差的作用。目前,对真实性问题的质疑,对典型理论的"悬置",都说明在认识论框架内,真实论的生存空间是与生俱来的,而其发展空间又确实到了十分狭窄的地步。但这绝不是否定真实论本身的理由,道理很简单:一条道路在某一里程处暂时没能往前延伸,并不意味着这条道路不能存在或不存在了。

而一般普通大众对真伪的验证,只是直观地将所求之知或所得之知与自己的日常经验相比对,合则为真,不合则伪。在日常生活中,这种辨别会随时随地、有意无意地展开。无论文学是否脱离人们的日常经验(包括先验、超验、潜验),普通大众总会以各种方式将其与自身的文学经验相比对;无论比对的结果如何,文学给予普通大众的东西都会包含着真实感或虚假感。如果说人类对文学的需要有点类似于大众对动物园的需要,那么真实对于普通接受者而言,则类似于动物园中关在铁笼子里的老虎:假如被关的是布老虎,则无论如何也难以吸引游客。文学肯定需要追求真实,但又不能止于对真实的追求,尤其是不能把对真实的追求转化为对抽象概念的追求,否则,就会成为历史哲学,走向干巴巴的概念哲学,[1] 成为铁笼子中的布老虎。总之,文学理论在把握文学时,既离不开认识论,又难以用认识论一以贯之;文学与真实的关系亦如是。

在当下文坛,可以说绝大多数叙事作品都会展现并且也只能达到直观意义上的一般真实,达到典型真实高度的作品总是少数,而大量的非叙事作品更是与真实无关。这同真实是文学与生俱来的特性岂不过于矛盾吗?

面对这种矛盾,就要跳出用认识论一以贯之的思路。就价值论而言,文学活动既包含经验认识,也包含价值判断。无论是实现了一般直观真实的作品,还是达到了典型真实的作品,以及与真实无关的作品,在创造和接受过程中,作者及读者的价值判断都会贯穿始终,价值判断不会因为作品中真实的有无以及真理程度的不同而停止。作者对真实的追求,目的是为他的价值判断提供基础:越是真实,他的价值判断的基础越是牢靠,越具有说服力,"有意义的世界本身必然是主体与客体的融合"[2]。不存在排除了作者价值判断的艺术真实。

---

[1] 参见张世英《哲学导论》,北京大学出版社2002年版,第147页。
[2] 张世英:《哲学导论》,北京大学出版社2002年版,第205页。

同时，在艺术中可为价值判断提供基础的途径，并非只有真实这一条道路。所以，无论是以往还是现在，大量不以追求真实为目标的作品，同样具有广阔的前景和大量的接受者。在某种意义上讲，从价值判断角度来理解文学，比从认识角度更能把握文学与人类的精神脐带的关系。在这方面，古典文学领域的研究成果值得当代文论高度重视。比如，对于"诗人薄命"这个古老的命题，当代古典文学专家吴承学先生通过系统、透彻的追根溯源，发现在凸显"诗能穷人"与遮蔽"诗能达人"的背后，经历了一个堪称漫长的选择与接受的过程，"反映出中国古人基于诗学观念与价值判断之上的集体认同"，认同的内容不是别的，就是从价值判断的角度对文学的定位：文学是一种"精神寄托"和"神圣信仰"，作家"是一个被赋予悲剧色彩的崇高名称"。[①] 文学成为中华文明核心价值观念的主要载体，是古人历经社稷倾覆、人事代谢，在透彻理解文学与民族精神、个人情怀之关系的基础上所做出的重大抉择，这一选择对于民族气节、个人品性等传统文化核心观念的承传与光大，居功至伟！它不仅是中华民族的精神瑰宝，也是全人类的共同财富。当代关于流行文学与严肃文学、通俗文学与高雅文学、大众文学与精英文学等等之类的所有划分与争论，如果离开了核心价值观这个传统文化的理论基点，对文学的把握都会缺失应有的分量。

就审美论而言，它与真实的问题非常类似，即同文学现状之间的距离相当明显：当我们一再强调审美是文学最根本特征的时候，当我们反复重申审美是一种对现实功利的超越的时候，很容易以古代的山水诗、田园诗以及古典园林等为例，却难以轻而易举地在当代文学里找到典型的事例。大量深受读者、观众喜爱的作品，往往不那么超越现实功利，不那么审美，比如反腐题材的作品、抗战题材的作品……这类作品最容易成为一个引起话题的"由头"，读者或观众借用或通过这个"由头"表达对作品社会蕴含的看法。因此，这类作品的本质，往往很难直接与审美挂钩，或者，审美理论往往不能直接解释这类作品。但是，就文坛现状而言，偏偏这类作品的数量占据更高的比例。这种现象表明一个简单的事实：在文学作品里，审美与真实一样，也难以直接一以贯之。

审美当然要超越现实功利，但这只是一般意义上的审美。审美超越的本来意义或真正意义，是超越主客二分的思维方式，转向主客相融的思维方式。西方传统形而上学认识论的实质，在于人与世界彼此外在，人作为主体，将外在世界当作对象来认识、探究，所获知识用以为人类服务，由此形成人类中心主

[①] 吴承学：《中国古代文体学研究》，人民出版社2011年版，第106、111页。

义。这种主客二分认识论，其实是一种自然科学的思维方式，人类正是在这种思维方式的指导之下，取得科学技术的突飞猛进，极大地改变了客观世界及人类本身。但是，这种思维方式如果一枝独秀，就会造成工具理性泛滥，造成人类精神家园的缺失。后现代思潮所要攻击的，其实也正是这一点。

主客相融的思维方式，是指人类与世界并非彼此外在，而是融为一体的。以这种思维方式来观看世界，人与天地万物同气连枝，皆为宇宙这个大家庭中的一员，并非如主客二分那样，只有人类才是生命体，外在客观世界都是冷冰冰的物质。能够和宇宙自然同声共气、融洽相处，是人生的最高境界、人类的最高追求，这也正是审美超越的本来意义或真正意义。

文学的确具有不同层次、不同追求。真实性是文学的第一步，但不是唯一的第一步；价值判断是文学的恒久追求，而且是唯一贯穿始终的追求；审美则是文学最高的境界。包括叙事作品在内，文学作品中的审美境界或人生至境，指的就是没有人与客观外在世界的区分，人与一切都不是彼此外在的关系，而是与大自然、天地万物融为一体。就此而言，中国古典诗词毫无疑问是世界艺术史上最灿烂的奇葩。它的精髓，其实并非平仄、格律等，甚至也不是单个的精美意象、高妙的修辞技巧，那些都是"小技"。古典诗词在本体论意义上的"大道"，也不是人为地消除、遮蔽主客之分（那样做只是在运用某种技巧），而是发自本心、潜意识地将宇宙自然与人视为浑然整体。

从发生学角度看，人之初始，思维没有主客二分。如果将接受初始教育称为"发蒙"，那么，懵懂无知其实就是一种原始的主客相融状态，"发蒙"也就意味着脱离懵懂。但恰恰就是这种懵懂，在美学史上成为人类审美追求的目标——古朴，古今中外，概莫能外。原始人的生存条件极为恶劣，相对于今人，古人的生存条件也相当恶劣，然而在现实生活中，为什么人们的审美风尚往往崇古呢？因为，生存条件恶劣的另一层含义是：与大自然保持直接的密切联系。尚古的审美风气，内涵还是追求与大自然的亲近、追求与大自然的融为一体，即追求回归到"人之初"的状态。西方现代美学对科技理性的批判，其起点与目标，就在于人类文明发展到当下，已越来越远离的人的根本——人与大自然相融为一体；因而，美学和艺术被赋予的使命，就是不断地，甚至无止境地追求"回归"。当然，这是一种以尽可能享受"人之今"的物质条件为前提的追求。也正是在"人之初"的意义上，可以说审美是人与生俱来的原初状态，人的毕生追求，就是不断地在更高层次上回到原初状况。所以，怀旧与思乡，总是文学作品中最能持久打动人心的审美情结。

就符号论而言，西方思想家在充分意识到主客二分思维方式的弊病之后，海德格尔等人走向了在此基础上的主客相融的思路，强调世界与人不能分离；

而西方更多的后现代思想家则走向关注主客之间的媒介，即走向了符号研究。艺术创造与接受，首先必须面临符号的运用问题。后现代理论家与作家对符号的表征与指涉特性的深入研究，"反映了当代人已经意识到许多我们曾经视为'自然而然'和'基本常识'（像语言与世界的关系）的事物必须受到仔细审视"，"在陈述语言和事实的联系方式方面，没有哪一种表述属于特权阶级，可以免受修改"。①"仔细审视"的结果，就是引发了一系列对以往基础观念的颠覆。从表征的角度来看，不能略过媒介笼统地谈再现了。从指涉角度来看，传统艺术的语言符号，是一定要指向外部世界的；而现代艺术的语言符号，发展出一种新动向：只是指向自身（只注重符号的能指而忽略符号的所指）。如此艺术就脱离了人们的日常经验，意味着艺术可以毫无真实性可言。现在文论界否认文学真实的理论根源就在于此：依据今天的符号论，否定昨日的认识论。

这里确实存在一个因语言文字的性质所导致的、不易为我国文论界注意的大问题。西方记录语言的符号是拼音文字，符号的能指与所指之间，没有任何必然联系，全是任意的或依照惯例形成的。符号的所指发生变化，而能指则不必发生相应变化，同一个符号（能指），在不同时期，其所指的内涵相去甚远！社会文化的变迁，不一定引起能指（符号）形式本身的变化。比如，"representation"这个英文单词，在古典时期和现代时期，指的是"再现"，到了后现代时期，指的就是"表征"②了。所指发生变化，所指形式（能指）仍然照旧。再如"黑"这个词，在20世纪60年代以前的欧美社会，一直与黑暗的、邪恶的、可怕的、魔鬼般的、危险的和有罪的等负面事物联系在一起；随着人权运动的深入和人权观念的普及，"黑的就是美丽的"竟成为流行的口号。这时，"黑的"能指"用来意指与它以前的联想物刚好相对立的意思（所指）"③。

而中国记录语言的符号是象形文字，文字构成的六种方法即"六书"（象形、指事、形声、会意、假借、转注）中，除了后两种，所指与能指的关系并非任意的，尤其是象形字，所指与能指的关系是先天的、必然的、基本固定

---

① ［加拿大］琳达·哈琴：《后现代主义诗学：历史·理论·小说》，李杨、李峰译，南京大学出版社2009年版，第213页。

② 赵毅衡先生最新文章认为：将"representation"这个词翻译为"表征"，本是译者"姑且"之举，不想却风行文论界；到了该仔细辨析、终止"姑且"的时候了。参见赵毅衡《"表征"还是"再现"？一个不能再"姑且"下去的重要概念区分》，载《国际新闻界》2017年第8期。

③ ［英］斯图尔特·霍尔编：《表征：文化表象与意指实践》，徐亮、陆兴华译，商务印书馆2005年版，第32页。

的。一旦所指发生改变甚至稍有改变,能指就一定要发生变化。特殊之处还在于,所指没有发生变化,因社会等原因,能指则被强行改变,如"邦""国"之别:对于《诗经》中的"国风",多年来无人提出任何疑问;而根据新出土的文献《孔子诗论》,原来"国风"二字,是避刘邦之讳的结果,本为"邦风"。① 虽一字之别,然而个中蕴含,大有深意:社会文化的变迁,一定会引起能指形式本身的变化。在中国古典诗词里,这种现象是非常普遍的:同一所指,可以用许多能指符号来表现;不同的能指在表达同一所指时,各种差异是需要细心体会琢磨的。从符号学角度来看,差异理论的引入,对中国文学研究确实具有特别的启发作用。

在研究符号性质问题上,拼音文字的习得者,有其异于象形文字习得者之处:拼音文字容易发展出关于符号的系统理论。这是因为,在拼音文字里,符号与概念之间的关系、与现实世界的关系几乎没有直接性,因而符号的抽象指代特征没有受到任何遮蔽;而在象形文字里,符号的具象性、与现实世界的直接性特征,在一定程度上遮蔽了符号的抽象指代特征。因此,我们在符号学的研究方面,起步相对迟滞,是有着先天因素的。同样,象形文字习得者,亦有其异于拼音文字习得者之处:文字本身就是审美对象,如书法艺术、古典诗词的形式美以及由此产生的意象美、意境美等。这种独特的审美对象及其所达到的审美境界,又是其他文字系统的语言所无法创造的。

符号学对文学研究意义重大,在这个领域,我国文论界起步较晚,与西方有着比较明显的差距。但是,我们的资源得天独厚且独一无二,经过扬长补短,努力发掘象形文字的审美价值,祛除由此产生的对符号抽象指涉特性的遮蔽,后来居上的基础十分厚实。

本体论"并行"是不同于本体论"串行"的全新格局:基于自然本体论的文学本体论,在那个具有先在性的"唯一"基础上,是可以继续深入下去、扩展开来的,但只能是严格遵守先后次序的"串行";而基于社会本体论的文学本体论,因为没有"唯一"的限制,则可以"并行",由此,可望改变本体论研究的"瓶颈"状态,就像量子计算机以"并行"算法超越电子计算机的"串行"算法那样②。"并行"的文学本体目录,应该会随着人类文化建构的不同阶段而变化,它们之间是块茎状关系,彼此相连但不相属。由于避开了

---

① 参见《孔子诗论》第三简、第四简,见马承源主编《上海博物馆藏战国楚竹书》(一),上海古籍出版社2001年版,第15–16页。

② 电子计算机的"串行"算法,好比4×100米接力赛,4个人跑400米,每人跑100米,第四棒完成任务;量子计算机的"并行"算法,好比4×100米比赛,4个人跑400米,每人跑100米,4个人同时起跑,没有接力,完成任务的时间大大缩短。

"唯一性"乃至"先在性"的僵化后果,其对文学的把握充满着远胜从前的活力与生机。

小结

文学,无论着重想象还是致力于再现,都离不开对人类切身经验(包括超验、潜验)的表达,相比于哲学、历史的不免忽略个体的悲欢离合,文学与社会生活中每一个人的喜怒哀乐都密切相关,所以,与其他任何意识形态相比,文学对人心的影响更直接、对社会的覆盖更广泛。文学理论因研究对象的特殊地位,不仅得到更多的社会关注,在当下更具有民族精神走向的表征意义。

现代以来的中国文论研究,无论是观点还是学理,都经历了西方文论中国化的过程。在全球化时代,这个过程目前不会中止,中国文论已经不可能与西学思路完全剥离了,变化只在于是被动地全盘接受还是主动地选择借鉴。目前,文论研究正处在从前者向后者转化的关口。结合西方文论中国化过程中的重点个案,在掌握具体观点的基础上,着力研究其中所蕴含的学理,从知其然到知其所以然,对这种转化会产生促进作用。

文论研究过程中的学理,指的是思想与思维或显或隐地遵循的原理、法则,或明或暗地围绕的起点、中轴,有意或无意地学习的榜样、惯例。从文论发展史的角度来看,研究对象所具有的学术分量越重、学术价值越高,其所蕴含的学理性就越强。对我国文论产生深刻影响的西方学理,源自古希腊时期奠定的传统形而上学,以黑格尔为集大成者,强调先在性和必然性;而20世纪60年代以来,以福柯为代表的后现代思想家,通过"知识考古学"对其进行了彻底的颠覆,强调生成性和偶然性。这截然相反的两种学理,对我国文论产生的冲击和震撼自不必说,当下尤其不能忽视的是其重要启示:文论建构不仅相伴着一系列关键词的更新,更相伴着牵一发而动全身的理论基石以及围绕着它所产生的变化。现在,需要进一步深化的是,这种变化绝不只是基本观点的单纯改动,而是与学理的调整直接相连,恰如本质论与反本质主义那样。

(原载《学术研究》2018年第3期,人大复印资料《文艺理论》2018年第11期全文转载)

第四节 蒋孔阳美学思想的理论特点

蒋孔阳创造论美学理论早已被公认为当代中国美学的"第五派",随着时间的推移,创造论美学旺盛的生命力和重要意义必将日益凸显——在学术视野上,熔古今中外于一炉;在研究深度和学术价值上,不逊色于任何一种当代西方美学理论。因此,它不仅是20世纪下半叶中国美学的一座高峰,更是21世纪中国美学迈向新高度的一个重要基点。

关于蒋孔阳创造论美学理论体系的构造和内涵,诸多专家学者已做过精辟、透彻的剖析。① 本节的重点则是从治学的思路和方法的角度,分析蒋孔阳创造论美学思想的基本特点,并探讨其历史地位。蒋孔阳美学思想作为一个整体,包括显性形态和隐性形态两大部分:前者指创造论美学体系;后者指蒋孔阳致力于美学研究的几十年探索历程,尤其是在这个历程中所形成的思路和方法,以及由此衍生出来的美学思想的特点。就蒋孔阳美学思想而言,其隐性形态是更为重要的基础;正是这个基础使得蒋孔阳创造论美学理论具有旺盛的生命力和重要的历史地位。而许多美学研究者虽成果迭出,却影响不大,关键就在于其显性成果缺乏相应的隐性基础的支撑。基于这一认识,笔者认为只有认清了蒋孔阳美学思想的隐性形态,才能真正认清蒋孔阳创造论美学理论体系的历史地位。

蒋孔阳治学的前提或最基本的思路,就是首先要把话说清楚、讲明白。他认为,无论多么深奥、复杂的问题,只有想不清、想不透的,而没有说不清、说不透的。能够想清、说透,文章就会浅显易懂。蒋孔阳的美学著作,绝无晦涩难懂、佶屈聱牙之处。

蒋孔阳治学的这一前提或特点,令人不禁想到20世纪中国美学的两位泰斗朱光潜和宗白华。蒋孔阳治学,直接受到两位大师的影响,亦深得两位大师的精髓。在化难为易、平白易懂上,蒋孔阳与两位大师有着异曲同工之妙。强调这一点,在有些人看来,也许毫无意义,但对三位从事美学研究的老人来说,这就是他们的本色。和两位大师一样,蒋孔阳的这种本色也是他的为人的一种表现。在他的《美学新论》中有一个脚注:"此地所引用的有关西方美学史上关于'尺度'的解释,曾参考曹俊峰《论美的规律和审美》一文(未发

---

① 参见朱立元编《中国当代美学新学派——蒋孔阳美学思想研究》,复旦大学出版社1992年版;童庆炳《中国当代美学研究的总结形态——读蒋孔阳〈美学新论〉》,载《文艺报》1994年4月23日。

表)。"① 这就是蒋孔阳的为人！这其中所蕴含的意味，行内人是不难体会出来的。

认清了蒋孔阳治学的前提，下面就来看看蒋孔阳研究美学的思路和方法，以及由此衍生出来的美学思想的基本特点。

一、以贯穿始终的历史感为特征的美学思想方法

在深厚学识的基础上形成的历史意识，对蒋孔阳来说，已经不只是看问题的角度、眼光，而是研究美学的思想方法了。它具体表现如下。

（一）重视美学史上的重大转折点

对柏拉图区别"美和美的东西"的首创，蒋孔阳给予了高度的评价：柏拉图本人虽然是唯心主义的，但他却创立了从具体（"美的东西"）到抽象（"美"）的研究方法。直至今日，我们的美学研究基本上还未脱出柏拉图的方法轨道。蒋孔阳尤为注重康德在美学史上的意义：第一次改变了专从外在客观世界中去寻求美的做法，而把视野转到作为主体的人身上来。蒋孔阳最为注重的是马克思继康德之后所做出的又一次转折：把美学研究的重心从作为主体的人转到作为实践的人身上，使美与人类的实践活动紧密联系起来。这已不是再从主观回到客观的简单循环了，而是美学史上最具有实质性突破的转折，美学史从此掀开了崭新的一页。

（二）关注美学史上影响深远的重大争论

如对古希腊时期诗人与哲学家之间的一场争论，蒋孔阳就给予了特别的注意。因为，那场争论不仅在当时产生了重大影响，并且在整个西方美学史中，一直都在产生重大影响。争论所涉及的问题，至今仍未得到最终解决，仍在吸引着今天的哲学家与美学家以各种形式参与进来。这场争论的实质在于，古希腊人认为，哲学是最高的智慧，而通过感性形式反映客观现实的文学艺术，是否也能达到人类智慧的最高水平？柏拉图首先挑起争论，他用哲学来反对诗，认为诗与艺术只是对现实的摹仿，离真理的理念还隔了两层，不能反映真理；亚里士多德则予以反驳，他认为摹仿本身就是求知，具有认识的特点，文学艺术摹仿的虽是个别事物，却能反映一般的规律，具有普遍性，"富有哲学意味"。自那以后，哲学对艺术的贬斥、艺术为争取与哲学平等的地位，这两种倾向以及相互间的争论，就一直贯穿在西方美学思想史中。抓住了这场争论，

---

① 蒋孔阳：《美学新论》，人民文学出版社1993年版，第207页。

也就抓住了西方美学史的一条主线，许多问题的来龙去脉及其前景便一目了然。

（三）对美学史上各种重要学说的客观评价

蒋孔阳治学，特别注重批判继承的原则。凡在西方美学史上产生过重大影响的美学理论，如美与形式、美与愉快、美与完满、美与理念、美与关系、美与生活、美与距离、美与移情、美与无意识，乃至在 20 世纪曾一度流行的否定美的理论，等等，蒋孔阳都一一对其做出了精到的分析与公允的评价。比如，对至今仍较为流行的距离说，蒋孔阳首先对其合理之处予以充分肯定。从欣赏的角度看，距离确实可以增加审美的魅力。马上看壮士，月下看美人，因为有距离，所以显得格外壮，显得格外美。文学艺术的美，虽然反映人类社会生活的真实，但绝非真实生活本身，而是与实际生活产生了一定的距离，对于这种美，人们也是从一定的距离来加以欣赏的。许多游记文章中的自然风景，如诗如画，可一旦按图索骥，去看文章描写过的地方，往往会令人大失所望，原因就在于距离已经消失。从创作角度看，光深入生活是不够的，还必须与生活保持一定距离，才能写出好作品来，即王国维所说的"诗人对于宇宙人生，须入乎其内；又须出乎其外"。不过，距离说在审美活动中虽有一定道理，却不能成为普遍的真理。因为它只看到了欣赏和创作过程中的某些现象，而没有从美本身的形成和性质上来探讨美。从本质上讲，美不美，在于人的本质力量与对象之间发生的审美关系，而不在于与审美对象保持距离。

二、以开放的体系为特征的美学理论

基于对美学研究历史的透彻认识，蒋孔阳论美，立足于变化，尤其立足于创造。他提出，研究美和美的本质，不能像传统美学中的一些观念那样，把美看成是固定不变的，而应把美看成是一个处于永恒的变化和创造之中的开放性系统。创造论美学理论体系主要包括四个方面的内容。

（一）美在创造中

处于恒新恒异的创造之中，是美的一大特点。美的创造，是一种多层累的突创。[①] 它包括两方面的意思：从美的形成来说，它是空间上的积累与时间上的绵延相互交错而形成的时空复合结构；从美的产生和出现来说，从量变到质变飞跃是突然实现的，不等人们进行分析和推理，美就突然出现在面前，以其

---

① 参见蒋孔阳《美在创造中》，广西师范大学出版社 1997 年版。

整体形象瞬间抓住人们。具体说来，所谓多层累，指美是多种因素、多种层次的积累。在诸多层次中，自然物质层决定美的客观性质和感性形式；知觉表象层决定美的整体形象和感情色彩；社会历史层决定美的生活内容和文化深度；心理意识层决定美的主观性质和丰富复杂的心理特征。所谓突创，是指美的形成与出现带有直觉的突然性，感受的完整性，思想感情的集中性，想象的生动性。这样，一方面是多层因素的积累，另一方面是突然的创造，所以美能把复杂归于单纯，把多样归于一统，最后成为一个完整的、充满了生命的有机整体。

（二）人是"世界的美"

蒋孔阳提出，美不是先于人类文明而存在的客观物质属性，它是对人而言的，不能离开人来谈美。在人类社会出现之前，美是不存在的。因为，从人类审美意识与审美实践的发展过程来看，人类最初创造和欣赏的美，是工艺美和艺术美，其后才有社会美和自然美。针对动植物也有与人类相似的美感的观点，蒋孔阳提出了不同的看法：首先，美不仅具有社会性，而且具有个性，而动植物当中的美，往往都是千篇一律、非常单调的，那不能叫作美或美感，只能叫作"种族的特性"。其次，动植物的这种"种族的特性"，是一种生物本能，只具有生物学上的意义，不具有美学意义。再次，"异类不比"，因此，人类社会中的美感与动植物中的所谓"美感"，是不能相比的。美产生于人与现实的审美关系，它既不是自然现象，也不是个人现象，而是社会现象。对此，蒋孔阳从美在人类文明进程中所发挥的作用这个角度出发，提出了一个全新的观点：美是人类提高自己和超过自己的一种社会机能。它不仅能使社会团结和统一起来，还能提高、满足人的精神需要。正因为有了这种机能，人类才能从野蛮走向文明，从单纯的自然存在走向自觉的有意识的精神存在。

（三）美是人的本质力量的对象化

蒋孔阳在《美学新论》中，从三个方面对这个已有相当长历史的理论命题进行了深入研究和独到阐释，即人的本质力量、自然的人化、对象化。①

人的本质力量不是单一的，而是一个多元、多层次的复合结构。其中既有物质属性，又有精神属性，在两者的交互影响之下，还形成了无数既是精神又是物质，既非精神又非物质的种种因素。当它们作为人的本质力量表现出来的时候，都离不开社会性，是社会历史的产物。在现实中，人的本质力量无法全

---

① 参见蒋孔阳《美学新论》，人民文学出版社1993年版，第160-186页。

面展开，只有在审美活动中才能全面展开。所谓美是人的本质力量的对象化，即指在审美活动中，人把自己的本质力量全面地在对象中展现出来。正是在这个意义上，黑格尔说"审美带有令人解放的性质"。

审美不仅解放人，而且解放自然。自然的人化，就是人对自然的解放。人在不违背自然规律的条件下，解放了自然，使之向着人的方向提高，从没有生命和自由，变得有生命和自由。从主体方面来说，美不美，在于人的本质力量；从客体方面来说，美不美，在于对象是否人化，是否与人发生了关系。自然的人化主要包括几种情况：首先，通过劳动实践，人直接改造自然，使自然服从人的需要，成为人的"无机的身体"；其次，通过想象和幻想，人自由地支配和安排自然，从主体方面赋予自然以人格；再次，由于自然的属性与人的本质力量是多方面、多层次的，自然的人化是一个不断深入、丰富并永无止境的过程。

对象化，是人"化"到对象中去，然后再从对象中表现出来，使对象成为自己的产品。人的本质力量不一定都是美的，还有丑的部分。人们在创造美、欣赏美的时候，不是将自己普通的本质力量，而是将最突出、最优秀的本质力量对象化，从而使对象世界成为理想的世界，并以此为新的起点，进行更高层次的循环。

人之所以不同于动物，就在于他能时时意识到自己的缺陷与不足，总在有意识地改造自己，提高自己，完善自己，总要自由地发展、实现自己最优秀、最突出的本质力量。就这样，美作为一种社会机能，一直在发挥着引力的作用，引导着人类不断地走向文明的新高度。一部人类文明发展史，其实也是美的创造、发展史。人类的劳动，是朝着艺术的方向发展的；由此，也就不难理解古代神话中的无数幻想，何以在后来都变成现实了。关于对象化的理论，是创造论美学体系中最有创意的部分之一，它的意义不仅在于将马克思主义实践论美学向前推进了一步，还在于为美学研究开辟了一块崭新的广阔天地。

在美是人的本质力量对象化这个问题上，除了创新之外，蒋孔阳还据之对美的基本范畴进行了全新的解释：丑是非人的本质力量进入审美领域的结果；喜剧则产生于受到扭曲、异化的人的本质力量被加以夸张和炫耀之时；崇高是人的本质力量的卓越与高超印刻在客观存在的宏大现象上时所产生的境界；悲剧是人的本质力量受到阻碍、摧残或遭到毁灭的产物。

（四）美是自由的形象

人的本质力量对象化的结果，便是美的产品，即美的形象。美离不开形象，但形象不一定都美。蒋孔阳认为，美的形象，应当都是自由的形象。它除了能够给我们带来愉快感、满足感、幸福感与和谐感之外，还应当能够带来自由感。比较起来，自由感是审美的最高境界。因此，美都应当是自由的形象。具体说来，首先，从古到今，美的理想和自由的理想，是一直结合在一起的；其次，自由不是任性，自由不是无知，自由是合规律与合目的的统一，这种统一，既是自由的规律，也是美的规律；最后，从艺术创作与审美欣赏角度看，不仅美的内容和形式都是自由的内容和形式，而且只有外在环境与内心世界都处在自由状态中的人，才能从事美的创造与欣赏。

三、以重视特点及其根源为特征的比较美学思想

蒋孔阳曾以《德国古典美学》与《先秦音乐美学思想论稿》饮誉学界，他还翻译了两本美学、文艺学专著：苏联库尼滋的《从文艺看苏联》（原名《苏联文学史》）、英国李斯托威尔的《近代美学史评述》。以中西兼通的功力与学识来治比较美学，蒋孔阳的比较美学思想也就显现出特有的学术品格：在朴实中显睿智，于平淡中见深刻。其最大的特点是：不比高低，比特点，并着力找出形成各自特点的原因。①

蒋孔阳认为，从事比较美学研究，应当坚持不比高低、比特点的原则。因为，比较的目的，一方面是想更好地认识西方从古到今的艺术和美学思想，以便他山之石，可以攻玉；另一方面则是要用世界的眼光来重新认识中国古代的艺术和美学思想，以便挖掘出民族的"根"，发扬其固有的优点，克服其不能适应当代世界的缺点，从而走向世界，独树一帜。正是在这个意义上，我们要经过比较研究来探讨各自的特点、各自特殊的规律性，以便为相互学习与借鉴找到客观的根据。在具体的比较过程中，还必须坚持实事求是的原则，不允许有任何牵强附会与轻率武断。因为，美学思想本身就是极为复杂的，它同时又与社会生活、文学艺术紧密相连，稍有不慎，就难免产生片面性，难免以偏概全。比如，多年来比较美学研究中有一个相当流行的说法：西方讲究摹仿，中国讲究言志。对此，蒋孔阳通过剔抉爬梳中西美学史资料，指出中国古代美学思想中多有谈到摹仿的，而西方古代美学思想中也多有谈到言志的。

除注重比特点外，蒋孔阳还注重找出形成特点的原因。在这方面，蒋孔阳比较美学思想中的精彩之处真可谓俯拾即是。比如，中西美学思想在表述形态上存在着巨大的差异，这是一般的常识。而蒋孔阳对形成这种差异的原因的解释，可以说是迄今为止最为透彻、最为精辟的。西方自古希腊以来，就形成了一种重视"求知"的传统。他们的思维方式，也就围绕着如何求知来进行。

---

① 参见蒋孔阳《美学新论》，人民文学出版社1993年版，第463、423页。

西方古典哲学把人的认识能力分成感性、知性和理性三个部分。感性直接感受现实；知性对感受到的东西进行分析，注重逻辑和论证；理性则把知性分析的结果重新统一起来。经过这个从一到多，再从多到一的循环过程后，就能从整体上把握对象，建立体系。西方美学著作体系完整、逻辑严密的特点，就是这样形成的。中国古代的思维方式受"天人感应"的哲学思想的影响，非常注重领悟，因而在思维过程中，不重视知性这一阶段，省略了逻辑分析这一环节，常常从感性直接上升到理性，直接得出结论，而不重视过程。这表现在美学思想上，就是直接从艺术上升到美学。中国古代美学著作大多妙语连珠，读后令人如醍醐灌顶，但却缺乏严密的逻辑过程与完整的理论形态，原因就在这里。由此，从美学著作的形成及其作者来看，中国古代多是由艺术的直觉达到美学的理论，由艺术家直接变成美学家，美学理论多表现在艺术家的诗论、画论之中；西方则是从艺术经过哲学再成为美学，由哲学家经过研究艺术再成为美学家，即便是艺术家探讨美学问题，也不是从自己的创作体验出发，而是先成为哲学家，再从哲学的角度来研究美学，席勒便是著名的例子。

四、新世纪美学发展的重要方向

认清了蒋孔阳美学思想的基本特点，对蒋孔阳美学思想的历史地位做评价也就有了一个比较客观、公允、科学的基础了。

从历时的角度看，蒋孔阳创造论美学思想的理论渊源是德国古典美学和马克思主义实践论美学。蒋孔阳创造论美学思想的历史功绩，在于创造性地发展了马克思主义实践论美学思想中关于"美是人的本质力量对象化"理论①，把这个源自德国古典美学，中经马克思加以革命性改造的理论运用于中国，并将之大大地向前推进了一步。

在德国古典美学中，从康德为人的本质力量对象化问题"开辟了道路"②起，席勒、黑格尔、费尔巴哈等相继对之进行了非常深刻、至今仍不乏价值的研究。马克思主义美学的伟大历史贡献，就在于将人的本质力量对象化问题与人类的劳动实践结合起来，从而在美学史上第一次引入实践的观点，奠定了实践论美学的理论基础。在我国，经过20世纪50年代与80年代的两次美学大讨论，马克思主义实践论美学思想日益成为占据主流地位的美学思想。蒋孔阳创造论美学思想，就是马克思主义实践论美学思想在我国进一步发展的结果。

---

① 参见［德］马克思《1844年经济学—哲学手稿》，刘丕坤译，人民出版社1979年版，第78—79页。

② 蒋孔阳：《美学新论》，人民文学出版社1993年版，第162页。

蒋孔阳创造论美学思想的内核，是对马克思主义实践论美学思想中的核心命题"人的本质力量对象化"的进一步深化：人的本质力量中，不只有美的部分，还有丑的部分；① 得到"对象化"的，不是一般的本质力量，而是最优秀的本质力量——在实践活动中、在审美创造中，人们"以自己最优秀最突出的本质力量，在自己实践的生活中，把自己对象化，使人的对象世界，成为人所能实现的最美好的世界"②；从这个角度来看，美在人类文明进程中的作用和价值就很清楚了，即"美是人类提高自己和超过自己的一种社会机能"③，正是因为这种机能，人类才能够从野蛮走向文明，从单纯的自然存在走向自觉的有意识的精神存在。

从"人的本质力量对象化"到"人的最优秀本质力量对象化"，在美学史上，这是实实在在前进的一步。

从共时角度看，蒋孔阳创造论美学思想抓住了当代美学中的两个关键问题：美与人的密切关系和美与艺术的密切关系。

今天的美学研究，已呈现泛化态势：无论是在中国还是在西方，美学领域都显现出一种异彩纷呈、新潮迭出的格局；就连悬置、取消对美的研究的要求，甚至否定美的存在的主张，也都被当作严肃的学术见解而提出。蒋孔阳是从美与人的密切关系，即"人是世界的美"这一思路出发，走向"美是人的最优秀本质力量对象化"的；反过来也可以说，这一理论内核，是建立在美与人的密切关系的基础上的。追寻美、创造美，是人的本质与天性；同时，要想探讨美的本质与特征，一刻也不能离开人来进行。抓住了这一基点，对于否定美的存在之类的偏激观点，应当采取什么样的态度，也就不言自明了。从美学研究思路的历史发展角度来看，自19世纪末以来的百余年间，西方美学家（包括哲学家）越来越注重把研究对象的本质与人紧密地结合起来，甚至将它们合二为一。从叔本华、尼采、弗洛伊德等到海德格尔、萨特……无不如此。这种思路里面所包含的内容，以及过去我们对此的评价，是值得并需要进行反思的。

在审美实践领域，西方先锋派艺术家否定审美与非审美的区别、否定艺术品与非艺术品的区别的做法，对当代的美学研究与艺术发展提出了严峻的挑战。要不要以及怎样回应这种挑战，是每一位美学工作者都无法回避的问题。蒋孔阳沿着美是"人的最优秀本质力量对象化"这一思路，对此做出了明确

---

① 参见蒋孔阳《美学新论》，人民文学出版社1993年版，第380页。
② 蒋孔阳：《美学新论》，人民文学出版社1993年版，第183页。
③ 蒋孔阳：《美学新论》，人民文学出版社1993年版，第156页。

的回答：艺术是美学研究的"主要对象"；美在创造中，人类创造美的活动是多种多样的，但"艺术创作是人类最能创造美的一种劳动"，因此，艺术创造也最能体现"人的最优秀本质力量对象化"，最能体现"美是人类提高自己和超过自己的一种社会机能"的特征。这一回答，同时又为我们提供了认识文学艺术的新视角：美牵引着人类向着更高的文明阶段前进，人类的实践活动是"向着艺术的方向发展"的。

蒋孔阳创造论美学思想，立足于时代的制高点，抓住当代美学中的两个关键问题并予以解答，并在这解答之中，预示了美学研究的新方向、新领域。

［原载《北京科技大学学报》（社会科学版）2002年第1期］

第七章　文学批评的学理建构

从价值论维度评价文学，可以包容并超越以认识论为哲学基础的批评标准。对于在中国当代文坛上居重要地位的叙事文学来说，弄清楚典型环境的理论原点，大有益于文学批评质量的提升。就中华民族的文学批评实践而言，农耕时代比较强调温故知新，在文学对民族精神的建构中，追求贫而不弱；在当下信息时代，尤其应当重视更上层楼，在文学对民族精神的建构中，力戒富而不强。《桃源梦》的原点解读，其旨归就在于把握和处理贫穷与富裕的关系。

第一节　批评标准哲学基础的置换
——文学的价值层面与批评尺度

建立以价值论为哲学基础的批评标准，可以包容、超越以认识论为哲学基础的批评标准。文学的价值包括文本价值、社会价值、超越价值和审美价值。衡量文本价值，重在把握文本的篇幅与信息量的比例关系；衡量社会价值，重在识别、把握不同历史时期的重要社会特征；衡量超越价值，重在把握其将会增值的基点与增值系数；衡量审美价值，重在令读者实现自己的本质力量、张扬优秀人性以及提升化丑为美的深度与广度。

一、批评标准的哲学基础：从认识论到价值论

文学批评的哲学基础，在相当长的时期内，一直是认识论；由此生发出来的批评标准，也主要强调作品所呈现的艺术世界与现实世界的吻合程度。这种标准对写实性作品的衡量，是无可替代、无法取消的，尽管对它的众多指责不无合理之处。然而，文学世界是丰富多彩的，对抒情性作品、表意性作品的衡量，这个标准显然就有点力不从心了。正因为如此，在文学批评史上，围绕着标准问题才会产生那么多的争议；也因为如此，近年来，才会出现对批评标准问题的有意回避。

在意识到批评标准是以认识论为哲学基础之前，争议的中心主要在于文学批评是否应该有标准。显然，取消批评标准的说法是很难站住脚的。在 20 世

纪30年代，鲁迅针对否定文学批评标准的观点进行了有力的反驳："我们曾经在文学批评史上见过没有一定圈子的批评家吗？都有的，或者是美的圈，或者是真实的圈，或者是前进的圈。没有一定圈子的批评家，那才是怪汉子呢……我们不能责备他有圈子，我们只能批评他这圈子对不对。"① 这里的"圈子"就是指批评家所持的批评标准。的确，任何文学批评都不可能没有标准，批评家之间的区别只在于标准的不同以及运用的有意与无意；而主张无标准，这本身也是一种标准。马克思、恩格斯在进行文学批评时，就明确宣布要把"美学观点和历史观点"作为"最高的标准"。②

但是，中国当代文学的批评实践，的的确确因批评标准问题而留给后人太多的痛心和叹息。新中国成立以后，我国文学批评界一直沿用"抗战"期间提出的"政治标准"与"艺术标准"，③并且，在极左思潮与教条主义的影响下，逐步放弃了政治标准与艺术标准相统一的追求，直至由"政治标准第一"演变至"政治标准唯一"，对我国当代文学创作产生了极大的负面影响。正因为如此，"文革"结束以后，经过党的十一届三中全会，一方面，文学界的拨乱反正逐步深入开展，政治标准与艺术标准统一、并重的观念又重新得以确立；另一方面，人们也开始重新思考批评标准的内涵，甚至批评是否应该有标准的问题。

回顾现代文学批评史，政治标准与艺术标准的提出，是顺应历史潮流、符合现实要求的，曾发挥过巨大的积极作用。但是，随着人们对文学创作与文学批评的认识不断深入，这一标准的不足之处也日益明显地暴露出来。在具体的文学批评过程中，任何批评都不可能面面俱到，只能有所侧重。政治标准与艺术标准的最明显不足，就是它在具体的批评过程中，极容易忽略文学作品的内在有机整体性，将其分割为内容与形式两大板块；同时，它对文学审美特性的忽视也日益显现出其自身的局促和偏狭。欲取消而不能，欲坚持又难行，面对这种两难境地，对批评标准问题选择回避的态度，也就在情理之中了。比如，最新版的《文学概论》教材，便隐去了存在几十年的"批评标准"一节。④

其实，在继承认识论的基础上，引入价值论作为批评标准的哲学基础，确立起文学批评的价值标准，就可既包容政治标准与艺术标准的应有内涵，又切合文学批评的实际操作过程，凸显文学的审美特性，避免割裂文学作品的内在

---

① 鲁迅：《批评家的批评家》，见《鲁迅全集》第5卷，人民文学出版社1957年版，第348—349页。
② 陆梅林辑注：《马克思恩格斯论文学与艺术》（一），人民文学出版社1982年版，第182页。
③ 毛泽东：《在延安文学座谈会上的讲话》，见《毛泽东选集》（合订一卷本，64开横排本），人民出版社1967年版，第852页。
④ 参见童庆炳主编《文学概论》，武汉大学出版社2000年版。

有机整体性。

价值论的中心是探求客体满足主体需要的属性:"'价值'这个普遍的概念是从人们对满足他们需要的外界物的关系中产生的。"① 尽管已经有人指出,这段话是马克思以讽刺的口吻批判当时一个名叫瓦格纳的经济学家的话,而不是对"价值"这个概念所下的定义,但是,马克思的这段话的确抓住了"价值"概念的基本内涵。文学批评的价值标准,就是在揭示文学作品与社会生活的关系的基础上,进而评价文学作品与人的需要的关系。它并不是对认识论的抛弃,而是将认识与评价融为一体。由此,建立在认识论基础上的批评标准的不足——难以像适用于写实性作品那样适用于抒情性作品和表意性作品——也可以得到补正。

文学作品的价值是多元的而不是单一的,它主要包括文本价值、社会价值、超越价值与审美价值。

二、文本价值与批评尺度

文本是源自接受美学的一个概念,指尚未被接受的文学作品,它是作品全部价值的根基所在。文本价值,是指文学作品蕴涵丰富信息量的机制与功能。巴尔扎克曾说:"艺术作品就是用最小的面积惊人地集中了最大量的思想。"② 当代国际著名符号学—信息论美学家劳特曼(即洛特曼)也指出:"对于贮存和传送信息来说,艺术是最经济、最简洁的办法。"③ 要想把握文学文本这种极为特殊的机制与功能,主要应从三个层面入手。

第一,从"语言—信息"的层面来认识文本构成的机制与功能。文学作品是由语言构成的,接受者通过语言来接受作品中的信息。因此,切不可将语言与信息混为一谈。语言不过是一种符号,是人们用以作为信息载体的工具。文学作品所涵纳的巨大思想容量,并非语言本身,而是语言所承载的信息。在这里,有几条基本原则应当特别注意:不同的语言传达不同的信息;不同的作者使用不同的语言;接受者的语言与艺术家的语言之间存在着明显的差异。作为批评家,他面对作品的第一反应,即职业反应,必须是迅速而准确地意识到自己的语言与作者的语言之间的差异所在,从而把握住开启文本大门的钥匙。

---

① [德]马克思:《评阿·瓦格纳的〈政治经济学教科书〉》,见《马克思恩格斯全集》第19卷,人民出版社1962年版,第406页。
② [法]巴尔扎克:《论艺术家》,见伍蠡甫、胡经之主编《西方文学理论名著选编》中卷,北京大学出版社1986年版,第100页。
③ [苏联]尤里·劳特曼:《艺术文本的结构》,王坤译,见胡经之、张首映主编《二十世纪西方文论选》第二卷,中国社会科学出版社1989年版,第381页。

第二,从"结构—思想"的层面来认识文本构成的机制与功能。结构与思想是融为一体的,文学作品中特定的思想既不能脱离特定的文本结构而存在,更谈不上脱离它而得到传送。如果用另外的语言去复述一首诗或一部小说,那么该作品的结构就必然会发生变化,读者从复述中所接收到的信息也必然大大不同于从原作中所接收到的信息。这就是简介、概要、缩写、改编等无论如何也不能取代原作的根本原因所在。正因为如此,劳特曼(即洛特曼)才说:"思想不会包含在引语中,哪怕是精心选择的引语,而是由整个艺术结构表达出来。"①

第三,从"层次—容量"的层面来认识文本构成的机制与功能。构成作品文本的语言本身,实际上是一个由各种层次组成的等级体系。如词汇层次、语法层次、语义层次等。每个大层次还可以细分为许多个小层次。词汇层次可分成字、词、词组等;语法层次可分成单句、复句等;语义层次可分成本义、修辞义等;韵律层次则依不同的体裁而定。这些小层次还可再分下去,如本义就可分成基本义、引申义……总之,小到词素、音素,大到段落乃至作品的整体结构,都是这个等级体系中的组成层次。每一层次都包含着容量(即信息),层次间的依次结合能导致容量的递增,而它们之间各种交错结合的无穷性,则能导致文本容量的无穷性。这也正是"诗无达诂"的物质基础所在。

在衡量作品的文本价值时,文本的篇幅与信息量的比例关系,应是最主要的评判依据。越是优秀的作品,这二者之间在特定情况下的反比例关系就越是明显。像中国古典诗词中的"枯藤、老树、昏鸦,小桥、流水、人家,古道、西风、瘦马"②,看起来不过是几个名词的并列,又像鲁迅的小说,多则万余字,少则几千言,但它们都构成了数量巨大且永不枯竭的信息源,这也正是杰作的可贵之处。

三、社会价值与批评尺度

社会价值是指文学作品对历史趋势、社会本质、人生真谛等的揭示与再现,以及由此所显示出来的巨大的认识意义、教育意义和政治意义等。马克思、恩格斯有关文学批评的"历史的标准",主要就是针对文学作品的社会价值而提出的尺度。由于文学作品的社会价值与社会现实生活的关系十分密切,

---

① 〔苏联〕尤里·劳特曼:《艺术文本的结构》,王坤译,见胡经之、张首映主编《二十世纪西方文论选》第二卷,中国社会科学出版社1989年版,第366页。

② 〔元〕马致远:《天净沙·秋思》,见林庚、冯沅君主编《中国历代诗歌选》下编(二),人民文学出版社1979年版,第822页。

接受者总是将文学作品作为观察、分析、评判社会现实的一个重要参照物,因此,对作品社会价值的批评也就常常延伸为对社会的批评。普列汉诺夫在他的《〈二十年文集〉第三版序》那篇著名文章中指出:"批评的第一项任务,就是将该文学作品的思想,从艺术语言译成社会学语言,以便找到可以称之为该文学现象的社会学等价物。"① 在把握文学作品的社会价值这方面,普列汉诺夫关于文学批评首先就是社会批评的观点,是很有道理的。在文学批评方法多样化的今天,他所运用的社会学方法仍不会过时。人们可以批评它,甚或冷落它,但却无法消除它。对于批评家来说,他要想真正了解文学作品的社会价值,就必须首先对社会有透彻的认识与深刻的见解。因此,"批评家一定得是有思想的人","他应该既是美学家,又是思想家"②。在这方面,马克思、恩格斯、列宁等革命导师早就以其杰出的文学批评实践,为我们树立起光辉的典范。

在文学批评史上,文学作品的社会价值一直是中外批评家关注的重点。20世纪初以来,以俄国形式主义和英美"新批评"派为代表的批评家们,则把重点转到了文学作品的文本价值上来,并对文学作品的社会价值以及注重它的批评家们予以贬斥。在我国当代文学批评中,由于极左思潮的影响,对社会价值的重视曾一度走入歧途。尤其是在"文革"中,文学批评完全沦为"大批判"的主要工具之一。在反思这段令人痛心的历史时,我们既要避免重蹈覆辙,也要防止因噎废食。其实,无论是文本价值还是社会价值,它们都是文学作品整体价值中的重要组成部分。有所侧重是正常的,但扬此抑彼或反之,都会失于偏颇。

对今天的批评家来说,在把握文学作品的社会价值时,一定要注意摆正人类社会发展的总趋势与各个具体历史时期的社会本质特征的关系,既不能用前者取代后者,也不能用后者否定前者。否则的话,作为反馈,创作界就会出现大量或是拖着"光明的尾巴",或者缺乏"增添亮色"的作品。我国当代文学的发展、演变已经证实了这一点,所以,批评家们应特别注意全面地而不是片面地理解革命导师的有关论述。比如,对于恩格斯关于《城市姑娘》的批评,文学批评界曾一直强调其伟大意义是提出了"典型环境中的典型人物"的理论命题,并以此作为衡量作家创作成就的主要标准乃至最高标准。但是,恩格

---

① 转引自程代熙《马克思主义与美学中的现实主义》,上海文艺出版社1983年版,第39页;参见《鲁迅译文集》第6卷,人民文学出版社1958年版,第592页。

② [苏联]普列汉诺夫:《车尔尼雪夫斯基的美学理论》,载《文学理论译丛》1958年第1期,第104页。

斯对《城市姑娘》批评中的另一层重要意思却一直未得到重视。结合恩格斯给女作家玛·哈克奈斯的信以及随信寄去的《社会主义从空想到科学的发展》那本小册子，就可看出恩格斯的主要观点是：女作家的不足，在于她没有将1800年至1810年时期的英国社会和工人阶级与1887年时期的英国社会和工人阶级区别开来。她只是塑造出了属于前一时期的"典型环境中的典型人物"，因为在前一时期里，"资本主义生产方式以及资产阶级和无产阶级间的对立还很不发展……无产阶级，还完全无力采取独立的政治行动，表现为一个被压迫的受苦的等级，无力帮助自己，最多只能从外面、从上面取得帮助"[①]。而在后一时期里，人们已经看到"工人阶级对他们四周的压迫环境所进行的叛逆的反抗，他们为恢复自己做人的地位所作的剧烈的努力"[②]。显而易见，恩格斯不仅强调了作家应塑造"典型环境中的典型人物"，更强调了作家应具备识别与把握不同历史时期的"典型环境中的典型人物"的能力。如忽略了这后一层意思，则极易把"典型环境中的典型人物"与人类社会发展的总趋势混为一谈，进而以这总趋势取代具体历史时期的社会本质特征。若以这种理论框架去估量文学作品的社会价值，则必然会促使大量拖着"光明的尾巴"的作品问世。

需要特别注意的是，文学作品的社会价值内涵具有多元特征，除前面指出的主要部分外，它还具备哲学、文化学、人类学、伦理学、宗教学、心理学等多重意义。因此，对社会价值的把握，既要突出重点，又不能以偏概全。

四、超越价值与批评尺度

超越价值是指文学作品中的思想容量超出了作者及其时代所可能赋予的限度。文学作品一经问世，接受者往往会根据自己的理解，赋予其超出作者所能赋予该作品的思想容量。随着时间的推移，接受者还会赋予其超出产生该作品的时代所可能赋予它的思想容量。因为，后人总是从自身的社会现实出发去理解前人的作品，他们常常根据自己的需要重新塑造前人作品中的艺术形象，直至对前人的作品进行重新创造。生命力越长久的作品，其超越价值就越大。对作品超越价值的把握，就是"必须能够指出该作品在它自己那个时代的和以

---

① ［德］恩格斯：《社会主义从空想到科学的发展》（1880年1—3月上半月），见《马克思恩格斯选集》第3卷，人民出版社1972年版，第408–409页。
② ［德］恩格斯：《致玛·哈克奈斯》（1888年4月初），见《马克思恩格斯选集》第4卷，人民出版社1972年版，第462页。

后历代的价值"①。即在把握文学作品的文本价值与社会价值的基础上,判定它们将在历史长河中不断增值的基点与增值系数。做到了这一点,也就做到了对作品整体价值的定位。对批评家来说,他所追求的最高境界,就是对作品整体价值的定位。如果不具备灵动敏捷的感悟能力、犀利透彻的洞见能力、吞沙吐金的提炼能力和立式铸形的表达能力,是很难踏入这种境界的。文学批评史上那些批评大师们的过人之处,也正在于此。

对待作品的超越价值这个问题,要特别注意避免批评对象"越研究越伟大"的现象,即注意避免将文学作品的超越价值同其作者所赋予的原始价值混为一谈。而这恰恰又是在文学批评界乃至学术界里经常发生的事情。在中国,孔子之所以成为"圣人",除历代统治者的别有用心外,也很得力于后世学人的这种混淆。在"文革"中,鲁迅也曾一度成为现代中国文学史上乃至现代中国的"圣人",这很大程度上也是这种混淆的结果。随着王富仁将鲁迅定位为"中国反封建思想革命的一面镜子",鲁迅才得以"还俗"。②

五、审美价值与批评尺度

审美价值,是指文学通过创造虚拟的景象,或者近似原生形态的范本,令读者于中对世界、人生进行超越时空的观照与把握,使读者恢复、激活、更新、升华对社会现实生活的感受,在精神世界中实现自己的本质力量。审美价值是文学整体价值体系中的内核。如果说文本价值、社会价值、超越价值的组构与建立还可能有其他方式实现的话,那么审美价值的组构与建立则是除文学以外的任何方式都无法实现的。要是把前三者比喻为一座塔身,那审美价值就是塔尖上精光四射的明珠:塔身为托顶明珠而建,明珠的光辉又映耀着塔身。

衡量文学作品的审美价值,首先要看它能否向读者展现一个具有吸引力的虚拟世界:这个世界或者非常类似,或者完全不同于现实生活,但其中的情与理,却与人的本性息息相通;这个世界尤其注重对人性中的最优秀的特点予以大力张扬,并且能够将人性中的丑恶部分转化为审美对象。

优秀的文学作品,其面貌千姿百态,但有一点是相同的:它们都能向读者展现一个令其觉得完整、真实的世界;这个世界以对人类现有和可能的本质力量的展现,使读者深深地沉迷于其中,读者的思想感情也随着作者的喜怒哀乐

---

① [美]韦勒克、沃伦:《文学原理》,刘象愚等译,生活·读书·新知三联书店1984年版,第36页。
② 参见王富仁《中国反封建思想革命的一面镜子——〈呐喊〉〈彷徨〉综述》,北京师范大学出版社1986年版。

而起伏跌宕。文学作品对人类现有和可能的本质力量的展现越是细腻、真切、深刻、独特，就越能强烈地打动读者的心灵，其审美价值就越高。从鸿篇巨制到简短小诗，从雕塑、绘画到音乐、舞蹈，只要是公认的杰作，探源究里，无不如此。未达到杰作水平的作品，其原因固然很多，但最主要的原因，就在于它所创造出的文学世界还未能达到这一地步，或只有部分而不是全部达到了这一地步。

以优秀作品本身来说，其中各个组成部分之间为什么也会存在着审美价值上的差异，根源就在这里。比如《水浒传》中，有武松打虎，也有之后的李逵打虎；《三国演义》里，有诸葛亮的草船借箭，也有之前东吴的草船借箭①。而得到千古流传的，为什么只是前者而不是后者呢？武松打虎，前前后后的描写十分细腻、真切，目的就是穷尽打虎之难、之险：武松与虎，这场冲突中的两个主角，各自展现出其最高力量与智慧，最终武松虽然获胜，却也筋疲力尽，动弹不得，面对远处由猎户身披虎皮伪装成的老虎，只能惨然地等待命丧虎口的结局。正是这种高强度的对抗，令人心颤的冲突过程，以及令人后怕的胜利结局，赋予武松打虎永恒的审美价值。而李逵打虎，虽有因母亲惨毙虎口而激起的神勇之力，但他的对手——两只老虎（不算一窝幼虎），而不是像武松那样面对一只——却如此不堪一击，李逵只需手起斧落，两只老虎就呜呼哀哉了。冲突双方的力量与智慧，与其所可能具有的审美价值，就在这种夸张的变形之中一起消失殆尽。诸葛亮的草船借箭与东吴草船借箭的区别，则同武松打虎与李逵打虎的区别毫无二致。只是，东吴的草船借箭比李逵打虎更加简略，对立双方之间的冲突根本就没有展开，也就更少人知道。洛特曼不愧为研究文本的大师，对此有一语中的之言："在科学文本中，是不允许矛盾与对立共存的，冲突双方的职责就在于指出对方的致命缺陷所在，从而令对方放弃原有的立场，服从自己。而在艺术文本中，这种情况的存在是可能的，就因为在艺术中，冲突的一方对另一方的绝对胜利是不可能的……就艺术文本而言，对立各方任何一方的完全胜利，就意味着艺术的灭亡。"②

其次，衡量文学作品的审美价值，尤应注重作品对人性中的优秀特点的展现与张扬。在日常实践活动中，人们总会"以自己最优秀最突出的本质力量，在自己实践的生活中，把自己对象化，使人的对象世界，成为人所能实现的最

---

① 参见〔元〕罗贯中《三国演义》第 7 回 "袁绍磐河战公孙　孙坚跨江击刘表"，岳麓书社 1986 年版，第 36 页。

② ［苏联］洛特曼：《艺术文本的结构》，美国密歇根大学 1977 年版，第 248 页。Juri Lotman, *The Structure of the Artistic Text*, the University of Michigan, 1977, p. 248.

美好的世界"①，在审美创造中则更是如此。所以，优秀的作品，绝不会满足于对人的自然本性的展现，而一定会大力凸显人的最优秀的品性。比如，《红楼梦》与《金瓶梅》，两者都着力描写了男女间的情爱关系，但我们凭什么断定《红楼梦》的审美价值要大大高出《金瓶梅》的呢？就因为后者过分注重生理感官的满足，前者却能令接受者的灵魂得到净化与升华。从审美价值的角度看，越是低级的审美观，越是注重生理感官的刺激、兴奋、快感；而越是高级的审美观，则越是注重人格、心灵的超越、升华。大凡优秀的文学作品，都歌颂爱情，而不歌颂性本能，道理就在于此。

在张扬优秀本性的同时，文学还必须面对人性中的丑恶部分。能否以丑为审美对象，是文学发展史上的重要分水岭；能否正确地以丑为审美对象，是文学发展史上的重要里程碑。《金瓶梅》与《红楼梦》，就是中国文学史上的分水岭与里程碑。

在文学作品中，以丑为审美对象必须同时具备两个充分必要条件：对丑的审判以及对其感性形式的造型。只偏重后者，会流于以丑为美；而专注前者，则易于导致概念化的倾向。只有将两者有机融合起来，才能化丑为美。在将丑的感性形式引入审美领域的初始阶段，人们的注意力还只是集中于从审美到审丑的突破上，还没有特别意识到对丑的审判在审丑中的必要性与重要性，对以丑为美与化丑为美这两者之间的实质性区别，还没能做出十分明确的辨析。《金瓶梅》就是一个典型的例子。它在我国美学史和文学史上所具有的分水岭意义，就在于以前所未有的规模与程度，将丑作为文学世界里的主要审美对象，使得那些在现实世界里"未死之时便该死"的人物，"既死之后转不死"，并因《金瓶梅》一书而"与日月同不朽"。② 但是，《金瓶梅》的作者虽然精于对丑的感性形式的描绘，却疏于对丑的审判，以致在多处沉湎于纯属生理感官的刺激而不能自拔，相当程度地混淆了以丑为美与化丑为美之间的界限，使得《金瓶梅》的审美价值受到极大的贬损。《红楼梦》的问世，在我国美学史和文学史上则具有里程碑的意义：它标志着在以丑为审美对象这个极为复杂的问题上，人类的审美实践已经进入非常成熟的阶段。在《红楼梦》的艺术世界里，不仅以丑为美被彻底摒弃，化丑为美也达到了"恨凤姐，骂凤姐，不见凤姐想凤姐"③ 的完美境界。

---

① 蒋孔阳：《美学新论》，人民文学出版社 1993 年版，第 183 页。

② 清末文龙的评语，由刘辉《〈金瓶梅〉研究十年》一文首次披露，载《中国社会科学》1990 年第 1 期，第 213 页。

③ 王昆仑：《王熙凤论》，载《光明日报》1963 年 4 月 25 日。

从价值层面入手，不仅能较好地解决批评标准的问题，还能让我们清楚地看到：在整个 20 世纪里，西方文学批评的重点，是看重文本价值与超越价值；而我们的强项，曾经是看重文学的社会价值。因此，在文本价值与超越价值两个方面我们虽然需要"补课"以便赶上西方，但同时，在社会价值与审美价值方面，我们不也具有超过西方的空间、机会和资本吗？

（原载《中山大学学报》2003 年第 2 期）

第二节　回归典型环境的理论原点

除了文学视野，从根本意义上讲，典型环境理论是马克思主义社会历史观在文学领域的要求和体现，经历了从以性格本位为基点到以历史本位为基点并同时包含性格本位的发展过程。在继承、改造黑格尔逻辑理论的基础上，结合历史进程，马克思、恩格斯看到并坚信：新兴的无产阶级阶级正在形成、崛起，并在历史舞台上占据着日益重要的位置。马克思、恩格斯除了在政治、哲学、历史等领域积极参与、推动、宣传这一社会发展趋势外，也以此思路要求文学：不主张作家在作品里直接表达倾向，能够如实反映现实，从而揭示社会特征，就是倾向的最好表达。创造典型环境就是如实反映现实的最好方式。

目前对马克思主义文学理论的研究，应该说包括两大任务：一是与时俱进，结合新世纪世界范围内的学术思潮及其发展动向，赋予马克思主义文学理论新的活力和生长点；二是回归马克思，力求弄清其文学基本理论及重要命题的本来意义，使得马克思主义文学理论的当代发展，建立在未被误解的原初意义的理论原点上。

典型环境的提出，是马克思、恩格斯对典型理论的重大贡献，其内涵、价值与意义，在文学层面上已经得到堪称详尽的解说（包括争论）。本节的回归是指：除了总结现实主义、发展典型理论这一动因之外，作为典型环境的理论创新基点，是否还有比文学视野更具决定性的层次？回答是肯定的。

一、典型环境的所指原点：具体历史时期而非历史发展总趋势

就文学而言，典型理论本身具有极大的包容性，人物和环境以及两者密不可分的关系是其中的核心内容。马克思、恩格斯出于什么理由，超出前人的思维，单单挑出环境问题予以特别强调呢？从最根本的层次来看，是因为他们全力关注并高度重视当时实际发生的历史进程，当这一视野扫描到文学时，马克

思、恩格斯自然就希望文学能够如实反映社会变化，从而对现实主义文学提出创造典型环境这一要求。

有关典型环境的原始文献，众所周知，自然首推恩格斯给女作家哈克耐斯的那封回信。在信中，恩格斯对她的作品既给予高度评价，又指出其对当时历史进程的忽视：

> 在《城市姑娘》里，工人阶级是以消极群众的形象出现的，他们不能自助，甚至没有表现出（作出）任何企图自助的努力。想使这样的工人阶级摆脱其贫困而麻木的处境的一切企图都来自外面，来自上面。如果这是对1800年或1810年，即圣西门和罗伯特·欧文的时代的正确描写，那末，在1887年，在一个有幸参加了战斗无产阶级的大部分斗争差不多五十年之久的人看来，这就不可能是正确的了。工人阶级对他们四周的压迫环境所进行的叛逆的反抗，他们为恢复自己做人的地位所作的剧烈的努力——半自觉的或自觉的，都属于历史，因而也应当在现实主义领域内占有自己的地位。①

由于忽视了正在发生的历史进程，《城市姑娘》里面的主角耐丽姑娘，仅就她本身而言，算是典型的，但是，结合当时的现实生活来看，作为她生活中的重要构成部分的社会环境，就不那么典型了。在文学创作中，人物刻画和环境描绘理论上应该是统一的、融洽的、不可分离的，但实际上并非每一个作家都能够做到，特别是那些创作水平尚未达到纯熟境界的作家，哈克耐斯就属于这一类。而在《城市姑娘》里，相对薄弱的恰好就是恩格斯时刻关注、特别在意的现实环境。因此，恩格斯便提醒女作家应该注意到自己的不足——没能把握住与笔下主人公密切相关的现实环境的主要特点，并从文学角度指出，真正的现实主义，应该能够做到"除细节的真实外，还要真实地再现典型环境中的典型人物"②。为了帮助哈克耐斯理解正在发生的历史进程和社会变化，恩格斯在回信的同时，还给她寄去了自己的小册子：《社会主义从空想到科学的发展》。在以往常见的阐释中，结合小册子内容来谈典型环境的并不是太多。正是在那本小册子里，恩格斯对1800年或1810年，即圣西门和罗伯特·

---

① ［德］恩格斯：《致玛·哈克耐斯》（1888年4月初），见《马克思恩格斯选集》第4卷，人民出版社1972年版，第462页。
② ［德］恩格斯：《致玛·哈克耐斯》（1888年4月初），见《马克思恩格斯选集》第4卷，人民出版社1972年版，第462页。

欧文时代的耐丽姑娘所属的工人阶级进行了精辟的剖析：

> 在这个时候，资本主义生产方式以及资产阶级和无产阶级间的对立还很不发展。……在当时才作为新阶级的胚胎从这些无财产的群众中分离出来的无产阶级，还完全无力采取独立的政治行动，表现为一个被压迫的受苦的等级，无力帮助自己，最多只能从外面、从上面取得帮助。①

很显然，《城市姑娘》作为反映19世纪80年代英国伦敦东头工人生活的小说，对人物生活环境的描写，在主要方面还停留在1800年或1810年那时期。这也就是恩格斯批评哈克耐斯的最主要依据。恩格斯的本意是指，在欧洲，19世纪初的圣西门和罗伯特·欧文时代，与19世纪下半叶，这是两个完全不同的时代，在这期间社会现实已经发生了巨大变化。女作家的不足就在于没有看到或没有重视这一变化。至于这一变化始于何时，恩格斯在1859年致拉萨尔的信中就已经提道："世界局势似乎要向一个十分令人喜悦的方向发展。"②

典型环境理论，对中国当代"17年文学"以及"文革"文学，是产生了巨大影响的。当然，在那个特殊年代里，典型环境理论不可能不被误读。抛开极左政治思潮的因素，其中最大的误读，就是把具体历史时期的现实特征，与人类社会发展的总趋势混为一谈，并用后者取代前者。于是，那个年代里几乎所有类型的作品，最少要在结尾处表达出"典型环境"的特征来：马克思主义历史观中的人类历史进程的最高发展阶段正在日益来临。当代文学中所谓"光明的尾巴"现象，其主要根源之一，就是对典型环境理论的这种误读。

二、"席勒式"与"莎士比亚化"的所指原点

马克思、恩格斯所强调的"作者的见解愈隐蔽，对艺术作品来说就愈好"③，当然包含对以往优秀作品创作经验的总结。从文学角度来看，任何类型作品的创作，都不可能不表达作家自己的倾向。然而，作家在作品中如何表达自己的观点，一直是文学创作的核心问题之一。几乎贯串中西方文学理论发

---

① [德] 恩格斯：《社会主义从空想到科学的发展》（1880年1—3月上半月），见《马克思恩格斯选集》第3卷，人民出版社1972年版，第408—409页。
② [德] 恩格斯：《致斐·拉萨尔》（1859年5月18日），见《马克思恩格斯全集》第29卷，人民出版社1972年版，第586页。
③ [德] 恩格斯：《致玛·哈克耐斯》（1888年4月初），见《马克思恩格斯选集》第4卷，人民出版社1972年版，第462页。

展史的言、象、意三者之间的关系,就与此密切相关。中国古代的意境理论,其精髓也就在于情景交融,"不著一字,尽得风流"①。西方现代派文学中的精品,如《变形记》《二十二条军规》等,与传统文学创作相比,虽然手法全新,形象迥异,但其妙处,仍然包括通过奇特的艺术形象传达作者的见解。同时,我们也要看到,马克思、恩格斯他们如此强调作者应当将自己的见解隐蔽起来,更关涉到面对正在发生的历史变化,文学应当怎样表现,才能恰如其分地发挥最好的作用,而不是适得其反。

19世纪初期以来的欧洲,一方面,新兴的资产阶级早已正式登上历史舞台,相应地,没落的封建贵族也日益退出历史舞台(尽管其中不断出现反复,甚至巨大的反复);另一方面,作为资本主义生产方式的产物,资产阶级的对立面无产阶级也正在形成、成熟,并日益在历史舞台上展现自己的力量,发挥自己的作用。这既是当时社会的新主人没有料想到的,也是他们不愿意承认的。自文艺复兴开始,资产阶级就一直以全社会成员共同利益代表的身份,为登上历史舞台而努力奋斗,这个目标一旦实现,他们决不怀疑自己的身份将天长地久,决不相信会有一个新的对手来与自己争夺社会主人公的地位。马克思、恩格斯却对此充满信心,并竭力参与、推动、宣传这一历史进程。

在历史进程和社会变化面前,任何人,包括作家,都无法回避,也必然会以这样或那样的方式表明自己的看法。出于对历史进程的高度重视和坚信不疑,马克思、恩格斯认为,文学具有自己的表达方式,对于不相信或者不愿看到现实真相的人们来说,社会发展变化本身就足以说明一切,因此,如果作家在作品中真实地描写现实,那将远远胜于在作品中喋喋不休地宣讲、说教。于是,他们对敏·考茨基的"社会主义倾向"小说,也就自然会提出作家无须特地表明对现实生活的评价的建议,并提出作家的倾向退居幕后、让生活本身来说话的主张:

> 如果一部具有社会主义倾向的小说通过对现实关系的真实描写,来打破关于这些关系的流行的幻想,动摇资产阶级世界的乐观主义,不可避免地引起对于现存事物的永世长存的怀疑,那么,即使作者没有直接提出任何解决办法,甚至有时没有明确地表明自己的立场,但我认为这部小说也

---

① 〔唐〕司空图:《诗品》,见郭绍虞主编、王文生副主编《中国历代文论选》第二册,上海古籍出版社1979年版,第205页。

完全完成了自己的使命。①

很显然，对特定的读者群来说，比起告诫、教育他们应当怎样认识、看待生活，向他们展示现实生活是什么样子远为重要。两者的价值与意义更是有着天壤之别！也正是在这个意义上，马克思、恩格斯特别倾心于现实主义文学。他们十分尊崇的现实主义大师巴尔扎克的创作就是这样的："他用编年史的方式几乎逐年地把上升的资产阶级在 1816 年至 1848 年这一时期对贵族社会日甚一日的冲击描写出来。"② 如果敏·考茨基们能够像巴尔扎克那样，如实描写无产阶级由自为到自觉的逐年崛起历程，而不是在作品中大量、直接地表达"社会主义倾向"，那么，这样的作品绝不会让读者产生反感，而是令其深受震动。这种效果，正是对"社会主义倾向"的最好表达。

巴尔扎克更为令人佩服的是，他将现实主义推进到一个新的阶段："现实主义甚至可以违背作者的见解而表露出来。"③ 在内心深处，巴尔扎克是深深同情正急剧退出历史舞台的贵族阶级的。但在现实生活中，偏偏这个阶级又正在无可挽回地走向没落、灭亡。在历史发展事实和个人情感偏向的冲突面前，巴尔扎克决然选择了让后者服从前者："违反自己的阶级同情和政治偏见……把他们描写成不配有更好命运的人。"④ 正是这种对历史本位的极度推崇，使得巴尔扎克成为"比过去、现在和未来的一切左拉都要伟大得多的现实主义大师"⑤。

循此思路，我们也就能够理解马克思、恩格斯将"席勒式"与"莎士比亚化"⑥加以对举的真正动因了。如果仅限于文学层面，席勒在欧洲文学史上的实际地位，与马克思、恩格斯对他的评价，是存在着一定距离的。在中外文学史上，像席勒这样以直抒胸臆而见长的文学大师不在少数。就创作方法而

---

① ［德］恩格斯：《致敏·考茨基》（1885 年 11 月 26 日），见《马克思恩格斯选集》第 4 卷，人民出版社 1972 年版，第 454 页。
② ［德］恩格斯：《致玛·哈克耐斯》（1888 年 4 月初），见《马克思恩格斯选集》第 4 卷，人民出版社 1972 年版，第 462–463 页。
③ ［德］恩格斯：《致玛·哈克耐斯》（1888 年 4 月初），见《马克思恩格斯选集》第 4 卷，人民出版社 1972 年版，第 462 页。
④ ［德］恩格斯：《致玛·哈克耐斯》（1888 年 4 月初），见《马克思恩格斯选集》第 4 卷，人民出版社 1972 年版，第 463 页。
⑤ ［德］恩格斯：《致玛·哈克耐斯》（1888 年 4 月初），见《马克思恩格斯选集》第 4 卷，人民出版社 1972 年版，第 462 页。
⑥ ［德］马克思：《致斐·拉萨尔》（1859 年 4 月 19 日）；恩格斯：《致斐·拉萨尔》（1859 年 5 月 18 日），见《马克思恩格斯选集》第 4 卷，人民出版社 1972 年版，第 340、345 页。

言,"席勒式"主要也就不适用于现实主义而已。两位革命导师绝非看不到席勒在文学上的巨大成就和非凡贡献,绝非故意贬低席勒、抬高莎士比亚,也绝非看不到诸种创作方法之间的巨大差异,而是指面对当时那种社会现实,一个真正的现实主义作家,一个真心投入工人运动的作家,一个具有"社会主义倾向"的作家,没有必要像席勒那样,将那么多的注意力都放在表达自己对现实的看法上,这样做远不如集中精力实实在在地把生活的本来面貌展现出来。

三、性格本位与历史本位的并重

就文学观念而言,马克思、恩格斯属于现实主义。他们的文学理论,经历了从以性格本位为基点到以历史本位为基点并同时包含性格本位的发展过程。典型环境可以说就是他们现实主义文学观最精炼的表达。这种理论重心的转移走向,其实也是一般的现实主义作家和理论家的心路历程:从重视人物性格刻画开始,渐渐发展到日益倾心于人物形象的丰厚历史蕴含,因而越发看重对历史发展进程的真实反映。

从现有的文献资料来看,马克思、恩格斯在他们的著述中集中谈及文学的,当首推写于1844年、发表于1845年的《神圣家族》。在这一巨著里,他们以第5章和第8章的全部篇幅,对欧仁·苏的长篇小说《巴黎的秘密》进行了细密的剖析和精辟的评判。其中,除对作者以及用"思辨方式"解读小说的施里加先生予以鞭辟入里的评析之外,马克思、恩格斯尤为详尽地分析了作品中人物形象刻画的得与失。其判定依据,就是人物性格。凡是符合人物性格的描写,都得到肯定,反之就遭到否定。如对鲁道夫、校长、刺客等人物形象的分析。最为典型的,就是对玛丽花形象的评价。

在小说中,玛丽花是一个非婚生姑娘,自幼流落社会底层,被迫做了妓女,受尽侮辱、迫害。在极偶然的情况下,她得到自己亲生父亲鲁道夫的解救,从此脱离社会底层非人的生活。小说开端这一段对玛丽花性格的刻画,都还符合她"本来的、非批判的形象"①。马克思、恩格斯对此予以肯定。然而,作者欧仁·苏并没有让玛丽花从此过上正常的生活,而是让她在父亲鲁道夫的劝导之下,为自己过去的"罪恶"踏上了漫长的忏悔、赎罪、皈依上帝之路,直至在接受女修道院长的圣职之日死去。玛丽花的性格特征,自得到解救之日起,就离开了她自身的发展逻辑,按照体现作者改造社会总体方案的思路去演

---

① [德]马克思、恩格斯:《神圣家族》,见《马克思恩格斯全集》第2卷,人民出版社1957年版,第218页。

进、变化。马克思、恩格斯因此愤怒地批判欧仁·苏:"先把玛丽花变为悔悟的罪女,再把她由悔悟的罪女变为修女,最后把她由修女变为死尸!"①《巴黎的秘密》中的主要人物大多具有这么一个特点:人物性格在出场之初都还生动活泼,栩栩如生,真实可信;越往后,人物性格的显现或发展变化就越离开原有的性格基点,直至违背生活的逻辑和人性的逻辑,完全在作者主观愿望的支配下说话行事。这种创作,比起宁愿服从现实而改变自己原有设想的那些作家来,的确存在着本质的区别,遭到马克思、恩格斯的严词指责也就是必然的了。

性格本位与历史本位其实是相辅相成的。人物性格的形成,决定于具体的历史环境和现实条件。要想准确地把握人物性格基调及其发展逻辑,就必须在透彻理解历史和现实方面下大功夫;对历史与现实的洞悉,离开了对人的深知,便成为一句空话。也就是说,对性格本位的重视必然导致历史本位走向前台,历史本位里面最重要的位置是由人物占据的。于是,恩格斯在1846年至1847年年初分析、批评"真正的社会主义"诗歌时,就特别强调要注意描写历史环境:"把要叙述的事实同一般的环境联系起来,并从而使这些事实中所包含的一切特出的和意味深长的方面显露出来。"② 1859年4月19日,马克思在给拉萨尔的回信中评价他的历史悲剧《济金根》时,专门指出拉萨尔对悲剧主人公的生活时代没有把握到位,遗漏了非常重要的社会力量:"农民和城市革命分子的代表(特别是农民的代表)倒是应当构成十分重要的积极背景"③,而拉萨尔偏偏没有做到这一点。恩格斯在随后的回信中虽然没有事先与马克思约定,但同样向拉萨尔指出了他的《济金根》中的这一缺陷,并明确告诉拉萨尔,对悲剧冲突性质的判定,应当以历史为最终依据:"历史的必然要求和这个要求不可能实现之间"④ 的冲突,才是真正的悲剧性冲突。至于如何做到在作品中纯熟地再现历史或展现历史背景,恩格斯则十分推崇莎士比亚笔下的"福斯塔夫式的背景"⑤:用一个特殊人物,将社会的底层与上层有

---

① [德]马克思、恩格斯:《神圣家族》,见《马克思恩格斯全集》第2卷,人民出版社1957年版,第225页。

② [德]恩格斯:《诗歌和散文中的德国社会主义》,见《马克思恩格斯全集》第4卷,人民出版社1958年版,第237页。

③ [德]马克思:《致斐·拉萨尔》(1859年4月19日),见《马克思恩格斯选集》第4卷,人民出版社1972年版,第340页。

④ [德]恩格斯:《致斐·拉萨尔》(1859年5月18日),见《马克思恩格斯选集》第4卷,人民出版社1972年版,第346页。

⑤ [德]恩格斯:《致斐·拉萨尔》(1859年5月18日),见《马克思恩格斯选集》第4卷,人民出版社1972年版,第346页。

机地联系起来，从而或直接或间接地传达有关社会历史的重要信息。这种人物，除了莎士比亚的作品，在其他大师的笔下也可以见到。比如巴尔扎克《高老头》中的拉斯蒂涅。稍加扩展的话，甚至可以说"福斯塔夫式的背景"就是典型环境的别称。在中外文学名著中，这种结构思路是随处可见的。

四、历史视野下的典型环境理论

从学术理路来讲，无论是继承还是批判某一理论或重要命题，首要的任务一定是既知其然，更知其所以然。否则，不能称作真正的理论建设。目前，由于反本质主义学理应该得到并已经得到高度重视，因而对以往的理论进行反思的空间也得到极大扩展。在这种情况下，反思要具有包容性，一定要注意避免凡本质主义就排斥、批判的倾向。反思的目的，尤其应该包括提高理论思维能力和理论创新能力。因此，应当下大力气，回到研究对象本身，对于所反思的基本理论或重要命题，不仅要弄清它的原初意义，还要把握产生它的思维方式。这样的反思，才具有真正的学术价值。

典型环境这个重要命题的提出，既是马克思主义历史观的必然产物，也与产生马克思主义理论体系的思维方式密切相关。要想弄清这个道理，必须从黑格尔谈起。

黑格尔的艺术终将让位于哲学的艺术史观，从历史发展进程来看明显是站不住脚的，甚至不值得驳斥。然而，又有多少人将这个观点驳倒了呢？这里的关键在于，黑格尔的艺术史观"只是茶壶里冒的气泡，浅薄得很"①。要找到产生这个气泡的原因和化解这个气泡的方法，才能真正消除这个气泡。但是，有能力这样做的人并不多，否则，何至于有人用骂其为"死狗"②的方式来对待黑格尔呢？诅咒对手，其实是无可奈何的表现。

黑格尔的艺术史观，只不过是其包罗万象的庞大体系的组成部分之一。这个体系虽以"绝对理念"为内核，但却全凭着"对立面的综合"的逻辑理论，才得以立足于世。根据这个逻辑理论，黑格尔提出，"绝对理念"是以"正、反、合"三阶段的方式发展的。"绝对理念"由自然世界发展到精神世界阶段后，其"正、反、合"就分别体现为艺术、宗教和哲学。艺术只是"绝对理念"自我发展过程中的第一个阶段，因此，"美是理念的感性显现"③。宗教是高于艺术的阶段，因为它在表现"绝对理念"的时候，对直接感性形式的依

---

① [美] 赫尔曼·沃克：《战争风云》第1卷，施咸荣等译，人民文学出版社1979年版，第314页。
② [德] 马克思：《资本论·第二版跋》，见《资本论》第1卷，人民出版社1975年版，第24页。
③ [德] 黑格尔：《美学》第1卷，朱光潜译，商务印书馆1979年版，第142页。

赖要远远低于艺术，自然就会将其取而代之。不过，表现"绝对理念"的最高和最后阶段还是哲学：它不需要借助任何感性形式就能完成这一任务。从而，哲学也要取代宗教，使"绝对理念"得到最高表现。也就是说，艺术最终是要让位于哲学的。

艺术终结论这个"气泡"的后面，是一种极深奥的逻辑理论和影响极大的思维方式！

黑格尔的理论尤其是思维方式，不仅深刻影响了同时代及后代的理论家，更对现实产生了重要影响，包括负面影响。如他在《自然哲学》里谈论亚洲、非洲和欧洲的地理特征时，认为欧洲是"正、反、合"过程的结果，即世界的中心；而德国又是欧洲的中心。① 在《精神现象学》里，他认为个人、家庭（集体）和国家的关系，也是"正、反、合"的发展过程；为了避免人们只关心个人、家庭（集体）的利益，国家就要经常发动战争，以使人忘家为国，牺牲自己。② "二战"期间，苏军在德军士兵尸体口袋中搜到的书籍，就有《精神现象学》。道理很简单，希特勒允许他的士兵读那本书：个人最终是要归于国家的。这就难怪有人认为黑格尔是希特勒的思想先驱之一了："你从《我的奋斗》里是学不到什么东西的。那只是茶壶里冒的气泡，浅薄得很"；只有马丁·路德、康德、黑格尔、叔本华、尼采、费希特、史雷格尔等人才真正"是希特勒的一些德国先驱"。③

黑格尔的"对立面的综合"的逻辑理论，同样对马克思产生了巨大影响："我要公开承认我是这位大思想家的学生。"④ 马克思的辩证法思想，即脱胎于黑格尔的"对立面的综合"的逻辑理论。马克思在《共产党宣言》里对资产阶级与无产阶级关系的分析，就是"黑格尔特有的表达方式"⑤：资产阶级的生产方式"首先生产的是它自己的掘墓人"⑥，即无产阶级。这是事物"正、反、合"发展过程的典型表述方式。

基于历史事实与逻辑理论的统一，马克思看到并且坚信：在资本主义时代，一个新兴的无产阶级正在产生、崛起，并在历史舞台上占据着日益重要的

---

① 参见［德］黑格尔《自然哲学》，梁志学等译，商务印书馆1997年版，第392页。
② 参见［德］黑格尔《精神现象学》下卷，贺麟、王玖兴译，商务印书馆1987年版，第6—13页。
③ ［美］赫尔曼·沃克：《战争风云》，施咸荣等译，人民文学出版社1979年版，第1卷，第314—317页；第2卷，第738—742页；第3卷，第1029页。
④ ［德］马克思：《资本论·第二版跋》，见《资本论》第1卷，人民出版社1975年版，第24页。
⑤ ［德］马克思：《资本论·第二版跋》，见《资本论》第1卷，人民出版社1975年版，第24页。
⑥ ［德］马克思、恩格斯：《共产党宣言》，见《马克思恩格斯选集》第1卷，人民出版社1972年版，第263页。

位置，发挥着日益重要的作用，直至成为社会的主人。与此同时，具有全人类共同利益代表和社会新主人双重身份的资产阶级，坚决否认或者不愿意承认这一历史事实。因此，马克思、恩格斯除了在政治、哲学、历史等领域积极参与、推进并揭示、宣传这一历史发展趋势外，也在这个思路的指导下看待文学，尤其是现实主义文学。基于当时的特定历史情境，他们坚决主张文学如实反映现实，而最能如实反映现实的方式，就是创造典型环境。现实主义作家没必要在作品里主张什么、宣传什么，只要能够如实反映现实，就是最好的主张、最好的宣传。因为，无论是有意还是无意，在当时是有许多人不愿看到社会现实得到如实反映的。这就是典型环境的理论创新基点。正因为如此，马克思、恩格斯对典型理论的创新和贡献，重点不在人物而在环境。

从根本意义上来讲，典型环境理论是马克思主义社会历史观在文学领域的要求和体现。除了这一层次的理解外，就是我们常见的文学层次的理解了。也正是在这个层次上，典型环境理论目前处于相对淡化的状态。其原因大概如下：弗洛伊德的理论为人类认识自身开辟了一个无限广阔的新天地；西方现代派、后现代派文学创造的表意性形象，取代了传统写实性形象在文坛上所占据的统治地位；对宏大叙事与私人叙事的争论；在求新求变创造意识支配下对文学反映现实传统的有意回避。

笔者的观点是：传统与创新并不必然对立，倒是可以相得益彰。就文学层面来说，典型环境理论完全可以吸收弗洛伊德理论的合理成分和现代派、后现代派文学提供的文学经验，反之亦然。至于宏大叙事与私人叙事孰优孰劣，以及是否必然对立，都不必过早下结论。就文学与现实的基本关系而言，能够被创新的理由所否定的理论，其本身的价值大概就非常有限。文学是人学，现实主义文学尤其强调"世事洞明皆学问，人情练达即文章"①。在这一层次上，文学与现实的关系，恐怕是任何理由都无法否定的。回顾一下 19 世纪下半叶以来西方文学理论的发展历程，除了俄国形式主义和英美新批评派，有哪一个产生重要影响的流派是从"纯文学"角度来看文学的？而"纯文学"之路到底能够走多远，事实已经清楚证明了，无须赘言。总之，无论是文学还是文学研究，其先天具备的包容性和开放性都是无与伦比的。西方不断推出的新的文学理论，其实完全可以理解为从不同角度观察、理解文学的产物。既然如此，为什么一定要回避历史角度呢？划定禁区的做法或思路，早已被证明行不通了。

需要强调的是，就文学理论而言，典型环境并非一般入门层次的内容，而

---

① 〔清〕曹雪芹：《红楼梦》上卷，人民文学出版社 1982 年版，第 71 页。

是具有丰厚内蕴的极高层次的内容。也正因为如此，如何将产生于历史视野的典型环境融入文学基本原理，非但没有过时，反而是一个大有可为的研究领域。

（原载《中山大学学报》2005 年第 5 期）

第三节　审美福利与文化产业时代的文学建构

审美福利与文化产业，是脱贫社会产生的双胞胎。任何一个社会，一旦发展到脱离物质贫困的阶段，公众的需求与政府的决策就会日益偏向审美福利：绿水青山、蓝天白云、树林草地……这些曾在贫困社会与人们的衣食无关，因而也与日常需求和政府决策无关的东西，会日益得到重视；丰衣足食再也不能激动人心，赏心悦目却越来越成为日常必备。从发展的角度看，审美福利的重要性终将与"民以食为天"的古训并立。可以预计，在那些名目繁多，其中不乏争议的评比中，将会增加深受欢迎的一项：审美福利评比。时下，那些拥有美丽校园的大学，当为审美福利较高的社区；相信名列其中的单位，其体量将会越来越大，比如某某城市、某某地区……而文化产业，在某种意义上就是审美福利的现实化：将全社会的审美福利需求尽可能地融入经济行为中，尤其是尽可能大规模、集成式地实现在各种创造物甚至所有创造物中。

审美福利与文化产业，熔精神建构与物质建构为一体，与民族精神密不可分。

而文学自形成之日起，就肩负着民族精神建构之使命。在某种意义上可以说，以文学为集中体现的民族审美精神，既是审美福利与文化产业的理论源头之一，也是其活水源头之一。在长达几千年的发展过程中，文学建构的每一次重大变化，都离不开继承与创新。而当下的变化，实属前所未有：文学建构的物质基础，由贫困社会的匮乏转为脱贫社会的丰盈。因此，当下文学建构所面临的继承与创新境况，亦属前所未有。尽早探讨并确认这前所未有之内蕴、特征及其发展，对文学建构，以及审美福利与文化产业的发展，均具有积极意义。

一、温故知新：农耕社会的文学建构与实现贫而不弱

温故知新是中华优秀传统文化的一大特色。秉承该思路反观传统文学的建构，可以看出，在物质基础薄弱的农耕社会，文学被赋予建构坚贞的个体人格

和坚强的民族意志的宏观使命:"富贵不能淫,贫贱不能移,威武不能屈。"①这种建构追求的目标,就是无论处于何种艰难困苦的境地,作为个人,能够在威逼利诱前不变节,作为民族,能够在强敌入侵时不屈服,从而实现贫而不弱的目标,确保整个民族在恶劣的生存条件下仍然能不断地繁衍、发展。

在农耕社会,仁人志士或者升斗小民,朝廷重臣乃至九五之尊,其理想虽然各各不同,但有一点肯定是共同的:丰衣足食、吃穿不愁。中国文学史上,无数作品所追求的"乐土"、众多作家所憧憬的"桃花源"等,其深层内蕴,均与"丰衣足食、吃穿不愁"这八个字密切相关。伟大作家的可贵之处,首先就在于自己家里屋破漏雨、彻夜难眠之时,心心念念的却是"安得广厦千万间,大庇天下寒士俱欢颜",能够将"小我"欲求置于"大我"欲求之后:"先天下之忧而忧,后天下之乐而乐!"尤其是对于普遍存在的严重贫富不均现象,予以大胆揭露、愤怒控诉:"朱门酒肉臭,路有冻死骨!"如果将包含上述内容的作品全部挑选出来、搁置一旁,中国文学史的光辉与价值不知道会逊色多少!

生产力水平低下这一基本事实,决定了农耕社会物质财富的总量有限,难以满足大多数社会成员丰衣足食、吃穿不愁的愿望。为了社会正常运行及发展,除了制定必须遵守的硬性制度,社会还需生成相应的柔性观念,以便社会成员能够在内心深处自觉地克制个人欲望,从而保证社会的长期稳定。道德作为人类文化的核心要素,根源就在于此。西方文化中的宗教,就是通过对上帝的敬畏来将道德落实到人心之中。孔子对中国文化的伟大贡献,则在于他将原本属于外在束缚的道德,系统地转化为人的内在自觉:人之所以为人,就在于他具有道德;否则,不能算作真正的人。于是,在中国文化中,道德成为人的立身之本。

在心灵活动性质的意义上,无论是"言志"抑或是"缘情",文学不过是表达人的感情而已。随着表达的日益成熟,其间的价值取向或建构目标也越来越明晰,尤以人的德性建构为核心。《诗经》的开篇"关关雎鸠",原本不过是用于述说朴实无华的青年男女情爱之事,但后来的阐释者一定要将其向"后妃之德"靠拢,原因就在于社会对道德的关注无远弗届,遑论文学!现在看来,农耕社会的文学建构,其社会物质基础远远达不到丰衣足食的程度;而在此物质基础上的文学建构的目标之一,就是贫而不弱,即俗语所说的"人穷志不穷"。通过将对道德核心要素的弘扬,寓于"言志"与"缘情"之中,

---

① 〔战国〕《孟子·滕文公章句下》,见〔宋〕朱熹集注《四书集注》,岳麓书社1985年版,第330页。

文学实际上一直在致力于建构贫而不弱的人格。这一点不仅贯穿整个农耕社会，以后也会继续存续。

在整个农耕社会时期，丰衣足食总体来说只是一个美好的愿景。大多数社会成员，在物质财富方面，只能是现实中的贫穷者，但他们对精神财富的拥有状况却因人而异。贫穷与羸弱、富有与强大，往往是紧密相连的。文学作为心灵活动，虽然不能直接改变现实，但对人的精神面貌却能产生直接且巨大的影响。因此，农耕社会的文学建构，始终把对待物质财富的态度放在重要位置上，始终把建构贫而不弱的人格作为第一要义来对待。当然，文化建构是多种类的，比如宗教，甚至把人对精神财富的追求都当作浮云来看待。就文史哲三大类别来看，哲思、史鉴、文心，其实都肩负着建构贫而不弱人格的使命；但相比之下，文学的影响范围更广、更直接，因此也更受重视。

农耕社会里各种有形与无形的评价体系中，个人的品行比财富、地位等更为重要，而且，最终是置于才华、能力等之上的。从反思角度看，传统文化价值观的厚重底色就是：一个人可以穷，但精气神绝不可弱！生产力水平低下所导致的社会物质财富总量不足，决定了贫穷是没法避免的，且很难改变；但人的精神是否强大，则完全可以摆脱对外部物质条件的依赖。贫者依凭意志、信念，同样可以成为强者，甚至强大到远胜权势赫赫的领军统帅："三军可夺帅也，匹夫不可夺志也！"秉持这种精神气质者，哪怕贫穷到上无片瓦、下无立锥之地，仍然是强者，甚或是永远的强者。贫而不弱精神气质的建构，正是文化作育的结果，文学于其间居功至伟！

二、更上层楼：信息时代的文学建构与避免富而不强

农耕社会的文学建构目标是实现贫而不弱，信息时代的文学建构目标，则需在温故知新的基础上，更上层楼：引导大众进行身份意识的转换，面对他者文化时，无论贫富强弱，均坦然相见，淡定相处，在对外交往中不被动，从而避免富而不强。

温故知新，是农耕社会中华民族传统文化发展过程中的决策思维：根据以往经验，对未来发展方向予以判断并做出选择，确保能将由失误导致的代价降至最低；无论是个人、团体还是国家，无不如此，迄今依然。这种决策思维的形成，固然是经验使然，是无数成功经验与失败教训的结晶；今日反思，它的背后，其实还包含着另一层尚未得到明言之意：物质匮乏的农耕社会，难以承受大的损失，只有牢牢记取前车之鉴，才能避免重蹈覆辙，所以当事者每每怀有如履薄冰、如临深渊之感。这种思路发散到文学领域，就是厚古薄今，连创新也以复古的方式进行，如古文运动等。

在信息时代，文学建构的物质基础发生了由匮乏到丰盈的实质性改观。农耕社会生存发展的最高象征，如山珍海味、绫罗绸缎等，在脱贫社会已黯然失色；物质财富的创造与积累，也与满足生存需要的目的渐行渐远；在信息时代，财富与强大的内涵，已经日益与信息、符号、文化等密切相连，尤其体现为国际交往中的主动与否。

因此，身份意识转换的内涵与表现为何，是当下文学建构需要着力探讨的重大命题。如果囿于一般层次的日常经验：贫穷日所受之气，富贵时悉数奉还，那么，在对外交往中得到的也许并非期望中的尊重，而是令人不安甚至沮丧的被动。时下境外与国外对中国大陆的一些不利声音，往往都与这种类型的被动有着直接关系。还有一种更加令人不安的被动：宽大为怀的举措，往往换来被宽恕者的以怨报德。

新时代的文学建构，对此不可不察：简而言之，农耕社会的文学建构，要教会穷人和弱者如何生存发展；信息时代的文学建构，则要训导富人和强者如何生存发展。在对外交往中如何保持主动，如何避免富而不强？要想实现文学建构的新目标，当真是任重道远！

文学建构重心的转向，没有现成的经验，但有可资借鉴的范例。

比如鲁迅。

今天理解鲁迅先生笔下的阿Q，可将胡适先生笔下的"差不多先生"作为参照物。"差不多先生"对什么都不上心、对一切都无所谓，心甘情愿地安于贫弱者的身份、地位。阿Q倒是强于"差不多先生"，只是，他的"进取"方向错了：他是在"精神胜利法"的指导下，将现实里的每一次失败，都转化为内心的胜利，以自我安慰的方式，成为虚幻的胜利者，并将这种心态坚持至脑袋被砍下的那一刻。可悲之至！

循此思路，20 世纪 80 年代莫应丰的长篇小说《桃源梦》[①]，当视为建构重心转向的又一醒目标志。农耕社会的文学建构包括文化建构，由于物质基础极为薄弱，竟然衍生出一种附生且强有力的思维定式：将精神富有与物质富有对立起来。这种思路被抛弃的过程，在一定意义上就是改革开放的进程。

再如西方现代文学。

现在看来，它是以艰深的表达，揭示浅显的道理：实现了丰衣足食，并不意味着真正解决了生存与发展的问题；相反，问题还会比贫困社会的更加复杂。个中就里，在于人性与社会之复杂。"那一曲曲显示了人生之生存艰辛和

---

① 首次刊于人民文学出版社 1986 年建社 35 周年纪念专刊《当代长篇小说》，1987 年由该社出版单行本。

荒诞命运的悲怆交响曲"①,堪称绝好的规训课程;对任何个人、团体、组织乃至民族来说,先受训者,在与后受训者或未受训者打交道时,无疑是主动的一方。

由认清人性与社会的复杂而至洞察文化的多样,在国际交往中尤为重要。有些被动往往是由于未能认清交往对象的文化特征:"胜如己者害之,不如己者弄之。"②中华传统文化一向以怀德致远、布泽四方闻名于世,完全不同于崇尚丛林法则的思想体系。与那种崇尚丛林法则的文化打交道,仅秉持将心比心、以己度人的思路,难免时常陷于被动。要想避免不利局面,须放弃对常理的固守,而佐以古人的兵法意识,务求"知己知彼",既"有文事必有武备",亦"有武备必有文事",两者并重,该柔则柔,该刚必刚。与那种只知"畏威"从不"怀德"的文化打交道,尤当如此。

信息时代的文学建构,与审美福利建构和文化产业建构相互砥砺、相互促进,一定能够书写中华民族所处的新时代,使其成为世界文学史上璀璨的一页。

[原载《福建论坛》(人文社会科学版) 2015 年第 4 期]

第四节 农耕社会梦想与工业时代现实的艰难衔接

——长篇小说《桃源梦》的原点解读

文学是精神家园所在,尤为集中地展现着人类对理想的追求。在中华民族文明发展史上,"桃源"意象是自《诗经》中"乐土"意象以来理想家园的集大成者。千百年来,"桃源"意象就像一根红线,绵绵不绝地贯穿于追求理想的文学作品之中。

当时代来到 20 世纪末期,中国已经在现代化之路上昂首高歌的时候,《桃源梦》的作者借助传统的"桃源"意象,通过合情合理的演绎,展现一段令人刻骨铭心的梦成梦灭的悲剧历史,令人感慨不已、唏嘘不已:农耕社会的梦想,在工业时代到来之际,那美好的理想追求与雄厚的物质基础却不能自然

---

① 金元浦、张首映、刘方喜主编:《当代文艺学的变革与走向:钱中文先生诞辰 80 周年纪念文集》,人民日报出版社 2012 年版,第 17 页。

② 〔明〕施耐庵、罗贯中:《水浒全传》第 39 回"浔阳楼宋江吟反诗 梁山泊戴宗传假信",岳麓书社 1985 年版,第 316 页。

相融，而是以流血冲突直至一方解体的方式来实现衔接。看来，无论理想多么完美，如果长期缺乏相应物质基础的支撑，也是会遭到现实拒斥的。

一、"天外天"的悲剧在于以"善道"的假象掩盖贫困至极的本质

莫应丰的《桃源梦》是一部长篇寓言小说。它给人的第一感受就是：任何拒斥现代工业文明的社会组织，都注定要解体；而且，在先进工业文明的冲击之下，拒斥一方的溃散是十分迅速而又狼狈不堪的。如仔细咀嚼，还会觉出《桃源梦》是一个正在应验并将继续应验、具有警戒意义的预言。

文学作品的主题是由整个艺术结构表达出来的。《桃源梦》对"善道"文明虚伪本质的揭露和批判，正是通过独特、宏伟的"倒转历史、重建历史"的整体结构来实现的。小说描写一群贫穷而善良的人们，在饱受现代社会黑暗势力的欺压之后，逃到一个名叫"天外天"的高山绝地重组部落，他们从此将全部精力都用来推行在山下的社会里绝对不能实行的一种"善道"：

> 善眼看人，人变善；善眼看土，土成金。……善眼看恶人，恶人心有愧；善眼看自己，自己总心虚；善眼看牲畜，牲畜成儿女；善眼看私物，私物愿归公。……

可惜的是，被天外天的人们当作儿女看待的唯一的一头母牛，在做了名叫麻杆的小伙子的妻子之后，很快就疯了，并残杀了近半数的天外天居民。在突发事变面前，一些人坚守"善道"，决意反对杀牛，以免违背"善道"；另一些人为了生存，在山下来的珍珠姑娘的指点下，奋力杀死疯牛并煮食了牛肉。天外天从此分裂成素食者和荤食者两大派，双方誓不两立，终致互相厮杀，同归于尽。难道说天外天是毁于"善道"吗？回答当然是否定的。因为"善道"本身绝对无可厚非，关键在于天外天全力推行"善道"的初衷，与后来竭力维持"善道"的动机大相径庭。前者是为了实现针对黑暗现实而设计出的美好理想；后者则是为了应付现实——让全社会成员都安于极端贫困的现状，过着没有饭吃、没有盐吃，连茹毛饮血都不被允许的物质生活。

正因为如此，作者才大量采用颇具喜剧、荒诞剧色彩的关目，来逐渐引出天外天的大悲剧结局，因为它们所要揭露、嘲笑的对象，总是"用另外一个

本质的假象来把自己的本质掩盖起来,并求助于伪善的诡辩"①。天外天之所以拼命维持"善道",正在于要以"善道"本质的假象来把它自己贫困至极的本质掩盖起来,并借助于伪善和诡辩,令全社会成员都适应、安于这种极为恶劣的物质生活。

显然,天外天如果不维护"善道"这面旗帜,就无法继续收聚人心;同样,它要是不借助于伪善与诡辩,也难以长治久安。因为,天外天的居民中,照样会有人产生像珍珠姑娘那样的想法:

> 是人好重要还是生活好重要?生活好时,以人好重要;生活太苦,时间一长,便不知会怎样想了。

因此,只有竭力强调并夸大人好的重要性,才能消弭大家心中要过好日子的念头。也就是说,天外天的生活虽然不好,但这里的人好;山下只是生活好一点,但人不好。两弊相权取其轻,我们宁愿要天外天的人好,也不愿要山下的生活好。大家上山来的目的,不就是要躲避山下的坏人吗?

由于辨别不清推行"善道"的初衷与维护"善道"的动机之间的本质区别,加上往昔山下生活的痛苦历史,天外天的后代极易受惑于这种诡辩,十分安于这种精神上富有、物质上贫困的畸形生活。就连珍珠姑娘后来也一度"苦涩地爱上了天外天"。由此滋生出来的那种容易受骗并真诚地骗人的部落特征,很快就得到极度的发展,形成一种恶劣的集体品格:用虚伪以至残忍、诡辩乃至荒谬的方式来推行、维护对大家都无好处的"善道"。

比如,把名叫狗贱的侏儒、生来性功能失常的小伙子立为全部落的公子,并让他娶发育正常、健壮漂亮的早啼姑娘为妻;还以"人最重要的是为别人着想"为由,驳回早啼姑娘的上诉。栀妹做了给饿牛喂奶的"善事",从而当上了"善人",即天外天的宰相;麻秆这个小伙子因此羡慕不已,又苦于善事已被别人做完,只好独出心裁,选择了做母牛的丈夫这件善事:"给饿牛喂奶是善事,给发情的母牛解除无配偶之苦,为什么不是善行呢?"为此,他当上了"牛人":既不让他当"善人",又不说他错了;但承认他和母牛的夫妻关系,把他当牛看待;在理论上肯定他对天外天优良传统的继承,在实践上又阴狠地惩罚他,并让他有苦说不出。从而,既维护了"善道"这面旗帜,又打击了别有用心者。

---

① [德]马克思:《〈黑格尔法哲学批判〉导言》,见《马克思恩格斯选集》第1卷,人民出版社1972年版,第5页。

对叛逆者浪子瓜青的处理，则更是令人拍案叫绝、悲愤欲绝：用行"劝善礼"的办法——让一群身强力壮的小伙子，日夜轮班围着他，每天24小时在他耳边聒噪，劝他改过自新，从而令他既不能逃走，又无法入睡——文雅而残忍地逼他自杀！……天外天的人们都知道早啼姑娘后来偷了汉子，却没想到那头母牛因无公牛可偷竟会发疯，进而敲响了天外天的丧钟。深究起来，天外天的悲剧结局，其实正是它全体成员合力造成的。

二、贫穷者比富有者更会应付穷，富有者比贫穷者更能追求富

天外天以"善道"本质的假象来把极端贫困的本质掩盖起来的做法，颇能引导我们去发现一种带规律性的现象：贫穷者常常以自己的精神富有来指责、鄙视富有者的心灵空虚，由此获得极大的安慰与满足。贫穷的人们，其幻想最为美丽；贫穷的组织，其宣传最为动人。贫穷者比富有者更会应付穷，富有者比贫穷者更能追求富。物质富有与精神充实不能并存的思维定式，也许就是仁慈的上帝酷爱每一位子民的精心预设：让人人都安于、乐于各自的生活。但谁穷谁富可又是抓阄的结果？

天外天这样一个极贫极弱的礼仪之邦，以与世隔绝为其立足的基本条件，与外沟通便意味着它的解体之日的到来——在珍珠姑娘带上山来的现代文明气息的吹拂之下，它终于土崩瓦解。天外天毁就毁在不努力去改变贫穷而尽量去适应贫穷的决策思想，以及深藏于其后的、认为精神生活与物质生活只能逆向而行的二元对立的思维逻辑，"人欲"与"天理"如冰炭不共器、寒暑不同时的本体意识，以精神上的富有、完美来抵消、掩饰物质上的贫穷落后的精神品格。

《桃源梦》的寓意是十分深刻的：通过"倒转历史、重建历史"的整体结构，来展现一个经过提纯、过滤、浓缩的社会部落的历史，让人们认清其悲剧结局的真正根源所在——以精神富有掩盖物质贫困，虽有一时之效，但绝无持久之功；如不及时调整，改弦易辙，定会事与愿违。由此，《桃源梦》为我们认识历史提供了一个最基本却又为许多人所忽略的理论依据和绝佳视角：意识与存在的关系的普遍性和重要性——无论多么理想的意识形态，如果长期缺乏相应的经济基础的支撑，都是会遭到现实的拒斥的。

将眼光放开一点的话，我们还会看到，其实，将精神富有与物质富有分离开来的二元对立的思维方式，早就沉淀在我们民族的深层心理结构之中。在我们民族几千年的文明历史里，不说别的，单是依据"富人心坏、穷人心好"这一逻辑敷衍出来的各种民间故事、神话、童话、歌谣等，就数不胜数，绵延不绝。在我国传统文化中，无论哪一种学说，其重点都不在强调物质财富的创

造，而在培养对待物质财富的谦谦之德、君子之风，强调物质财富的分配理论：不患寡而患不均。这种影响至今尚未彻底消除，仍在制约着人们物质生产能力的发挥。

三、社会理想中所包蕴的物质内涵不可忽略

"桃源"是处于中国传统文化深层内核中关于社会理想的"原型"形象。所谓原型，即艺术中那种"典型的、反复出现的意象"①。桃源形象是在中华文明的源头处就绽开的鲜艳花朵之一，它深深地印刻在中华民族的集体记忆中，相因相传地沉淀在中华民族的心灵深处；并且随着历史的发展，它还可以在任何高度、任何层次上，与中华民族追求理想社会的心灵活动相遇，衍化出令人神往的社会美景。具体说来，桃源形象始于《诗经·魏风·硕鼠》中的"乐土"形象，以及屈原《离骚》中的"求索"形象，最后定型于陶渊明的一系列作品。桃源形象的本体，应该包括两个方面的含义：一是《桃花源诗并记》所描绘的理想社会；一是《归去来兮辞》《归园田居》《饮酒》等作品中所表达出来的理想人生境界。从桃源形象的源头看，"乐土"形象的物质色彩更浓厚些，"求索"形象则对精神层面更重视些。从桃源形象的本体及其流传过程看，更为世人看中的，是精神桃源而不是物质桃源，后人总是有意无意地将精神桃源置于更高的位置上，以致出现这种状况：经常被提及的，不是《桃花源诗》本身，而是陶渊明回归桃源之时的欣喜之情和回归桃源之后的悠然自得。前者如"少无适俗韵，性本爱丘山。误落尘网中，一去三十年。……久在樊笼里，复得返自然"②，"云无心以出岫，鸟倦飞而知还"③。后者如"采菊东篱下，悠然见南山"④ 等。

追求如"桃花源"那样的理想社会，是中国传统文化的一大特色；而在追求理想社会的过程中，对无止境的精神层面的重视要远远超过对应有的物质层面的重视，可以说是传统文化特色中的特色。而后一特色，正是传统文化复杂性的典型体现：它的优点非常明显而突出，它的负面影响却相当隐蔽，因此，有关它的深刻反思，至今仍不多见。

---

① 〔加拿大〕N. 弗莱：《作为原型的象征》，叶舒宪译，见《神话——原型批评》，陕西师范大学出版社1987年版，第151页。
② 〔东晋〕陶渊明：《归园田居·其一》，见林庚、冯沅君主编《中国历代诗歌选》上编（一），人民文学出版社1980年版，第196页。
③ 〔东晋〕陶渊明：《归去来辞》，见《古代散文选》上册，人民教育出版社1980年版，第319页。
④ 〔东晋〕陶渊明：《饮酒·其五》，见林庚、冯沅君主编《中国历代诗歌选》上编（一），人民文学出版社1980年版，第197页。

莫应丰看到了这一点。他不是情绪化地反思传统文化，而是从揭示传统文化负面影响的隐蔽性入手，以求既能更高更深地反思其弊病所在，又能为中国传统文化在当代的发展提供一个绝不可再被忽视的坐标。

从历史来看，凡是大的运动或事变，参与者大多都是怀着崇高的理想而投身其间的；或者说，参与者的根本动力之一，还是源于传统文化中对精神桃源的追求。对于抽取了物质内涵的社会理想将会产生的负面影响，参与者大都还缺乏警惕能力和反思能力。因而，在传统文化与现实政治的双重包裹之下，参与者一方面会觉得自己目前的物质生活水平不错，甚至投身运动的最直接动机就是为保卫目前的物质生活水平不会倒退；另一方面又把对精神生活的追求高置于对物质生活的追求之上。其实，任何理想本身、任何理想的社会，都包含着相应的物质基础："革命是在物质利益的基础上产生的。"① 这句话太"朴素"了，朴素到了很少有理论家去重视的地步。正因为如此，也就很少有人指出：贫穷的讴歌者往往不是贫穷的承担者；赞美贫穷者的物质需（奢）求的满足，是在崇高的名义下实现的。

《桃源梦》问世之后，并没有引起多少关注，英年早逝的作家，如果说有什么遗憾的话，那应是"桃源梦碎，谁解其中味？"

也许，一旦分清了文化行为与政治行为的联系与区别，就会消除妨碍人们重视《桃源梦》的顾虑。文化行为与政治行为的联系是显而易见的：任何文化行为都会对政治行为产生巨大影响，或者引发出政治行为，或者衍化为政治行为；任何政治行为中，都包含着文化行为的内核。而两者的区别同样是显而易见的：文化行为的主体是肩负文化承传使命的知识分子，以及承受文化影响的广大人民群众，它的本体就是精神层面的追求——少涉及或不涉及物质层面是正常的、可以理解的；政治行为的主体是国家、政府，它的本体就是运用国家权力、政府力量追求国家的强盛和人民的富裕——致力于物质财富的创造，应该是政治行为的第一要义，轻视或忽视物质层面是不正常的、绝对错误的。弄清了这种区别，以下的顾虑就可消除了：重视像《桃源梦》这样的作品，可能又会走向另一极端，出现忽视精神文明建设的倾向。产生这种顾虑的原因之一，就在于过分看重文化行为与政治行为的联系，以致将两者混为一谈，而没有注意到两者虽有密切联系，但又有实质性的不同。

好在，我们现已行进在通向现代化的大道上，并取得了值得骄傲的成就。在扑面而来的市场经济浪潮的冲击下，我们切勿因惯常的生活轨道受到震荡而发出"无可奈何花落去"的叹息，而应当满怀信心地去迎接那"病树前头万

---

① 《邓小平文选》，人民出版社1983年版，第136页。

木春"的未来。要知道,只有在驻足不前的时候,历史才会显得温情脉脉;而在一路前行之时,它就会暴露出冷峻无情的特征。西方后工业社会国家,已经用巨大的代价攀上了人类文明进程中的一座高峰,我们决不能因为看到它们留下的斑斑血痕就止步不前。它们可以回首频频,大发思古之幽情,就像贾母称赞刘姥姥带进大观园的鲜活小菜那样,而我们则切不能充当刘姥姥的角色。

[原载《北京科技大学学报》(社会科学版)2001 年第 1 期]

第八章　文学教育的学理建构

　　文学对个人品格的建构——在威逼利诱前不变节；文学对民族意志的铸就——在强敌入侵时不屈服；文学对当代国民的启示——在全球交往中不被动。文学教育的当下弊病，莫过于不把文学当文学，而只当作知识生产仓库里的原材料。在培养、提升文学专业学生的思维能力、科研能力及写作能力等方面，遵从学理，既是最低要求，也是最高标准。

第一节　文学建构民族精神的传统与使命

　　当今之世，物质财富的拥有量与民族文化的影响力是一个国家显示身份和地位的两大标志，二者相互关联、不可偏废。民族精神是民族文化的集中体现，其建构过程贯穿社稷变迁与人事代谢，其建构载体则包括关涉人心品性的所有精神形态及其表达。

　　鉴古知今，综观源起与流变，中国文学绵绵几千年，自形成之日，就内蕴着建构民族精神之使命。与其他诸多载体相比，传统文学以养护人心、培育人格见长，尤其高扬个人操守与民族气节。文学发展到今天，其建构使命正面临全新变局：以往，建构我们民族精神的物质基础都相对薄弱；如今，该基础已得到实质性改观，不仅正日益接近发达国家水平，而且与其相当甚或超越之时也并非遥不可及。因此，既弘扬传统文学之精华，又符合我们国家在当今世界格局中的应有身份，这是文学在新世纪履行建构使命时，应当为我们民族精神注入的新内涵。

一、传统文学对个人品格的建构：在威逼利诱前不变节

　　修身、齐家、治国、平天下，在中华传统文化里，社会的治理与发展，以个人品行的养成为前提，而文学对民族精神的建构，也正是由此入手。

我国第一部诗歌总集《诗经》,既是"饥者歌其食,劳者歌其事"①,也有"智者歌其思"寓于其间。其所思的重要内容之一,就是运用"比德"的方式,塑造初民社会朴实的理想人格:以玉之高洁,比附人品之典范。《诗经》中涉及玉的篇什,据统计多达30余首,至今仍活跃在口头语与书面语中的"如切如磋,如琢如磨",就出自《卫风·淇奥》,本意讲的是有修养有文采的君子,就像切磋、琢磨后的玉器那般晶莹典雅。汉字中大凡与赞美有关的,无论人和事,几乎都带有玉字偏旁,其用意就是肯定赞美对象具有玉石般高洁的品质。

人品之如玉,不唯高贵,更体现为不容玷污。所以,具备高尚人格者,是拒绝同流合污的:沧浪之水清兮,可以濯吾缨;沧浪之水浊兮,可以濯吾足。在周敦颐的《爱莲说》中,"比德说"得到进一步升华:真正高尚之人格,恰似莲花,虽出于污泥而不染。这种人格,经得起各种挫折和磨难,在任何威逼利诱前都不变节,能够永葆本色。因此,翻看上下几千年的文学史,赞美岁寒三友松、竹、梅,或称颂四君子梅、兰、竹、菊的篇什,总是随处可见。围绕民族精神建构的展开,如果说从上古到当代的中国文学史存在贯穿始终的要素,那么,"比德说"无疑既是初始方式和基本元素,更是融入文学活动全过程的经纬线。

与此相应,作为文论"开山的纲领"②,"诗言志"在理论的源头处,确立了文学基本观念,并赋予文学建构使命,其核心要素就是励志,尤其是言志者的自励:文学对人品的建构,首先体现为对作者自身节操的砥砺。传统文论中,无论是对创作经验的总结还是对文学接受的指导,处于重要位置的,始终是作者的人品,并由此生发中国文学的另一个基本观念:诗能穷人,穷而后工。其实,中国古人也看到诗能达人,达而后工,但为什么最终定型于前者呢?目的就在于强调文学砥砺作者人格的极端重要性,隐喻"砥砺不足者无望其成"之意。正如当代学者指出的那样,这一文学观念是在千百年积淀中形成的选择性"集体认同"。③

中华文明史上的典范人物,其人品无不与文学的建构要旨相契相合。像

---

① 〔后汉〕何休:《春秋公羊传·宣公十五年解诂》,见郭绍虞主编、王文生副主编《中国历代文论选》第一册,上海古籍出版社1979年版,第5页。
② 朱自清:《诗言志辨》,见《朱自清全集》第6卷,江苏教育出版社1996年版,第130页。
③ 参见吴承学《"诗能穷人"与"诗能达人"》,载《中国社会科学》2010年第4期。

"虽九死其犹未悔"① 的屈原、"一箪食，一瓢饮……不改其乐"② 的颜回，他们千百年来之所以始终为后人景仰，首先就在于人格的高尚与坚定：无论何时何地，无论面对怎样的威逼利诱，他们心中的信念决不动摇，自身的节操稳如磐石。

中国文学史上，重要文士的地位，固然由他们的文学成就来决定，但最终的决定因素，却是在人们心目中远比文学成就更为重要的人品操行。这方面最典型的事例，莫过于明代的方孝孺与清初的钱谦益：方孝孺殉难之后百余年，终于由朱棣的后代予以平反；钱谦益去世之后百余年，也终于被乾隆列入《明史·贰臣传》乙编。而钱谦益的妻子柳如是，虽出身青楼，却以其高尚气节操行留名青史。她对后世的影响之深，竟至吸引当代国学大师陈寅恪先生在失明的情况下，耗费十年心血而作成《柳如是别传》。个中蕴含，前人围绕着侯方域与李香君故事敷衍出来的《桃花扇》与之相比，也不可同日而语。

二、传统文学对民族意志的铸就：在强敌入侵时不屈服

民族意志是个人品格的凝聚，文学使命的履行，是同时围绕着这两个纬度进行的。古往今来的文学作品，不仅对个人品格的养成发挥了不可或缺的重要作用，更对我们民族精神的建构起到了核心价值观的奠基与导引作用。历史上，中华民族面临强敌入侵时，总能爆发惊人的民族意志，决不屈服，奋起反抗，保家卫国。尤为引人深思的是，大凡在这种时候，民族意志的展现，往往都与杰出人物及其团队的感召、引领作用密不可分，进而两者互补，形成彼此支撑的持续扩展式循环，终至积攒举国之力，打败侵略者，传延国祚，续展文明。

值此期间，可歌可泣的人物与事件不计其数，与之相伴产生的诗篇，堪称惊天地泣鬼神。比如，历朝历代，每当国家民族面临生死存亡关头，最能鼓舞人心、最具号召力的诗词，非岳飞的《满江红》莫属。它所代表的民族意志，就是面对强敌入侵，毫不畏惧，且秉持必胜信念，敢战善战，壮怀激烈，精忠报国。

慷慨赴死易，从容就义难。在生死存亡的关头，并非所有人都有机会像岳家军那样上阵杀敌，报效国家。而文天祥的《正气歌》千古传唱，它所代表的民族意志则属于另一类型：尽管身陷囹圄，面对强敌的百般威逼利诱，也决

---

① 〔战国〕屈原：《离骚》，见林庚、冯沅君主编《中国历代诗歌选》上编（一），人民文学出版社1980年版，第50页。

② 〔春秋〕孔子：《论语》，见〔宋〕朱熹集注《四书集注》，岳麓书社1985年版，第113页。

不屈服，从容就义；强敌可以凭借武力暂时压制我们的肉身，但无论如何都不能征服我们的意志！

在这方面，民间文学的建构之功相当突出：坊间流传最广、影响最大的演义，首推杨家将、岳家军演义。它们并非历史的真实写照，而是在塑造不畏强敌、战胜强敌的民族精神，通过在华夏大地感召广大民众，化育普通百姓，为铸就钢铁般的民族意志，打下广泛而坚实的基础。

在中华民族五千年的融合过程中，围绕着更替与离合，少不了纷争和流血，涌现出无数义无反顾的殉道者。历史发展到今天，我们的视野与底蕴，已足以在高度肯定原初语境中的主人公同时，对其当代意义予以重新阐释。金庸在这方面具有特殊意义：他以武侠小说建构民族精神，在尊崇传统文化精髓的基础上，将评价历史人物与事件的判断标准，由对殉道者的一般肯定，转为天下苍生是否真正脱离苦难、是否得到休养生息、是否能够安居乐业。

当代文学中，铸就民族意志的优秀之作尤为醒目。抗日题材电视连续剧《亮剑》刚一播出，即引来如潮好评。剧中入侵我国的强敌，是20世纪以来最灭绝人性、最摧残文明的穷凶极恶之日寇，目的是灭我中华；倘若俯首就擒，结局就是亡国亡种！《亮剑》绝好地展现了中华民族的个人品格与民族意志，并在当代意义上进行了具有永恒价值的创新：面对强敌，明知是死，也一定要迎上去，决然亮剑！哪怕倒在对手的剑下，也虽败犹荣。

正是凭借这种亮剑精神，多年的抗日战争，虽然我们面对的日本侵略者拥有绝对优势的武器装备，但结局却是鸦片战争以来，抵御外敌入侵的中国人民第一次获得完全胜利；而在朝鲜战场上，中国人民志愿军的对手、第二次世界大战后全球第一军事强国，尽管携所向披靡之威，却止步于中华亮剑，不得不坐到谈判桌前……

亮剑精神，是中华民族反抗强敌入侵时，个人品格与民族意志高度凝聚的生动写照，是新世纪文学弘扬民族精神的经典创造，必将在当代文学史上熠熠生辉！

三、传统文学对当代国民的启示：在全球交往中不被动

如前所述，传统文学中，大凡涉及个人气节和民族大义，几乎都与对待财富及权势的态度、与对待入侵强敌的态度密切相关。换言之，传统文学是在贫弱的基础上履行建构使命的，它所着力建构的主体，多为贫穷的一方、弱小的一方。当我们已经或正在告别贫穷、告别弱小，也就意味着，当今文学履行建构使命的基础同样已经或正在发生实质性变化。因此，除了继承传统，还需积极探索文学使命的新导向。如果说，传统文学所建构的民族精神，重点在于激

励穷人和弱者如何生存和发展，那么今后的建构重点，则需包含引导公民身份意识的转换，从而在与世界上其他国家和民族的公民交往过程中，无论贫富强弱，均坦然相见，淡定相处。简而言之，不被动。这一新的建构目标看似简单，个中内蕴实则兼具基本层次与最高境界：古往今来，国际交往中不被动或少被动的一方，多属于富强者。

告别贫穷和弱小，不是在封闭的环境中，而是在与当今地球村其他居民、其他文化打交道的过程中进行的。其间如何避免被动，我们的文学乃至整个文化，并没有现成的建构经验。决不放纵物欲，决不惧怕强敌，是传统文学所着力建构的民族精神内核，永远都要弘扬；但是，如果不能顺应时势，认清已经发生的身份转换，只以贫弱者思路行富强者之事，在全球交往实践中，公民的日常举动难免出现违背初衷乃至意想不到的变形，从而产生本可避免的被动。时下境外与国外对中国大陆的一些不利声音，往往都与这种被动有着直接关系。

回望文学史，建构重心的转向，在五四时期就颇具规模了。

近百年前的鲁迅，今日看来，其意义不仅在于展示贫弱者的可悲、可怜与可怕，更在于指出：自欺而不能欺人的"精神胜利法"，是摆脱贫弱者身份必须首先铲除的心魔。胡适笔下的"差不多先生"，只是一个浑浑噩噩的贫弱者，阿Q则是"觉醒"了的差不多先生：他的每一次"胜利"，都是在现实中遭受惨败之后，为了自我安慰而在内心里获得的；即便脑袋就要被砍下了，这种心态依然如附骨之疽般与阿Q相伴。

循此思路，20世纪80年代莫应丰的长篇小说《桃源梦》，当视为建构重心转向的又一醒目标志。正是由于传统文化是在贫弱基础上履行建构使命的，因而无意之中形成一种强大的附生思维定式：将精神富有与物质富有对立起来。在现代社会，这种思路该彻底抛弃了；否则，阿Q式的悲剧，就不只是个体性的，而是社会性的了。

如何做富人和强者？迄今全世界尚无得到普遍认可的范例。而在国际交往中如何做到不被动或少被动，倘若变换思路，则可以找到具有启发意义的样本：西方文学，自19世纪批判现实主义以来，历经现代主义、后现代主义，使得西方人比我们更早体验了人性深度、潜意识的无限性及其各种变形，更早经历了社会生活节奏变化对人性的巨大挤压及其反弹……这种"心灵演习"的效用，体现在不同文化交流中，就是有经验的一方会比新手更少被动性。

由此反观好莱坞电影，特别是那些场面极为震撼的灾难片、科幻片等，其核心元素当然离不开传播西方价值观念，但有一点却常常为世人所忽略：那实际上是在训导公民如何长久地做富裕者和强大者。当现实中已经没有对手的时候，一定要非常警惕以高科技为基点演化出来的恐怖分子、无法预知的大自然灾害、实力远在人类之上的外星人……对于不可预知的未来而言，这些"心灵演习"对公民精神的建构，其实也含有避免被动的意蕴。

由认清人性的复杂而至洞察文化的多样，在国际交往中尤为重要。

与常态文化交往，以己度人理所当然；与裂变文化交往，以己度人必然被动。因这种文化往往拥有不可否认的强势，其价值观对于异族文化个体具有吸引力，其国策则将日益强盛的异族文化整体视为头号敌人，并无所不用其极。还有一种断崖式裂变文化，从侵略型跌落至依附型，臣服于武力、不论是非，常态文化中的伦理正义在其裂变过程中被滤除泰半。与其交往，如以常理相待，也少有主动可言。

中华民族的精神建构历程，已绵延数千年之久。过去我们能够做到贫而不弱，现在更能避免富而不强。文学大展身手，正当其时。

［原载《人民日报》2014 年 11 月 11 日第 14 版，《广东社会科学年鉴》2014 年卷收入（广东人民出版社 2017 年版）。此处为年鉴版］

第二节　西方思维与文学教育的理论基点批判

中国传统文学教育的理论基点着眼于文学"怎么样"，西方作为知识生产的文学理论则更注重文学"是什么"，它先天地伴随着本体论同语言论的纠葛：由存在论而来的本体论，随着"存在"（to be）被翻译为"是"，演变为追问某物是"什么"的本质论；语言的本体意义在于宇宙整体能作大道之言或无言之言，文学语言的本体意义在于能够超越在场，从说出的东西中暗示未说出的东西。作为知识生产文学理论的本质主义思维方式，有三大根源和三大缺陷，目前我们所接受的反本质主义，远没有转向主客相融思维方式重要。文学独立性和归属性问题的大轮回，只是文学教育理论基点回归的前提，关键还在于反思主客二分思维方式的弊病，把文学当作文学而不是生产知识的原材料。

一、文学教育与两种文学理论

我国当代文学理论，一直以它全方位同步捕捉社会思潮变化的敏感迅捷，以及尽力跟上西方形而上学沉思进展的思辨能力，涉及——近年来甚至是游走于——人文社会科学的各个领域。其所处的位置非常醒目而又十分优雅，给世人的印象是既紧贴现实又深奥高远。然而，一旦"面向事实本身"，从文学理论为人们提供的抽象思维的天空回到它赖以生存的地面，我们就会看到一个非常朴素的体制化事实：文学理论的生存与发展，离不开高校文学理论课程，离不开文学教育。

在古今中外的教育体系中，文学教育都是始自发蒙，并与教育对象终身相伴的。因为它上可以"动天地，感鬼神"，下可以"经夫妇，厚人伦"。① 个人品性的熏陶、民族魂魄的凝练，恰如主线，统帅全程。而文学教育的实施，素来有普及与提高、民间与学校等之分，一般来说，后者的"档次"总被认为要高一些，尤其是高校的文学教育，一直就是全社会文学教育中的"精品课程"。实际效果也是如此：即便是那些已经站在时代思想制高点上的学术大师，也会对自己大学时代所受到的文学教育念念不忘。比如西南联大出身的张世英先生对闻一多先生授课情景的回忆②，许国璋先生对钱锺书先生在课堂上给予学生的审美享受的追慕③，等等之类，不一而足。而高校文学理论课程，则是文学教育的导航仪，全社会的关注度之高、影响之大，在人文学科的课程中，少有出其右者，至今仍具有全民文学教育中理论走向的风向标与大本营的指标意义，堪称"精品课程中的精品"。

中国古代文学教育的理论基点，着眼于文学"怎么样"，从文学出发看待文学，极为重视文学的怡情悦性、人伦养成、和谐社会等功能；西方则更注重文学"是什么"，多从认识论角度出发看待文学，注重运用科学认知的各种方式，对文学进行各种学科视角的解剖。时下，西方后现代思潮的认知方式已经发生颠覆性变化。这种变化给我国高校文学理论课程带来的，就是使文学教育中承袭西学而来的理论基点——探求文学"是什么"的本体论追问——处于被解构、被颠覆的境地。

新中国成立以后，随着苏联教育体制和课程体系的全面引入，文学理论作为基础学科和专业课程，不仅正式建立，更肩负"打头""扛旗"的使命，被赋予高校乃至全社会文学教育领头羊的使命。从设置的初衷来讲，这种做法无可厚非；但从实际效果来看，结果未必令人满意。最近就有学者公开表态："大学里的文学教育是消灭理想读者的教育。"④ 这里的"理想读者"，其核心

---

① 《毛诗序》，见郭绍虞主编、王文生副主编《中国历代文论选》第一册，上海古籍出版社1979年版，第63页。
② 参见张世英《进入澄明之境——哲学新方向》，商务印书馆1999年版，第3页。
③ 参见赵一凡《从卢卡奇到萨义德——西方文论讲稿续编》，生活·读书·新知三联书店2009年版，第852页。
④ 吴晓东：《文学的诗性之灯》，上海书店出版社2010年版，第96页。

内涵，应该是指注重文学对人心的影响、对精神的养护、对审美境界的追求……要义在于把文学当作文学看待。而大学现有的文学课程，尤其是文学理论课程，刻意追问文学是什么，很难避免不把文学当文学看待的结局。① 只是，从文学接受的角度来看，如果拘泥于把文学当作文学，就会自然而然地把眼光集中于文学的感性层面、审美层面……而在这些方面，仅从古人的作品中，就可以找出太多精辟的表述，比如：文学不过就是"人海风波"② "悲欢离合"③ ……更不用提在中国古代浩如烟海的文论典籍资料中，把文学当作文学看待，恰如贯穿其中的一条主线，各种见解，琳琅满目，美不胜收。只要进行了扎实的钻研，就会觉得，今人有关文学的话语，超出古人水平的，其实并没有表面上看起来的那么多，除因当今学术评价体制的原因而导致的长篇大论之外——古人谈论文学的文章，在篇幅上要远逊于今人！

文学是人学，只要人类的繁衍生息没有停止，文学就一定会随着人类的前行而日益丰富。所以，尽管有"崔颢题诗在上头"，对黄鹤楼的歌咏，自崔颢之后仍旧绵绵不绝。文学绝不会因超不过甚或赶不上昨天的水平就不再继续，文学理论也是一样。更何况，对文学水平高低的评价，是没有一个终极性标准答案的。

由于文学全方位覆盖人类社会生活，仅从感性与审美等层面研究文学，毕竟不能探究文学的全部内涵。文学值得人们运用各种思维方式、从各种理论角度对其进行关注，研究成果自然成为本民族文化的重要组成部分，就像文学理论的现状那样。

可以这样说，随着人类社会的发展，不把文学当作文学看待的话语正日益增加，这是很正常的现象。只是切不可矫枉过正，以为将文学当作文学的思路从此就可以取消了。西方的文学理论，大异于中国传统文论之处甚多，其中的一点，越到现代越突出：其对待文学的态度，已经进入两条轨道——既把文学当作文学，也把文学不当文学——并存、并行的阶段。而深受西方影响的我国当代文学理论，目前尤其明显的却是这一特点：不把文学当作文学、文学理论

---

① 笔者始终记得读研究生时的一件事：1985年秋季开学不久，在北大五四操场旁边三教的一楼大教室，季羡林先生到场与中文系及外文系的老师和研究生交流关于方法论的某个国际学术会议的信息，其间先生有点喃喃自语似地说到，这种方法、那种方法，怎没听说用文学的方法研究文学？笔者认为，把文学当作文学看待就是最基本的文学方法。

② 元人姚燧《阳春曲》："笔头风月时时过，眼前儿曹渐渐多。有人问我事如何？人海阔，无日不风波。"

③ 宋人蒋捷《虞美人》："少年听雨歌楼上，红烛昏罗帐。壮年听雨客舟中，江阔云低，断雁叫西风。　而今听雨僧庐下，鬓已星星也。悲欢离合总无情，一任阶前，点滴到黎明。"

少谈甚至不谈文学,已是相当普遍的现象。

文学理论界现在面临的问题在于:一方面,相当盛行的做法是,不把文学当作文学,文学理论少谈或不谈文学,但对于为什么要这样做却语焉不详,难以服人;另一方面,要求把文学当作文学、文学理论应当多谈文学的声音,因各种原因,包括知识的代沟等等,在新潮面前又显得苍白无力。

解决问题的关键,在于如何看待文学理论:它是文学创作与接受的指导理论,还是人文社会科学知识生产的领域之一?前者的出发点是注重文学"怎么样",如作为中国传统文学理论的"诗文评";后者的立足处为探索文学"是什么",如以西学本体论追问思路为基点的、仅是涉及甚至极少涉及文学现象的知识生产话语体系。现在看来,我们在新中国成立之初直至"文革"之前,是依据作为创作指导的文学理论观念来接受西方文论的;新时期以来,这种思路仍然在延续着,但是,依据作为知识生产的文学理论观念来接受西方文论的规模和速度,日益超过前者。从20世纪90年代至今,后者无疑已经成为主流。而文学理论界对这种现象,多以语言学转向、文化转向等来解释,显然忽略了两种文学理论的区别。

作为知识生产的文学理论,跟随西方形而上学沉思及其本体论意识,经历了长达两千多年的积累和演变。其间最主要的变化之一,就是"订购"知识的"订单"中,纯粹的"求知本能"所占比重越来越低,"团体/政府订货"所占比重越来越高。自文艺复兴以来,随着现代学术制度的建立与完善,人类的形而上学思考已越来越运行在体制的轨道上,学术研究也越来越以知识生产的形式进行。就研究者内在驱动中的体制化动力以及研究成果的体制化程度而言,作为知识生产的文学理论,日益超过作为创作指导的文学理论。从人文科学的总体发展来看,各种层级的科学院、研究所和大学里的院系,以及各种奖项、基金等,恰如一只无形之手,将几乎所有知识生产者以及源源不断的后继队伍疏而不漏地握入掌中,文学理论不过是庞大的知识生产系统中的一个分支领域而已。后现代思潮敢于发起并能够做到对人类积累的几乎所有知识进行解构,正是基于现行学术制度与知识生产的密切联系:各种投入不断地以"订单"形式引导着知识生产,为确保投入的效果,创新成为天然的投入前提;本着自身的特有逻辑,生产知识又以必须掌握之前的所有重要知识为前提;因而所有新产出的知识,一定会围绕着已有的知识做文章——赞扬或批判并由此引出新知识。

意识到作为知识生产的文学理论已经占据主流位置,对文学理论的发展特别重要:目前与今后就不必拘泥于指导创作与接受的思路来看待文学理论,当代文论界今天或明天看来肯定毫无意义的许多争论,其实都是由于没有区分两种文学理论，因而对西方文论进行错位理解与接受的后果。作为知识生产的文学理论，虽然对创作和接受不会产生直接影响，对文学教育却影响巨大，甚至塑造或改变人们对文学的看法。在做出两种区分的同时，也要避免将两种文学理论当作泾渭分明、毫不相干的两个对象来看待；更不能认定只有西方才有作为知识生产的文学理论，而只有中国古代才有作为创作指导的文学理论。

一旦将文学理论当作一种知识生产，首先，就不能也无法回避后现代思想家对知识、真理等所具有的双重属性的揭示：科学性与规范性。这里的科学性，其内涵不言而喻是指客观性、中立性、普遍性等；这里的规范性，其内涵则是指规定性、权力特征、正当化功能、服务主流社会功能等。也就是说，任何知识、真理的背后，都有着被遮蔽的东西，那就是参与、支配知识形成全过程的权力、意识形态等要素。后现代的这种解构一切、颠覆一切的思路，肯定难以在中国学术土壤扎根，因为我们文化传统中有太多十分珍贵的观念或意识，比如美德、审美等，经不起这种解构。然而其眼光的锐利、透彻，既令人佩服，也令人从中看到中西方在学术研究领域思路的不同。

其次，既然清醒地意识到现在向西方学习的是作为知识生产的文学理论，我们就再次面临两大艰巨任务的挑战："往回走"和"跟着走"。从学理上讲，新一轮的学习任务，比新中国成立初期开始的那一轮要艰巨得多。因为，没有相应的知识积累肯定跟不上，所以"跟着走"的前提是"往回走"，而这是一个浩大的工程，面对的是西方文学理论长达两千多年之久的知识生产和积累过程，以及贯穿其间的思维方式的演变过程。

当然，再次"往回走"和"跟着走"不是没有问题，存在的恰恰是根本性的大问题：文学与人类，本来是彼此内在的，一旦将其当作外在于人的对象来研究，并将研究作为知识生产的过程，必然会把文学与人类分离开来，不把文学当文学看待就是这种思路的产物。更关键的问题在于，支配这种思路的，正是传统形而上学分离人类与世界的思维方式。而把文学当作文学看待的背后，则隐伏着人类与世界相融合一的思维方式。所谓"艺术是人类的精神家园"，其原初意味就在于：艺术揭示了人类与世界本为相融整体的真理。从这个角度讲，我们说新中国成立以来文学教育的理论基点，在西学思维方式的规训下，逐步抛弃了主客相融的传统美学思维方式，未能幸免于西方传统形而上学主客二分思维方式的缺陷，是不为过的。

二、知识生产文学理论的本体论根基及其同语言论的纠葛

西方作为知识生产的文学理论，是传统形而上学的自然伴生领域，深受哲学规制，有着严格的逻辑起点、核心范畴，其中对中国当代文论影响最为深远

且极为复杂的,就是本体论同语言论的纠葛。在漫长的发展演变过程中,海德格尔是其间的重要标志之一:在他之前,本体论问题更受学界关注;在他之后,后现代思想家对传统的颠覆多从语言领域发起。

西方传统形而上学哲思,起源于对普遍性问题的关注:"哲学以思想、普遍者为内容","什么地方普遍者被认作无所不包的存在……则哲学便从那里开始"。① 西方作为知识生产的文学理论,其本体论追问的基点是先天设定的。这也正是后现代思潮在波及文学理论时,所着力解构的对象,我国文学理论界目前的巨变局面与此密切相关。

本体论的语言学根源,与语言论的本体论内涵之间,存在着复杂的纠结,加上表述的晦涩、艰深,使得问题常常有如处在迷宫之中。语言论的根子在认识论,因为认识论的发展必然涉及人类的语言问题,西方近代以来的哲学演进历程就是明证。而认识论与本体论之间,又存在互为前提、循环论证的关系。无论是本体论还是由此演变开来的本质论,其渊源之一,都离不开语言问题。

就源头而言,我们今天所说的本体论或本质论,是由古希腊巴门尼德的存在论而来的。"存在"这个概念在英文里的表达方式,为系动词"to be",在使用中还演变为动名词"being";在现代汉语里,则用"是"字来表示。用系动词"to be"连接主词与宾词,形成"S 是 P"的语句结构,是印欧语系里的特有语言现象。"存在"或"在"这个词的全部词义变化,决定于它的三种词干,但是,它们在今天已经消失,"只有一个'抽象的'含义'在'还保存下来了"。②

作为系动词,"to be"(是、存在)本无实际含义。所以,康德在《纯粹理性批判》中说:"'是'显然不是什么实在的谓词……它只是一个判断的系词。"③ 也就是说,系动词"to be"只是表示某物存在,不表示事物的任何属性!因为,没有实在经验的依据,是不能断言某物具有某种属性的。但是,作为"to be"的动名词形式,它又具有特定的含义。正是在这里,海德格尔详细探讨了本体论问题的语言学错误根源:"存在一词,古希腊文原本写作 on。作为系动词是、或英文中的 Be,它代表生成流变、万物运转。启蒙之后的欧洲语言,将它错误限定成了动名词(Onto 或 Being)——从此删除了存在(To

---

① [德]黑格尔:《哲学史讲演录》第 1 卷,贺麟、王太庆译,商务印书馆 1983 年版,第 93 页。
② 参见[德]海德格尔《形而上学导论》,熊伟、王庆节译,商务印书馆 1996 年版,第 70 - 71 页。
③ [德]康德:《康德三大批判合集》(上),邓晓芒译,杨祖陶校,人民出版社 2009 年版,第 415 页。

be）的活力，使之沦为僵化的本体论（Ontologie）。"①

在我国，存在论也曾被翻译为"（万）有论""在论"或"是论"，只是随着英语及其语法在我国的大规模普及，随着"to be"被翻译为"是"，原本表示某物"存在"的本体论，逐步演变为追问某物是"什么"的本质论。"是"或"是不是"的思维方式由现代汉语赋予合法身份，不仅在学术研究领域得以确立，而且通行于日常生活之中。

在西方，"是"字一旦成为哲学范畴，所导致的思维方式竟支配人们长达十数个世纪之久：界定一切存在者，并将其抽象为客体功能。传统形而上学主客二分的思维模式，其语言学根源和迷雾皆出于此。海德格尔因此叹息："一个'是'字，竟引起世界崩解！"他的结论是：凡以"是不是"设问的命题，全部都落入了传统形而上学的俗套，所以问题本身就是错误的。② 因为，从词源角度讲，动词不定式"to be"（是）和动名词"being"（是）所包含的内容，大不相同。人们在使用过程当中，恰恰将动词不定式转换为动名词，使得不定式原有的空间被限死了。也即当我们说文学"是"什么的时候，就将文学限死了。

海德格尔的说法，对我们确实具有重要的启发意义，但是也不能无条件地信奉，否则就是盲从了。因为，传统本体论的问题，"并不在于或并不主要在于它错误地将本身没有实义性的系动词当作了实义性的名词，而在于我们可以用存在来表达什么样的对象，如果它能够用来表达某种对象，我们究竟能否认识这个对象"③。海德格尔的精义，在于提出"存在"（是）不是指实体、本质，而是指"在场"。当希腊人说"某物是……"的时候，"是"无实质意义，只表示某物"在场"。存在物是暂时的在场，存在是永恒的在场或在场本身；人们把存在当作了存在者（把"是"当作了"是者"），因而离存在越来越远。海德格尔从语言学源头入手，绕了一个大圈子，其目的是把人们的思路拉回到存在本身上来，拉回到在场，这是典型的现象学思路。他要告诉世人的是：追问"是不是"的致思方式，错在将注意力从存在转向了存在者，那么现在要做的，就是回到离人们的视线越来越远的存在上来。

逻辑经验主义、分析哲学也把传统形而上学的对象——存在——当作语言

---

① 赵一凡：《从卢卡奇到萨义德——西方文论讲稿续编》，生活·读书·新知三联书店 2009 年版，第 678－679 页。赵先生学风谨严且精通外语，特地标明：此处要义"参阅海德格尔《存在与时间》，陈嘉映中译本，北京：三联书店，4、245、359 诸页，以及 495 页译者对于存在一词的讨论"。

② 参见赵一凡《从胡塞尔到德里达——西方文论讲稿》，生活·读书·新知三联书店 2007 年版，第 72、170 页。

③ 张志伟等：《西方哲学问题研究》，中国人民大学出版社 1999 年版，第 45 页。

现象，其目的则是通过语言清算，消解本体论，即存在论。他们的思路，其实不过是传统形而上学的现代翻版：追求科学的精确性。结果呢，却大大缩小了语言的应用范围，使得思想以及文学都不能为其所覆盖。海德格尔认为，存在问题是无法消解的，而且根本不是消解的问题，恰恰是人们由于语言迷宫的缘故，将这个问题放过了。

海德格尔在西方哲学史上的巨大贡献，在于翻转了传统形而上学的思路：不再将人外在于世界，而是将人与世界看作一个整体，所谓天、地、神人四重奏。① 要想理解这个作为整体的四重奏，还得从语言入手。在海德格尔的语言论中，清理本体论的语言迷雾，只是引子，重头戏还在于通过语言理解人与世界的整体关系。

在西方，按照传统形而上学主客二分式思维方式，语言就是人们的工具和镜子，用于认识、反映外在于人的客观世界；一旦转换思路，按照主客相融式的思维方式来看待人与世界，必然就会高度重视语言：人与世界的融合，关键在于语言，是语言使人与世界相融相通的；不只是人能言说、人在言说，世界万物都能言说、都在言说——"无言之言"的言说。这里的"无言之言"，极为类似中国古人所说的"大道之言"，而且只有怀着诗意的人或者当人在怀有诗意的时候，才能理解这种言说。

既然语言成为人与世界相融的关键，也就意味着语言的地位由工具上升为"在先"的位置：不是人说语言，而是"语言说人"。语言言说在先，语言所言说的世界超越了人，人之言说不过是"应和"语言之言说，语言的言说是"道言"，人作为言说者只能是"道言"的依从者。②

这里最让人费解，也最引起争议的，就是海德格尔思想中的"语言说人"。

从文化的角度来看，生活在某种文化中的人，他所说的语言都是事前被该文化语境规定好了的，不可能超出该文化范围。所以说不是某人说语言，而是该文化规定的语言通过某人说出来，此即"语言说人"原意的文化学解释。

从海德格尔的思路上来说，"语言说人"的本意是"无言之言说人"。海德格尔在这里所用的"语言"一词，有两种所指：一是每一个人所说的语言，即有言之言，也称作言说；二是世界的意义之所在，即无言之言，也就是现在人们常说的本体论意义上的语言。正是在这个意义上，个人言说的语言"是

---

① 参见俞吾金《形而上学发展史上的三次翻转——海德格尔形而上学之思的启迪》，载《中国社会科学》2009 年第 6 期。
② 参见张世英《哲学导论》，北京大学出版社 2002 年版，第 195–196 页。

一种聆听","我们不仅仅是言说语言,而是我们从语言中言说"。①

就原初意义而言,"语言说人"的"语言",是指"无言之言",是针对传统的主体性形而上学说的,这种形而上学属于"在场形而上学","其特点之一是把最真实的存在看做只是在场的存在"。② 而无言之言是无主体之言,没有说话人的语言,是在场与不在场的东西结合的整体,是先行于说话人语言之前的无言之言。

只要抓住主客相分与主客相融的区别,对于本体论意义上的"语言观"问题,就比较容易弄清楚了。每个人的语言,只是言说在场的东西,这是主客二分式的言说。按照主客相融式的观点,在场是与不在场连接在一起的,是一个整体,这个整体先于个人而存在,个人的言说,只是这个整体的语言的构成部分,即个人的有言之言,只是无言之言的构成部分。无言之言先于个人,独立于主体和对象的出场,在有言之言只是对无言之言的表达这个意义上,我们才说"语言说人"。也即作为在场与不在场之融合的整体的语言(无言之言),通过人的言说(有言之言)而表达,或者说无言之言在先,通过有言之言而得到表达。

也正是在这个意义上,中西方的智慧有了一个共同的交汇点:西方的"无言之言",与中国古人的"大道之言",其内涵有着大致相同之处,都是说宇宙整体能作"大道之言"或"无言之言"。

但是,这"大道之言"不能以概念式语言来言说,因为概念式语言不能离开在场的东西;"大道之言"只能以诗意的语言来言说,因为诗意的语言可以将在场与不在场连接在一起,可以通达"大道之言"。艺术的最高境界,就是追求言说、追求通达这个"大道之言"或"无言之言"。一旦把握了"无言之言",对有言之言的把握就不在话下了。所以,艺术是最丰富、最深邃的言说。

仅仅解决了语言的本体论内涵,还不足以将其与人们的日常经验、以日常经验为基础的文学经验联系起来,还必须进一步解决人的现实知觉与语言的关系,以及语言如何将在场与不在场联结起来的问题。

每个人的知觉是单一性的,语言则是普遍性的,两者之间有"鸿沟":普遍性无法达到单一性。如何解决这一难题?不知有多少哲人受困于此!分析哲学家莫汉蒂以靠近海德格尔的方法,来解决这个问题:"语言要想与其所指称的单一性事实同一,必须此事实本身就是主体与客体的融合。"但是,莫汉蒂

---

① 张世英:《哲学导论》,北京大学出版社2002年版,第196页。
② 张世英:《哲学导论》,北京大学出版社2002年版,第197页。

毕竟不能"真正懂得有意义的世界本身必然是主体与客体的融合",他虽然看到了知觉中单一东西所显现的不在场的东西,可他采取的是缩小视角的方式,甚至缩小到某个人的"主观语言",以捕捉这单纯在场的东西。张世英先生的办法则反之:"不是从整个领域向在场的单一性东西缩小,而是由在场者向整个领域即向不在场的东西扩大、延伸,以至把握这整个领域,把握在场与不在场、显现与隐蔽相融合的整个'天人合一'的境界。"①

在这里,要点是"万物相通":单一也可通至"整体"。也就是说,不要把个人知觉的单一性限于在场,而要看到在场后面的不在场。传统的主客二分,讲究通过现象看本质,主客相融则讲究透过在场看不在场,但不在场不是像"本质"那样抽象的概念,而是活生生的现实世界。

解决了个人知觉中单一事物与语言的关系,实际上也是以新的方式解决了康德所致力的认识能力与知识的确定性问题:知识的确定性、普遍性,不在于先验的知性,而在于单一的知觉与不在场的"万物相通",因为"相通",它不是单一的在场,而是与不在场紧密相连的。

跨越了单一性的知觉与普遍性的语言之间的鸿沟,对于语言的文学本体论内涵,就比较好理解了。文学语言或语言的诗性,与日常语言的关系到底如何?历来众说纷纭,莫衷一是。在谈到哲学语言与日常语言的关系的时候,人们经常提及语言的"一仆二主"现象:我们只有一种语言,却既可以使用语言来表达日常生活中的事物,也可以使用语言来解决哲学问题。语言的麻烦正在于此:一种语言,两种含义,一种是科学性的,一种是哲学性的;一种语言,两种范畴,科学性范畴掌握经验的对象,哲学性范畴掌握第一性原则——存在之"存在"。②其实,如果涉及文学,我们还会发现,语言的麻烦恐怕不止于"一仆二主",还要加上一个文学语言,因而是"一仆三主"。俄国大文豪托尔斯泰曾区分过语言的功能:"人们用语言互相传达思想,而人们用艺术互相传达感情。"③毫无疑问,不论是传达思想的哲学语言,还是传达感情的文学语言,都离不开日常生活语言。

把握几种语言之间的关系,有一个前提非常重要,就是语言的可理解的基础,即生活共同体。正是这个生活共同体,使得"日常语言具有使个人的东西成为可以传达给别人从而达到相互理解的结构"④。在语言使用过程当中,

---

① 张世英:《哲学导论》,北京大学出版社2002年版,第205页。
② 参见叶秀山《思·史·诗——现象学和存在哲学研究》引言,人民出版社1988年版,第3-4页。
③ 伍蠡甫主编:《西方文论选》下卷,上海译文出版社1979年版,第432页。
④ 张世英:《哲学导论》,北京大学出版社2002年版,第212页。

日常语言会经常伴随其他表达方式，如面部表情等。这些暗中示意的方式，都是日常语言的组成部分。这些方式具有指向未说出的东西的特点和功能，它们是在生活共同体中形成的，同一共同体中的人，都能理解并使用这些方式。这些方式正是语言的诗性或者文学性所在，即从说出的东西中暗示未说出的东西。

至此，我们就可对与本体论交织在一起，本就极其复杂，经后现代思潮冲击更添重重迷雾的语言问题，做出大致的判断与归纳了。迄今为止，在整体意义上，学界已经形成三种语言观：工具论语言观，仅仅把语言当作交流的工具，这是传统的主客二分思维模式下的语言观；本体论语言观，把语言当作人与世界的本体所在，而且是先于个体存在的本体所在，即"大道之言""无言之言"，这是现代的主客相融思维模式下的语言观；诗性语言观，即文学语言，与前两种语言相比，诗性语言能够超越在场，达于不在场，它从说出的东西中暗示未说出的东西的程度最高、所及最深远，文学艺术的所有特点，都由此而生发。

三、知识生产文学理论的思维方式及其巨变

从本体论的某物"存在"演变为本质论的某物"是什么"，这一过程到了海德格尔这里终于正式扭转。后现代反本质主义大潮，冲决了几乎笼罩一切的传统形而上学思维之网，人类思维方式进入前所未有的巨变时期。20世纪90年代起，随着后现代思想的介绍与研究的日渐深入，从20世纪50年代开始建立的我国文学理论课程体系，其本质论的理论基点也遭到前所未有的挑战乃至颠覆。最明显的标志，就是凡在"跟着走"方面没有落下明显距离者，无论是撰写论著、编写教材还是实际授课，都小心翼翼地回避着本质论问题。

从20世纪50年代到80年代，文学理论教材与课程的重心，都在本质论，区别只在本质内涵的界定上，比如意识形态本质论、审美本质论等。后现代思想尤其是反本质主义被引入我国学界以来，文学理论的核心问题经历了一个由本质论到观念论直至活动论的演变过程。

面对文学现象及文学理论的发展，尤其是西方文学理论的进展，学者们首先逐渐意识到追问对象"是什么"的本质主义思维方式的外在缺陷：容易把永远处于流变之中的对象当作静止不变的东西。为了认清研究对象的性质，适当的抽象是必需的，但是过度的抽象会导致将对象简单化、概念化的结果，反而会妨碍认识。面对丰富多彩、日新月异的文学现象，用一个或几个干巴巴的概念来回答"文学是什么"的思维方式，已经明显不再适宜用来研究文学了。于是，文学本质论就由文学观念论来替代，因为观念的动态性远非本质所能

及。几乎就在同时，人们又觉得，文学活动论相对于文学观念论来说，更吻合文学现状，文学从创作到接受，本来就是一种社会活动。正是理论视角的转换，才导致研究对象和空间的更新与拓展，从而使得文学理论这门学科进入一个空前繁荣发展的时期。

2009年出版的"马克思主义理论研究和建设工程"重点教材《文学理论》，其对文学的定性，也还是着眼于文学活动论。[①]

就文学教育而言，高校学生，尤其是中文系学生，学习文学理论的目的，当然包括掌握基本知识、理解基本概念范畴以及培养运用理论来批评作品的基本能力。但是，最重要的还是培养、训练、提高理论思维能力。具体的文学理论问题，其实是没有终极答案的。或者说，文学理论这门学科发展到现在，除非自甘落伍或故步自封，人们一般都不再坚持追求终极答案的思路。对某个问题的探讨和解决所取得的进展或突破，主要体现在回答问题的思路上，或者说体现在思维方式的转换上。

就"文学本质论"而言，它本是追求终极答案思维方式的产物。作为文学理论的核心范畴，任何一种文学本质论的提出，都会对文学理论乃至整个文学研究领域产生巨大影响。新中国成立以来，我们对这个问题的回答，多是对现成原理的坚持和阐发，对西方各种观点的加工改造、梳理归类以及批判，自己独立提出的观点比较少见。导致这种现状的原因，非常复杂，本节的目的也不在此，只是想指出，从思维方式的角度看，西方学者提出的关于"文学本质"的众多观点，诸如再现说、表现说、实用说、形式说、体验说等，无非就是换一个思路看文学，从而得出新的结论。思维方式长期单一的话，在理论方面是没法有建树的。理论的滞后，必然导致整个学科的原地踏步。

目前影响席卷全世界的几位后现代思想家，如德里达、福柯、德勒兹等，他们的理论之所以能够引起世人关注，思维方式的变化是主因之一。在本质论问题上，德勒兹的看法尤为系统。他提出，西方传统形而上学几千年来的思维方式，是一种"树状"思维，人们在这种思维的规训下，凡事都试图寻找现象之后的本质，研究者则总在试图抽象出现象背后的终极存在。在分析"树状"思维忽略在场性、差异性，只以同一性为最高目的之后，德勒兹提出"块茎状"思维，以与"树状"思维相对。从植物学的角度讲，"块茎状"结构与"树状"结构不一样，它不是垂直生长，而是水平生长。通常一棵树砍断了树干，树的生命就随之结束；而块茎的任一部分，随时都可以因切断或割

[①] 参见《文学理论》编写组《文学理论》"第3编：文学活动的构成"，高等教育出版社、人民出版社2009年版。

裂而长出新的块茎。显然，这种"块茎状"思维远比"树状"思维要活跃得多，所以德勒兹称"树状"思维是"城邦思想"，"块茎状"思维是"游牧思想"；"树状"思维是一种纵向性思维，"块茎状"思维是一种横向性思维；"树状"思维是一种平原状态，而"块茎状"思维则是一种高原状态。①

德勒兹认为，"树状"思维是一种"独断思想形象"，也即在哲学史上长期居于统治地位的传统思想形象，以同一性、总体性、层级性、主体性、真理性等为特征，由一套单一的独断假定思维方式，也即本质论思维方式所支配。与独断思想形象相对立的，是"游牧思想"，以差异性、多样性、外在性、流变性、反系统等为特征，由"块茎状"思维方式所支配。根据德勒兹的观察，世界更多地表现为块茎状而非树状。块茎状现象无处不在，比如大自然中的球茎、根茎、老鼠、狐兔、蚂蚁、狼群，社会中的飞车党、精神分裂者，文化中的卡夫卡、尼采，② 等等之类，不一而足。

德勒兹的研究，一如他之前的所有大家，博大、深邃、犀利！然而，也不无偏激。但是，他的理论为我们提供了一个洞见西方知识生产、学术创新奥秘的绝佳视角：就文学理论而言，西方现代文论流派众多，从思维方式上讲，是拜"块茎状"思维所赐。如俄国形式主义、英美新批评、结构主义、解构主义、接受美学等，它们是把文学活动中的任一环节拿来当作本体论，从而创造出新的理论学说的。相比之下，我们的研究思路，"树状"思维的痕迹特别明显：无论文学活动有多少环节，都得服从、隶属于"本质论"这个第一环节！结果，"本质论"方面没有什么创建，西方多重本体论的成果已经出来，极大地拓展了研究视野和范围，可惜不是我们的功劳。话语权没拿到，只好跟在人家后面，从事引进、消化、改造、发挥的工作。

从学理上讲，后现代思潮对传统的颠覆是前无古人的，然而切不可忽略它的知识生产特性——毋宁说后现代是西方知识生产前所未有的高产时期。知识生产不同于学术发展，其内在驱动中，不乏为批判而批判、为创新而创新的元素，偏激之处一望而知。以本质论而言，追问对象"是什么"的背后，"树状"思维的背后，不过就是从哲理的角度追求普遍性而已，绝非如反本质主义所批判的那样全无是处。尤其是从话语逻辑的演进脉络来看，在传统形而上学的发展过程中，并非只有追求普遍性的努力。古希腊时期，就产生了柏拉图

---

① 参见陈永国编译《游牧思想：吉尔·德勒兹 费利克斯·瓜塔里读本》"块茎"，吉林人民出版社 2003 年版，第 129—161 页。

② 参见陈永国编译《游牧思想：吉尔·德勒兹 费利克斯·瓜塔里读本》"块茎"，吉林人民出版社 2003 年版，第 132—133、137、142、138—139 页；[美] 道格拉斯·凯尔纳、斯蒂文·贝斯特《后现代理论：批判性质疑》，张志斌译，中央编译出版社 2004 年版，第 129 页。

偏重普遍与亚里士多德偏重个别的分歧。当然，这种分歧是相对而言的。亚里士多德同样注重普遍性问题，只是他强调普遍就在个别之中，并且对此"往往陷入混乱和困境"①而已。这种重个别与重普遍的分歧发展到中世纪，则出现了唯名论与实在论之争。随后，由唯名论这一思路发展下来，出现了经验论；由实在论这一思路发展下来，则出现了唯理论。人们常说的归纳法属于经验论，演绎法则属于唯理论。到了现代波普尔那里，他将实在论与唯名论之争，命名为本质主义与反本质主义之争。②这两种方法论到了后现代，则成为同一性与差异性之争，包括洛特曼提出的同一美学与对立美学之争。③归根结底，本质主义与反本质主义，就是重视普遍、抽象与重视个别、具体的区别。从问题本身的发展脉络来看，反本质主义真正站得住脚、经得起检验的观点，其实只是提出了要重视差异性、个别性。而抽象与具体、普遍与个别，永远都是人类思维不可或缺的部分，应当受到同等重视，不可偏于一端。

结合后现代思潮对西方传统形而上学的整体反思与批判，可以看清：本质主义首先源自对世界万物基始的追问；其次源自系动词"to be"的使用过程中，人们将"存在"演变为"是"；再次则源自"树状"思维模式。这三大根源，涉及人类哲思的源头、语言运用中判断句的初始形式、思维逻辑的基本顺序，皆与人类思维能力的进化程度密切关联，其合理性一望而知。

我国当代文学理论所取得的成绩是有目共睹、无法抹杀的，其中承袭西学而来的本质主义思路的规训功不可没。当然，任何事物包括人类思维都是发展、变化的，尤其经过后现代思潮的冲击，文学理论领域里本质主义思路的缺陷现在也看得比较清楚了：第一，主客二分思维方式，将文学当作外在于人的对象，即不把文学当作文学；第二，以达成放之四海而皆准的文学概念界定为目的，过度追求普遍性，忽略差异性，僵化、固化研究对象；第三，"树状"思维方式导致了单一本质论意识。

在弄清本质主义根源及其缺陷的基础上，西方传统形而上学经后现代思潮批判所发生的三大变化以及我国文学理论界对其接受现状，也就比较明晰了。

首先，转向反本质主义思路，对"是什么"的本体论追问思路的批判和否定。其实这里只涉及本质主义的一个点，而非全部。学界对此可以说是全盘接受，文学理论的整体面貌也因此发生巨变；至于可能仍有个别人还在追问文

---

① 张世英：《哲学导论》，北京大学出版社 2002 年版，"导言"、第 361 页。
② 参见［英］波普尔《开放的社会及其敌人》第一卷，陆衡等译，中国社会科学出版社 1999 年版，第 66–67 页。
③ 参见洛特曼《艺术文本的结构》，王坤译，中山大学出版社 2003 年版，第 34、177、406、409 页。

学是什么,将被抛弃的东西当作真理来坚持,则属于另外的问题了。其次,以"块茎状"思维批判"树状"思维。学界对这个问题的关注远远不及对反本质问题的重视。最后,最重要也最根本的变化,是改变主客二分思维模式。海德格尔转向了主客相融思维模式,德里达等人则转向了语言、符号。目前学界对这种改变所表现出来的兴趣也不是很大,而它恰恰就是传统文学教育理论基点的根本所在。简而言之,对于反本质主义问题,学界迄今实际接受的与应该接受的,两者之间还存在认识误区。

四、文学教育理论基点的大轮回

提出这个问题的念头,是在有意无意地观察、对比艺术独立性与归属性在现代中西方的表现之后产生的。而后现代解构一切的思路,正好为西方文学的归属性实践提供了绝佳的理论阐释,进而促成了本节主旨的提炼。

现在的在校生,在进入大学之前,已经接受了许多也许并不系统,但肯定很新潮的文学观念。对文学的归属性或文学与社会的关系这种命题、学说,极易不屑一顾:西方早就将独立性赋予文学了!改革开放之初,由于全社会都处于拨乱反正、清除极左思潮的大背景之中,这种情绪在青年学子里尤其普遍。那时常见的情形,就是以西方艺术独立理论、为艺术而艺术理论,以及俄国形式主义、英美新批评等理论为据,反对或批驳文学与政治、与意识形态等的密切联系。尽管当时的人们或许没有意识到,或许是在刻意回避这样一个问题:大家正在利用一切可以利用的手段,自然包括文学教育和文学理论,来铲除极左政治、推行改革开放的新政治。其间频频得到引用、堪称经典的,就是俄国形式主义代表人物施克洛夫斯基的名言:"艺术总是独立于生活,在它的颜色里永远不会反映出飘扬在城堡上那面旗帜的颜色。"[1]

从那时起,高校文学理论课程教学过程中,就存在一个非常有趣的现象:教材的编著者、讲授者下了大力气的文学意识形态性质部分,在学生那里总是难以获得像其他文学理论知识那样的青睐。甚至谁说文学具有意识形态性质,谁就有点保守了……围绕着文学理论基本问题的争论,往往也与此相关。其实,与其面红耳赤地与人争辩,强调文学意识形态色彩是不可否认的事实,或苦口婆心地劝说青年学生接受这种观点(还不能较真地检查效果),不如看看俄国形式主义、英美新批评同时代乃至之后的西方学者还说过什么。

巴赫金的《马克思主义与语言哲学》一书,于1930年以伏罗申洛夫的名义出版,内中称语言为意识形态符号,后现代思潮中的许多问题即由此而出:

---

[1] 张隆溪:《二十世纪西方文论述评》,生活·读书·新知三联书店1986年版,第80页。

凡用语言表述的东西，背后皆有意识形态内涵，没有纯粹的知识、真理。巴赫金还有个著名的"君为臣纲"公式：意识形态为君，符号系统为臣，意识形态大于符号系统。①

西方马克思主义代表人物之一，路易·阿尔都塞在当代西方哲学界无人不知，他的论战性文字《意识形态与意识形态国家机器》"对欧美学界造成了划时代影响"。阿尔都塞将国家机器划分为强制性和非强制性两大类，前者指政府部门、军警、法庭、监狱等，简称利萨司（英文缩写 RSAs），后者包括教会、学校、工会、文化传媒等，简称意萨司（英文缩写 ISAs）。这两套机器软硬交替、互为补充："利萨司以暴力为后盾，维护意萨司活动。后者则以隐秘柔软方式，透过日常训练、奖惩考核，造就人们对资本主义秩序的长久服从。"② 现代社会的意识形态，其功能恰如宗教信仰、道德准则：保证公民对社会秩序的自觉遵守。通过阿尔都塞的揭露，"那些远离政治的社会机构，诸如文艺、家庭、教育等，纷纷呈现出鲜明的意识形态色彩"③。

意识形态的影响实际上无处不在，或者说法力无边。由此令人想起 20 世纪 80 年代中期关于主体性问题的讨论热潮。抽象说来，人的目的确实就是人自身，然而在实际的存在境遇里，人没法脱离"无形之手"的制约。因此，主体是被主体化的、被建构的、被统治的。福柯对此做了详细的论证：主体即人被标准化的过程。个人在认识、学习知识的过程中，因掌握了知识而被规训为符合现代社会要求的标准化的正常人，具体说来，就是成为符合社会标准的"说话的主体""劳动的主体""生活的主体"。④

然而，后现代的锋芒所向，并未到此为止，它不仅要揭露意萨司、主体等身上被中立自由色彩所遮盖的意识形态性质，更要揭露语言、符号、话语、真理、知识等所具有的双重性：科学性与规范性。也就是说，后现代思想家，如罗兰·巴特、德里达、福柯等人，是要揭露语言、符号、话语、真理、知识等身上被中立自由色彩所遮盖的意识形态性质。

后现代的这种理论视角，虽然不无偏激，但用于观察文学与社会的关系，却是非常实在的，特别是在联系我国文学教育的现状来观察时。当代学者王岳

---

① 参见赵一凡《从胡塞尔到德里达——西方文论讲稿》，生活·读书·新知三联书店 2007 年版，第 274-275 页。
② 赵一凡：《从卢卡奇到萨义德——西方文论讲稿续编》，生活·读书·新知三联书店 2009 年版，第 564 页。
③ 赵一凡、张中载、李德恩编：《西方文论关键词》"意识形态国家机器"词条，外语教学与研究出版社 2006 年版，第 773 页。
④ 参见高宣扬《后现代论》，中国人民大学出版社 2005 年版，第 310 页。

川曾提及令他深感不安的一次经历。在中国国际广播公司举办的一个各国电台台长和汉语主播参加的研讨会上，与会人士面对中国传统文化试题，所给出的答案令人深思：请根据个人喜好，在4位中国名人的名字——孔子、苏东坡、鲁迅、李小龙——下面站队，18位主持人和台长，有16个站到李小龙的名字下面；《老子》、《论语》、《红楼梦》、金庸小说，请选出最喜欢的站队，结果几乎全都站在金庸门下；请在西施、杨贵妃、林黛玉、巩俐4个美女下面站队，也是16人站在巩俐面前。[①] 如果在国内青少年中做类似调查，结果不见得与上面的事例有多大的区别。美国的"三片"——好莱坞大片、麦当劳薯片、微软的芯片——对我国青少年的影响，与中华传统文化对青少年的影响，孰大孰小，一下子还真不好说清楚。

除此之外，还有更值得警醒的：根据英国人弗朗西丝·斯托纳·桑德斯的《文化冷战与中央情报局》一书披露，迄今恐怕仍在令无数国人追捧的当代西方艺术标准，其主宰者其实并非从事艺术创造的艺术家，而是美国的博物馆和艺术收藏馆的巨额收购资金！这些资金来源于名目繁多的各种基金，而这些基金又是曲里拐弯地经由中情局源于美国国库。以这种方式，古典的和现代的经典艺术被摧毁，随之而来的众望所归，则是纽约的"现代艺术博物馆"——中情局的行动站。中情局甚至有人直接露底："说到抽象表现主义……它是中央情报局的发明创造。"美国其实并非没有文化部和宣传部，而是"潜伏"在中情局里面了："中央情报局实际上是在起着一个文化部的作用。"[②]

在文学的独立性与归属性问题上，类似这样活生生的事例，说明艺术独立理论对中国当代的文学教育产生了重要影响，而西方人自己却非常出色地发挥了文学的归属性功能，为推行他们的价值观在全世界流行立下了汗马功劳。现实促使并加速了人们对文学与社会关系认识的大轮回。当然，这种轮回，不是简单的复归，而是以社会变化、认识深化为基础的升华，是将文学教育理论基点重新转向"怎么样"的前提。

正如文学独立性与归属性问题的轮回不是简单的复归，回到"怎么样"的轨道上来，不是也不可能恢复传统的"诗文评"，而是取其"把文学当作文学"这一精义，以纠正西方理论影响所导致的"不把文学当作文学"的整体偏差。

引入我国并产生了支配性影响的西方文学理论家，比如黑格尔，他对文学

---

① 参见王岳川《大国文化创新与国家文化安全》，载《社会科学战线》2008年第2期。
② [英] 弗朗西丝·斯托纳·桑德斯：《文化冷战与中央情报局》，曹大鹏译，国际文化出版公司2002年版，第293、142页。

作品的欣赏、感悟能力少有出其右者，但他对中国的影响主要却不在这里，而在于对文学的理性把握，在于以文学作品的构成、内涵，尤其是以文学的发展规律来阐释、支撑他那无所不包的理论体系。文学成了黑格尔说明他自己哲学理念的重要佐证材料来源地之一。

西方 20 世纪以来的各种文学理论，如俄国形式主义、英美新批评、结构主义、解构主义、原型批评、接受美学、女性主义、后现代、后殖民、他者理论、生态批评等等之类，无不以对文学的理性剖析为特长，无不以文学为阐释理论观点的具体佐证材料。这种思路，经过几十年的规训，已为我国文学理论完全接受。自 20 世纪 80 年代中期以来，我们的文学理论教材，除逐步将"文学欣赏"请出课堂，以接受美学取而代之外，还有直接以"艺术生产"命名的。从文学教育的具体实施角度来看，以追问文学"是什么"为基点的知识生产文学理论，对文学的把握，是本着透过现象看本质的思路，要从活生生的文学中抽象出干巴巴的概念，用以阐明某种哲学、社会学、人类学等的理论。实事求是地说，受西方影响的文学理论，多如黑格尔等人那样，充溢着思想的魅力和理性的光辉，但却难见文学本身的踪影，因为文学被降解为知识生产车间的材料仓库了。如此实施的文学教育，如果没能消灭，甚至还能保住"理想读者"，倒是要令人感到惊诧了。

"把文学当作文学"之所以是中国传统"诗文评"的精义，是因为它本身就以精美的形态呈现于世，尤其是它的主要概念、范畴，都饱含着活生生的审美意蕴。这一点目前学不了，也无法学，除非增设此类知识生产的"订单"。我们需要且能够从传统中汲取的精华，就是摒弃只对文学进行理性的肢解和枯燥的哲学定性的做法，用心灵去体会、感悟文学的意蕴和魅力；全身心地投入文学世界，体验七情六欲，想象喜怒哀乐，感受善恶美丑，获得悦耳悦目、悦心悦志、悦意悦神的陶冶；透过文学世界中那活生生的、有限的在场，看到隐藏在背后的、活生生的、无限的不在场，从中领会天地万物，领悟宇宙人生。

文学始终是以活生生的整体而"怎么样"的，把文学当作文学，其实就是指不能把文学当作外在于人的对象和干巴巴的材料，一切理性的分析，都应该以保全而不是肢解鲜活的文学整体世界为前提。被静悄悄礼送出境的"文学欣赏"，应当大张旗鼓地请回来，这是把文学当作文学的最基本的前提。至于如何像传统的"诗文评"那样，以精美的理论形态，突出文学的魅力和光辉，这是当代文学理论纠正西方思维影响的缺陷而独立发展的世纪难题。解决的关键，从根本上说在于转向主客相融的思维方式：人类与天地万物、宇宙自然不是彼此外在的，而是相融为一的整体。仔细体味古今中外的文学名著，就可发现其中都包含着万物有灵、万物有情、万物有言的意蕴。人类一直追求的最高理想，其实就是与自然和谐相处，与万物共生共荣。也正是在这个意义上，我们说文学是人类为自己建造的精神家园，它精心培育并呵护人类与自然关系的最美好理想，柔韧地抵制由主客二分思维模式带来的人类中心主义意识，执着而有成效地为人类文明的发展指出前进方向。

在学习西方的过程中，注重文学"怎么样"这一传统文学教育的理论基点，一度让位于追问文学"是什么"的理论基点。从理论角度看，这一转向极大提升了我们的理论意识和思维能力，促进了当代文学理论的体系建设，功莫大焉！但从实践角度看，这一转向却导致了文学教育的明显缺陷：不把文学当文学看待。而从理论与实践的关系看，这一转向还导致了文学理论的"隔"：与西方相比，我们在短时间内很难跟上具有两千多年积累过程的知识生产步伐，因而一下子难以掌握话语主动权；与自己的传统相比，由于存在从"怎么样"到"是什么"之间的过渡，文学理论同文学现实之间总是有着较明显的距离。

后现代思潮对我们最大的启发，就是对主客二分思维模式的反思。就文学理论而言，这种思维模式的要害，一是分离人与世界的整体关系，二是把人当作对象、当作物来看待。文学"是什么"的理论基点，以及不把文学当文学的现象，全由此而来。

由于体制化等的原因，文学理论作为知识生产的高产领域，已经形成的现状不可能一下子从根本上翻转，关键在于我们对此要有清醒的意识：文学理论"往回走"也即"往前走"的任务，应该增加一条通往自己传统的道路了。

（原载《学术研究》2011年第5期，人大复印资料《文艺理论》2011年第11期全文转载；又获广东省2010—2011年哲学社会科学优秀成果奖二等奖）

第三节　西方文论的接受方式
——以文艺学研究生的读书与学位论文为例

文艺理论是文艺学专业研究生的主干课程，其教学目的，是让硕士生和博士生接受严格的理论思维训练，尽可能地具备或提高独立从事学术研究的能力，从而顺利完成硕士论文、博士论文的写作。要实现这一目的，学习西方文论是必不可少的环节，甚或是关键环节。

在文艺理论课程中，研究生应当如何学习西方文论呢？现在看来，一般有两种方式：查资料和读书。查资料所针对的，是专业知识储备不足；读书所着意的，是理论思维能力的提升。研究生入学前对西方文论的接受主要是前者，入学后就要转向后者了，打个比方，就是要实现从进口先进产品到掌握核心技术的质变。

面对具体的西方文论，文艺学研究生的读书，在一般意义上，毫无疑问与其他专业的学生完全相同：就读书方式而言，有泛读、精读、浏览、研读……就读书态度而言，有被动的、主动的、三天打鱼两天晒网的、头悬梁锥刺股的，等等之类，不一而足。然而，作为中国语言文学专业的二级学科，文艺学专业的理论性质，尤其是其中所涵盖的西方文论的理论性质，决定了本专业研究生的"读书"，一定还包蕴着特定的所指。

根据研究生在课堂上的表现和提出的问题，特别是他们在硕士论文和博士论文写作过程中的经验与教训，可以这么总结，文艺学专业研究生在学习西方文论时的"读书"，有着三大特定所指：读经典原著而不是查资料；读过之后要能够"报数"；"报数"之后还要能够"盘存"。符合这三点的，才是名副其实的读书。能够这样读书的研究生，其学位论文的写作无不顺利，论文质量无不可观；反之，则无一不磕磕绊绊、周折重重，论文质量肯定也差强人意。

一、读书与查资料

中文系的研究生，无论是硕士还是博士，除了免试推荐和硕博连读的之外，在复习备考期间，大都经历了头悬梁锥刺股般刻苦读书的阶段，否则，难以在堪称惨烈的竞争中胜出，获得宝贵的入学资格。因此，用"手不释卷""饱读诗书"来形容他们，是毫不为过的。

然而，如果向刚入学的研究生了解他们关于西方文论的读书情况，比如黑格尔的《美学》、康德的《判断力批判》、德里达的《写作的零度》、福柯的《知识考古学》……则答案几乎是一致的：知道那些书，但没有通读或只是随便翻翻；备考期间所读之书，都是美学史、文论史以及研究古今中外理论大师的文章或著作（尤其是所报考导师的文章和著作）。

（一）手不释卷也许并非读书，满腹经纶没准皆为资料

研究生备考期间的那种读书，只能叫作查资料：其目的或效果，主要是解决专业知识的基本储备问题，比如《疯癫与文明》是福柯的著作，《S/Z》是巴尔特的著作……黑格尔主要说过什么，康德主要说过什么……

当研究生入学之后，文艺理论课程的第一堂课，首先就要扭转学生对"读书"的认识，让大家都明确什么才是本专业的"读书"：一定要告别那种

查资料式的读书，转向扎扎实实地攻读经典原著，在对理论体系、思维过程具体展开的整体把握中，提高理论思维能力，养成以理论视角观察问题的习惯，练就以理论眼光分析问题的本领。

从文艺学专业人才成长规律的角度看，读书可以分为三个层次：增长知识、了解观点、掌握理论。

教育的普世目的之一，就是知识的传授。在这一传授过程中，围绕着知识问题产生的笑话，比如读错字、写错字之类，层出不穷。在学术界尤其是教育界，某位人士因早年念错一个字而一生背负相关外号的事情，从未绝迹。历朝历代的科场奇闻，多有这方面的笑料，引人捧腹。比较典型的如传闻光绪皇帝考核大臣（一说为清末一次科举），有这么一个题目：《项羽拿破轮论》。某位大臣（或考生）的答案轰动天下、笑翻朝野：项羽乃盖世英雄也，破轮安能拿哉？笑则笑矣，其实解决这样的知识欠缺问题，不过举手之劳的事，若是现在，鼠标轻点，更是几秒钟就能搞定：拿破轮（伦）是一个人而不是破车辕辘。

就文艺学研究生而言，比增长知识更重要的、难度更大的，是了解本专业的基本理论观点。"再现说"是什么意思？"表现说"又是什么意思？亚里士多德的看法是什么？黑格尔对此是怎么说的？……如果连一些基本的理论观点都不知道，那也就不是研究生了。

只是，对于这类问题，只要肯多花时间，浏览一下随处可得的美学史、文论史以及名家名著简介之类的书籍，解决起来也是手到擒来的。

文艺学研究生的读书，不是上述两种，那只是查资料式的读书，解决的是专业基础知识储备不足的问题。这样说，并非否认查资料式读书的重要性。很显然，如果知识欠缺、知识面太窄，是无法进行学术研究的。所以，研究生入学考试的试题中，这类题目总是必不可少的。比如北大中文系、社科院文研所的硕士生入学试卷，尤其是综合课试卷，就非常注重这个东西：前者一张试卷100分，由100个小题目组成；后者的试卷中，经常列举一些既脍炙人口又略显偏僻的古诗文，让考生指出其作者。这类试题的考察目的，是检验学生从事专业研究的知识面是否达到基本要求；它们的分值往往不是很高，但对考生的影响很大：因为题目列在试卷的最前面，如果一开头就答不好，会极大影响情绪，对后面的答题相当不利。所以，很多考生在考前备考时，在这方面下力尤甚。

查资料式的读书，既难，又很容易。说它很难，指的是知识如海洋，太多太广，个人的能力实在有限，所能把握的，往往连沧海一粟都说不上；说它很容易，指的是就像扫地一样，只要扫帚扫到了，灰尘自然就会被扫掉，无关难度，更无关理解，只关记忆。从人才培养过程的角度看，文艺学研究生应该具备的最一般的知识点问题，是在中小学阶段解决的；相关专业的基础知识和基本观点问题，是在本科阶段解决的。如果读研时发现欠缺过多，那只能说明该生平时疏于"扫地"，前行的道路上"灰尘"太多。

（二）查资料、读书与学位论文

问题的复杂性之一在于，到了写作学位论文阶段，有些疏于"扫地"的研究生，并"不怵"写论文，个别人的论文还写得不错；而有些勤于"扫地"的学生，一提及论文，就谈虎色变，整个写作过程，犹如背负不能承受之重而攀登悬崖峭壁，个中艰辛，怎一个"难"字了得？不啻摧肝裂肺！

后者就是大家常说的那种只会考试的学生，他们靠着超出常人的毅力，经年累月地死记硬背，通过了入学考试。没想到面临论文写作这一关口时，原先那些靠死记硬背而装入脑海的知识点和基本观点却用不上。因为写论文最需要的，是在对理论的持续消化、持续积累的基础上形成的理论思维能力，据此才能深入研究具体问题，严密展开基本观点，非死记硬背者所能为。打个比方，靠查资料、拼记忆而完成基本知识的积累，相当于进口先进产品；而具备或提高理论思维能力，则类似于掌握核心技术。孰重孰轻，一目了然。

而要想具备或增强理论思维能力，除了通过研读经典原著来接受严格的理论训练，别无他法。也就是说，文艺学专业研究生真正意义上的读书，就是细心研读经典原著，着力把握理论思维的展开过程，并在读书的过程中，通过对理论的不断消化并持续积累，形成、提高理论思维能力，最终达到不仅接受观点，更能自己形成观点的境界。

问题的复杂性之二在于，会写论文的学生，不见得个个都认真地阅读了大量经典原著；一些非常聪明、非常灵光的学生，可以把经典原著当作资料来查，并不需要认真阅读、通读、精读、研读……尤其是，在当今网络时代，借助电子媒介，研究生中的"聪明人"，可以把查资料当作读书，甚至能够达到读书的"顶级"境界——在不读书的情况下讨论一本书，就像不读小说却可以评论作品那样。比如对《红楼梦》，可以大谈特谈男主人公如何如何，女主人公如何如何，在结束时，诚实者也许还会加上一句：对不起，作品我没看。这种"空对空"导弹的发射效果，有时竟会很不错！

只是，归根到底，聪明而又少读书或不读书的学生，虽然能写，却写不出扎扎实实的学位论文来。在文艺学专业，"空对空"导弹一经发射就会露馅儿，别说有效"摧毁"目标，在自行坠落前能够看清目标在哪儿就不错了！原因很简单，课堂讨论中的即兴发挥、口若悬河、洋洋万言，或者行云流水般的散文，都不能代替学位论文。一篇好一点的论文，只凭查资料式的读书是写不出来的，更遑论优秀的论文了。

学习文论不同于从事创作，即便才情纵横的作家，如果没有经过严格的训练，理论思维能力不够，同样无法写出像样的学术论文来。中国古人对此早有清醒认识，"诗有别才""诗有别趣"① 的概括至今仍为经典之论。

（三）理论思维能力的训练重心：本体意识

"理论思维能力"这个概念，说起来十分抽象，甚至有点玄，看不见摸不着；但是，在经典著作中仔细体味的话，它又无处不在，无时不有，它的表现其实是非常具体的。

这里要特别强调的是，除去体系完备、逻辑严密、概念范畴的内涵明确、话语演变的轨迹清晰等惯常特点，西方文论中的理论思维能力，最典型的体现之一，就是无论是破旧还是立新，都一定围绕着本体来提出问题、阐述问题、解决问题。

对于西方文论，近代以来我们"跟着走"的时间已经超过百年，所获甚丰是有目共睹的；但西方文论中的本体意识，仍是我们迄今尚不能自视"跟得上"的少数领域之一。如果说"失语症"的提出多少有点缺乏自信甚至长他人威风、灭自己志气的话，那承认本体意识薄弱，则不失为实诚之语。

这里的本体，指的是最根本的东西，或者说万物的基础所在，西方在古希腊时期的相关探索就已经相当深入了。最初是宇宙论，其后是存在论，定位于本体论。本体论在西方经过了几千年的发展演变，如今的最新表现形态，主要就是以符号学为基础的构成论。换个角度看，也可以说以前的本体论是自然本体论，大约至 20 世纪 60 年代，自然本体论差不多就全面转化为社会本体论、人类本体论了。从这个意义上讲，文化论的兴起，其实也是社会本体论的主要表现。而福柯等人的后现代知识论，可谓社会本体论的典型代表。

以本体意识来观察问题，我国当代文论界目前具有"独立知识产权"的话语，当首推实践论美学；一些由西方而来的研究领域，经过我们的嫁接、改造，可望达到与西方大致平行水平的，亦不在少数，如对意识形态的研究。当然，相较于西方的多元，我们的话语确实显得单调一些，但绝不能笼统地说我们处于"失语症"的状态，没有任何话语权。

概而言之，文艺学研究生的读书，一为研读经典以提高理论思维能力、确

---

① 郭绍虞主编、王文生副主编：《中国历代文论选》第二册，上海古籍出版社 1979 年版，第 424 页。

立本体意识，一为查阅资料以丰富、拓展知识面。两者之间的关系应当如何，以及实际如何，无须赘言，关键在于对这种关系的评判。在其他专业，查资料与读书应该是地基与大厦的关系，但在文艺学，可能不尽然，查资料多了一层"细微末节""鸡毛蒜皮"的味道。中国古代九方皋相马的故事，为我们提供了一个绝佳范例：就马匹的基本知识而言，九方皋与那位将拿破轮（伦）当作破车轱辘的大臣或考生没有区别，他竟然把黑色的公马当作黄色的母马；但就相马的水平而言，他却令伯乐五体投地、自愧不如。① 研读经典与查阅资料的差异，不能不说颇为类似九方皋与普通相马士之间的区别。

文艺学研究生入学之后，再也不能"手不释卷非读书，满腹经纶皆资料"了。

二、读书与"报数"

经常有学生问：老师，我的论文要研究某种理论或某个理论家，引用是必不可免的，为了客观，更为了严格遵守学术规范，引用的篇幅很难压缩；那样的话，论文送校外评审前，往往不能通过研究生院的"查重"②。但如果不引用，那么我的论文就没法写下去了。怎么办呢？

（一）考察理论思维能力的入门指标："述"及其价值与意义

提出这种问题的学生，其学习方式有查资料的，更有读书的。也就是说，读了书甚至不能解决论文写作一下笔就会碰到的问题，书，竟然白读了！

碰到这种提问，首先要告诉学生：在普泛意义上，读任何书、读再多的书，也不能找到直接的答案！道理再简单不过：你所读之书的作者，根本不会碰到，甚至不会意识到这样的问题，自然就不会在书中予以探讨。

其次要明确指出，文艺学研究生的研读经典，目的在于消化经典；达到了这一层次，上述问题就不可能存在了。而消化的标志就是读过书之后能够清晰地"报数"：该经典说了什么，为什么要如此说。这其实就是学位论文写作过程中一落笔就会遇到的问题，也即阐发立论的基本功：对已知理论的"述"。

写作学位论文，第一步或者说必须做的第一件事，就是在对现有理论的剖

---

① 参见古典名著普及文库《老子·庄子·列子》，岳麓书社1989年版，《列子》卷第60–61页。
② 查重：目前国内各重点大学研究生院为防止学位论文出现学术不端，普遍采用一款电脑应用软件，可以精确检查出所审论文与现有期刊文字的重复率，简称为"查重"。目前，它尚不能分辨论文中重复文字的抄袭与规范引用之别。中山大学研究生院规定：凡重复文字达一万字以上的，视为"重度重复"，如不压缩，需要导师签字，申明该论文没有抄袭问题。一篇学位论文，规范引用现有期刊的文字若超过了一万，一般来说，该论文的原创性是否充足，确实存在争议。

析、比较中，申明本人的看法、见解或观点。无论顺着说还是反着说，接着说还是跟着说，必然要涉及现有理论的基本内涵。对此，写论文时面临的选择有二：一是将其全部照抄一遍；二是撮其大要。前者不必考虑，问题的关键在于后者。很多论文，在涉及相关理论时所攫取的大要，往往并非原意，相去甚远者乃至背道而驰者亦不在少数。其实，这种对相关理论的撮其大要，就是读书之后的"报数"，也是论文写作过程中必不可免的"述"。

从研究生学术能力的现状来看，"述"这种基本功的有无、强弱，已然成为写作论文的关键隘口所在，甚至是一部分人学术能力的"瓶颈"。

如果说本体意识是理论思维能力的核心，那么"报数"或者"述"的功夫就是理论思维能力的基本要素，因而也是检验学生是否真正读过书、考核其是否具备理论思维能力的基本指标。在教学过程中，难免会碰到一类学生：自称读过某书，只是一旦让其对所读之书撮其大要，该生立马就嗫嚅起来。在具备研究生应有的知识背景的前提下，这种情况的出现，不外乎两种原因：根本没读书，所以什么都说不出；确实读过，但理解能力、提炼能力也即理论思维能力没跟上，不能理解书中所说为何。因此，理论思维能力的训练，仅仅让学生读书、听到学生说一声"读过了"，是远远不够的。

读过书之后，一定还要能够"述"出来。如果不能"述"，说明对所读之书仍没有真正的把握。现在的一些文章，在涉及已知理论时，作者并没有读过书，只是对别人的"述"进行转述，这种人云亦云的"述"是不靠谱的。由于第一步就以别人的理解为基础，因此文章难以具有自己的立足点，自然没法提出新意。在学术研究中，只有读过书，"述"的时候才不会简化乃至歪曲作者原意。比如，时下常常可以见到对柏拉图主要观点的简化或歪曲：说他要将诗歌从理想国驱逐出去。其实，只要真正读过柏拉图的书，而不是通过查资料来了解柏拉图的观点，就会看到，在他的理想国里如果没有诗歌，那才怪呢！

柏拉图有关禁止诗歌的言论，最典型一句是："除掉诵神的和赞美好人的诗歌以外，不准一切诗歌闯入国境。"① 现在所有关于柏拉图驱逐诗歌的说法，原始依据都在这里，只不过前半句在以讹传讹的 N 次"转述"中被简化掉了。

从理论展开的过程来讲，柏拉图的理想国是根据理性建立起来的，所以他认可的艺术本应包括模仿理性的诗歌；但是，人的理性、平静的精神由于处在恒常状态，偏偏不易模仿，即便模仿了也不易为一般观众所理解，因为那些人不熟悉这种情感。② 而容易模仿的，则是与理性无关的感情。因此，柏拉图对

---

① ［古希腊］柏拉图：《文艺对话集》，朱光潜译，人民文学出版社 1983 年版，第 87 页。
② 参见［古希腊］柏拉图《文艺对话集》，朱光潜译，人民文学出版社 1983 年版，第 84 页。

模仿艺术的看法是：人的各种欲望给模仿者提供了各种各样易于模仿的材料。柏拉图之所以要"禁止一切摹仿性的诗进来"①，目的就在于不允许"培养发育人性中低劣的部分"②的诗歌闯入国境，不允许"和心灵的低贱部分打交道的"③颂诗进入城邦。

如果我们今天重新研究柏拉图的诗论，在必不可少地"述"其核心理念时，就不应该承续"柏拉图驱逐诗歌"的说法，那样的话，批驳的对象就是作者自己虚构出来的。而这种虚构批驳对象的事例，在现今学界中可谓俯拾即是。但如果说"柏拉图驱逐非理性的诗歌"，这个批驳对象倒是比较实在、基本成立的；由此往前走，文章出新意也就水到渠成了。

在"述"的时候，要想避免偏离原始语境，靠查资料、阅读文论史之类的著作，是永远无法成功的，只会把像"柏拉图驱逐诗人"这样的简化与误解，一代又一代地传递下去。

（二）文艺学研究生应当会"两手"："述"理论与"述"作品

文学作品是孕育文论著作的最重要土壤，因此，在接受"述"理论的训练之前，首先要接受"述"作品的训练。在某种意义上，这正是中文系本科生与研究生的区别。由此，应当强调文艺学专业的研究生，必须擅长两种本领。

第一，"述"作品时，能够感悟作品中的诗意；第二，"述"理论时，能够概括、提炼、把握核心内涵。

前者是后者的基础，但从现状来看，一些研究生的基础并不牢固。

相当一部分学位论文，在没法正式回避作品的时候，所述的内涵很多都仅仅涉及干巴巴的概念，与文学的诗意、韵味几无干系。其实，作品的精妙处，就以近乎大白话似的方式存在于作品中。比如《红楼梦》，其奥秘就在于无比细腻地描绘了"世事洞明"与"人情练达"；《三国演义》的真谛就在于活灵活现地展示了"滚滚长江东逝水，浪花淘尽英雄"……特别典型的是歌词，很多歌名就是歌词中的一句，比如《我们的生活充满阳光》……更有用歌词的第一句作为歌名的，比如《五星红旗迎风飘扬》《你知道我在等你吗》……我们完全犯不着到作品之外去找寻什么微言大义。但现在的风气就是一定要跋山涉水，不远万里，去到西方，寻找理论框架来把握中国作品的精髓和韵味。

---

① ［古希腊］柏拉图：《文艺对话集》，朱光潜译，人民文学出版社1983年版，第66页。
② ［古希腊］柏拉图：《文艺对话集》，朱光潜译，人民文学出版社1983年版，第84页。
③ ［古希腊］柏拉图：《理想国》，郭斌和、张竹明译，商务印书馆1995年版，第404页。

结果就是诗意全无，学文学的竟然把文学给弄没了！

只有无视文学，或者缺乏感悟文学的能力，才会导致研究文学的学位论文，"诗外"功夫远远强于"诗内"功夫。这种现象还会持续多久，谁也无法断定；它作为文学教育的重大缺陷，已经日益明显了，值得高度重视。

"述"理论与"述"作品这两种本领，恐怕也是不少学生最怵的两件事，要害在于没有自己的体会或理解，主要原因就是没有读作品、没有读原著。特别需要提醒的是，在我国文论界，搞理论的往往不读作品。这种情况在西方是不行的，西方大理论家尽管都会走向偏激，但几乎都精通作品。比如黑格尔，比如后现代诸位理论家，其理论都离不开对作品的精细体味与剖析。

中国当代文坛最有意思的现象之一，就是理论家一般不读作品，但是一定会强调自己读过作品；作家肯定都看评论，但是基本上都说自己不看评论；评论家一定会读理论，但是往往都不说，只强调自己凭直觉、凭良心判读作品，而且最喜欢有人说他凭的是才气。

（三）"述"的模式与"述评"的榜样

转述是偏离原意和虚构批判对象的根源之一；读书则是忠于原意、纠正偏差的唯一正路。同时还要注意到，在"述"的方式上，也存在非常明显的两种模式：先述后评的"两张皮"模式；述评交融的整一体模式。私下以为，这是生手与熟手的不同。

这两种模式，不仅存在于理论研究中，而且存在于作品评论中。正如在理论研究中，偏离原意的"述"是不读原著造成的那样，在作品评论中，体味不到诗意所在的"述"是以看内容提要代替读作品造成的。

"述"的不同模式，实际上涉及一个重要的理论问题：能不能做到绝对客观？答案是不能。按照现象学的观点，任何对象，都是意识中的对象；任何意识，都是关于对象的意识。相应地，任何"述"都是具体述者的行为，不存在纯粹的、客观的"述"，除非将原话重新抄写一遍。不唯理论著作，对文学作品的"述"，同样如此。像托尔斯泰，他在言及《安娜·卡列尼娜》的主题时，说过一句十分精辟的名言："假如我要把自己想通过小说来表达的思想全部再讲述一遍，那么我就必须将小说重写一次。"①

从理论上看，"述"是不能单独存在的，"述"中一定有"评"。之所以认为先述后评的"两张皮"模式是新手所为，就是因为做任何事先易后难是自然而然的选择。先在前面进行客观的"述"，然后再做出自己的"评"，"两

---

① ［苏联］洛特曼：《艺术文本的结构》，王坤译，中山大学出版社2003年版，第15页。

张皮"模式肯定要比整一体模式容易掌握。但其实两者是互相交织在一起的，只是侧重点有所不同罢了。所以我们平常很少看到单用一个"述"字，而是"述评"二字连用。由此，对于孔子的"述而不作"也可做出重新理解了："述"是学术研究能力或理论思维能力训练的最基本、最扎实的方式，"述"而优则"作"寓其中。教育始祖说出来的话，微言大义，几千年都管用呀！

简而言之，"述"或者"述评"，包含两大层次：不简化、不歪曲作者原意；述评交融。大理论家的出众之处或者深厚功力，会首先体现在这方面。特雷·伊格尔顿的《二十世纪西方文学理论》或《文学理论导论》、弗·杰姆逊的《后现代主义与文化理论》，可以作为文艺学研究生读书之后"报数"时"述"的榜样。罗素在《西方哲学史》中的"述"，堪称达到了高妙的艺术境界！比如他对黑格尔学说的述评：如果不相信"宇宙渐渐在学习黑格尔的哲学"，就得承认黑格尔的一些论点"需要对事实作一些歪曲，而且相当无知"。① 真可谓将锐利的眼光与高妙的文笔融为整体的经典：寓述于评，评中含讽，惜墨如金，风流无尽！难怪他会获得诺贝尔文学奖！

这些大家的高明之处，更在于通过述评，以发现前人的问题为基础，提出自己的见解，从而在学术史上登上新的制高点。那种述评，指点古今，睥睨群雄，虽仅仅书写于咫尺方寸之间，实则是人类在心灵的惊涛骇浪、深潜洋流中勇往前行！在这前行的过程中，没有一成不变的航道，没有十全十美的航线。也就是说，任何大理论家，其理论不可能没有问题，也不可能是大全的，正如九方皋或黑格尔那样。当然，两者之间还是有区别的：九方皋是为了"得意"而故意"妄言"，黑格尔则是为了体系完满而故意剪裁史实。罗素在对前人的述评中所提出的观点，很可能会持久有效："不能自圆其说的哲学决不会完全正确，但是自圆其说的哲学满可以全盘错误。最富有结果的各派哲学向来包含着显眼的自相矛盾，但是正是为了这个缘故才部分正确。"②

站在今天的立场，我们完全可以看清一个事实：大理论家所犯的错误，往往都是可以避免的。比如九方皋那种类型的错误，是因为他有意忽略基本常识，觉得对错无所谓，根本不把那些东西当回事，随便搪塞一下了事；只要稍微认真一点点，或者只要稍微谦逊一点点，他是肯定不会出错的。而黑格尔则太在意自己理论体系的完满了，总想囊括大千世界的一切，于是就把宇宙万物都往"绝对理念"那个空框里使劲塞，塞不进去就大力往里砸，实在砸不进去了，就往太平洋里扔：世上没这个东西！如果不是那么极端在乎体系的完

---

① ［英］罗素：《西方哲学史》下卷，马元德译，商务印书馆1982年版，第282页。
② ［英］罗素：《西方哲学史》下卷，马元德译，商务印书馆1982年版，第143页。

满，堂堂正正地认可缺陷美，黑格尔也许就会成为一个完人。

在如何"述"面前，还有些学生的疑问十分尖端，处于"学科前沿"：老师，如果我把人家的话变成自己的语言说出来，算不算抄袭？

所谓"前沿"问题，就是当下正在探讨的对象。笔者对此的看法是：不能算抄袭，只能算翻译；发表论文时，署名应该是译者而不是作者。这类翻译里面，还应该包括"改写"。比如，张三说过"我们破解了难题"，李四则说"难题被我们破解了"，王五又说"嚣张了N年的难题在人类智慧的执着面前，终于低下了公主般高傲的头颅"……但愿这类有趣的文字游戏，没有发生在本应像公主那样纯洁的学术界，呵呵！

三、读书与"盘存"

文艺学研究生的读书也好，"报数"也罢，都离不开一个目的：完成学位论文。能读书、会"报数"，只能说明你有能力写论文了，但是你的论文写什么呢？这就涉及论文的选题问题。

一般的文章，都是有了好的题目，就成功了一半，更别说学位论文了。只是，文艺学专业的选题与理工科不大一样：导师给定的题目，学生不一定能够接得上手。因为文艺学研究如没有对学科历史的透彻理解便无法真正起步，但理工科有时却可以不理会学科发展史而直接从当下入手。

要想选个好题目，在读书、"报数"之后，还得会"盘存"：有哪些问题以何种方式说过了，接着说的空间和方向如何。

"盘存"的前提是读书比较多，有了"本钱"，才谈得上学位论文选什么题目，否则都是空想。文艺学专业的学位论文不好写，关键在于是否有自己的"根据地"。查资料是查不出根据地的，只有通过读书、"报数"、"盘存"，才能为自己创造出一块根据地来。有了根据地，论文的方向乃至选题就可以确定了，往前走的时候，尽管距离目标还有一段不短的艰难行程，但心里是踏实的，不至于老要像猜谜语似的问老师：这个题目行不行？那个题目行不行？

在"盘存"的过程中酝酿、提炼论文的方向和题目，重点关注的有三大问题。

（一）问题的学术史意义

衡量一篇学位论文的价值，主要依据是什么？论文所持观点固然重要，理论展开过程，即理论思维能力则更为重要，但最终还要看论题的学术史意义：所涉及的是否承接着关键问题的演变脉络？对问题的深入是否有所裨益？那些无关痛痒的鸡毛蒜皮、犄角旮旯里的细枝末节，或者说不怎么靠谱的东西，是不值得投入精力的；至于汇集资料，本是研究综述阶段的题中应有之义，但论题如止于原地踏步，同样不可取！

就西方文论而言，学术史意义主要是通过开创新的本体领域表现出来的。从历时、纵向的角度看，经典原著必定会抓住学术史上的关键问题，既牵涉人类哲思的起点或要点，又联系普通人的日常生活；最为可贵的是，多从人们熟视无睹的生活现象入手，引出人类社会的根本性问题。比如黑格尔对大千世界无穷变化与其背后所蕴含本质规律的把握、分析；现象学对人们习以为常的意识与存在关系的重新探讨；福柯对人们不以为然的知识与权力关系的发现和辨析……无不开辟了新领域，同时又是对传统的绝佳继承与发扬！从共时、横向的角度看，当代的经典著作，必定离不开对古典学理的剔抉爬梳，择其主脉予以拓展深化，其思维展开过程极为严谨，非常系统，绝非仅只抓住古典学说的只言片语就进行背离学术史的不靠谱发挥；尤其是能够在现有基础上，对以往的认识进行扎实而有根据的批判，从而将研究切实推向新阶段。

我们现在称之为经典的西方文论著作，就是因为其学术史意义与理论展开过程皆堪为后世楷模。其文字表达特征亦十分突出：抽丝剥茧，条分缕析，由据至理；证据人人皆熟，观点前所未见，却顺乎事理人情，自然成立；表述立式铸型，反复为后人引用。

西方经典文论的这些特征，通过名著简介或文论史，以知识点或基本观点的形式是掌握不了的，或者说，那样掌握的不过是经典文论的冰山一角。

只要能够清醒地认识到这些，那么研究生在提炼方向、确定选题的时候，自然就会考虑：论文的起步处在哪里？追求的目标是什么？只有站得高，才能望得远；只有取法其上，才会得乎其中。最好的选题，无疑包含着对最根本问题的专注，即体现本体论意识，其学术史意义最大；比较好一点的，是对这个东西的发挥；次一点的，与此关系不大；至于完全无关甚或风马牛不相及的，那不过应景罢了，是仅仅为了混个学位而已的选择。

在西方形而上学发展史上，有两样东西，与文艺学的本体领域密切关联，一个是本体论，一个是认识论。当下后现代所破解的同一性，又包含两个层次：本体论的，与此相对的就是差异性；认识论的，讲的是思维与存在的关系问题。我们的文艺学从西学而来，但目前更多的还只是涉及传统本体论。

把握住大背景的源流，对研究方向及论文选题的分量与价值，就能够予以恰当评估，从而做出正确选择。比如，要选定研究康德，就不会仍旧把重点放在对基本概念范畴的理解上，而要从学术史发展的角度来看他的"哥白尼革命"的意义：康德学说属于认识论一脉，"哥白尼革命"是说之前的认识论中主客被颠倒了，到了他这里要将其纠正过来；而认识论发展到当代，目前的最高水平是符号学。其中的根本区别，在于是否认为存在一个与人无关的东西。在当代，康德的意义只有在传统形而上学认识论的发展过程中才能显现出来，只有将其与符号学对认识论的推进放在一起进行比较，才能真正看清。

（二）在比较中确定经典命题的原初意义、发掘其现实价值

读书到了"盘存"阶段，就要有意识地通过古今比较，包括中西比较，充分发挥他山之石的学术资源作用，以求更加准确地理解经典命题的原初内涵，发掘其对现实的重要启示。

比如就传统而言，在中国文艺几千年的发展过程中，无论在观念上还是事实上，"文以载道"一直占据主流地位。其基本内涵的构成，与黑格尔的"美是理念的感性显现"①毫无二致："文"与"感性显现"，属于形式因素；"道"与"理念"，属于内容因素。总之，美和艺术，其构成无非内容与形式的结合。

界定艺术的这种格局，西方近代以来实践上的颠覆虽然不能涵盖艺术活动的全部领域，但也足以引起理论上的几乎全面转向。而在中国，这种格局基本上还是"涛声依旧"。中西方近现代关于艺术界定的不同，并非质量高低的标志，而是文化差异的表现。在人文科学领域，学习西方很有必要，但如果执着地判定孰高孰低，强调向西方理论靠齐，从学理上讲，在解构同一性、重视差异性的西方后现代思潮面前，该是多么的尴尬！

从文化传统续承的角度看，"文艺为政治服务、为工农兵服务"，既是当时情势的必要，也是传统发展的必然。其差错源于未能及时"与世推移"。随后调整为"文艺为人民服务、为社会主义服务"，自在情理之中。无独有偶，西方也有人明确表示："艺术不是为一小撮有文化教养的关在一个小圈子里的学者，而是为全国的人民大众。"②

在课堂上，知道这话是谁说的学生，极少极少。因为根据以往的印象，没法将黑格尔与这句话联系起来。他的学说与中国的社会情势，虽非风马牛不相及，但也不至于紧密相连；但他强调艺术"为全国的人民大众"，不就表明这相连的程度已经非常紧密了吗？岂有此理，怪哉怪哉！

若冷静思考，这其实涉及对"美是理念的感性显现"的重新理解。所谓"感性显现"，是指生动活泼，直观可感，任何人一眼看上去就能明白。它给

---

① ［德］黑格尔：《美学》第1卷，朱光潜译，商务印书馆1979年版，第142页。
② ［德］黑格尔：《美学》第1卷，朱光潜译，商务印书馆1979年版，第347页。

我们的重要启示就在于：无论怎样探索创新，只要艺术离不开形式，仍旧是内容与形式的结合，那就一定是"为全国的人民大众"的。仅仅存在于书房中供把玩之用、在小圈子里供实验之用的艺术，其价值与意义在学术史上定将永被铭记，但终究无法占据主流的位置。

（三）道不远人：真理是能够用大白话说出来的

如何判断"盘存"是否成功？最终的衡量标准，在于能否将很复杂、很深奥的东西说清楚、说明白。道不远人，再玄妙的东西，只要有足够的领悟、理解，都可以用通俗、平实的语言说出来。比如张世英先生，就能把黑格尔乃至海德格尔用近乎大白话的语言表述出来。① 蒋孔阳先生总是强调：真正想清楚了，就能够说清楚。②

当然，想清楚了，也可以故意不往清楚处说，比如黑格尔。本来，他绝对是想清楚了的，尤其是大道理，像"绝对理念"、"正、反、合"变化阶段等，很好理解。但他构筑理论体系的具体展开过程，太像《交叉小径的花园》③了，以至于在述说一般问题时，一定要用特有的黑氏体系语言，或者说特地不往清楚处讲，像他谈论金属和电流那样："在形式方面直接的、无差别的物体性，即金属性，构成过程的开端，从而构成最初的特殊过程；这种物体性保持着尚未得到发展的、统一为单纯比重规定的不同属性。"④ 赵鑫珊实在忍不住了，愤怒地呵斥道："这都是些什么胡话！谁读这种含糊、空洞的自然哲学，谁就要少活十年。"⑤ 可见赵先生是十足的性情中人呀，呵呵！

西方文论史自近代以来，发生了翻天覆地的转向，其中所涉学理，堪称玄奥，加之历经千年演变，头绪万千，繁复异常。经翻译传至我国，本来就晦涩难懂的表达又平添一份佶屈聱牙，尤以语言论同存在论的纠葛以及"语言说人"等等为最。虽然释者众众，但有些文章却是越说越让人不明白。

其实，只要仔细梳理辨析，问题是可以得到清晰表达的。

---

① 建议文艺学研究生仔细研读张世英先生的《哲学导论》，一定会获益匪浅！该书由北京大学出版社于2002年出版。

② 读博士的时候，我常在蒋先生的书房里受教。先生有一次说到写作时的语言问题，笑眯眯地用带四川口音的普通话讲道："问题只要真正想清楚了，就能说清楚。"道不远人呀，终身受益！

③ 阿根廷作家博尔赫斯（Jorge Luis Borges, 1899—1986年）的代表作之一，以塑造迷宫著称，堪为后现代的标志性作品。

④ ［德］黑格尔：《自然哲学》，梁志学、薛华、钱光华、沈真译，商务印书馆1997年版，第337页。

⑤ 赵鑫珊：《科学·艺术·哲学断想》，生活·读书·新知三联书店1985年版，第31页。

语言论同存在论的纠葛，海德格尔谈得最为集中，其目的在于落实现象学的思路：面向存在本身，不要抛开存在去追究存在背后的东西，像以往那样。过去的错误，就是把表示"存在"的系动词"is"，当作了实词"是"，结果就是把某物存在（is），当作了某物是什么（being），人们的目光因此便从存在转向存在背后的存在者，越来越远离存在本身。

"语言说人"的问题，关键在于背后起支配作用的两种思维方式，并由此引出三种语言观。在传统主客二分思维模式下，人是主体，大千世界是客体，是人的对象；语言是人类交流的工具，在征服世界、改造世界的过程中发挥着极为重要的作用。在现代主客相融思维模式下，天、地、神、人相融一体，人类不过是宇宙大家庭中的一员；语言并非人类独有，万物皆有言。这种言，是先于个体存在的本体语言，即"无言之言"，相当于中国古人所说的大道之言；先于个体存在的"无言之言"，通过个体的人说出来，即语言说人。

除了工具论语言观和本体论语言观，还有诗性语言观：它能够超越在场，达到不在场。也就是说，诗性语言能够"言有尽而意无穷"，从说出的东西中，暗示未说出的东西来；虽然其他语言有时也能显出这种特征，但范围与深度远远不及诗性语言。艺术的根本特征正在于此。

综上所述，文艺学研究生学习西方文论时，读书指的是抱着经典一本一本地"啃"，读不懂的时候，可以通过查资料来帮助理解；但阅读文论史、名著简介之类的，绝不能代替读书本身。如果用旅游来打比方的话，可以这么说：查阅知识点，如同看旅游景点介绍；浏览文论史之类，如同看旅游景点地图；研读文论专著，则如同亲临景点游览。现在的景点介绍、景点地图是越做越详细了，但即便是观看 3D 风光片，比身临其境还要真切，也不能代替旅游本身。借用陆游的"绝知此事要躬行"之句，可以表述为"绝知此书要躬读"。

检验文艺理论课程的最终标准，就是对学位论文的写作是否有帮助。根据笔者十来年的经验，凡是能够读书、"报数"、"盘存"的学生，学位论文的写作过程都少有周折，一路往前。不然的话，则辗转反侧，寤寐思之；求索之路漫漫兮，煎熬之旅苦苦矣！

需要特别申明的是，此处所说的读书不同于查资料式的读书，其内涵仅指文艺学专业研究生在入学之后、毕业之前，围绕着学位论文写作而进行的读书，与入学之前和毕业之后的读书无关，与其他专业的读书无关。任何超出这个范围的理解，皆非原意，与此无关。当然，如果其他专业的在读研究生因阅读此文而产生"涛声不再依旧"的感觉，作者也要谢谢自己了：笔者的经验、思考，对其他专业的学生也会有一点点启发作用。

[原载《北京科技大学学报》（社会科学版）2014年第1期]

第四节　"述"与文科学位论文质量的学理基础

文科研究生的学位论文，以中文系为例，不管是硕士生还是博士生，无论是研究作家或理论家还是研究作品或理论问题，对研究对象的"述"，都是贯穿论文始终的。再高明的观点、再重要的问题，如果"述"的水平很差，论文的质量就好不到哪儿去；反之，哪怕是很平常的观点、很一般的问题，如果"述"的水平很高，论文的质量也差不到哪儿去。

一、"述"的质量决定论文水平

文科学位论文水平的高低，很大程度上取决于"述"的质量。为了保证并不断提升论文质量，既需要像"查重""抽检"之类的刚性制度的外在约束，还应激发学生的内在自觉，使其在论文写作过程中，始终不忘追求"述"的质量。

（一）"述"的本质

从学理来看，普通文章中的"述"，指的是思维展开的过程；而相对应的"论"，则是该思维过程的起点和终点。并且，该终点又是下一个思维过程的起点，如此周而复始，直至成文定稿。文科学位论文中的"述"，指的是专业思维展开的过程。在这个过程中，作者的思维始终围绕着特定理论家或思想学说而展开，并尽力将其内化为可由自己娓娓道出的认知；进而在厘清某一问题或领域的已有研究成果的基础上，对尚未得到深入研究的部分，以自己的思维对其进行全方位的深入思考，力图得出某个结论或达到某个终点，为下一阶段的思维过程提供起点。如此循环往复，直至完成学位论文。

在文科学位论文的构成中，"述"的本质决定了其价值高于"论"的分量，尽管两者是密不可分、缺一不可的。一篇文科学位论文，只要"述"到位了，其质量定有可观之处；反之，如果仅仅只有"论"到位而"述"却远未到位，其质量不是差强人意就是惨不忍睹！

就像作家创作离不开描述那样，文科学位论文的写作离不开叙述。文学描述的对象是千姿百态的情感、变化莫测的世情，学位论文叙述的对象是汗牛充栋的理论、深奥艰涩的学说。文学描述，初步识文断字者都可尝试，当然水平会有高有低；专业叙述，则非专业人士无法动笔。所以，就落笔为文而言，不管什么人都可以写点散文、诗歌之类的；但学位论文就不是外行人能够插手的了：不懂专业、不知前辈与同行的研究成果，一个字都写不出来。学位论文中的"述"，其地位、作用、价值与意义，非但不亚于"问题意识""逻辑起点""全文主旨"之类的"论"，而且其质量还直接决定论文的水平。

从学理依据看，是时候改变"重论轻述"的观念了。

（二）重新认识"述"的作用

长期以来，"重论轻述"的观念多多少少贯穿于文科研究生学位论文的写作训练之中。从学理基础讲，要想解决重复、抄袭乃至虚构批驳对象等事关论文成败的要害问题，必须从学位论文写作的要素、环节、步骤和过程等入手。能集这诸多要素于一身的，非"述"莫属：贯穿于学位论文写作始终的，正是"述"。

"重论轻述"的流行有一段时间了，甚至被有意无意地追溯到古人那里，比如孔子的"述而不作"。从原初文献角度看，今人与古人对"作"与"述"的理解，在内涵上有很大的差距：今人多认为"述"的档次不高，顶多就是对已有成果的继承而已；而"作"，即今人所说的"论"，是要提出一个观点来，档次远远高于"述"。但古人眼里的"述"与"作"可不是这样的：

> 作者之谓圣，述者之谓明。明圣者，述作之谓也。①
> 夫作者曰圣，述者曰明。②

这里说得很清楚，以"原道""征圣""宗经"为例，原、征、宗处于"述"的层次，道、圣、经处于"作"的层次。"述"与"作"，都是在本体论层面上展开的，直指天地大道、人文化成之根本，远远高于今人眼里有关为文的层次！

在学位论文写作过程中，"述"确实是以"论"为中心的，用纲举目张来形容"论"与"述"的关系，也的确非常精当。但是，反过来也要看到，没有"述"对"论"的展开、阐释，再精辟的"论"也得不到支撑，永远都无

---

① 《四书五经》（古典函套线装全四册）卷三之《礼记·乐记》，吉林出版集团有限责任公司2011年版，第716页。
② ［南朝］刘勰：《文心雕龙注释》，周振甫注，人民文学出版社1981年版，第11页。

法成为一篇论文；论文是否精彩、精辟，是由"述"的精彩、精辟所决定的。

古人对于"述"的定性，今天看来极具启发意义：要旨在于"明"对象！即在思维展开过程中，把问题想清楚并说清楚。学位论文在展开"论"、阐释"论"的时候，首先必须通过"述"，让已有成果的精髓"明"于全文。判断学位论文质量的最低标准，其实也是最高标准，正在于此：高质量论文的"述"，能让研究对象"明"起来；反之，则令研究对象"暗"下去。有些论文的质量实在不敢恭维，主要就表现为它的"述"几乎没有展开，只是围绕着几个名词概念罗列人物事件等等而已；更有甚者，经过它的"述"，原本很简单的问题，反倒越来越复杂、越来越令人感到困惑了。

在文科学位论文的写作训练中，不能再以"述而不作"为例指责"古人缺乏创造性"了，更不能将"重论轻述"的观念继续下去了。从学理依据的角度看，要想扎实提高学位论文质量，必须确立"述论并重"的观念，甚至要把"述"放在高于"论"的位置上。因为，"述"是学位论文质量的基础所在。

现在的文科学位论文，几乎都会涉及西方理论。以文艺理论为例，西方文论中的"述"，其实多有"不易抓住要点"的特征，即不一定时时刻刻都会紧紧扣住"论"来展开，与我们写作训练的要旨有点不大一样。这是否意味着"述"对"论"的依附性可以调低一点呢？尽管这一特点目前不能直接套用在学位论文的写作上，但引起注意还是很有必要的。

（三）"述"的作用与学位论文的写作能力

如果不是指"明圣"而是指"明"本身，那么古今之"述"的含义大致相同。所谓学习，无论哪个阶段，其实就是要弄明白之前不清楚的东西。如何证明已经具备这种能力呢？能够"述"出来、"述"清楚，就是最好的证明。"述"的能力，其实也就是写作能力，更是文科学位论文质量的保障所在。

写作学位论文，第一步就是在对研究对象的剖析、比较中，申明本人的看法、见解或观点。无论顺着说还是反着说，都一定要"述"前人、"述"别人并"述"自己的观点。这个"述"，是贯穿论文写作始终的。学位论文的写作能力，无论基础的还是高级的，其实就是"述"的能力，确切地说，是笔述的能力；学位论文质量的高低，取决于"述"清楚、"述"明白的程度。

研究生入学考试，为什么不能省略面试环节？就是因为老师们要当面检验考生"述"的能力。该能力既是学生的入门指标，也是最高指标，直接决定学位论文的写作能否顺利、质量有无保障。"述"有口述和笔述之分。一般来说，口述能力强的学生，笔述能力大致不差；而笔述能力强的学生，则不敢保证口述能力一定很强。当然,两者均不排除例外。

一篇本科毕业论文万把字,一篇硕士论文三五万字,一篇博士论文十几二十万字,摘要不过三五百字到两三千字的篇幅,对核心观点的表达用不了多少字,其余的篇幅全仗"述"撑起来。如果说学位论文的题目、摘要、详细目录等类似于一栋大楼的主体框架的话,那么论文的"述",就类似于用砖块、水泥、瓷砖、玻璃幕墙等将主体框架填充、完成为一幢巍峨壮观的大楼。假如学位论文是一份说明书,那目录就好比"论",而说明文字就是"述"。说明书里自然少不了目录,但更不能没有详细而精当的说明文字!

研究生写作学位论文最头疼的两大问题:其一,能够构想出大楼的框架来,但缺少水泥、砖头等普普通通的材料,大楼无法完成,也就是知道"点子",但无力展开思维,对所有的"点子"都是刚开了头就无以为继,草草了结完事;其二,砖头、水泥一大堆,根本用不完,但就是不知道往哪里用,没有"点子",憋死人了。对于后者,要强调"论"的训练,这也正是一直被强调的重点;而对于前者,就要强调"述"的训练了,首先必须纠正"重论轻述"的观念。

文科学位论文中的"述",如果说有分类的话,中文专业的"述"可分为两大类:"述"理论与"述"作品。决定论文成败的重复、抄袭、虚构批驳对象等问题,都是在"述"理论中出现的。而"述"作品,则是目前被有意无意忽略且比较明显的"弱项"。

文学本于人心世情,然而人心有深浅、世情有浑浊。文学之奥秘,在于对这深浅清浊的蕴涵。作家创作时要追求对"此中有真意,欲辨已忘言"境界的把握和呈现,研究者在"述"作品时,则既要领会"此中之真意",更要力求"辨之以直言",还深奥意蕴为浅白初心。否则,很难当得起"文学研究"这四个字。

文科学位论文的现状,不仅存在对"述"的认识不到位,更存在"述"作品的"短板"!尤其是,这块"短板"常常被"融通""跨界"等招牌给有意无意地合理遮蔽了:研究文学的学位论文,除了文学的视角和方法,啥都有!从学理的角度来讲,既然存在文、史、哲这三门学科,那必定有其各自的内核所在!如果在研究中回避内核区域而求其他,时间长了,会不会导致顾外失内的局面?

二、"述"的问题导致论文失败

正因为"述"的地位、作用如此重要,所以,在"述"的过程中出现的问题,常常是导致文科学位论文失败的主因。目前来看,这些问题主要包括重复、抄袭与虚构批驳对象。

（一）"述"与重复

现在的学位论文，答辩之前有"查重"，答辩之后有"抽检"，这些为确保论文质量而出台的刚性制度，在实施过程中，产生了巨大的外在约束力："查重"不合格，当事人就不能参加答辩；"抽检"不合格，不仅当事人的指导老师颜面扫地，连所在学校都脸上无光！

文科学位论文不同于一般学术论文，不能抛开已有研究发表自己的看法，必须全程无条件、绝对地以对前人的研究为基础，也就是一直都离不开对已有研究成果的"述"。这正是外行人无法插手学位论文的学理所在。

学位论文写作过程中对所涉对象的"述"，要想做到既不背离原意，又避免大段大段的引用，从学理角度看，难度很大。甚至有作家认为是不可能做到的，比如托尔斯泰：

> 假如我要把自己想通过小说来表达的思想全部再讲述一遍，那么我就必须将小说重写一次。如果批评家现在理解了我的思想，并用散文表达出我想要说的一切，那么，我祝贺他们。①

托翁的观点，显然有点绝对化了。但学位论文一动笔就必须"述"作品或"述"理论这事，的的确确绝非易事。那些经"查重""抽检"发现不合格的论文，问题多半就出在"述"这一关。

学位论文答辩前的"查重"，全称是"文本复制检测"。检测内容主要包括"文字复制比""过度引用"和"疑似剽窃"等，在检测结果的报告单里，复制部分的字数可精确到个位数。

中山大学中文系近年对"查重"有明确规定：文字复制比为0%，表示无问题；文字复制比在0%～40%之间，或者重合部分超过一千字的，为轻度重合；文字复制比在40%～50%之间，或者重合部分超过五千字的，为中度重合；文字复制比在50%～100%之间，或者重合部分超过一万字的，为重度重合。对于重度重合的论文，需要导师签署书面文件，确认重合的文字都是规范的引用，包括自引，不存在抄袭、剽窃等，否则该论文不能参加正式答辩。

文科学位论文的写作能力与写作水平，其实就是"述"的能力和水平。能力不足者、水平有限者在论文中的"述"，具有两大特点：一是经常偏离对

---

① ［苏联］洛特曼：《艺术文本的结构》，王坤译，中山大学出版社2003年版，第15页。

象的原意，乃至虚构批驳对象。这样的写作，无异于在沙滩上建高楼。二是在所"述"对象面前，既"述"不出来，又绕不过去，只好大段大段地引用，从而导致"文字复制比"过高。要是对引用的文字全部或部分不予注明，势必跌入万劫不复的抄袭、剽窃之深渊！尽管文字复制比与抄袭是性质完全不同的两回事，但一篇文章中引用的篇幅（复制部分）过多，对论文的独创性是大有影响的。

"述"的能力，不仅是理论功底问题，更是写作实践问题，在写作中两者缺一不可，后者的分量实际上更重些！道理很简单，学位论文的写作自始至终都离不开"述"。常常遇到一些学生，其强项在知识储备、理论功底，其弱项正在论文写作：平时各个方面都很优秀，到了论文写作这一关就卡住了。学生是否具备写作的真本领，最终是要通过实践来检验的。

（二）"述"与抄袭

目前，在"查重""抽检"制度的约束下，抄袭、剽窃等是不大可能公开存在于学位论文中的。在"查重"方面，倒是还有些许"漏洞"：现在的文献检索对象，主要是公开发行的期刊，尚未包括所有出版物；如果有学位论文花费极大篇幅引用比如古籍等出版物，是不会被判定为重度重合的。

抄袭、剽窃，主要指在学位论文中不加注明地使用别人的研究成果。至于不涉及"意义"问题的"述"，比如某人的生卒年月与简历、某理论由何人所创等，无论张三李四都可以用相同的文字来表述，与学术不端无关。

在文科学位论文中，抄袭通常表现为对研究对象的"改写"并不注明出处。

研究生在理解原初文献的时候，往往大致上能够掌握基本意思，但尚不能达到抓住精髓、撮其大要的地步。这时如果能够从容含玩，沉潜往复，也即能够坐得住冷板凳，肯定不会出问题；如果要赶时间、早出成果，总之，如果功利化当头，那就难免会选择"走捷径"：对原初文献进行"改写"，作为自己对研究对象的"述"，并且全部或部分不加注明。这种"述"，就可以称之为抄袭（Plagiarism）。

这种抄袭，如果导师粗心，仅靠论文答辩前的"查重"是很难查出来的；只有在答辩之后的"抽检"中，才能被细心的专家发现。

20世纪90年代美国出版了一本书，名叫《研究是一门艺术》，对抄袭的界定和避免，说得特别清楚，对文科研究生极具参考价值：

> 当你对某原始资料的改写过于接近，以至于任何人对照原文后都认为

如果不参考原来文字你就写不出这些字句来时，就算抄袭。①

这里对于抄袭的界定，简明扼要，极易辨识。更重要的在于，作者对于如何避免抄袭所提出的建议，不仅非常实用，而且可操作性极强：

以下是个可以避免不小心抄袭的简单方法：只有以自己的理解重新过滤原始资料的文字后，才加以改写。当你开始写作时，别再去看原文，应该将注意力专注于电脑屏幕或稿纸上。②

（三）"述"与虚构批驳对象

除了重复与抄袭，更严重的问题是：在"述"的过程中，明显背离原初文献的本意，虚构批驳对象或立论基础，结果就是差之毫厘、谬以千里！这里列举一个常见而典型的事例：柏拉图的"驱逐诗歌"说。

文史哲的学位论文，只要与西方美学、文论有关的，多半要追根溯源至古希腊，涉及柏拉图、亚里士多德等大师。而提到柏拉图时，通常都不会略过他的"驱逐诗歌"理论，并一无例外地要进行批驳。甚至一些教科书在介绍柏拉图的文艺观点时，也都少不了这种定性的"述"。

柏拉图真的要把诗歌从他的理想国里驱逐出去吗？只要回到柏拉图的《理想国》和《文艺对话集》，认真阅读下来，就会发现根本不是那么回事。

柏拉图确实明白无误地说过，在他的理想国里，要禁止某些诗歌："除掉诵神的和赞美好人的诗歌以外，不准一切诗歌闯入国境。"③ 这也是柏拉图"驱逐诗歌"的原始出处。显然，柏拉图的意思被掐头去尾了或被简化了，结果就是创造出一个虚构的批驳对象。因为，柏拉图的本意只是要"驱逐非理性的诗歌"！

理性是柏拉图理想国的基础。模仿性的诗歌，很难恰如其分地模仿人的理性状态，相比而言，人的感情模仿起来就容易多了。比如，演员扮演高贵者，其难度要远远大于扮演小混混，也即人的欲望远比理性更容易模仿。正因为如

---

① ［美］韦恩·C.布斯、格雷戈里·G.卡洛姆、约瑟夫·M.威廉姆斯：《研究是一门艺术》，陈美霞、徐毕卿、许甘霖等译，新华出版社2009年版，第190页。
② ［美］韦恩·C.布斯、格雷戈里·G.卡洛姆、约瑟夫·M.威廉姆斯：《研究是一门艺术》，陈美霞、徐毕卿、许甘霖等译，新华出版社2009年版，第192页。
③ ［古希腊］柏拉图：《文艺对话集》，朱光潜译，人民文学出版社1983年版，第87页。

此，柏拉图的理想国要"禁止一切摹仿性的诗进来"①，以令公民免于"和心灵的低贱部分打交道"②，因为那样会"培养发育人性中低劣的部分"③。显然，柏拉图的理想国里是允许诗歌的，没有才奇怪呢！他只是想"驱逐非理性的诗歌"而已。

那些以柏拉图"驱逐诗歌"为批驳对象或立论基础的学位论文，由于"述"偏了研究对象，其价值何在，也就无须多言了。

在学位论文的写作中，违背、偏离原意的"述"或"转述"，是虚构批驳对象的主要根源。要是以此为出发点，则论文的起步处就是错的。这样的论文，如不改弦易辙，下再大的功夫，也是写不好的，所谓南辕北辙是也。

能否准确"述"出原初文献的精髓，还牵扯到一个极易令人感到困惑的理论问题：现代阐释学认为，回到作者的原意是不可能全部完成的任务。对此，要注意三个层面的把握。首先，"驱逐非理性诗歌"是柏拉图的原意，这是不必怀疑的。其次，亚里士多德的"诗比历史更高"④，与"驱逐非理性诗歌"共同构成了古希腊时期的"诗与哲学"之争的核心内容，即理性与情感谁更高，谁更接近真理？再次，"诗与哲学"之争延伸到现代，就是指艺术中到底有无理性，能否展现真理？从谢林的浪漫主义开始，中经叔本华、尼采、萨特、海德格尔等人，直至后现代主义，其实都是在论说情感中的真理、艺术中的理性。把握住了这三个层面，对原初文献的本意及其引申义的"述"，基本上都不会"脱轨"的。

古希腊"轴心期"的意义及魅力，正在于那个时代大师们提出的问题事关人类文明进程的核心要义，因此具有长久的生命力："此时代中创造出了基本范畴，我们至今在其中思考。"⑤ 经典的意义同样如此。

三、"述"的精妙提升论文境界

无论是作品还是论著，大凡精妙之述，无不令读者产生"崔颢题诗在上头"的赞叹与感慨。从学理的角度来讲，写作中引用的初心正在于此；文科学位论文是否上档次、有境界，凭据亦全在此。

---

① ［古希腊］柏拉图：《文艺对话集》，朱光潜译，人民文学出版社 1983 年版，第 66 页。
② ［古希腊］柏拉图：《理想国》，郭斌和、张竹明译，商务印书馆 1995 年版，第 404 页。
③ ［古希腊］柏拉图：《文艺对话集》，朱光潜译，人民文学出版社 1983 年版，第 84 页。
④ ［古希腊］亚里士多德：《诗学》，陈中梅译注，商务印书馆 2008 年版，第 81 页。
⑤ ［德］卡尔·雅斯贝斯：《卡尔·雅斯贝斯文集》，朱更生译，青海人民出版社 2003 年版，第 134 页。

（一）精妙之"述"特征一：述评交融

学术论文中的精妙之"述"，首先体现为述评交融。而处于论文写作初级阶段的学生，往往会下意识地采取界限分明的先述后评的方式。这里其实存在一个对实践深有影响的思维方式问题：在双方相互交织的运动中，我们占上风的不多，比如足球；但在双方阵线分明的运动中，我们多有上佳表现，比如乒乓球。也就是说，无论干什么，高手都能够熟练处理多头交叉相融的问题。能够提升论文境界的精妙之"述"，正是这样。

从学理角度讲，除非照抄、重复，否则，任何"述"都会包含述者本人的见识乃至创造性，而且，述者的水平越高，越会寓评于述、寓述于评。

无论是创作还是研究，面对的常常是同一事实或对象，但经不同作者提炼后，它们肯定会显现出不同的意义与美感来。

比如古代名家吟咏王昭君的诗词，就各出机杼、精妙隽永：

生乏黄金枉图画，死留青冢使人嗟。
——李白《王昭君二首》

画图省识春风面，环佩空归月下魂。
——杜甫《咏怀古迹五首之三》

自是君恩薄如纸，不须一向恨丹青。
——白居易《琴曲歌辞·昭君怨》

意态由来画不成，当时枉杀毛延寿。
——王安石《明妃曲》

这几位史上著名的大诗人，面对同一位王昭君所吟咏的诗句，主旨意趣差异明显，审美品位各个不同，但均为千古流传之经典。

理论研究也一样，面对同一对象，具体的述评文字，繁简褒贬，迥然不同。以西方哲学史为例，黑格尔的逻辑学、自然哲学、历史哲学、精神哲学等，是蜿蜒于人类精神世界的雄伟高原，赞扬也好，批评也罢，对其学说的"述"，本身就是后世学者必须跨越又难以跨越的第一道门槛。面对这位始终得到高度重视的巨人，论者跨越门槛的方式多种多样，其中有人能以十分高明的嘲讽，对黑格尔的学说一"述"而过，一语中的，令世人惊奇、惊异甚或惊喜：如果不相信"宇宙渐渐在学习黑格尔的哲学"，就得承认黑格尔的整个学说"需要对事实作一些歪曲，而且相当无知"。①

罗素对黑格尔的述评交融，堪称精妙之"述"的典范！他抓住宇宙演化与黑格尔学说到底何者为先这个关键点，以看似轻飘飘的述评交融，给予黑格尔泰山压顶般的盖棺定论！罗素让后人见识到，作为理论构成基本元素的"述"，在高手那里，会精妙到何种境界！

（二）精妙之"述"特征二：大道至简

精妙之"述"的要旨，不仅在于述评交融，更在于用大白话把问题说清楚。在学位论文写作的意义上，"述者曰明"正可谓古今相通。"说清楚"，本不过简简单单的三个字，但是要扎扎实实地做到，却不知难倒了多少为论文"鏖战"的研究生！尤其是在必须大量参考西方文献的情况下。别的不说，很多来自西方的专业术语，虽然频频被借用，但其内涵得到"说清楚"的，却并不常见，除非在大家的笔下。

比如，文科学位论文尤其是中文专业的，提及"审美"一词是家常便饭。审美指的是啥，业内人士都心领神会，但是，能否用文字明确地"述"清楚呢？很遗憾，用大白话正面清楚说明"审美"二字内涵的，极为罕见！用欧化的句式，七拐八绕地述说"审美"，搞得云里雾里的，倒是屡见不鲜。值得欣慰的是，笔者在一本权威教材上，终于见到对于"审美"概念的期盼已久、一锤定音似的"述"："审美是情感评价。"② 简简单单，直中要的；清清楚楚，老妪能解。真理是可以用大白话说出来的，道不远人！

在这方面，研究生应多多学习张世英先生的著述。张先生对西方古典哲学与当代哲学均了然于心，所述文字明白如话、浅白易懂且精妙无比。比如事关"存在"的系列概念，学界众说纷纭、莫衷一是，张先生将日常生活中的一个事例信手拈来，用大白话的方式，轻轻巧巧地就说清楚了："桌子"是存在者，其"存在性"就是桌子的概念；前者是现象，后者是本质。③

在西方哲学里，就晦涩而言，海德格尔可能更胜黑格尔一筹。比如在学界流传甚广的"语言说人"，该命题虽然引起了高度关注和被广泛引用，但能够用大白话将其"述明"的却少而又少。对此，张先生首先指出问题的实质所在——语言问题是与后现代的本体论、认识论等纠缠在一起的，海德格尔集中谈论了语言论与存在论的关系；其次，张先生认为，"语言说人"源自两种思

---

① ［英］罗素：《西方哲学史》下卷，马元德译，商务印书馆1982年版，第282页。
② 《文学理论》编写组：《文学理论》，高等教育出版社、人民出版社2016年版，第84页。
③ 参见张世英《哲学导论》导言，北京大学出版社2002年版，第5页。

维方式及三种语言观,即主客二分思维模式与主客相融思维模式,以及相应的工具论语言观和本体论语言观,还有诗性语言观。本体论语言观,是指天地神人均为宇宙大家庭中的一员,并非只有人类才有语言,万物皆有言。这个言是先于个体存在的本体语言、"无言之言",它通过个体的人说出来,此即"语言说人"。①

张先生的书,既展现了"述"的精妙,又揭示了其中的学理所在:凡事只要想清楚了,就能说清楚;只要能说清楚,就能说得既浅白又精炼。述者曰明,大道至简。

结束之际,顺带总结一下"学理"的内涵:蕴含于理论叙述深处的内核意识和自省意识;学理确定研究过程中探索的原初点、思路的起始点、视角的切入点,支配其展开方向,并检验最终成果是否整体符合而不是背离研究对象的实际状况和发展趋势。比如前面提及的罗素,他其实就是从反省的角度出发,对照黑格尔学说与大千世界的实际进化状况,抓住何者为先这一关键,对黑格尔做出了十分精辟的评述。

[原载《山西师范大学学报》(社会科学版) 2021 年第 5 期]

---

① 参见张世英《哲学导论》,北京大学出版社 2002 年版,第 191 - 208 页。

附　录

将刚刚发表的译文放到这里，是为了以"实际行动"纠正之前在翻译洛特曼著作时所犯下的错误。本书前面的相关处，均已注明"请参见本书'附录'《论符号圈》（译文）"。

论符号圈[①]

洛特曼

译者赘言

在洛特曼的两卷本《自选集》中，列为卷首的正是这篇《论符号圈》[②]，因为它将《艺术文本的结构》所探讨的意义如何生成的问题，向前推进了一大步：镜像对称定律是意义生成方法的内部组织结构和意义生成过程的基本依据。洛特曼采用卒章显其志的展开方式：全文的主旨与精要，直到最后才由论文的结语表达出来。

所谓镜像对称，是指路易斯·巴斯德在晶体研究中所发现的对映形态（enantiomorphism）、对映体（enantiomer）：互为实物和镜像而不可重叠的立体异构体（对映异构体）。对映异构体都有旋光性，其中一个是左旋的，一个是右旋的，因此又称为旋光异构体。维尔纳茨基所称颂的居里－巴斯德原理（Curie－Pasteur principle），指的就是玛丽·居里与巴斯德的贡献。洛特曼的符号圈（semiosphere），就是承续维尔纳茨基的生物圈（biosphere）和智力圈（noosphere）而来的。

[①]　洛特曼此文，载《苏联心理学》总27卷，1989年第1期，第40－61页（The Semiosphere, *Journal Soviet Psychology*, Volume 27, 1989, Issue 1, pp. 40－61.）。2014年12月20日于网络发表（http：//dx.doi.org/10.2753/RPO1061－0405270140）。此处依据纽约大学2015年11月14日下载版译出，俄文见塔尔图大学1984年版。

[②]　此前，译者才疏学浅，将"符号圈"译为"符号链"，并将相应的"文化圈"译为"文化链"。惭愧！

洛特曼对符号圈理论的深入思考，得益于晶体的不对称性和左旋、右旋的光学特性，并由此直指艺术文本的意义所由何来这个核心问题。

界限是符号圈的第一特征，进而延伸出文化的中心区域和外围区域。不均衡性是符号圈的第二特征，洛特曼由镜像结构的对称与不对称，以及左旋与右旋，联想到人脑左半球与右半球功能上的不对称，以及对话的深层特征，并据此发现艺术结构的互逆性：比如《叶甫盖尼·奥涅金》中，先是女主追男被拒，后又男主追女被拒。洛特曼认为，回文为互逆性特征之最并且表明：简单的镜像对称性从根本上改变了符号机制的功能。他由此提出：镜像机制是意义生成的普遍机制，也是对话关系的基本结构，对话都会展示左撇子或右撇子的特点。

《文艺理论研究》1995年第4期发表了洛特曼的《艺术文本的意义及其产生与确定》，中山大学出版社2003年出版了洛特曼的《艺术文本的结构》，均为笔者所译，翻检旧译，颇为汗颜，就整体把握而言，与当时没能看到洛特曼的《论符号圈》也不无关系。南京大学赵奎英教授近日主编《艺术符号学精粹读本》一书，承蒙不弃，交付翻译《论符号圈》一文的重任，使笔者得到重新理解洛特曼的机会！而且，赵教授应允译文另投刊发，以飨读者，实在感激！

此处原有的"编者的话"，现移至文末，以供读者参考。窃以为与这篇文章的主旨略有出入，更符合《艺术文本的结构》些。在纽约大学版里，正文的前面还有一句献词："为纪念罗曼·雅各布逊而作。"①

******

当代符号学正在对它的基本概念进行重新省视。简而言之，必须确认两大科学传统奠定了符号学的基础。其一就是要回到皮尔士②和莫里斯③，把符号

---

① 中山大学中文系（珠海）李暧博士后核对俄文版后告知：这篇文章目前只收入洛特曼《自选集》第1卷（塔林，1992年版）；"献词"与"编者的话"，俄文版均未出现。
② 查尔斯·桑德斯·皮尔士（Charles Sanders Peirce, 1839—1914年）：美国哲学家、符号学家、实用主义创始人。——中译者
③ 查尔斯·莫里斯（Charles William Morris, 1901—1979年）：美国符号学家、哲学家。——中译者

概念作为任何符号系统的基本要素。其二则是基于索绪尔①和布拉格学派②的理论，把语言和言语（文本）之间的信息损益问题（Antimony③）作为符号系统的基础。无论如何，尽管这些方法之间存在不同，但在交流活动中，它们都有一个基本特征：以最简单的原子要素为基础，并根据相似性原则检验任何相伴随的对象。就第一点而言，分析的基础是孤立的符号，所有相伴随的符号现象都被当作符号系列看待。第二点是要竭力在一个假定中找到特定的表达模式，该假定是指：孤立的交流活动，即发送者与接受者之间的信息交换，为任何符号活动的基本要素和模式。结果，个别的符号交换活动就被当作自然语言的模式，自然语言的模式被当作普遍的符号模式，并尽力把符号学自身解释为语言学方法的扩展，而且，这种语言学方法所覆盖的对象不在传统语言学范围内。这个可追溯至索绪尔的观点，是由雷夫西④明白无误地表达出来的。塔尔图学派的第 2 期暑假研讨班于 1966 年在基亚利卡（Chiaerica⑤）举办，雷夫西在会上提出了如下界定：符号学的主要内容就是产生语言描述的方式。

  这种研究方法符合科学思维的规律——从简单到复杂的发展，并且一开始就对研究方法本身予以明确界定。但这里包含着一个潜在的危险：颇具启发性的权宜之计（为便于分析）会被当作研究对象的本体特征，即从简单明了地界定原子要素，到逐步发展为复杂的要素，是对象的结构特点。复杂对象归结为简单对象的总和。

  过去 20 年的符号学研究，使我们能够看到很多不同的东西。正如我们现在就能假定的那样，清楚的、毫无歧义的各种系统，当它们在现实世界里发挥

---

  ① 费尔迪南·德·索绪尔（Ferdinand de Saussure，1857—1913 年）：瑞士语言学家，结构主义语言学创始人，首先区分使用术语"言语"和"语言"。——中译者

  ② 布拉格学派（Prague school）：结构主义语言学的主要流派之一，活动中心是成立于 1926 年 10 月的布拉格语言学会，成员包括当时侨居国外的俄罗斯语言学家。——中译者

  ③ Antimony：原意为锑，化学元素之一。引申义有"僧侣杀手""不朽的药丸"等。在中世纪，锑被僧侣当作炼金术的原料，但他们并不知道锑的毒性，只是过多接触者，常常离奇死去；锑也被当作催吐剂来治疗便秘，成为一时"良药"，并可循环使用；锑亦被用于治疗肺病、血吸虫病等。总之，锑的引申义包含着"损益参半"之意。洛特曼认为，从信息传递或对话理论角度讲，索绪尔做出的语言和言语的区分，其后果对传达过程中的信息量本身来说，亦具有"损益交织"的效果。因此，我们把 Antimony 意译为"信息损益问题"。这个单词的译定，是与暨南大学王进教授（时在国外工作）共同商议的，特此致谢。——中译者

  ④ 雷夫西（I. I. Revsin）：语言学家，苏联塔尔图学派的创始人之一，将数学方法引入语言学研究的先行者。此处的人物介绍，由华东师范大学外语学院杨明明教授（洛特曼再传弟子）提供资料，特此致谢。——中译者

  ⑤ （此处为俄文的音译。——英译者）塔尔图大学位于爱沙尼亚，杨明明教授告知：基亚利卡是爱沙尼亚的一个地名，俄文为"кяэрику"，可译为"卡里库"。——中译者

作用的时候，它们并不是以孤立的形式存在的。辨别、认清它们仅仅只是一种启发性的需要。实际上，如果将它们分离开来单个地看待，它们当中没有一个能独立发挥作用；只有在完全作为首尾相异的符号连续体而存在，并且具有不同类型的符号结构和不同层次的组织机制的时候，它们才会发挥作用。我们把这种首尾相异的符号连续体称为符号圈（semiosphere），它类似于维尔纳茨基①创造的生物圈（biosphere）概念。我们一定不要把也是维尔纳茨基创造的智力圈②（noosphere）概念与符号圈相混淆，符号圈概念的提出，是我们的独特贡献。智力圈是生物圈进化过程中的特定阶段，与人类的理性活动密切相关。维尔纳茨基的生物圈是指在整个行星系占据一定结构空间的宇宙机制。生物圈位于我们所在行星的地表，所有活物质都包括在内；它把太阳的辐射能转换为化学能与物理能，在转换过程中，化学能与物理能直接再处理"稳定的"物质，即我们这个星球上的非生物物质。当人类的理性在这个过程中发挥绝对主导作用的时候，智力圈就形成了。③尽管智力圈是囊括我们所在行星的物质存在和空间存在，但符号圈的空间实际上是抽象的。当然，这绝不意味着我们在这里使用的空间概念只是一种隐喻的意义。它是指与封闭空间具有相同性质的特殊范围。只有在这个空间之内，交流活动的实现和新信息的阐发才是可能的。

  维尔纳茨基对生物圈性质的理解，对于明确界定我们所介绍的概念是非常有用的，对此，我们稍稍多做一点解释。维尔纳茨基把生物圈界定为充满了活物质的空间。他是这样说的："活物质就是有机体的共同体。"④ 对我们来说，这个界定使我们有理由相信，维尔纳茨基的理论基于原子事实：与孤立存在的有机生物体密切相连的所有其他有机生物体，共同构成了生物圈。然而，这并非事实。真正的事实告诉我们：在维尔纳茨基的概念里，与个体有机体相比较，生物圈是最重要的；而与宇宙整体作用相比较，行星表面厚厚覆盖层的内部组织多样化则是其次的。这覆盖层就是被当作有机统一体的活物质，其内部组织的多样化指的是将太阳能转化为地球化学能和物理能的机制。"所有这些

---

  ① 维尔纳茨基（В. И. Вернадский，1863—1945 年）：俄国及苏联矿物学及地质化学家，被认为是地球化学、生物地球化学和放射地质学的创始人之一，最著名的著作是 1926 年的《生物圈》。——中译者

  ② 此处原文为斜体字，中译改为下划线，余同。——中译者

  ③ "在生物圈里，科学思想与科学知识的历史……与新的地质力量的创造历史是同一时代的产物，也就是说，科学思想在生物圈出现之前显然是不存在的。"载［俄国、苏联］维尔纳茨基《博物学家的思考：作为行星现象的科学思想》，莫斯科，1977 年，第 2 卷，第 22 页。

  ④ ［俄国、苏联］维尔纳茨基：《生物圈——生物化学选集》，莫斯科，1967 年，第 350 页。

聚结在一起的生命都是密切相连的。任何个体都不可能离开其他而存在。各种生物层和聚结层都互相连接，它们的恒定性质就是地球表层生物机制的永恒特征，并清晰地显示在地质年代的整个演化过程中。"① 这一观点特别明确地表达在如下阐发中："生物圈有一个完全封闭的结构，界定发生在其中的一切，无一例外。……实际上，正如人们所观察到的那样，所有有机生物体，以及任何有机生物体，都是生物圈在其封闭时空内的产物。"②

在处理各种符号问题时，采用相类似的研究方法是可行的。我们可以把符号世界看作彼此近在咫尺的各种单个文本和语言的总和，于是，整座大厦就是由一块块砖头砌起来的。但是，采用相反的研究方法会更加富有成效：整个符号空间可看作单一的机制（假如不是有机生物）；然后，并非一些特殊的砖块，而是一个可称为符号圈的"宏观系统"，成为最重要的了。符号圈是一个符号空间，在它之外，哪怕仅仅只是符号过程的存在，都是不可能的。

恰如不可能通过黏合牛排来得到一只牛犊，而只能通过宰杀切割牛犊得到牛排一样，我们也不能通过总结特殊符号的行为来获得符号宇宙。恰恰相反，只有当这样的宇宙存在时，符号圈才会使得每一个象征行为得到实现。符号圈被赋予了一系列特征。

一、<u>它是有边界的</u>。符号圈这个概念尤其与同质化和个性化密切相关。正如我们所看到的那样，这两个概念（同质化与个性化）很难被予以正式的界定，并取决于描述系统；但是，这并不能使它们丧失现实性或者否定它们能够在直觉的层次上得到清晰的辨别。这两个概念意味着符号圈区别于围绕着符号空间的非符号空间或者密切相关的符号空间。

符号有界性的根本性概念之一，就是界限。由于符号圈的空间是抽象的，其界限不可能凭借具体的想象工具来表达。正如在数学中界限被称作同时既属于内部空间又属于外部空间的一组点线那样，符号界限也是一组双语翻译的"过滤器"；通过这个"过滤器"，文本被翻译为界限之外特殊符号圈的另一种语言（或多种语言）。符号圈"有界的"特质显现为如下事实：它不可能连续地既是符号文本又是非符号文本。如果那些文本要求成为现实，符号圈就必须把它们翻译为一种语言，该语言拥有自己的内部空间，或者，把那些非符号事实"符号化"。于是，沿着符号圈边界的那些点线，就可以比作能够把外部刺激转化为我们神经系统语言的感受器，或者比作一些传输单元，它们适应外在

---

① ［俄国、苏联］维尔纳茨基：《选集》，莫斯科，1960年，第5卷，第101页。
② ［俄国、苏联］维尔纳茨基：《博物学家的思考：作为行星现象的科学思想》，莫斯科，1977年，第2卷，第32页。

于这个世界的特殊符号圈。

依上所述,我们可以明确:界限的概念与符号个性化的概念密切相关。从这个角度看,可以说符号圈就是"符号人",它具有人的特殊个性。也就是说,这个概念是经验的确定性与直觉的明显性这两者的结合,要想非常正式地予以界定是极其困难的。我们知道,人的各种界限,作为历史的、文化的符号学现象,取决于编码的方法。例如,在人的意义上,相对于丈夫、主人和资助者而言,妻子、孩子、不自由的仆人以及家臣等,他们都可以看作同一系统的一部分,缺乏独立个性,而在其他地方,他们又都被当作各不相干的人。在法律符号学里,这些都是相对来说非常清楚的。除去失宠的贵族,恐怖的伊凡①不仅惩罚他的家人,还惩罚他的所有仆人。这些惩罚的实施,不仅出于对报应或报复的想象性恐惧(好像来自普通区②的小贵族会对沙皇构成威胁那样!),还出于一种理念,即从法律上讲,受惩罚的那些人组成了一个大家庭(或者称作一个人),在其中必有一家之主,因此,在主人之后,惩罚自然还会扩大到仆人身上。俄罗斯人看到"恐怖的"或残忍的沙皇,是因为这一事实——伊凡毫无节制地惩罚他的人民,但还有一个事实——一个大家族所有成员组成一个单元是很自然的,当然,这是一个失宠者单元。外国人则惊恐于一个人会因另一个人的罪过而承受苦难。1732 年,英国大使的妻子朗多夫人(Lady Rondo)(在她的信件里,她对俄国法庭并非总是抱有敌意,并显现出像安娜·伊桑诺夫娜③那样的善良敏感和拜伦④那样的高贵),在信中对欧洲记者讲

---

① 伊凡四世·瓦西里耶维奇(Иван IV Васильевич,1530—1584 年):史称伊凡四世(Ivan IV),别称伊凡雷帝(ИванГрозный)、恐怖的伊凡(Ivan the Terrible),俄罗斯留里克王朝首位沙皇(1547 年 1 月 16 日—1584 年 3 月 28 日在位),在位期间,"沙皇"成为俄国君主的正式称谓。他自幼即养成意志坚强和冷酷无情的性格,对贵族们严厉镇压,13 岁时下令处死了反对他的世袭大领主。有一次盛怒之下,他竟然用手杖打死了长子伊凡太子,使人感到特别惊骇和恐怖。"雷帝"(即"可怕的伊凡"或"恐怖的伊凡")的外号由此而来。——中译者

② 伊凡四世推行独创的"特辖制":将国家领土划分为两个部分,一为特辖区,主要是俄国心脏地带的领土组成,由沙皇任命的特辖军统治;一为普通区,主要为边远落后地区,归贵族领主管理。——中译者

③ 即安娜一世·伊万诺夫娜(Анна I Ивановна,英文名 Anna Iwnovna,又名安娜·约翰诺夫娜,1693—1740 年):罗曼诺夫王朝第八位沙皇,俄罗斯帝国第四位皇帝,废除最高枢密院,实行独裁专治。——中译者

④ 乔治·戈登·拜伦(George Gordon Byron,1788—1824 年):英国诗人,出身破落贵族,反抗专制压迫,追求民主自由,诗路宽广,擅长讽刺,代表作有《恰尔德·哈洛尔德游记》《唐璜》等。——中译者

述了多尔戈鲁基①一家被流放的情景:"你也许会感到惊讶:妻子和孩子们也被流放了;在这里,一家之主丢脸时,整个家庭都会受到迫害。"② 相同的集合性概念(比如大家族)远在单个人之上,比如,在复仇这个概念里,凶手所在的大家族在法律上是被当作责任人的。索洛维约夫③令人信服地将基于出生和服务优先的做法与集体氏族的观念联系在一起:

> 当然,在一个像氏族联盟这样的堡垒里,所有的家族成员都是彼此负责的,家族的重要性一定远在个体成员之上,不属于家族的个体成员是不可想象的:伊万·彼得罗夫难以想象仅仅作为伊万·彼得罗夫而存在,但是可以想象仅仅作为与兄弟或亲属在一起而存在的伊万·彼得罗夫。当单个成员与整个大家族相融合,一个成员得到晋升,就意味着整个家族得到晋升;一个成员受到羞辱,也意味着整个家族受到羞辱。④

符号空间的界限并非人为的概念,但在揭示符号机制本质方面,这个界限占有极其重要的功能位置和结构位置。界限是一种双语机制,能把外部的信息翻译为符号圈的内部语言,反之亦然。这样,通过界限,符号圈就能确立与非符号圈和相关符号空间的联系。一旦进入语义学领域,我们就不得不求助于元符号学的现实了。但是,我们一定不要忘记,对于特定的符号圈来说,仅在它可以转化为其语言的程度上,这种现实才能成为"它自身的现实"(就像外部化学物质只有在它们能够转化为适合它的生化结构时才能够被细胞吸收那样——这两种情况是同一定律的特殊表现)。

任何限制和覆盖的功能(从活细胞膜到生物圈——维尔纳茨基所说的包裹着我们行星的地幔——即符号圈的界限)都构成对渗透、过滤和适应等过程的限制,这些过程指的是从外部到内部的处理。这种恒定的功能以不同方式在不同层次上实现。在符号圈的层次上,它倾向于将自己的东西与陌生的东西区别开来,过滤外部信息,将其翻译成属于自己的语言,以及将外部的非信息

---

① 瓦西里·弗拉基米罗维奇·多尔戈鲁基(ВасиÌлийВладиÌмировичДолгоруÌков,英文名 Dolgorukii,1667—1746 年):俄国元帅,贵族,他在反对彼得大帝和安娜一世女皇的政治阴谋中起主要作用,一生中两次被流放。——中译者
② [苏联] S. N. 舒宾斯基编注:《书信集,安娜·伊万诺夫娜统治时期俄罗斯法院英国居民的妻子朗多夫人手札》,圣彼得堡,1984 年,第 46 页。
③ 索洛维约夫(S. M. Solov'ev,1820—1879 年):俄罗斯国家派历史学家,彼得堡科学院院士,代表作为 29 卷本的《俄罗斯古代史》。——中译者
④ [俄国] 索洛维约夫:《俄罗斯古代史》,圣彼得堡,第 3 卷,第 697 页。

转换为信息，也就是说，来自空无的"符号化"及其转变为信息。

从这个角度来看，所有服务于外部语境的翻译机制都属于符号圈界限的结构。符号圈的总界限与特定文化空间的界限是相交的。

在文化空间为领土的情况下，界限在单词的基本意义上具有空间意义。然而，即使在这种情况下，它仍然保留了一种转换信息的缓冲机制的感觉，即特殊的翻译单元。例如，当符号圈等同于被同化的"文化"空间，而其外部的世界等同于混乱的、无序的、自然元素的领域时，符号结构的空间排列有时采取以下形式：凭借特殊才能（巫师）或某种职业（铁匠铺、磨坊主、屠夫）属于两个世界并且可以说是翻译者的人，被安置在领土外围，处于文化空间和神话空间之间的界限上，而组织世界的"文化的"神灵庇护所则位于中心。例如，在19世纪的文化里，仔细考虑一下城市外围地区的"破坏性"元素的社会结构：在茨维塔耶娃①的一首诗（"城门叙事诗"②）中，郊区既是城市的一部分，又属于摧毁城市的世界。它的性质是双语的。

所有毗邻游牧民族或"野蛮人"居住地的伟大帝国，都将这些游牧民族或"野蛮人"的部落定居在边界上，并让他们保护边界。这些定居点形成了文化双语区，这使得两个世界之间的符号学联系得以实现。混杂的文化混合区也充当着符号圈的界限，例如城市、贸易路线等，即"克里奥尔化"③符号结构的形成区域。像迪格尼斯的拜占庭史诗④或"《伊戈尔远征记》⑤提到的故事"这一类"界限小说"的情形，是界限的典型机制。一般而言，罗密欧与朱丽叶围绕两个敌对文化空间的爱情同盟主题，清楚地说明了这种"界限机制"的实质。

关于界限的内在机制，务必牢记一点：界限将符号学的两个领域结合在一起，根据特定符号圈的符号自我意识（在元级别上的自我描述）来划分它们。

---

① 玛·伊·茨维塔耶娃（М. И. Цветаева，1892—1941年）：俄罗斯著名诗人、散文家、剧作家，被认为是20世纪俄罗斯最伟大的诗人。——中译者

② "城门叙事诗"：原文为"Poem of the Gates"。此处感谢中山大学中文系（珠海校区）李暖博士后提供资料。——中译者

③ 克里奥尔化：语言混杂现象。克里奥尔化语言指的是混合语，在各种语言频繁接触地区出现的一种包含不同语言成分的混合自然语言。如英语、葡萄牙语、法语、荷兰语这些欧洲语言与中美、中非当地语言混合形成的语言，就是这种混合语。它相当于新中国成立前流行于上海等地的洋泾浜语。这种不同语言的混合过程即克里奥尔化。——中译者

④ 《迪格尼斯·阿克里特：混血的边境之王》：在拜占庭和中世纪东正教世界广为流传的一部英雄传奇史诗，西方学者认为它是拜占庭诗歌的最高成就。——中译者

⑤ 《伊戈尔远征记》：中世纪俄罗斯英雄史诗，作者不详。诗篇反映1185年罗斯王公伊戈尔对突厥族波洛夫人的一次失败的远征。——中译者

在文化符号学方面具有对自己的认知意识，就意味着要认识到自己的特殊性，即自己与其他领域的对立。这必然会将重点放在划定特殊范围界线的绝对质量上。

在符号圈发展过程中的不同历史时刻，界限功能的这一方或另一方可能会占据主导地位，扼杀或完全压制其他一方。

界限在符号圈中还具有另一个功能：它是一个加速的符号过程的区域，该过程在外围更加活跃地发生，从外围被吸引到它们终将取代的内核结构。

古罗马历史的例子很好地说明了更普遍的规律：迅速扩展的文化空间吸引了外部集体（结构）进入它的范围并将它们转化为自己的外围。这极大地促进了周边地区文化—符号和经济的蓬勃发展，并向中心传达了自己的符号结构，确立了文化领导者，并最终逐步地征服了文化中心区域。反过来，这又促进了（通常，以回归"到基本生活"为口号）文化核心的符号发展。事实上，它已经是在历史演变过程中出现的新结构，但仍然在旧结构的元范畴中解释自己。这种中心/外围的对立由昨天/今天的对立所取代。

由于界限是符号圈的必要组成部分，因此符号圈需要"无组织的"外部环境；如果缺少外部环境，符号圈将自行构建它们。文化不仅创造自己的内部组织，而且创造自己外部的无组织形式。古代建构了它的"野蛮人"，而"意识"建构了"潜意识"。在此种情况下，这就是一个无关紧要的问题了。首先，这些"野蛮人"最初可能具有更古老的文化。其次，它们当然不是统一的整体，但它们构成了从古代最高文明到原始部落发展阶段的文化范围。尽管如此，古代文明仍然能够将自己视为一个文化整体，它构建了一个统一的"野蛮人"世界，这个世界的主要特征是缺乏与古典文化的共同语言。位于符号界限之外的外部结构被称为非结构。内部空间和外部空间的评价并不重要。重要的是有界限存在这个赤裸裸的事实。因此，在18世纪"鲁滨孙漂流记"的世界中，处于文明社会符号学之外的"野蛮人"世界得到了积极评价（在人为建构的动物世界或儿童世界中，两者的相等之处是都处于文化"惯例"，即其符号学机制之外）。

二、符号的不均衡。从第一部分所说的，我们看到一个"非符号的"空间实际上可以是另一种符号学的空间。在特定文化中，对外部观察者来说，看起来像外部的非符号世界可能是符号的外围。因此，特定文化界限的描绘取决于观察者的位置。

符号圈组织规则的强制性内部不平衡，使得这个问题更加复杂了。符号空间通过内核结构（通常是好几个）被赋予特征，这一内核结构既具有明确的组织，又是一个不固定的符号世界，该世界向周边倾斜，内核结构深深浸入其中。如果某一个内核结构不仅占据主导地位，而且还进入自我描述的阶段，并由此隐身为系统的元语言，该语言不仅可以描述自身，还可以描述特定符号圈的外围空间，那么，理想的统一层次是建立在真实符号学景观的不均衡性之上的。这些层次之间主动的相互影响，成为发生在符号圈内的动态过程的源头。

在一个结构层次上的不均衡被各种层次的混合增强了。语言和文本的严密组织体系通常在实际的符号圈中被打乱：当它们处于同一层次时，它们就会发生冲突。众多文本发现它们自己沉浸在与自己不符的语言中，破译它们的代码甚至根本就不存在。让我们想象一下博物馆中的一个房间，其中陈列着来自不同世纪的展品，有已知和未知语言的铭文，破译指令，方法学家编写的解释性文字，在各种情况下显示博物馆参观行程的可能路线图以及参观者行为规则的地图。现在，如果我们将访客和他们的符号世界插入其中，我们就会得到类似于符号圈图片的东西。

符号空间的结构不均匀性为动态过程创造了储备，并且是处理符号范围内新信息的机制之一。在外围地区，由于缺乏严格的组织和灵活的、"移动的"结构，动态过程受到的阻力较小，因此发展更快。元结构自我描述（语法）的创建是急剧增加结构的严格性并减缓其发展的一个因素。但是，不适合描述或按照"异类的"语法（显然不适合它们）去描述的领域，却发展得很快。这为将来结构内核的功能转移到前一阶段的外围并将先前的中心转换成外围确立了基础。在世界文明的中心和"边远地区"的地理变化中，可以用图形方式观察到这一过程。

区分为内核与外围是符号圈内部组织的法则。主导的符号系统位于内核之中。但是，尽管这种划分实际上可能是绝对的，其外在形式在符号上却是相对的，并且在一定程度上取决于为描述而选择的元语言，即取决于我们是否在处理自我描述（来自内部观点的描述，以及在特定符号圈自我发展过程中详细阐述的术语），或者由外部观察者以另一个系统的范畴来完成的描述。

外围符号结构可能不表现为封闭的结构（语言），但会表现为片段甚至像分离的文本。这些不相容于特殊系统的"外来的"文本，在符号圈整体机制中发挥着催化剂的作用。一方面，带有外来文本的界限始终是强化信息意义的区域；另一方面，符号结构的任何片段甚至是离散文本都保留着整个系统的重构机制。这种完整性的解构导致"记忆"的加速过程，即从符号的各个部分重建符号学整体。这种重新构造的语言现已失传，在其系统中，特殊的文本世界将变得有意义。实际上，当它根据文化自身的意识展现出来时，它总是被证明为一种新语言的创造，而不是旧语言的再创造。

遗失了代码的某种储备文本在文化中的持续存在，意味着创建新代码的过程通常在主观上被视为旧代码的重构（"回忆"）。

符号圈内部组织的结构不均匀尤其是因为以下事实：作为本质上参差不齐的存在，它在其不同部分以不同的速度发展着。不同的语言具有不同时间和规模的周期：自然语言的发展要比心理结构和意识形态结构慢得多。因此，甚至不能说发生在其中的过程是同步的。

于是，符号圈内部各种界限纵横交错，这些界限将符号圈的方方面面分门别类。跨越这些界限的信息翻译，不同结构和子结构之间的相互作用，以及一种结构向"外来的""领土"连续有针对性的符号"入侵"，导致意义的产生和新信息的形成。

符号圈内部的多样性含蓄地假定其完整性。进入整体的部分，不是像机器零件那样，而是像人体器官那样。符号圈内核机制的结构组织的一个基本特征是：它的每个部分本身就是一个整体，是封闭的，并且在结构上自给自足。它链接其他非常复杂的部分，并且高度地既自动化也解自动化。而且，在更高的层次上，它们获得了行为的特征，也即它们获得了独立选择活动计划的能力。就整体而言，它们表现出同构的性质，因为它们在结构等级层次中处于其他层次。因此，它们同时是整体及其相似性的一部分。我们也许可以使用 14 世纪末捷克作家托马斯·斯蒂尼①在另一个关联中使用的隐喻来阐明这种关系。就像在镜子中被完全反射的脸也在镜子的每块碎片中都被反射一样，它们既是完整镜子的一部分，又是完整镜子的相似部分。在整体符号学机制中，特定文本在某些方面与整个文本世界是同构的，明显的相似性存在于个人意识、文本和作为整体的文化之间。存在于不同层次结构之间的垂直同构性，导致消息数量的增加。就像在镜子中反射的对象在镜子的碎片中会产生数百个反射一样，引入到完整符号结构中的消息在较低层次上会成倍增加。系统能够将一个文本转化为大量的文本。

然而，从根本上阐述新文本需要另一种机制。在这种情况下，必须使用根本不同类型的联结。同构机制的建构方式是不同的。由于不是简单的转移行为，而是要发生交换，参与者之间不仅必须存在相似关系，而且必须存在明确的差异关系。此类符号化过程的最简单条件可以表述为：参与其中的子结构一定不能彼此同构，而是在更高层次上分别与第三个元素同构，子结构是更高层次上系统的一部分。因此，例如，画画的词汇语言和图像语言就不是同构的。但是，它们中的每一个在不同方面都与现实的非符号世界同构，在其中它们都

---

① 托马斯·斯蒂尼（Tomas Stitny, 1333—1401/1409 年）：捷克贵族，作家、思想家、翻译家。——中译者

以某种语言来表示。一方面,这使得在那些系统之间的消息交换成为可能;另一方面,在其变动过程中,消息也可以进行并非容易的转换。

在交流活动中,两个相似但又不同的合作伙伴的存在,是对话系统产生的极其重要但并非唯一的条件。对话包括信息交流中的互惠互利。但就此而言,有一点是必须的:信息发送的时间与信息接收的时间可以互换①。但这是以非连续性为前提的——可能会中断信息的传输。这种以比特②方式发布信息的能力是对话系统的普遍定律——从狗对尿液中臭味物质的识别到人类交流中文本的交换。应该记住的是,离散性可能发生在结构的层次上,在那里,高活动周期与低活动周期的循环交替,存在于其物质实现中。实际上我们可以说,当用分离式结构的语言描述循环过程时,就会出现符号系统中的离散性。例如,在文化史上,我们可以区分出某些时期,在较高的活动水平上,其中某些艺术会将它们的文本翻译成其他符号系统。但是,这些周期会与其他某种艺术发生变化的周期相互交替,就是说,变动到"接收的"位置上去。这并不意味着当我们单独描述特定艺术的历史时,我们会遇到一种不连续性——进行了内在研究后,就会发现它仍是连续的。但是,只需要设定描述特定时期内的整体艺术的目的,我们就能清楚地揭示,在其他历史时期,某些艺术的扩展甚至"好像是不连贯的"。这种现象确实可以解释对文化历史学家来说是众所周知的另一个现象,但在理论上从来没有这样阐释过:根据大多数文化理论,像诸如文艺复兴时期、巴洛克时期、古典主义或浪漫主义等,它们通过对于特殊文化来说是普遍的因素而产生,对它们的认识,必须在该特殊文化的各种艺术与更广泛的智力显现形式的领域中进行同步判断。但是,真正的文化史呈现8种完全不同的图像,那些出现在不同艺术中的划时代的现象,它们产生的时刻仅在文化自我意识的元层次上是相同的,到后来,文化自我意识进入了学术观念。但是在真正的文化结构中,非同步性不是偶然的畸变,而是正常的规律。翻译艺术处于其活动的最高点,并体现了创新和活力的特征。目标通常仍处于上一个文化阶段。还有其他更复杂的关系,但不均衡具有普遍法则的特征。因此,从内在的角度来看,发展的过程是连续的,从一般的文化立场来看,它们又是离散的。

对于大范围的文化交流,可以观察到同一件事情:东方文化对西方文化的

---

① 参见约翰·纽森(John Newson)《对话与发展》,载安德鲁·洛克(Andrew Lock)主编《动作、手势和符号。语言的发生》,伦敦—纽约—旧金山,1978年,第33页。

② 比特(Bit, Binary digit):计算机专业术语,由英文音译而来;是二进制数字中的位,信息量的度量单位,为信息量的最小单位。——中译者

影响和西方文化对东方文化的影响，这种文化碰撞的过程，在它的内在发展中涉及正弦异步性（sinusoidal asynchronicity），并且，就外部观察者来说，代表着活动向不同方向移动的离散变化。

在其他多种对话中，例如在文化的中心与外围之间，以及文化的最高水平和最低水平之间，也能观察到相同的关系系统。

这种脉冲式活动在较高级结构层次上表现为离散的事实，并不会令我们感到惊讶——如果我们回想起音素之间的界限仅仅存在于音韵学层面，而非语音层面，亦不存在于言语的声音波形图中。关于其他的结构界限，例如单词之间的界限，同样如此。

最后，对话必须具有其他属性：从第三种观点来看，传达的内容和收到的回应必须形成一个统一的场域，并且根据各自的观点，它们不仅是离散的文本，还倾向于成为另一种语言的文本，因此，为了能过渡为外来语，被传达的文本在期望得到回应时，应该包含自身的元素。否则，对话是不可能的。约翰·纽森（John Newson）在前面引述的文章中指出：在哺乳婴儿的母亲和婴儿之间，对方的面部表情和语音信号已相互转换。这是对话与单方面培训不同的地方。

例如，这也基于一个事实：19世纪文学在其语言中必须包含如诗如画的元素，以便对具象性绘画产生强大的影响。在地域文化的接触交流中也出现了类似现象。

对话式的（广义上）文本交换不是符号过程的选择性现象。由18世纪的思想所创造的与世隔绝的鲁滨孙式乌托邦，与现代观念相反：现代观念认为意识是信息的交流——从人脑左右半球之间的交流到文化之间的交流。没有交流的意识是不可能的。在这个意义上，可以说对话先于语言并引起语言的产生。

这的确构成了符号圈概念的基础：符号结构的整体先于（从功能上，而不是启发式地）一种特定的孤立语言，并且是后者存在的条件。符号圈的不同子结构是通过相互作用而彼此联系的，没有相互支持它们就无法发挥作用。从这个意义上讲，在经历了几个世纪的逐步空间扩展后，当代世界的符号圈现在已经具有全球性，包括广播卫星、诗人的诗句和动物的啼哭。符号空间里所有元素之间的相互关系，不再是隐喻而是现实。

因为与生俱来的复杂记忆系统，符号圈具有历时性深度，如果没有这个记忆系统，符号圈就无法发挥作用。记忆的机制不仅存在于特定的符号学子结构中，还存在于整个符号圈中。尽管在我们看来，沉浸在符号圈中的是一个混乱无章的客体、一组自治元素，但我们必须假定：其内部的各个部分都是受控制、有条理的，在功能上是相互联系的，并且这些部分之间的动态相互联系形成了符号圈的运行方式。这种假设符合经济原则,即如果没有这个原则,个体交流这个明摆着的事实将变得难以解释。

符号圈诸多元素(子结构)的动态发展趋向于使它们变得更加具体,从而增加了其内部多样性。不管怎样,这都不会破坏符号圈的完整性,因为在所有交流过程的基础上,存在着一个永恒不变的基本原理:使得它们全都彼此相似。该原理基于二重对称与不对称(在语言层面上,索绪尔将此结构特征描述为"相似和差异的机制"),在生命的所有过程中,伴随着顶点和边缘的周期性变换,无论它们的形式如何。从本质上讲,这两个原理可以简化为以下更普遍的统一性:对称性—不对称性可以看作对称平面将某些统一体的二等分,经由此切分,在多样性和功能的规格上,镜像结构得以形成,并成为后续生长的源头。以此为基础,周期性围绕着对称轴进行旋转运动。

这两个原理的结合在各种各样的层次上都可以看到:从空间和原子核世界的循环性(轴向对称性)的对抗——动物界中普遍存在的单向运动,平面对称性的结果——到神话(循环)时代与历史(定向)时代之间的对立。

由于这些原则的结合具有不仅超越人类社会还超越有机世界的结构特征,并且使得例如诗歌作品在最一般的结构之间构成相似性成为可能,因此自然产生一个问题:整个宇宙中的信息不是更广泛的符号圈的一部分吗?宇宙不读书吗?我们完全没有能力来回答这个问题。对话的可能性以各种要素的多样性和同质性为前提。符号的异质性以结构的异质性为前提。在这方面,符号圈的结构多样化构成其机制的基础。正是通过这种方式,就我们感兴趣的问题而言,我们应该阐释一下维尔纳茨基所说的居里-巴斯德原理①,他称该原理为"科学逻辑与理解大自然的基本原理之一":"不对称性只能由本身已经具有这种不对称性的原因产生。"②

结构同一性和差异性相结合的最简单,同时也最普遍的情况,是对映形

---

① 居里-巴斯德原理(Curie-Pasteur principle):玛丽·居里(Marie Curie,1867—1934 年),出生于波兰的法国物理学家、化学家。由于发现放射性,与其夫皮埃尔·居里等人共获 1903 年诺贝尔物理学奖;又因发现镭和钋,获 1911 年诺贝尔化学奖。路易斯·巴斯德(Louis Pasteur,1822—1895 年),法国化学家、微生物学家,证明微生物引起发酵及传染病,首创疫苗接种预防狂犬病、炭疽和鸡霍乱,开创了立体化学,著有《乳酸发酵》等。维尔纳茨基对他们十分崇敬,并从他们的理论中概括出"居里-巴斯德原理"。——中译者

② [俄国、苏联] 维尔纳茨基:《右撇子和左撇子》,载《博物学家的思考:作为行星现象的科学思想》,莫斯科,1977 年,第 2 卷,第 149 页。

态①，即镜像对称，在其中，两个镜像都是等同的，但是当它们彼此相互重叠、彼此互为左右手时，它们是不等同的。这种关系产生的相关差异既不同于身份（使对话无效），又不同于不相关的差异（使对话无法进行）。如果对话交流是意义形成的基础，对于意义生成系统中各部分的结构相互关系来说，整一的对映分离和差异的趋同是基础。②

镜像对称创建了结构多样性和结构相似性之间的必要联系，从而可以建构对话关系。一方面，这些系统并不相同，并且产生不同的文本；但是，另一方面，它们很容易被转换为另一种，从而使文本可以互译。如果我们可以说要使对话成为可能，则其参与者必须是不同的，同时在结构上也要有对方的符号学图像③，那么对映形态就是一种理想的基本对话"机器"。

回文现象表明：简单的镜像对称性从根本上改变了符号机制的功能。对该现象的研究很少，回文被视为一种诗意的消遣，是"文字游戏的艺术"④，有时被公开地蔑视为"玩杂耍"⑤。但是，即使对回文现象进行一般性的研究，也会发现一些非常严肃的问题。在这种情况下，我们并不关心回文的特性——无论是向前还是向后阅读，它都保留一个词或一组词的意义——而是关心在此过程中文本形成的机制以及意识如何变化。

我们可能还记得阿列克谢耶夫⑥院士对中国回文的分析。他指出，中国的象形文字仅仅只是孤立地给出了一个关于语义群的想法，这个语义群的具体语义特征和语法特征，只有在与文本顺序相关时才会得到揭示；如果不知道文字符号的顺序，就不可能确定其语法类别或实际语义内容——它们能将非常笼统和抽象的孤立象形文字的语义予以具体化。阿列克谢耶夫展示了在中国回文中发生的引人注目的语法—语义变化：该变化取决于读者阅读文本的方向。在中

---

① 对映形态（enantiomorphism）、对映体（enantiomer）：互为实物与镜像而不可重叠的立体异构体，称为对映异构体，简称为对映体。对映异构体都有旋光性，其中一个是左旋的，一个是右旋的，所以对映异构体又称为旋光异构体。路易斯·巴斯德的研究对此领域贡献巨大。——中译者

② 参见［苏联］伊万诺夫（V. V. Ivanov）《均匀和不均匀：脑不对称和符号系统》，莫斯科，1978 年。

③ 关于这一点，请参阅本卷中明茨（Z. G. Mints）和尼科娃（E. G. Mel'nikova）的文章。

④ ［苏联］克雅可夫斯基（A. Kvyatkovskii）：《诗歌词典》，莫斯科，1966 年，第 190 页。

⑤ ［苏联］铁莫菲耶夫（L. I. Timofeev）、赫拉维（S. V. 'hraev）编选：《文学术语词典》，莫斯科，1974 年，第 257 页。

⑥ 阿列克谢耶夫（Василий Михайлович Алексеев，1881—1951 年，英文名 B. M. Alekseev）：中文名阿理克。苏联著名中国学家，精于汉语文学，兼长中国考古学、民族学及文化史。1898 年入彼得堡大学东方系，师承俄国中国学权威王西里教授。1916 年获硕士学位，学位论文为《中国诗人论诗：司空图的〈诗品〉》。1923 年当选为苏联科学院通讯院士；1929 年未经答辩获博士学位，同年当选为院士。——中译者

国的"回文"中（也就是说，一首诗的正常词语顺序可以倒转），所有中文单词音节都被要求扮演其他角色，无论是句法还是语义；同时，都精确地保持在原来的位置上。① 由此，阿列克谢耶夫得出了一个有趣的方法论结论：回文是学习中文语法的珍贵材料。"结论很明确：

1. 回文是说明汉语单词音节之间相互关系的所有可能方式中最好的那一个，因为它无须求助于人为的听觉演变经验，虽然不笨拙、不精细，该经验通常都适用于学生练习中文句法。

2. 回文是……最好的中文材料，用于建构中文（也许不仅是中文）单词和简单句子的理论。"②

对俄罗斯回文的观察会得出其他结论。在少量的旁注中，基尔萨诺夫③就俄罗斯回文作者的心理学问题做出了一些非常有趣的自我观察。他告诉我们，当他还是"中学生"的时候，他如何发现自己"对自己说'海豹并不凶猛'"，"突然间我注意到根据这个命题下载后，这句话可以向后读。从那时起，我常常喜欢让自己向后读单词。随着时间的流逝，我开始看到作为'整体'的单词，这种自我押韵的单词及其组合会自动出现在我身上"。④

因此，俄罗斯回文的机制在领会单词的过程中形成，然后可以按照相反的顺序来读取单词。一件非常奇怪的事情发生了：在中文里，象形文字原本就隐藏了它的形态结构，反序阅读有助于展现这种隐藏的结构，代表着潜在的整体和可见，连续的<u>一组结构元素</u>。但是在俄语里情况就不同了，回文要求一种"把诸多单词看作一个整体"的能力，也即将它们视为<u>完整的图片</u>，一种象形文字。中国的回文将可见的和整体的翻译成离散的和分析上的差异，而俄罗斯的回文则激活了相反的情况——可见性和整体性，即<u>反向阅读会激活其他范围意识的机制</u>。对文本对映形态根本变化的基本感受，改变了与文本相关的意识类型。

---

① ［俄国、苏联］阿列克谢耶夫：《中国回文及其科学和教育用途》，载《院士列弗·弗拉基米罗维奇·谢尔巴回忆录》，列宁格勒，1951年，第95页。

② ［俄国、苏联］阿列克谢耶夫：《中国回文及其科学和教育用途》，载《院士列弗·弗拉基米罗维奇·谢尔巴回忆录》，列宁格勒，1951年，第102页。

③ 谢苗·基尔萨诺夫（S. Kirsanov, 1906—1972年）：苏联诗人，战地记者，俄语韵律散文的创始人。此处资料由中山大学中文系（珠海校区）李暖博士后提供；她还根据俄文版洛特曼全集，对人物姓名的英文拼写错误予以校正，特此致谢。——中译者

④ ［苏联］谢苗·基尔萨诺夫：《诗歌与回文》，载《科学与生活》，1966年，第7卷，第76页。

因此，将回文视为无用的"玩杂耍"，毫无意义的小骗术，类似于克雷洛夫①寓言中那只公鸡关于珍珠的看法。在此想起这则寓言，其寓意是："这就是笨蛋的思维方式：凡是他们不理解的东西，他们都觉得无用。"②

回文激活了潜在的语言意识层，为大脑功能不对称问题的实验提供了极有价值的材料。回文非但不是无意义的③，而是具有多种含义的。在更高层次上，魔术的、圣礼的以及秘密的意义，都归功于逆序向后阅读。当"正常地"阅读时，文本被识别为"开放的"文化领域；但是当它被逆序向后阅读时，就被识别为特别专业的领域了。考察回文在咒语、魔法公式，以及大门和坟墓上铭文的用法，会很有启发意义。也就是说，在文化空间区域的意义上，那些地方是边界和魔法活动场所：尘世的（正常的）力量与阴间的（逆序的）力量在那里相遇。大主教和诗人西多尼乌斯·阿波利纳里斯④将著名的拉丁文回文的作者，归功于恶魔本人：

Signa te signa, temere men tangis et angis
Roma tibisubitomotibusibitamor.
（穿过你自己，穿过你自己，不知道这样做你会令我痛苦并压迫我。罗马，伴随着这些姿势，爱突然奔向你。）

形成对称—不对称的镜像机制在所有意义生成机制中都非常普遍，以至于可以被称为普遍机制：一方面，它包括宇宙的分子水平和一般结构；另一方面，还包括人类精神的全球创造。对于用<u>文本</u>这个术语来界定的现象，它无疑是通用的。炼狱和地狱的空间镜像关系——但丁⑤反复强调它们的相互构型是

---

① 克雷洛夫（И А Крылов，1769—1844 年，英文名 Krylov）：俄国作家，世界著名的寓言家、作家，全名是伊万·安德列耶维奇·克雷洛夫（Иван Андреевич Крылов）。代表作品有《大炮和风帆》《剃刀》《鹰与鸡》《快乐歌声》等。——中译者

② ［俄国］克雷洛夫：《作品集》，莫斯科，1946 年，第 3 卷，第 51 页。

③ ［苏联］卡拉切娃（S. Kalacheva）在根据克雷洛夫笔下角色的观点所发表的评论中，对赫列布尼科夫（Khlebnikov）的诗作《废墟》评论如下："单词和单词组合的意义与重要性已经不再令作者感兴趣了……这些诗句的收集仅仅因为受到以下事实的启发：既可以从右到左阅读，也可以从左到右阅读，并获得同等的成功。"载《文学术语词典》，莫斯科，1974 年，第 441 页。

④ 西多尼乌斯·阿波利纳里斯（英文名 Sidonius Apollinaris，430—489 年）：古罗马末期贵族、诗人、外交家、主教，经历了仕途坎坷，并见证了罗马权力的终结。他的作品是罗马文化和语言的代表，深受后人喜爱，常被模仿，堪称古罗马晚期文学艺术的典范。——中译者

⑤ 但丁（Dante Alighieri，1265—1321 年）：意大利语之父，欧洲四大名著之一《神曲》的作者（另外三部是荷马的《史诗》、歌德的《浮士德》、莎士比亚的《哈姆雷特》）。恩格斯评价他是中世纪的最后一位诗人，同时又是新时代最初的一位诗人。——中译者

填充地狱和炼狱的方式——是平行于对立面的特征，这里指的是神圣的（垂直）结构与地狱的（逆序）结构之间的对立。《叶甫盖尼·奥涅金》① 的构成可视为主题的回文结构：在朝着一个方向的运动中，"她"爱"他"并用一封信表达她的爱，但遭到冰冷的斥责；在朝着相反方向的运动中，"他"爱"她"，也用一封信来表达他的爱，同样也遭到冰冷的斥责。主题的这种结构是普希金作品的特征。② 因此，《上尉的女儿》③ 主题包括两个旅程：格里尼奥夫（Grinev）遇见农民沙皇④，救了玛莎；玛莎遭遇不幸，而后玛莎又去谒见女皇叶卡捷琳娜二世，救了格里尼奥夫。⑤ 19 世纪欧洲的浪漫主义和后浪漫主义文学中充斥着这种同一主题的循环往复，这是文学角色之间的相似机制：它们经常直接涉及镜像和反思的主题。

当然，所有这些对称—不对称只是产生意义的机制；而且，就像人脑的双边不对称一样，它们是思想机制的特色，但并不预先确定思想的内容，它们界定了符号学的情境，但不界定任何特定信息的内容。

让我们再举一个例子，说明镜像对称如何改变文本的性质。塔拉布金⑥发现了绘画构图的定律，根据该定律，从图画右下角到左上角的对角轴产生了被动效果，而从左下角到右上角的对角轴则产生了主动感和紧张感。

从这个角度来看，席里柯⑦的著名油画《梅杜莎之筏》⑧ 很有趣。画面的构图由两个相交的对角线组成，分别是被动和主动。在风的作用下，筏子的行进路线是从右到左进入背景。它把粗犷的自然力量拟人化了，这

---

① 《叶甫盖尼·奥涅金》（也译作《欧根·奥涅金》）：俄国作家普希金创作的长篇诗体小说，写于 1823—1831 年，发表于 1831 年。——中译者
② 参见［苏联］布莱格（D. Blagoi）《普希金的精雕细琢》，莫斯科，1955 年，第 101 页，对开本。
③ 《上尉的女儿》：普希金创作的中篇小说，首次出版于 1836 年，是俄国文学史上第一部描写农民起义的现实主义作品。——中译者
④ 这里的"农民沙皇"，指的是农民起义领袖普加乔夫。——中译者
⑤ 参见［苏联］洛特曼《〈上尉的女儿〉的思想结构》，载《普希金选集》，普斯科夫，1962 年。
⑥ 尼古拉·塔拉布金（N. Tarabukin，1889—1956 年）：苏联艺术理论家。——中译者
⑦ 席里柯（Theodore Gericault，1791—1824 年）：法国著名画家，新浪漫主义画派的先驱者。——中译者
⑧ 《梅杜莎之筏》（The Raft of the Medusa）：法国浪漫主义画家席里柯于 1818—1819 年间创作的油画。画家时年 27 岁，画作日后成为法国浪漫主义的标志，现收藏于法国巴黎卢浮宫。法国海军巡洋舰梅杜莎号因船长外行，于 1816 年 7 月 5 日在非洲毛里塔尼亚附近海域沉没，船长等高级官员逃生后，留下 147 人在临时搭制的一只木筏上，随风漂流；到 13 日获救时，仅存活 15 人。此事为当时法国的一大丑闻。画作描绘了海难事件生还者的求生场面，画家以金字塔形构图，逼真而惨烈，震惊世人，影响深远。——中译者

些力量带走了一些遭受沉船海难的无助之人。沿着相反的、活跃的路线，艺术家安排了几位人物，他们正竭尽全力使自己摆脱这种悲惨的境地。他们没有放弃斗争。他们高高举起一个人，让他挥舞着方巾，以吸引沿地平线航行的一艘船的注意。①

如上所说，这里就产生了一个仅凭经验就能得到验证的事实：一个人与同样的一幅画，在雕刻上转换成其镜像时，就会把情感重点改变为与原来的恰好相反。

产生这些现象的原因是，所反映对象的内部结构具有对称和不对称的发展阶段。对映体置换会将对称的各个阶段予以中和，尽管它们未得到明显展现，并且，不对称会成为基本的结构特征。因此，一对镜像对称是对话关系的基本结构基础。

镜像对称定律是意义生成方法的内部组织基本结构原理之一。在主题层次上，它应用于以下场景："崇高"人物与喜剧人物之间的平行，重叠的出现，平行情节以及其他经过充分研究的文本内结构重复现象。在这里，镜子的神奇功能以及镜子对称性的主题角色在文学和绘画中的作用是相关的。"文本中的文本"现象具有相同的性质。② 不过，从我们在别处研究过的完整民族文化中观察到的一种现象，可与此相比较。也就是说，相互熟悉并同化为某个一般文化世界的过程，不仅使不同的文化聚集在一起，还使得它们更加特殊化。进入文化社区后，文化便开始更加有力地培养自己的独创性。反过来，其他文化也会将其编码为"特殊的""不寻常的"。孤立的文化"自身"总是"自然的"和"普通的"。只有当它成为更大范围的整体的一部分时，它才会吸收它认为的外部人对自己的看法，并意识到自己是特殊的。"西方"和"东方"类型的文化社区，由具有"工作"功能不对称性的一双对映体所组成。

由于符号圈的所有层次，即从人的个性或有特色的文本到全球性的符号学单位，都属于彼此投入的符号圈，可以说，每一个符号圈都是经由对话者（符号圈的一部分）的下载过程的参与者，都是同一时间内对话空间（整个符

---

① ［苏联］尼古拉·塔拉布金：《绘画中对角线构图的语义意义》，载《塔尔图大学学术论丛》，第 308 卷。《符号系统论文集》，第 6 卷，塔尔图，1973 年，第 479 页。此处文献出处由中山大学中文系（珠海校区）李暖博士后根据俄文版翻译，特此致谢。——中译者

② 参见伊万诺夫（V. Ivanov）、托拉普（P. Kh. Torop）、莱文（Yu. I. Levin）、蒂门契克（R. D. Timenchik）的文章，以及诗作入选《文本中的文本》的作者的文章。载《塔尔图大学学术论丛》，第 567 卷。《符号系统论文集》，第 14 卷，塔尔图，1981 年。此处文献出处由中山大学中文系（珠海校区）李暖博士后根据俄文版翻译，特此致谢。——中译者

号圈）的参与者，每一次对话都展示左或右的特性，并在较低层次上包含右手结构与左手结构。

以上，我们将符号圈的结构组织的基础，界定为空间不对称性—对称性的交集，强化的正弦交替，时间过程的衰退，等等，从而产生离散性。说完这些之后，我们现在可以将这两个轴简化为一个：右撇子和左撇子的表现，从分子遗传学到最复杂的信息处理，都是对话的基础，即所有的意义生成过程的依据。

附：编者的话[1]

近几十年来，日常生活中十分简单易懂的对话交流活动，竟成为学术研究的关注重心。自雅库宾斯基[2]《论对话言语》发表之后，学界对该问题的研究兴趣持续增长，到了1929年[3]，有些方面的研究已远超那个时代科学认识的水平。"对话问题越来越成为语言学研究的重心所在。这是不难理解的：众所周知，生活中实际发生的言语行为（德语：语言为言语），并非孤立的独白，而是相互交替的至少两个陈述，也即对话。"[4] 无论如何，从人脑的意识机制，到涉及人机交流的语言模式的建构等等，这些都把我们引向对话问题。人们已经认识到，对话情境是交流过程的前提，不仅先于独白式陈述而存在，而且先于语言现象本身而存在；同时，人们还发现，各种形式的独白之中都潜藏着对话，这一发现进一步扩大了问题的范围。

但是，正如就"对话"概念本身而言，实际上存在着两个不同的潜在意义那样，就自然语言来说，任何对话也都具有两个特征：第一，对话定会把一些断断续续的信息传达给另一方；第二，在对话交流过程中，还会有一些新的信息产生出来。

第一个特征导致对话成为一种指令的传达，就此而言，人机对话非常典

---

[1] 此处"编者的话"（From the Editors），依据2015年11月14日纽约大学下载版翻译；2014年12月20日的网络发布版，此处则为"摘要"（Abstract）。——中译者
[2] 雅库宾斯基（Л. П. Якубинский，英文名 L. P. Yakubinskii，1892—1945年）：俄罗斯著名社会语言学家，彼得堡（列宁格勒）语言学派重要人物之一，俄罗斯对话理论的开创者。其《论对话言语》是俄罗斯语言文献中第一篇关于对话理论的经典文献。——中译者
[3] 《论对话言语》（On Dialogic Speech）发表于1923年。——中译者
[4] ［俄国］伏罗希诺夫（V. N. Voloshinov）：《马克思主义与语言哲学，社会学方法和语言科学中的基本问题》，列宁格勒：普里博伊，1929年版，第137－138页。——英译者

型,即便对话使用的是自然语言①。这一特点,要求用于接受和传达的媒介,具有海量的符号组合与高度的结构统一。第二个特征在交流期间随着信息意义的传达过程而完成。在对话过程中,参与者并非完整信息的积极传达者或者被动接受者,而是创造新信息机制的共同参与者。各种有序的符号系统之间的相互影响,就是这一点的明显特征,而面对众多代码间的差异,这些符号系统发挥着参照或定向的指定作用。与此相关的有限事例,就是艺术文本,它推动了自然语言对话中另一领域的研究。在文本的创造或接受的过程中,以及在文本的传达活动和接受活动中,艺术文本具有各种不同层次上的等级区别。对话自身的原则成为艺术文本模拟的对象。

对于文化符号学来说,第二个特征极具吸引力。尤其是,在对话过程中得以确立的,有作为交流模式的功能同构,有作为文化不可或缺特征的符号多语现象,最后,还有人的大脑左半球和右半球功能上的不对称。

这篇文章涵盖了该问题的全部研究范围。对话被当作意义的创造者来研究。实际上,不仅交流是对话,思考也是对话。因此,任何想法都会依据自身而复制出一个"他者"来,这个他者即对话参与者,是交流活动中理解与误解系统的一部分,以及合作与对抗系统的一部分。作为意义的创造者,艺术乃至几乎无所不包的文化的语言符号机制,发挥着类似于个体大脑功能那样的社会主体功能。拉丁谚语云"你还没提到第二个呢"②,与之恰恰相反,对话是将二合为一,同时,也对整体进行划分。这篇文章呈现的就是这个过程。具体来说,文章详细验证了诸多问题:展示对话过程中对话者自己的观点,以及对方的观点;挑出对话者自己的言语中什么是陌生的,以及对方的言语中什么是"自己的",确定在那些彼此都不可转换的文本之间的大致相等值;列举在各种模式中被编码的种种答复,消除这些答复在多级编码独白中的明显差异;把独白分解为一串"声音",发现其中潜在的系列对话,以及对话文本的其他各种机制。

(原载《马克思主义美学研究》第 24 卷第 1 期,上海人民出版社 2021 年 9 月版)

---

① A. P. 伊尔肖夫*在《对话系统的建构方法:商务文书现象》一文中,就是这样提及对话的。载《控制论问题:自然语言的人机交流》,莫斯科,1982 年。——英译者

* A. P. 伊尔肖夫(A. P. Ershov):苏联计算机教育学家。——中译者

② 这里的拉丁语谚语 *Nemo sibisecundis*,类似于英文的"you have not given the second"。该句拉丁语的翻译,得到中山大学魏朝勇教授和华南师范大学史风华教授的指点,特此致谢。——中译者

我走进了电影里

——毕业30周年拾忆

一、温暖而有趣的大学日常生活

1981年12月30日，三班以小组为单位迎接元旦，我们三组包饺子吃。大家在一起，个个动手，热热闹闹，节日的喜庆四处洋溢。一说起这种机会只剩下一次了，诗人王佳平还挺伤感的，提议明年春天，小组搞搞春游，毕业前多欢聚几次。

一组上次元旦包过饺子，这次便换了一样：杀鸡吃。头天就买回几只鸡放在宿舍里。没承想，到了五更天鸡就开始报晓了，把宿舍的人吵得睡不着。不知是谁终于忍不住，悄悄把鸡笼拎到门外来……

报晓的那家伙不仅是公鸡里面的"战斗鸡"，还可能提前吃过转基因饲料，升级为"战斗鸡"里面的"轰炸鸡"兼"滑翔鸡"，报晓声时而高亢嘹亮，时而低回婉转，高低远近，上下左右，声音在楼道里往复回旋，无休无止！大家都被吵醒了，又气又恼，但在那个喜庆的日子里，气也气不得，恼也恼不得，于是几乎所有人都一致做出了最不应该的反应，像奥布浪斯基——《安娜·卡列尼娜》中安娜的哥哥那样，当妻子杜丽手拿透露他与家庭女教师有暧昧关系的信件当面质问他的时候，他做出了一个最不应该的反应——笑了。也就是在那时，大家真切地体验到了托尔斯泰的高超与精妙！开始大家都还只是捂着被子笑，都想掩饰自己的最不应该，不知是谁没忍住，掀开了被子，立马引发了一场"大合笑"。那升级版的多功能"战斗鸡"以为听众在鼓掌呢，更来劲了。于是人鸡互动，高潮迭起。古人留下了"大珠小珠落玉盘"的经典名句，那天晚上我们三班男生演绎的"鸡鸣人笑震壁板"，估计也能成为经典。

这是入学后最接近电影的经历之一，但与入学时的情景相比，还是逊色多了。

1979年北师大新生报到时间为9月10日至11日。我是9月8日到的，提前了两天。当时从南门进，脚一踏进院内，便觉得置身于神往已久、陌生而又亲切的氛围之中，温馨、安谧而又热烈、神圣。我们毕业以后过了很多年被拆掉的主楼，当时还赫然耸立，十分巍峨。屏住气，我一边抬头向上张望，一边登上台阶，穿过主楼大堂往前走，眼前大亮：我到电影里面来了！对面是图书馆，主楼与图书馆之间，有一个很大的广场，广场中间是一个大大的长方形花圃，里面的花儿长得崭崭齐齐，鲜红得耀眼无比！跟样板戏《海港》里面的景色几乎一模一样！跟纪录片里清华大学的景色也几乎一模一样。

在农村的时候，看电影是碰到什么就看什么，看过之后，总会有一些画面印象深刻，深深地烙在脑海里。看过《海港》后，港口大道两旁的整片红花时不时就会在我眼前晃动。电影正式放映前，一般都会加放一个短一点的纪录片，与形势有关。有一次加放的记录短片是关于教育革命的，其中一个长长的镜头，拍的是清华大学：一队精神抖擞、意气风发、整整齐齐的大学生，从一栋非常气派的大楼里走出来，走向楼前的广场。那场景、那气氛，让人除了羡慕和向往，就是揪心揪肺似的难忘！

后来才知道，北京人管那花儿叫"串儿红"，正规一点的叫法是"百日红"；清华大学的那栋大楼，就是他们的主楼。在第一学期我还专门同老乡一起去那栋大楼前逛了逛。

我居然走进电影里面来了！这就是我上大学第一天的第一印象。

上大学之前，我在湖北蕲春老家当农民；当农民之前，在公社上小学；再之前，也即 1966 年 8 月之前，在武汉，上幼儿园，上小学。1979 年我们公社还有一位应届高中生考上了北京医学院（现在改为北大医学部了），那家人觉得我年纪大一些，又有城市经验，就要求我与他们家孩子同上北京报到。而北医的报到时间比北师大早两天，所以我就提前到了。

如果是按时到的，可能第一印象就会是别的什么了；一个人站在那儿静静地（在别人看来也许是傻傻地）体味走进电影的感受，也许就是在其他的什么日子了。这是后来才意识到的。

从电影里出来之后，问过路人，径上六楼中文系办公室报到，很快便被引到辅导员骆增秀老师面前。她带着我走了几个地方，三五下就办好了几乎所有的手续，直到我住进西南楼（现为学 7 楼）宿舍，她才离开。望着骆老师下楼的背影，我意识到我离开了农村老家，来到了北师大新家。直到现在，这种感觉仍旧萦绕在心间。与朋友聊天时，一般都不说"回母校看看"，而是说"回去看看老巢"。

当时感觉特别棒，现在说出来有种特没出息的味儿：骆老师带我到食堂领了 9 月份一个月的餐券，整整一大版，花花绿绿的，标明了日期和早餐、中餐、晚餐，一次撕下一小张，到食堂递给窗口里面的师傅，人家就打饭、打菜，菜里有肉，真是吃个饱，吃个好。在农村，这就是神仙过的日子了！

还有更棒的在后头：因为来自农村，我享受了甲等助学金，每月有 18 元生活费，4 元助学金，共计 22 元。那时家乡到县城打工的工人，每月的工资还不到这个数呢！有书读，又没有后顾之忧，这日子过得多滋润呀。

不光如此，大学的温暖与人与人之间的温馨交融在一起，令人印象格外深刻。

同宿舍的张旭，他爸在故宫工作，开学的第一个周末，张旭拿来故宫参观券，全宿舍逛故宫，好不开心！

1980 年元月 7 日下午，第一学期期末考试前召开了全年级大会，骆老师宣布了现代文学、现代汉语、文学概论、英语这四门课的考试时间，交代了考试纪律以及复习期间要注意锻炼身体，等等，最后还特别强调了一句：伙食不能节约，要把 18 元的生活费全用在吃上，不能节约用来买书。直到现在，一想起那句特别强调的话，我心里就涌起一股暖意。

1979 年 11 月 26 日的日记中还有一段记载：

"今天班长张文澍把补助的十元钱又送给我了。上次是寒衣费十五元，加上这次生活费，共补了二十五元了。班长还从女生那里拿了四斤粮票给我。在这里生活，时时处处都令人真心感动。要是不用心学习，不学出名堂来，真是问心有愧。努力！"

记得那时班上除了班委，还有团支部。女生的粮票之事，估计是曹慧、王晓娜、吴伟凡她们这些班委、团委操持的。

当时张文澍给我最深的印象，就是四个字：像个班长。我们家乡评价干部的最朴实、最高的标准就是这样的：如果大家在背后说某书记像个书记、某队长像个队长，那么这个人就一定是真正的好书记、好队长。张文澍一直以本性行事，而不是用心计行事，做不做班长，他都是那样：专业学习十分优秀，为大家服务十分真诚，像亲兄长那样关照同学；我们今天所赞美的坚守底线，在他身上不是体现为刻意的，而是一种自然的存在。也正是由于这个原因，直到现在，同学聚会时大家都无一例外地称他为老班长。

蔡姓是三班的大姓之一。一女蔡是蔡丹丹，时下在欧洲；二男蔡当时与我同一宿舍：老蔡是蔡建华，小蔡是蔡向东。小蔡时下任职总政，当年是应届生，在我们这些人眼里，他就是一个小孩。小孩的特点就是听话，小蔡当时不知是听了谁的话，反正总见他下了课就去拿报纸信件，乐呵呵地挨个宿舍分发。小蔡至今依然听话，每每同学聚会，他都是具体操持者，给天南海北的同学分发"信件"。当然，今天的小蔡升格了，除了听话，他的发话对我们来说往往是最具吸引力的召唤。

老蔡与我，当初是西南楼 302 宿舍室友，现在则是广州市市友。他在我的印象里，也是四个字：像个汉子。而且，相处越久，就越能看到他身上刚毅之中的友善、温和与真诚。1982 年 4 月 21 日晚，赵廷昌来宿舍约稿：为迎接校团委举办的"五四"诗歌朗诵会,次日下午班上要搞个青春诗歌朗诵会。去会场看热闹肯定没问题,但说到交稿,大家都磨磨唧唧的,懒得动手写。老蔡笑眯眯地对我说:"王坤,你平常不写小说吗?那写诗更不在话下了。你要是写了,朗诵就是我的事。"喔!喔!室友们都拍手称赞这个方案,我也就乐呵呵地不再推辞了,写了一首《家乡的月亮》。朗诵会上,老蔡在语言方面的素养和功底小露锋芒,像点石成金那样,把分行排列的几句散文朗诵得十分出彩。现场的效果,还不是那种礼节性的好评:第二天徐承敏见到我,很真诚地索要原稿;毕业留言本上,王晓娜专门提到"家乡的月亮"。

当时,业余创作的风气比较盛行,写诗或小说比较普遍。我们班诗写得好的,印象中就有王佳平、郭辉图等;李惊涛的小说写得不错,我也一度试着写农村题材的小说。回想起来非常难得的是:大家都很真诚地请同学批评自己的作品或应邀批评别人的作品。杜一力和一班的李丽,她们的文学理论学得好,提出的意见深刻、到位,极富启发性。虽然小说和批评都没有正式刊出,但它们与我四年间听过的课、看过的书、做过的作业一样,都融入了逐渐积累的学识之中,其价值远在发表之上。

记得我有一篇小说曾"发表"在教2楼我们班的墙报上,以自己的经验想,也许会有人扫一眼吧,但万没想到有一天老蔡很正式地对我说:你的小说语言要加强提炼,写生活不等于把农村那些粗俗的语言照搬到作品里来。他居然认认真真地看完了我的作品!

二、紧张而持续的大学学习生活

写小说毕竟是业余之事,专业学习才是正业。我们79级赶上了好时机:第一学期刚过,中文系的教学改革就正式启动了。

1980年4月19日下午,系里在新二教室召开年级大会,宣布新的培养方案:大一、大二集中上专业基础课,大三、大四分开上专业选修课。全部专业选修课分为五个专门组:古代汉语组六门课、现代汉语组六门课、古典文学组四门课以上、文学理论组四门课、现代文学组三门课。这只是77级、78级的专门组分类,到了我们79级,还要增加,比如外国文学组。至于具体的分组办法,则是在老师的指导下自愿报名,每人三个志愿,最后根据老师掌握的情况决定。

当时在讲台上讲话的老师,给我们的印象是数学不太好:因为专业基础课的课时和专业选修课的课时都是两位数,那么全部培养方案一共是多少课时呢?"两个数字相加就是……"他迟疑了一会儿,"就是两个数字之和吧"。下面顿时一片笑声:原来中文系学生的数学不好其来有自呀。会后才知道,那是童庆炳老师。他没给79级开课,但后来我硕士论文答辩时,童老师是主席;博士论文答辩时,童老师是论文评审专家。

每门专业基础课至少要学两个学期,每周两次,比如现代汉语、古代汉语和文学理论等;还有要学四个学期的,比如古代文学和英语。说到英语,这是令我汗颜的软肋。1979年的高考,开始增设外语科目,但是成绩只按10%计入总分,像我这样压根不懂也没考英语的人士,班上不止一个呢!我与韦云翔就是难兄难弟,进的是慢班,从26个字母开始学。我俩还找过教英语的檀峥老师在周末补课,她非常耐心地为我们补发音、补语法。

那时的老师,补课、辅导、布置作业、批改作业、讲评作业是常态。我在武汉大学时开过一门全校公选课,批改作业后,一位图书馆系的学生十分激动地对我说:"谢谢老师!我在高中时老师都没有像您这样给我批改作业。"其实,我只是延续了老师的做法而已。用家乡话说,不过"屋檐水滴现凼"("现凼"即屋檐下位置始终不变的那个现成的小坑)罢了。十分惭愧的是,这"依葫芦画瓢"已经走样,打了不少折扣,到现在,只保留了一招:凡是学年课,第二学期首先讲解上学期的试卷。

专业选修课的课时则没有统一。我选的是文学理论组,"古代文论选"学两个学期。从大三开始,第一学期由黄安祯老师上课,在教2楼203教室,每周两节;第二学期由李壮鹰老师上课,在教2楼307教室,每周四节。课程结束时,李老师还发给大家一份材料:他自编的《古代文论梗概歌》。

"经典文论选读"也是大三开始上两个学期,第一学期由刘庆福老师上课,在数学楼207教室;第二学期由齐大卫老师上课,在教2楼307教室,不过第一节课是刘老师来总结上学期的内容。大四时刘老师指导我的本科毕业论文,题目是马克思、恩格斯的典型理论。当时是由学生先报选题,然后系里根据题目确定指导老师。

在上专业基础课时,记忆中笑声最多的课堂,是张之强老师的"古代汉语"课和杨敏茹老师的"建安文学"课与"两晋文学"课。张老师讲到古汉语中的"使动"用法时,总是面带微笑,嘴角稍微一咧,右手肘微抬,手掌做使锥子钻眼状:"就……就使动一下。"无论词语多么古奥难懂、多么佶屈聱牙,到了张老师那里,都明白如话,且颇多谐趣。

杨老师讲课,真正是抑扬顿挫,尽显古代诗歌的音乐之美,而且时不时还会夹杂一句"but""only",拖着长长的音调念出来,以表示词意的转折等。经常是转折还没结束,一阵阵笑声就轰然而起了。

杨老师还给我们开过两次讲座:"漫谈唐诗宋词",1981年12月2日晚,在新二教室;"稼轩词",1982年3月10日下午,在新一教室。她特严谨、特幽默，第一次讲座，上来就纠正题目："我讲的题目是'学点唐诗宋词'，不是'漫'，不然就不知要'漫'到几点钟。"

启功先生开的讲座也有两次："工具书和自学方法"，1980年4月5日下午，在新二教室；"香港之行"，1982年4月29日，在教2楼108教室。第一次开讲，先生做了三点说明："原来的题目不合逻辑，改为'自学方法和工具书'；仅限于古典文学范围，因为我是在古典文学教研组工作；不超过四点半，今天是星期六，故不耽误大家回家，讲不完的可留在下回讲。"

启功先生特别注重授课问题："凡是告诉人而人听不懂的，那就是自己也没有搞懂。"他并不认可苏联专家的"教学法"："任何课都没有单纯的，不能把课分成什么'分析课''组织课''提问课'等什么的。"先生特地讲到苏联专家如何示范上提问课：整整一堂课，专家都在那儿不断地、反复地用稍微变化的句式质疑小英雄雨来死了没有，把大家笑得不亦乐乎。

除了课程设置本身，中文系对学生的要求，真正体现了爱之深、责之切。

1981年4月2日上午第二节课后，总支书记龙老师趁大家都在来传达了中央9号文件。传达之后，龙老师很郑重地劝大家把精力都放在学习上："想要做出成绩来，不下苦功是不行的；当然，要想就这样过去，也就算了。"

1982年6月17日上午的课上完后，给我们上"元明清文学"的李修生老师讲考试复习的问题，最后专门针对个别同学不学习光瞎玩的现象予以严厉的批评："寄生虫哪朝哪代都有，在北京更有。我们今天的生活条件，不是那些人创造的。同样，无论哪朝哪代，都有奋斗的人。对于寄生虫式的人，不论处于何地位，都可以鄙视他们。只剩下最后一年了，如何努力，有前三年的经验、基础，可以取得长足的进步；如果混，这一年也非常容易过去。总之，最后一年是关键的一年，只要努力，能够夺魁！"

李老师还根据前一次课堂作业的情况，对全年级同学的水平做了一个评判：比较一致。"最好的比头两届中最好的要差，最差的比头两届中最差的要好。"说得同学们都笑起来了。"只要努力，差的可以赶上好的；如不努力，好的可以落伍。关键就在于谁能下决心努力。"

李老师的讲话充满激情和号召力，让同学们产生了相当大的震撼，尤其是女生，据说课后有人回到宿舍哭起来了。

过了好一阵才知道，原来李老师当时兼任系副主任，难怪由他出面讲这话。说来不好意思的是，大学四年，竟然不知道系主任是谁。当时学校和系里根本没有向我们传递这方面的信息，我们知道的，除了老师、同学和课程，就是辅导员和书记。

四年受教，终身受益。特别幸运的是，我在工作单位见到了当年上课的老师，重又亲聆謦欬，蒙幸厚赐。

毕业后见到的第一位老师，是郭预衡先生。

1983年7月，我毕业分配到湖北教育学院（现在的湖北第二师范学院）。第二学期开学不久，郭先生因路过武汉，被学院请来讲学，题目是"中国散文史的几个阶段"，我自然被派去陪侍左右。当时我高兴坏了，但又不敢要先生的字，只是在吃饭时拿出一个笔记本。先生题的字是：

"行远必自迩，登高必自卑。题赠王坤同志，1984年3月18日。"

由于没有凑手的笔，还是用圆珠笔写的。

在学校时，郭先生给我们开过选修课"六朝文研究"，第一次课是在1983年5月6日上午，教8楼207教室，共讲了7次。在我们毕业前夕，系里安排了好几门这样的热火课。现在想想，真是难得之极、珍贵之至！

在第一节课上，郭先生首先问大家：手里有没有《文选》？我等都摇摇头。老先生有点生气似的说："手里不备一套《文选》，那还叫中文系学生吗？"我当即脸红得不行，后来特地去琉璃厂买了一套。老先生的板书堪称天下一绝，我们这些听课的学生，多有呆呆地凝视着他的板书的。这也许是另一种意义上的买椟还珠吧？

78级的老乡李卓文，被分配到宜昌的一所高校，后来出差到武汉，交谈间得知我听过这门课，还有聂石樵老师的"李义山诗研究"，十分恳切地想借这两门课的笔记，我们平常交情不错，自然应允。当时，这位学长兼兄长，竟然对我这个学弟千恩万谢起来！事后也非常郑重地完璧归赵。

郭先生随后就被接到湖北大学去了，学院隔天又让我去送讲课酬金。这里还有一个小小的插曲：本来酬金应该在郭先生离开时就呈上的，但学院不知道规矩，是到武大、华师等校打听后才决定的。到了先生房间，我不知怎么开口。幸好与先生同行的是龚兆吉老师，我选修了他的"《水浒》评论研究"，便小声问龚老师该如何说。先生正在伏案题词，听到有人来，抬头望了望我，非常和蔼又非常诙谐地说："你是来给我送束脩的吧？"大家都笑了，我的怯意与拘谨也一扫而光。

2005年11月15日下午，北师大中文系任洪渊老师路过广州，应邀到中山大学中文系做讲座："重新发现汉语"。与任老师闲谈间，我提及对郭先生的仰慕；任老师说与郭先生较熟，别的没多讲。不想回去后，任老师居然寄来郭先生的一幅字——陆游的《剑门道中遇微雨》："衣上征尘杂酒痕，远游无处不消魂。此身合是诗人未，细雨骑驴入剑门。"

我当时那个激动呀！

但是题款有点不大好意思在这里说，说出来会出事的——我惭愧得要死，你惊诧得要死：王坤同研嘱书。

毕业后有两次见到李修生老师。

中大中文系有个不定期的讲座计划：延请学界权威莅临康乐园，泽被后学。最后的定名采纳了我的建议："名师讲坛"。李修生老师是"名师讲坛"第八讲主讲专家，题目为"十三世纪中国文学"，时间是2003年9月15日上午。

虽然毕业20年了，但作为学生，我肯定是记得李老师的；后来晚上陪同李老师吃饭，他细看了我一眼："想起来了，你当时听课是坐在前面的，对吧？"那一刻真是开心！

第二次见到李老师，是在2006年3月25—26日，中大中文系举办"纪念王季思、董每戡百年诞辰暨中国传统戏曲国际研讨会"，我参与会务。第一天会议终场，在电梯口碰到李老师，他小声对我说："还是要抓紧时间，做好学问。"

这轻轻的一句话，对我的震动，已远远超过李老师当年对个别同学的批评，因为当时我属于用功学习型，自以为不在批评对象之列。内心深处，我把这提醒当作鞭策；如果说现在自身还有动力的话，老师的点化就是其中的重要成分。

1982年2月春节过后，系里安排叶嘉莹先生给我们79级开了一门"唐诗研究"，在教2楼208教室，每周两次：周二与周六（那时还没有双休日这一说），有时周六的课也在周四上。头一次见到有人记忆力如此强，整首整首的唐诗宋词，张口就来，一点都不打哏。

2006年2月21日晚7点，叶嘉莹先生在中大怀士堂为全校师生做专题演讲："从几首词例讲词的弱德之美"。当时是由历史系与中文系共同接待，我有幸当了一回"车夫"，载着叶先生去参观陈家祠等处。提及北师大的讲学，她连说记得记得，"我去过不止一次呢！"的确，有一次讲座，她与杨敏茹老师同台主讲，听人说她俩当年是辅仁同学。

回想起来，北师大一直注重延请校外名师，施惠在校学子。四年读书期间，我听过不少讲座，有正式笔记的超过40次，平均每月一次吧。没想到的是，主讲专家中还有日后工作单位的权威。比如1982年6月3日下午，主讲"论音义关系"的武大周大璞先生；1982年7月1日上午，主讲"宋元戏曲"的中大王季思先生。当时只知道他们有名，后来才知道他们远不只是一般的有名。

在工作单位还见到当年做讲座的专家，比如作家王蒙。

我在北师大听过王蒙的两次讲座：第一次是北京图书馆主办的"王蒙小

说报告",1981年6月20日在物质局礼堂举办,学校组织我们前往,讲的是"小说创作漫谈";第二次是1983年4月27晚,在新二教室,王蒙讲"当代小说"。当晚的主持人是李惊涛,好像那时已经决定让他留系任教了。我们三班的那一批应届生,个个都是"靓仔"(帅哥),李惊涛应是当日的"靓仔"帮轮值帮主,用小说语言描述,那叫"帅得惊动了党中央",他主持得有声有色,十分出彩地衬托了主讲嘉宾。

2005年4月6日下午,王蒙做客中文系"名师讲坛",面向全校主讲"文学的挑战与和解"。次日上午,王蒙想看看陈寅恪故居,我当向导。他对"独立之精神,自由之思想"颇有感慨;我也壮着胆子问了一个问题,他笑着点点头,表示认可;但对当年在北师大的讲座,只是微笑,估计记不大清了。

三、美丽而经典的大学校园生活

上大学不仅走进了电影,更两次真刀真枪地参与拍电影,回想起来,真是过瘾!

第二次是北京电影学院拍《武林志》,1983年元月底,我连续几个晚上去北太平庄那里,扮演擂台观众。虽然好玩,但精彩程度远不及第一次。

1981年6月6日周日,中文系79、80两个年级全体出动,装扮《知音》中反袁游行的大学生。到了国子监那里,先是换装,穿上民国时的长袍后,大家彼此对视:换了模样,认不出来了!一个个除了笑还是笑。当时拍了很多照片。以后的年级聚会,拿出来把玩的照片,肯定少不了那次拍摄的,它们已然成为大家大学生活中的经典记忆了。

骑马赶来镇压学生的警察,是换了装的解放军战士。前几次试拍,马上马下的战士与学生都忍不住乐,导演急坏了,嗓子几乎都喊破了。后来就越拍越像,个别学生用手上的小旗杆戳警察的力道大了一些,挨上的马棒也有比较实在的。

我当时想到了一个问题:据史料记载,中国直到五四时期,才有北京高校的女生第一次冲出校门、走上街头游行。所以,反袁的游行队伍里不应该出现女生(79、80两个年级里女生估计占三分之一吧),与历史不符呀!现场的工作人员说,这事你得去问问那边的几个导演,我还真过去了。有个副导演很正视这个问题,说事先求证过现代历史研究所;但那个正导演只是斜了我一眼,便不再看我了。

后来想想,我有点傻:中文系的学生怎么去问一个历史系的问题呢?那么大的场面,如果重新来过,无异于另起炉灶,不可能的嘛。还是文学理论没学好啊!

我在上大学之前，心里就一直想着要找到父亲的遗骨，并将它运回老家重新安放。上大学后，这个念头更加强烈了。父亲生前是语文老师，就职单位为"湖北省委干部文化学校"，校址在武汉市武昌区大东门工农街。"文革"初起时，他还是单位"社教"（社会主义教育运动）工作队队员，远在湖北宜昌地区当阳市下面的一个公社参加"社教"运动。工作队受命就地参加"文革"，至1966年8月，父亲受牵连含冤而死，草草葬于当地。我们全家随即以反革命家属的身份，被遣送回原籍农村。1979年我考上大学，湖北省委组织部为父亲平反的发文也下来了。

上大学后的第二个暑假，也就是1981年7月，我去系里开了介绍信，又借当阳藉老乡的学生证，买了学生票乘坐从武汉至当阳的火车。因事先写信联系过，一切都办得比较顺利。那介绍信至今还夹在我的日记本里，属于我个人的珍贵文物。

父亲毕业于武汉大学中文系，是"抗战"胜利后武大从四川回迁后招收的第一批学生。我1995年博士毕业也去了武大中文系，主要就是想追寻父亲的足迹。在武大档案馆，还真找到了父亲入学时的报到证、宿舍登记表、班级照等珍贵资料。

四年大学，暑假只有三个。第一个暑假留校平平静静地读书，第三个暑假也没有回家，竟于无意中碰上了一件值得乐呵很久的事情：参加第一届大学生运动会开幕式仪仗队。

整个仪仗队分两部分：清华的任务是在开幕式上抬会徽，由女生花队簇拥，走在前面；北师大组成一个60人的旗队，紧随在后。大家当时笑言：工科的人劲大，让他们干苦力活吧。我们每人举一杆旗，轻飘飘的，省力。一共训练了16次，其间张卓玉也被我"发展"进来了。体育老师见我训练比较认真，预演前就把我从第二排调到了第一排。

提前两天彩排，结束时发生了一件小小的"不光彩"事。大家到了后台休息室，见到那里放着几箱汽水，一拥而上。我脚下慢了一点点，没抢着。在我前面的小伙子，是校武术队队长，平时认识，他见我落空了，很友好地晃了晃手中的汽水瓶，愿意与我分享，我连忙拱手辞谢。回来后总结时，无论是喝了还是没喝的，全体被体育老师批了一通：仪仗队的大学生觉悟不高，居然把给军乐团准备的汽水喝掉了，不像话！

1982年8月10日晚7点40分，开幕式在首都体育馆正式举行。仪仗队出色地完成任务，体育老师又把大家好好夸了一通。时至今日，在网上搜索1982年8月11日的《人民日报》头版，照片上还可看到自己的模糊轮廓——第一排四个旗手中高度最低的那个。

大学期间的班级活动，印象最深的，首推 1980 年 4 月 20 日周日，全班游览八达岭。听班长张文澍他们说过，很早就计划搞一次春游，联系专车，一天跑两个地方——八达岭和十三陵；后来变了，因为专车不愿去八达岭，担心翻车，于是就决定去西直门坐火车上八达岭，十三陵先放一放。全班 44 人，去了 30 人，除了后来拍毕业照，这是人数最齐的一次班级活动了。说印象深，当然是因为"不到长城非好汉"；另外还有一层意思：那几天，直到周六下午，都是漫天风沙，可到了周日，就只有风而无沙了，真叫一个吉祥啊！不用说，那天的照片也是日后的经典记忆。

至于十三陵，后来列入了毕业前的告别计划，主要是在 1983 年的 5 月间实施的。那个时候分配方案尚未出台，没课时我们就外出放松放松。与吴传俊去看了大钟寺（可惜正在整修）、潭柘寺、戒台寺，到美术馆参观了毕加索的画展；与龙思谋去看了地质博物馆；与老蔡跑了思陵、昭陵，不巧那天热极了，累得够呛。我独自也看了几个地方：定陵、长陵（可惜不开放，只好绕陵一周了事）、卢沟桥、八宝山，还在历史博物馆里待了一整天。

四年间学校组织的各种活动很多，1982 年 5 月 4 日晚，有个全校"青春诗歌朗诵会"，我原只想进去看看中文系的入选节目如何，没想到尽管中文系的节目没入选，却从头看到尾。

开场第一个节目，是外语系 79 级俄语专业的集体朗诵，男领诵的声音厚实，雄壮，圆润，简直就是一级播音员，他一开口就把全场给镇住了。也有差一些的，主要是朗诵没有感情，硬邦邦的，我们几个人在下面把这称为"葛雷硬"。但是我没明白"葛雷硬"是啥来历，也许是由吝啬鬼葛朗台而来，也许是阿星上海话中的一个形容词。节目是哪个系的呢？不好说，反正是理科的。

历史系的那个节目"现场效果"比较热闹。他们朗诵的是《炎黄子孙颂》，十来个人一字排开，轮到谁了，就上前两步，对着扩音器开口就是。但其中一位在轮到自己时，竟然不敢迈步，同伴扭头用眼神逼他，他竟然微微低头躬身，那架势是要往后退呀！还有两位一上台就窘得不行，手脚都不知往哪儿放。台下的观众于是就笑，笑着笑着，台上的演员也自嘲地笑，并在笑声中放松了。

获得全场最热烈掌声的节目，是教育系 78 级的，男的姓杜，女的姓陈，他们不仅声音好，更有激情，有深度，让人久久难忘。

他们朗诵的是屠格涅夫的《门槛》。

当时全校 78 级都在等待分配方案的出台，79 级一年后也会如此。大家的激情、勇气与豪气，在那一刻全被激发出来了。他俩的朗诵结束时，掌声持续了很长时间。

不久,78级分配方案公布,宿舍里议论纷纷,老蔡优哉游哉地说了一句名言:"看来重点大学没有白上。"

毕业离校那天,我与二班的老乡李道荣,同坐从北京开往武汉的37次特快,前往现在的湖北第二师范学院和中南财经政法大学报到。在站台上与送行的同学话别时,大家都显得很平静,其实感伤远远超过了即将跨越"门槛"的兴奋,迎接人生新历程的第一道"坎",竟是面对告别,内心涩涩的。此后的一切,都是从北师大开始的,那里的同学和老师,那里的一切,都是生命中的一部分——好好珍惜。

列车开动的时刻——1983年7月16日18点15分。

[2013年中秋于中山大学寓所;《中国德育》(半月刊)2016年第16期刊发节选,此处为全文;收入郭冰茹主编"文学院书系"《康乐如斯》(中山大学卷),江苏凤凰文艺出版社2021年版]

书里书外两夫妇

——《为爱而活——一个"女汉子"的抗癌日志》[①]读后乱谭

眼前的这本《为爱而活——一个"女汉子"的抗癌日志》,作者邱巍,不认得,一点也不认得。但她的至亲师友,在书里书外的分量极其重要,我都认得。

一、读本科时的"大学生之家"

为此书作序的郭传杰老师、周寿康老师,太熟悉了!在北京读书期间,校门外去得最多的地方之一,就是他们家。

当年,他们夫妇既是兄长,又是师长。认识他们的意义,恰如一个人要睡觉的时候,有人送来了枕头——他们给予这些刚刚到北京读书的乡下人以底气:周末我们也是有地方去的,到中关村科学院老乡家里玩;作为"文革"前毕业的大学生,他们的诸多指点,化解了我们心中无数的困惑……只是现在,看到这本书中他们的近照以后,心里有想法了:他们给予我们那么多,但到底还是存有私心、留了一手啊——多少年过去了,他们居然样貌不变,逆生长的秘诀就不外传!我们这些人在别的方面无法超过他们,但在外貌上却是"后来居上"了。

除了太熟悉的,还有熟悉得不能再熟悉的,就是为夫人大著撰写前言的毕诚。

在北师大的四年,我在中文系,他在教育系,我们几乎天天碰面,不是在食堂,就是在从教室回宿舍的路上。记得有一天晚上,从教2楼回去,我们边走边胡扯,不知怎么扯到了浠水的驴,到了主楼那个地段,那家伙竟然顺势学起了驴叫!一时间,随着高亢的驴叫声在校园上空回荡,前前后后成群结队返回宿舍的同学,全都停住了脚步,四顾张望,寻找夜深之际闯入校园的野驴。那个时候,学习风气特别浓厚,晚上较少有人待在路边的树丛里,否则的话,驴叫声会"惊走鸳鸯无数"的。

性情中人的毕诚,啥模样?

确如他媳妇所说:"不帅气。"我们毕业后相见,如果没有小字辈在场,总要拿他的模样调侃调侃:"你怎么还在电影里给小鬼子带路呀?"

[①] 邱巍:《为爱而活——一个"女汉子"的抗癌日志》,学苑出版社2014年版。

这也恰好应了民间的一句俗语，那个"啥啥无好妻，毕诚娶仙女"。邱仙女在书中说到，将来如有急需，可卖老公的字。给仙女一个建议：那时一定要带上毕诚本人，当场挥毫。为啥呢？对比强烈，反差巨大，书法的价格可以当场飙升！这是美学理论在书法市场的最新应用，我这里就暂时免费传授了。

邱仙女在书中把周老师夫妇当作"巍园"的家长，其实，我们读书时他们的住处就被称为"大学生之家"了。带领毕诚走进这个家门的，还不是"浠水壳儿"，而是"蕲州佗儿"。

1979年，蕲春县株林公社考进北京的有两个：一个是我，另一个是周老师的学生王庆军，在北京医学院（现在的北大医学部）药学系。周老师与郭老师分居多年，彼时刚刚调去北京，全家得以团聚。在株林高中教书时，周老师爱生如子，尤得寒门子弟拥戴。我与庆军一起进京报到，他同我说了一路。入学后刚有闲暇，他就邀我去拜见周老师。再后来，我就带着毕诚去了中关村周老师的家。再再后来，去的人越来越多。其中有毕诚最敬佩的两位好丈夫之一、北大中文系78级的司念堂，还有国政系79级的程国花、法语系81级的陈保明……"大学生之家"就这么自然而然地形成了。

司念堂毕业后被分到湖北省地方志编写办公室。那家伙是一个十足的才子，小说写得极其漂亮。北大中文系文学专业的本科毕业论文，可以是作品创作，他的毕业论文就是小说《吉顺村记事》，味道好极了！后来发表的一些小说，味道更佳！尽管我是中文系的老师，可在他面前还不大敢放开了谈文学呢。我毕业后先是在湖北教育学院（现在的湖北第二师范学院）中文系，后来去了武大中文系。我们一起在武汉摸爬滚打多年，其间还创下了通宵下象棋的记录。至于水平嘛，一般来说，就是第一盘我没赢，第二盘他没输，第三盘我求和，他不肯。但围棋水平就掉了个个了。1998年9月我南下广州时，他专程从武昌赶到汉口，送我上火车。

说到文学，郭老师同样令我十分佩服。本知道他是武大化学系的高才生，但没想到他的国学涵养会如此深厚。至今都记得他跟我讲给他女儿起名的缘由：当天晚上梦到家人，第二天电报到了，于是化用南唐后主李煜的"细雨梦回鸡塞远"之句，给刚出生的女儿起名郭梦娟。

梦娟的弟弟郭朗，肉头肉脑的，十分可爱；上幼儿园后，还会给家里人讲笑话：妈妈给双胞胎孩子洗澡，洗完后，其中一个说，妈妈，怎么不给我洗呀？郭朗的奶奶，我和毕诚总是叫她"大妈"，老人家慈祥极了，很像电影《苦菜花》中的母亲，但细细比较，会发现大妈脸上少了一些刚与毅，多了一些柔与仁。现在明白，那是幸福老人的自然表情。

二、感人至深的书中女主人

毕诚给我打电话时，只说他媳妇写了一本书稿，请我提提意见。接到顺丰快递，拆开一看，那不是"征求意见稿"，而是正式出版物！边读边震惊：不为别的，一个大美女，在抗癌过程中，还能写出一本书来，生平第一次见到。

2011年年初，老同学陈计安发给我两部书稿：一本是理论书，一本是小说。理论书出版后他还寄给我一本。我一直脸红：忙于国家项目结项，没有提什么意见，估计他会生气。还好，今年5月份我们见过一次，他没说什么，只提到小说快要出版了。

毕诚的嘴也够紧的，就在不久前，他还到过广州。我与他的同乡、战友兼哥们，广东第二师范学院的阎德明教授一起去见他，席间我们天南海北地聊，但他只字未提妻子生病一事，这家伙，真够可以的！

第一次电话后的两天，毕诚又来电话，询问是否收到书。我就知道，这本书对他十分重要。因为我们之间从来不会因某件事打两次电话。当即我向他表态：一定认真拜读、认真提意见。否则，以后哪来的脸见老同学呀！他呵呵一笑：没那么脆弱。

邱仙女在抗癌过程中的一切，着实感人，尤其是她竟然能够"享受生病带给我的痛苦过程，反省生命的价值"。当下之世，别说女汉子，即便真男儿，又有几人能在恶疾突袭之时，达于此等境界？！

毕诚还真有福气，娶到了真仙女。

同样感人的，是毕诚对太太的真挚感情、对太太的精心呵护。毕诚最为佩服的两位好丈夫，都是无微不至照顾太太的男子汉；他自己又何尝不是为世人所称道的好丈夫呢！

要说提意见，一时还谈不上，对书中涉及之事交流一下看法吧。

一是对病症的看法。

时下，世人多谈癌色变。其实，癌症不过是常见病之一，不必那么恐惧。从理论上讲，每个人都会被任何病症缠上，关键在于保护好身体的"防波堤"。癌症无非是某些细胞乘着"防波堤"被削弱之际，四处溜达、挤占地盘、"搞搞震"而已，就像那孙悟空终于有机会从五指山下逃出来那样。干掉那些变异细胞，把"防波堤"重新修好、修结实，就没事了。干掉变异细胞时，有点痛很正常，有点怕也正常，你看小孩第一次打针时，面对又尖又长的针头，少有不哭得惊心动魄的。

面对病症，既不能轻敌，也不要高看了。

二是对医院的看法。

邱仙女以自己的亲身经历，针对时下医疗界的种种乱象，提出了一些建议，非常好！

据我所知，目前医疗界和教育界的一些深层问题是相同的。

医生与教师，都是一种职业，从业者都是活生生的个人；每个人都有进取心，但每个人的进取轨道和进取程序，都是既定而且是固定的：只能通过职称晋升来实现。职称内涵的丰富性和重要性，远非业外人想象所能及。对专业人士来说，职称已经是第二生命了。

医生和教师的职称晋升，与他们的直接服务对象的关系，既重要又不重要：在评职称的关键时刻，病人的投诉、学生的差评，可以把你拉下来；但病人的赞誉、学生的好评，有时候不能把你推上去。

职称是否得到晋升，最终取决于当事人的科研成果。而扎扎实实的科研成果，是用时间和心血拼出来的。

从根本上看，如果没有那些一心扑在科研上的医生和教师，医疗水平和教育水平的整体提高是不可能的；他们对社会的巨大贡献，有目共睹，无法估量！但面对活生生的个体患病者，面对充满求知欲望的一个个青年学子，医生和教师在个人精力的分配上，是必须做出选择的：要么偏向科研，要么偏向直接服务对象。如有媒体说哪位医生或教师把全部心血平均用于科研和病人或学生，那是打死了也不能信的。因为，幼儿园的小孩都知道一个笑话：妈妈给双胞胎孩子洗澡，难免会给一个洗两次，另一个却落空的。当然，使用这个比方更难免会有很不贴切的一面。

在现行的规章制度下，这种很个人化又很普遍的矛盾，说要得到根本解决，恐怕还太乐观了。

因此，明了内情之后，对那些把全部精力都放在直接服务对象身上的医生和教师，人们要给予格外的敬佩：他们付出的心血，是以割舍收获、看轻待遇、但凭本心为前提的。

20世纪80年代，这个矛盾就已经显露出来了。在周老师家里饭后闲聊时，大家还时不时劝周老师几句：不要把全部精力都放在学生身上，尤其是那些家庭条件不大好的学生，太多，你管不过来的。周老师则淡淡地回答：我知道，但是我做不到。

我总记得，王庆军毕业之后，分到湖北省葡萄糖厂，在阳新县。虽然离家较近，可以照顾家里，但他总觉得心有不甘，想再考回去读研究生。为了准考证、考试等事宜，周老师多次从北京往株林高中打长途，请高中的人赶往白水头村，让庆军来株林高中接听电话。我与庆军一直有联系，说到周老师，他总感念不已：恩师如父母，恩师如父母。

三、人间大丈夫，书中男主人

《为爱而活》，书名真好！内中有毕诚的功劳吧，这样说邱仙女可不要生气哟！

这本抗癌日志的诞生，堪称奇迹。奇迹的背后，是厚实的基础与强大的团队。不用说，作者的"小哥"毕诚，是团队的第一核心、总书记；郭老师夫妇，则是团队的第二核心、常委。

生活中很多人，"不是官员胜似官员"，郭老师却"身为官员不似官员"，总是十足的布衣范儿。

我大哥在东莞一家台资工厂打工多年，工友中有许多浠水人。闲聊时，大家会晒一晒家乡的名人。

"我们那里出了个大干部，中国科技大学党委书记，省部级的！"

我大哥问："那人是不是姓郭？"

"是的。"

"住在中关村，科学院的？"

"你怎么晓得？"

我大哥一笑："我弟弟在北京上学时，常去他们家。"大家的关系，从此更融洽了。

在湖北教育学院工作时，有次我陪同一位老师去医院，在路上没说什么，到了病房，见到一大堆人时，他突然冒出一句："支部的工作就交给你们了，好好干吧，相信你们能够干好的。"我着实吓了一大跳！当时中文系教师总共不到 20 人，支部人数在 3 个以上 10 个以下，他与我不过挂名委员而已，至于吗？事后我暗自嘀咕了半天。

我们进出"大学生之家"期间，郭老师去了美国一年。那个时候还没有家庭电话。有人回国，郭老师就托人带回一盘录音带。在他家吃完饭后，周老师会拿出来让我们听听。郭老师让周老师托来人带去美国的物件，我记得还包括一盘国歌磁带。

郭老师夫妇好客。时间长了，周老师偶尔提及，我才知道，这个传统奠基于周老师：当年在武汉读书时，周末郭老师常常从武大跑到华师周老师那里吃饭。当时我与毕诚哈哈大笑，郭老师憨厚地一抿嘴，那微笑中，有开心、有骄傲、有感激，还有那么一<u>丝丝</u>幸福的、甜蜜的不好意思，就像大小伙子碰到了早年的幼儿园阿姨，被提及尿床之事那样。

外国文学课堂上，老师开列了许多必读书目。读《青年近卫军》时，我看到里面用炭火来形容一对中年夫妇的美好感情：表面上是一层烧过的灰烬，白白的，似乎什么都没有，靠近了才能感觉到温度，拨开灰烬，里面烧得通红。郭老师和周老师就是这样的呀！

在《为爱而活》中，毕诚夫妇之间的感情之火，是大老远就看得见的。那火不只是像费翔唱火的那把火，更像是老房子着了火的那种火。好像是钱锺书说过：某些人谈恋爱，就像老房子着了火，房子不烧完，火就不会熄。

在《为爱而活》中，邱仙女痛快淋漓、生动细腻地描写了他们夫妇之间的炙热情感。我觉得最可贵的，还是他们互相崇拜、互为粉丝的状态。夫妻之间的感情，到了互拜互粉这地步，所产生的力量肯定是无穷的；无论什么样的困难，在这股力量面前，都显得如小菜一碟。邱仙女也正是在这股力量的托举之下，升华至"享受痛苦过程"境界的。

毕诚今年50来岁吧，有互拜互粉铺垫着，他与仙女之间的那把火，估计还能再烧上个40来年。

2014年中秋节于中山大学寓所

两对夫妇简介：

郭传杰：武汉大学化学系毕业，中国科学院研究员，博士生导师，中国科学院原党组副书记、中国科技大学原党委书记。

周寿康：华中师范大学物理系毕业，北京101中学高级教师。

毕　诚：北京师范大学教育系毕业，教育学博士，中国教育科学研究院研究员，博士生导师，全国校长发展学校常务副校长。

邱　巍：中国教师发展基金会教师出版专项资助办公室主任。

经历未名湖

　　自1988年7月离开北京大学至今，转眼10多年过去了。对母校、对老师的怀念，随着年龄的增长，也日益加深。好在导师胡经之先生后来定居深圳，任教于深圳大学，与我所在的中山大学近在咫尺，除了通过电话联系外，我还能常常与先生见面。其他同学和先生见面就没有我方便了。

　　我1985年考上北大中文系，跟胡经之老师读文艺美学专业。胡老师在国内率先开创这一新学科，在北大设立文艺美学硕士专业方向，并于1981年招收全国首届该专业研究生，即王一川、陈伟、丁涛他们三个。我们是第二届，有王岳川、张首映、荣伟、谢欣、柳杰和我共6人。1985年以后，全国设有文艺美学专业的高校就越来越多了。

　　1985年胡老师的家刚从东门那边的中关园搬到西门这边的畅春园，住房的规格也由两室一厅扩展为三室一厅。在那个时候，北京人还少有住上这种房子的。因为有两个孩子，他家的客厅与饭厅还不能分开，尚未达到今天的水平。在胡老师家的客厅里，师母张老师高超的烹饪水平给我们留下了深刻的印象。不过当时我们几个到胡老师家去，最羡慕的还是他那间书房。以我们当时的状况，书房离我们的距离还是相当遥远的，要超过北大与考生之间的距离。学校可以考进去，书房却不可以凭考分得来的。

　　对于学子来说，北大应是一个绚丽多彩的圣地，意味着永恒的辉煌。1988年5月，即毕业前夕，正好是90周年校庆，北大出版社为此出版了一本文集——《精神的魅力》，中文系给每个研究生发了一本。当时我只注重读书中的那些文章，对书名没怎么在意。事后越琢磨，越觉得书名起得好。现在如果要我用几个字来形容北大的吸引力的话，那我一时实在想不出比"精神的魅力"更确切的词语来。至于"精神的魅力"到底是指哪些内涵，那就一时半会说不清了。我本科是在北师大读的，尽管也是全国著名的高等学府，但在聊天时，很多同学仍然流露出对北大的由衷向往和敬佩。我第一次去北大，记不清了，大概是去看老乡。在进南大门之前，说不清楚地犹豫了一下。总有一种东西让你心动，当实实在在地面对它，却又在它的圈外时，你会不会有点脸红、心跳？会不会有点局促、惭愧？会不会有点不坦然？你追求它的决心会不会由此更坚定了？当然，那时的反应，只是一种直觉，根本就没有想那么多。

　　待到能够坦然地走进南大门报到注册的时候，心情反而就像未名湖的湖水。

未名湖的景色，是怎么形容都难以到位的那种。记得有一天早上锻炼，从西门那边朝着未名湖跑过去，太阳刚刚高过博雅塔，塔的影像映进未名湖，不是圆圆的，而是长长的，恰似一根火红的大柱子，在粼粼波光中轻轻地晃动。面对如此景象，我一时呆住了。仅此一次，以后见到的，都是圆圆的红饼子在湖面上起伏。当时最惬意的感觉，就是倚在未名湖边的长椅上读小说。只是读着读着，就发现有点不对劲了。

我上大学前，因各种客观条件所限，自己没什么专业概念；如今执教的文学理论，当时离我不知有多少个十万八千里。上大学后，我属于遵守纪律、听老师话的那一类学生。当时各门课的老师都开列了大量的课外阅读书目，主要是文学作品。我除了上课外，就是读那些书。一是因为听老师话，二是因为我本性就酷爱读文学作品，至今未改。只要有闲暇，一本小说可以让我熬夜看。只可惜再也没有当学生时那么多时间来读作品了。很多同学跟我不一样，入学前的生存环境还可以，老师指定的阅读书目有很多他们在入学前就读过，所以比我潇洒多了。但通过观察，我也感觉到有些同学不一定读过那些书，同样很潇洒。日后为了证实我当时的感觉，我曾在课堂上要求我的学生：通读过中国古典文学四大名著的请举手。果然举手率不高。是否读过作品，听课的感觉是大不一样的。我在听课时就常常觉得和老师有同感。但问题在于，如果让我来说的话，我又不能像他（她）说得那么好。看一些文章也是如此，觉得跟我的感觉、想法差不多，但让我来写的话，我又不能写得像他（她）写得那么好。特别是上文学理论课的时候，老师所引用的一些大师们的论述，令我佩服得不得了：怎样才能达到那种地步呢？我能达到那种地步吗？这个过程，是一个"憋"得人十分难受的过程。我在做作业的时候，无论怎样"憋"，"憋"出来的东西却怎么看都不像那么回事。要想说得、写得都像那么回事，恐怕得在某些方面下大功夫。这就是读本科期间我对文学理论产生兴趣的直接原因。那时刚刚开始进行课程设置改革，从大三起，可以选课。记得好像有年级限制，听说78级开有中国古典美学的课，我是79级的，就没能去听。供79级选择的课中，理论课有马列文论和中国古代文论，学年课，我都从头到尾、一节不拉地听下来了，目的就是希望自己有那么一天也能说得、写得都像那么回事。

在未名湖畔读小说时，令我不安的东西就是这个：那一天会在三年研究生期间到来吗？

1985年前后，正值学界热气腾腾之际，北大尤甚。置身于那种环境之中，人的潜能会在各种思想火花的碰撞中被不断地激发出来，难免产生一些想法。但要想把这些想法变成像那么回事的文章，即要想把感性认识变成理论形态，靠读小说行吗？我读理论书籍的兴趣远不如读作品积极，有时候读理论书籍还犯困。怎么办？要不干脆以读作品为主、搞评论算了。有一次我还真对胡老师说了这个念头。胡老师平常对我都是以鼓励居多，而且十分平和。唯独这次，听了我的话之后，没有丝毫的迟疑，他非常严肃地告诉我：作品不能丢，但必须读理论书！

导师的话对学生的影响是非常大的，甚至可以说：没有学生不"怕"导师的。从那以后，我开始了与理论书籍"硬顶"的历程。看黑格尔的《美学》、康德的《判断力批判》……还大量摘抄自认为用得着的片段。后来蒋孔阳先生问我读过黑格尔的《美学》没有，我不敢说读了：怕问到具体问题，我的理解与黑格尔的原意相差太远，出洋相。但就是在这种与理论书籍似懂非懂的"硬顶"过程之中，我慢慢地体会到学会思考和表达与学习知识这两者之间的关系，逐渐意识到思想观点是探索、追求的结果，而探索、追求的过程，就是思维过程。要想能够说得、写得像那么回事，思想观点与思维过程缺一不可，应得到同等程度的重视。看人家是怎么思考问题的，看人家的思维过程是怎样展开的，从这个角度来读理论书籍，就不再犯困了，兴趣也越来越高了。对理论书籍的兴趣提高以后，慢慢地，在动手写的时候，"憋"出来的东西看上去也要比以前顺眼些，于是自信心便随着理论兴趣的提高而提高。到毕业的时候，我还大着胆子将硕士学位论文投给了著名的学术杂志《文学评论》，竟然就被登出来了！

那一天也真的来了！多么宝贵的三年，多么难得的机遇！

经常听人说起：北大又提出了某种新观点。对新观点的向往、追求，应是"精神的魅力"之一。但我觉得，最可贵的，还不是你知道了、掌握了多少新观点，而是经过严格的理论思维训练之后，你能够从经验层次上升到理论层次，具有较高的理论思维能力，即具有"生产"新观点的能力。这种能力的获得，其价值是无法估量的。而"精神的魅力"的精髓，就在于它对人的熔炉功能，在于它对人的淬火过程。

导师的作用是什么？导师就是淬火过程的操作者。导师能在你犹豫徘徊、原地踏步、没有信心的时候，以他的权威，"逼"着你走上绝对应该走，但你又认为以自己的能力难以去走的那条路。时过境迁之后，你会为自己走上了这条路而万分庆幸。如果不是胡老师那时"逼"我一下，我就会以搞评论为主了。但是，如理论不好，理论思维能力不强，评论怎么能搞下去、搞长久？学术界每年都有新人冒出来，引人注目，但相当一部分不久就沉寂了。原因之一，应是理论功夫不足，缺乏后劲。回想我当初的念头，实在有点汗颜。

经历未名湖，亲身体会到"精神的魅力"；在导师胡经之先生的督促下，培养起对理论的兴趣，走上了理论之路。虽然至今无甚建树，感到愧对母校、愧对导师，但我心依旧，且常常暗自念叨：就学术生命而言，理论之树常青。那"精神的魅力"之中，一定包含着理论之路的动力；只要走上了这条路，无论怎样的诱惑都不能令你放弃它。1995年我从复旦大学读博毕业时，是可以自己找单位、离开学术界的，但我仍然不假思索地、本能地选择待在高校里。本来，经过胡老师的介绍，深圳大学中文系准备接收我的；但因接收函迟迟未到，我便联系了另外一所大学并很快拿到了接收函。深圳大学的手续一直没有收到，过后好久才得知，文件寄去了系里，估计毕业时人多事杂，弄丢了吧。后来，因一些其他非理论之路的原因，我又调到了中山大学中文系。虽然未能与胡老师在一起，却也做了胡老师的邻居。

人在不同的时候会面临不同的困惑。我现在也在指导研究生，我可以告诉他们我的体会、经验，但我能像胡老师对我那样，引导他们走上令他们感到庆幸的道路吗？我只有努力做到"取法其上"，尽量让他们多接受一些理论思维的训练，尽可能地不愧对他们。

总记得毕业之前，胡老师要带我们去全聚德吃烤鸭。胡老师当时已在深圳大学兼职，为了我们的学业，常常两头跑，忙得很。去前门太远，太费时间；刚好全聚德在北大南门外也开了一家，跟前门的没有区别。那一顿，吃得真香！

2001年11月于美国田纳西州南方大学
（原载《胡经之文集·第五卷·美的追寻》，海天出版社2015年版）

精神高地吹来徐徐清风

——漫话 80 年代的读研生活

《文学评论》1989 年第 5 期刊发了我的文章。

收到刊物是在国庆节后的第二个周四（12 日）下午。例行的政治学习时间，开全院教工大会，我先去中文系办公室拿信，看到《文学评论》的来信，一个大信封，感觉是本刊物，心里嘀咕着：莫非文章登出来了?! 本来，校样上学期就寄出了，一直没有动静，心里惴惴地，时不时疑惑着。拆开一看，果然是杂志，赶紧翻目录，看到自己的名字，刹那间的感觉，好似高考，先知道录取分数线，然后才接到成绩单，打开一看，高出分数线很多很多——哦，阳光灿烂！

到了会场，坐在身旁的同事见我在看杂志，顺手拿过去翻了翻，有点惊喜地盯了我一下，小声地说："可以呀王坤！"

到了 1990 年，湖北教育学院（现在的湖北第二师范学院）第一次搞科研评奖，那篇文章获得论文一等奖。奖品与在场和不在场的附加值颇为丰厚——一本获奖证书。

一、读研之路并轨科研小径

与《文学评论》的第一次亲密接触，是在 1985 年秋天。

20 世纪 80 年代中期，《文学评论》的影响力不同于今日，是现在的年轻教师或者在校研究生难以体会的那种。说具体点，1985 年有两篇文章引起的轰动，远远超出了文学界。一篇是季红真的《文明与愚昧的冲突——论新时期小说的基本主题》，分为上、下篇，发表在《中国社会科学》1985 年第 3 期、第 4 期。另一篇是黄子平、陈平原、钱理群的《论"二十世纪中国文学"》，发表在《文学评论》1985 年第 5 期，开启了"二十世纪中国文学三人谈"，《读书》杂志为此连发 6 篇文章。

85 级研究生，尤其是现当代和文艺学专业的，根本无须老师或其他什么人提醒、强调，大家几乎都在第一时间知道这两篇文章的作者是刚毕业没几年的才女和才子，心目中无不把他们当作追赶的目标。他们几位的成就，树立起一个辉煌的榜样，其力量实在太大，对我们这批人产生了无形的、巨大的影响力和推动力！平时的交流、议论中，表面上谁都刻意不流露明显的羡慕之情，但内心深处却是攒足了劲，暗自发奋着，彼此心照不宣的目标就是：无论这两家刊物多么高不可攀，一定要尽早登上去！

而我，刚入学就有机会走进《文学评论》编辑部办公室。

1985年9月9日，胡经之老师从北戴河开会回来，中午我和张首映一块去了老师家。胡老师非常强调研究生要做研究，能做出成果更好。聊天中，张首映告诉胡老师，我已经给《文学评论》投稿了。胡老师一听很高兴："好哇！编辑部主任王信是我同学，我写封信，你去见见他，让他引见一下，看看稿子归谁处理。不能发表很正常，能够听听编辑的意见，对你的提高是很有帮助的。"

过了几天，9月18日，我真的就揣着胡老师的信，直奔《文学评论》编辑部去了。那时，社科院已经整体搬到了建内大街5号，门卫制度很正规。得到确认之后，我才得以进入大院，上楼见到王信老师。他是一个50岁左右的高大汉子，略略开始秃顶，很随和，接过我递过去的信，笑呵呵地说："你是老胡的学生啊。"随手翻了一下我带去的稿子，然后告诉我：今天编辑没到齐，不知我投的那篇文章分到哪里去了，也许是评论组，也许是理论组。王信老师让我先回去，过几天会给我回信的。在那儿我们前前后后大约聊了半小时。

到了10月8日，收到意料之中的退稿信，不是铅印的那种公文，而是王信老师的亲笔信，太难得了，非常感动，连忙回信致谢。

过后才知道，"二十世纪中国文学三人谈"系列，正是王信老师策划的选题。天啦，我的水平，与那几位大才子相比，天差地别！要是早知道，胡老师的支持再有力度，我也不敢去编辑部的！彼时突然想到一个词：无知者无畏。

话说回来，投稿的勇气还是有的。

读本科时，风气使然，我有相当一部分课余时间都花在了写小说上，尽管没有成为作家，但也正因为如此，对评论和理论更感兴趣些。投给《文学评论》的稿子，是评价当时正热火的《人生》，将主人公高加林与陈珂《大巴山下》中的主人公进行比较。其时张首映正在负责《研究生学刊》的创刊，退稿后就"走后门"发在创刊号上了。不知现在该刊物办得如何，那几年还是不错的，我在上面发的另一篇文章，就被人大复印资料《美学》卷全文转载了。

当时我很喜欢蒋子龙的作品，专门为他的《蛇神》写了一篇短评，投给了《光明日报》，收到的也是亲笔退稿信，落款是冯立三，在信中冯老师还邀请我到报社去聊聊。去不去呢，我心里犯起了嘀咕，便征求张首映的意见，因为我俩住在一个宿舍。

——冯立三可是名人啦！你是不是不敢去？你不也去见王信了吗，怎么那就敢了呢？

——你当我天不怕地不怕呀？当然有点怕！去见王信，是因为有胡老师的信在撑腰，否则哪敢？去了说啥呢，万一露了怯，显出肚子里没货，岂不丢脸？

——应该是好事，说不定看上你了，希望你毕业分去那里工作呢！

——那更不能去了！我是单位定向培养的，一来要想离开原工作单位办手续很麻烦，二来也是更重要的，老婆在武汉的工作这么好，如果来北京肯定啥也不是。没那个想法，心安。万一真有那个机会，又来也不是，不来也不是，心里就会难受了。毕业后回武汉，平顺。

于是到此为止。

2002年6月，回国前Scott教授对我说：如果愿意留下，学校就帮我办手续。我说十分感谢，在美国待了一年，够了。

我总觉得，人人都认为好、都想去的地方，不可不去，但不贪久留，尤其不必强留。就像一句歌词那样：不求天长地久，但求曾经拥有。

二、本科环境孕育日后追求

争取能够有所为的想法，除了源自本科课堂上老师的教诲与启迪，亦缘起于那时对文研所的向往，确切地说，是对中国社会科学院研究生院的向往。

那时的研究生院，据说是没有房子，借地办学。他们的研究生宿舍，就在我住的西南楼（现在已改名为学7楼了）一楼。同一栋楼，进进出出看到那些胸前挂着研究生院校徽的学生，心中好不羡慕！当时，学校里的有些课程，是请那些研究生来上的。记得在外语选修课上，有一位老师就是研究生院的学生，课间一问，才知道他的导师是吕叔湘先生，我们这些本科生都被震住了！他教的是世界语，我因好奇去听了几次课就没再去了。

同学之间闲聊时，都把研究生院称作翰林院。那时就有了明确想法：不考则已，只要考研究生，就一定要考研究生院的，也就是文研所的研究生。毕业时同学之间相互在纪念本上留言，李惊涛给我的留言是5个字加一个惊叹号：挺进翰林院！

第一次"挺进"翰林院，是在1982年7月20日。78级的老乡李卓文毕业分配回湖北，我送他到火车站，完事后就直接去文研所打听1983年的研究生招生情况。当时的文研所有一栋独立的小楼，在建国门外日坛路6号。他们1982年未招生，1983年尚不知道。没有收获，但我还是顺便买了一本研究院1981年的招生试题集。令人印象深刻的是，在楼道里我听到门口处两个中年人在愤愤不平地议论对某个作品的评价：怎么能够进行人身攻击呢？我当时对热点文学作品看得比较多,从飘过来的只言片语中,听得出来,他们说的是报告文学《冬天的童话》。

到了12月,招生简章出来了,1983年全国就北京有三个单位招收文艺理论专业研究生:文研所、北京大学、中国人民大学(尚无权授硕士学位)。文研所共招5名研究生,其中文艺理论专业的2名:古代文论方向的导师是侯敏泽先生,马列文论方向的导师是王春元先生。两位先生当时的职称是副研究员,现在听起来可能有点不太"高大上";但在80年代初期,文研所毕业的研究生就厉害得不得了,更别说文研所的副研究员了!

我大三的时候,古代文论和经典文论的学年选修课都上了,对后者的兴趣更大些,就报考了王春元先生的研究生。

那时,系里已经有文研所毕业的研究生分配来当老师了,记得有蓝棣之、王德和。蓝老师给我们上过课,王老师没有。

因为备考,除了上图书馆,也常去系资料室,经资料室董晓岱老师介绍,王德和老师同意我上门求教。去王老师家是在晚上,他住的地方还有点不大好找:广安门内报国寺1号粮食部宿舍白楼六号;电话:33 - 0009转白楼6号;坐车:38路到头或到动物园转19路到头。

王老师的辅导对我帮助很大。至今还记得他当时考我的一个问题:如何理解古希腊艺术具有永恒的魅力。听完回答后,他微笑着点点头。后来的试卷中,有一题就与此相涉!也许王老师早已忘了曾有这么一个本科生去他家里请教,我可一直都没忘。

至于后来的考试,不用说了,两个字:没戏。1983年2月26日至28日,连考三天。最后一门考完,在考场外碰到一位考生,不是应届生,在艺术研究院工作。与他交谈了一阵,就觉得他比我强多了,他肯定还会考上。

我在20世纪90年代博士毕业找工作时,因胡老师在那边,就联系深圳大学,蒋孔阳先生还特地致信文学院院长郁龙余教授予以推荐,但是过了很久都没动静。多年后到深圳大学开会,见郁龙余教授,他问我怎么没去,说给我写了信的。细聊之后才知道,郁教授把信寄到系里了。如果寄到南区3号楼,收发的阿姨很负责,我肯定会收到;但毕业分配之际,系里人多事杂,那封信就没到我的手里。恰逢武汉大学要人,于是我就去了武大中文系。一日与好友张杰教授闲聊,谈起1983年的考研之事,他说,哎呀!那个人就是我的77级同班同学,名叫陈晋。我跟他说笑:幸亏被他"PK"(打败)掉了,否则我就没机会结识你这位朋友。张杰也乐了。

事后回想,文研所的考试,太难,不到懂钱锺书先生《管锥编》《谈艺录》的层次,沾不上边,一般本科生的功底,根本不够。只是当时并未明确意识到这一点，落榜后还给王春元先生去信，问他1984年是否招生，还想再考。1983年6月27日收到王先生的回信，里面有一句话让我终生难忘："锲而不舍是强者的灵魂。"说来惭愧，我并没有将王先生的激励化为实际行动。

因为到了1984年，情况不一样了，本科毕业生报考研究生，须得工作两年才行。也就是说，我们这些1983年毕业的本科生，1984年肯定不能报考，1985年能否报考，还取决于单位领导对政策的解读："本科毕业工作两年"的"两年"如何计算？是指报名的时候满两年呢，还是指录取的时候满两年？1985年能够报名参加考试，是向领导请求、争取的结果。

三、精神高地吹来徐徐清风

正因为报名的机会难得，1985年的考试终于不敢再大胆了，还是考回高校系统稳妥些。复习期间，翻看1985年第1期的《文学评论》，我大受刺激：文章的作者多是同龄人（那时每篇文章的作者都有简介），还有个23岁的小女孩！天啊，人家年纪轻轻的都上《文学评论》了，自己老大不小了还在备考什么研究生?!

对文研所的向往因考试机会的珍贵而搁置了，但却得到了直接"挺进"《文学评论》编辑部的机会，这个机会无疑给予我巨大的动力和压力，内心深处是憋足了劲想"挺进"《文学评论》的。

1988年6月4日上午9点，我的硕士论文答辩在未名湖旁的红1楼122室举行。文艺学教研室当天好像没有合适的地方，就借用研究生院的一间办公室。

全系的答辩工作开始前夕，分管研究生工作的副主任袁行霈教授向85级全体研究生宣布了系里的一项决定：今年要评选88届研究生优秀毕业论文，并结集出版。袁老师还特地强调：任何同学都不得私下里向导师求情。论文是否优秀，全由答辩委员会决定。

当时的答辩，与现在有明显的时间区别：一个单元时间（上午或下午），只答辩一位同学。我的论文答辩委员会主席是童庆炳老师，答辩委员有胡经之老师、董学文老师、李光中老师。答辩顺利通过，论文也得到委员会的好评，并入选优秀论文。1990年，当年入选的论文以《缀玉集》为名出版，后来在书店里还见过《缀玉二集》。

受到答辩委员会的鼓励，我信心大增。毕业之后回到武汉稍事安定，我就直接把一本硕士论文原封不动地投给了《文学评论》。

当时与我联系的编辑是李以建，文章刊出后，我立马去信致谢，春节时再寄个贺卡问候。大约过了小半年，我突然接到来信：他去香港了，有事回北京，才收到我的去信。由于不知道他的香港地址，后来就没联系了。

文研所与《文学评论》，在1979年9月之前，与我这个农民毫无关系。我的微信起名"农夫"，原因就在于不忘自己的过去。上大学之后，文研所与《文学评论》被老师、环境植入我的心中，成为求学路上的追求目标。多年以后，开会时我时常见到社科院文研所与外文所的老一辈著名学者，看到他们，心里总会生出一种惊喜和亲近，赶紧上前致意：我当年就是看您的书考研的呀！

同时，我也常常回想在学校时，尤其是学位论文答辩时的情形，那时看到答辩主席和答辩委员，心情是既敬又畏的。而现在，自己也常常坐在那个位置上干那件事，与老前辈相比，心里不踏实，甚至有点惭愧！与往日的同学交流时，发现有此感受的还不止我一人。

随着年齿渐长，偶尔我也顺着这种感受反省自己有所为的心路历程。

自1977年恢复高考至80年代，尽管大学已经有了重点与非重点之别，但毕业生都是国家干部，工资起点、各种待遇等都是一样的，根本不像今天这样其间竟然存在那么大的差异！80年代的刊物也一样，只是杂志本身而已，名气有异，但级别全无。尤其对在校研究生来说，能否毕业与发表论文是完全不搭界的两回事，绝不像今天这样两者是牢牢地捆绑在一起的。

作为一名求学者，起步之时，我只是上个大学并由此获得一份体面的工作而已，并没有确定日后定要以高校教师为终身职业的目标。从刚开始的追求名校、名师，到其后的追求名刊，一路下来，到底为了啥呢？现在回头细想，其实也就是一种对发奋向上攀登的执着吧。硬要说为啥的话，那应该是为了能够站到一个高地上，像登山爱好者那样，只是想攀上一个人人皆知，却又少有人至的山峰；当然，背后的事功之心是明显的：要证明自己有能力达到某个高度。

在这个意义上，那些名校、名师、名刊……更多的是一种精神高地似的存在，清风徐徐般地发挥着形而上的感召作用。在学术之路上前行，刚起步时难免有各种考虑，之后迟早要进入越来越以此为乐的境地，于中有这种感召相伴，冷清孤寂会减少许多，幸甚至哉。

2017年春节于中山大学寓所

后　　记

《转折时代的美学与批评》出版之后写的文章，知网上有的，基本上都收到这里了，其中个别地方的文字略有修订。

文稿整理完毕之际，收到学校的电子邮件：《人力资源管理处关于确认 2022 年退休人员信息的通知》，内附中文系退休人员信息表。按照学校规定，我的拟退休时间为 2022 年 10 月。表格里面供选择的栏目有二：

☐ 同意拟退休时间
☐ 选择其他退休时间

赶紧在第一个方框前打钩，并立马回复电邮，没有任何异样的心情，呵呵。

只是，这个时刻难免要说一句早就被说烂了的话：时间过得真快！

我是 1998 年 9 月 17 日到中山大学人事处报到的，之前在武汉大学中文系任教。感觉就是晃一晃而已，但就是这么一晃，我这个湖北人，竟然在中大晃了 23 年之久，直到退休。

本书能够进入中文系"荣休文库"，倒是着实令人开心的。

印象里，中大中文系设置"荣休文库"这个项目，是近年来才有的事。尽管平时没与同事议论这个，但我在内心深处觉得，此事实为系史和校史上的亮点，因为其价值导向十分明确。中山大学是举世闻名的南国学府，中文系作为其中一单元，所作所为的最终价值，要看是否为中大精神加厚了一流学府的底色。"荣休文库"系列的建立，正是这一价值取向支配下的决策之一。

本来是想着要省事，用研究蒋孔阳先生美学本体论学理的那篇文章作为代序言，用记叙读研生活的小文作为代后记。真的要这样做时才发现，那样的话，中文系设立"荣休文库"之事就没地方说了；而且，从本科到博士的学习历程，也就是思维从感性上升到理性的心路历程，亦不能得到系统反映。于是，改为用附录的方式收录几篇小文，再另写几句话作为后记。

感谢中文系，感谢中文系学术委员会。

2021 年 11 月 26 日于中山大学寓所